T0274767

Zoológico humano

Ricardo
Silva Romero

Zoológico humano

Papel certificado por el Forest Stewardship Council®

Penguin
Random House
Grupo Editorial

Primera edición: septiembre de 2022

© 2021, Ricardo Silva Romero
© 2021, Penguin Random House Grupo Editorial, S. A. S.
Carrera 7 N.º 75-51, piso 7, Bogotá, D. C., Colombia
© 2022, Penguin Random House Grupo Editorial, S. A. U.
Travessera de Gràcia, 47-49. 08021 Barcelona

© Diseño: Penguin Random House Grupo Editorial, inspirado en un diseño original de Enric Satué

Printed in Spain – Impreso en España

ISBN: 978-84-204-6257-8
Depósito legal: B-11837-2022

Impreso en Unigraf, Móstoles (Madrid)

A L 6 2 5 7 8

Para Pascual e Inés, nuestros dos hijos

Porque no pude detenerme para la muerte,
la muerte se detuvo, amablemente, para mí.

EMILY DICKINSON

Primera fase
Noticia de la propia muerte

Lunes 30 de mayo de 2016

Uno sigue siendo uno cuando muere. Lo digo porque lo sé, porque lo viví y porque lo puedo probar. Supe la buena nueva de mi muerte de la peor de las maneras. Ya estaba tumbado y anestesiado y profundo en la camilla de la sala de cirugía, donde por fin iban a extirparme las amígdalas putrefactas que no me dejaban ni hablar ni respirar, y le escuché a un residente atolondrado e inmisericorde las palabras «creo que le maté a su paciente, mi doctor, creo que se me fue la mano con el señor Hernández y que lo perdimos». Vino que oí el estruendo que oyen los muertos. Que vi mi propio cuerpo y mi espíritu se encogió de hombros entre esa oscuridad tan nueva. Que un vigilante me mostró mi vida como una comedia y me crucé con siete figuras extraviadas —y adopté e incorporé sus vidas— en el verdadero presente. Que volví a mí mismo a regañadientes y poco a poco fui entendiendo para qué. Pero yo sí se los puedo probar a ustedes: fuera de mí no hacerlo.

Yo me morí cuando ya se me estaban quitando las ganas de morirme, cuando ya no tenía claro si estaba muy cansado o si quería que se acabara la vida —«esta vida»— de una vez. Vivía con la garganta desgarrada. Apenas era capaz de tragar lo que tragaba: ¡glup! Tenía una vocecita estrangulada, ronca, como si los putos hechos se hubieran encargado de bajarme el volumen sólo a mí. Yo siempre he sido feo: eso sí. A mí nunca me ha gustado particularmente mirarme en el espejo. Pero además estaba jorobándome día a día, doblegado y cadavérico como un personaje secundario de novela rusa, porque seguía varado en lo que la gente llama «la peor época que he vivido»: solía descubrirme estremecido por una serie de traiciones que nadie más recordaba, sí, y envenenado por la vez que me robaron todos los archivos de mi computador, todos.

Y, sin embargo, cada lunes me parecía más y más claro que no tenía alternativa aparte de vivir —y mucho menos tenía un plan B— porque cada lunes me gustaban más los fines de semana que pasaba con la paseadora de perros y con su hijo.

Yo me llamo Simón Hernández, tal como consta en el lomo de este libro, porque «Simón» significa «aquel que ha oído» en hebreo y porque «Hernández» era el apellido de la familia que se encargó de mi papá cuando su madre murió con los pulmones repletos de mugre y su padre prefirió largarse porque sí: porque así se hacía en el siglo pasado. Yo estaba en la mitad de la vida, en el atasco, en el embotellamiento, en el trancón de la mitad de la vida, cuando me morí. Había cumplido cuarenta años sin pena ni gloria ni festejo. De día trabajaba en la agencia de viajes de mi tío, que ahora administraban mis dos primos, con la mirada fija en la ventana. De noche visitaba a mi pequeñísima y seria y neurasténica y sonriente madre, que además era mi vecina, pero que desde la muerte de mi papá a duras penas salía de su apartamento.

Seguía siendo el autor de una reputada trilogía de novelas cortas escritas en mis veintes, de *Cronos*, *Cosmos* y *Nomos*, sobre una mujer que no encuentra la salida de una selva amazónica sin remedio, en blanco y negro e irrespirable por culpa de una peste que violenta a quienes se contagian —«Hernández ha hallado la alegoría definitiva de la Colombia patriarcal e inexpugnable: su tríada es una risueña zancadilla a la versión oficial de la Historia, un cortocircuito a este *statu quo* plagado de bufones, un *jab* directo a la mandíbula de una literatura al servicio de esa "gente de bien" que desde el principio de los tiempos ha sido cómplice de esta Violencia», escribieron sobre mí, en *Revista Atlántica*, en su especial de los mejores libros del maldito siglo XXI—, pero la última vez que me había encontrado con la gerente de la editorial me había dicho «mijo: tengo la bodega llena de sus libros» sin asomos de culpas ni rubores.

Y, como insinué en la página anterior, seguía sintiéndome la insaciable víctima —el caído digno de una melodramática ranchera— de una exesposa que me había negado a muerte sus rarezas y sus infidelidades.

Y se me amargaban las tardes si alguna de las mil y una señales de cada mañana me recordaba que un enemigo invisible —de esos que saben entrar a los computadores ajenos sin moverse de una habitación— me había robado todos los textos que tenía guardados en el disco duro de mi HP G1302.

En pocas palabras, la vida no había sido particularmente buena conmigo. Podía decirse, incluso, que había sido cruel, mezquina, como suele serlo con quien le da la gana cuando le viene en gana. Me había dado esta mente de antagonista sin remedio, esta cultura de la A a la Z que sobre todo me servía para ampliar mi definición de estupidez y para que la gente me indignara más y más, y este rostro enjuto, curtido por las salidas en falso y las inseguridades, que me confería cierto aspecto de enterrador que sólo tenía tiempo para lo suyo. La verdad era que mis vecinos del Barrio Miranda, aquí en Bogotá, solían decirme «Simón: usted es un personaje» porque les costaba verme como una persona. La verdad era que siempre —y más desde que había vuelto de Iowa— había sido un extranjero exasperado por mi tierra: fuera de mí Colombia.

Y que este siglo XXI de los relatos distópicos me había traído, en estricto orden cronológico, la orfandad, el divorcio y el fracaso: miserable siglo XXI.

Pero ni siquiera todas las efectistas películas de Hollywood que me repetí hasta la náusea en los años ochenta, en el Betamax que mi papá nos trajo aquella noche como si hubiera sido idea suya —por supuesto, fue mía—, habrían podido prepararme para semejante jaque mate, para que en un abrir y cerrar de ojos, si se me permite un lugar común en el comienzo de este manual práctico de la muerte que suena a una confesión, un *hacker* me quitara todas las ideas que tuve alguna vez.

Eso, para ubicarnos a todos un poco más, para ponernos en claro las fechas de esta trama épica, fue siete años antes de mi muerte: a finales de agosto de 2009. Mi papá había muerto diez meses atrás. Yo estaba solísimo, varado en mi indignación, rodeado de cajas y recién llegado en el apartamento de divorciado contiguo al apartamento de viuda de mi madre, frente a la pantalla cóncava de mi viejo computador. Revisaba entre mis carpetas, entre mis archivos, las notas como epifanías sólo mías que tomé desde que asumí la decisión de escribir: «Q., un controvertido juez de la república, descubre que toda la ropa de su armario se ha vuelto invisible para los demás»; «Novela de mil páginas sobre una mudanza en la que una casona vieja va quedando vacía capítulo por capítulo»; «Ensayo contra la estructura dramática como un agente del poder para adormecer al pueblo sometido»; «Un hombre sin nombre, que fue un buen hijo y un buen esposo y un buen padre, va a dar al infierno por haberle sido indiferente a la miseria humana una y otra vez»; «Un sastre se va cosiendo bolsillos y etiquetas y solapas en su propia piel».

Y entonces, de golpe, el procesador de palabras se me cerró como un portazo en las narices: ¡tras! «Word ha encontrado un error y se va a cerrar…», me advirtió un recuadro gris, y ya nunca pude volver a abrirlo, y ya nunca pude volver a ver mis notas sueltas, mis cuentos, mis ensayos, mis artículos, mis poemarios inéditos, mis piezas teatrales de un solo acto, mis borradores de un par de novelas cortas a las que sólo les hacía falta una última lectura, mis experimentos, mis cartas de recomendación, mis confesiones, mis desahogos, mis deshonras por escrito, mis contactos. Todo se fue. Todo se perdió en el limbo de la red. Yo me quedé sin ideas y sin obras. Y ni mis denuncias en los círculos movedizos de la cultura, ni mis investigaciones demoledoras, ni mis conjeturas delirantes, ni mis búsquedas fallidas de las libretas y de los papeles que había lanzado a la basura unos días antes del trasteo, ni mis intentos desesperados de reconstruir aquellos textos a partir de correos electrónicos a mis editores, ni mis llamadas acusadoras a mi exesposa, ni mis amagos de demandas al balbuceante técnico que solía ayudarme con los computadores, ni mis plegarias al dios de la envidia para que vengara mi suerte, pudieron devolverme lo mío otra vez.

Siguieron «los peores años que he vivido». Tuve taquicardia desde entonces, y desde entonces me desperté en las madrugadas porque en ciertos sueños traicioneros —en ciertas pesadillas recurrentes— alguna persona borrosa se me acercaba demasiado y me susurraba «yo sé quién fue…» o «yo soy su verdugo…», y yo la escuchaba y la sentía en los pulmones y en las tripas. Pensé en dejar constancia de mi tragedia: ¡pum! Quise matarme un par de noches en las que se fue la luz del apartamento. Una mañana larga decidí, sin embargo, que iba a rendirme, que iba a dejarlo todo como estaba. Y me atiborré de razones para presentar mi renuncia irrevocable tanto a la literatura como a su mundillo, que había sido el mío, más o menos, hasta que me había apuñalado por la espalda.

Que se jodan. Que se queden con las migas de su secta. Prefiero ser mil veces este escritor raquítico que decidió volverse mudo justo antes de que sus enemigos agazapados consiguieran callarlo, y toda la vida que me quede prefiero ser esta voz «misteriosa e irrepetible» que sólo pudo y sólo quiso escribirse tres novelas breves como tres palimpsestos en un rapto de conexión con las voces del aire —«Quizás lo más novedoso de los aparatos novelísticos de Hernández sea que el autor no es sólo autor sino también crítico literario, no es sólo el letrado que se niega a servirle a un pequeño círculo de machos burgueses y liberales, sino el juez implacable que les recuerda a los artistas arrodillados la condena que les espera», se lee en el párrafo introductorio de la entrevista que me hizo la *Revista Réquiem* hace unos años—, y no acabar siendo el enésimo idiota útil de esos que se escriben novelitas decimonónicas e importantes de quinientas páginas para firmárselas luego a las solas y los jubilados que las aman: fuera de mí ese sino.

Mi mamá, que escuchaba mis disquisiciones como una vecina solidaria o una espectadora resignada a su suerte mientras doblaba las bolsas plásticas en forma de triángulo, era incapaz de decirme la frase que yo necesitaba oír: «Es lo que tú quieras, hijo», me decía, «lo más importante es que te sientas bien». Todas las noches de la semana, de lunes a jueves, nos sentábamos en el sofá adormecedor de la sala del televisor a leer en voz alta el libro que ella estuviera leyendo o a cabecear los sangrientos noticieros de cada día. Yo me le quejaba en el principio y en el fin, pero en el medio, en honor a la verdad, solíamos pasar un buen rato, un paréntesis al infierno nuestro de cada día lleno de silencios felices y de frases sueltas sobre lo que habría dicho mi papá de haber seguido vivo.

«Qué terquedad». «Te diría que no sufrieras más: que más bien hicieras libros de aventuras». «Repetía los cuentos mil y una veces». «Todo era idea suya». «Qué tal las manías con las corbatas». «Qué tal el cuento de que él habría querido ser actor». «Siempre decía "buenos días, señoras y señores"». «Qué personaje». «Qué ángel». «Qué papá».

«Vas a tener que cuidar a tu mamá por mí», me había dicho él en el altavoz de mi oreja cuando, en aquella cita del demonio que fue una buena idea mía y él se la adjudicó al final, nos dieron la noticia inverosímil de que en el mejor de los casos le quedaba un mes de vida.

Yo habría querido que mi mamá se describiera a sí misma para este libro, pues todos somos miopes frente a los otros, pero cuando se lo pedí me respondió un típico «lo que tú digas de mí estará perfecto». Mi mamá, que se llama Aura porque Aura significa «brisa» en griego, es una muñeca con unas cuantas frases adentro y una experta en sabotear conversaciones de las que uno puede arrepentirse. Poco dice porque está convencida —creo yo— de que muy poco se puede decir. Poco sale porque es pequeña y es frágil y puede llevársela el viento. Ordena lo ordenado, limpia lo limpio y cuenta los pesos: eso es. Durante toda mi infancia fue la gerente de un banco y fue una procesión por dentro. Su ética de robot le torció la columna y le revolvió el estómago hasta la jubilación. Y entonces, apenas pudo, se dedicó a leer.

«Yo le prometí que ningún banco y ninguna cuenta le iba a volver a quitar tiempo para leer sus novelas», me confesó mi papá, negándome la mirada en esa sala de espera, un poco más avergonzado conmigo que triste porque se iba a morir en unos meses.

Y así fue. Mi mamá dejó Credimensión, el banco, sin permitirse a sí misma despedidas ni añoranzas. Y, como desde ese momento se pasó los días leyendo y leyendo, hubo una vez en la que dejó de haber paredes y matas y mesitas en su apartamento y pasaba uno con sumo cuidado al lado de bibliotecas y de torres de libros puestas por ahí. Y mi papá, que las poquísimas veces que leyó se quedó dormido, sin falta, en el segundo párrafo de algún libro que ella le recomendaba leer, consiguió más y más y más pacientes —mi papá era traumatólogo— para que no nos faltara nunca la plata del mes. Era claro que ella necesitaba toda la soledad que pudiera comprarse, y toda la ficción que pudiera leerse en su estudio dentro de su gran biblioteca, para sobrellevar su sensibilidad. Y que estábamos todos de acuerdo con esas reglas del juego.

Por supuesto, estoy contando esto para que quede clarísimo que no podía morirme cuando me morí porque la tranquilidad de mi mamá dependía de mí, pero también lo cuento —sobre todo lo cuento— porque sólo hasta que conocí a la paseadora de perros conocí a otra persona así de capaz de estar sola.

Se decía, en el pequeño pueblo de los libros, que yo había dejado todo lo que tuviera que ver con la escritura —los borradores, las revistas, los talleres, los festivales, las ferias, las firmas— porque no había conseguido sobreponerme a una tragedia impronunciable. Se decía que me habían enloquecido el robo de mis ideas y los celos. Se rumoreaba que andaba por ahí, por la calle, maldiciendo a los amantes habidos y por haber de la mujer que fue mi esposa. Pero la verdad era que trabajaba de lunes a viernes en la agencia de viajes de mi tío y de mis primos, en Ícaro, dispuesto a convertirme en otro misterio al que se lo había tragado la tierra, cuando la paseadora de perros entró en mi oficina a pedirme que me encargara de algunos recorridos de la campaña presidencial de Antanas Mockus.

Se llamaba Lucía, como la santa patrona de los ciegos, pero todo el mundo la llamaba Rivera para volverla inalcanzable. Y no era una paseadora de perros en aquel entonces, enero o febrero de 2010, sino la jefa de una agencia de comunicaciones que se había ofrecido a trabajar gratis para la campaña de Mockus «a ver si por fin sacamos a esa gente del poder». Yo estuve listo a votar por el candidato que nos pusiera la izquierda, tal como lo había hecho siempre, hasta que ella me contagió la esperanza inadmisible —y perdón por la redundancia— de que ahora sí todo iba a cambiar. Nos hicimos buenos amigos. Nos descubrimos, pronto, llamándonos porque sí. Y no fue el fracaso estrepitoso de esas elecciones, sino una noticia de última hora, lo que me puso en mi lugar.

Yo no tenía a nadie tan cerca de mí. Yo me encargaba de sus viajes desde la habitación de su dúplex abajo del Parkway —de todo: de los transportes, de los puestos junto a la ventana en el avión, de las visitas— hasta la habitación de hotel «con cama sencilla» que no era nada fácil de hallar ni de explicar. Yo seguía despertándome, a pesar de las evidencias del Apocalipsis, porque hablar con Rivera era para mí un ejercicio nervioso y feliz, hasta que, unos días antes de que sucediera lo que sucedió en la aplastante segunda vuelta de esas elecciones, me llamó a pedirme que le reservara un cuarto «con cama matrimonial» porque a ese último viaje iba a acompañarla un novio del que ella siempre me hablaba pero yo no quería oír: «Yo no sé si ya le dije que estoy embarazada», soltó.

Yo hice lo que ella me pidió. Respondí «nada, nada, nada» cuando, en la única jugada cínica que le haya visto, me preguntó por qué sonaba como si me estuviera llegando tarde su voz. Y colgué y procedí a hacer los arreglos del caso porque a mí, como a los tres libros que hice, había que leerme entre líneas: «Hernández no es uno de esos narradores latinoamericanos exuberantes y barrocos, pródigos en adjetivos y peritos en alegorías sobre el ruinoso destino de sus naciones, sino un científico loco que nunca está diciendo lo que está diciendo y párrafo a párrafo va dejando claro que el escritor sólo puede dar vida como la da el doctor Frankenstein a su monstruo», escribieron ante mi desaparición en *Utopía*, el ingenioso blog mexicano sobre ciudades imaginarias.

Yo me resigné a las noticias de ella igual que a cualquier historia de amor que empieza, crece y termina en la cabeza. Yo le dije «buen viaje» como si no me hubiera quedado sin pretextos para vivir: fuera de mí mostrarme humano, fuera de mí rogarle a alguien que no me dejara solo conmigo nunca más. Le escribí un lacónico mensaje de texto cuando vi los resultados de las elecciones: «Siento mucho que siempre ganen los peores». Seguí trabajando en la agencia convencido de que mi destino era encarnar la pregunta de por qué algunas personas se vuelven promesas incumplidas. Seguí tragándome el orgullo —qué es eso— cada vez que alguno de mis dos primos, el Gordo o el Flaco, me daba las gracias por mi trabajo para que yo tuviera que darle las gracias por mi trabajo.

Y en la Semana Santa de 2011, justo cuando esta vida íntima empezaba a volverse un catálogo de noches raras, Rivera entró por la puerta de mi oficina a pedirme que le organizara un viaje a Cartagena para ella, para su hijo de siete meses y para mí.

Nada es mejor cada día en este mundo, pero la historia con ella sí lo fue. Siempre pensé que eso de que «todo pasa por algo y para algo» era una soberana estupidez, puro y físico miedo de huérfanos, hasta que empecé a pasar los fines de semana con ellos dos. Rivera era todas las personas que tiene que ser una persona para que vivir sea vivir con ella. Rivera era todos los cuerpos y todas las voces que buscaba yo. Por supuesto, en un principio no quiso definirse a sí misma para este libro, «usted sabe que a mí no me gustan estas cosas», me dijo, como corresponde a una mujer que asqueada de las bajezas de las campañas políticas —y en busca del sistema nervioso perdido— un lunes renunció a las agencias que le pagaban millones de millones de pesos, cerró su Facebook y su Twitter y su LinkedIn y nosequé más, y se dedicó a pasear perros en un barrio del norte de la ciudad.

No quiso definirse a sí misma, digo, para que yo me vea obligado a decir que todo el que la ha conocido en algún momento ha caído en cuenta de que en ella —en su soledad y en su compasión y en su terquedad— empieza una clase de belleza.

Dormí mal la primera noche que dormí en la casa de ellos. Pero a la mañana siguiente me despertó la felicidad muda de José María, el hijito de un año, apenas me vio entre las cobijas de la cama de su madre: «Buenos días…», le susurré con un ojo abierto nomás. El niño no decía ni una sola palabra en ese entonces. Y, sin embargo, me hizo sentir que me quería allí luego de esos pellizcos que le dio a mi nariz y de esa risita triunfal que me soltó en la cara. Yo jamás pensé en tener hijos. Ni siquiera cuando me di cuenta de que ya no me hacía falta la escritura —y ya me tenía sin cuidado la sospecha de que los artistas que se vuelven padres pierden el coraje— me pareció sensato tenerlos: para qué. Y ahora cualquier conjetura daba igual porque mi vida, buena o regular o mala, era amanecer con ellos dos.

¿Y si todo iba bien, si no esperaba más que eso de mí mismo, cómo terminé muerto sobre la camilla de esa sala de cirugía?

Pasó que desde la Semana Santa de 2015, seis años después del robo de mis archivos del computador, mis borradores empezaron a ser publicados bajo otros nombres: los cuentos que jamás publiqué aparecieron, en un volumen atribuido a un cabrón de apellido y cuello Blanco, a principios de abril; mis ensayos inéditos, una serie de reflexiones sobre el lenguaje como mecanismo del poder, le dieron a un tal Salavarrieta un premio latinoamericano con el que nadie contaba; mis cinco novelas fallidas y truncas, collages paródicos de la decadencia criolla, vieron la luz una por una en esos meses —a duras penas aumentadas y corregidas— firmadas por autores y autoras del demonio que no fueron capaces de darme la cara pero sí de quedarse con todo.

Perdí el temple como lo perdía en los años del divorcio, sí, pateé la pobre caneca de mi habitación o lancé un plato contra una pared cada vez que vi mis ideas en las vitrinas de las librerías, en los blogs, en los periódicos. Quién podía odiarme tanto. En qué tipo de mundo era necesario aniquilar a aquel que ya había dejado de ser. Qué clase de Dios no soportaba ver a un ateo feliz.

Y desde la Navidad de 2015, cuando mi exesposa me imploró que nos viéramos en el café del centro en el que nos encontrábamos siempre, se me inflamaron las amígdalas y la garganta se me cerró y no tuve mi voz sino un susurro y un ahogo. Se llamaba Laura, como la corona, pero no pude pronunciar su nombre mientras ella me ponía al día en sus reveses, aceptaba que se permitió serme infiel «con el que pasara por ahí» porque un mal día se le olvidó por qué carajos nos habíamos casado, pedía perdón por la separación larga e injusta a la que terminamos sometidos, y soltaba la noticia infame de que, luego de meses y meses de terapia, una sesión de hipnosis le había revelado que todo había salido mal entre los dos porque ella había sido violada cuando era apenas una niña.

—Tú no eres un pinche agente de viajes, Simón —agregó avergonzada e incapaz de mirarme a los ojos—, y si yo me hubiera entendido un poco antes, si yo hubiera sabido lo que por fin sé de mí, ya te habrías escrito alguna obra maestra.

Yo me tapé la cara con las manos y le dije mil veces «lo siento mucho» por las rendijas de los dedos y le pedí perdón en nombre de todos los hijos de puta. Y ya no pude decir mucho más porque se me salían las lágrimas y porque la voz me alcanzaba apenas para zumbar. Y allí empezó esa gripa eterna, ¡tos!, ¡tos!, ¡tos!, que me tapó los pulmones, me empujó el pecho hacia atrás y me arruinó noches enteras. Se lo susurré a Rivera, de espaldas, en la madrugada de un domingo: «Yo estaba bien y ya no», «yo no sé cómo quitarme esta amargura que ya me había quitado», «yo no puedo permitir que toda esa gente me robe mis libros», «yo tengo que volver a escribir», «usted sabe que yo la quiero a usted, Rivera, pero, después de lo que ella me dijo, me siento como un traidor a la patria». Y Rivera, misericordiosa, sólo me pidió que tratara de dormir.

De verdad traté. Tomé pastillas. Bebí aguas mágicas. Castigué a los objetos de mi apartamento, inflamado e infectado e insomne, cuando nadie me estaba viendo. Cuatro meses después era evidente que estaba perdiendo la batalla porque otra vez la estaba librando. No podía respirar en paz, apenas roncar durante unos cuantos minutos, pues cada vez tenía menos garganta. Dentro de poco iba a ser una proeza vivir con semejante dolor: ¡glup! Y Rivera, en vez de reclamarme que no quisiera tomarme un café con ella porque acababa de tomarme otro café con mi exesposa, en vez de recordarme que yo ya sabía que era un error tragarme el veneno que había conseguido escupir, me convenció de visitar al doctor que me hizo entender que tenía que empezar por extirparme las amígdalas si quería recuperarme a mí mismo alguna vez: «Se recomienda reposo de al menos tres semanas», nos dijo, «mucha paciencia…».

A Rivera no se le pasó por enfrente, jamás, la idea de dejarme: ya qué. Simplemente, me acompañó la mañana de la operación: lunes 30 de mayo de 2016. Se tomó la «amigdalectomía», eso sí, como una ceremonia dolorosa pero definitiva para recuperar nuestra familia: eso nos dijo. Y yo le di un beso breve, digno de una pareja que es también un hecho, cuando le di la espalda y me metí a ese último cuarto con la bata ridícula que prueba que uno es sólo eso. Debí decirle los lugares comunes que se había ganado desde que me pidió que organizara el viaje de los tres, sí. Apenas oí la torpe confesión del anestesista, «creo que le maté a su paciente, mi doctor, creo que se me fue la mano con el señor Hernández y que lo perdimos», reconocí que yo en efecto estaba muerto y lo asumí como un castigo por no haber dicho a tiempo lo único que había que decir.

Lamenté no haberle hecho a Lucía el chiste, de hombre incapaz de sacudirse a sí mismo, que había pensado hacerle: «Yo sé que en el fondo usted me quiere».

Pedí perdón por morirme como un aficionado. Y apenas escuché el estruendo que escuchan los espíritus cuando están negando su muerte, una consonante hecha de todas las consonantes, pensé que no quería morir sin ella.

Domingo 9 de marzo de 1687

Fue yéndose el estruendo, como se va todo lo que viene cuando uno sigue vivo, mientras una nueva oscuridad iba aclarándoseme sólo a mí con cuentagotas. Cuando uno se muere —eso fue, al menos, lo que yo viví— primero que todo está ansioso e impaciente igual que cualquier idiota vencido por las conjeturas de la madrugada: «¿Y si refinancio las tarjetas de crédito?». Y yo seguí escuchándoles al anestesiólogo y a su doctor, discípulo y maestro, siervo y amo, la noticia sensacionalista de mi muerte: «Ay», «¡que sí, doctor, que se murió!», «¡pues empiece ya mismo la reanimación, hombre, pida refuerzos!». Oí las palabras que nadie quiere oír, «arritmia», «paro», «broncoespasmo», «hipoxia», «hipoxia cerebral», con toda mi rabia en la punta de una lengua que ya no era mía. Y, ciego y mudo y contrariado, empezó a asfixiarme una extraña inquietud que uno no suele asociar con los muertos porque uno no cree en nada de esto hasta que no lo prueba.

«¿Pero qué diablos están haciendo estos imbéciles conmigo?», me le quejé a la nada. «¿Dónde estoy yo?», me pregunté a mí mismo sin voz. «¿Qué clase de subnormales matan a un paciente en un minuto?», me dije entre aquella bruma que luego entendí que era yo.

No era yo, por supuesto, el primer ser humano que escuchaba desde la primera fase de la muerte las palabras pobres que van diciendo los demás como si uno ya no estuviera allí —como si sirviera a la lección de anatomía del doctor Nicolaes Tulp— y ahora fuera nada: la *umbra mortis* de otro óleo sobre lienzo. Desde el principio de los tiempos ha sido así y así será hasta el día de la conclusión del hombre. El corazón se detiene sin más preámbulos, semejante a una frase que termina en dos puntos para nada, y se acaba la respiración de una milésima de segundo a la siguiente, y la temperatura del cuerpo cae y sigue cayendo, y se dilatan las pupilas sin remedio, y baja la presión de la sangre y ya: adiós. Pero uno sigue siendo uno cuando muere. Y para enterarse de ello basta encontrar, en los archivos de los periódicos y en los estantes de las viejas bibliotecas, miles de testimonios desdeñados por la ciencia.

Decía en el primer párrafo del primer capítulo que en la inexpresable e irrepetible ensoñación de la muerte vi a siete figuras extraviadas, venidas de todos los lugares y todos los tiempos, que andaban por ahí maldiciendo sus suertes. Decía entre guiones que recibí e incorporé sus historias a la mía. Doy por sentado que usted tiene este libro en sus manos porque ha llegado a la convicción de que este es un recuento riguroso de lo que pasa cuando uno se muere y porque ha tomado la decisión de creerme lo que le voy a contar —y de asumir que mis palabras son palabras de honor—, pero, aun cuando suene a mago que predice sus proezas o a vendedor que ofrece de una vez la garantía, para mí es importante que usted sepa que yo sé de primera mano estas siete experiencias que voy a contar desde el principio hasta el final: es fundamental que tenga claro que yo mismo conocí estos siete dramas con los cinco, seis, siete sentidos que uno tiene cuando ya no tiene cuerpo.

Y que, si bien escribir no es propia y necesariamente una señal de cordura, puedo probarle que esto no sucedió en una alucinación sino en un lugar que cada cultura y cada tiempo y cada muerto han estado narrando como mejor han podido.

Según recuerda el doctor Raymond A. Moody Jr., un científico serísimo que publicó en noviembre de 1975, el año y el mes en el que yo nací, una serie de testimonios que coinciden tanto con mi experiencia como con las de muchas personas con las que he hablado en los últimos cuatro años, existen numerosos registros de la vida después de la muerte en los vestigios de la Antigüedad. Desde el principio de los tiempos se habló del descenso a los infiernos, del fin de la consciencia, del paso a otras dimensiones, del cuerpo como un vehículo temporal del alma, del país desconocido al que va a dar la parte inmaterial de lo que somos. Y quizás haya sido Platón, el discípulo de Sócrates que interpretó su papel del 428 al 348 antes de Cristo, el que dejó la más clara y más precisa constancia del asunto.

Platón era tan cuerdo, por lo menos en la traducción al español que yo tengo, que creyó firmemente en la capacidad de la razón humana para acercarse a la verdad, pero al mismo tiempo dejó en claro, en diálogos como el *Gorgias* o el *Fedón*, que estaba convencido de que sólo era posible llegar a ella —a la verdad— cuando el alma al fin dejaba el cuerpo. Platón tenía clarísimo, como si él mismo hubiera accedido a ese plano, que sólo podía llegarse a comprender el mundo físico si se observaba desde otras dimensiones de la realidad. Describe la muerte como el doloroso proceso en el que lo incorpóreo, lo impalpable, lo etéreo, se separa al fin del cuerpo. Insiste e insiste en que morir es aterrizar en el fin del tiempo: para Platón el tiempo es, según recuerda el doctor Moody Jr. en su compendio *Vida después de la vida*, «el reflejo movedizo e irreal de la eternidad».

Platón narra el encuentro entre el alma que se va del cuerpo y otros espectros que a su paso, a su ritmo, se dirigen al siguiente reino. Habla de espíritus guardianes, de una barca que —como la de la ranchera de Pedro Infante que me cantaba mi papá— conduce de una orilla a la otra por un lago negro y oleaginoso. Explica en el *Fedón* que el nacimiento no es sólo la llegada del alma al cuerpo desde el otro plano, y la dolorosísima entrada en el drama del tiempo, sino el arribo a una especie de sueño turbulento, a una especie de olvido progresivo de la consciencia y de la verdad. Vivir es estar dormido. Morir es alcanzar el recuerdo y el despertamiento. Y el cuerpo es, entonces, una celda que enceguece y que se queda atrás cuando por fin llega la hora de volver.

En la Biblia, cuya escritura se demoró unos mil años apenas, se habla claramente de la resurrección, del alma y del espíritu, y de la vida eterna después del fin del cuerpo. Sin embargo, no se habla de la muerte como de ese despertar que es, sino que, en más de cincuenta pasajes que tengo resaltados, se describe como si se tratara de un sueño y de una amnesia: «Nuestro amigo Lázaro duerme…», «los muertos nada saben porque su memoria es puesta en olvido…», se dice en Juan 11:11 y en el Eclesiastés 9:5 de la edición que guarda mi madre en su mesa de noche. Y es claro que morir no es más que hacer una pausa que acaba en resurrección o en condena: el cuerpo vuelve sin su aliento al polvo de la tierra y el espíritu va tomando su propia forma en un lugar libre de las leyes humanas.

Siempre, hasta la mañana en la que oí la noticia de mi muerte, me tomé a las personas que me hablaron de *El libro tibetano de los muertos* como esnobs que luego se fumaban alguna mierda para perderse en la fiesta de turno o se lanzaban acto seguido —igual que yo— a la enriquecedora y liberadora tarea de acabar con el prójimo con un par de bromas despiadadas. Debo reconocer, no obstante, que no he encontrado en los estantes del mundo una guía más precisa para morir. Se dice que el título tibetano del texto es algo así como «el gran libro de la liberación natural mediante la comprensión del estado intermedio» porque no sólo es una serie de consejos que se le dan al alma viajera para que no regrese al ciclo dramático de la vida, al *samsara*, sino que contiene punto por punto el itinerario que suele seguir aquel que va de la Tierra a la iluminación.

Por supuesto, existen hoy, en los cuatro puntos cardinales del planeta, relatos de difuntos pronunciados por miles de voces venidas de todas las eras, pero para mí el más revelador e importante, después de *El libro tibetano de los muertos* —un «tesoro de la tierra» del siglo VIII hallado en el siglo XIV por el descubridor de tesoros Karma Lingpa—, sigue siendo la obra entera de la madre Lorenza de la Cabrera. Quizás lo diga porque la vi a ella en el desfiladero en el que me extravié cuando morí, o porque sus poemas a su Dios y a su cuerpo siempre estuvieron a la vista en la laberíntica biblioteca de la casa de mis papás —en la edición publicada en 1819 por un descendiente suyo—, o porque ella nació aquí en Colombia, en el municipio de Tunja, a unas cuantas horas nomás de Bogotá.

Quizás lo digo porque en su biografía «escrita por sí misma de mandato de sus confesores», que los propios censores de la

Iglesia reconocieron como «un milagro literario» y titularon *Vida y muerte de la venerable madre Sor Lorenza de la Cabrera y Téllez*, describe, con las palabras precisas que yo no he sido capaz de encontrar, el estruendo que escucha uno cuando acaba de morir:

> Sólo tenía cierto en mi corazón que la vida mía podía terminar y que mi martirio podía ser misericordiosamente breve —dice en la página 22 de la edición de la desaparecida «Biblioteca de voces colombianas»—, y un día, estando en el convento con mi angustia, me entró un tormento tal que hallándome sola en mi celda el enemigo me propuso vigorosamente que me ahorcara, pues no me quedaba a mí ya más remedio. Mas el Santo Ángel de mi guarda debió socorrerme, pues fue entonces que repartieron las sentencias de cada mes y decía la que a mí me tocó en suerte: «Devolvedle la vida, Dios, al que os busca en el tránsito». Esto fue sábado, y el domingo en la noche fue Tiempo del Ruido y me vinieron a avisar que caí muerta de repente y sólo yo oí el grito como un verso huérfano lleno de terror y de espanto que nadie más querría oír.

Eso es lo que uno oye apenas se entera de que ha muerto: un verso destemplado e incomprensible lleno de terror y de espanto que nadie más querría oír.

Cuenta sor Lorenza de la Cabrera y Téllez que el domingo 9 de marzo de 1687, «siguiendo el consejo y parecer en todo de mi confesor», viajó en la madrugada a Santa Fe de Bogotá con la convicción de que lejos de su celda «estrecha y lóbrega» se purificaría su alma, que sólo era de Dios. Sor Lorenza pertenecía a la Orden de las Hermanas Pobres de Santa Clara, pero se hospedó con un pequeño baúl en el Convento de Santo Domingo, a media cuadra de la Plaza Mayor, porque su difunto padre —un toledano enviado por el rey al Nuevo Reino de Granada en 1650— era buen amigo del arzobispo Antonio Sanz Lozano. Fue a las diez de la noche de aquel domingo, mientras ella se acomodaba en un «cuarto bajo» de la iglesia, cuando empezaron el estremecimiento y el olor a azufre.

Todo el mundo estaba dormido a esa hora en la muda Santa Fe de Bogotá de madera y de piedra. Y a las diez en punto comenzó a levantarse desde el suelo, desde el centro del centro de la Tierra, un rumor que se fue volviendo un susurro que se fue volviendo un ruido ensordecedor que se lo tomó todo durante unos quince minutos: ¡quince! Vino el pánico. Pronto, los señores y las señoras, las criadas y los mozos, los cacos y las putas, los niños y las ayas salieron en sus ropas de dormir a las calles polvorientas y pedregosas entre una espeluznante nube de azufre. Y en medio de la fuga, según cuenta la madre Lorenza en su autobiografía, el pavor se apoderó de sus corazones y se dejaron contagiar del ladrido lúgubre de los perros bogotanos.

En un estilo literario propio, que por lo colorido se aleja del tono de las escritoras místicas y que hasta el día de hoy, hasta este libro, nadie entiende bien dónde agarró, la huidiza monja De la Cabrera pinta a su manera una escena semejante a la que describen cronistas como el jesuita Pedro de Mercado o el secretario Juan Rodríguez Freyle: dice que se dio una estampida de cristianos enajenados que tropezaban entre sí, como prójimos en el sobresalto que eran incapaces de auxiliarse los unos a los otros, completamente convencidos de que «ese bramido interminable de la tierra, que enmudecía gritos, llantos y gemidos en la negrura de esa noche, anunciaba la hora clara del último juicio que se vaticina en las Sagradas Escrituras».

Se sumó al estrépito el vaivén siniestro de los campanarios de Santa Fe, que parecían anticiparse al último duelo, tin, tan, tin, tan, tin, tan. Y la gran mayoría de los bogotanos creyó que si no se trataba del fin de los tiempos, era entonces una invasión extranjera, pues el sonido de fondo a veces parecía la suma del traqueteo de las máquinas de guerra y el golpeteo de los tambores y el silbido de los sables empuñados, y los padres y los hijos pronunciaron palabras «asquerosas y obscenas» entre el azufre del demonio y terminaron golpeando en las puertas de los conventos, de los claustros, de los monasterios y de las iglesias: «Pero no se vaya a creer que fueron sueños de personas tímidas, sino que todo fue una realidad», pide a los lectores Pedro de Mercado, y ese fue el epígrafe de este manual hasta que se me vino a la cabeza otro poema de Emily Dickinson.

Hacia las diez y diez de la noche se abrieron las puertas del Convento de Santo Domingo. Y cuando los largos pasillos de esos tres pisos empezaron a llenarse de locos y de salvajes, cuando cientos de bogotanos comenzaron a arrancarse las ropas y a gritar improperios y a exigir auxilio en las celdas de los religiosos, la madre Lorenza salió a encarar el asunto, pero le pareció tan obvio que estaba ante las muecas y entre las cenizas de las tinieblas que acabó desmayándose y golpeándose la frente contra una de las barandas del segundo piso: «Ay, Señor, la reverenda está muerta» y «ay, Dios bendito, recíbela en tu reino de luz», escuchó que decían un par de monjas que luego le contaron que hicieron todo lo posible por rescatarla del fin en medio de un pozo de sangre.

Seguían el hedor y el estruendo en el cielo infernal de la colonial Santa Fe de Bogotá, y en el alma de la madre Lorenza continuaban oliéndose y escuchándose los mismos horrores, pero el ruido del Apocalipsis poco a poco fue volviéndosele ese verso de terror y de espanto dentro de ella:

> Aquellas monjas dieron la noticia de mi muerte, con una congoja y apretura tal que parecía como si hubieran visto a su hermana de su propia sangre morir; pero yo no podía notarlo porque el alboroto que se oía en el mundo se me iba volviendo ese verso tormentoso que cuando empezó a aclarárseme la oscuridad en la que estaba sumida resultó siendo aquella oración que decimos en completas: *Visita, quaesumus, Domine, habitationem istam, et omnes insidias inimici ab ea longe repelle: Angeli tui sancti habitent in ea, qui nos in pace custodiant; et benedictio tua sit super nos semper. Per Christum Dominum nostrum. Amen.* Padre mío: los ruidos venenosos del enemigo, que llaman a las tristes

cavernas del infierno, se convirtieron en letras y sílabas y rezos a tu gloria.

En su larga y descarnada confesión, sor Lorenza, que Lorenza también significa laurel, describe una educación amorosa en la casa paterna, una puericia llena de contradicciones y de distracciones y de llamamientos de Dios a la buena vida, una serie de visiones tormentosas en el camino a la juventud, la batalla abrumadora que libró contra las vanidades y contra los adornos, la entrega sin más demoras a los ejercicios espirituales, el enfrentamiento con el demonio en las horas de dicha, los padecimientos espirituales en el Convento de Santa Clara la Real, en Tunja, y la visión de la muerte de su padre amado —que hasta su última semana de vida trató de convencerla de que volviera a su lado— en una celda sombría en la que «despedazaba mi cuerpo para bañarme en mi sangre».

Y sin embargo, según declara justo en la mitad del volumen, página 177 de la edición de la «Biblioteca de voces colombianas», fue en «aquella selva obscura y con el alma errante y adormecida» cuando entendió la verdadera naturaleza de su propio Dios.

Yo no experimenté la trasformación del estruendo en plegaria después de escuchar la noticia de mi muerte, no, lejos de mí el viacrucis de los místicos. Pero doy fe de que hubo un hombre que vivió eso mismo, en una prestigiosa funeraria de Lisboa, sesenta y ocho años después.

Sábado 1º de noviembre de 1755

Fue un temblor por dentro de la tierra que se sintió en todas las eras al tiempo. Empezó en el estómago de Lisboa a las 9:35 de la mañana del sábado 1º de noviembre de 1755, el día festivo de Todos los Santos, como si se tratara de probar que la naturaleza es ciega y fría a los designios de su propio creador. En un principio fue un ruido sordo que zarandeó los edificios de la ciudad y sacó corriendo a los hombres y a las mujeres de sus moribundas casas. Luego de una pausa un poco más cruel que piadosa, semejante a las treguas de los puntos suspensivos, se volvió una sacudida bárbara que en un par de minutos derribó los tejados, las puertas y las paredes. Y después de una inhalación y una exhalación, y de otra inhalación y otra exhalación apenas, vino la convulsión terminante que echó abajo e hizo polvo los palacios y las iglesias.

Duró diez minutos nomás el estallido, pero diez minutos son una eternidad, por supuesto, cuando se trata del Apocalipsis: cuando lo que está sucediendo es que se están viniendo abajo las vigas maestras y los umbrales y ya no se ve el cielo suave de noviembre sino sólo el reflejo de las ruinas.

Diez minutos después, hacia las diez de la mañana, el velo de polvo y más polvo empezó a correrse, el horizonte ceniciento se fue blanqueando hasta verse como una pantalla de cine cuando todo ha terminado y los agazapados se dieron el lujo de erguirse y de cojear con sus pálidas figuras de estatuas anónimas. Tal como lo cuentan las notas de prensa, los poemas, las pinturas, las novelas y los libros de historia que se han hecho sobre el terremoto, aquella tregua de dos o tres minutos terminó cuando un comerciante judío les señaló a todos —para que se santiguaran por él— la garganta de fuego que estaba tumbando y que tumbó las pocas fachadas que quedaban en pie:

ahí venía un incendio redundante que se propagó y se tendió sobre los cadáveres y los escombros.

Y entonces los difuntos y los sobrevivientes, y los resignados que se refugiaron en los muelles porque todos los templos ya habían sido vencidos, tuvieron en común la impotencia ante esa hoguera. Y, desde las 10:53 de la mañana, una y dos y tres olas monstruosas se llevaron el mundo por delante.

Fue el fin. El agua se echó para atrás como si estuviera haciéndolo a propósito, y en el lecho del mar alcanzaron a verse peces secos y mástiles rotos que dentro de poco serán los únicos vestigios de la humanidad, y regresó unos minutos después convertida en una bestia de siete metros de alto que se fue río arriba por el río Tajo y terminó tragándoselo todo desde el puerto hasta el centro de la ciudad. Adiós, distrito de São Paulo, Terreiro do Paço, Cais de Pedra, Aduana de Alfándega, adiós. Las tres olas feroces chocaron contra los barcos de vela y contra los muelles que estaban a punto de caerse: ¡tras!, ¡tras!, ¡tras! Aquellos que se habían refugiado en el malecón murieron ahogados. Y su silencio fue el silencio que precedió las réplicas que vinieron.

Ya había muerto, sepultada por los escombros, quemada por las llamas o estrangulada por el río, una buena parte de Lisboa: sesenta y seis mil almas —de las doscientos setenta mil que ocupaban la ciudad de noche y de día— que para bien y para mal alcanzaron a entender su suerte, «sálvame, Señor mío, del dolor en el pecho», unos segundos antes de morirse. Pero vinieron una serie de remezones que vaticinaron el fin sin remedio de lo que ciertas voces andaban llamando «el mejor de los mundos posibles». Y en medio de esos últimos temblores que no pasaron de ser bromas macabras, cerca del río que comenzaba a recobrar su cordura y bajo nubes de humo y de azufre, un par de putas desmadradas abordaron a un cura que había echado a correr en todas las direcciones como una gallina desde la iglesia de Santa Catalina.

—¡Padre Rodrigo, venga con nosotras, que no nos lo va a creer si no lo ve usted mismo! —le rogaron a ese cura, que hedía, hecho hombre de la peor manera.

Y a punto de morirse de pavor, y al ver que las dos muchachas tenían cara de haber visto un portal de piedra hacia el infierno, el sacerdote, de apellido Malagrida, se fue a saltos detrás de ellas —y mientras pasaba se fijó en la destrucción de su Lisboa, que hasta las diez de ese día había sido el reino amurallado de la Inquisición, habano y verde y rojo, un arrume de edificios estrechos y puntudos—, y sólo se dio cuenta de que habían llegado a un burdel de los extramuros, el burdel de la señora Alvares, cuando se vio a sí mismo rodeado de gente a medio desvestir. Cerró los ojos como si no fuera un inquisidor sino un hereje. Y repitió los versículos del capítulo sexto del Apocalipsis, «y he aquí que hubo un gran terremoto, y el sol se puso negro como tela de cilicio, y la luna se volvió toda como sangre», hasta que por fin entendió el asunto de la A a la Z.

Que ese castigo inapelable a los hombres de mala fe, tal como lo había sido la peste negra de hacía cuatro siglos y tal como lo había sido la viruela en aquellos años, era muy poca cosa si se comparaba con los planes que Dios había hecho para el universo.

Que las sagradas iglesias no habían sido refugios sino trampas mortales durante la catástrofe.

Y que el prostíbulo estaba intacto, en cambio, como un templo incorruptible.

El padre Malagrida recorrió el pasillo lleno de candelabros intactos, dispuesto a presenciar un milagro del Antiguo Testamento, ante las miradas incrédulas de los clientes del burdel: «¡Dios mío!», exclamaron por turnos. Se santiguó él también por si acaso. Fue cuarto por cuarto con los ojos entrecerrados, y repitió los versículos del Apocalipsis, «y el cielo se desvaneció como un pergamino que se enrolla y todo monte y toda isla se removió de su lugar», sin detenerse en los corpiños ni en las pelucas empolvadas ni en las palabras reverenciales de la dueña de la casa. Fue en el último cuarto de ese primer piso, una parodia de recámara de reyes adornada con tapices ocres y cortinas pesadas, donde se encontró con el cuerpo bocarriba y obsceno del enterrador Nuno Cardoso.

A su lado, Duarte, el último perro alano que pisó Lisboa, ladraba y ladraba para que su dueño volviera de la muerte.

El sepulturero Nuno Cardoso, cuyo nombre significa «abuelo» y cuyo apellido quiere decir «espinoso» en latín, vivía tragándose sus propias palabras y era célebre en Lisboa porque sólo miraba a los ojos a las putas. Seguía e incumplía órdenes sin responder «sí» ni responder «no». Su calva era una luna menguante vista desde arriba. Siempre usaba sombreros de copa, abrigos negros con solapas anchas y zapatos de tacón, siempre. Vivía de guantes para que nadie temiera a sus manos. Se daba el lujo de visitar el burdel de la señora Alvares los sábados en la mañana, antes de que aparecieran los muertos ridículos de las noches de los viernes, pero las únicas personas con las que podía comentarlo eran las prostitutas mismas. Su padre había muerto en el terremoto anterior. Su madre lo había dejado en el Convento de Carmo. No tenía amigos, no, ni uno.

Tenía a Duarte, el alano, que era su ángel de la guarda y ladraba y ladraba. Nada más. Nadie más. No más.

Cardoso trataba a los cadáveres como si existiera la posibilidad de que sus almas regresaran en cualquier momento a reclamarlos y a señalar al culpable de su muerte. Sólo cuando se trataba del cuerpo de algún hereje torturado por la santa e inclemente Inquisición —que en ese caso era su obligación lanzarlo al Tajo— apuraba Cardoso los procedimientos, pero incluso a los sacrílegos los desnudaba, los lavaba parte por parte, les devolvía la expresión y les cerraba los ojos las veces que fuera necesario, como si se tratara de un secreto que no iba a salir nunca de aquella habitación. Siempre fue claro, para él, que todos los espíritus venían al mundo para estar a la altura de los cuerpos que Dios les había dado. Y era por ello que Renata, la única meretriz que aún atendía sus teorías, no podía dejar de ver y de volver a ver su cadáver.

—¿Y este hijo de Lucifer cómo terminó muerto? —le preguntó el padre Malagrida después de sobrevivir a una arcada.

Sólo le bastó a la piadosa e insolente Renata cubrirse el hombro descubierto, que tenía un lunar renegrido que le fascinaba al enterrador, para que todos los que estaban allí revivieran la escena como espiándola por un agujero. Se desnudaron, se lavaron, se besaron parte por parte con el alma en otra parte. Renata lo puso bocarriba como cumpliéndole una promesa y se le montó encima y se le rio en la cara —y se puso a escucharlo y a mirarlo a los ojos y a grabarse sus muecas mientras subía y bajaba— hasta que él empezó a arquearse y a engarrotarse parecido a un enfermo del corazón. Pero claro: ella no tuvo que confesárselo al padre Malagrida para que fuera obvio. El señor Cardoso murió ese sábado 1º de noviembre en aquella cama unos minutos antes del primer temblor.

Y lo que más me interesa, por lo pronto, es que lo primero que escuchó fue la noticia de su propia muerte: «¡Vuelve, Cardoso, no te mueras!», le gritó Renata a su cadáver. Y un rato más tarde oyó el estruendo que yo oí.

Hasta que yo me morí supe muy poco de Lisboa. Rivera, la paseadora de perros que me tiene a mí de evangelista, solía decirme «tenemos que ir juntos a Sintra» cuando volvíamos tarde a la casa: y luego me apretaba la mano debajo de las cobijas e iba quedándose dormida —y su cuerpo, igual a ella, parecía a mi merced— con la condición de que yo fuera su testigo. Pero como alguna vez traduje *Cándido*, la novela filosófica e irónica negada por Voltaire, siempre me llamaron la atención tanto el capítulo en el que el protagonista sobrevive al terremoto de 1755 como el poema en el cual el autor decreta el fin del optimismo. Y sí, traduje *Cándido* porque una editorial me lo pidió, pero dije que sí porque ese era el único libro de la formidable y ordenadísima biblioteca de mi mamá que tenía una dedicatoria de mi papá.

«Para Aura, mi futura señora, con la promesa de que todo va a estar bien», decía con una letra rotunda y desmedida como él.

A veces pienso que traduje *Cándido o el optimismo* con la esperanza de que mi mamá —que sin falta me dijo «tú naciste muy inteligente», y nada más, siempre que le di su copia de alguna novela mía— al fin leyera un libro que tuviera que ver conmigo. Sea como fuere, sé que esto de reconocer que antes de morirme yo ya tenía adentro Lisboa y su hecatombe de nada servirá a mi propósito de probarles a los descreídos como yo que estoy diciendo la verdad: ¿pudo ser —me preguntarán con mi propia condescendencia— que esas cinco fases de la muerte hayan sido inventadas por mi memoria alucinada en aquellos días sin oxígeno? Dirán cosas peores, sí. Pero lo cierto es que para lo que viene en este libro resulta clave poner en claro el giro que significa aquel terremoto para la trama humana.

Y reconstruir el primer paso de la travesía que vivió el enterrador Nuno Cardoso, en los parajes volubles de la muerte, para llegar él mismo a su propia conclusión.

Voltaire reaccionó a la noticia de que Dios había permitido semejante cataclismo en la piadosa e inquisitoria Lisboa, quizás la revelación más estremecedora desde que el cura Copérnico probó que el centro del universo no era la Tierra sino el Sol —y que este planeta giraba y giraba y era uno más—, con un poema con aires de monólogo rabioso y resignado al pesimismo que yo incluí en mi traducción: el «Poema sobre el desastre de Lisboa o examen de este axioma: todo está bien».

Era una respuesta amarga a los filósofos que insistían e insistían en que todo pasaba por algo y para algo. Y una crítica hastiada a los versos finales del *Ensayo sobre el hombre* que Alexander Pope publicó en 1734 para «reivindicar los modos de Dios con el hombre»: *Toda la naturaleza no es sino arte desconocido para ti; / todo azar tiene un sentido que no alcanzas a ver; / toda discordia es una armonía incomprendida; / todo mal es parte del bien universal; / y, a pesar de todo orgullo, a pesar de la errática razón, / una verdad es clara: que todo lo que es está bien,* escribió Pope como cantándoles una canción de cuna a los viejos desesperados. Y Voltaire le contestó con ese retrato feroz de un mundo que siempre está acabándose.

Empieza el poema como un temblor: ¡Oh infelices mortales! ¡Oh tierra lamentable! ¡Oh espeluznante reunión de todos los seres! ¡De inútiles dolores está hecha la eterna conversación! Filósofos engañados que gritan «¡todo está bien!»: *¡vengan* *ahora y contemplen estas ruinas espantosas!* Sigue con la descripción de la pesadilla de Lisboa: *Esos restos, esos despojos, esas cenizas desdichadas, esas mujeres, esos niños, apilados uno sobre otro, debajo de esos mármoles rotos, esos miembros diseminados.* Va más allá: *Cien mil desventurados que la tierra se ha tragado, ensangrentados, desgarrados y palpitantes, sepultados bajo sus techos, sin ayuda, terminan sus arrepentidos días en el horror de los tormentos.* Y, una vez pintado el paisaje macabro, se dedica a hacerles preguntas a los filósofos que ven el mundo igual a una puesta en escena sin fisuras.

¿No fueron suficientes señales las fiebres, los esputos, los bubones rotos de los hombres que amanecían como si no hubiera alternativa, y en la noche devorados por la fiebre de la peste no se iban a dormir, sino a morir?

¿No habían sido síntomas contundentes los malestares, los vómitos, las calenturas, las erupciones, las llagas, las pústulas, las costras de tantos traicionados por la viruela?

¿De verdad piensan ustedes, entre voces moribundas y cenizas y víctimas, que un Dios bueno se ha vengado de esos niños aplastados y sangrientos sobre el seno materno? ¿De verdad creen que «todo está bien y todo es necesario» y que Lisboa debía ser engullida entre azufre y salitre porque había tenido más vicios que París, porque toda desgracia es la suerte de alguno, porque toda pila de muertos tiene una razón de ser? ¿No ven que, venga de donde venga, «el mal está en la tierra»? ¿Es la idea de que «esta mortal morada sólo es un estrecho paso hacia un mundo eterno», la idea de Leibniz de que no puede haber un universo mejor hilado, suficiente para entender por qué culpable e inocente sufren por igual?

¿No se ha venido encima el tiempo de pasar de la ilusión a la esperanza? ¿No ha llegado la hora de ir de «todo está bien» a «todo va a estar bien»?

Yo no podía creerlo mientras lo leía, no, yo tenía escalofríos mientras traducía esos últimos versos: ¿por qué hasta ahora me entero de que la desolación de Voltaire estuvo a punto de sospechar de un Dios que permite pandemias y terremotos, semejante alucinación y semejante dolor?, ¿qué hicimos en qué mundo anterior para merecernos esta carnicería que no tiene compasión ni con los niños ni con los viejos? Laura, que por ese entonces seguía conmigo y tendía a hablarme con la condescendencia con la que se le habla a un loco, se me paraba al lado a explicarme que 1755 no era 2005, que, después de la ciencia, ya no era posible pensar así. Y yo habría muerto en total acuerdo con ella, aunque a ella le diera igual, hasta que me morí y vi lo que vi con los ojos que tuve entonces.

Laura, Laura Cuevas, que había estudiado Matemáticas pero luego se había ido por los lados de la ecología, trabajaba en ese entonces en una ONG que se llamaba Terra Mater: «Yo era yo, pero al tiempo no lo era porque tenía reprimida y sepultada la memoria del horror que viví cuando era niña —me respondió cuando le pedí que se definiera a sí misma para este libro—: era inteligente y ambiciosa y trabajadora y enamoradiza, pero, educada en la calma chicha de mi infancia, les tenía pánico a las peleas con mi marido explosivo y escritor que sólo era la persona que era cuando entraba en conflicto». En las peores cosas siempre estábamos de acuerdo, pero discutíamos y discutíamos hasta no estarlo. Y así, mientras yo traducía el poema a mi lengua hastiada, ella me insistía en que Dios no existía ni gobernaba la naturaleza. Y yo le decía «¡ya sé!, ¡ya sé!».

Y me volcaba sobre mi escritorio, en mi estudio en el que nadie más podía entrar porque el oxígeno sólo alcanzaba para mí, para que Voltaire pudiera zarandear y despertar en castellano a la estúpida «gente de bien».

Voltaire redactó su poema desahuciado apenas unos días después del terremoto: *Todo se queja, todo solloza buscando el bienestar, nadie querría morir, nadie querría renacer*, escribió en ese noviembre de aquel 1755, *hay que confesarlo: el mal existe sobre la tierra*. Tres años después, asentado el dolor e incorporada la ironía, convirtió la tragedia en comedia en las 120 páginas de mi versión del *Cándido*. Cándido y el doctor Pangloss, su maestro, llegan a Lisboa cuando está empezando a abrirse la tierra. Son testigos de los temblores, de los incendios y de las inundaciones. Y, mientras los gravísimos y los agonizantes ruegan por su auxilio, el optimista inmundo de Pangloss asegura que el desastre es bueno «porque demuestra que hay cosas mejores, porque si hay un volcán no puede suceder sino así, porque es imposible que las cosas no sean lo que son, porque todo está bien, porque la caída del hombre y la maldición entran necesariamente en el mejor de los mundos posibles».

Se lo dice, según escribió Voltaire, a «un hombrecito polvoriento, cercano de la Inquisición, que volvió de la muerte para tomar cortésmente la palabra».

Y ese «hombrecito polvoriento» sin nombre es el enterrador Nuno Cardoso. Que sale a medio vestir «de un sitio inadmisible». Que sin aspavientos ni virulencias, simplemente como corrigiendo el rumbo de la conversación, asegura que «este lugar es el peor de los mundos posibles, pero es ciertamente muy bello». Y confiesa que mataría porque alguien le sirviera un vino de Oporto.

Para ponerles las cartas sobre la mesa a los verosimilistas como yo, debo decir en este párrafo del presente capítulo que, justo cuando tomó la decisión de enamorarse de mí en mi peor momento y de dedicarse a pasear perros en vez de permitirles a los políticos que le rompieran el corazón una y otra vez, Lucía andaba pegada a un repugnante y adictivo best seller sobre el terremoto titulado *Amén*. Su autora, una estrellita portuguesa llamada Vera Leão, cuenta cada vez que puede que ella misma les lee el tarot a sus personajes históricos para recrear lo que vivieron y cómo lo vivieron. Cuenta que en una librería de viejo de Lisboa encontró un famoso librito de 24 páginas, *1755: breve testemunho dum coveiro*, en el que un enterrador cuenta que estuvo muerto durante el cataclismo y describe qué encontró cuando volvió a su cuerpo. Y que, removiendo viejos archivos del siglo XVIII y desplegando arcanos mayores en su escritorio de escritora, dio tanto con la identidad como con la forma de ser de Nuno Cardoso.

Nuno Cardoso es apenas un personaje secundario en *Amén*, una novela trepidante y envolvente y reveladora —y escoja usted cualquier otro adjetivo barato, de contracubierta de best seller, que haya odiado yo toda mi vida—, porque la mediática Vera Leão lo pone al servicio de una historia de amor tortuosa entre un par de caricaturas de tiempos de la Inquisición. Pero es cierto que su retrato de Cardoso como un hombre sombrío, a duras penas acompañado de un fiel alano llamado Duarte, coincide con lo que yo mismo vi allá. Y su cuidadoso testimonio de enterrador sobre «la caída de aquella ciudad de Dios pobre por fuera y esplendorosa por dentro», que describe la destrucción y la reconstrucción de Lisboa, alcanza a ser citado en el tercer capítulo del libro de Leão.

Quizás porque lo considera un recurso propio de la era del catolicismo, como una parábola o una alegoría sobre haber despertado ante la obra de Dios, la señora Leão no se vale de esa introducción fabulosa en la que Cardoso sugiere que volvió de la muerte con la tarea de librar a los sometidos y poner en cintura a los embaucadores. «Regresé del valle de las luces y de las cenizas y desperté en mi cuerpo bocarriba para ser testigo del más trágico evento que haya contemplado el hombre —arranca y lo traduzco yo como mejor puedo— y para traer al mundo la noticia de por qué se vinieron abajo las iglesias y en cambio quedaron en pie los burdeles». Y aunque para entrar en materia apenas reseña lo que llama, con magnífica precisión, «la excursión de mi alma», es claro que vio lo que yo vi.

Y comienza por mencionar «la oscuridad de las velas que acaban de apagarse» y «una voz de mujer que me ordenaba "¡vuelve, Cardoso, no te mueras!"» y «el rugido que se escucha cuando algo cae al piso en plena noche».

El Cardoso de *Amén* no es este hombre que volvió de la muerte para vencer a su opresor. Pero en honor a la verdad, más allá de mi aversión por esos libros de seiscientas páginas y pastas duras, sí es un espíritu que regresa a su cuerpo libre de pecados.

Viernes 10 de octubre de 1851

Hasta el día en que me morí viví lleno de placeres culposos. Ya no. Ya qué. Ya son placeres y no más. Ya puedo decir que las historias que más me gustan son las historias de impostores, pues ya sé que sólo los miserables —como yo— viven agazapados a la espera del día en que puedan usar un lapsus de uno en contra de uno, y no sobra disfrazarse un poco para protegerse. Siempre me gustaron aquellas tramas. Si un domingo estaban dando en algún canal de esos alguna película de esas, *El regreso de Martin Guerre* o *Las 12 sillas* o *El embajador de la India* o qué sé yo, era lo más seguro que me quedara viéndola así estuviera viéndola por enésima vez. Tenía presente a aquella trabajadora polaca con problemas mentales que estuvo a punto de convencer a los rusos de que ella era la gran duquesa Anastasia Nikoláyevna Románova. Solía repetirle a Rivera, sin darme cuenta de que lo estaba haciendo, la trama del estafador austrohúngaro que no sólo les vendió la Torre Eiffel dos veces a unos comerciantes de chatarra parisienses, sino que luego, años más tarde, tuvo el estómago para sacarle 5.000 dólares a Al Capone.

Vivía fascinado por los farsantes profesionales, en fin, quizás por pura solidaridad de gremio.

Y digo todo esto porque siempre que aparece un refrito tipo «los diez grandes tramposos de la historia», en alguna maltrecha y mordisqueada revista de sala de espera, vuelve a contarse en un par de párrafos apenas —tomados de los tres párrafos de la versión francesa de Wikipedia— la vida tragicómica de la negra literaria Muriel Blanc.

Y el día que yo morí, mientras quemaba el tiempo que faltaba para mi amigdalectomía, leí y releí otro sorprendido recuento de su paso por la Tierra que a diferencia de todos los demás se atrevía a asegurar que el viernes 10 de octubre de 1851 había sido asesinada por «agentes del gobierno de Luis Napoleón», pero había vuelto, como un fantasma de carne y hueso, de la muerte.

Se cuenta que nació en la madrugada del lunes 14 de febrero de 1820 a unos pasos nomás de la Ópera de París. Se dice que en la noche de esa misma jornada su madre murió y su familia se vio obligada a huir de la ciudad, pues su padre, un guarnicionero bonapartista de carácter indescifrable que se había empleado en las caballerizas de Luis XVIII «para acabar con los borbones», fue acusado de ser cómplice del asesinato del duque de Berry. Muriel creció en la pequeña e ilustrada Chambéry tanto como podía hacerlo una única hija entre siete hermanos hombres, que acabaron siendo cinco por culpa de la segunda pandemia de cólera de aquellos tiempos. Gracias a su belleza extraña, de princesa árabe que sólo hablaba para lanzar sentencias, su padre odió hasta el paroxismo a todos los muchachos que se le acercaron —«todos parecen borbones», decía—, pero la viva Muriel, que en gaélico significaba «mar luminoso», se escapó de su casa alpina a los diecisiete.

Se cuenta que un año y medio después, a principios de diciembre de 1838, mejor dicho, apareció en la isla de Elba convertida en la princesa Zafira de Amirania.

Estaba andrajosa, bocabajo, como un rastro en la playa de Patresi. Parecía muerta e ida para siempre, pero su espalda seguía respirando. Tenía un tatuaje en el cráneo rapado que nadie se atrevió a interpretar: الجميل اربص. Las personas que la encontraron allí, un pescador del muelle viejo y su hijo, pensaron que se trataba de una princesa moribunda porque no se le entendía una sola palabra de las poquísimas que tartamudeaba y porque guardaba entre el puño un velo que no era propio de las mujeres de la isla. Se la llevaron como un bulto de sardinas a una posada junto a uno de los precipicios de Marciana. Estuvieron a punto de procesarla por vagancia, pero el señor Auguste Maquet, colaborador principal de Alexandre Dumas, la salvó de la cárcel cuando ni siquiera ella lo esperaba.

Fue el discretísimo Maquet, que se había puesto a sí mismo en la tarea de visitar la isla de Elba para documentar las leyendas y los chismes y las locuras que el desbocado Dumas quería convertir en *El conde de Montecristo*, quien confirmó que en efecto se trataba de una princesa árabe —la princesa Zafira de Amirania, ni más ni menos— a una turba de maridos y de esposas que estaban a punto de empujarla al mar. Esa era la última noche de Maquet en la isla, por supuesto. Y se dedicó a traducirles las mil y una desventuras de la princesa a los espectadores que se agolparon en la pequeña plaza entre los árboles del Santuario Della Madonna del Monte: su barco había naufragado —explicó— y ella era la única sobreviviente de una travesía sospechosamente parecida a la primera de Simbad el marino.

—¿Podría decirnos usted, querido señor Maquet, qué significa el mensaje pintado en la cabeza de la princesa? —preguntó el último suspicaz de la isla.

—Por supuesto que puedo decirlo, amigo mío, «sabran jamilan» quiere decir «la paciencia es la única virtud» —contestó el señor Maquet sin tomarse un solo segundo para pensárselo.

Maquet no pidió nada a cambio de salvarle el pellejo a aquella princesa Zafira de la lejana y esplendorosa tierra de Amirania. No sólo se definía a sí mismo desde entonces como «un hombre de familia» —y quizás eso lo salvó de todas las trampas que empezaron a aparecérsele en la vida a partir de ese momento—, sino que, no obstante un temperamento mordaz e inflexible, sobre todo era un hombre incapaz de resistirse a la sola posibilidad de convertir cualquier anécdota en novela. Se despidió de ella y le deseó toda la suerte que le fuera necesaria, como si se tratara de una princesa de verdad, convencido de que no iba a verla nunca más. Y durante los seis meses siguientes la exótica Zafira vivió entre lujos y agasajos ofrecidos por los dignatarios de la isla.

¿Por qué terminó inventándose semejante personaje para ella misma? Porque los encierros suelen convertir a los seres humanos en expertos en la ficción. ¿Por qué dejó de interpretar a la princesa misteriosa, desmemoriada, que todos los días recibía alguna propuesta de matrimonio? Porque un mal día un retrato suyo apareció en *Le Siècle*, un reciente diario liberal que desde sus primeros números había publicado las novelas por entregas de Dumas y de Balzac, y la farsa se le vino abajo. La noticia de que no era ninguna princesa de ninguna tierra reluciente, sino la hija extraviada de un zapatero bonapartista que algo había tenido que ver con el crimen infame del duque de Berry, la obligó a escaparse con la ayuda del hijo enamorado del pescador que la encontró.

«¿Pero entonces no hablaba esa mujer maldita la lengua de los árabes?». «¿Quién va a devolvernos las horas que pasamos celebrándola como si no hubiera sido una estafadora vulgar, sino una diosa?». «Yo le regalé la única joya que he tenido en mi vida para obtener los favores de su reino». «Me dijo en el lecho que no podía desposarme porque había sido prometida al príncipe Abdula, pero me prometió los favores de sus hermanas mayores: Dalila la taimada y Zeinab la embustera». «Me confesó que no era la hija de un rey sino la protegida del negro Sauab, el primer eunuco sudanés». «Tomó prestado el estuche labrado, con mis cubiertos de oro, que era de mi madre». «Yo le di el bicornio del emperador Bonaparte». «¡Nadaba desnuda entre las barcas del río Marina!».

Todo el mundo se enamoraba de ella y ella de vez en cuando les correspondía, pero el torturado Victor Hugo, que la conoció unos años después y la conoció muy bien, la definió como «un verdugo involuntario», pues sin temor a exagerar podría decirse que su amorosa indiferencia fue una de las causas principales de suicidio en los días tajantes del Romanticismo.

La señorita Muriel Blanc recorrió la Europa romántica —y fue dejando rastros por allí y por allá— en los seis años que siguieron. Es la encantadora y confundida y mujeriega Magda Mann, secretaria de la Academia de Ciencias de Berlín, que a punta de miradas estuvo a punto de acabar con la relación de los hermanos Grimm justo cuando acababan de conseguir el apoyo para terminar su diccionario alemán. Es la insólita e imposible Maria Keller, que convenció a medio mundo de viajar a la ancestral Tübingen, en el suroriente de Alemania, para visitar al poeta esquizofrénico Friedrich Hölderlin —«Mein Onkel», repetía ella, «mi tío»— en la pequeña torre amarilla en la que padeció encerrado treinta y seis de los setenta y tres años que vivió.

Según se cuenta en ciertos folletos de la región, Keller ofrecía a los turistas versos y autógrafos de su amado «tío Friedrich» —y ofrecía también «una conversación imborrable con su genio»— a cambio de unas cuantas monedas de plata. Y el anciano Hölderlin, asediado por las voces y abandonado por su familia y aliviado por el piano que tocaba para sacarse de adentro el demonio de la angustia, gustosamente garabateaba variaciones de un poema triste que alguna vez le había dedicado a su casero: *Infinitas son las líneas de la vida, / como umbrales y como senderos / de horizontes velados para siempre. / Que lo que somos aquí entre las ruinas / pueda una fuerza acabarlo más allá / con armonía y gracia y paz eternas*, escribía, cabizbajo, rezándoles a sus dioses griegos.

La guía turística Keller tuvo que irse de Tübingen un par de años antes de la muerte de Hölderlin porque el hermanastro del poeta, que pretendía quedarse con la enorme herencia de la familia, la acusó de ser una impostora: «¡Arrêter!».

Un colega de apellido Salamanca, que me encontré en la sala de espera de mi muerte, no me dejó leerlo en paz, pero en el artículo de la descuadernada revista de Avianca se asegura que Muriel Blanc se casó dos veces con dos millonarios entrados en años —español e inglés, que yo sepa— bajo la identidad falsa de la heredera Mary Wilkinson. No tuvo hijos. Y, no obstante, todo ello debió suceder entre febrero de 1841 y junio de 1843, un poco más, un poco menos, pues en marzo de 1844 Blanc aparece en París transformada en una rubia altísima y narizona a cargo del zoológico humano que se instaló por los lados del parque del Bosque de Bolonia: «L'extraordinaire exposition ethnique de Madame de Valois». La impostora, de veinticuatro años, se hacía llamar entonces Marion de Valois. Y en el afiche de su feria aparecía con una corona y un cetro y rodeada de monstruos de la naturaleza.

En los dos tiempos del Romanticismo, en el revolucionario y definitivo siglo XIX que vio a tantos héroes y a tantos megalómanos fundar naciones e imponer culturas a sangre y fuego, se encaró con la fuerza del liberalismo la tradición del clasicismo, se cuestionó día y noche un mundo articulado por los cánones, se peleó a muerte con el yugo racionalista de la Ilustración, se recobró la nostalgia por los paraísos perdidos que empiezan en la infancia, se defendió lo propio bajo la premisa de que quizás no haya nada más, se completó el rompecabezas sobrecogedor de la naturaleza, más allá de las imitaciones de los griegos, como completando a Dios, y se reivindicó el yo capaz de la fantasía, del universo propio, de la rareza, del genio.

Y en la búsqueda de los engendros y los caprichos y los desvaríos de la realidad de Dios, en la búsqueda de más y más criaturas del doctor Frankenstein, empezó a tener su propia lógica eso de exhibir seres humanos que —desde las gafas europeas de aquel entonces— parecían eslabones perdidos de la raza humana.

A comienzos del esplendoroso siglo XVI, el emperador Moctezuma, tlatoani de los mexicas, llegó a tener en su poder un repertorio de enanos, de jorobados y de albinos que agachaban la cabeza cuando lo veían pasar. Por aquellos mismos años, uno de los Médici, el jovencísimo cardenal Hipólito de Médici, se alcanzó a inventar una *ménagerie* en el Vaticano —o sea un refugio de fieras en la ciudad del papa— donde exhibió orgullosamente el numeroso elenco de «salvajes» moros, turcos, africanos, tártaros e indios que alcanzó a coleccionar a pesar de lo poco que vivió. Trescientos años después, de 1835 en adelante, mejor dicho, un comerciante gringo e inescrupuloso de nombre P. T. Barnum se dedicó a sacarles jugo a los llamados *freaks of nature* en los llamados *freak shows*: bajo la tutela del cejijunto Barnum, que en 1841 montó su espeluznante The

American Museum, se expusieron siameses, microcefálicos salvadoreños, mujeres negras de ciento sesenta y un años que en realidad tenían setenta y siete.

Y, sin embargo, pocos espectáculos tan grotescos y pantagruélicos como «L'extraordinaire exposition ethnique de Madame de Valois» en el Bosque de Bolonia.

Madame de Valois guiaba a los espectadores por un enorme cuadrilátero lleno de jaulas de madera entre los ramajes, e iba presentando ella misma, con su voz grave y su nariz acusadora, a una serie de hombres y de mujeres a los que se refería como «mis bestias»: contaba las odiseas de mujeres barbadas, de hermanas siamesas, de gigantes deformes, de obesos mórbidos, de enanos, de hombres sin brazos ni piernas, de muchachas africanas desnudas, de faquires, de artistas del hambre, de indios fueguinos, de caribes, de maoríes, de hotentotes, de somalíes, de pigmeos, de mongoles, de papuanos, de beduinos, de chinos, de esquimales, de apaches, de «salvajes polígamos y caníbales». Y sus narraciones eran tan vívidas, tan dramáticas, que el público habría podido cerrar los ojos. Y habría dado lo mismo que estas «anomalías de la especie», como ella las llamaba, terminaran siendo quimeras.

Fuera como fuere, es lo más seguro que «L'extraordinaire exposition ethnique de Madame de Valois», un corazón de las tinieblas en un claro del bosque, habría seguido siendo un éxito entre los europeos colonialistas y boquiabiertos de los siguientes meses de 1844 —y un éxito escalofriante, asqueroso e impensable según los estándares morales de hoy, sin duda alguna— si la señora de Valois no se hubiera encontrado cara a cara con un viejo conocido en la última función del penúltimo domingo de mayo.

Era una vez más el escritor Auguste Maquet, sonriente y fascinado justo a tiempo. Blanc se atragantó, apenas lo reconoció entre la multitud, cuando estaba a punto de llegar al ensayado final de sus mil y un relatos: una comparación reivindicatoria de la vida sexual de las siamesas con la vida sexual de los siameses. Ya había contado el día en el que la mujer barbuda se murió de miedo ante el espejo, la travesía de los muchachos microcefálicos de siete diferentes colores, el descenso a los infiernos del pescador sin brazos y los cuarenta ladrones, la vez en la cual el caribe tuvo que devorarse a un enemigo porque no había nada más para comer, y se envenenó, y la noche en la que los pigmeos del Congo se enfrascaron en una batalla campal —y desigual— con los monos jovenzuelos de la región.

Y se acercaba poco a poco a la moraleja de cada función, «no hay una mujer ni hay un hombre que no sea una extravagancia», cuando vio allí al señor Auguste Maquet.

El señor Maquet, incapaz de desenmascararla ni antes ni después porque no hay sapo más pestilente e infecto que un espectador que denuncia el pequeño truco de un mago, se le aproximó al final de aquella función vespertina para susurrarle su nombre en el oído: «Hola querida Muriel», le dijo, «la última vez que nos vimos todavía era usted una princesa…». Ella fingió y negó y dio la espalda lo más que pudo. Acabó rindiéndose ante la mirada invicta de Maquet, que era tan terca, y se lo llevó hasta su tienda. Y fue allí donde interpretó el papel de la hija pródiga, y se inventó que se había vuelto una impostora porque había perdido a un par de hermanos cuando era apenas una niña, y empezó a llorar a mares, y en serio, como si semejante fábula pudiera tener algo de cierto.

En aquel entonces aún no se hablaba de «mitomanía», sino acaso, de vez en cuando, de las falsedades ingeniosas que el barón de Münchhausen aumentaba y corregía para enfurecer a los racionalistas. Y, sin embargo, el obstinado de Auguste Maquet, que se sentía feliz siempre que recordaba que era un padre de familia, pero, terco y desmemoriado, solía caer en la trampa de trabajar y trabajar un poco más hasta encallar en el trabajo, se dio cuenta en aquella ocasión de que Blanc era tan buena narradora que se creía una por una sus propias mentiras. Y así, en vez de consolarla por la muerte de una hermana gemela que jamás había tenido o de revelarle su enésima estafa a ese público de incautos, le propuso que entrara a hacer parte del taller de Alejandro Dumas.

El mundo está repleto de gente que cree que es el escritor pero en realidad es el personaje. ¿Qué tal yo? ¿Hago yo parte de ese grupo? ¿Debí notar antes, antes de reinventar la rueda de la novela y de parodiar las violentas convenciones colombianas y de hacer de mi obra entera una recreación del lenguaje mismo, que la única manera en la que podía ser un autor era narrarme a mí mismo con pelos y señales? Sea como fuera, el caso de la farsante de Muriel Blanc era al revés: Blanc no era un personaje con ínfulas de escritor, sino un escritor con delirios de personaje. Y el madrugador e introvertido Maquet lo entendió aquella tarde, y a la mañana siguiente la convenció de visitar al trasnochado y espectacular Dumas para ofrecerle su trabajo.

Dumas era el opuesto de Maquet: desgreñado, gigantesco, encantador, narciso, palabrero, hipnótico, impredecible, despilfarrador, inagotable. Su risa era un estruendo con réplicas: «Jojojojojo». Siempre estuvo rodeado como una hoguera, siempre, y siempre encontró placer en la mirada enamorada de los otros. Nadie logró nunca serle indiferente a su presencia. Y él, a cambio, dedicó buena parte de su energía a contagiarles a todos su pasión por narrar. Y, aunque estaba zarandeado e indigesto esa mañana, apenas vio a la señora Blanc se lanzó a predecirle lo feliz que sería trabajando para ellos. Se dice que Maquet sintió celos y se los tragó porque no era capaz ni tenía tiempo para serle infiel a su mujer. Se dice que allí empezó un breve triángulo amoroso —y que Truffaut se inspiró en ese rumor para inventarse *Jules y Jim*— pero quizás fue lo de menos.

Durante los siete años que siguieron, desde junio de 1844 hasta octubre de 1851, la nueva Muriel Blanc no sólo resultó ser una presencia y una correctora agudísima de novelas monumentales de Dumas como *El conde de Montecristo, Los tres mosqueteros, La reina Margot, La guerra de las mujeres* o *El collar de la reina* —arreglaba diálogos, discutía la estructura con Maquet, reparaba personajes—, sino que además se fue convirtiendo, a partir de la noche larguísima de las elecciones del domingo 10 de diciembre de 1848, en una de las favoritas del círculo privado de Carlos Luis Napoleón Bonaparte, sobrino de Napoleón

Bonaparte, presidente de la Segunda República. Reducida a su propia persona, que había conseguido disfrazar durante tantos años, Blanc empezó a caer bien y a caer mal.

Alejandro Dumas hijo la odió a muerte y a primera vista desde aquel 1844: en ese entonces acababa de mudarse a la casa paterna y era un escritor de veinte años que había crecido bajo la sombra de ese nombre y de ese apellido, pero seguían torturándolo las imágenes de la enfermedad de su madre y seguían ardiéndole las burlas de sus compañeros de colegio por haber tenido un abuelo mulato y seguían doliéndole los siete años en los que fue considerado un hijo natural e ilegítimo, y la camaradería súbita entre su padre y la señorita Muriel Blanc le parecía repugnante. Dumas hijo pronto se convirtió en el autor de *La dama de las camelias* y la gente empezó a confundirlo con su papá cuando lo veía a lo lejos. Su odio por Blanc jamás cambió.

Dumas hijo siempre defendió a las mujeres, pues en ellas podía entrever el dolor de su propia madre, pero se inventó el adjetivo «feminista» —de modo peyorativo, por demás— para descalificar a los hombres que se ponían del lado de la causa de las ciudadanas.

Y según escribe Victor Hugo, que era uno de aquellos «feministas», lo más probable es que Dumas hijo haya encontrado la inspiración en su animadversión por la altivez de Blanc.

Es Victor Hugo precisamente quien en los primeros borradores de su crónica *Historia de un crimen* cuenta que en octubre de 1851 la señorita Blanc, conocedora de los peores secretos que se susurraban en los mentideros de la Segunda República, trató de advertirles tanto a Dumas como a él que el presidente Bonaparte —tan esperanzador en un principio— estaba fraguando un golpe de Estado para proclamarse emperador con el pretexto de rescatar la democracia de las garras de aquella asamblea nacional que había echado para atrás el sufragio universal masculino: sus rimbombantes promesas de campaña, «restauración de la tradición», «reivindicación del catolicismo», «restitución de la grandeza nacional de Francia», cobraban ahora aspecto de trama brillante: jaque mate.

Victor Hugo llegó a tener fe verdadera en el espiritismo porque, gracias al trabajo de una médium fidedigna sospechosamente conocida, él y su esposa llegaron a comunicarse con la hija que habían perdido años atrás: «¿Eres feliz cuando te nombro en mis oraciones…?», preguntó él, «sí…», le contestó ella. Y es gracias a aquella espiritista de la que ya hablaremos, y gracias a las voces de los muertos —y porque «la vivísima señorita Blanc» le recordaba a su niña—, que cuenta sin asomos de culpas ni de extrañezas cómo un par de esbirros del futuro tirano lanzaron a Muriel al río Sena desde el Puente del Alma para que no frustrara los planes del golpe. Y más tarde cuenta, como sólo él pudo hacerlo, que ella cayó de espaldas y murió entre el agua y en la primera fase de la muerte escuchó los gritos de un par de borrachos de la madrugada: «¡Un cadáver!», «¡una muerta!», chillaron.

Y ella se sintió sumergida en la vorágine del río con los ojos cerrados e inmóvil.

Y luego escuchó el estruendo perturbador que escucha todo muerto apenas muere: «Un eco del fin», dice Victor Hugo, «un vestigio del horror».

Y si usted no es capaz de creerle a semejante poeta semejante fábula llena de giros tercos e insospechados —pues es cierto que los padres que escriben se aferran a la eternidad, y cierto es que nadie tiene una hija para perderla, ni siquiera Hugo—, seguro que en su lectura acabará rindiéndosele a un par de versiones más del drama que yo mismo encontré hace unos meses. Yo habría querido hablarle de la impostora Muriel Blanc a mi mujer, a Rivera, la mañana ridícula en la que me morí, pero me acuerdo de que dejé la revista sobre la mesa apenas me hicieron seguir a las salas de adentro, y pensé «luego le digo». Y, cuando empezó a desvanecerse y a desaparecerse el estruendo que sabemos, yo me dije a mí mismo «yo no me puedo morir porque tenemos que hablar de esta impostora».

Y lo único que pude decirme durante un buen rato, en la lengua sin letras que se usa al otro lado, fue el mismísimo lugar común que ella se dijo al verse muerta: «Esto que está pasando ahora no es el fin».

Sábado 1º de julio de 1916

A los muertos les tienen sin cuidado los lugares comunes. Yo mismo, en el capítulo que acaba de pasar aunque usted no lo crea, me he estado valiendo de expresiones tan manidas como «sin duda alguna» o «sacarle el jugo» o «llorar a mares» o «con pelos y señales», sin vergüenza y convencido de que buscar otro modo de decirlas habría sido una «perdedera de tiempo». Comienzo con esto porque siempre he querido escribir, por enésima vez, que «la guerra es el infierno»: para qué buscarle sinónimos a un hecho. Empiezo así porque en este punto me veo en la obligación de contar que el exboxeador alemán Bruno Berg, que alcanzó a pelear con los puños desnudos y fue apodado «El Matasiete de Prusia» en los sangrientos rings de aquel entonces, murió de la manera más enrevesada en los márgenes de la brutal y eterna batalla del Somme. Y, a pesar de todo lo que vino después, también dejó constancia de su pesadilla.

El combate por el valle del río Somme, en el norte de Francia, arrancó a las 7:30 a.m. del sábado 1º de julio de 1916 como un temblor entre los cráteres y las trincheras de los dos ejércitos gigantescos: el ejército de los aliados franceses e ingleses, que buscaban contener el ataque de Verdún y recobrar el territorio para siempre, y el ejército de los alemanes, que pretendían quedárselo a como diera lugar. Primero que todo se sintieron, en las botas enlodadas y en los pisos ruinosos, un par de explosiones secas y consecutivas que jamás se volvieron a sentir: ¡pom!, ¡pom! Siguió una catarata de estallidos, tracatracatracatracatrá, que terminó en un silencio premonitorio. Después se escucharon los galopes de los caballos, los gritos de la guerra como plegarias coléricas, los zarandeos de las ametralladoras en la justamente llamada «tierra de nadie». Y entonces se libró como se libra en el infierno la peor de las batallas de la peor de las guerras que se hayan puesto en escena en este mundo.

Hay que aclarar que en los días anteriores de aquella semana los soldados británicos lanzaron un millón y medio de granadas, y cavaron túneles bajo las trincheras alemanas y los llenaron de bombas, como recordándose a sí mismos que aquella iba a ser la primera guerra del mundo oficiada por las máquinas. Y como lo cuenta el propio Bruno Berg en una larga carta desde la enfermería de la batalla, que ahora mismo se encuentra exhibida en el Museo Historial de la Grande Guerre, los soldados del segundo ejército alemán —alertados por un prisionero inglés que quería vivir— se habían pasado esos últimos días plagando el terreno de cercas de púas y de barricadas: «Estábamos maltrechos, pero completamente de acuerdo en que tendríamos que empalar a nuestros comandantes si seguían mandándonos a morir de esa forma tan estúpida», escribió Berg desde una camilla que rechinaba y empezaba a parecer un ataúd.

Su carta, una serie de hojas mordisqueadas y amarillentas, no está en un muro del museo porque sea una joya de la literatura, sino porque es una joya de la angustia y de la culpa: «Quería morir ya porque ya no podía dormir», confiesa un poco más adelante, «pero cuando me mataron lo primero que pensé fue que aquello no era justo». Que durante meses él, con sus propias manos, había levantado trincheras, arreglado líneas telefónicas en un peligroso y empinado montecito, reparado refugios de piedra y de barro, y despejado paisajes astillados y fúnebres, para acabar convertido en un lugar común de la barbarie: para terminar reducido a «carne de cañón» en un horizonte devastado. Que esa pesadilla hecha a mano no tenía sentido, ni tenía lógica que todos esos muchachos se hubieran visto forzados a dar esa batalla: ese «gran empujón».

«Apenas empezaron los gritos de la guerra, ¡saltar!, ¡avanzar!, ¡retroceder!, parecía como si el único sentido de esa lucha fuera darles una anécdota borrosa a los periódicos para que se inventaran otra más de sus malditas ficciones», continúa.

Y en este punto el tacto y la sagacidad de mi Rivera, que es imbatible en *Sabelotodo* o en *Trivial Pursuit* porque en su viejo trabajo acumuló y acumuló conocimientos que de vez en cuando se saca de las mangas, me hace caer en cuenta de que quizás valga la pena y tal vez sea urgente devolverle su contexto al testimonio frenético de Bruno Berg: tal vez sea lo justo reseñar aquella Gran Guerra —como usted la quiera llamar: la Guerra Mundial o la Guerra Europea o la Primera Guerra Mundial o la «Weltkrieg» de la que hablaron los alemanes desde el primer disparo— para que vuelva a ser esa larga ceremonia macabra que fue, para que siga siendo ese cataclismo oficiado por el hombre desde el martes 28 de julio de 1914 hasta el lunes 11 de noviembre de 1918.

El archiduque Francisco Fernando de Austria fue asesinado el domingo 28 de junio de 1914, por un nacionalista serbiobosnio de apellido Princip que ya había perdido la esperanza de encontrárselo y matarlo, cuando su séquito tomó la callejuela equivocada en Sarajevo. Y en unos cuantos días nada más, y nótese que aquella es una era plagada de mayúsculas, el enfurecido Imperio Austrohúngaro convocó y activó su vieja alianza con el Imperio Alemán con el propósito de ordenar el mundo a su manera, se lanzó a invadir a los serbios mientras los alemanes invadían a los belgas y a los luxemburgueses en su camino hacia los franceses, y puso en marcha así una guerra apocalíptica con la Triple Entente del Imperio Ruso, el Reino Unido y Francia. Europa dominaba la Tierra como alguna vez la habían dominado los dinosaurios: Europa inventaba, fabricaba, planeaba, hacía arte y pensaba por el mundo que había colonizado en los últimos siglos. Pero desde la segunda mitad del XIX trataba de sostener el frágil equilibrio entre esas naciones adolescentes que todo el tiempo se miraban de reojo a punta de pactos de emperadores y de demócratas en ciernes, y a punta de aumentar los gastos militares para ganar la carrera armamentística. Y era claro que los conflictos diarios en la península balcánica, «el polvorín de Europa», iban a servirle al acabose. Y así fue. Princip le disparó a Francisco Fernando y a su esposa Sofía cuando se los encontró sin querer, sin imaginarlo, como si la historia de la humanidad tuviera un plan. Y el Imperio Austrohúngaro y Serbia se rodearon, y se emplearon las armas y las máquinas y las naves para el horror que tanto se temía.

Se pensó que sería otra guerra corta de combates cuerpo a cuerpo. Pero si se tuvo esa ilusión fue sólo porque ni la caballería ni la infantería de las viejas confrontaciones napoleónicas estaban preparadas para lo que se nos vino encima: las ametralladoras, los tanques, los gases, las granadas, los bombardeos.

Si la naturaleza no era capaz de acabar con el hombre, a punta de cataclismos y de plagas, entonces el hombre tendría que asumir la tarea y convertirse de una vez por todas en su propio depredador.

Si el estómago revuelto de la Tierra y de sus mares y de sus aires no vomitaba por siempre y para siempre la farsa de la humanidad, y terminaba este experimento que se había salido de las manos y cada vez sería peor, entonces habría que cavarle túneles y clavarle trincheras y lanzarle bombas y ametrallarle sombras para reventar todos los paisajes «habidos y por haber».

En el llamado Frente Oriental, en lugares aplazados como el pequeño pueblo sajón de Tannenberg, las tierras de los lagos de Masuria, el impasible golfo de Riga y el viejo reino de Galitzia y Lodomeria, el ejército alemán se enfrentó una y otra vez con aquellas tropas de campesinos rusos desarrapados e inexpertos. El imperio de los Romanov, a punto de presenciar y padecer la revolución bolchevique, no estaba ya para grandes gestas, pero sus súbditos, que al menos no se vieron obligados a cabalgar contra los tanques y las ametralladoras en valles de la muerte cercados con púas, dieron la vida para que no se consumara la deshonra, sino apenas la derrota. En el Frente Occidental se dio la misma miseria, pero el horror fue un horror nuevo.

En un principio, Alemania entre comillas venció a Francia entre comillas, en Lorena, en Charleroi y en Maubeuge, pero lo que de verdad sucedió ese agosto de 1914, para el tema que compete a este manual, fue que 59.000 hombres perdieron la vida: que 59.000 almas, y hay que aclarar que esas cifras jamás son cifras cerradas, se quedaron sin cuerpos de una milésima de segundo a la siguiente. Semanas después, en la primera batalla a lo largo del río Marne, que probó a los alemanes que no sería nada fácil someter a los franceses, murieron 143.000 muchachos si se suman los muertos de parte y parte, y en seis días apenas. Y fue entonces cuando ambos ejércitos se agazaparon y se atrincheraron como abriendo una gran zanja entre las fronteras.

Y fue entonces cuando se enfrascaron —y, sumados los unos y los otros, perdieron exactamente 262.063 soldados— en la delirante e interminable batalla de Verdún.

Y fue entonces cuando las tropas británicas se lanzaron al combate en el río Somme con la ilusión de romper las líneas alemanas y darles algo de alivio a sus aliados franceses.

El salvaje Bruno Berg nació en la villa de Bandelin el martes 1° de octubre de 1896, creció y creció hasta volverse un boxeador de peso pesado —y un bárbaro, en el mejor de los sentidos, en el ring— y a los dieciocho años se convirtió en el célebre campeón amateur que inspiró a Max Schmeling para seguir adelante con su carrera de verdad, y sin embargo jamás llegó a ser un peleador profesional porque se lo tragó la guerra cuando iba a cumplir los diecinueve y unos meses después terminó en el callejón sin salida de la batalla del Somme. Allí cavó y martilló y fumó puritos y bebió cerveza mientras esperaba el delirio de la confrontación. Allí lamentó haber sido más temido que amado por las mujeres de su pueblo. Y su cara se fue poniendo angulosa y su risa se fue volviendo una carcajada macabra de ceremonia diabólica: ¡jajajajajá! Pero sólo imaginó una parodia de lo que vio.

Dice Berg en su única carta que él y sus camaradas sabían que los franceses también habían «agujereado» y «espinado» y «amurallado» el valle. Cuenta que estaba tan enclenque y tan agotado por los estallidos de los últimos días que se tomó como un alivio —«morir por fin»— los estallidos de los últimos minutos antes del principio de la batalla. Confiesa que lo único que lo animaba a vivir era beber. Y que como nadie estaba esperándolo en la villa de Bandelin, porque nadie lo había esperado nunca, recibió las órdenes de sus superiores como un gran empujón y se lanzó a acabar con todo para siempre. Lo ahorcaba la casaca verdosa. El casco pickelhaube le pesaba y le picaba. Y apenas pisó el calor asfixiante de la batalla, y vio los gritos enfrente como una sola mandíbula rabiosa, dejó de morderse el bigote que ya le bajaba a los labios y pensó lo que pensó hasta que lo mataron: que nada de eso podía ser cierto.

Escuchó el chillido «¡alarma!, ¡alarma!, ¡alarma!», un disco rayado y agudo, porque todo dejó de tener la lógica que alguna vez tuvo. Uno de sus compañeros más frecuentes, Heinrich, le dijo «dile a mi madre que no se preocupe» y se fue adelante para siempre. Uno más, el tartamudo Otto, recibió dos balazos traicioneros e inmediatos porque trató de pensar a dónde ir: zas y zas. Y el extraviado Bruno Berg, que Bruno puede significar «armadura» en germánico, pero también puede significar «sepia», le pidió y le rogó y le imploró que le siguiera hablando, «¡háblame, Otto, dime algo!», y a pesar de sus súplicas secas el moribundo prefirió despedirse del mundo —como si al mundo le importara— antes de que fuera demasiado tarde: «Ya no tiene sentido, Berg, por favor saluda a mi Tulla si la ves», le escupió bocarriba entre las puyas.

Berg, que significa «montaña» en alemán, siguió adelante para que no lo mataran los suyos, sino los ajenos. Se paralizó un par de veces, por culpa de un par de estallidos de tierra en la pantalla blanca del cielo, antes de entregarse a lo que fuere. Se puso en marcha apenas su cerebro pudo enviarles la orden a sus botas. Se fue guerra adentro, junto a los huecos minados y sobre el desfiladero resbaloso, con la sensación de que sus camaradas seguían cayendo a su izquierda y su derecha. Pronto fue un perro loco y un hombre sordo que sentía en el estómago una vieja canción patriótica que le tarareaba su abuela: *Was ist des Deutschen Vaterland...* Y disparó y disparó para abrirse paso. Y entonces tuvo enfrente a un cabo francés con su propia bayoneta.

«Sentía vergüenza por la facilidad con la que iban cayendo los franceses que iba encontrándome entre las cercas, pues había dedicado toda mi vida al combate cuerpo a cuerpo, pero la vergüenza se me volvió el temor de la muerte cuando me di cuenta de que él quería acabar con mi vida antes de que yo acabara con la suya», escribe en la carta que se encuentra en el museo.

Berg siempre fue un muchacho violento que resolvía a golpes los asuntos e iba por ahí arrinconando a las mujeres sin saber muy bien por qué. Como él mismo dice, en uno de los últimos párrafos de su aparatoso testimonio, el boxeo lo salvó de convertirse en una pesadilla sin reglas, en una bestia con más víctimas que espectadores, e incluso le dio un poco del humor cínico que se respiraba antes y después de la confrontación. Pero la guerra lo despojó de sí mismo día por día por día, como una condena por haber tenido el estómago para nacer en ese lugar y en 1896, hasta que «lanzamos puños y forcejeamos y me dije que eso por lo menos se llamaba pelear...», «y en el combate fui más rápido y dancé alrededor de él y le quité su rifle y le clavé mi cuchillo en el pecho...», «y él se cayó para atrás y trató de cubrirse la herida con las manos pero yo le volví a enterrar el arma sólo para verlo morir...».

El cabo francés empezó a balbucear una despedida en su lengua mientras escupía sangre y moría.

Y a Bruno Berg le empezaron a temblar las rodillas y se escondió detrás de un árbol en la tierra de nadie para vomitar lo que le estaba pasando.

Ciertos compañeros suyos, «gentes corrientes que jamás pensaron en quitarle la vida a nadie», ostentaban sus víctimas en el campo de batalla: «Fusilé al hijo de puta», «le di un golpe en la nuca con la culata del rifle», «tuve que estrangularlo con mis propias manos». Berg en cambio —puede ser que en su carta se haya sentido obligado a cumplir con los lugares comunes— asegura que mató y mató figuras polvorientas y sombras durante varios minutos, pero apenas vio a ese cabo muerto sobre un charco de sangre se puso a pensar que hubieran podido darse la mano y contarse las vidas en las villas de cada cual y hablar de boxeo y hacerse buenos amigos: «Era un muchacho igual que yo aunque no llevara casaca verde ni hablara alemán, y sin embargo las reglas de la guerra me animaban a despedazarlo», escribe como si le hablara a un auditorio.

Y en la siguiente línea se pierde en una enrevesada reflexión sobre cómo un hombre se queda sin su poder y sin su dignidad —y más aún si es un boxeador— apenas le quita la vida a un antagonista, a un contendor: «No ha habido asesino en la tierra que merezca subir los brazos en señal de victoria», escribe, «ganar no es matar».

Y soy testigo de que el tono sentencioso de aquel párrafo absorto, que de ninguna manera parece el tono de un muchacho a unas semanas de cumplir los veinte años, es el de aquella figura luminosa que se encuentra uno en la tercera fase de la muerte aunque no tenga fe en nada. Y quien aún se resista a creerme podrá constatar con sus propios ojos que después de esa frase contundente —después de «ganar no es matar»— el testimonio del furibundo Bruno Berg se convierte en un recuento aterrado de los hechos: «No sé cómo conseguí recobrar las riendas de mí mismo, pero me limpié la boca y clavé mis pies en la tierra y seguí convencido por lo que acababa de sucederme de que no iba a pasarme nada más». Disparó a las siluetas y apuntó a los fogonazos. Y unos segundos después vino la muerte.

«Dije a Stefan, un camarada con el que poco había hablado porque él me temía, que no descuidara su espalda», cuenta. «Y, cuando se volteó a dispararle a lo que fuera, recibí yo seis balazos de una ametralladora».

Cayó allí mismo. Se arrastró como un reptil de espaldas hasta meter la cabeza bajo una cerca de alambres. Escuchó al tal Stefan gritándole «¡no te me mueras, Berg, recuerda que vas a ser un boxeador profesional, recuerda que tu gente ve en los puestos de atrás todas tus peleas, recuerda que alguna vez vas a tener una mujer que se te ría en la cara!» como si se le hubiera vuelto un hermano. Escuchó después a otro camarada que dijo «déjalo ya que ya no tiene pulso» y «déjalo que ya está muerto» y «véngalo si es lo que quieres». Y, acto seguido, llegó «un estallido que no era un trueno ni una bomba ni una granada porque desde el principio hasta el final sonaba igual» entre una oscuridad semejante a la que se vive cuando uno está a punto de empezar a soñar.

Conozco esa oscuridad. Sentí una vez el estallido y el eco de una guerra. Pero, aun cuando pueda verme tumbado bajo las púas a la espera de nada, me cuesta imaginarme el dolor de los disparos.

Tanto el Gordo como el Flaco, mis dos primos milenials que desde niños han coleccionado suvenires y réplicas de la Primera Guerra, me han estado aconsejando en la hora de almuerzo de la agencia de viajes que —para sentir lo que Berg sintió ese sábado 1º de julio de 1916— juegue los videojuegos de estrategia de la Primera Guerra que ellos juegan barbados y en calzoncillos hasta que las esposas los llaman al orden. Me hablan de tres batallas recreadas para las consolas de ahora: de *Verdún* y de *Tannenberg* y de *On the Western Front*. Y me dicen que uno siente ganas de vomitar mientras avanza hacia las líneas enemigas porque los controles tiemblan y las imágenes saltan en el televisor como cuando uno da pasos en los cráteres de una batalla.

Yo les doy las gracias todos los días a los dos, al Gordo y al Flaco, como se las he dado siempre por haberme regalado este trabajo adormecedor y digno —en tiempos de crisis para las agencias, por demás— apenas presenté mi renuncia irrevocable al mundillo de los libros.

Unos grandísimos hijos de puta me habían robado todas mis ideas y las habían ido usando una por una. Mi exesposa Laura, Laura Cuevas, andaba por ahí diciéndoles a mis enemigos y a mis enemigos que ella había tenido que dejarme porque yo era un artista torturado y perdido en la escritura de una serie de obras maestras que jamás se iban a dar. Y para «contribuir a la discusión» un idiota decidió pegarme en mi muro de Facebook, que era la aspillera desde donde yo les disparaba a diestra y siniestra a los farsantes de la cultura, una reseña despiadada

—y anónima— sobre mi trilogía de la mujer perdida en el laberinto asfixiante de la selva: «Si es cierto que la novela ha muerto, como dice el propio Hernández en sus talleres de escritura a lo largo de la ciudad, entonces él no es sólo el autor intelectual, sino el verdugo», comenzaba.

No le interesaba entenderme. Se reía de mis pretensiones «de hombre blanco, colono, progresista, dispuesto a explicarnos a las mujeres la soledad de las mujeres» como envenenándome —ya que estamos en paz con los lugares comunes— con un poco de mi propia medicina.

¿Quién era? ¿Dónde diablos estaba? ¿Por qué se había puesto en la tarea de escribir esa condena virulenta y por qué le había gastado tiempo a abrir una cuenta de Facebook para acabarme de una buena vez? Se notaba que me conocía de memoria porque tenía clarísimo qué palabras usar para enfurecerme y sepultarme. Pero yo no quise dar la batalla nunca más. Yo preferí dejar atrás esa vida que no me había dado nada a cambio y atrincherármele a esa manada de cabrones. Mi papá no me dijo «tu trabajo no es leer lo que dicen de ti sino escribir», sino que me prometió llamar a su hermanastro para conseguirme un trabajo en la agencia de viajes, porque él no necesitaba que yo hiciera nada especial para quererme: esa sí fue una idea suya. Y, preparado para olvidar, al otro día terminé enfrente del Gordo y del Flaco.

Yo les digo que sí a todo porque los dos duermen mucho mejor que yo. Yo les prometo que voy a jugar con ellos los videojuegos de la Primera Guerra, para entender la caída libre del soldado Bruno Berg, porque he estado tratando de ser un poco menos lo que he sido, y, a pesar de ello, todo el tiempo pienso que jamás será lo mismo la realidad que un videojuego temiblemente realista, porque se viene al mundo a tener un cuerpo —o sea a tener piel y órganos y huesos que crujen— para que estar vivo sea una sorpresa y un viacrucis.

Viernes 9 de agosto de 1974

Hay una pequeña ciudad en el medio oeste de los Estados Unidos, la centenaria población de Zion, Illinois, que de verdad se creyó durante mucho mucho tiempo que la Tierra era plana: fue allí donde nació y creció el astronauta esotérico John W. Foster. Que, para la honra de un par de padres ultra religiosos, fue un niño serio, adusto, sumiso, obsesionado con el juego limpio y con la tradición. Tuvo en las paredes cavernosas de su cuarto un crucifijo sin cristo, y una copia del mapa del planeta cuadrado y estacionario que dibujó un profesor de South Dakota en 1893, y un retrato al óleo de un abuelo ingeniero de apellido Hammond, que fue fundamental para la planeación y la construcción de la disciplinada Zion en el puro principio del siglo XX. Y, a pesar de todo ello, llegó a ser el más joven de «los veinte originales» del programa estadounidense que puso al hombre sobre la Luna.

Cuando uno recorre los caminos mudos de Zion, como hicimos nosotros hace un par de años ya, muy pronto se da cuenta de que está conociendo una ciudad viva y consciente de su propia historia. No es una ciudad abrumadora: allí el tiempo pasa menos rápido que siempre y siempre se ve el horizonte semejante a un telón azul. Sigue habiendo cines, hoteles con aires de conventos, casas de tres pisos de pioneros e iglesias escalofriantes como fantasmas que reniegan del mundo que dejaron atrás. Sigue por ahí, abandonada, la estación nuclear que cerraron hace un par de años ya. Si uno tiene un rato para perder, hay playas congeladas y precipicios rocosos de películas de vaqueros. En todas las fotos que nos tomamos el día en que estuvimos allí, Rivera, José María y yo, salimos rodeados de árboles.

Pero sólo en el museo de la ciudad, en Shiloh, se encuentra una fotografía firmada del «último astronauta que recorrió la Luna»: el inagotable Foster.

El desconcertante museo fue montado en las veinticinco habitaciones de la que fue la mansión de un evangelista escocés y curandero por la fe, el doctor Dowie, que fundó Zion con la esperanza de levantar una utopía perversa con espíritu de culto de una sola mente. En el museo ve uno, entre unas cuantas cosas más, las fotografías de las viejas edificaciones, las pancartas de los primeros años, las grabaciones recobradas y emblemáticas de la estación de radio del lugar y las notas que el propio Dowie escribía en el semanario *Leaves of Healing* con el propósito de conseguir una anacrónica teocracia en la que estuviera prohibido fumar, tomar, comer cerdo y usar medicinas. Y de pronto, de la nada y a propósito de nada, se tropieza con esa foto de Foster arrodillado en la Luna.

En un principio, en una primera ojeada sin mayores pretensiones, se trata de una fotografía en blanco y negro: la de un astronauta con el casco como un espejo dándole la espalda al horizonte ceniciento y curvo de la Luna. Luego se nota que la bandera azul y roja de los Estados Unidos, ondeante y envanecida, se le refleja en la máscara, y no parece que simplemente estuviera de rodillas en un montículo, sino que estuviera elevando una plegaria. Quizás lo más misterioso de la reproducción exhibida y abandonada en ese recodo de la antigua casa de Dowie, Shiloh, sea la firma que parece un jeroglífico inventado por un niño —John Foster, Apolo 18, marzo 10 y 11 de 1973— y una dedicatoria ambigua en lápiz blanco «para todos aquellos que pudieron escucharme en el universo».

Cuando el astronauta John W. Foster era un niño temeroso y pesado, de los años treinta a los años cuarenta del siglo pasado, seguía enseñándose en la escuela de Zion que la Tierra era plana. Ya había muerto el voraz doctor Dowie, acusado de quedarse con el dinero y con el alma de sus seguidores bajo sus barbas de falso sanador. Pero su lugarteniente Wilbur G. Voliva, que desarrolló la radio de la ciudad solamente para lanzar mensajes urgentes en contra de la teoría de la evolución y de aquella astronomía que juraba por sí misma que este planeta es redondo, dominaba como a esclavos a los 6.000 seguidores incorruptibles que habían logrado reunir en el principio de esos tiempos. Foster no cuestionó el plan de ese Dios —ni siquiera elevó su voz— hasta que escuchó *Mystery Train*.

Train train, comin' 'round, 'round the bend
Train train, comin' 'round, 'round the bend
Well it took my baby, but it never will again
No, not again

La historia es así: Foster era un deportista obsesivo e inagotable que no se sentía bien consigo mismo si no estaba poniendo a su cuerpo en aprietos. Y dedicaba horas a correr y a seguir corriendo por las orillas de aquella ciudad que su propio abuelo había dibujado en una mesa en el tabernáculo que el embustero Dowie —sus «sanaciones divinas» eran puestas en escena de mago enfrente de auditorios boquiabiertos— había levantado en Chicago. Según cuenta Foster en una delirante entrevista de diciembre de 1973 en *The Evening Sun*, el diario de Baltimore, «me jodía no haber tenido la edad para haber peleado contra los putos alemanes en la Segunda Guerra» y entonces trotaba por Zion igual que un poseso para castigarse. Y un día del invierno de 1953 la hija de los Bull, Alicia, le exigió terminantemente que se detuviera para poner las cosas en claro.

Había estado observándolo los últimos cuarenta días, desde su ventana o desde la banca del parque o desde la cabina telefónica, como cumpliendo un rito incomprensible para los agnósticos. Al principio, había confiado en que una mañana despejada él por fin se fijaría en ella: «Oh…». Pronto, a la segunda semana de aparecérsele por ahí, empezó a sospechar que establecer contacto humano iba a ser mucho más difícil de lo que se había imaginado. El día anterior al día en que se decidió a hablarle, «¡hey, John Foster!», él estuvo a punto de atropellarla pero ni siquiera lo notó porque el mundo entero era invisible mientras corría. Eso le dijo ella. Que había que ser un monstruo para pasar así por encima de un prójimo y seguir como si nada.

—Disculpe, señorita Bull, no fue mi intención ofenderla —le respondió Foster saliendo del trance—: dígame qué puedo hacer por usted para reparar el daño.

Se casaron. Alicia le pidió a John que entrara a la casa a tomarse una taza de té en la mesa de la cocina, y la semana siguiente fueron juntos a ver *De aquí a la eternidad* en el viejo cine de Sheridan Road, y unas horas después terminaron explicándose el universo en Zippy's Hamburgers, y el día antes de Navidad ella le puso *Mystery Train* en su tocadiscos para que viera «un poco más allá», y se besaron y se manosearon y descubrieron el sexo porque eran un par de muchachos que por fin habían conseguido estar solos. John, que significa «pequeño», «humilde», en latín, le susurró a Alicia —en el ático en donde el uno jugaba con el otro— que desde muy niño había sospechado que la Tierra era esférica «porque nada es plano en la naturaleza».

Y ella se le rio en la cara a carcajadas, jejejejejé, porque ya sólo quedaban unos cuantos terraplanistas en los exteriores y en los interiores de Zion.

Y eso fue lo que pasó en pocas palabras: que el viernes 13 de abril de 1956, ya que ella lo empujaba a él a una adultez que jamás habría alcanzado por su cuenta y riesgo, y ya que él le confirmaba a ella que tenían derecho a vivir en un mundo más grande, se casaron en la iglesia de Zion entre risitas de jóvenes plenamente seguros de que no iban a caer en las trampas de los viejos. Bull, de veinte años, estudiaba Psicología en los salones de Brown University. Foster, de veintiuno, había conseguido el grado de administrador en el Carnegie Institute of Technology y el de Aeronáutica en la Escuela Naval de Posgrados, y en esos momentos parecía completamente entregado a volar aviones de la marina: «Quería saber cómo era atravesar una tormenta», dijo a *The Evening Sun*.

Debo reconocer ante este auditorio que nunca me enteré de ninguna de las locuras que cometió el astronauta Foster desde que se volvió piloto —ni mucho menos de las revelaciones que fue soltando poco a poco por su camino— porque jamás oí hablar de él hasta que me crucé con su figura en la tierra baldía de la muerte. Hoy me parece increíble que tan pocos hayan oído hablar de él. Hoy me parece inverosímil que no se haya hecho ya una serie de televisión protagonizada por Jake Johnson, que es idéntico a él cuando era joven y es también de Illinois, sobre sus años de piloto en Okinawa, sobre los proyectos de investigación experimentales en los que participó, sobre las semanas de 1965 en las que empezó a soñar todas las noches con la frase «John: te juro que vas a pisar la Luna un día de marzo».

—Yo te ruego que no te vayas, papá mío, tengo mucho miedo de que nunca jamás vuelvas —le dijo su hijo mayor, el tartamudo y frágil de John Junior, cuando se empezó a discutir en la mesa del desayuno la posibilidad de que el incansable e insatisfecho de Foster empezara a hacer parte de las misiones de la NASA para viajar a la Luna.

Alguien debería lanzarse a hacer la bendita serie. Yo sí querría ver cómo, mientras le crecía por dentro y por fuera ese amor profundo por el viejo rock and roll, Foster se iba convirtiendo en un rebelde sin pelos en la lengua que no le temía a pronunciar ninguna verdad por más indignante e imposible que pareciera: un rebelde con causa. Querría ver cómo, mientras se volvía un esposo y un padre de tres hijos y un científico y un piloto con reflejos animales, fue dejando atrás a aquel niño con el estómago llenísimo de miedo y fue poniéndole la cara al mundo que le tocó de sino: «Sí señor» «como tú digas, madre», «voy a levantarme en la madrugada del domingo a estudiar», «corro y hago flexiones para sacarme los demonios de adentro», «Elvis Presley es el único evangelista al que sigo», «creo que te amo», «me ahogo cuando me ignoras», «necesito que me toques», «quiero comerte el coño día y noche», «Chuck Berry es mi pastor y nada me falta», «¡es puro macartismo!», «¡la guerra es un puto negocio!», «yo sé volar», «yo sé que la realidad tiene una trasescena», «sólo un ser humano que haya visto nacer a sus hijos conoce el verdadero significado de la palabra incertidumbre», «pero sólo a un hombre envenenado por la mala fe se le puede ocurrir que el mundo sea plano», fue diciendo en su camino desde Zion, Illinois, hasta San Antonio, Texas.

Fue en San Antonio donde se reunieron los cuarenta y cinco finalistas —entre las 5001 aplicaciones recibidas— para soportar los rigurosos exámenes médicos y las entrevistas de un panel de siete miembros de la base aérea de Brooks. Foster, que cumplía con los requisitos de ser estadounidense, medir mucho menos de 1,83 metros y haber nacido después de diciembre 1929, recibió el puntaje más alto entre todos los puntajes de esa vez: sacó un punto por su coeficiente intelectual, cuatro por los grados académicos que había obtenido, tres por evaluaciones de aptitud de la NASA, dos por las entrevistas técnicas, diez por sus maniobras de piloto y diez más por «un temperamento férreo y persistente como de autómata y una vocación a buscarle la justicia a lo humano y lo divino».

¡Treinta puntos!: ¡treinta! Era la puntuación máxima posible, ni más ni menos, que ponía en su lugar y callaba a todos los genios que andaban por ahí diciéndose «ese Foster es demasiado niño y demasiado loco para viajar al espacio».

Antes de viajar a la Luna, siete años antes para ser exactos, Foster hizo parte del quinto grupo de astronautas que fue anunciado por la NASA durante la primera semana de abril de 1966; trabajó en el equipo de apoyo de la nave espacial Apolo 9; fue el piloto suplente del módulo lunar del Apolo 11, célebre como las tres carabelas, en la primera misión tambaleante que pisó la Luna; estuvo en el equipo de operaciones que trajo de vuelta a la tripulación del Apolo 13 cuando todo salió mal, y luego de ser sustituto un par de ocasiones más, relegado a veces, a pesar de su disciplina y de su gravedad, por su desconcertante y creciente necesidad de decir las cosas tal como las veía, se convirtió en el recordado piloto del módulo lunar de la misión Apolo 18.

Se encuentra en ciertas páginas de internet, sin ningún obstáculo y sin ningún peligro, un audio en el que Foster canta *Mystery Train* mientras toma fotografías y recoge piedras y camina por la Luna el sábado 10 de marzo de 1973:

> *Train train, comin' 'round, 'round the bend*
> *Train train, comin' 'round, 'round the bend*
> *Well it took my baby, but it never will again*
> *No, not again*

En la entrevista desatada y terapéutica con *The Evening Sun*, en la que todo el tiempo suelta verdades como si no tuviera nada que perder, John W. Foster cuenta los pormenores de su viaje al espacio desde el despegue un par de horas tarde hasta el regreso a una Tierra «tan azul y tan redonda que hubiera ofendido a todas las personas de mi infancia», se queja de la indiferencia del pueblo norteamericano ante aquella última misión y se llama a sí mismo «el último hombre que pisó la Luna» en repetidas ocasiones —y sí, lo es—, pero hacia la mitad del texto su testimonio de científico empieza a ser un testimonio de vidente: «Allí, en el espacio innumerable, toda historia humana es una conjetura de Dios y cada hijo de puta es un puñado de cenizas», le dice a su entrevistador.

«Usted está allí, sin órganos y sin excusas en un desierto gris que desemboca en un horizonte más negro que el negro, alucinado al pie de un precipicio al que jamás se va caer, aturdido frente a la imagen sobrecogedora de un mapamundi que late y que respira, perplejo porque desde allí la tragedia humana parece una estafa ideada por un montón de malnacidos que habrán de volverse polvo lunar, aliviado como cuando un espíritu regresa a su cuerpo desde una pesadilla que habría jurado por Dios que era real. Pero poco a poco —así me pasó a mí aquella vez— empieza a ser usted mismo de nuevo. Se dice «puta: estoy en la Luna» y «puta: cómo voy a salir de aquí». Y luego alcanza un estado semejante a la iluminación de la que hablaban los místicos».

Dice Foster en *The Evening Sun* —y esta es la razón por la que fue aislado y mirado de reojo— que para superar el conato de ataque de ansiedad se puso a cantar sílabas de sus viejas canciones de rock and roll favoritas: *Be bop a lula, Ooh poppa do, Koo koo ka choo, Lie lie lie, Do do do do sh-boom, Ah ya ya ya ya, Dom dom dom dom dom-be-do-be-dom.* Dice que cerró los ojos porque le pareció ver un par de figuras fantasmales a lo lejos. Y que luego, apenas vio que estaba recobrando su corazón, cantó una y otra vez *Earth angel, earth angel, will you be mine...* y se sintió en paz. Y así estuvo completamente seguro de que ciertas personas en la Tierra estaban escuchándolo: «Noté entonces que podemos comunicarnos sin valernos de las palabras», dice, «y que no vivimos presos en el cuerpo y en el lenguaje».

Según Foster, todos los días se elevan millones de plegarias y no son oídas por Dios, sino por miles de personas en el mundo —que simplemente asienten—, pero nuestros cuerpos no son capaces de darse cuenta.

En la fotografía empotrada en la pared de Shiloh, el museo embrujado de Zion, Illinois, acaba de arrodillarse en la Luna para recibir en su espíritu lo que él mismo llama «los secretos de la vida»: una serie de verdades sobre el paso por la Tierra mucho más esotéricas que científicas, pero también un par de revelaciones sobre la vida extraterrestre y el propósito del universo. Foster seguía siendo el niño monacal que lloraba cuando se descubría a sí mismo rompiendo las reglas, seguía siendo el cuerpo que encontró la libertad en el rock and roll, el esposo de libido incesante e inclemente, el padre que se portaba igual que un hermano cuando por fin veía a sus hijos y el científico que daba escalofríos porque todo lo llamaba por su nombre. Y volvió de la Luna hecho un profeta que nadie quería oír.

Se deprimió desde que regresó a la Tierra: cómo no. Se dedicó a hablar de fenómenos paranormales, de experiencias extrasensoriales, de su certeza de que el cuerpo y la consciencia pertenecen a la misma cara de la realidad, de cómo aprendió él mismo y él solo una clase de meditación llamada *savikalpa samâdhi* en medio de su viaje al espacio. Recomendado por Edgar Mitchell, el célebre astronauta de la misión Apolo 14, presentó su caso al *Journal of Parapsychology* unos meses después. Y, sin embargo, nada de esto consiguió salvarlo de una depresión que lo tuvo tumbado en la cama durante semanas y semanas. Apenas se paró para concederle la entrevista a *The Evening Sun* y para cumplir con una gira que acabó de acabar su matrimonio unos días antes de cumplir sus treinta y ocho años.

Alicia, para ese entonces una terapista reconocida en la región, pero la misma mujer que no titubeaba, lo echó a las patadas de la casa que tenían en San Antonio porque no quería que sus hijos fueran testigos de su desequilibrio.

Y en los meses que vinieron él se buscó un par de amantes apenas legales que hoy en día habrían sido la muerte de su buen nombre, y se dedicó al vodka «para saber cómo piensan los malditos soviéticos», y coqueteó con el LSD en el embeleco de trascender como lo había hecho en el espacio.

El exastronauta John W. Foster murió en Palo Alto, California, el viernes 9 de agosto de 1974. Se fue para allá por invitación de Mitchell, que estaba montando su instituto de ciencias noéticas, y desde que llegó hasta que murió juró por Dios estar dispuesto a recobrar la disciplina que tantas veces lo había salvado de sí mismo. Y sí: pidió disculpas a su exmujer «por no haber tenido el coraje» que requería un matrimonio que había durado diecisiete años y trató de reconciliarse con el errático John Junior a punta de la telepatía que había ensayado en la Luna y se le vio trotar con la cabeza rapada por los lados de la Universidad Stanford. Volvía sobrio y solo de una fiesta, junto a los anacrónicos clubes de Whiskey Gulch, en el asiento de atrás de un taxi Checker de techo alto, cuando se dio cuenta de que estaba muerto.

«Estábamos ahí el taxista y yo, parqueados en ese enorme automóvil mientras cambiaba la luz roja a la luz verde, cuando se nos vino encima un Oldsmobile negro y borracho y nos embistió por un costado», cuenta Foster en una temblorosa conferencia que al cierre de este libro aún podía verse en You-Tube. «Y el pobre taxista se dio un golpazo contra el tablero de su automóvil y yo salí disparado por la ventana y entré a una oscuridad que no era la de la noche ni la de la ceguera porque no era mi cuerpo el que la estaba viviendo, pero oía perfectamente todos los gritos desesperados de los que pasaban por allí, "¡mira eso!", "¡santa madre de Dios!", "¡yo lo maté!", "¡yo fui!", como si no fuera un hombre muerto, y entonces vino un estampido destemplado que callaba todo a su paso y no se iba…».

Y yo, que viví esa misma muerte, puedo reconocer que él lo dice mucho mejor de lo que yo podría.

Sea como fuere, en aquella pared del museo de Zion está claro que sin embargo el astronauta deprimido volvió de la muerte: *John William Foster, 1935-2016.*

Debo reconocer ante este auditorio invisible que en nuestro viaje de hace un par de años, que fue un viaje por varias ciudades de los Estados Unidos de América, encontramos muy, pero muy pocos rastros del tenaz John W. Foster. Puedo ver a mi José María, a punto de cumplir ocho años, asomado a un mapa de terraplanistas que compramos en una pequeña tienda de antigüedades —el Zion Antique Mall— como si estuviera viendo un plano de la Tierra Media. Aristóteles, Pitágoras, Ptolomeo: desde la Antigüedad hasta el siglo XIX fue de dominio público que este planeta abandonado a su suerte era una esfera. Pero a partir de 1849 un inglés literal de apellido Rowbotham dedicó su vida a convencer a los incautos de que vivíamos en un largo valle. Y aquí estamos.

—Todo el mundo sabe que la Tierra es igual al mapamundi que te regalamos de Navidad —le explicó Rivera a nuestro niño—, pero hay gente que no lo quiere saber.

Cuando yo era niño, que también fui un niño solo y lleno de secretos, durante un par de Navidades pedí y coleccioné una serie de Legos de astronautas que tenían —y tienen— pisos grises con cráteres lunares: tengo clarísimo todo lo que tuve, las bases, las naves, los astronautas azules, blancos y rojos, porque los guardé en una petaca de mimbre que me acompañó a todos los apartamentos de mi juventud hasta que pude regalárselos a José María. Se los puse en su cuarto y se los di cuando nos fuimos los tres a vivir juntos. Le ayudé a reconstruirlos pieza por pieza. Le dije todo lo que mi papá me enseñó sobre la galaxia, pero luego le advertí que, hasta el día de su propia muerte, el pobre fue incapaz de reconocerme que no sabía las cosas que no sabía.

—Esa es la Osa Mayor —me decía mi papá y señalaba un grupo de estrellas que vaya usted a saber.

—¿Y esa? —contraatacaba yo.

—Esa es la Reina Amazónica —se inventaba.

Mi mamá se reía a carcajadas limpias, jajajajajá, siempre que lo oía atrapado en su propia trampa. No lo corregía, no, a él no, a su mecenas jamás. Pero se le desternillaba y era extraño escucharle la risa porque siempre ha sido esa mujer escueta y precisa hasta en los peores momentos: «Sí, uno sufre mucho», me contestó cuando regresamos de aquel viaje de Estados Unidos y le conté que José María había tenido fiebre de 40 grados el último día, «se le va el resto de la vida haciéndoles fuerza a los hijos». Yo quise seguir adelante con el tema, quise elevar un monólogo como una plegaria para que nadie nunca hiciera sentir mal —y nada malo se atreviera a pasarle y nadie le faltara— a ese niño que me había llegado de golpe. Pero ella me pidió que más bien le contara lo que había averiguado de la muerte del astronauta terraplanista y roquero y esotérico John W. Foster.

Yo le dije «llama al estruendo que te he contado *un estampido destemplado que callaba todo a su paso y no se iba*» y ella se rio a carcajadas limpias completamente fascinada por mi investigación mientras doblaba en forma de triángulo las bolsas plásticas: jajajajajá.

Y sólo se me ocurre decir que cada quien es como puede ser, como quiere ser y como es.

Sábado 25 de diciembre de 1982

Habría querido pegarse un tiro en la boca: ¡tas! Habría querido ser una suicida más entre todas las suicidas, y ya: hagan lo que quieran con este puto mundo. Pero como se negaba a muerte a pedirle prestado el revólver a Nina, su hermana mayor, se levantó del sofá en donde ensayaba algún riff rabioso para alguna canción por venir y se fue camino a las pastillas del gabinete de su baño. Estaba sola. Como tantas veces, les había dado la noche libre a su chofer y a su cocinera. Y sin embargo hizo lo mejor que pudo para no verse a los ojos en el corredor cubierto de espejos. Volteó uno por uno por uno por uno por uno los discos de oro colgados en las paredes de su estudio en su pequeño edificio en Rockville Centre, Nueva York: volteó sus propios álbumes, *And Now… The Bipolars, You're the Other One, I Was Born to Live, All You Can Eat* y *Stray*, para que ni siquiera sus fotos fueran testigos de lo que iba a venir. Y así se dirigió a su muerte.

Se fue arrastrando los pies, zas, zas, zas, se fue segando su último camino con una guadaña. Lloró de la rabia e hizo muecas de maniática en la puerta del baño como si, no obstante todos sus esfuerzos por hacérsele invisible a ese mundo, la estuviera viendo fijamente el fantasma de su abuelo. Se quitó los pantalones de cuero que le estrangulaban los muslos y se sacó las pequeñas medias de malla porque se estaba muriendo del calor en medio de semejante invierno. Vació un gigantesco frasco de aspirinas sobre el lavamanos y lo lanzó por encima de su cabeza y se tragó una primera manotada sin leer entre líneas lo que estaba sintiendo desde la garganta hasta el estómago. Se dijo a sí misma «voy a tomarme 240: 240 son más que suficientes, ¿no?». Y eso se puso a hacer.

Cada veinticuatro pepas —la edad que tenía el día en que se mató— se preguntaba cuándo empezaría a asomársele la muerte. Como contó en su entrevista de *Rolling Stone* de 1984, se decía a sí misma, en pasado, «tu abuelo se murió cuando aún era tu vida», «te nombraste a ti misma Sid Morgan porque Sidney significa isla extensa en viejo inglés y Morgan quiere decir mar circular en viejo galés», «fuiste una niña feliz hasta la Navidad en la que se divorciaron tus padres», «tocaste la guitarra en la banda de rock de tu hermana mayor desde los quince años», «te desgañitaste cantando *I Want To Live* hasta que te diste cuenta de que estabas mintiendo», «te entregaste una y otra vez pero una y otra vez te dieron la espalda», «te tragaste 240 aspirinas para que ni él ni ella olvidaran que un día exististe».

Quiso escribirle una carta de despedida a su hermana Nina, pero pronto se le convirtió en una diatriba contra sus padres, pero al párrafo siguiente resultó ser una perorata sobre cómo el mundo seguía forzando a las mujeres a jugar el juego de las mujeres, pero luego fue una defensa de las chicas que nacieron para tocarles sudorosas y bravas y tercas canciones de rock and roll de tres minutos a los putos abusadores que se agazapaban en los años ochenta, pero después se volvió un elogio de la guitarra Gibson Les Paul de 1970 que compró con lo que ahorró de sus trabajos en el verano de 1973, pero al final terminó siendo un grito de auxilio: «Garabateé el secreto inconexo de la vida —y no sé qué mierdas más— hasta que sólo se me vino a la cabeza la palabra "ayuda"», aceptó años después.

Estaba acostada en posición fetal en el escarchado piso del baño. Quedaban nueve aspirinas regadas junto a la caneca rebosada de pañuelos y sólo podía pensar que había perdido la cuenta de cuántas se había tragado ya. Entrecerraba los ojos porque las luces blancuzcas, como de sala de emergencia, como de morgue, se reflejaban en las baldosas y enceguecían al más experimentado de los suicidas. Y entonces empezó a morirse y cayó en cuenta de que ello significaba que se iba a ir y no quería irse. Había viajado de la desesperación a la locura, de la locura al arrebato, del arrebato a la severidad, de la severidad al vértigo, del vértigo al desmayo, del desmayo al miedo, del miedo a las ganas de seguir viviendo. Y balbuceaba «ayuda», «ayuda», para nada.

Quiso salir de allí antes de que le fuera imposible volver a abrir los ojos. Se enterró las uñas en las mejillas y en los brazos como si estuviera quitándose de encima a su asesina. Se dio la orden de reptar por todo el pasillo, «ve», «sigue», «ve», hasta el teléfono negro de la sala. Alcanzó a pensar lo que dirían cuando encontraran su cadáver sin pantalones y sin medias con un pequeño árbol de la vida tatuado en la ingle. Se imaginó su cara con el maquillaje corrido y la boca cuarteada. Se quedó un rato sobre el grueso tapete a unos pasos de la entrada, bocarriba, para llevarse a la muerte el recuerdo del esqueleto y la colección de botellitas de licor que se había bebido y la bola de espejos de discoteca que se había robado luego de uno de sus primeros conciertos en West Hollywood.

Se imaginó a su cocinera y a su chofer, a Estela y a Benito de regreso de su noche libre, poniéndolo todo en orden porque sí: porque ese era su trabajo y porque ni siquiera los suicidas merecen una sala desordenada por siempre y para siempre.

Se imaginó a un par de agentes de policía preguntándose por qué esa mujer de pelo negro pintado de negro, enfundada en una camiseta para hombres y sin mangas, había decidido que su casa fuera la única de la cuadra sin adornos de Navidad.

Se preguntó quiénes se repartirían las revistas que habían puesto en sus cubiertas a *The Bipolars*, la feroz banda de rock a la que le había entregado la última década de su sistema nervioso: quién diablos se quedaría con la *Crawdaddy* de 1977, con la *Music Life* de 1978, con la *Poster* de 1979.

Sintió vergüenza y pena apenas vio las paredes que ella misma había pintado de lila para vivir en paz: «Ayuda», pidió, «ayuda por favor».

Y gritándose a sí misma por dentro, ordenándose a sí misma que se levantara y anduviera, consiguió ponerse de rodillas y gatear hasta la puerta de la entrada. Trató de pararse un par de veces y pudo hacerlo como si la idea fuera morir de pie. Consiguió dar la vuelta a la chapa y empujar la salida y salir, y tuvo la sensación de que una cosa era su cadáver y otra cosa era ella. Había comprado aquel edificio de ladrillos carmesís en Maple Avenue, rodeado de árboles que llegaban hasta la terraza del cuarto piso, porque era una pequeña fortaleza en la que podía vivir con sus propias reglas, pero también porque tenía un viejo y ornamentado ascensor de hierro de 1856 que había diseñado un antepasado suyo: el inventor de Vermont Elisha Graves Otis. Pues bien: a esa jaula abigarrada, a ese elevador que parecía un órgano de catedral, trató de llegar.

Se ayudó de las paredes de club nocturno que había hecho montar un par de años atrás. Tumbó un par de máscaras de la pared de las máscaras. Se dio cuenta de que se le estaba olvidando esa palabra: «Máscaras». Y se temió que en la muerte uno no podía decir ni *fuck*.

Se agarró de las rejas de la máquina, de ese elevador con aires de reliquia, para no irse de narices otra vez, y presionó el botón con la ilusión de que sirviera de algo: «Alguien que me ayude», susurró, «cualquiera». Y cuando le llegó el aparato lo abrió como pudo y entró y cerró y presionó el uno.

Hubo un momento en el que alcanzó a imaginar que llegaba al primer piso del edificio, atravesaba el hall con los pies descalzos y salía a la calle a pegar su grito de auxilio: «¡Sálvenme!», «sálvenme si quieren y si pueden». Empezó a ver borroso, sin embargo, porque el espíritu comenzaba a salírsele del cuerpo. No supo mucho más de esas paredes de madera resquebrajada y se fue quedando sin su propio aire y ya no consiguió recordar el nombre que tenía antes de llamarse Sid Morgan. Se vino abajo como un abrigo, ¡tran!, porque el ascensor se quedó parado en el segundo piso y fue claro para ella —y ese fue su último pensamiento y supo que lo era— que ya nadie iba a rescatarla de su suicidio. Se murió. Y su cuerpo empezó a enfriarse y su boca comenzó a abrirse, pues eran el cuerpo y la boca en un muerto: hagan lo que puedan con este desagradecido mundo.

Fue en aquella exhaustiva entrevista de *Rolling Stone* donde Morgan explicó cómo se había dado todo para que terminara acostada en ese ascensor pensado por su ancestro:

RS: **Nadie ha entendido nunca jamás por qué The Bipolars llegó a su fin.**

SM: Jajaja. Habría que empezar como empieza *Ciudadano Kane*: «Rosebud...». E ir remontando el río hasta llegar a la época en la que papá y mamá estaban demasiado ocupados en su lucha hippie por los derechos civiles para darse cuenta de que mi hermana Nina y yo nos habíamos vuelto una familia furibunda dentro de nuestra familia. Yo idolatraba a Rory: hasta el día de hoy me cuesta llamar Nina a mi Rory. Yo sabía por mi abuelo que «punk» significaba «puto» en las obras de Shakespeare, pero amaba a The Kingsmen, a The Kinks, a The Stooges, a los New York Dolls, a los Ramones, a los Sex Pistols porque ella los amaba. Quería ser ella por dentro y por fuera. Quería ser igual de alta e igual de libre. Me cambié el nombre a Sid Morgan porque ella se puso Nina Morgan. Y aprendí a tocar su Gibson y a cantar con mi voz rasposa sólo para seguirla a ella los fines de semana.

RS: **Y sin embargo desde que yo tengo memoria han sido legendarias las peleas entre ustedes dos.**

SM: Es que yo odio a muerte la autoridad. Y como vivimos desde muy niñas con un par de abuelos amorosos, y como nuestros papás hacían apariciones especiales en nuestras vidas para susurrarnos la tontería aquella de «paz, amor y entendimiento», Rory terminó convirtiéndose en mi jefa. Así que yo la adoraba, como si fuera mi Dios, pero también le temía y le guardaba rencor. Al principio, cuando ella tenía doce y yo tenía ocho, cuando ella tenía quince y yo tenía once, todo estuvo bien porque yo le obedecía, y ya, pero por la época en la que se vendió como loco nuestro segundo álbum, *And Now… The Bipolars*, las cosas empezaron a cambiar. Era el verano de 1977. Todo el mundo quería ver y escuchar a ese par de hermanas punk de la clase media respaldadas por una sección rítmica hecha por tres chicos. Pero Rory empezaba a enervarme.

RS: Me han contado mil veces de mil maneras la debacle de Madison: ¿cuál es la verdad?

SM: Rory odiaba a los putos cantautores. Y yo, por el mero placer de joderla, me dediqué a cantar sus canciones llorosas todo el viaje desde el bus del hotel hasta el escenario donde íbamos a cantar [canta]: *Oh, I've seen fire and I've seen rain…*, *Oh, still crazy after all these years…*, *Oh, I've been followed by a moonshadow…* Querría hacer una antología que se llamara así: *Oh*. En cualquier caso, jajaja, yo ya sabía que le estaba taladrando la mente con mis «fines de semana perdidos» y que la estaba enloqueciendo con mis llegadas tarde a los ensayos: yo tenía veinte y quería tirarme y esnifarme todo lo que se moviera y que a todos les dieran por el culo si no les gustaba. Pero nunca me imaginé que se iba a volver una puta bruja sólo por cantarle *Oh, you are in my blood like holy wine…* Perdió la cabeza por completo.

RS: Sé que sueno como un periodista de chismes, pero se dice que fue una verdadera pelea de gatas.

SM: Jajaja. Ahora recuerdo que eres un chico, Bob, nadie es perfecto. Y ahora recuerdo que sufrí un humillante ataque de risa mientras ella me hacía la lista de mis defectos, con voz queda y condescendiente de adulta, desde que yo era apenas una niña de tres años. Por supuesto, lo que estaba pasando en ese bus era triste e irónico porque nuestra meta en la vida había sido no ser «sólo una chica». Y ahí estábamos hiriéndonos con las palabras: no necesitábamos rasguñarnos sino apenas revivir un par de insultos de cuando éramos niñas.

Para cuando llegaron a The Tejon Theatre, un sudoroso lugar en el que también tocaron sus adorados Ramones, no sólo no se dirigían la palabra, sino que habían jurado por todos los dioses del rock and roll no volverlo a hacer. Era el otoño de 1978. Y tendrían que pasar dos años más —dos años de hacerse falta como si la una hubiera muerto para la otra, dos años de escándalos en pequeños hoteles de luces azules, dos años de conciertos sobrevenidos que aprovechaban para cruzarse las únicas palabras que se cruzaban, dos años de álbumes celebrados por los fans y por los críticos— para que sus orgullos salvajes de estrellas del punk se disputaran el honor de pedirse disculpas. Quizás fue, como dicen, demasiado tarde: «Mis días de dama de compañía de la reina habían sucedido tiempo atrás en una galaxia muy muy lejana», le reconoció Sid a *Playboy*.

Nina y Sid nacieron con los nombres que a su abuelo Morgan, Morgan Otis, le dio la gana ponerles. Nina fue bautizada Mallory —de ahí que su apodo fuera Rory— como un homenaje al escritor del siglo XV que recreó la saga del rey Arturo. Y Sid se llamó Sidney, ya se dijo, porque todo pareció indicar que iba a ser una enorme isla. Las dos se rebautizaron apenas fundaron The Bipolars, igual que tantos roqueros de aquellos tiempos, pues el principal propósito de la banda era recrear el vaivén de la bipolaridad «sin pedirle permiso a nadie», «jódanse». Bueno, en honor a la verdad fue Mallory, Mallory Otis, como queda dicho, la que se lanzó a llamarse Nina Morgan, y Sidney simplemente se acortó el nombre de pila para imitarle la rebeldía y se puso el mismo apellido para seguir siendo su hermana: «Yo de verdad la idolatraba».

No es cierto que Sid se haya puesto Sid por el Sid Vicious de Sex Pistols, como se dice en el documental que se hizo hace un par de años sobre la banda, pero sí es verdad que se volvieron buenos amigos en la gira de 1978.

Cuando Sid nació, en cualquier caso, Nina llevaba años siendo aquella niña prodigio de oído absoluto que tocaba el piano con una seriedad que ya querrían los viejos. Y así fueron siempre las dos: la hermana mayor que todo lo sabe y la hermana menor que asume su condición de personaje secundario, hasta que sucedió «la debacle de Madison» en aquel bus. El último disco de The Bipolars, *Pandora's Vox*, grabado en plena guerra de silencios familiares, traía las dos primeras canciones compuestas por Sid: una diatriba punkera y despechada titulada *I Don't Need You* y una *power ballad* con aires de himno pegajoso —que sacó a *Call Me* de Blondie del primer lugar de las listas de *Billboard*— sobre cómo sacudirse de una vez por todas a todos los dueños de uno: *The End*.

The End no era una típica canción de The Bipolars: tenía la garra de siempre, *Everybody needs to find the end...*, pero no sólo era melodramática a más no poder, sino que, empujada por una orquestación de sintetizador, prefería expresar nostalgia y arrepentimiento que poner en su sitio a este mundo de mierda.

Por supuesto, Nina, que odiaba las meloserías y los aplausos de los felices, sintió ese número uno en las listas como una puñalada por la espalda. El mánager de la banda, un esqueleto polvoriento llamado Sparky Cook, apenas escuchó la balada se quitó por primera vez en su vida las gafas oscuras para ladrar de la emoción: «Guau», declaró. Y, quizás porque acababa de casarse con una modelo de dieciséis años a la que quería complacer en lo divino y en lo humano, empezó a presionar a Sid para que siguiera componiendo baladas desgarradoras y al grupo para que las grabara lo más pronto posible. Tuvo que pasar lo peor que podía pasar para que The Bipolars se salvara de su éxito y para que las hermanas volvieran a hablarse mirándose a los ojos: la muerte del abuelo Morgan Otis.

RS: **¿Sería lo justo decir que tu abuelo ha sido la persona más importante de tu vida?**

SM: Sería lo justo decir que fue la mejor relación que tuve y que tendré en toda mi vida: mi único refugio. No sólo era el heredero brillante de una familia de inventores, sino un viejo liberal y feminista que, a diferencia de papá y mamá, estaba completamente convencido de que para el mundo era mucho más útil llevarnos a cine a Rory y a mí a ver los clásicos que pararse con pancartas frente a la puta Casa Blanca. Cuando nos contó que apenas le quedaba un mes de vida, a finales de 1980, yo le rogué de rodillas que no se fuera o que si tenía que irse me llevara. Pero murió esa Navidad. Y fue en la funeraria cuando Rory me dijo «tú sabes que te adoro» mirándome a los ojos.

RS: **Eran de nuevo un par de hermanas, habían reparado, al fin, su relación, pero era el fin de The Bipolars.**

SM: No estoy tan segura de que una relación de hermanas sea así de simple, Bob. Pero sí: nunca jamás volvió a pasarnos eso de no mirarnos durante dos largos años. Y el mérito es de Rory porque yo, a partir del día siguiente de la muerte de mi abuelo, me dediqué a darle rienda suelta a mi superioridad moral de ángel caído: entonces me metí con Joe, nuestro baterista misterioso y masculino, hasta arruinarle un matrimonio digno de

ser arruinado, pero además, como si no fuera suficiente, me pareció una buena idea tirarme al zombi de Sparky —que en paz descanse— porque tuve
la certeza ridícula de que estaba perdidamente
enamorada de su esposa.

RS: ¿Estamos hablando de 1981?

SM: Sabes bien que soy pésima con las fechas,
amigo mío, pero tuvo que ser porque morí al año
siguiente. Por muy poco, entre la droga, el fantasma de mi abuelo, la gira de promoción de *Pandora's
Vox* y el triángulo amoroso con Sparky y con su
esposa, no soy capaz de sobrevivir a mí misma.
Rory estaba hastiada de mí, y, apenas recibió la
noticia de que a nuestro amado publicista Ryan
Wilson se le había contagiado el maldito sida, y
ante su imagen cadavérica y llena de manchas, decidió que 1982 sería nuestro año sabático. Me animó a comprar el edificio en Rockville Centre porque quedaba a unas cuadras de la casa en la que
crecimos y porque tenía ese ascensor viejísimo que
se había inventado algún antepasado nuestro. Y
allí me encerré y me escondí todos los fines de semana de esos doce meses. Y ya que no hay nadie
tan suicida como yo cuando Bing Crosby empieza
a cantar *White Christmas* en la radio, pues veo a mi
abuelo diciéndome «allá no te puedo llevar», me
tragué 240 aspirinas porque mi hermana no quiso
prestarme el revólver del psicópata de su primer
marido.

Murió en aquel ascensor tallado como una joya, entre el
piso tres y el piso dos, con la sensación de que había cometido
un terrible error: ¿de verdad se había tragado todas esas pepas
porque una modelito le había dicho que necesitaba «espacio»?,

¿de verdad quería matarse, como una niña, para que sus amantes y sus compañeros de banda y sus fans acabaran corroídos por la culpa? Por supuesto, no fue la voz del baterista ni la voz del mánager ni la voz de la muchachita que la hacía sentir patética al otro lado de la línea —«hola…», le respondía la hija de perra, hastiada de ser el centro de atención, si acaso le respondía— lo que empezó a escuchar cuando estaba a punto de odiarse a sí misma para siempre: era su hermana Nina la que gritaba «Sid: ¿estás ahí?, ¿eres tú?» con una desesperación que nadie experimentó nunca más.

Nina le prometió que buscaría ayuda para sacarla de allí, y, ante las luces de los árboles de Navidad y entre los acordes de los villancicos, se fue gritando «¡ayúdennos, por favor, es una emergencia!» en plural igual que siempre.

Y cuando Sid dejó de escuchar los gritos de auxilio, fuera de su cuerpo desmayado y perdida en una oscuridad sin pisos ni techos ni paredes, vino el estruendo de siempre: «El puto Big Bang», le dijo a *Mojo*, «el trombón desafinado y estridente de la muerte».

Es cierto que se ensayaron métodos de resurrección desde finales del siglo XVIII, como respiraciones boca a boca más bien fallidas, pero la llamada «reanimación cardiorrespiratoria» fue común a partir de comienzos de los años sesenta del siglo XX. Es desde esos años que han estado apareciendo y apareciendo testimonios de almas que, como yo, regresan de las fases de la muerte. Pero créanme a mí, luego de años de investigar este fenómeno, que hay pocos testimonios tan precisos y tan reveladores como el del viaje de la cantante Sid Morgan. Yo, con mi propia superioridad moral de ángel caído, de hombre fallido, de bello perdedor, tendría que haber coleccionado los discos de The Bipolars. No lo hice entonces. Desde que viví lo que viví los tengo todos.

Tuve una novia en los días de la universidad, la melancólica Margarita, que cuando estábamos juntos llegó a definirse a sí misma como «una niña completamente perdida en la carrera equivocada». Es el momento de recordarla: la pobre, que se quedaba en silencio porque temía a su dislexia rampante y miraba a la nada y siempre estaba a punto de sufrir, solía grabarme casetes de música pop que yo odiaba con todas mis fuerzas: ¡Alejandro Sanz!, ¡Whitney Houston!, ¡Cristina y los subterráneos!, ¡Spice Girls!, ¡Shakira! Yo le respondía con Lou Reed, con Tom Waits, con Dead Can Dance, con Laurie Anderson. Y solía reírme de sus gustos baratos hasta que un día —hace veinticinco años ya— dejé correr una de sus grabaciones mientras leía ya no sé qué fotocopias, y se me apareció *The End* de The Bipolars:

> *Everybody needs to find the end*
> *To begin again*
> *To rise and shine and lose.*

Era una balada llena de guitarras distorsionadas y de violines, pero, como no había nadie mirándome, sentí unas terribles e incontenibles ganas de llorar que hasta esta línea no había sido capaz de reconocer.

Viernes 13 de mayo de 2050

Hubo una vez un zoológico humano, en las laderas del Tíbet, que sufrió su último revés en la primavera del año 2050. Ténganme paciencia. Yo sé de qué estoy hablando y sé por qué lo estoy escribiendo. Sé lo que vi y soy un testigo de fiar porque siempre fui el primero de la fila en descreer de todo: ya lo verán, ya será claro. Simplemente, el mundo alcanzó su vocación de infierno. Se combatieron una a una las pandemias que rasgaron el aire y aparecieron en esta dimensión, sí, pero pocas treguas dieron. Y, no obstante los intentos por echar para atrás la depredación humana, los 45.000 glaciares de la meseta tibetana se fueron reduciendo día por día por día, y los ríos Yangtsé, Amarillo, Brahmaputra, Ganges y Mekong terminaron siendo ramblas de polvo y de piedras y de insectos, y fue común convivir con una pequeña comunidad de humanoides —una suma de autómatas, de robots e inteligencias sobrehumanas— que pudo sobrevivir a las nuevas temperaturas y a los parajes desérticos de los viejos asentamientos tibetanos.

Pronto estos hombres hechos por hombres traicionaron el plan de emergencia de sus irresponsables empleadores, los señores de Ulter, para recuperar los olivares de las aldeas en las faldas de las montañas. Y en 2046, comandados por un androide humanado e irascible que respondía al nombre de jetsunkhan —los androides humanados, que guardaban en sus cabezas los cerebros de hombres y de mujeres que existieron, conservaban en minúsculas y sin espacios los nombres de las personas que pretendían refugiar entre sus máquinas—, montaron un zoológico humano con todos sus desmanes en los jardines del viejo Palacio de Verano de Norbulingka, pero, como la enrevesada idea de jetsunkhan era restaurar la naturaleza a como diera lugar, les pareció una buena idea llamarlo

Thug-Je: «Compasión». Y allí llevaron a la fuerza a un puñado de aldeanos para ser exhibidos como joyas rescatadas de la aniquilación.

Y allí, entre gordos y calvos y orejones y bajos y enjutos y tetones y negros y blancos y dientones, encerraron en una jaula con todo lo necesario a la pequeña profesora Li Chen.

Desde hacía varios años ya, por culpa de la pobreza creciente y de los males respiratorios y de las desgracias de la agricultura que dejaron a tantos sin trabajo, el analfabetismo en el Tíbet había regresado a los niveles de finales del siglo XX.

La verdad es que todo empezó a enrarecerse y a agravarse en la meseta tibetana cuando se fue creciendo y creciendo el maldito siglo XXI: 2001, 2019, 2037.

Se contrajo ese mundo del mundo. Muchos niños volvieron a encerrarse en los agrietados monasterios budistas a recitar las escrituras. Cientos de las escuelas construidas por la China comunista se convirtieron en verdaderas escuelas fantasmas. Y, a pesar del desarrollo vertiginoso de los robots instructores y de los esfuerzos de los gobiernos por encontrar nuevas maneras de imbuirles a los estudiantes sus principales doctrinas —«debemos oponernos a las libertades capitalistas», seguían repitiendo—, en ciertas ciudades y ciertos parajes rurales volvió a ganar terreno la idea de que lo único que quedaba para combatir la precariedad y la deserción era dar con profesores que tuvieran carácter de narradores: de pastores e hipnotistas.

Hacia 2043, 2044, 2045, fue más que evidente que en demasiadas escuelas frente a los Himalaya, en las rampas y en los abismos rurales del Tíbet, los niños tenían que recibir sus clases de pie —y sin lápices y sin libros— por parte de humanoides maltrechos que solían colapsar cada vez que alguien no respondía el llamado a lista.

Desde que cumplió los cinco años, en un pequeño apartamento a unos cien pasos del río Lhasa, Li Chen quiso ser una maestra como las de los cuentos que le traía de lejos su madre la viajera. Nació muy temprano en la mañana, a las 6:09 a.m., el lunes 13 de mayo de 2030. Fue una niña solitaria, extravagante en sus gustos e incomprensible en sus reacciones, que a duras penas sonreía cuando era testigo de alguna de las danzas tradicionales del Tíbet. Quizás era demasiado sensible para un mundo en declive. Sabía defenderse a sí misma, sin ayuda de nadie, de todos los demás. Solía hallarles la solución a los problemas ajenos: para recobrar su amor propio, que era un amor no correspondido, le bastaba con ayudar a sus pocos amigos. Y fue en busca de esa fe en su causa que decidió dedicarse a darles clases a los niños de las faldas de las montañas.

En ese entonces, durante su primera juventud, el gobierno popular de los chinos le había dado el cargo de censor de la región a un coronel humanoide que había tenido a bien prohibir —«por incitar a la libertad y al mal»— libros fantásticos como *Odisea* o *Cándido o el optimismo* o *Los miserables* o *El conde de Montecristo* o *El señor de los anillos* o *2001: una odisea del espacio*. Y, sin embargo, como su madre se había dedicado a viajar con el equipo chino de natación artística, Li había tenido acceso a mil y un volúmenes traídos de todos los lugares del planeta. Y, ya a los quince años, estaba completamente segura de que lo mejor que podía hacer con su vida era contárselos a los niños que no tenían tiempo para nada más. Eso hizo apenas tuvo la edad para hacerlo.

Pasó el riguroso examen de conocimientos y el escaneo facial y el test de Turing al que se sometían todos los candidatos en ese entonces: se supo que era humana y su cuerpo estaba en capacidad de revivir un par de veces y su mente podía encarar el desastre.

Y así, a los diecisiete años, se convirtió en la querida profesora de la estropeada escuela de la aldea de Chikang.

Y pronto su nombre sin aspavientos, Li Chen, que Li significa «belleza» y fortaleza» y Chen quiere decir «exhibición» y «ancestral» en chino, corrió de boca en boca por aquellos repechos deshelados, que dolía verlos como la vejez de un ser amado: «Li Chen es una gran profesora», «Li Chen es bella y seria», «Li Chen siempre está de buen humor».

Todos los días la terca de Li Chen recogía a los siete niños que educaba, uno por uno por uno por uno por uno por uno por uno, en una pequeña camioneta ovalada y aplanada y gris que le había conseguido su madre la deportista con sus contactos en el partido de gobierno. Hacía lo que tuviera que hacer para no perder a ninguno de sus alumnos. Esperaba lo que tuviera que esperar. Aguantaba lo que tuviera que aguantar. Si le era necesario dictar las lecciones y cantar las canciones en los pastizales, entre las ovejas, las cabras y los yaks enjutos que luchaban para sobrevivir, eso era exactamente lo que hacía. Si un día alguno de sus estudiantes no podía ir a la escuela, porque le había salido trabajo en los trigales o en las tierras de labrantío, entonces los otros seis lo acompañaban y se repartían el peso de la jornada.

Y la pequeña profesora Li Chen se lanzaba a recrear e interpretar las narraciones de todos los tiempos, como una primitiva que sin embargo lo sabía todo, con los sembrados hasta las rodillas y el sol tibetano raspándole las mejillas: «Li Chen conoce mil y una historias».

Fueron los necios e inescrupulosos administradores de Ulter, la multinacional de agroquímicos y de biotecnología, quienes tomaron la decisión de enviar a la región una tropa de humanoides con consciencia social: jajajá. En honor a la verdad, ni los salvajes de Ulter ni otros bárbaros contaban, por esos días, con la posibilidad de que los androides interpretaran y traicionaran sus órdenes. Y fueron los primeros sorprendidos cuando, luego de un par de años de luchar contra esos terrenos sin aguas, a mediados de 2046 el capataz jetsunkhan consiguió convencer a sus compañeros de que montaran un zoológico humano semejante a los que habían tenido su auge un par de siglos atrás. Pretendía salvar la naturaleza. Quería que los robots no olvidaran nunca de dónde habían venido.

El comandante jetsunkhan había sido uno de los primeros humanoides que había almacenado los pensamientos y los recuerdos y los sentimientos de un cerebro cuyo cuerpo acababa de morir: el cerebro del analista de riesgos Jetsun Khan, por supuesto, que había tenido un par de hijos nomás para evitarle al planeta más drama y más contaminación y más contagio —eso dijo—, pero apenas pudo hacerlo, apenas reunió suficientes renminbis para comprarse esta vida y la siguiente, mandó a hacer a su imagen y semejanza un sofisticado androide de silicona viva. Como si hubiera tentado su destino, claro, unos meses después supo que sus repentinas lagunas mentales eran por culpa de un cáncer incurable. Y, después de rabiar y de perder las esperanzas, entregó su fortuna a ciertos funcionarios del partido para entrar sin problemas al programa Xiân 4682.

El tal Xiân, que significa «inmortalidad» en chino, era un plan de resurrección cuya aplicación sólo se les concedía a ciertos amigos del gobierno a cambio de millones de millones para la causa de la República Popular China. El señor Khan, que se anticipaba a los acaboses como cualquier asesor de riesgos, consiguió que su cerebro fuera instalado e iniciado en su androide gemelo —exactamente igual a él— unos minutos después de su muerte. Asistió, a bordo de su humanoide y rodeado de familiares lejanos que no sabían si tenía sentido llorar, a los funerales de su agotado cuerpo de sesenta y tres años. Y siguió y siguió adelante con aquella vida entre comillas —su mujer lo notó renovado y sus hijos tomaron fuerzas para reírse de él— hasta que empezó a ser claro para todos que jetsunkhan no era un hombre, ni un humanoide, sino un monstruo.

No se veía triste, ni nostálgico, ni extrañado, ni cínico, ni frustrado, sino apenas ausente: ido. Se portaba como se portaba él. Se reía, acariciaba, hacía preguntas, lloriqueaba cuando le hablaban de su madre, gemía cuando le besaban el cuello. Pero le costaba mucho llegar a nuevos tics, a nuevos gestos, a nuevas muletillas: jetsunkhan era monstruosamente predecible.

La gente de Lhasa, semejante a la gente espiritual de tantos puntos de la Tierra, se había resignado a los robots como se había acostumbrado a las cámaras o a los teléfonos inteligentes o a los salvoconductos electrónicos de salud: por la colorida y populosa rambla de Barkhor, bajo los toldos de artesanías, junto a los jardines enrejados para nada y entre las orillas de árboles secos y a punto de venirse abajo, era común encontrarse androides operarios que ponían las luces de los postes de lámparas, androides vendedores de sombreros de alas anchas, androides motorizados que llevaban encomiendas de un lado al otro de la ciudad, androides vigilantes que cuidaban las pertenencias de los viajeros, androides recolectores de basura que no miraban a los ojos, androides sexuales con todas las clases de genitales y androides extraviados y a la espera de quién sabe qué.

El comandante jetsunkhan, que solía declararse «feliz de amanecer con vida» y «feliz de estar aquí para mis seres queridos», tuvo que buscarse un trabajo cualquiera porque el programa Xiân 4682 lo había dejado sin dinero y sin empresa. Terminó trabajando en la oficina de planeación estratégica de Ulter, a regañadientes pero consciente de que su familia seguía dependiendo de él, y a principios de 2044 el jefe de la empresa le encomendó la tarea de liderar a un puñado de androides agricultores en la recuperación de ciertos cultivos de las faldas de los Himalaya. Eso hizo: «Sí, señor». Eso logró. Pero era esperable que —ya que su cerebro había dejado de reinventarse— sus viejos pensamientos y sus viejas reacciones se tomaran su comportamiento. Y fue eso lo que siguió.

Se obsesionó con rescatar a las especies y a las vegetaciones de las altísimas temperaturas que cada año eran más frecuentes en el Tíbet. Se dedicó a planear la restauración de las laderas antes de que los últimos monjes y los últimos niños murieran asfixiados. Se convirtió en un verdadero pastor, lleno de anécdotas de las eras de las estaciones, para los diez, once, doce robots que tenía a su cargo. Y, apenas reconoció en sus jefes de Ulter la falta de escrúpulos que siempre había conducido a los desastres rentables, hizo un previsivo plan comercial y convenció a su equipo de acompañarlo en la labor de crear un zoológico para enseñarles a humanos y a humanoides lo que fue esta especie antes de que perdiera el pulso consigo misma.

Se inauguró en septiembre de 2046 con la presencia de androides y de personas de toda la región. En el umbral de su puerta principal, en los jardines de piedra y flores secas del profanado Palacio de Verano de Norbulingka, podía leerse su nombre ambiguo: Thug-Je. Y abajo el mantra de seis sílabas de la compasión: «Om mani padme hum».

El Palacio de Verano de Norbulingka, una joya de la arquitectura de la tradición de los bonetes amarillos, sirvió de refugio para el Dalái Lama hasta que la República Popular China invadió el Tíbet en 1951: el partido de gobierno autorizó el funcionamiento del zoológico humano —en el antiguo zoológico de animales que quedaba en los jardines del palacio— no sólo porque jetsunkhan, a pesar de su nueva condición, seguía teniendo una buena relación con ciertas figuras poderosas, sino sobre todo porque se trataba de una nueva e inesperada atracción turística en tiempos en los que la agricultura de subsistencia cada día aportaba menos a la economía de la región. Se estrenó con bailes tradicionales el último día del festival de Sho Dun.

Y si bien ya se había cumplido el tiempo para darse cuenta de que el gerente jetsunkhan era un robot humanado con trastorno obsesivo compulsivo y trastorno oposicionista desafiante, si bien ya era más que claro que era capaz de justificar un zoológico humano en nombre del rescate de la especie a la que había pertenecido su cerebro, una vez el Thug-Je abrió sus puertas al público —y empezó a llamar la atención de cientos de miles— se permitió a sí mismo modos tiránicos y se volvió incapaz de contener esos arrebatos de ira que lo obligaban a patear canecas, a empujar empleados, a meterles miedo a las mujeres, a vociferar con los pulmones a prueba de ahogos que se había ganado a puro pulso. Dañó una de sus piernas en una explosión de aquellas. Cojeó desde entonces y desde entonces miró al suelo cuando iba por ahí arrastrando sus botas.

Era simple y terrible lo que le estaba pasando: quería muchas cosas más y más, como cuando su cuerpo, que en paz descanse, acababa de cumplir cuarenta años.

Y, aunque ya había rescatado razas y figuras y caricaturas humanas y errores de la naturaleza en todos los rincones del hemisferio —aunque ya tenía mujeres barbadas, hermanas siamesas, gigantes deformes, obesos mórbidos, enanos, microcefálicos, hombres sin brazos ni piernas, muchachas africanas desnudas, faquires, artistas del hambre, indios fueguinos, caribes, maoríes, hotentotes, somalíes, pigmeos, mongoles, papuanos, beduinos, esquimales, apaches, caníbales, narizones, orejones, ojones, frentones—, se le metió en la cabeza que a su zoológico estaba haciéndole falta una persona que encarnara la belleza y la sabiduría de la región y que esa persona tenía que ser la pequeña profesora Li Chen: «Li Chen les cuenta historias a los niños».

El señor jetsunkhan no estaba en paz porque tenía claro que no era ni un humanoide ni un humano de verdad.

Y luego de días y días de pensarlo, agobiado por el recuerdo vivo y más vivo de su orfandad, comprendió que Li Chen se parecía mucho a los retratos de juventud de su madre que tenía almacenados en el cerebro.

Era la primera escena de una tragedia tibetana. Una mañana de marzo de 2048, el colérico de jetsunkhan, cada vez más violento como los niños cuando nadie está mirando, cojeó por las antiguas aldeas de Lhasa en busca de la profesora Li Chen. Hacia el mediodía estuvo en la arenosa Tunda, en el condado de Nyemo, porque le dijeron que ella estaba allí con sus siete alumnos: no la vio. Fue en la tarde a Chikang, en el condado de Mozhu Gongka, a la escuela de piedra rugosa pintada de blanco —con las tejas verdes y con las ventanas con marcos rojizos en formas de trapecios— donde solían ser las clases de su presa: allí la vio a ella sola, a Li Chen, barriéndoles a sus niños el piso del día siguiente y esperándolo a él, pues ya sabía que estaba buscándola: «Li Chen jamás se cansa».

Con el paso del tiempo, que ni siquiera a las máquinas deja en paz, jetsunkhan fue poniéndose más y más violento: ¡tas! Recordaba que estaba mal tomar del cuello a los idiotas que le llevaban la contraria, y que era una bajeza arrinconar y reducir a las mujeres a objetos de deseo, pero también recordaba cómo hacerlo: era un androide humanado y temible. Y sin embargo, apenas vio a Li Chen sentándose en la silla quebradiza en la que se sentaba a contarles historias a los niños, simplemente le notificó por qué estaba allí. Primero que todo, se acomodó sobre un escritorio y resolló como si un robot pudiera quedarse sin aire. Y luego, después de tomar aire para nada, le dijo que había venido a llevarla al zoológico humano y que su gobierno estaba de acuerdo.

—Solamente tengo una petición para hacerle, comandante —declaró Li Chen mirando al suelo—: mi madre está a punto de morir y quiero pasar las últimas horas con ella.

No tenía a nadie más allí, en el Tíbet, la parte más alta de la Tierra. No quería a nadie más porque no tenía tiempo para malgastarlo. Su padre desapareció sin dejar notas, ni recuerdos, cuando ella apenas empezaba a caminar. Hacía un par de años había dejado a un muchacho torpe que le repetía en vano que la amaba por una muchacha que todo el tiempo estaba tratando de probarle que no era tan rara, pero lo cierto es que ya no le interesaba el uno ni le incumbía la otra. Sólo le importaban sus alumnos y su madre. Y ahora estaba a unos cuantos días de perder a sus niños para siempre, pues su madre, que tenía el respaldo del partido gracias a su carrera de nadadora, y que era su red de equilibrista, iba a morirse en unas pocas horas: «Li Chen es una mujer fuerte».

—Vaya usted misma al zoológico en los parques de Norbulingka cuando haya terminado su duelo —le concedió el comandante jetsunkhan mirando al mismo suelo—, pero mañana en la mañana un profesor nuevo vendrá a remplazarla en la escuela.

La manipuladora Wei Ling Chen, aquella nadadora artística que llevó la gloria a China cuando ya a muy pocos les importaba el asunto, murió en una cama con la mirada puesta en la mirada de su hija. De cierto modo, era una ironía de aquellas, del libreto de una biografía, pues se había pasado la vida anunciándole a Li Chen que quería morirse, que ya iba a morirse, que estaba pensando en suicidarse. Sólo dijo un par de palabras en los últimos días: «Zài jiàn», «bào qiàn». Tuvo el ceño fruncido de las depresiones y de las competencias de nado sincronizado, desde el arranque de la agonía hasta que por fin empezó a irse de su cuerpo, mientras Li Chen le iba leyendo pasajes de *El libro tibetano de los muertos*: «No tengas miedo», «entrégate a las alucinaciones», «espera cuarenta y nueve días», «quédate allá si es tiempo de quedarte».

Murió. Y Li Chen se dedicó a sollozar y a llorar un par de horas, y sollozó y lloró hasta que se le agotaron el aire y el agua de semejante dolor, para que nadie tuviera que consolarla.

En el durísimo suelo del Tíbet, a 4.600 metros de altura, resulta ignominioso e insensato cavar una fosa: el cadáver de Wei Ling Chen fue desnudado, rasurado, descuartizado, triturado con un martillo y esparcido sobre una piedra por un sacerdote rogyapa —delante de Li Chen y bajo la mirada impasible de un monje de manto rojo y bonete amarillo— para ser devorado por los buitres. En un primer momento, pareció que los restos del cuerpo de aquella mujer muerta, los jirones de carne y los pedazos de hueso y los trozos de entrañas, eran rechazados por las aves budistas: habría sido lo peor que pudiera pasarle. Después empezaron a llegar y se subieron a la piedra y se pusieron a picotear hasta que no quedó nada. Y el alma de la nadadora debió sentir paz.

La profesora Li Chen se fue entonces a su casa a empacar su ropa, sus cepillos y sus cepillitos de fanática del aseo y los libros que su madre le había traído de sus viajes por el mundo.

El comandante jetsunkhan la estaba esperando en la puerta de Thug-Je, el zoológico humano, como un cursi enamorado chino de los de principios de siglo: su ropa combinaba con la de ella y tenía en la mano un refulgente globo de látex que había sido prohibido años atrás. Se parecía como una parodia benigna al hombre que fue antes de casarse con su mujer. Le entregó una cajita con una joya a la profesora Li Chen como si no hubiera conseguido secuestrarla, coleccionarla con autorización de la Asamblea Popular, sino apenas conquistarla. La infidelidad estaba penalizada como en tantos lugares de la desmadrada Tierra, pero él, si «él» era el pronombre para referirse al sustantivo que se había vuelto, no fue un hombre fiel —y presumió de ello en las calles de Ganzi, en la provincia de Sichuan— mientras tuvo un cuerpo joven.

Cada vez era más difícil divorciarse en la China o en el Tíbet, pero su esposa y sus hijos, que se habían quedado a vivir en sus apartamentos en Ganzi, ya lo habían dado por perdido y se habían cansado de pedirle explicaciones de su extraña obsesión: «Li Chen es una joya».

«La guapa profesora Li Chen», como podía leerse en el letrero de su jaula amoblada como un dúplex de otros tiempos, era una mujer sabia y paciente y tenía claro que saldría de allí de alguna manera. En un principio, el primer año al menos, se limitó a hacer lo que hacía cuando su madre no estaba. Releyó su biblioteca. Llevó un diario. Extrañó a sus alumnos como si le hubieran sacado un órgano vital y le hubieran cosido la herida con una aguja de sastre. Conversó a través de los barrotes con los miles de androides y las decenas de personas que paseaban por ahí como si creyera el cuento de que el partido había decidido preservarla de esa manera. Y así, dotada de una memoria que aumentaba y corregía con una facilidad pasmosa, cumplió con la tarea de contarles a los humanoides —que la oían de pie, apretados, alrededor de su jaula— las grandes historias de la humanidad: los dramas de Atenea, Afrodita, Edipo, Yocasta, Casandra, Aquiles, Helena, Odiseo, Confucio, Kumarajiva, Simbad, Dante, Liu Bei, Cao Cao, Diao Chan, Yu Ji, Orlando, Zhu Bajie, Hamlet, Lady Macbeth, Cordelia, Desdémona, Cenicienta, Cao Xueqin, Ana Karenina, Éponine, Becky, Frankenstein, Orfeo, Eurídice, Pinocho, Peter Pan, Wendy, Alicia, Ding Ling, Dorothy, Miss Marple, Galadriel, Scout, Holly Golightly, Mary Poppins, Matilda, Wei Minzhi, la Pequeña Costurera y Flor de Nieve, por ejemplo.

Fue a comienzos del año 2050, que tantos profetas señalaban como el año final, cuando la profesora Li Chen empezó a deprimirse sin remedio.

Los días se le iban mientras contaba historias para sobrevivir, esperaba en vano un plan de escape y lloraba en su estera en el pequeñísimo segundo piso. Poco comía. Poco respondía las preguntas que le hacían.

Y empezaba a confundir los sueños tristes de la madrugada con los recuerdos que le dolían más que la vida forzada que estaba viviendo.

El comandante jetsunkhan solía visitarla en las mañanas para desearle un buen día y en las noches para decirle —siempre y con las mismas palabras— «el padre de Jetsun Khan decía que la distancia pone a prueba la resistencia del caballo, el tiempo revela el verdadero corazón de las personas». A mediados de febrero, en contravía de lo que le habían aconsejado los médicos, decidió darle anfetaminas para sacarla de la depresión y recobrarla como narradora. Fue respetuoso, igual que siempre, hasta cuando la versión drogada de ella comenzó a tratarlo como su secuestrador: «¡Vete!, ¡他妈的!, ¡操你妈的屄!, ¡杂种!, ¡脑残!, ¡恐龙!, ¿de verdad eres un hombre?», le gritó una noche. Y el viernes 13 de mayo, que decidió quedarse acostada allá arriba, en su celda dentro de su celda, vino la muerte.

Li Chen quería morirse más que todos los días, porque ese era el viernes de su cumpleaños, pero ni siquiera en sus peores pesadillas se le había ocurrido la posibilidad de que su carcelero la matara. Estaba en su cama, pidiéndole al espíritu de su madre que le enseñara un movimiento de nado sincronizado que la sacara de allí, o se la llevara de una vez del *samsara* si es que no había más salida, cuando sintió que jetsunkhan se había sentado a su lado en la oscuridad: «婊子», le susurró él, déspótico y torpe, «puta…» con puntos suspensivos. Le preguntó por qué no había salido, por qué había humillado a los visitantes de su zoológico en pleno domingo, por qué era buena con todos los hombres menos con él, mientras le acariciaba las piernas de verdad.

Li Chen disfrutaba su cuerpo como cualquiera, como las pocas mujeres que quedaban, pero a pesar de las recomendaciones de un partido desesperado por controlar la natalidad, y a diferencia de sus amigos y de sus amigas de la juventud, jamás había querido tener sexo con un humanoide. Por supuesto, lo que le estaba pasando nada tenía que ver con el sexo, sino con los arrebatos de violencia que su secuestrador venía experimentando desde que ella —su venerable paciencia alterada por las anfetaminas— no lo trataba como su dueño, sino como su verdugo monstruoso. Quiso besarla, lamerla, penetrarla, pero, ya que apenas era capaz de recordar el deseo, sólo quería besarla, lamerla y penetrarla para vencerla: «婊子», le repitió, «desvístete para mí».

Y luego del silencio que siguió, ante la resistencia insobornable de su prisionera, trató de violarla.

Forcejeó. Golpeó. Rasgó. Ahorcó para aclararle a ella que no tenía alternativa. Le agarró las muñecas a la espera de que su cuerpo robótico fuera la máquina letal que era. Se abrió los pantalones cuando notó que Li Chen por fin se había quedado quieta y apenas subió la mirada cayó en cuenta de que la había matado. Se tapó la cara con las manos y espió su cadáver entre las rejas de los dedos: «婊子». No sintió taquicardia ni afán: su emoción más dulce, en su vida de humanoide, era el rendimiento al horror de la naturaleza. Recordó la culpa y la tristeza y la vergüenza de cuando era un muchacho salvaje e impaciente. Cerró los ojos, en busca de una solución, pues la imagen de la pequeña profesora sin vida le daba ganas de lanzarla al río, y ya.

Li Chen supo que la estaba matando con sus manos pegajosas y lo dejó seguir adelante y al final se puso a decirse a sí misma lo que le había dicho a su madre un par de años antes, «no tengas miedo», «entrégate a las alucinaciones», «espera cuarenta y nueve días», «quédate allá si es tiempo de quedarte», entre una oscuridad que no estaba en la Tierra. Esperó a que algo pasara —una cerradura de luz arriba o abajo o atrás— hasta que oyó la voz de jetsunkhan pidiéndole perdón y prometiéndole que llamaría a sus amigos del partido para que le permitieran traerla de vuelta. Eso fue lo último que le escuchó, «es seguro que tu madre te puso en el programa», antes de escuchar el estruendo que abre la muerte. «No estoy aquí: soy esto», pensó, y de inmediato desconfió de sus pensamientos.

¿Que cómo sé yo todo esto si estoy escribiendo mi libro décadas antes, aquí en un rincón de nuestro apartamento de Bogotá, en Colombia, donde la guerra sigue siendo la misma barbarie de siempre, las inundaciones y los derrumbes se han vuelto una temporada del año, la única manera de llegar al cielo es siendo penitente y eso de la dignidad humana es aún una leyenda urbana? ¿Que cómo puedo narrar una muerte que no puede constarme? Ténganme paciencia. Yo sé qué estoy contando y sé por qué lo estoy contando. Sé lo que vi y soy un testigo confiable porque nunca creí en nada y en unas páginas lo voy a probar. Tengo una esposa digna de milagros y un hijo admirable que no quiero avergonzar. Tengo una madre seria, muy seria, que lleva décadas leyendo como Li Chen y a estas alturas no va a permitirme una carrera de estafador literario.

Tengo respirándome en la nuca a un montón de personas fantasmales del pasado que hicieron sus papeles secundarios, en el primer acto de mi vida, para que yo llegara hasta acá agradecido y maltrecho.

Y tengo un padre muerto que no ha perdido la esperanza de que yo sea yo mismo. No me voy a poner ahora a engañarlos, no, fuera de mí estarles mintiendo.

Lunes 30 de mayo de 2016

Uno sigue siendo uno cuando muere. Lo vi. Lo sé. Por eso mismo, porque en la muerte sigue en juego todo lo que se ha vivido, lo mejor es prepararse para las cinco fases que se vienen encima, pues son sueños verdaderos, rumores descabellados y ciertos, lugares comunes sobrecogedores. Primero: hay que recibir la noticia del propio final con resignación y con serenidad, como si uno fuera un ser querido, y no hay que perder la cabeza cuando se escucha ese estruendo venido de la nada semejante a «un verso huérfano lleno de terror y de espanto que nadie más querría oír». Segundo: hay que repetirse «esto va a pasar», «ya nada más puede dañarme», «el miedo es para los vivos» mientras se es testigo del propio cuerpo y del túnel y de la sombra resplandeciente y de pie que sin embargo no ciega. Tercero: hay que presenciar el drama de la propia vida, principio, medio y fin, sin odiarse, sin condenarse a seguir viviendo. Cuarto: hay que cruzar el laberinto de ese limbo para avanzar o para regresar. Y quinto: hay que aprovechar, si acaso uno vuelve, esta extraña oportunidad para dejar de ser un pobre imbécil.

Repito: yo quiero que este libro testimonial sea —y ese es su subtítulo— «un manual práctico para la muerte». Y ese será mi anhelo y mi empeño hasta el final.

Siempre odié los libros útiles. Renegué, a más no poder, de las novelas históricas que le cuentan a uno las sagas de los emperadores, de los thrillers vertiginosos que son los juegos de video de los lectores burgueses, de las obras maestras colombianas que les explican a los clubes de lectura de los ricos toda la violencia que ha habido en este país, de los relatos realistas que repiten las fórmulas y los personajes que luego les sirven a los maridos y a las esposas para romper el hielo en las comidas risueñas y tensas de «los elegidos»: «Autoayuda», dije siempre, «pura y física y repugnante autoayuda disfrazada de legado para las próximas generaciones», pero, en fin, es típico de esta especie dejar constancia de su drama en el mundo —e imprimirlo en papeles hechos con árboles talados— hasta acabar con la Tierra.

Siempre odié a los embusteros espirituales que reseñaban en las redes sociales *El libro tibetano de los muertos* como «el libro que te lo da todo», y que presumían a medio vestir de su dominio del yoga y de la paz de la meditación y de la gloria del sexo tántrico con putos *namastes* al final de sus párrafos onanistas —y para nada: siempre odié que «vivir mejor» fuera otra farsa de su narcisismo—, pero de regreso de la muerte he estado pensando que, si se tomaran a pecho todo lo que predican a diestra y siniestra, podrían estar en ventaja a la hora de morir. *El libro tibetano de los muertos* advierte —y también lo hace, ahora que lo pienso, la colección de testimonios reunidos por el doctor Raymond A. Moody Jr.— que teme menos en la muerte quien más cerca ha estado de la «realidad».

Pongo entre comillas esa «realidad» porque no es esta: no es esta en la que encarnamos e interpretamos nuestro personaje, no es esta en la que tuve una rapidísima infancia frente al televisor, y adoré la bata de traumatólogo de mi padre y la cartera llena de libros y de esferos que mi madre llevaba a su oficina en el banco, y llegué a la conclusión de que yo no necesitaba gafas ni audífonos ni muletas sino poesía, y pasé por la universidad para graduarme de raro porque era dolorosamente común y corriente, y me volví escritor y escribí y publiqué tres novelas con sangre y me sumergí en el lenguaje para estallar las cosas, y me salí del mundillo literario porque un día me robaron todo lo que había escrito e iba a escribir, y tuve una primera novia y una primera amante y una primera esposa —y se acabó todo y con ninguna peleé porque yo sólo peleaba con las personas con las que quería reconciliarme— hasta llegar al nombre y al cuerpo y al alma de mi Lucía Rivera, y me volví un padrastro y poco a poco fui sintiéndome cómodo con la palabra, y me enfermé porque «los hechos del pasado», que ya sé que todos lo son, se me vinieron encima, y me morí en una operación de las amígdalas.

Pongo entre comillas esa «realidad» porque no es esta que hay que escribir, que hay que componer y esculpir y recrear, sino la realidad total que muy pocas veces se experimenta en la vida: la trasescena de la trasescena.

Describe *El libro tibetano de los muertos* paso por paso por paso lo que yo enfrenté. De golpe, como si alguien jalara los cables de un aparato, la consciencia se desconecta de los cinco sentidos. Uno deja de oír, de ver, de oler, de paladear, de tentar. Suelta un último respiro como un globo que ya no puede contener el aire. Vive en las veintitrés preposiciones —a, ante, bajo, cabe, con, contra, de, desde, durante, en, entre, hacia, hasta, mediante, para, por, según, sin, so, sobre, tras, versus, vía— un silencio: un largo, larguísimo, largo silencio que es por fin el mismo silencio para todos. Es entonces cuando se recibe la noticia de la propia muerte de la peor manera: «Ay», «¡que sí, doctor, que se murió!», «¡pues empiece la reanimación, hombre, pida refuerzos!». Vienen las palabras que nadie quiere oír, «arritmia», «paro», «broncoespasmo», «hipoxia», «hipoxia cerebral», se oye.

Y se escucha ese estertor que no es el cierre de la agonía, sino el comienzo de una vida que muy probablemente sea la vida real: ese trueno.

Como suele sucedernos a todos, y más cuando nos hemos comprometido a contar una historia, desde que yo volví de la muerte me he estado tropezando con gente que me ha contado casos y casos semejantes al mío. Y todos coinciden en que diez, veinte, treinta minutos después del estruendo viene una experiencia espeluznante: un relámpago que quizás sea uno mismo —que *El libro tibetano de los muertos* llama «el *dharmadhatu*» o «la luz clara de la realidad»— y que resulta aterradora aunque suela durar un instante. Es un miedo inédito y peor que el miedo. No se acelera el corazón, ni sudan las manos, ni se entiesa la cintura, ni se traba la lengua porque ya no hay. Se siente de una manera que sólo acaban de entender quienes van a dar a la muerte, y da pavor porque es recibir como un alud la realidad que recibimos con cuentagotas mientras seguimos en la Tierra.

Sólo sigue adelante en la muerte quien reconoce a tiempo que ese torrente luminoso es su propia vida.

No es terrible. No está lejos. No está afuera. Y «reconoce» es la palabra precisa, pues lo que hay allí es la misma luz que se intuye en los reflejos de las ventanas de la tarde o en los segundos incomprensibles e inmóviles frente a una persona que de pronto nos parece el mundo entero: pienso en Rivera y en mí, en la noche, susurrándonos que quizás todo lo que nos pasó haya sido para encontrarnos.

Según me dijo una amiga nuestra, una amiga de Rivera y mía que prefiere no ser mencionada con nombre y apellido, su padre el incrédulo le pidió de rodillas al terapista que lo atendió en las últimas semanas de un devastador cáncer de páncreas que lo guiara como Li Chen a Wei Ling Chen en el tránsito por ese estado intermedio: «Está en la realidad…», «No tenga miedo…», «Déjese llevar…», le dijo, sin tutearlo, porque nadie se hace así de amigo en Bogotá en tan poco tiempo.

Y para mí es claro que una ayuda como esa nos habría servido a todos los personajes de este libro, que la madre Lorenza de la Cabrera habría entendido que ese sol tan raro no era un túnel que iba a dar al infierno al que iban a dar los cuerpos que habían perdido la batalla, y el sepulturero Nuno Cardoso habría soltado una risotada en el camino a la consagración que se merecen los que tratan a un cadáver como si fuera la memoria de un espíritu, y la estafadora Muriel Blanc habría perdido menos tiempo pidiendo perdón por haberse pasado una vida engañando a los europeos extraviados en el Romanticismo, y el desmadrado Bruno Berg habría sabido de una vez que vivir no había sido reptar en vano entre asesinos, y el desquiciado John W. Foster habría seguido su viaje como el hombre que acaba de enterarse de que no estaba loco, y la provocadora Sid Morgan habría recibido ese resplandor —ese soplo y ese rato— semejante a un villano que no ha podido probar su vileza, y la testaruda Li Chen habría recordado sus propios consejos, pero ni los unos ni las otras sabíamos qué estaba pasándonos.

Y para todos fue espantoso el proceso de reconocer que toda esa luz dispersa, arriba, abajo, adelante, atrás, es uno mismo cuando muere.

Yo sé que pude recomponer mi figura, como una especie de sombra o de silueta ingrávida, como algo que podía levantarse, moverse y flotar por el espacio, porque entonces la «realidad» entre comillas empezó a verse igual que las pantallas de los viejos televisores de perillas de mi infancia cuando aún no había comenzado la programación. Pasó de ser nada, una oscuridad sin bordes, sin texturas, sin matices, a ser el mismo enjambre de pequeños puntos blancos y negros y grises que los otros siete definen prácticamente de la misma manera. Algo se oía. Y, como un alivio de drama, como un *deus ex machina* de verdad, se alcanzaba a adivinar el escenario y la escena en donde aún estaba mi cuerpo tendido en una camilla incompetente y rodeado de figurantes y de extras frustrados.

La profesora Li Chen se refirió a este momento como a «un aguacero sobre un aguacero». La roquera Sid Morgan lo llamó «los zumbidos en blanco y negro» e incorporó el sonidito en una canción de 1984 titulada *White Noise*. El astronauta John W. Foster lo definió, en su tembleque conferencia publicada en YouTube, como «una antena de televisión tratando de hacer su trabajo». El soldado Bruno Berg lo comparó con «una mirada llena de tierra» en una charla que sostuvo con un personaje inesperado luego de escapar de la enfermería. La impostora Muriel Blanc apenas habló de «un viento gris». El enterrador Nuno Cardoso utiliza la frase «el humo se fue volviendo aire» en su *1755: breve testemunho dum coveiro*. Y la madre Lorenza de la Cabrera describe, en su biografía, «una plegaria escrita que al principio era un revuelto de letras».

Yo lo recuerdo tal como recuerdo la pantalla del televisor de mis padres cuando no había señal.

Yo me despertaba tempranísimo los sábados, a las seis de la mañana, para ver qué estaban dando en los dos canales nacionales. Y siempre, sin falta, me chocaba contra la imagen de la pantalla sin señal. Y me sentía presenciando una especie de milagro y recobraba la fe en el mundo —y es increíble, pienso ahora, cómo un recuerdo tan pequeño puede someterlo a uno de golpe— apenas las pulgas en blanco y negro que pinchaban las manos si uno las tocaba eran remplazadas por las barras de colores SMPTE: blanca, amarilla, aguamarina, verde, violeta, carmín, azul. Entonces veía *Tarzán*, *Las aventuras del Súper Ratón* y *Bonanza* hasta que aparecía mi papá, que era el primero que aparecía hacia las nueve, porque no se perdía *Chespirito* ni *Viaje a las estrellas*.

—Buenos días, señoras y señores —me decía y se acomodaba una corbata invisible y me daba unas palmaditas en la cabeza.

De vez en cuando mi papá era grave y melancólico, porque no era un idiota, pero solía ser ligero y feliz, y notar sus ganas de vivir daba ganas de vivir. Se hacía un café cargadísimo y digno de ser escupido. Y se me sentaba en la silla de al lado, que era una silla tiesa de cuero y de madera, a comentarme cualquier cosa que estuvieran dando en la televisión colombiana —me acuerdo de ver *Mazinger Z* y *Batman* los domingos— mientras mi mamá dormía y dormía porque la noche anterior se había quedado a leer hasta tarde en su despacho secreto y no se despertaba hasta que no hubiera cumplido sus horas de sueño. Yo se lo preguntaba todo: «Papi, ¿qué es "bouillabaisse"?». Y él era incapaz de decirme «no tengo ni idea» o «no sé» porque yo estaba completamente seguro de que él era un sabio y una enciclopedia: «El síndrome de bouillabaisse es el de la gente que se la pasa diciéndole a la gente lo que piensa», me decía.

Y, treintipico años después, yo me portaba igual cuando no me sabía la respuesta de alguna pregunta de José María.

El lunes 30 de mayo de 2016, él, que iba para los seis años, se despertó unos minutos antes de que el día aclarara y me buscó de puntillas en mi lado de la cama y me llevó a la sala para que hiciéramos alguna cosa juntos. Por enésima vez, con la mueca de las almas viejas, me preguntó con sus propias palabras por qué te van a operar las amígdalas, por qué se te bajaron tanto las defensas si no está haciendo frío, por qué dejaste de escribir los libros que escribías cuando yo no había nacido, por qué esos hackers te robaron de repente todas las ideas que tenías, por qué no te dedicaste a viajar y viajar como mi papá el diplomático, por qué no puedo comerme las chocotejas peruanas antes de desayunar, por qué Leia no lleva por dentro «la fuerza» si es la hermana de Luke.

—Quién dijo que no la tiene —le respondí acercándomele, y subiéndole la voz, porque en ese entonces él empezaba a ponerle a uno la oreja como un viejito convencido de que no estaba escuchando bien.

Espiamos Twitter, Facebook e Instagram mientras él se comía un par de platos de cereal. Buscamos mi perfil en Wikipedia, que yo había creado diez años antes y meses después algún enemigo había corregido con saña y vivía atento a que se quedara así, porque yo me empeñé en probarle a nuestro niño que le estaba diciendo la verdad: «Simón Hernández era un escritor colombiano conocido por una trilogía de novelas aclamadas por los expertos...», «fue llamado, en especial por los críticos con los que se emborrachaba, "un maestro de la imperfección" o "un fenómeno del perverso siglo XXI" para eludir la verdad...», «actualmente se encuentra retirado y se desconoce su paradero...». José María lo dijo: «Pero nada de esto es verdad...».

Yo le enmendé y le completé mi biografía, con aires de despedida, como suelen hacerlo los espíritus de los cuerpos que están a punto de morir, pero no lo saben.

Nací el martes 4 de noviembre de 1975. Diría que fui un niño solitario, secreto, pero qué niño no lo es. Veía televisión. Veía películas de ciencia ficción y comedias gringas en el Betamax. Jugaba mucho, sí, me inventaba historias de astronautas atrapados en planetas laberínticos construidos con fichas de Lego. Me ponían inyecciones de penicilina en la droguería del barrio porque vivía enfermo de la garganta. De vez en cuando leía los libros polvorientos que mi mamá me ponía a leer, *Viaje al centro de la Tierra*, *Las aventuras de Tom Sawyer*, *Las mil y una noches*, como subiendo una montaña, como cumpliendo una pena. De tanto en tanto hacía algún amigo que tarde o temprano se iba. Y entonces se me fueron los años del colegio con un pie en la realidad y un pie en la imaginación hasta que descubrí que era bueno con las palabras.

De lejos parecía un muchacho anodino, soso. De cerca era un flacucho capaz de provocar y de poner en jaque y de derribarles las defensas a los demás: fuera de mí la modestia. Dicen el Gordo y el Flaco, mis primos, que cuando ellos eran niños les gustaba estar conmigo porque los hacía reír, pero que a veces volvían a su casa muertos de miedo porque yo era un fatalista y les pintaba futuros perturbadores que estaban a la vuelta de la esquina: «El otro día me dijeron que los narcos van a poner una bomba en el barrio», les decía, «y la guerrilla va a bajar de la montaña a tomarse Bogotá». También les prestaba mis juguetes viejos de *Star Wars*. Y les contaba mis enamoramientos tortuosos —que sólo tenían principios, medios y fines en mi cabeza— para que alguien se pusiera de mi parte en el despecho: «Es una malparida, sí, una bruja».

Ah, hablaba como una ametralladora: tracatracatracatrá. Tartamudeaba el principio de cada frase y luego iba de la primera frase a la última en segundos: me, me, me, *meestoyenamorandodeusted*. Trate usted de hacer el papel de Jaques, en la versión de *A vuestro gusto* del colegio, con ese balbuceo exasperante. Trate de que lo quiera una mujer de esa edad, a esa edad, con esta voz.

Conocí a Margarita el día en que entré a la universidad. Me respondió «no es para tanto» en vez de «no es para menos», cuando le conté mi trágica vida romántica y me describí como un «desengañado», porque ella era brillante y disléxica, y sin embargo unos meses después estábamos juntos día y noche y día, y a duras penas existían los demás, y dependíamos enteramente el uno del otro. Años después, luego de una serie de

110

amoríos devastadores, me casé con Laura: «Yo pensaba que los hombres eran como tú», me dijo luego, pero aún no sé si era un elogio. Y años después, vuelto un escritor amargo y divorciado y maltrecho y asaltado en su mala fe, me encontré con Rivera en la agencia de viajes: «Cuéntelo como usted quiera», me acaba de decir ella.

Y a mí se me ocurre agregar que aun cuando haya seguido siendo el mismo antagonista por naturaleza, el mismo hombre hastiado de las supercherías y de los vicios esotéricos de los que me iba cruzando por el camino, es de reconocer que entonces resulté ser un esposo y un padrastro.

Esa cortísima mañana de mi muerte estuve a punto de contarle a José María, mientras competíamos por quién se vestía más rápido, lo que pasó con Margarita: que terminamos y perdimos el contacto y yo no fui capaz de llamarla ni siquiera cuando supe que su padre había muerto luego de meses y meses de secuestro. No se lo quise contar a José María, ni le quise aclarar que fuera de nuestro apartamento —de nuestro piso, bueno, para concederle el beneficio de la duda a mi mamá— nadie me quería mucho, porque me pareció que de nada iba a servirle. Hice bien. Según Platón, el espíritu llega al cuerpo desde una dimensión divina y ser niño es estar más cerca del ser verdadero y crecer en la Tierra es irse llenando de razones y de ruidos para olvidarlo. Y, créalo usted o no, tiene que ser así y así es: yo de verdad lo vi.

Como todos los días, dejamos a José María en el bus del colegio que pasa a unos pasos del edificio en el que vivimos: «Suerte en tu operación, lindo», me dijo, porque así nos hemos llamado desde que él empezó a hablar. Paseamos a los siete perros de siempre, el husky, el labrador, el golden retriever, el beagle, el terrier, el cocker spaniel y el pointer que adoraban a Rivera como si le debieran la vida, por los lados del pequeño parque. Y, cuando los dejamos a todos en sus casas, nos despedimos de mi mamá, pedimos un taxi que nos llevó de la calle 107A # 7A-81 a la calle 133 con la Autopista Norte, nos dijimos por turnos que todo iba a estar bien y nos apretamos las manos —y hubo un primer plano de ello— porque no se puede vivir ni escribir sin lugares comunes.

Estuvimos allá, en la Unidad Médica de la Nueva Granada, media hora antes de lo previsto: 10:30 a.m.

Rivera se veía impaciente: «¿Quién putas atiende acá?». Chateaba con mis dos primos por WhatsApp, incapaz de saltarse un solo signo de puntuación, para quitarles de encima las preocupaciones: «Yo lo veo tranquilo», «Ya nos van a llamar», «Se supone que esta misma noche volvemos». Conversaba con clientes potenciales, «¿cómo le va?», que la llamaban a pedirle que les ayudara con sus perros en el fin de semana. Lidiaba a su mamá, a mi suegra, que ante cualquier señal de riesgo le aconsejaba que se fuera buscando un trabajo «por si las moscas». Y, en medio del nerviosismo propio y ajeno, Rivera seguía siendo Rivera: la mujer que se la pasaba «poniendo en su sitio» a los unos y a los otros, pero ni los otros ni los unos se daban cuenta porque siempre lo hacía con humor y su voz siempre era noble.

—Yo creo que deberíamos irnos de viaje otra vez —me dijo, de pronto, acomodándose en la silla.

Había sido una época terrible. Habían sido «los peores días» si acaso existe algo semejante a «los días mejores». Mi exesposa, Laura, reapareció y desapareció todo el tiempo convencida de que no fue ella —fue su memoria reprimida— la que hizo estallar nuestro matrimonio. Y mi esposa, Rivera, hizo su mejor esfuerzo para soportar los mensajes sueltos que iluminaban la pantalla del teléfono en la oscuridad de la madrugada: «Yo me he dado cuenta de que lo único que quiero es que tú seas feliz», escribió Laura un par de veces. Y la verdad es que si yo hubiera estado a la altura de lo que estaba pasando, si hubiera creído más en el drama que en el azar el día en el que ya me iba a morir, le habría respondido a Rivera «yo también creo que deberíamos irnos de viaje o deberíamos quedarnos acá, lo primero o lo segundo, porque a mí me da igual todo con tal de que esté usted».

Pero simplemente asentí, «ajá…», dije, y regué unos puntos suspensivos, con la mirada puesta en las palabras de la recepcionista de la sala de espera: «¿Don Simón Hernández?». Hasta ese momento pensaba que estaba tranquilo porque andaba imaginándome qué íbamos a hacer en la tarde. Creía que no tenía miedo porque tenía antojo de paleta de lulo. Apenas oí mi nombre, como un esperado e inesperado llamado al paredón, se me vino a la sangre la sospecha de que todo iba a estar mal. Hice todo lo que tenía que hacer, pasé a la siguiente sala de espera, entré a un baño a ponerme esa humillante bata de preso de guerra con el culo al aire, entregué a Rivera mi ropa y mi teléfono y mi billetera entre una bolsa plástica verde, y me despedí de ella como mejor pude.

—Ya nos vemos —le dije entre dientes mientras le daba un beso de trámite.

Y me fui arrastrando a la siguiente sala con la sensación de que era mejor despedirse así, sin melodramas ni parlamentos precisos, para que todo ello fuera apenas una diligencia. Apreté un botón. Seguí. Dije a una enfermera «¿yo soy Simón Hernández?» en tono de pregunta, como si ni siquiera yo lo supiera, en vez de decir «¿me llamaban?». Ella respondió «¿amigdalectomía?» mientras señalaba la silla gris en la que tenía que sentarme. Y allí leí el artículo sobre la impostora Blanc, en aquella revista manoseada por tantos cuerpos a punto de ser operados, con la sensación de que lo práctico habría sido leérselo en voz alta a mi esposa para no tener que leerlo dos veces.

Y allí me encontré a un antiguo colega que mencioné antes de paso, al escritor amanecido, ortodoxo y demasiado desprevenido para ser escritor, Salamanca, que alcanzó a recomendarme a su agente alemán y a contarme que su novela por fin iba a salir en España, antes de que se lo llevaran a operarle el varicocele: «Que se calle, por favor, que se le trabe la lengua, que se dé cuenta de que ni siquiera estoy mirándolo…», pensé.

Y allí me encontró el residente aquel que me llevó hasta la camilla en donde estaba a punto de morir: «¿Don Simón…?».

Me acosté bocarriba con las manos entrelazadas en el pecho, como el óleo del cadáver de un prócer, preocupado por exhalar e inhalar hasta alcanzar algo semejante a la tranquilidad.

Tenía miedo y sentía hambre porque había tenido que ayunar, y no era fácil saber cuál era cuál. Pensaba en la felicidad que sentirían todos mis enemigos agazapados, todos los farsantes que temían a mis críticas, todos los mediocres que se habían puesto de acuerdo para acabar con mi carrera, si llegaban a verme postrado como un niño que vive de fiebre en fiebre: «Suele celebrarse la trilogía selvática de Hernández como un hallazgo de una literatura que prefiere despertar a hipnotizar al lector, pero lo cierto es que su prestigio no ha crecido con el paso de los años», se dijo en la revista *Vox*.

El residente, risueño y dientón, analizó mi ritmo cardiaco y mi tensión arterial y mi orina para ver si era hora de proceder. Me advirtió: «Esto no dura más de media hora». Me explicó que iban a cortarme las amígdalas, a quemar para cerrar la herida y a esperar a que se me pasara el efecto de la anestesia. Me reconoció que lo más probable era que estuviera de vuelta en mi casa hacia las cinco o seis de la tarde. Y a mí me pareció bien porque había llegado al momento de la vida en el que empiezan a quitársele a uno las ganas de morirse. Y entonces me dijo «y ahora voy a administrarle la anestesia» y procedió a insertarme una aguja en el antebrazo y a ponerme una mascarilla y en unos cuantos minutos perdí el conocimiento. Eran las 11:35 a.m., calculo yo, cuando empecé a morirme y me morí.

—Creo que le maté a su paciente, mi doctor, creo que se me fue la mano con el señor Hernández y que lo perdimos —le oí decir.

Resultó que el dolor de espalda de mi padre, que siempre juraba por Dios que estaba «perfectamente» y luego les echaba la culpa a tantas y tantas horas de consulta, era una distrofia muscular de Becker que no era fatal, y podía mantenerse bajo control, pero que era hereditaria. Y demasiado tarde se supo que la anestesia general, que nunca en la vida me la habían puesto, era un atentado a mi cuerpo, por decir lo menos. Yo nunca creí en el destino, ni creí en biografías en tres actos. Yo siempre pensé que jugábamos a que la vida tenía forma y belleza y sentido, pero, aunque pronunciarlo fuera pedirnos demasiado, en el fondo teníamos claro que estábamos en manos de la suerte: fuera de mí el drama.

Y, sin embargo, como no me habría muerto si no me hubieran puesto anestesia y no me hubieran puesto anestesia si no hubieran decidido extirparme las amígdalas y no me habrían programado la operación si no se me hubiera rasgado la garganta y no se me habría rasgado la garganta si no se me hubiera venido el pasado encima, por primera vez pensé «de golpe esto estaba escrito».

No digo «por primera vez en mi vida», no, porque ya estaba muerto. Aparecí en otra clase de oscuridad: una negrura sin atenuantes. Oí al anestesiólogo y a su doctor dándose la noticia de mi muerte. Escuché luego un estruendo como unas uñas en un tablero dentro del estallido de una bomba. Y, ciego y mudo y decepcionado por semejante farsa, empezó a enloquecerme una extraña inquietud que uno no suele asociar con los muertos porque uno no cree en nada de esto hasta que no lo prueba. Y sí: rogué por mí mismo a quien correspondiera. Y, entre esa bruma que era yo, me dije «¿pero qué diablos están haciendo estos imbéciles conmigo?», «¿dónde estoy yo?», «¿qué clase de subnormales matan a un paciente en un minuto?».

Y fue entonces, apenas acabé de quejármele a la nada, cuando me puse a pensar —y me lo dije como comentándoselo a Rivera cuando el resto del mundo está dormido— «de golpe esto estaba escrito».

No sé cuántos segundos o minutos después, pues el tiempo solamente le sucede al cuerpo, tuve una luz enfrente y una luz arriba y una luz abajo y una luz atrás. Estuve a punto de estallar del puro miedo porque parecía como si una marea de fuego fuera a pasarme por encima. Pude pensar, sin embargo, que la muerte no podía ser así. Y me fui acostumbrando a semejante resplandor hasta darme cuenta de que el resplandor era yo. Y fui recomponiéndome, parándome y dándome equilibrio y avanzando, cuando se me apareció ese horizonte como la pantalla llena de puntos en blanco y gris y negro de los televisores viejos. Y un rato después las cosas fueron recobrando sus bordes y sus colores, y comencé a ver el piso azul, los cables gruesos, las canecas pequeñas de una sala de cirugía.

Vi las luces blancas y rectangulares del techo. Vi las estructuras de las lámparas redondas. Vi los monitores empotrados en los muebles de ruedas.

En una pequeña banca estaba el anestesiólogo que digo, «ay, Dios, perdón, perdón, perdón», con la cabeza metida entre las piernas.

Y a su lado estaba el doctor que iba a operarme, antipático e impávido, dándoles órdenes a los médicos residentes que trataban de revivirme.

Yo lo oía todo: «¡Se fue!», «¿Don Simón?, ¿don Simón Hernández?, ¿don Simón?», «¡Dios santo!». Yo lo veía todo: la nuca del enfermero que me estaba poniendo la máscara de reanimación, las manos gigantescas del médico de las compresiones torácicas, las frecuencias y las palas del desfibrilador: ¡pum! Pero, quizás porque no entendía muy bien lo que estaba pasando, tardé un rato en caer en cuenta de que todo eso le estaba pasando a mi cuerpo. Ese era yo, sí. Estaba sin ropa sobre esa camilla, apagado y con el ceño fruncido y peludo como un hombre que jamás está desnudo, a merced de las unas y de los otros. Sentí una vergüenza profunda cuando me vi tan huesudo y tan deforme y tan feo, con ese pecho tieso y esa verga achiquitada como una prenda en un rincón, convertido ahora sí en todo un lugar común.

Cómo pudieron tocar ese cuerpo alguna vez. Cómo osaron tocarme. Cómo consiguieron tomarme en serio cuando les hablaba del fin del arte de la novela o de cómo están condenados a la tragedia todos los que se crean el cuento del destino. Por qué me besaron los labios rotos y me acariciaron la espalda gibosa. De dónde sacaron las fuerzas para soportarme en un ascensor, en una fila, en una cama. En qué momento me concedí yo, tan poca cosa, la autoridad para levantarme y bañarme y vestirme y probarme ropa en los cambiadores de los almacenes y acercármeles a las mujeres que a duras penas me aguantaron: «Déjenme morir de una vez», les grité a esos médicos y quise agarrarles los brazos, «dejen quieto mi cuerpo, ese cuerpo, que yo ya no quiero vivir».

Pero no paraban de golpearme el pecho, ¡pum!, ¡pum!, ¡pum!, porque no oían mis gritos ni sentían mis manos atravesándoles las de ellos. «Yo soy un muerto», les dije, «déjenme en paz». Y apenas fui para ellos un escalofrío.

Segunda fase
La vida después del cuerpo

1

El muerto sabe que existe. Tarde o temprano ve su propio cuerpo, enfriándose y entiesándose y librándose de males sobre un charco de todo lo que lo entorpecía, y, como a mí, le parece increíble haber vivido allí por tanto tiempo. Hay espíritus que no quieren o no pueden volver adentro, pues sus cabezas o sus pechos están destrozados. Se quedan por ahí a la espera de que alguien que pueda verlos los vea. Se asoman a sus entierros y se dirigen a sus viejos apartamentos a ser testigos del paso del tiempo. Pero la gran mayoría de los muertos van resignándose a sus odiseas: a desencarnar, a rondar sus organismos, a cruzar el umbral, a emprender el viaje y a enterarse de qué les está pasando por boca de una aparición —un personaje nuevo— hecha de una luz más allá de la luz. Voy a contar, primero, lo que me pasó a mí.

Estaba en la sala de cirugía de la Unidad Médica de la Nueva Granada, fuera de mi cuerpo, pidiéndoles, exigiéndoles, ordenándoles a los médicos que dejaran morir ese amasijo de músculos y nervios que daba vergüenza. Estaba ahí, más o menos de pie en ese piso azul, fijándome en los vellos ensortijados del ombligo, en las güevas colgantes, en las rodillas llenas de cicatrices, en los tobillos huesudos. Seguía diciéndome «de golpe estaba escrito» y seguía furioso por semejante muerte tan indigna. Y era un espectáculo horrible porque cada vez que me ponían las paletas del desfibrilador en el pecho, ¡pum!, veía saltar ese cuerpo dejado y escuchaba el crujido de sus huesos: «No pierdan más el tiempo», decía, pero ellos continuaban su tarea.

Valga aclarar en este punto que quizás todos esos eventos, la reacción a la anestesia, la muerte, el caos en la sala de cirugía y la reanimación, habían sucedido en unos pocos minutos. Es importante decir que yo no sentí ninguna clase de paz, ninguna clase de serenidad, mientras vi lo que estaba pasando. Hice lo que pude para tomar control de lo que yo era fuera de mi cuerpo, fui tomando la forma de un hombre, como esculpiéndome, con los dos brazos y las dos piernas. Vi. Oí. Olí. Pero no sólo no pude tocar nada, sino que unos segundos después de la última descarga, de golpe, empecé a elevarme como una burbuja. Subía y subía y seguía subiendo. Si hubiera estado vivo, creo, me habría dado un infarto.

Se veía raro el mundo desde el techo, por supuesto. No era gracioso ni fascinante, sin embargo, porque me estaba pasando a mí mismo. Empeñado en volver a poner los pies en la tierra, salí flotando de la sala de cirugía a una especie de hall en donde los doctores se cruzaban de afán con los familiares de los pacientes, y se oían palabras y risotadas sueltas, y fue entonces cuando pensé en Rivera: ¿qué estaría pensando, qué estaría diciendo, qué estaría sintiendo? Busqué un pasillo vacío para ensayar la maniobra de aterrizaje. Después de muchos intentos, a pesar de semejante impotencia y semejante pesadumbre, conseguí acercarme y regresar al suelo. Y entonces me puse a buscar la sala de espera en la que había dejado a mi esposa.

Seguí las señalizaciones, y recogí los pasos que habíamos dado hacía unos minutos, para llegar a las salas de espera.

Allí la vi. Seguía chateando por WhatsApp con sus clientes, y con los pocos preocupados por mí, en la silla en la que se había sentado en un principio. Parecía resignada al paso de esa mañana tan perdida. Era claro que no tenía ni idea de que acababa de morirme. En vano le pedí que no se preocupara, que no sufriera por mí, que no perdiera las ganas de irse de viaje. Quise tocarle las arrugas que empezaban a salirle en los bordes de los ojos. Quise besarle los párpados cerrados para devolverle algo de la paz que me había dado en esos últimos años. Estuve a punto de pedirle perdón por esos días tan inciertos, entre mi dolor de garganta y mi desazón ante la reaparición de mi exesposa y mi amargura por los ataques de mis enemigos del mundo de la cultura, cuando la vi pararse.

Se levantó con la pequeña cartera de cuero al hombro como si estuviera a punto de irse. Se acercó suavemente al mostrador para que nadie fuera a confundirla con una cliente indignada. Y le preguntó a la recepcionista, que fingía estar ocupadísima, pero tenía una revista abierta de par en par al lado del teléfono, si ya se sabía algo de mi operación.

No. Nada. A lo mejor dentro de unos minutos —le avisó la señora a duras penas mirándola a los ojos— saldría alguien a darle las buenas noticias: «Ya lo puede ver…». Lo mejor que podía hacer era hacer lo que hizo: guardarse el iPhone para descansar de la pantallita del mal, respirar hondo e irse por el pasillo que tenía enfrente en busca de la máquina de bebidas calientes para tomarse el quinto café del día. Yo la seguí. Yo, fuera lo que yo fuera, la seguí. Se me pasó por la cabeza, como a cualquiera que esté leyendo este testimonio, la posibilidad de enterarme por el camino de algún secreto inconfesable, pero, apenas la vi tomando fuerzas, me di cuenta de que para ella no había otra vida aparte de la nuestra: «Ay, Dios, Simón, salga de eso ya…», se dijo.

Y ahora que se lo pregunto, convencido de que va decirme otra vez «usted cuente lo que usted quiera» o «yo ya le he dicho que no quiero que deje de escribir alguna cosa para no molestarme», se sorprende y levanta la cara y me contesta «¿cómo sabe que yo dije eso?».

Dijo eso, «ay, Dios, Simón, salga de eso ya…», porque nadie que quiera a alguien tiene la sartén por el mango: era evidente —pensé en ese momento— que mis silencios ambiguos la exasperaban, mis noches ansiosas la ponían nerviosa, mis furias tragicómicas le daban ganas de irse a dormir a las siete de la noche, mis disquisiciones sobre este país acostumbrado a la guerra la volvían sorda, mis reticencias vehementes a ir a las fiestas y las comidas a las que nos invitaban la ponían en guardia, mis quejas repetitivas sobre los fracasos del pasado la mareaban, mis pésimos hábitos alimenticios, desde los desayunos con Coca-Cola hasta las alas picantísimas de la medianoche, la volvían la madrastra que nunca tuve, pero ella no tenía plan B: ya había dado por hecho que vivir era estar juntos.

Apenas comprendí lo obvio, volví a elevarme como una manotada de polvo, desprevenido e ingrávido, hasta darme contra las luces blancas de los techos falsos del corredor. Y fue así, mientras logré volver a las baldosas blancuzcas del piso, como perdí de vista a mi esposa y me vi forzado a buscarla en ese laberinto.

Fui por los corredores de la clínica con la sensación de que siempre estaba a punto de alcanzarla. Doblé un par de esquinas abruptas. Crucé un par de recepciones. Recorrí un par de áreas restringidas, «solo personal autorizado», con la impresión de que ella acababa de estar ahí. Luego, con la ilusión de tropezar con alguna pista, seguí a un hombre que empujaba una camilla hasta un ascensor de aquellos, pero cuando crucé un par de enormes puertas de vaivén fui a dar a un pasillo larguísimo y oscuro como una alcantarilla sin aire que iba perdiendo rugosidades y grietas —y se iba volviendo un vacío negro— mientras me tragaba. Yo ya no me movía: el pasaje me aspiraba semejante a una espiral e iba volviéndose de mi tamaño.

No tenía reversa. No me era dado volver, no, avanzaba como parado sobre una banda eléctrica. El único alivio que experimenté —porque no había tenido más de unos segundos de paz desde que recibí la noticia de mi propia muerte— me llegó cuando el túnel desembocó en un desierto de tierra negra y cielo negro: «Aunque camine por el valle de la muerte no temeré ningún mal porque tú estarás conmigo y tu vara y tu cayado me darán aliento», puede leerse en los salmos de la Biblia, y era precisamente eso lo que estaba pasando y lo que estaba viendo. A duras penas avanzaba, pues el suelo y el aire eran de algo semejante al barro. Escuchaba un latido metálico, ¡tas!, ¡tas!, ¡tas!, vaya usted a saber si alguien estaba levantando otro mundo allá detrás. No sé por qué seguía y seguía adelante.

Ya no era yo. No necesitaba ni tenía las palabras que tanto me habían servido para lidiar con todos los monstruos del mundo. Quizás llegué a reptar. Quizás fui una sombra aceitosa sin razones ni arrepentimientos.

El valle de la muerte se fue estrechando, y tuvo paredes venosas a los lados y bufidos de hocicos despavoridos de repente y ojos de insectos abajo como el estómago fangoso de un cadáver, y aquello que era yo en ese momento tuvo miedo y asco porque vino un viento fétido que se quedó con todo. Repito: ya no era yo, sino una sustancia pegajosa resignada a temer, cuando las raíces y los aleteos que me tenían rendido a mi estado empezaron a alejarse como las nubes despejan el cielo acá en la Tierra, y las cosas comenzaron a verse en medio de esa oscuridad. Era que alguien me estaba sacando de mi propia estrechez y mi propio pavor, y estoy convencido de que era mi papá porque yo me sentía a salvo y capaz de contener mi violencia igual que cuando estaba en la primaria.

Cuando yo tenía ocho años, y aún era el niño más popular de mi curso del colegio, era consciente de mi extraña capacidad para acabar con cualquiera con un par de palabras: «Debe ser muy duro tener a los papás separados…», «No todo el mundo tiene por qué ser inteligente…», «Pégueme hasta que alguien lo quiera…», les decía a los pocos enemigos de mi propio salón, que me odiaban a muerte, con una crueldad que siempre he llevado por dentro. Uno olvida que la infancia es grave y determinante como ir a una guerra, y yo olvidé que un día mis rivales me dieron un golpe de Estado y muchos de mis amigos dejaron de hablarme, y simplemente me volví un niño duro y sarcástico que se refugiaba en la capacidad de mi papá de ser el mismo hombre día y noche y madrugada.

Yo volvía a ser un niño nomás siempre que estaba con él y siempre que estuvo él pensé que era feliz.

Y, cuando él se murió porque su cuerpo no dio más de tanto salvar otros cuerpos, todo empezó a ir cuesta abajo.

El caso es que otra vez yo era yo allá en la muerte. Y yo estaba feliz como estaba feliz cuando llegaba a mi casa porque era él, mi papá, quien me había sacado de ese claustro pegajoso y me estaba llevando hacia donde tenía que ir. Me dijo alguna de las frases que me decía cuando me veía saboteándome a mí mismo: «Todo va a estar bien» o «todo va a ser un chiste». No me explicó qué me estaba pasando. No fingió saberlo todo, el pobre, como en ese viaje a Roma en el que nos decía «esa es la capilla del Santo Popolo» porque era incapaz de decirnos «no sé». Creo que estaba de mi edad, de cuarenta y uno o de cuarenta y dos, igual que en esa foto en la que me da consejos en el borde de una cancha de fútbol antes de que empiece el partido. Sabía qué estaba haciendo. No estaba sorprendido de verme.

Yo lo seguí como siempre lo había seguido, a salvo en ese silencio de los dos que era la pura comodidad, mientras el camino se iba volviendo un camino de verdad.

Ninguna parte de mí mismo me dolía ya. Nada podía sacarme de quicio. Nada me afanaba porque de nuevo estaba con él.

Resulta increíble que en el valeroso y sensato libro del doctor Raymond A. Moody Jr., *Vida después de la vida*, se describan tantos casos tan parecidos al mío. Resulta fascinante que en *La prueba del cielo*, el best seller sabio del neurocirujano Eben Alexander, se hable de ese mundo subterráneo lleno de «rostros grotescos de animal», de «rugidos sordos», de «heces y sangres y vómitos» que tanto él como yo fuimos dejando. Resulta aleccionador, si algo lo es, que el enorme científico sueco Emanuel Swedenborg se haya pasado los últimos años de su vida —en la segunda mitad del siglo XVIII— hablando del alma separada del cuerpo, de la lengua de la telepatía, de esa luz viva que se le viene a uno encima en la muerte cuando está comenzando a recobrar la consciencia.

Eso vi yo. Esa luz desbordada que además latía, y se iba creciendo, y era la confirmación de todas las sospechas, y no parecía luz porque no me cegaba. Seguí paso por paso a la figura que era mi papá, pues tenía clarísimo que él no iba a llevarme a ningún callejón sin salida, hasta el lugar en donde —por obra y gracia de ese sol expandiéndose— aquel inframundo se volvía un simple jardín con sus verdes. Era un jardín inclinado, una rampa, el jardín de la casa en donde vivíamos mi papá, mi mamá y yo. Era un jardín de la Tierra con sus azules y sus verdes un par de horas antes de que se venga la tarde. Yo me tumbaba en el nuestro, a los ocho, con los pies para arriba y la cabeza para abajo, y era perfecto: un escenario que no necesitaba escenas ni personajes.

Quise tumbarme, pero supe a tiempo que estaba allí para otra cosa. Pensé que no era casual que en los últimos días hubieran llegado a mi conocimiento, por vía de los clientes de la agencia, historias ciertas e inverosímiles como la de la aparición del fantasma del profesor McIntosh o la transmigración del alma del pediatra Castillo o la errancia del espíritu del mudo Palacios —y pensé que no era casualidad mi respuesta de niño sarcástico: «Cada miope elige lo poco que quiere ver»— porque entonces fue claro para mí que esa luz sobrecogedora que no hería los ojos, ni mareaba, ni encandilaba, era un ser vivo. Sí lo era: fuera de mí jugar con esto. No diré que era Dios, como jura la madre Lorenza, porque nunca he creído en nada de eso, pero sí era una figura capaz de ponerlo todo en su puesto.

Se puso a mi altura como uno hace con sus hijos. Y tuve la impresión de que estaba haciendo lo divino y lo humano para no reírseme en la cara.

2

Si algo ha sido claro en estos años de reveses, que han puesto en duda el progreso del progreso, es que ni siquiera el tema de Dios puede darse por superado. Estudié en un colegio bilingüe de hombres fundado en los años sesenta por curas liberales, prácticamente ateos, que había hecho fama de no tener bachillerato sino viacrucis. Sobreviví a duras penas a la dureza de ese lugar. Se llamaba y se llama el Colegio de San Esteban, «recompensa y honor», en el nombre de aquel primer mártir del cristianismo que fue juzgado y condenado por blasfemia en el año 33 después de Cristo —y narrado en los Hechos de los Apóstoles de la Biblia—, pero que alcanzó a lanzar un discurso memorable lleno de testigos: «Veo los cielos abiertos y al hijo del hombre que está a la diestra de Dios», exclamó san Esteban.

Y luego fue lapidado, y recibió las primeras piedras de los sanedritas mientras rogaba al Señor el perdón de sus asesinos, bajo la mirada cómplice e impávida de «un muchacho llamado Saulo»: Saulo era, por supuesto, el nombre hebreo de Pablo de Tarso.

Recuerdo las láminas que nos mostraba la profesora, en tercero de primaria, en la tarea de prepararnos para la primera comunión.

Recuerdo la cara de dolor tan triste que ponía el mártir a punto de ser apedreado, por los sacerdotes que «se taparon los oídos y en tropel se lanzaron contra él», en el óleo de Juan de Juanes, en la pintura de Giorgio Vasari, en el grabado de Gustave Doré. Tengo presentes como imágenes de hoy los retratos escrupulosos que hicieron Durero, Miguel Ángel, Brueghel el Viejo y Caravaggio —que dicho sea de paso se encuentra en la capilla de Santa María del Popolo— de la conversión de Pablo de Tarso en el camino de Damasco: Pablo de Tarso iba a caballo con una cuadrilla de cazadores de cristianos cuando un resplandor lo tumbó y lo dejó ciego y le abrió paso a una voz que le dijo «Saulo, Saulo, ¿por qué me persigues?». Es posible que haya sido en la muerte.

Puede ser que el relámpago, que también vieron sus acompañantes, haya sido cuando murió. Y que el encuentro con esa entidad hecha de luz, que da órdenes perentorias y dice ser Jesús, le sucediera en el valle oscuro que vive quien deja atrás su cuerpo. Pues el resto de su vida, convertido en evangelizador de la solución del amor, «el apóstol de las naciones» Pablo de Tarso habló con frecuencia de «cuerpos celestiales bellos y fuertes» y «cuerpos terrenales feos y frágiles», y contó una y otra vez la historia de esos tres días durante los cuales fue un hombre ciego y regresó con la noticia de que morir no es dormir sino despertar: «No iremos todos a dormir, pero todos seremos cambiados», fueron, según recuerda el doctor Moody Jr. en su libro, las palabras precisas.

Cuento que estudié en el Colegio de San Esteban, reconozco que desde los ocho años empecé a llenarme de imágenes de mártires y de resucitados, y advierto que siempre he tenido en la cabeza la historia de la conversión de Pablo de Tarso, para no negarles ninguna de mis verdades a todos los verosimilistas que en este punto de mi relato estén absolutamente convencidos —desde lo verificable: desde la observación y desde el razonamiento— de que lo que yo viví fue una alucinación. Hablo del mártir Esteban, «lleno de fe» mientras un puñado de testigos desnudos le lanzaban una tras otra esas primeras piedras, porque hacia la mitad de su *Vida y muerte de la venerable madre Sor Lorenza de la Cabrera y Téllez* la madre asegura que fue la figura del santo la que le cuidó el sueño de la muerte.

Repito: fue a las diez de la noche del domingo 9 de marzo de 1687 cuando los campanarios y los ladridos desquiciados dieron paso al célebre «Tiempo del Ruido». La tierra movediza de Santa Fe de Bogotá murmuró y retumbó y escupió azufre durante quince minutos eternos. Los señores y los mozos, las señoras y sus criadas, los cacos y los niños, las putas y las ayas salieron a correr en sus ropas de dormir por las callejuelas terrosas de la ciudad colonial: se endemoniaron, se empujaron los unos a los otros, se gritaron palabrotas y vaticinios hasta que se les ocurrió golpear en los monasterios. Y hacia las diez y diez aparecieron cientos en las puertas del Convento de Santo Domingo. Y la madre Lorenza, que acababa de acomodarse en su celda, experimentó la muerte en alma propia.

Y en el abismo escuchó «un verso destemplado e incomprensible lleno de terror y de espanto que nadie más querría oír».

Y luego oyó que un par de monjas que la vieron sobre una mancha de sangre gritaron «ay, Señor, la reverenda está muerta» y «ay, Dios bendito, recíbela en tu reino de luz» entre los alaridos de los posesos.

Y, según describe en las páginas más descarnadas del Capítulo XXXIII de su autobiografía, entonces vinieron para ella «una era en una oscuridad inexplicable y terrible», «una plegaria escrita que al principio era un revuelto de letras», «una resurrección de la violencia que traía mi cuerpo despedazado», «una sucesión de visiones de mi mismo cadáver», «un socorro celestial cuando ya pensaba yo que moriría a fuerza de congojas», «una travesía hacia el pecho de Nuestro Señor, de la mano de los Santos Ángeles, por las vecindades penosas y los pantanos dilatados de su reino». Acaso sea allí, en aquella sección de su lacerada confesión, donde se vea más claro lo que le sucedió desde que se murió hasta que se encontró cara a cara con su Dios y tuvo que quitarle la mirada:

> Cuando yo entré, o cuando me hizo entrar el Señor Dios mío omnipotente, en aquella tierra de la muerte, las sombras lúgubres lo cubrieron todo. Parece que el Padre celestial dio permiso a aquellos animales inmundos y espíritus malos para que me separaran del Sumo Bien con sus bocas sin dientes y sin muelas de los días de las pestes. De modo que ya no trataba yo de llenarme de alegría en esas

tinieblas iluminadas por un fuego negro y espeso, sino acaso de resistirme a la desesperación. Estando en esa infeliz situación, me pareció ver, pues se me quitó un velo de los ojos, la visión consoladora del primero en el martirio: era tan copioso el sudor del Santo Esteban que al principio dudé en darle la mano en aquella profundidad del mal, pero no me pesó pues rápido tuve fe y recordé que las que más hay que temer son las cosas de la vida. Y fui con él por aquella selva obscura y con el alma errante y adormecida.

Según cuenta sor Lorenza en su autobiografía, en la página 269 de la edición de la «Biblioteca de voces colombianas», ella atravesó ese lugar entre fauces y pantanos detrás del «mártir de la corona»: Esteban significa corona en griego. Se resbaló tres veces. Sintió vergüenza por su fealdad —pues solían caérsele los dientes de la pura angustia— ante la belleza de ese espíritu que había encarado a los fariseos y había sido capaz de señalarlos en su propia caverna aunque le costara la vida. Alcanzó a adivinar en la distancia una ciudad en llamas que se le pareció al infierno lleno de monstruos alados y pájaros patas arriba y mujeres contrahechas que se le habían aparecido en los peores sueños. Y, cuando empezaba a habituarse a la pesadumbre, vio por fin la luz del mundo.

De pronto toda su vida tuvo forma y tuvo sentido para ella: «No porque yo por fin estuviera dormida, sí porque ello pasó así en la realidad», escribió años después, «allí estaba mi esperanza y no era un grande deseo sino un lugar mío». La luz del mundo que por fin había visto la monja era Jesús, claro que sí, alguna vez él se les describió de esa manera a sus discípulos: «El que me sigue, no andará en tinieblas», les dice en el evangelio según Juan, y, según los relatos de cientos de cristianos que han vuelto de la muerte, está siendo literal como pocas veces lo es, pero los fariseos lo acusan de estar dando un testimonio falso porque es un testimonio sobre él mismo. «Vosotros juzgáis según la carne», les contesta, y quiere decir que la realidad se encuentra en el reino de los cielos.

Y agrega «yo no juzgo a nadie» como advirtiéndoles que las pautas de la tierra no son las pautas de la muerte.

Con el paso de los siglos, que de cierto modo han sido la puesta en escena del cristianismo, la palabra «fariseo» ha ido de significar «perteneciente a una escuela de pensamiento judía» a significar «seguidor de una secta judaica que aparentaba rigor y austeridad, pero eludía los preceptos de la ley y, sobre todo, su espíritu», y luego, en este siglo XXI distópico que hasta ahora ha sido la parodia de la humanidad y poco más, ha ido de significar «hipócrita» a significar «hombre inhumano». Pero lo cierto es que, antes de perder el pulso con los seguidores del Mesías y de convertirse en aquellos farsantes que se rasgaban las vestiduras en señal de duelo, los fariseos sentaron ciertas costumbres y ciertas sospechas sobre la vida en la tierra.

Creían en un destino de cada cual que cada cual es libre de recrear. Creían que las almas seguían viviendo allá en la muerte. Creían que las almas de los perversos iban a dar al infierno una y otra vez. Creían que las almas de los buenos, que eran engañados por las plagas, encontraban un cuerpo para la eternidad. Creían en las obligaciones religiosas y en los ritos políticos.

Según mi profesora de tercero de primaria, el tal Saulo de Tarso, que así se llamaba Pablo, repito, cuando era un fariseo, dejó de ser un cazador de cristianos —y un judío— por obra y gracia de Dios, pero lo cierto es que se encontró en la muerte con el Jesús del que había renegado y volvió convencido de que la defensa del prójimo era la verdadera revolución política: «Y yo le pregunté "quién eres tú, Señor" y él me contestó "Yo soy Jesús, tu perseguido, pero levántate y ponte de pie porque me he aparecido en ti para que seas testigo de la verdad y la sobriedad" y yo juré haberle sido fiel a la visión celestial», puede uno leer en los Hechos de los Apóstoles de una curiosa edición de la Sagrada Biblia que mi papá le trajo a mi mamá de un viaje a España.

Me refiero a la Biblia que usé yo —y aún tiene mis pequeñas notas— en las clases de Religión cuando todavía estaba en la primaria y era ese niño langaruto de pelo crespo que hablaba demasiado rápido, y se comía un par de palabras por frase, y tartamudeaba antes de comenzar una exposición, y quitaba la mirada siempre que se la devolvían. Luego, para no balbucear por el camino, aprendí a lanzar frases libreteadas y ensayadas: «Mucho mejor llamarse Pablo que Saulo». Así, soltando máximas devastadoras y chistes secos con una lengua de fuego, fui por los festivales literarios, por las ferias del libro, por las redes sociales hasta que me pasó lo que me pasó: hasta que los personajes secundarios y los extras se conjuraron, y perdí todo lo que tenía y de paso se me secó la garganta.

Siempre fui feo. Siempre les di la espalda a los espejos. Siempre fui, mejor dicho, el hombre despeinado y escurrido de la fotografía de la solapa de este manual. Mírenme bien. Así fui y así soy. Pero nunca me faltaron las palabras.

Digo esto para que todo lo mío entre en juicio a la hora de leer estos relatos. Subrayo esto porque la frágil sor Lorenza, que vivía mueca y rapada porque pertenecía a la Orden de las Hermanas Pobres de Santa Clara, insiste en que fue ante «la luz del mundo» de la muerte cuando cesaron todas sus fealdades y todos sus males físicos —«las extremidades rotas de los dedos y las uñas», «las rodillas llenas de cardenales», «los pies y las manos tullidas»— porque la presencia de Jesús le demostró que la vida en la tierra era apenas un reflejo. Se acercó a él como quien se acerca sin temor a una orilla porque sabe nadar. Y se sintió a salvo por primera vez desde que cargó con ella misma y se sintió afortunada porque no podía decir nada ni tenía nada que decir:

> Supe siempre que era una gran merced de Nuestro Señor poder llevar en pie esos dolores míos que empezaban en el estómago y acababan en la garganta. Sobreviví, y vide amanecer con desconsuelo, todas las veces que Dios dispuso que me reventara por la boca un árbol de sangre y quedara yo tan muerta y se me diera la extremaunción. Se me envió alguna vez una enfermedad muy penosa, que la espalda estaba llagada y de los pies se arrancaba la piel.

Despedazaba yo mi propia carne con cruces de hierro. Hacíame azotar y azotar por una hermana. Daba bofetadas a mi rostro y me aliviaba las noches con ortigas y cilicios. Y ahora me parece que era el verse el alma en las prisiones del cuerpo porque lo primero que hizo por mí el dulcísimo Niño Jesús en el camino de la muerte fue decirme «Lorenza: eres libre y eres mía».

Había dejado atrás su cuerpo, desvaído y bocabajo, junto a las barandas renegridas de un monasterio de la apocalíptica Santa Fe de Bogotá. Había precisado la oscuridad y había cruzado de la mano de un mártir la última niebla de su partida. Estaba ante su salvador luego de tanto rogárselo. Y todos los pesares, todos los tormentos, todos los pudores, todos los susurros y las luces engañosas del demonio eran apenas trampas del pasado.

3

Salto de las 10:15 de la noche del domingo 9 de marzo de 1687 en el Nuevo Reino de Granada a las 9:35 de la mañana del sábado 1° de noviembre de 1755 en Portugal. Voy a ese día de Todos los Santos —y antes de empezar resulta clave tener en cuenta que el día de Todos los Santos sigue siendo la fiesta católica para los difuntos que han conseguido ir del purgatorio a la visión beatífica de Dios y en presencia de Dios—, pues fue al principio de esa jornada cuando en menos de una hora y media sucedieron el temblor, la sacudida, el terremoto, el incendio y el maremoto que acabaron con la vieja y estrecha y puntuda ciudad de Lisboa. Y que de paso desmintieron y arruinaron lo que tantos filósofos del siglo XVIII insistían en llamar «el mejor de los mundos posibles».

Quizás lo repito porque, como ya dije al principio, lo traduje con mi propia sangre en mi época de recién casado que sólo quería estar solo, pero creo que fue Voltaire, que contó el terremoto tanto en su novela satírica *Cándido o el optimismo* como en su desolador «Poema sobre el desastre de Lisboa», quien mejor supo dar la verdadera noticia: que había llegado la hora de ir del «todo está bien» de los poetas al «todo va a estar bien» de los dramaturgos porque Dios no sólo había permitido viruelas y pestes, sino que había sido un testigo mudo, bracicruzado, de la peor de las catástrofes en una ciudad piadosa e inquisitoria. Cándido y su maestro, que acaban de ser testigos del cataclismo, se encuentran cara a cara con «un hombrecito polvoriento, cercano de la Inquisición, que volvió de la muerte para tomar cortésmente la palabra». Y es él quien se atreve a decirles que «este lugar es el peor de los mundos posibles, pero es ciertamente muy bello».

Se trata de ese hombre achicado y enmudecido que en efecto existió: un enterrador de sombreros de copa, abrigos negros con solapas anchas y zapatos de tacón que se llamó Nuno Cardoso.

Escenas del capítulo anterior: Cardoso andaba en el burdel de la señora Alvares como todos los sábados en la mañana —y ya estaba desnudo y bocarriba y sometido al cuerpo de una prostituta fiel e ingobernable llamada Renata— cuando se arqueó y se engarrotó y se murió. Se salvó de los truenos y de los lamentos de la hecatombe de Lisboa porque andaba en la muerte, como él mismo lo cuenta en su prácticamente olvidado *1755: breve testemunho dum coveiro*, pero a cambio escuchó y vio lo que ven y escuchan los difuntos. Se descubrió sumido en «la oscuridad de las velas que acaban de apagarse». Oyó el grito de la puta: «¡Vuelve, Cardoso, no te mueras!». Oyó los ladridos de Duarte, su alano de patas flacas, que a decir verdad no tenía a nadie más. Y luego vino «el rugido que se escucha cuando algo cae al piso en plena noche».

Lisboa era un reguero de despojos y cenizas. El río Tajo, poseído y desdibujado por el monstruoso mar, apenas estaba volviendo a su lugar. Sesenta y seis mil almas en pena, si no muchas más, dejaban sus cuerpos ahogados, sepultados, desmembrados, calcinados. En las callejuelas maltrechas, en donde antes podían verse el Colégio das Missões, el Convento do Carmo, la Casa da Índia o el Tribunal de la Inquisición, acaso quedaban tejados, umbrales, puertas, muros, maderos rotos, vigas maestras. Se habían venido abajo las iglesias, todas, como si no fueran amparos sino tumbas. Sólo estaban en pie e intactos los prostíbulos porque quedaban a unos pasos de la ciudad, sí, pero sobre todo porque allí eran todos inocentes.

El cuerpo del sepulturero Cardoso estaba en la última habitación del primer piso del burdel de la señora Alvares, un remedo de recámara de reyes adornada con tapices ocres y cortinas pesadas, fijamente observado por los ojos embrujados del padre Rodrigo Malagrida. Sí, había un puñado de hombres y de mujeres a medio desvestir. Andaba por ahí, a unos pasos, la tal meretriz Renata. También estaba el perro, Duarte, que algo estaba viendo que no veían los demás. Pero lo que era escalofriante del cuadro era la estampa del inquisidor y predicador y misionero Malagrida, perdido quién sabe en qué parte de sí mismo, santiguándose una y otra vez con la mirada puesta en el cuerpo del difunto.

Hasta las diez de la mañana del sábado 1º de noviembre de 1755 la Santa Inquisición había ejecutado a 1.111 portugueses. Y el viejo jesuita Malagrida, que había estado en la febril misión en el Brasil durante treinta años y promovió los ejercicios espirituales de san Ignacio de Loyola en las comunidades indígenas de Belém do Pará y Maranhão y São Salvador da Bahia, ahora era un importante consejero de la corte portuguesa que se oponía con furia a los obscenos avances del siglo XVIII de los ilustrados y proponía con saña las condenas de todos los defensores del pecaminoso progreso. Y era rarísimo verlo allí, en ese cuarto asfixiante de aquel burdel en pie, fascinado ante el cadáver del sepulturero Cardoso: «Y serán atormentados día y noche por los siglos de los siglos», dijo.

Y se sabe que lo dijo —y que lo dijo embelesado con la desnudez y con la muerte— porque así lo contó el propio Nuno Cardoso en las tres primeras páginas de su testimonio.

Explica el señor Cardoso que, luego de morir y oír la noticia de su propia muerte y estremecerse por culpa del estrépito inusitado que sabemos, se vio enfrascado y aterrado en una sombra hasta que «el humo se fue volviendo aire» y el pavor se fue aclarando y se fue transformando en extrañeza: «Creí que seguía vivo porque todo parecíame viejo y conocido, las luces de los candelabros, las texturas de las paredes, las arrugas de las sábanas, las caras malheridas, hasta que supe que estaba viendo mi propio cuerpo tendido sobre la cama de una mujer generosa que prefiero guardarme su buen nombre —escribe en su testimonio escueto pero mil veces citado por los especialistas en la vida después de la vida—, y empecé a pedirle a Dios que mi cadáver hallara un enterrador compasivo».

Repito: quizás por temor a las consecuencias sobre su prestigio de hombre mudo y justo, quizás por temor a las retaliaciones del inquisidor Malagrida, que miraba con asco su cuerpo, el sepulturero Cardoso sólo le dedica a su experiencia en la muerte —que él ve como una visita al infierno— tres páginas y un párrafo de su breve informe de la catástrofe.

Y, sin embargo, quien tiene la suerte de leer ese relato lo sigue a él en un viaje al inframundo que empieza y termina en la habitación de aquella meretriz.

El espectro del lánguido e inexpresivo señor Cardoso, que en *Amén*, el best seller de Vera Leão, es descrito como «un hermano gemelo de Buster Keaton», salió de ese lugar antes de que el cura pronunciara su condena y rogó que nadie desmembrara, ni quemara en una pira, ni lanzara su cuerpo desgonzado y boquiabierto y tibio al río Tajo como si fuera el cuerpo de un hereje: su vida había sido preservar, ser fiel a la voluntad, velar, dignificar, amar como a él mismo a los cadáveres que llegaban a su funeraria, y sabía de memoria que a los muertos podía humillárseles como a los vivos. Duarte, su alano huérfano y desamparado, lo escoltó entre los chismosos que lo señalaban en ese cuarto, en ese corredor fúnebre, en ese camino de piedra que iba a dar al desastre de la ciudad.

Duarte saltó a su alrededor y le ladró, pero él, y él mismo lo dice, no pudo «responder a la caricia acariciando».

Duarte era serio, serísimo, como un burócrata dispuesto a respetar las letras menudas pasara lo que pasara. Duarte dormía y dormía lo que podía dormir y hacía lo que tenía que hacer sin falta. Cada día que vivía era toda su vida, y mañana olvidaba lo que le había ocurrido ayer, pero jamás perdía de vista su amor por el señor enterrador Nuno Cardoso. Y por eso se fue detrás de su espíritu —que espíritu, dicho sea de paso, es el alma dotada de razón— y lo cuidó mientras veían juntos las plazas resquebrajándose y las fachadas de las iglesias agrietándose, y lo cuidó mientras veían piadosos abatidos y feligreses malheridos pidiéndoles absoluciones a los pocos curas que conservaban los nervios, y lo siguió cuidando, pues daba por hecho que era su único amigo.

Miles y miles de devotos cabizbajos, que habían ido a iglesias como la de la Misericordia, la de São Nicolau o la de São Vicente de Fora a honrar a sus muertos en el día de Todos los Santos, acabaron sepultados bajo los tejados y las estatuas. Cientos y cientos de sobrevivientes terminaron ahogados y enterrados en la orilla de la playa en la que estaban buscando refugio. Los pacientes del hospital más grande de la ciudad y los habitantes del Palacio Real y los archivadores de las expediciones y los vigilantes de las tumbas de los héroes desaparecieron por siempre y para siempre. Y el señor Cardoso y su alano vieron todas esas almas reptar, gatear y erguirse y dirigirse a un mar aceitoso que ya no era el mar de la ciudad, sino el de la muerte: «Éramos una multitud de muertos en la difunta Lisboa», escribe.

Y es desde esa línea con aires de verso que el testimonio impasible de Cardoso comienza a tener numerosas similitudes con las crónicas de los vivos de la Antigüedad que visitaron la tierra de los muertos.

Duarte se queda atrás porque su alma aún está en la prisión de su cuerpo. El huraño e inexpresivo Cardoso se voltea a verlo, pues ya no lo escucha ladrándoles a los horrores de la mañana y ya no lo siente a su lado, y no lo ve. En cambio se encuentra en la playa de ese océano renegrido entre una muchedumbre de almas contrariadas, en pena, que se empujan las unas a las otras porque sospechan que lo mejor es llegar de primero al horizonte. Poetas decisivos de la Antigüedad, como Homero, Hesíodo, Virgilio, Píndaro y Platón, lo pintaron como lo pinta el enterrador: un gentío de muertos que avanza y avanza hasta que supera el punto de fuga, ese mar viciado o ese valle o ese vestíbulo del infierno, y se encuentra cara a cara con un río.

Cardoso habla del Aqueronte, el río de los griegos, porque el Aqueronte hace parte de la mitología cristiana que fue su educación. Antes de entrar en «lo que está debajo», de la mano del propio Virgilio, el Dante Alighieri de la *Divina comedia* ve en aquellas orillas a los pusilánimes que nunca obraron bien ni mal y que han sido condenados a ser picados por avispas. Jesucristo lleva a cabo su descenso a los infiernos, que el mensajero Pedro llama el Hades en los Hechos de los Apóstoles, para empujar a los villanos «al verdadero inframundo», darles esperanzas a los extraviados e infundirles la luz a quienes simplemente sean sus propios enemigos. Y es lo mínimo —y es lo lógico— que el inexorable Cardoso pronto se vea empujado por los demás muertos ante la imagen de una sola barca en la que no hay puesto sino para unos siete, ocho nomás.

Dice que «me abarcó un temor terrible porque no cargaba bajo la lengua la pequeña moneda de plata que solía cobrar el barquero del Hades a sus pasajeros», pero que el miedo se le disipó, parecido a una niebla, apenas escuchó que era su turno de cruzar el río.

Se sienta detrás del viejo remero barbado y desnudo y familiar, a quien llama Caronte a falta de otro nombre, de tal manera que se pasa el viaje viéndole el culo y las vértebras de alma abnegada. El viejo lanchero, llámese como se llame, no responde las nerviosas preguntas de sus pasajeros porque está demasiado ocupado maldiciendo a los caídos perversos que no paran de llegar. Y, sin embargo, se voltea a mirar el silencio de Cardoso, paciente y suyo, pues «algo en mi modo de ir le resultaba raro». Atraviesan una cueva larga, larga, entre gritos sin rostros que piden clemencia. Y cuando empiezan a oírse los ladridos de ultratumba de Cerbero, el perro de la puerta del infierno, el enterrador llega a la conclusión de que está muerto pero no hace parte de los muertos.

Dejan atrás la caverna antes de que se vuelva un laberinto. Se ve en el fondo la geografía de un mundo lleno de tierras para los difuntos y se ve por fin la otra orilla amurallada con una puerta labrada en el centro. Y allí es donde está Cerbero, que no es el monstruo de tres cabezas que pintaron Zurbarán y Doré sino un alano sin colas de serpientes, y ladra y ladra y muestra los dientes aguzados como si fuera a saltarle a la yugular al enterrador. Cardoso siente que los demás pasajeros lo señalan «por pertenecer al mundo de los vivos», pero no se defiende porque jamás ha sido bueno con las palabras, y su lengua y su garganta y su pecho se han quedado en su cuerpo. El barquero desciende y susurra «vuolsi così colà dove si puote», «así fue dispuesto allá donde se tiene la autoridad», al guardián del inframundo. Y le pide a Cardoso que se baje.

Y el señor Cardoso se baja y cruza la puerta y ve «una silueta con una aureola rutilante que sin embargo no me cegó». Y los demás pasajeros se van en la barca, desnudos y contrahechos, y le escupen y lo maldicen y se quedan odiándolo por siempre y para siempre.

Quizás no se quedan odiándolo, como él cree, sino envidiándolo. Yo lo sé bien. Fuera de mí negar que me pasé una vida yendo de lo primero a lo segundo con la sensación de que estaba haciendo justicia. Sé que uno odia a quienes sí se permiten poner en escena lo peor de uno. Y sé que uno envidia a quienes sí viven la vida que uno cree que merece. Y, si no supiera lo que vi, si siguiera del lado de los puros y de los denigradores, no vería verdad en el caso del sepulturero Nuno Cardoso, sino que lo descartaría como una parodia del recorrido de Dante o del viaje de Orfeo en busca de su amada Eurídice: Cardoso, sin embargo, no se propone viajar como se lo propone el poeta que ha caído en «un profundo lugar donde el sol calla», ni desciende al inframundo en busca de nadie.

Cardoso es un héroe porque no pidió estar allí y porque pronto se verá obligado a hacer un gesto en el nombre de todos nosotros.

Se lo digo a mi esposa, a Rivera, apenas llego a la cama: «Nuno Cardoso es un héroe...», le susurro. Es demasiado tarde para alguien que tiene que dejar a su hijo en el bus a las 6:00 a.m. hora de Colombia. He estado escribiendo hasta el principio de la madrugada este libro que a veces me cuesta sangre, palabra por palabra por palabra, y a veces se me sale de los dedos, así, en el teclado de la esquina incómoda en donde he encajado mi escritorio. Pero ella me ha dejado prendida la lámpara de mi mesa de noche para que no me tropiece con las esquinas de los muebles en el camino a la cama. Se despierta un poco para oírme el asunto. Y yo, en vez de decirle «duerma, duerma», le suelto todo lo que tengo en la cabeza, pero es que es la primera vez que escribir no me tortura.

Hablo y hablo a las tres de la mañana aunque no nos queden sino un poco más de dos horas para dormir.

Hablo de mi papá, con la bata puesta de puro olvidadizo, cantándome *La barca de oro* para dormirme: *Yo ya me voy / al puerto donde se halla / la barca de oro / que habrá de recibirme…* Hablo de los lisboetas —pero no les digo así, ni más faltaba, porque nadie se ha ganado semejante gentilicio— preguntándose de rodillas qué sentido puede tener vivir si a Dios poco le importa, y si ese mundo de 1755 se está acabando todo el tiempo, y yo les respondo «el mismo sentido que tienen las puestas en escena». Hablo del alma de los perros como si estuviera borracho del cansancio. Y me siento documentando una alucinación, y se lo digo a Rivera, y «documentar una alucinación» no me parece una mala definición de la escritura. Y ella carraspea y me responde «tenemos que ir a Sintra», y sonríe entre bostezos, pues le daría lo mismo que yo fuera un contador, un contador de números, digo.

Quiero decir: ella me quiere y me querría si yo no hubiera escrito una sola línea en esta vida.

Le gusta que yo haya sido escritor, sí, aunque sólo porque un día dejé de serlo, aterrado y furioso, para trabajar en una agencia de viajes. Le alegra haber sido estratega de campañas políticas porque tuvo que entrar una mañana a la agencia de mis primos. Pero de resto le da igual: «Tenemos que ir a Sintra», repite.

4

Vamos por ahí cazando dramas, «¡oh!», porque sospecha-
mos que hay algo detrás de todo lo que está pasando: sospecha-
mos que, como en cualquier tragedia o en cualquier comedia,
la vida que estamos viviendo tiene una trasescena. Digo esto
porque, luego de un par de horas de búsquedas en Google, he
podido encontrar nueve artículos diferentes que hacen lo mejor
que pueden para reconstruir la trama de suspenso que fue la
vida de la negra literaria Muriel Blanc: ¡nueve artículos! Y, sin
embargo, debo decir que es Victor Hugo, uno de los principales escritores de la Tierra, quien en los primeros borradores de
Historia de un crimen —su recuento del golpe de Estado y la
traición y la persecución del pequeño Napoleón III— consigue
reconstruir el viaje a la muerte de aquella impostora que luego
hizo todo lo que pudo para ser veraz.

Primero la retrata como la única hija, entre siete hombres,
de un zapatero bonapartista que tuvo que huir de París porque
fue acusado de ser cómplice del asesinato del duque de Berry;
la muchacha de belleza árabe, asediada por los hombres de
Chambéry, que apareció en la isla de Elba convertida en la
princesa Zafira de Amirania; la mujer de nacionalidad borrosa,
Magda Mann o Maria Keller o Mary Wilkinson, que les enre-
dó la vida a los hermanos Grimm, redujo al anciano poeta Hölderlin, extraviado dentro de su cuerpo, a una atracción turística, y se casó con un par de millonarios a sus espaldas; una
señora alta y narizona y rubia que montó en el parque del Bosque de Bolonia un zoológico humano llamado «L'extraordinaire
exposition ethnique de Madame de Valois».

Después se anima a contar cómo, «convencida por las
buenas maneras del redactor Auguste Maquet», durante los
siete años siguientes la señorita Muriel Blanc se transforma en

unas de las correctoras principales del taller de Alejandro Dumas: con su sabiduría narrativa de siempre y algo de la maledicencia de los narradores —me refiero, por supuesto, a Victor Hugo—, pone de ejemplos del trabajo colosal de Blanc los últimos capítulos de *El conde de Montecristo*, en donde la venganza de Edmundo Dantés empieza a enrarecerse, y su premonitoria labor en un cuento de horror del volumen *Los mil y un fantasmas* que se titula «Historia de un muerto contada por él mismo». De ahí, Hugo salta al día en el que él y ella se conocieron.

No niega el texto del novelista que nuestra impostora, «bella e irresponsable a su manera impar», se ganó a pulso su fama de rompedora de espíritus en los círculos privados del presidente de la Segunda República y en los dominios de Dumas —el hijo de Dumas, que en aquellos años halló en el melodrama su único modo de pegar un grito de independencia, habría ido con ella del odio al amor no correspondido y del amor no correspondido al odio—, pero acepta sin ningún asomo de fascinación erótica, pues desde hacía años Hugo le era fiel tanto a su esposa como a su amante, que se quedó pasmado ante «la vivísima señorita Blanc» porque le recordaba a la hija que había perdido algunos años atrás y que había sido e iba a ser su gran amor: «Tenía la misma expresión suave e iluminada de mi Léopoldine», escribe.

Fue el lunes 4 de septiembre de 1843. El escritor andaba de viaje con su amante de toda la vida, Juliette Drouet, cuando en un restaurante de la villa de Soubise se encontró con un ejemplar del periódico parisino *Le Charivari* en el que podía leerse el titular «Muere ahogada en el Sena la hija de Victor Hugo»: «la joven pareja, ahogada en el fondo del río, se vio trenzada en su último abrazo...», se decía en el artículo. Desde ese momento el señor Hugo reconoció que la perspectiva de la vida era —y es— la fatalidad. Volvió a París a recibir el cadáver de su hija sobre las piernas y a soportarle la cabeza en la palma de su mano. De noche escribió en su diario «Dios mío, ¿qué te he hecho?». Y había vivido así cinco o seis años, contrariado y apenas a salvo en la escritura de sus epopeyas trágicas, cuando conoció a la señorita Blanc: «Es como ver su fantasma», anotó.

Por ese entonces, empujados por el logro que había sido el regreso a la república y reunidos por los reveses contra las libertades y preocupados por los rumores de una reforma constitucional para ampliar el periodo de gobierno «porque cuatro años no eran suficientes», tanto Hugo como Blanc solían frecuentar al presidente Bonaparte.

Y fue en el gran salón del Palacio del Elíseo, a finales de 1849, cuando se vieron por primera vez: «Estuvimos de acuerdo en todo —escribe Hugo en su diario—, pero me dicen que también vive de acuerdo con Dumas».

El abrumador Dumas y el hipnótico Hugo se odiaron a muerte desde que en 1833 el segundo respaldó las acusaciones de plagio contra el primero, pero hicieron una tregua en sus envidias y sus odios y sus pulsos para quedarse con el trono de la literatura francesa cuando fue claro que el príncipe Bonaparte —el sobrino rezagado de Napoleón— estaba a punto de convertirse en un tirano. La señorita Blanc, impostora de corazón, era capaz de lo imposible: de estar de acuerdo con Maquet y con Dumas y con Hugo y con Bonaparte. Y sin embargo, para su sorpresa —pues fue ella, al parecer, quien le redactó el pasquín de campaña *La extinción del pauperismo*—, Muriel Blanc decidió negarse a ser cómplice de la traición de ese presidente aniñado y mujeriego y voraz y enfermizo y obeso.

Soy un experto en farsantes. Sé que uno nunca deja de serlo, al menos no del todo, porque la vida tiene mucho de farsa, de drama. También reconozco que todo impostor tiene un puñado de oportunidades en su propia trama para librarse de sus mentiras. Ante la jugada sucia del presidente Bonaparte, el plan del autogolpe de Estado que se fraguó enfrente de ella porque los cortesanos solían cometer estupideces para ganarse sus favores, Blanc no reaccionó como una cínica sino como una embaucadora embaucada. En la noche del domingo 5 de octubre de 1851 reunió a Dumas y a Hugo en su pequeño refugio en la Place du Châtelet, para advertirles la tiranía que se les vendría encima en cualquier momento, con la ilusión de que ese par de fabuladores escribieran el fin del régimen traidor.

Quizás si los dos más grandes escritores de la Tierra lograban ponerse de acuerdo, y la suma del uno y el otro daba como resultado un contraveneno, podría conjurarse la dictadura por venir.

Ambos iban a cumplir cincuenta años. Hugo, de nariz puntuda y cejas fruncidas, estaba quedándose calvo y solía taparse la coronilla con la mano derecha como si siempre estuviera pasándole algo grave. Dumas, de nariz redonda y labios carnosos y ojos altivos, tenía un afro negro y rojizo y se sentaba en los bordes de las sillas porque estaba empezando a engordarse. No podían ser más diferentes el uno del otro: Hugo sonreía con la boca cerrada y Dumas soltaba una broma cada cinco frases, pero los dos se murieron de la risa cuando la señorita Blanc les describió, como una narradora envolvente y sentenciosa, el autogolpe que estaba planeando el presidente: «Jejejejéé», «jojojojojó», «jajajajajá». Cinco días después estaba muerta. Y pocas ganas quedaban de reírse.

Muriel Blanc era, a los treinta y un años, una mujer sonrojada de pelo recogido, vestidos largos y acampanados, y capas de pieles sobre los hombros. Se oía su paso porque tenía las muñecas llenas de pulseras. Solía ponerse collares de perlas traídos de sus viejas personalidades. Desde el momento en el que les contó a Hugo y a Dumas lo que estaba pensando —y se dio cuenta de que ha debido decírselo a Maquet, que siempre sufrió arrebatos de melancolía por no haber tenido la libertad para adorarla—, prefirió salir a la calle sin joyas ni abrigos las pocas veces que salió. Dice aquel artículo de la ajada revista de Avianca que una noche, luego de sentirse vigilada y hostigada en las peores esquinas de París, un par de esbirros del futuro déspota la atajaron y la asesinaron como si la ley los protegiera.

Era tarde en la noche del viernes 10 de octubre de 1851. Perturbada, deshecha, Blanc se dirigía al Palacio del Elíseo en un pequeño carruaje negro, más bien fúnebre, a pedirle al presidente Bonaparte que nadie la tocara. Pero en vez de seguir por la calle de Rivoli, que habría sido lo obvio y lo sensato, el viejísimo cochero que solía prestarle su jefe —se llamaba monsieur Doinel— se vio obligado a cruzar el río Sena por el Puente Nuevo, pues un atolondrado carro de madera venía siguiéndolos de cerca. Monsieur Doinel cruzó el Quai Voltaire, el muelle, con la esperanza de que los libreros y los vagos de las orillas les sirvieran de resguardo. Su plan era buscar el Palacio por la Plaza de la Concordia, que tenía más luz, pero los sicarios con cuchillos los alcanzaron en el Puente del Alma.

Hubo un forcejeo. El viejo Doinel pidió cordura mientras Blanc, que había aprendido a defenderse entre hermanos e hijos de puta, les decía que era un error y que era una injusticia y que era una vileza y que era un pecado quitarle la vida. Se defendió como mejor pudo. Gritó. Maldijo. Dio puños y patadas. Corrió de un extremo al otro para no dejarse cortar. Y, cuando le quedó claro que no tenía escape y que el cochero cansino no iba a ser su guardaespaldas, se subió al balaústre del puente y trató de lanzarse al río, pero terminó cayéndose, y de espaldas, porque uno de los malandros la agarró del pelo y el otro le pegó un golpe en la cabeza con un palo. Y es claro que murió entre el agua y no hubo que esperar a que el cadáver saliera a flote porque un par de borrachos la vieron caer.

Cuenta Victor Hugo, en ese primer borrador de la *Historia de un crimen*, que la propia Muriel Blanc le narró con todos los detalles —«en la isla de Jersey, unos años después, cuando decía ser una espiritista italiana llamada Alda Malatesta»— que apenas se fue al agua ella se enteró de la noticia de su muerte y escuchó «un eco del fin» y pensó que esa oscuridad era el fondo del mar hasta que se salió de su cuerpo. Al principio, debajo del agua, no se reconoció a sí misma porque tenía sangre en la cara y tenía el pelo suelto por el jalón del malandro y temblaba. Pronto, cuando supo que iba a sobrevivir a ese miedo, se dio cuenta de que estaba viéndose las palmas de las manos y lo mejor que podía hacer era salir de allí de una vez.

No tenía que salir a respirar: ya qué. No pesaba nada, era agua dentro del agua y era fácil para ella moverse entre las corrientes. Pero le dolía hasta cegarla la imagen de su propio cuerpo abandonado en el río. Y era lo mejor irse de ahí.

Siguió unas huellas de luz con la ilusión de que llevaran su cadáver a la orilla. Fue y siguió yendo como una voz entre esos visos de colores y esas viscosidades y llegó hasta un pequeño puerto en donde estaba esperándola Léopoldine Hugo, la difunta hija y el amor de la vida del escritor, para guiarla durante su visita a la muerte. La suave Léopoldine se le presentó para que entendiera lo que le estaba pasando y le repitió los versos ahogados que Hölderlin les daba a los turistas, *infinitas son las líneas de la vida, / como umbrales y como senderos / de horizontes velados para siempre. / Que lo que somos aquí entre las ruinas / pueda una fuerza acabarlo más allá / con armonía y gracia y paz eternas*, para que recobrara la calma.

Cuando zarparon «hacia la promesa de la eternidad», que así lo dice Victor Hugo, Blanc creyó verse rodeada de muecas y de berridos de mujeres barbadas, de hermanas siamesas, de gigantes deformes, obesos mórbidos, de enanos con mañas de niños, de hombres sin brazos ni piernas, de muchachas africanas desnudas, de faquires, de artistas del hambre, de indios fueguinos, de caribes, de maoríes, de hotentotes, de somalíes, de pigmeos, de mongoles, de papuanos, de beduinos, de chinos, de esquimales, de apaches, de «salvajes polígamos y caníbales» devorados a mordiscos por alguna de las grandes pestes. Y las visiones le parecieron tan vívidas, tan devastadoras, que deseó seguir viviendo en este mundo en el que uno al menos puede cerrar los ojos.

Pensó que todo eso le habría servido a aquel cuento que había redactado para Dumas, «Historia de un muerto contada por él mismo», y apenas lo pensó notó que estaba de mejor ánimo.

Fue como si hubiera levantado la mirada —le dijo a Victor Hugo en el exilio en la isla de Jersey— y el valle de la muerte se le volviera un lago de todos los azules. A lo lejos, al otro lado de semejante corazón de agua, reconoció a su madre aunque no tuviera ni un recuerdo de ella. Vio su cara igual a la del retrato que su padre siempre llevaba consigo. Vio su sonrisa. Vio las ondas y las vetas de su pelo largo. Y le susurró y le gritó de orilla a orilla «yo no me quiero morir ni estoy lista para volver contigo» sin soltar la mano de Léopoldine y sin perder ningún amor en el proceso. Y entonces vio a un Dios y dejó de darles vueltas a las cosas, y así, con esas palabras, lo cuenta Hugo en aquellos borradores que finalmente fueron publicados en un curioso e inesperado volumen de 2016 titulado *La voz de las mesas*.

Quizás tenga razón Rivera, quizás, en que vale la pena aclarar lo siguiente: en el exilio fatal que se vio obligado a vivir luego de que a paranoicos y escépticos se les vino encima la vaticinada tiranía, Victor Hugo se fue dejando la barba y reconstruyó la traición de aquel Bonaparte y tomó minuciosos apuntes en varias de las sesiones de espiritismo que llevó a cabo en la isla de Jersey —en busca, siempre, de la voz de su hija Léopoldine—, pero en la edición final de *Historia de un crimen*, su extensa crónica del doloroso autogolpe de Estado del presidente principesco, la muerte de la impostora Muriel Blanc se toma un breve capítulo nomás. Es en los borradores que menciono, titulados *La voz de las mesas* por los editores que los rescataron hace unos años, en donde se va más allá.

En *Historia de un crimen* se describe a vuelo de pájaro su recorrido por la muerte, con un principio, un medio y un fin, pero en *La voz de las mesas* se habla de cómo Léopoldine le sirvió de guía, de cómo atravesaron juntas un zoológico humano sublevado, de cómo vio a su madre y luego a Dios y empezó la revisión de sus vidas dentro de su vida. Leer a Hugo, que ni siquiera en un retrato íntimo se libra del retrato de su sociedad, es un recordatorio de que no es nada fácil ser un escritor de un país en guerra. Se siente culpa por eludir o por encarar o por aplazar o por embellecer o por parodiar o por documentar sin poesía el puto horror. Se siente vergüenza por no ser el que lo padece sino el que lo cuenta. Se siente rabia —sentí eso mucho tiempo— por verse forzado al realismo siglo y medio después. Y sin embargo ser un escritor de un país en guerra es lo usual.

El otro día, José María y yo fuimos a ver el episodio IX de *Star Wars* en una de esas salas que tiemblan como una montaña rusa. Y, mientras leía en la pantalla la frase «Hace mucho tiempo en una galaxia muy muy lejana...» con sus puntos suspensivos y sus brillos aguamarinas, me puse a pensar que era obvio que los productores habían hecho una tercera trilogía con esos mismos personajes porque iban a taparse de dinero, pero que de ninguna manera era inverosímil que la tal Primera Orden de los últimos episodios recogiera las banderas del Imperio de los primeros, ni que esos rebeldes reunidos por la esperanza se enfrentaran con una nueva tiranía, ni que aquellos viejos héroes se vieran atrapados una vez más en la tarea interminable de librar a lo humano de la violencia, porque siempre estamos en guerra.

Y todo el tiempo parodiamos los horrores que cometieron nuestros padres y los padres de nuestros padres, las grandilocuentes promesas de campaña y los nacionalismos salvajes y las ingeniosas justificaciones de los exterminios, como si no nos hubiera sido dado nada aparte de interpretar un pequeño papel en los ritos de la especie.

Y para escapar del círculo vicioso, para no seguir poniendo en escena el esplendor y la barbarie y la pandemia y el declive y la ruina hasta el final de esta trama, solamente nos quedará entrar en contacto con la muerte.

Justo cuando volvieron a aparecer esas naves en la pantalla, y tembló y saltó la silla gigantesca del teatro, tuve la certeza de que mi propia trilogía sobre la guerra estaba muriendo en esas cajas arrumadas en una bodega porque no era sobre la tragedia colombiana —que yo había recreado como el viaje de una mujer por un laberinto en blanco y negro habitado por ejércitos y cultivadores de coca y apellidos ilustres y sicarios—, sino que era, en el fondo, sobre mi incapacidad de no caer en la tentación de probarles a los lectores que jamás estarían a mi altura, y mi imposibilidad de no reducir las relaciones de mi vida a una lucha de poder: era, en fin, una sátira despiadada de la guerra colombiana para los 333 mejores lectores del país, je. Y el episodio IX de *Star Wars* decía lo mismo y era mucho mejor.

Hubiera podido naufragar en la vergüenza porque 333 son demasiados testigos. Pero me encogí de hombros y me metí en la película, pues de algo tenía que haberme servido mi paseo por la muerte.

5

El boxeador alemán Bruno Berg, apodado «el Matasiete de Prusia», repito, porque era capaz de acabar con cualquiera con sus nudillos, murió el sábado 1° de julio de 1916 en el combate contra el ejército francés por el valle del río Somme. Según una carta que garabateó en el frente de batalla, y que se encuentra exhibida en el Museo de la Gran Guerra en Péronne, Francia, a partir de las 7:30 a.m. el violento y torpe y solo de Berg sintió las explosiones, los estallidos, los galopes, los gritos, las plegarias y los traqueteos desde los pies hasta la nuca. Y empujado a la embestida, y luego de varios minutos de matar a las siluetas de sus enemigos como un poseso y de prometerles la vida eterna como una madre a sus amigos caídos, se llenó de vergüenza —y vomitó y vomitó vísceras sobre vísceras— frente al cadáver de un adversario al que acababa de acribillar sin piedad. Se había estado susurrando a sí mismo que, a fuerza de cavar trincheras y sembrar púas y fumar puritos y perder los estribos, ya estaba habituado a la invasión del miedo y a la precipitación de la muerte. Pero apenas iba a cumplir veinte años en la peor batalla de la peor guerra del peor de los mundos posibles. Y lo que le pasó por dentro y por fuera de esa jornada fue el infierno.

«Dije a Stefan, un camarada con el que poco había hablado porque él me temía, que no descuidara su espalda», escribió. «Y, cuando se volteó a dispararle a lo que fuera, recibí yo seis balazos de una ametralladora».

Se vino abajo. Serpenteó de espaldas hasta esconderse bajo un alambrado. Escuchó a Stefan, súbitamente convertido en su hermano, gritándole «¡no te me mueras, Berg!». Oyó «un estallido que no era un trueno ni una bomba ni una granada» entre una oscuridad tan quebradiza como la de la duermevela.

Tuvo asco y miedo allá en la muerte. Dejó de pensar en las escenas de su vida en Bandelin, donde nació y creció y golpeó en el ring al que le pidieron que golpeara, pues en medio de esa turbiedad se redujo por completo a su pavor.

De pronto —vaya usted a saber cuánto tiempo después fue, pero fue de pronto— le apareció lo que luego llamó «una mirada de tierra»: ya no la vida negra y estrecha, y despojada de razones, sino una nueva experiencia en el espacio y ante el espacio. Vio y oyó una vez más. Vio un horizonte polvoriento y pastoso, y detrás una pequeña y blanquísima luz como cegando un espejo, que se le fue despejando desde el momento en el que aquello que era él se resignó a su suerte. Cuando por fin se disipó el velo de ceniza, cuando por fin fue más claro qué estaba viendo, tuvo la guerra enfrente. Tardó en reconocer el árbol retorcido, contraído, en donde había vomitado un poco antes de ser asesinado. Notó los troncos astillados y las barreras de estacas. Y se sintió como si despertara.

Ese era el espinoso valle del río Somme. Esa era la batalla asfixiante y tumultuosa de la Gran Guerra en la que acababa de morirse. Y aquel era su cuerpo de púgil, peso pesado, hecho un cadáver gigantesco que un par de colegas estaban tratando de arrastrar.

Qué lástima ese boxeador tirado allí, se dijo Bruno Berg viéndose a sí mismo, porque no fue un boxeador simpático, ni tuvo la gracia, ni halló la inteligencia para convencer a nadie de que lo suyo no era maldad, sino tozudez, pero pudo haber sido campeón del mundo, pudo haber conquistado a una mujer, de haber tenido un poco más de tiempo, a fuerza de parársele al lado año tras año tras año, a fuerza de estar ahí todos los días de la vida como un siervo agradecido y silencioso. Qué doloroso ese peleador bigotudo de casaca verdosa, ya sin su casco picudo, arrastrado por un par de héroes que de haber salido de allí con vida —de llegar a tiempo al refugio de las trincheras— tendrían que haberlo contado una y otra vez hasta enloquecer a sus familias.

El joven Berg estuvo firme al lado de sus restos, de pie entre las balas y entre las esquirlas que lo atravesaban ahora que era otra clase de presencia, inmaterial e invisible, mientras los abaleados cuerpos de sus dos camaradas le caían a lado y lado, mientras seguían los estallidos ensordecedores en el centro de la Tierra, mientras los rescatadores del ejército alemán trataban de sacar de los pozos de lodo y de sangre, al final del primer día de combate, sus ocho mil cuerpos destrozados. Berg vio cuando lo encontraron, cuando lo montaron en una camilla improvisada con un tablón y fue lanzado como un bulto de despojos a una pila de cadáveres. Pidió respeto en vano. Maldijo esa guerra de cobardes, esa guerra para máquinas, que le había quitado la posibilidad de ser un adulto.

En efecto, vuelto ese espanto indignante e ingrávido, ni atrás ni enfrente ni más allá, vio Berg soldados peleando cuerpo a cuerpo con las uñas llenas de lodo y de piel, soldados lanzándose cuchillazos a los costados, soldados hundiéndose las garras en las gargantas para sacarse de adentro las almas. Tuvo una nueva vista y un nuevo oído que se lo describieron todo, todo, mejor que sus sentidos. Fue testigo, de frente, de las ráfagas de las ametralladoras que le atravesaban ese pecho y ese estómago hechos de nada. Vio morir, a fogonazos, figuras animalescas que reptaban, rodaban, daban saltitos patéticos como simios revoloteando en un ring. Escuchó susurros sueltos y plegarias y últimos suspiros y cartas a las madres como si fueran sus pensamientos.

«He muerto en el infierno». «Prefiero morirme ya mismo a pasar otra maldita noche en vela». «¡No pasarán!». «Gracias, papá, por enseñarme a andar y a correr entre el barro y el fango porque ahora me paso los días caminando en un lodazal junto a los cadáveres de mis compañeros». «Tengo una quemadura en mi puta espalda». «Poco a poco todo va falleciendo». «Hoy cumplo 19 años y 365 días de este juego de a ver quién sale vivo». «Mamá: la gente se muere apenas sale de las trincheras». «Mamá: he visto al demonio salir de la tierra como nunca jamás en la vida me lo pude haber imaginado». «Mamá: la respuesta es que peleo para volver a casa». «Una voz del cielo me dice que me levantaré cuando me caiga, pero cuando uno cae, acá, jamás se levanta».

De repente un soldado un poco más joven que él, el tembloroso Kurt Berkel, se puso a escarbar en los bolsillos de los combatientes caídos en busca de alguna fotografía o alguna carta para la posteridad o alguna moneda para mañana. Encontró en el pantalón de él, en el pantalón del fallecido Berg, una caja de puritos. Y entonces los tomó prestados, y se fue a uno de los túneles entre las trincheras a fumárselos todos, y hasta allá lo siguió el espíritu indignado del boxeador que nos ocupa: «¡Esos cigarros son míos!», le gritó el difunto a su pobre compañero cuando estaba doblando una esquina del pasadizo subterráneo. Y apenas giró se descubrió dentro de un túnel de paredes de vísceras que se iba estrechando y estrechando, y había que forzarse a salir si quería llegar a una luz.

A Berg le dolió ser capaz de salir, empujando y rasgando esos paneles viscosos, porque entonces fue obvio para él que ya no tenía su cuerpo, que era lo único suyo.

Salió. Y, bajo un tirante cielo de color sepia y habano, apenas cruzado por una nube parda parecida al acostado mapa de Prusia, tuvo enfrente un valle semejante al valle del río Somme.

Por un momento tuvo el pánico de los niños perdidos, y sintió que ese cuerpo suyo le hormigueaba, pero entonces notó que le ponía la mano en el hombro una suerte de jefe de infantería —un ulano o un húsar de la muerte o un entrenador de boxeo después del combate— para señalarle un horizonte mejor en el que alcanzaba a adivinarse una cascada. Berg siempre fue bueno para seguir órdenes, incluso en el desierto de la partida lo fue, porque tenía la sospecha de que negarse a cumplirlas era mucho peor. Como consta en su carta ruinosa, estaba harto de los absurdos de esa Primera Guerra Mundial, que era «matar y matar para que alguien allá arriba presente el informe», pero ese coronel del ejército prusiano, que llevaba en el cuello una cruz de hierro negra sobre un ajustado uniforme de campaña, le pareció «digno de ser obedecido».

Se fue detrás de él, entregado, en paz, a la labor de caminar hacia la cascada, cumpliéndole a su superior la orden de pisar sus pasos para no pisar una mina. Y miró atrás un par de veces, pues a él nadie le dijo que no lo hiciera, y las dos veces le pareció que estaba en el valle del Somme en un futuro yermo.

El viaje del contendiente Bruno Berg se parece al viaje del mito de aquel soldado griego, Er, que se encuentra en los párrafos finales y escalofriantes de la *República* de Platón. Siento darles órdenes a mis inciertos lectores como cualquier influencer de redes sociales, pero si usted tiene por ahí algún ejemplar del texto de Platón, que uno nunca sabe, búsquese ahora mismo en el libro décimo de la *República* la detalladísima parábola de ese hombre de Panfilia que es asesinado en el campo de batalla, lleva a cabo el periplo lleno de padecimientos de ciertas almas que dejan atrás sus cuerpos, enfrenta a un tribunal prodigioso que le recrea su vida pasada y le propone la vida siguiente, recorre la asfixiante llanura del río Lete y regresa a su cuerpo justo cuando ha sido lanzado a la pira funeraria.

Digo que el caso de Berg se parece al caso de Er porque los dos fueron soldados literales y cándidos y resignados a sus cuerpos, pero sobre todo porque los dos vieron los espantos de la guerra, trataron de entender, en vano, los planes del cielo, y volvieron de la muerte a confirmar la eterna representación del horror.

Bruno Berg mira atrás un par de veces, en el camino hacia aquellas cascadas «semejantes a las de Triberg», como confirmando con su nueva vista entrecerrada el estado fantasmal del valle del Somme. Según la carta que está en el museo de Péronne, que, dicho sea de paso, es una carta seca dirigida a su propia madre, ya no pensaba en los hombres con los ojos vendados y con los ojos afuera que había visto en la batalla, ya no extrañaba la vida así la vida fuera oírles las plegarias sangrientas a los verdugos elevados a víctimas por la Gran Guerra, sino que avanzaba y avanzaba detrás de aquel espíritu avejentado —con aspecto, ya lo dije, de ser su superior del ejército— como si hubiera vuelto a ser un niño que no conocía la palabra «voluntad».

Su aguante se parece al de Er, el soldado griego del mito platónico, porque esa tolerancia a la arbitrariedad y al dolor

—y a la arbitrariedad del dolor— suele ser común a muchos hombres que mueren en los campos de batalla y regresan luego de la muerte. Cuando escribí mi trilogía de novelas cortas sobre la guerra colombiana, *Cronos, Cosmos y Nomos*, leí y conseguí yo mismo testimonios terribles de los días de la violencia bipartidista, visité asociaciones de veteranos de los enfrentamientos de los años noventa, entrevisté desmovilizados de la guerrilla y del paramilitarismo que seguían obsesionados con la barbarie que vieron en las selvas, y todos me hablaron en algún momento de cómo se sentían llamados por la muerte cada vez que se quedaban dormidos y empezaban a soñar.

«En vez de entregarles a los lectores los testimonios que recogió de los mártires y de los huérfanos, como cualquier escritor colombiano escriturado al miserabilismo y a la infumable "lucha por la memoria", el indescifrable Simón Hernández descarta en su segunda novela el mero recuento de las vorágines de este país, y, para que la forma de su relato sea la forma del caos del conflicto armado, estalla por dentro las convenciones narrativas como quien entrega el rompecabezas desarmado y sin unas cuantas fichas», escribió sobre *Cosmos*, a manera de elogio, un periodista de *El Espectador*, «lo suyo se acerca mucho más a la poesía que a la prosa». Y, no obstante, conocer la historia de Berg me hizo preguntarme si —en vez de haberme puesto a hallarle lógica a la anarquía de las batallas sin pies ni cabeza— habría sido mejor mostrar la guerra por dentro, y ya.

Hace tres noches, para enfrentarme a la escritura de este capítulo que describe la segunda fase de la muerte, acepté la invitación de mis primos jefes a jugar esos juegos de video «en primera persona» sobre la Primera Guerra Mundial que tanto me habían recomendado. No sobra decir que yo me quedé en los juegos de Atari: de Frogger a Pelé Soccer. Me siento obligado a contar que José María, mi hijastro de nueve años, mi hijo, me rogó de rodillas que lo llevara, pero que, ya que decir «papá conservador» es decir una redundancia, preferí que no trasnochara un miércoles y preferí que no fuera testigo de las vilezas que tarde o temprano se ven normales en una guerra. Fui solo.

Jugué. Me mareé a la media hora. Habría vomitado si ese par no se hubiera burlado tanto de mí.

Me pareció grotesco —chistoso e inevitable— que semejante derrota de lo humano acabara siendo un pasatiempo. Di las gracias. Dije «hasta mañana». Y volví a la casa con la sensación de que había estado cayendo en la trampa de ver el horror desde lo alto: fuera de mí darme cuenta de algo a tiempo.

Imaginé la cara magullada de Berg cuando por fin atravesó el remedo del camposanto del Somme y cruzó las cataratas silenciosas que habían estado tan lejos y se encontró con una figura de luz que le dio la noticia de su alivio: «Y así desaparecieron el desprecio y la insolencia que me apretaron el pecho en los últimos meses de mi vida», puede leerse en su carta, «y todos mis errores y todos los errores de los demás me tuvieron sin cuidado…». Qué dolor me dio revisar esa carta. Me sonó irreversible e insoportable porque su drama era el drama leonino de Er y los soldados que entrevisté. Me dio a pensar que había sido lo mejor no llevar a mi niño a jugar a matar alemanes en las trincheras de púas. Me quedé dormido pensando que cualquier pesadilla es mejor que la guerra.

6

Ya conté que el controvertido y controversial John W. Foster fue un niño cuadriculado y manso que desde el puro principio sospechó que la Tierra no era plana, como se lo juraron por Dios todos sus adultos en la lenta, azulada y conservada ciudad de Zion, Illinois, y la primera vez que se murió era aquel astronauta fanático del viejo rock and roll y lleno de sospechas sobre lo invisible que —como consta en una foto icónica tomada el 11 de marzo de 1973— se puso de rodillas sobre un montículo ceniciento de la Luna porque había alcanzado «un estado semejante a la iluminación de la que hablaban los místicos»: había recibido de un solo golpe una serie de verdades sobre la vida y sobre el objeto del universo, y regresó del espacio a revelárselas a este mundo que a duras penas tiene tiempo para encarar la realidad.

«Yo no sólo soy el último hombre que pisó la Luna sino el único que se arrodilló ante su silencio», cuenta en una pálida conferencia que alguien tuvo a bien subir a YouTube.

Suele citarse la catártica entrevista que le concedió a *The Evening News* años después, pues fue allí donde empezó a sonar como un médium que nadie se tomaba en serio y confesó que se dedicó a cantar onomatopeyas del rock hasta recobrar la paz allá en el precipicio de la Luna y concluyó que «podemos comunicarnos sin valernos de las palabras», y sin embargo es en esa presentación oxidada, que ha subido a YouTube un misterioso usuario llamado Zener1001 —«misterioso», digo, porque hasta hoy no ha subido nada más—, donde se le ve lanzando un monólogo envolvente e histriónico sobre la depresión a la que fue a dar cuando volvió a la Tierra: «Un día estás bajo un cielo negro con el horizonte a unos pasos nomás y al otro estás de vuelta en esa esfera azul y frágil...», dice.

«Un día estás en aquella estepa de ceniza que sin embargo vive despejada, en ese paisaje sin puntos de fuga ni referentes en el que caminar deja de ser un problema porque en realidad es flotar, en ese lugar privilegiado que de golpe te susurra que tus moléculas y las tuyas y las tuyas —y las moléculas de la nave y las de tus colegas— vinieron de las viejas estrellas que surcaban ese espacio sin umbrales y sin fronteras, y al día siguiente estás de vuelta en este planeta en el que cada paso cuesta y el polvo se va asentando con los días, y entonces te preguntas para qué has alcanzado esa plenitud y esa felicidad sin confabulaciones antes de experimentar la muerte, y simplemente quieres morirte de una vez», declara Foster, sesentón, antes de describir los efectos de su depresión.

Confiesa las infidelidades, las borracheras, las orgías de alucinógenos. Describe con un poco de candidez y otro tanto de cinismo una gira triunfal de «gran héroe norteamericano» en la que termina alquilando un piso entero del Hotel Trempealeau, en las orillas del río Misisipi, para pasar la noche de cama en cama con las siete seguidoras que lo abordaron después de su presentación. Explica su amistad con el astronauta Edgar Mitchell, de la misión Apolo 14, alrededor de las experiencias extrasensoriales. Por un momento se pierde —y pierde a su auditorio porque deja de ser un hombre de ciencia y suena a pastor— en una minuciosa explicación de la precognición y de la telepatía como «pruebas irrefutables» de que es posible comunicarse sin palabras, sin sentidos y sin gestos.

Nota al pie: me temo que es aquella vehemencia a la hora de hablar de premoniciones y de percepciones extrasensoriales lo que ha convertido a Foster, como Rivera, José María y yo pudimos comprobarlo en nuestro viaje del año pasado, en una figura fantasmal e incómoda que muy pocos recuerdan y muy pocos celebran en las calles de Zion.

Hay que verlo enajenado e iluminado en el video que digo. Resume el volumen *Fantasmas de los vivos*, dirigido por el poeta clasicista Frederic W. H. Myers en 1886, como «el descubrimiento de que la mente puede comunicarse igual que un telégrafo o un teléfono». Reseña el libro *Percepción extrasensorial*, y en general el trabajo del parapsicólogo J. B. Rhine, como «lo más cerca que puede uno estar de Dios». Y entonces lanza una farragosa explicación llena de neologismos científicos, digna de un experimento de laboratorio de física, sobre cómo consiguió comunicarse desde la Luna con una serie de personas con las que luego se encontró en la vida, sobre cómo durante el sueño lúcido puede experimentarse la autoscopia o el desdoblamiento astral: «He recogido 1.001 casos, créanlo o no, de aventuras fuera del cuerpo», dice.

Cita experiencias fuera del cuerpo inducidas, espontáneas y relacionadas con la muerte. Y entonces recupera al público porque cuenta que él mismo vivió algo semejante en Palo Alto, California, el viernes 9 de agosto de 1974.

Resulta que el exastronauta Foster había sido invitado por el exastronauta Mitchell, que sabía muy bien lo peligroso que era para el estado de ánimo regresar de la Luna, y que aparte de los locos era el único que no lo tomaba por un loco, a participar en su instituto de ciencias noéticas en Palo Alto. Y él, Foster, que se había divorciado de su mujer plagado de arrepentimientos, pero estaba tratando, valiéndose incluso de la telepatía, de tener una buena relación con su familia para que no se volviera su exfamilia, decidió aprovechar el viaje a California para recobrar la disciplina. Se rapó. Volvió a trotar. Dejó de un tajo el vodka soviético. Y de regreso de una fiesta, sobrio y solo y a bordo de un taxi Checker de aquellos, sintió un golpe y vino la muerte.

«El pobre taxista se dio un golpazo contra el tablero de su automóvil y yo salí disparado por la ventana y entré a una oscuridad que no era la de la noche ni la de la ceguera porque no era mi cuerpo el que la estaba viviendo», dice. «Pero escuchaba perfectamente todos los gritos desesperados de los que pasaban por allí, "¡mira eso!", "¡santa madre de Dios!", "¡yo lo maté!", "¡yo fui!", como si no fuera un hombre muerto, y entonces vino un estampido destemplado que callaba todo a su paso y no se iba: no se iba la penumbra tampoco, y no se fue durante un rato que pudo ser un siglo o un minuto, y entonces sentí que yo era el espacio y sentí el miedo que debe sentir el espacio porque estaba adentro de todo lo negro.

»Todo estuvo así, como si para ser otra cosa necesitara acostumbrarme al miedo, como si estuviera flotando en la sombra de la Tierra, hasta que todo se me pareció a una antena de televisión tratando de hacer su trabajo. Y esa oscuridad en la que nada sobresalía, pues no había satélites ni estrellas fugaces, fue interrumpida de repente por una luz cegadora como la luz del amanecer cuando uno está en el océano de allá arriba. Y sentí el mismo vértigo que sentí aquella vez, en el paseo espacial alrededor de la estación, cuando por fin fui consciente de que andaba ante un despeñadero de 393 kilómetros hacia abajo y por fin tuve claro que estaba siendo testigo de las montañas, de los lagos, de los edificios, de las carreteras, de las gentes.

»Y pensé: ¿y si no puedo ver mis extremidades, como aquella vez en la misión Apolo 18, porque estaba en la oscuridad sin matices del espacio?».

A los 38 minutos y 18 segundos del video de la conferencia, que en YouTube lleva el título en inglés de «Death by Foster», el exastronauta esotérico se detiene porque se le están aguando los ojos y necesita hacer una pausa dramática antes de narrar lo que vio en su viaje hasta la figura de luz.

Arranca de nuevo. Cuenta que volvió a ver, poco a poco a poco, hasta que se dio cuenta de que estaba viendo una ambulancia Dodge B300 rodeada de policías consternados y de transeúntes aterrados. Dice que reapareció en el mismo sitio del accidente: junto a las últimas fachadas y el último semáforo que vio. Asegura que pronto notó que se movía como el zoom de una cámara —e iba de un extremo al otro e iba de arriba abajo— a la velocidad que le diera la gana: «Si yo quería saber qué diablos estaban haciendo los paramédicos que negaban con la cabeza o qué putas estaban diciendo los dos chismosos que cuchicheaban, fascinados con mi desgracia, simplemente aparecía allí donde estuvieran los unos o los otros: ¡zoom!», explica con gravedad e histrionismo.

«Sé que habría podido irme ahí mismo a Zion o a la Luna si sólo en aquel momento hubiera querido dar un paso hacia allá», dice, «y sin embargo preferí dedicarme a ser esa bala que al mismo tiempo era el blanco». Luego de recorrer la escena en círculos, como el viejo Scrooge guiado por el fantasma de la Navidad pasada, se dio a sí mismo la orden de entrar en la ambulancia: «¡Zoom!». Vio su propio cuerpo con los ojos cerrados y con el cuello inmovilizado sobre una camilla reluciente. Oyó voces y más voces, «va a ser una noche muy larga», «este hombrecito me resulta conocido», «pobre hijo de puta», «de un momento a otro: así es», hasta que cayó en cuenta de que no las estaba escuchando, sino que se estaba enterando de lo que pensaban.

«Yo sabía lo que iban a decir un poco antes de que lo dijeran y tenía clarísimo lo que no se atrevían a pronunciar: el taxista herido en la frente se repetía hasta enloquecerse que él no tenía la culpa de lo sucedido, el conductor del Oldsmobile con aires de carroza fúnebre que nos había embestido trataba de convencerse de que era un asesino de los peores, los médicos tenían el corazón trastornado porque sentían que mi cuerpo no iba a dar más en el camino a la clínica, los murmuradores de las aceras observaban con fascinación y con vergüenza aquella escena de diario vespertino como si al final todo se redujera a comprobar que una vez más ellos se habían salvado de la muerte», declama, embelesado con su propia voz, ante un auditorio que guarda silencio reverencial.

Foster se fue adentro y afuera de la ambulancia blanca y naranja para no perderse en el camino de un poco más de una hora que iba desde los locales de Whiskey Gulch hasta el Community Hospital de Ashland, Oregon. Y, según asegura en el video que he estado mencionando, durante el recorrido se enteró de las plegarias, de las elucubraciones, de las maldiciones, de las conjeturas, de los deseos, de los miedos, de las fantasías y de los malos pensamientos de los conductores de los otros carros y de los peatones perturbados por la sirena. Fue testigo de la entrada de su cuerpo a una sala de urgencias de techo aguamarina rodeada por árboles bajos y secos. Y, cuando iba a entrar, se le apareció la única figura que habría sido incapaz de imaginar.

Era la cristiana y bonachona y adinerada Lady Blount, evangelista de Rowbotham y editora de la revista *La Tierra no es un globo*, que defendió el terraplanismo en el momento de más baja popularidad del movimiento.

Dice Foster que la señora estaba idéntica a sus fotos: tenía su pelo plateado de abuela sosegada por la buena suerte, un pequeño sombrerito con flores amarrado al cuello y un traje de paño gris que a cada paso le pesaba. Dice que le dijo «venga conmigo, doctor Foster, no tema» con un respeto al que se había acostumbrado con el paso de los homenajes. Le hizo caso. La siguió. Esperó que apareciera de nuevo el camino por el cual la ambulancia había llegado al hospital. En cambio se encontró ante un paisaje en blanco y negro en el que no le era nada fácil pisar y conservar el equilibrio. Y según asegura, luego de advertir lo extraño que puede llegar a sonar, fue en ese camino a la figura de luz donde empezó a recibir mensajes de otros mundos.

En el video tembleque y sudoroso colgado en YouTube, salido de su trance por culpa de las exclamaciones de algunos miembros desprevenidos e incrédulos acomodados en el auditorio, el exastronauta John W. Foster aclara que aun cuando él crea plenamente en ello no está diciendo que recibió mensajes verbales: está diciendo que «como un computador que carga un software en su sistema» se enteró de un montón de propósitos del universo —de los cielos y los purgatorios y los infiernos del espacio— por medio de una serie de «ondas cifradas» de aquellas que alguna vez predijo el despelucado Albert Einstein, pero que sólo hasta estos últimos años, sólo a partir del lunes 14 de septiembre de 2015, pudieron ser observadas y fueron llamadas «ondas gravitacionales».

Vista con las gafas de hoy, la versión del viejo astronauta de las llamadas «ondas cifradas», llena de los manoteos y de las muecas de aquel miembro «más joven de los veinte originales» del programa Apolo, ya no resulta caricaturesca, sino posible. Y no obstante es increíble que los espectadores de la charla en cambio asuman sin problema, como un hecho, lo que sigue en el video: el relato pormenorizado del viaje agitado e ingrávido del señor Foster a unos pasos de la señora Blount, la descripción de ese paisaje desértico sin climas y sin referentes, y la narración de la llegada hasta una enorme puerta de latón que contenía «una luz envolvente y apacible que alcanzaba a adivinarse en el dintel».

A los 45 minutos y 20 segundos del video, el estremecido Foster confiesa haber oído detrás de aquella entrada venerables voces semejantes a las de The Moonglows o The Five Satins, «o alguno de esos quintetos de música doo-wop que remediaban cualquier tarde de los cincuenta», pero nadie se ríe porque es justo después de eso que empieza a hablar de un hombre del espacio que está esperándolo al otro lado para obligarlo a revivir su vida.

7

Y al final, después de los ensayos en los garajes, de las jornadas febriles en los estudios de grabación, de las fiestas nebulosas plagadas de pastillas de colores, de los conciertos monumentales de The Bipolars en los estadios del mundo y de las portadas de las revistas ingeniosas, todo había quedado reducido a ellas dos: a Sid Morgan, la hermana menor con temperamento de huérfana, y a Nina Morgan, la hermana mayor con vocación de madre adoptiva. Era el sábado 25 de diciembre de 1982 en la noche: la revista *Time* había elegido a la computadora como «el hombre del año», el papa Juan Pablo II estaba empeñado en desear una feliz Navidad en cuarenta y dos idiomas, hacía unas horas nomás había muerto el poeta de vanguardia Louis Aragon, yo estaba jugando con mi base lunar y mis astronautas de Lego, a los siete años recién cumplidos, luego de ver *Annie* con mis papás en un cine dentro de un centro comercial.

Y resultaba desgarrador que, mientras el mundo trataba de tomarse esa jornada como una tregua nebulosa, y punto, la roquera Sid Morgan había preferido tragarse 240 pastillas para terminar la incertidumbre y estaba muerta y atrapada en el viejo ascensor de su edificio en Rockville Centre, Nueva York, el único en toda la cuadra sin adornos de Navidad, y su hermana Nina estaba haciendo todo lo posible para sacarla de allí.

Las hermanas Nina y Sid Morgan, que gracias a su banda de punk, The Bipolars, fueron célebres desde antes de ser mayores de edad, fueron educadas por sus abuelos liberales porque sus padres abogados estaban demasiado ocupados —«demasiado sumergidos», dijo Sid alguna vez— en la lucha a muerte por los derechos civiles en los Estados Unidos revueltos de los sesenta y los setenta del siglo XX. Sid siempre quiso y temió y siguió y obedeció y resintió a Nina. Sid aprendió a tocar guitarra y a cantar con su voz ruda y a ser una estrella de rock para no perderse un solo fin de semana con su hermana mayor. Pero en el verano de 1977, cuando su álbum *And Now… The Bipolars* se quedó varado en los primeros lugares de las listas, empezaron a chocar.

Nina era seria como una científica loca entregada a la tarea exasperante de la música. Sid en cambio era variable como una genio a la que le tenía sin cuidado serlo: «Tenía veinte y quería tirarme y esnifarme todo lo que se moviera», le aceptó luego a la revista *Rolling Stone*. Y no sólo compuso la balada melosa y premonitoria *The End* para llegar al primer lugar de las listas, sino para notificarle a su hermana —enemiga a muerte de la sensiblería— que desde ese momento en adelante se cagaría en la rabia punkera que las había convertido en una banda icónica. Se atrincheró en su silencio y en su éxito, y puso a los otros miembros de The Bipolars a elegir «entre ella y yo», hasta que la muerte de su abuelo las empujó a reconciliarse.

Se fue detrás del trago y de las drogas y de los triángulos amorosos. Se dejó convencer de tomar un año sabático. Se dejó convencer de comprar un edificio de Rockville Centre «porque tenía ese ascensor viejísimo que se había inventado algún antepasado nuestro». Y fue allí donde, agobiada por una soledad que desconocía y asediada por las voces que le pedían que siguiera componiendo baladas altisonantes, pensó que lo más práctico era matarse.

Se tragó las pastillas. Se fue abajo como si su cuerpo le hubiera ganado el pulso para siempre. Se arrastró por el apartamento imaginándose cómo se repartirían sus cosas: «Ayuda», pidió desde la puerta de la casa hasta la puerta del ascensor, «ayuda por favor». Entró en aquel elevador, una reliquia que se varaba en el segundo piso, y se le olvidó su primer nombre, y se fue desvaneciendo, y se murió. Supo de su muerte porque escuchó a su hermana mayor gritándole «Sid: voy a sacarte de ahí» como si ella también estuviera adentro. Pasó de estar en la oscuridad a ser la oscuridad. Se le vino encima y la ensordeció «el trombón desafinado y estridente de la muerte». Y sintió que morirse de miedo era una redundancia —y una imprecisión— porque morirse era entregarse al miedo. Y cuando ya no era nadie ni nada llegaron «los zumbidos en blanco y negro». Y volvió a ver y vio su cuerpo a sus pies, si así podían llamarse.

Se quedó quieta idéntica a una cosa, derrotada y avergonzada por su derrota, mirándose el tatuaje del árbol de la vida. Deseó consolar ese cadáver con los ojos renegridos, los labios cuarteados y las sienes raspadas. Quiso sostenerse la cabeza en su regazo, pero revoloteaba en el ascensor como una luciérnaga dando tumbos contra una luz:

RS: **¿Podría decirse que, luego de tu intento de suicidio, viviste una experiencia extracorporal?**

SM: Así debes llamarla cuando publiques esta entrevista, viejo, así la llaman los especialistas: una maldita EFC. Y si me permites uno de mis chistes malos, Bob, es vital mencionar que se trata de un suicidio, pues, luego de escuchar las palabras del astronauta Foster y luego de leer el libro del doctor Moody —y después de hablarlo con él y de exprimirlo hasta enloquecerlo—, puedo decirte que no se vive lo mismo cuando se muere por mano propia. Allá, en el lado oscuro de la Luna o en el puto más allá o en el infierno de nosotros los locos, el suicida sigue siendo un alma torturada, pero es todavía peor porque su castigo es ser testigo de los efectos de su desesperación.

RS: **Si no quieres decir nada más al respecto yo lo entendería, pero ¿podrías contarme esa experiencia?**

SM: ¡Me encanta hablar de ello! Cierta gente que se cree cuerda te mira fijamente, como diciendo «alguien voló sobre el nido del cucú...», cuando uno empieza a describir su viaje, pero el problema es suyo. Yo no tengo problema en contar que quise, pero no pude consolar a mi hermana, a Rory, mientras un par de tipos sacaban mi cuerpo del ascensor y me llevaban en un carro al hospital más cercano. Ya no podía tocar nada. Y, por alguna extraña razón que ni siquiera Moody me ha logrado explicar, tampoco podía salir del edificio. Me arrepentí de lo que acababa de hacer. Pedí perdón, perdón, perdón, pues me pareció que iba a estar allí por mucho tiempo. Pensé en la vida que le esperaba a Rory: «¿Cuánto extrañas a Sid?». Y sentí que merecía el castigo de la eternidad porque había incumplido mi palabra de vivir y cuidar mi vida.

RS: **Déjame preguntarte una cosa para ver qué tanto te estoy entendiendo: ¿eras, de algún modo, el fantasma de ese edificio?**

SM: Jajajajajá. De alguna manera, sí, lo era. Pero se trataba de una versión pantanosa e infernal de aquel lugar. Parecía condenada al primer piso, lleno de ojos abiertos y carcajadas macabras y palabras sueltas que nadie había escuchado al otro lado, y a su sótano polvoriento y pegadizo en donde uno empezaba a torturarse a sí mismo porque uno mismo es más que suficiente si se trata de dañarse: ja. Traté de salir de allí, como escapándome de la prisión de un Dios que era el libretista y el socio capitalista de mi vida, pero cada puerta que encontraba daba a una habitación con una puerta que daba a otra habitación. Fue el pavor encarnado. Fue sobrecogedor y espantoso. Hasta que en el umbral del hall de la entrada se me apareció un espantajo brilloso que resultó ser mi abuelo: Morgan Otis. No nos cruzamos una palabra porque allá no es necesario, pero yo sé que era él. Quería sacarme de esas ruinas como solía sacarme de los laberintos en los que me metía. Y era lo común, según me dijo Moody, que el guía de uno en la muerte fuera un gran amor.

Valga aclarar que Sid Morgan respondió ese cuestionario exhaustivo de la revista *Rolling Stone* en 1984. Y siete años después, en 1991, el experto y sopesado Raymond Moody trató de suicidarse porque unas pastillas para la tiroides le enturbiaron el estado de la mente y porque la adivinación ante los espejos —la catoptromancia— se le estaba convirtiendo en un peso dentro de su familia, y corroboró lo visto y lo vivido por cientos de suicidas fallidos que entrevistó para su investigación. Sé, mejor dicho, que todo investigador de la muerte corre el riesgo de que un mal día su lucidez pierda el pulso con su locura, y no suene a profeta sino a charlatán. Sé que, alrededor de los asuntos del más allá, siempre habrá que luchar contra los científicos que se niegan a reconsiderar la posibilidad de lo invisible y contra los fanáticos que con el paso de los años se van volviendo sordos a los argumentos ajenos.

Quiero decir que es difícil ser creíble en este asunto porque creérselo obliga prácticamente a empezar a vivir de otra manera. Y entiendo bien que, ante semejante panorama, lo único que puede uno hacer es narrar: contar qué vio y cómo fue.

Y que se jodan todas los que no se crean ni una palabra porque qué clase de idiota escucha una historia hasta el final, giro por giro, sólo para confirmar que no se la traga.

Sid Morgan siguió a su abuelo, en fin, en ese viaje exasperante y eterno por el edificio, y pasó al lado de espectros cabizbajos y enajenados como yendo de celda en celda por un frenocomio sin pasillos, y sólo recobró vicios humanos como la nostalgia y la esperanza cuando su abuelo y ella por fin dieron con la salida, pues lo primero que vieron afuera fue un jardín recóndito en el que pronto se descubrió sola pero ante una figura con «un semblante espléndido, luminoso».

RS: ¿Estás hablando de una visión, de un ángel, de Dios?

SM: Te estoy diciendo lo que vi. Mi abuelo se quedó adentro del edificio penumbroso de Nunca Jamás, porque su papel, como siempre, fue conducirme de una orilla a la otra. Y yo me quedé con aquella figura de luz, en ese edén para arrepentidos y atormentados, resignada a mi mal, mi fatalidad. Y, como sentía que mi ofensa era una desgracia, de verdad me tomó por sorpresa que se tratara de un ser benigno que insistía en que estaba allí para mostrarme una historia. Y nada de lo que me pase será así de prodigioso e inesperado hasta el día en el que vuelva a morirme, Bob.

Life After Life, el primer álbum como solista que Sid Morgan estaba promocionando con aquellas entrevistas en *Mojo* y *Rolling Stone*, es a simple vista la suma de cuatro peroratas roqueras y siete baladas que se tomaron las listas de éxitos de 1984, pero no sólo lleva el título del serísimo best seller del doctor Moody, a quien se le agradecen «los consejos de las tardes», sino que además está lleno de versos en los que deja entrever su experiencia en las habitaciones de su muerte. Desde el principio, en la canción que le da el título al disco, queda claro que se trata del trabajo de una persona que volvió a vivir: *Take after take / Day after day / Life after life / I'm gonna fight again.* De inmediato, además, empiezan a aparecer personajes e imágenes de ultratumba.

Resulta curioso que en el segundo corte del álbum, *Tomorrow*, se arranque con *There was a girl from Rockville Centre / That wanted to be an orphan like Annie / Tomorrow / Tomorrow / Tomorrow will be.* Es una coincidencia divertida, por decir lo menos, que en el simpático puente de la canción se suelte un *there is a boy in South America who dreams with Lego Space*. Es perturbador, en cambio, que en *Be the Light* se mencione *the day Lisbon fell*, en *The Way Back* se repita *it's better to be a boxer than a soldier* y en *2050* se asegure que *even robots needs teachers*. Es escalofriante que el último verso de *Human Zoo*, que sacó del número uno a *When Doves Cry* de Prince a mediados de junio de 1984, sea precisamente *Nothing matters now because everything is past*.

Por supuesto, mi novia de la universidad, Margarita, tenía un afiche de *Life After Life* sobre la cabecera de su cama, pero yo, que creía firmemente en la política de despreciarle sus gustos, siempre encontré una manera de no sentarme con ella a escuchar el álbum. Quisiera decirle, con mi arrogancia de entonces, «puede que el niño del Lego sea yo». Quisiera pedirle disculpas, aunque no sirvan de nada, por no haberle dado el pésame ni por el secuestro ni por la muerte de su padre. Pero sé que ella ya no me tiene en sus cuentas y sé que el señor no me odia porque los muertos tienen claro que «nada importa ahora porque todo ya pasó».

8

Sesenta y seis años después, el viernes 13 de mayo de 2050 para ser precisos —año 4748 o año del caballo según el calendario chino—, la pequeña profesora tibetana Li Chen experimentó a su manera lo que experimentamos los que vamos a la muerte y volvemos de ella. En el Tíbet de aquel entonces, una meseta desértica ocupada por una suma de campesinos y monjes y humanoides, se le tenía pavor al viernes 13 como se le tenía pavor en tantos parajes occidentales —porque fue un 13 cuando se armó el desmadre en la Torre de Babel, porque trece comensales, trece, asistieron a la última cena de Cristo y al legendario festín en el Valhalla, y en ese capítulo del Apocalipsis se habla de la Bestia—, pero Li Chen jamás se imaginó que la fecha de su cumpleaños número veinte fuera la fecha de su muerte.

Ciertos tibetanos seguían temiéndole, por esos días secos e insensatos, al número cuatro, e incluso andaban pronunciando por ahí la sentencia «trece no es trece sino uno más tres», pero la disciplinada y recia y solidaria Li Chen solía recordarles a sus niños su sospecha de que «todo lo invisible es benigno», y vivía cada jornada como venciéndola.

La pequeña Li Chen nació temprano en la mañana del lunes 13 de mayo de 2030 en un apartamento muy cerca de un demacrado y enclenque riachuelo: «Yo habría sido más rápida de no haberte tenido», le dijo Wei Ling Chen, su madre, alguna vez, «pero gustosamente lo he dado todo por ti». Desde que tuvo uso de razón, o sea desde siempre, quiso ser una profesora inagotable que les contara a los niños de la región las novelas fabulosas de Dante y de Cervantes y de Dumas y de Verne y de Hugo y de Voltaire y de Tolkien y de Bradbury y de Dick, pues solamente ella en esa villa —y gracias a los viajes y a los triunfos de su madre con el equipo chino de natación artística— había tenido la fortuna de tenerlas en sus manos.

Y a los diecisiete años, luego de sobrevivir al examen de conocimientos, al escaneo facial y al test de Turing que probaban que era humana y podía revivir, terminó siendo la profesora de la menoscabada aldea de Chikang.

Día por día, más fuerte que las quejas y las manipulaciones de su madre, Li Chen contaba historias a sus siete niños, y fue bueno y fue feliz por un tiempo. Pero vino el desastre dentro del desastre: un batallón de robots capaces de soportar las nuevas temperaturas y los parajes descarnados, enviados al Himalaya por la firma Ulter, se rebelaron a mediados de 2046 y «para rescatar a la naturaleza y dar vida a las máquinas» montaron un zoológico humano en el Palacio de Verano de Norbulingka. Y el comandante de la tropa, jetsunkhan, un déspota cojo e insaciable que había llenado el sitio de errores y de triunfos de la naturaleza, se obsesionó con la solitaria y escueta Li Chen, y se creyó su dueño porque sabía narrar y parecía una foto de su propia mamá.

Pronto la encerró, sí. Li Chen acompañó a morir a la chantajista y la resignada de su madre. Y, sometida y celada por el tal comandante, se fue a contar las mil y una noches de la humanidad y a deprimirse en una jaula amoblada de dos pisos: los incautos, los androides y los turistas —y hay quienes hablan de seres de otros lugares del universo, prohibidos y camuflados— rodeaban la celda de «la guapa profesora Li Chen» para escuchar las tragedias y las comedias de este mundo. Un par de años después, desde el principio del apocalíptico 2050 para ser exactos, se dedicó a morirse —no comió, no durmió y no respondió las preguntas de los visitantes del zoológico humano— hasta que al humillado e insultado de jetsunkhan le entraron ganas de matarla.

Repito que fue la noche del viernes 13 de mayo de 2050. El sobrepasado de jetsunkhan se lanzó sobre ella y forcejeó y golpeó y mordió —«婊子», le gritó una y otra vez, «¡puta!»— para matarla o para violarla: lo que pasara primero. Y sólo se detuvo, y entonces se tapó la cara con las dos manos, y luego

180

tuvo memoria de sus vergüenzas histéricas de la juventud, cuando se dio cuenta de que ya estaba quieta: «Ya…». Y la astuta de Li Chen se dejó asesinar, y se repitió a sí misma las palabras de alivio que le había dicho a su madre un par de años antes hasta que escuchó a su asesino rogándole perdón y prometiéndole la «resurrección especial» contemplada por el partido «para la suerte de algunos fieles».

—Seguro que Wei Ling Chen, tu madre, te puso en el programa —jadeó el comandante.

Pero el espectro aturdido de Li Chen no alcanzó a digerir esas palabras porque se le convirtieron en el estruendo que abre la muerte; porque notó que ya no estaba en una oscuridad sino que era la oscuridad; porque, acto seguido, tuvo pavor y más pavor —una opresión y un hormigueo perennes e ilocalizables— como si no fuera posible experimentar otra emoción cuando uno cayera en cuenta de que por fin era nadie. En aquel momento, aun cuando la palabra «momento» tenga poco sentido en un lugar sin tiempo, la que fue Li Chen pasó de ver nada, nada, nada, a ver «un aguacero sobre un aguacero». Y, detrás del mundo miope y penumbroso que se le venía encima, vio un puntico de luz como la estrella Sirius de la *Ilíada* o la estrella del Norte de *Polaris*.

Y se fue detrás de ese comienzo de grieta, de ese puntico que digo, como cruzando un túnel. Y cuando por fin lo alcanzó, y por fin dejó de ser un punto y resultó ser ella, vio su propio cuerpo en su propia jaula en el zoológico humano de los jardines del Palacio de Verano de Norbulingka.

El comandante jetsunkhan acababa de alzar el pequeño cadáver de la joya de su colección humana, que era un cadáver de veinte años amoratado y con la ropa desgarrada, como si fuera una novia virginal del siglo pasado: «Ya vienen», repetía una y otra vez igual que repitiendo un mantra inútil, «¡抱歉!». Y Li Chen se quedó mirando el cuerpo que había sido, y se fijó en sus párpados cerrados y su boca apretada y sus manos abiertas y su abdomen plano, hasta que supo que estaba sintiendo una nostalgia terrible por su vida porque se había ido el día de su cumpleaños: «Habría querido tener un hijo», pensó, sin palabras, ante la imagen temblorosa de su vientre, y entonces se acabó la pausa y todo empezó a moverse.

Fue el desconcierto en todos los sentidos: el caos, el alboroto, el desmadre, la Torre de Babel, el Apocalipsis. El comandante jetsunkhan, desesperado y furibundo porque nadie respondía a sus llamados y porque no lograba abrir la puerta de la celda, se dedicó a exigir ayuda a los gritos: ¡你这个杂种! Y de tanto bruxar se le trabó la mandíbula, y acabó de arruinarse la pierna que cojeaba porque perdió los estribos y pateó el escritorio en donde leía sus libros la difunta Li Chen. Los demás especímenes del zoológico metieron sus ojos, sus orejas, sus narices, entre los barrotes de sus prisiones con la ilusión de enterarse de qué demonios estaba pasando. Todos los androides vigilantes, todos, se encontraron —y se vieron perdidos, como humanos o humanoides, sin tener la menor idea de por dónde comenzar— frente a la jaula de la pequeña contadora de historias.

Cuando el espectro sigiloso de Li Chen se fue de allí, porque una voz empezó a llamarla por dentro, la escena era un callejón sin salida repleto de robots, de monstruos, de seres camuflados de quién sabe qué paraje de qué galaxia, de experimentos de la naturaleza que aullaban lamentos incomprensibles. No había soluciones a la vista ni esperanzas. Por ninguna parte se veían los autómatas del régimen que atendían el plan de resurrección: el programa Xiân 4682. No había señales de que fueran a llegar. El comandante jetsunkhan había destrozado a las patadas y a las manotadas todas sus maneras de comunicarse. El cadáver estaba desparramado en el suelo, como una marioneta abandonada sin compasión, dispuesto a ser triturado por los hombres y picoteado por los buitres.

Y la enseñanza de fábula antigua, «De cómo la pequeña profesora prevaleció apenas dejó de luchar», parecía ser que tarde o temprano lo humano derrota lo humano.

Li Chen se preguntó «¿quién es?» y «¿quién está ahí?» y «¿quién me llama?», en la voz alta e inquieta que se tiene en aquel lugar sin puntos cardinales en donde ya no operan los sentidos, mientras se iba por el pabellón del parque seco de Norbulingka como un personaje de leyenda condenado a perseguir sus sospechas. Era seguro que seguiría reproduciéndose su historia así llegara el día tan temido en el que hubiera más androides que personas, más registros de las emociones que emociones en Lhasa, en el Tíbet entero, pero quién iba a interpretar su paso por la Tierra con la gracia inesperada con la que ella interpretó el de «el hombre que simulaba tocar la dulzaina», el de «el perro que avinagraba el vino», el de «la cigarra, la mantis y el gorrión».

Hubo un momento de su muerte —debería decir que «hay un momento en la muerte...»— en el que Li Chen perdió la memoria de sí misma y simplemente fue su pánico y fue la oscuridad. Pero luego, cuando ya pudo ver su propio cuerpo abandonado en el piso de la jaula y notó la confusión de las especies y de los vigilantes como desinformados extras de una escena, recobró la consciencia y sintió que no se había librado del todo del tiempo. Caminó por un largo corredor de piedra del parque del palacio, rodeado por árboles despojados y matorrales espinosos y flores de papel, hasta que llegó a unos portones de madera pintados de rojo. Jaló las cuerdas amarillas, azules y verdes, entrelazadas en los picaportes dorados, para entrar al otro lado con la convicción de los difuntos.

Veía en frente un largo y hondo pasillo de agua salada. Y, aunque no tenía manos y no tenía pies, aunque no tenía garganta y no tenía pulmones que se pudieran ahogar —según nos dijo ella misma era un cuerpo astral o un cuerpo espectral, como usted quiera llamarlo—, se sumergió hasta el cuello y avanzó a saltos tal como lo hacía cuando era niña. Nunca aprendió a nadar. Nunca quiso. Nunca pudo. Se negó. Era extraño para todo el mundo, por supuesto, porque se trataba de la hija de una nadadora: de la campeona olímpica de nado sincronizado Wei Ling Chen, ni más ni menos, que en verdad se varó en sus días de gloria y envejeció dolida con el mundo y dispuesta a echarles la culpa a los tiempos y a las personas que tuviera a la mano, pero también fue esplendorosa.

Cuando era una niña que parecía un fantasma, aérea y de mirada fija, Li Chen acompañaba a Wei Ling Chen a las prácticas y a las competencias. Y la admiraba y se quedaba mirándola y daba por hecho que no había nadie en el mundo como su madre. Y, sin embargo, se negó terminantemente a nadar. Y quizás esa era su manera de ser alguien.

Se fue dando pasos lentos, frenados, venciendo la resistencia del agua salada del pasillo de la muerte, tal como lo hacía cuando tenía nueve, once, trece años, e iba de lado a lado por la piscina, cubierta hasta los hombros, hablando sola y dándoles vueltas a las historias que estaba leyendo por las noches. Inclinaba un poco la cabeza, apenas un poco, y sonreía media sonrisa si la saludaban. Y entonces seguía su camino feliz y leve, sin órganos y sin huesos, perdida en su propio mundo como es menester para las almas que tienen menos piel, y así también lo hizo en el corredor de aquella dimensión que he estado documentando en este manual. Avanzó por el pasadizo líquido, en paz de nuevo, dispuesta a descubrir el secreto de la vida que acababa de vivir.

«Quién va a contar mi historia», pensó dos veces, «quién va a entender de mí que fui lo que fui porque tuve dos relaciones con mi madre».

«Quién va a narrar los cientos de noches que sobreviví al asedio de los ojos de esas máquinas sin almas por dentro».

«Quién va a decir que sólo entendí que sí quería tener un hijo, semejante anacronismo, cuando me salí de mi propio cuerpo».

Fue al final de aquella frase cuando vio el final de ese pasaje: un anfitrión mucho más pequeño que ella que no había visto jamás en la vida, y parecía un monje venido desde el principio de los tiempos, esperándola para conducirla por una rampa llena de verdes como los verdes del Tíbet hasta el lugar en donde iban a mostrarle la fábula de su vida. Eso le dijo el guía. Que era el último envión. Que no perdiera la paciencia porque ya no tenía piernas que se le engarrotaran ni sienes que se le llenaran de gotitas de sudor. Sí le extrañó que su escolta no fuera la madre a la que había acompañado a morir, ni el Jetsun Khan que había conseguido encajar su cerebro rabioso en el androide jetsunkhan, pero pensó que más adelante se encontraría con ellos.

Por lo pronto, según notó, acababa de llegar a la cálida cima de ese risco. Y no estaba sola, como parecía en un principio, sino al lado de una presencia benigna que le recordaba la luz que caía sobre las ventanas de Lhasa en las tardes de agosto.

Créanme que así fue. Podría citar un pasaje de la más reciente edición de la primera novela de Julio Verne, la futurista y rechazada *París en el siglo XX* subrayada por mí mismo con esfero verde, en el que el poeta Dufrénoy —víctima de un mundo infernal en el que ya nadie sabe quién es Victor Hugo, ni mucho menos quién es Voltaire— confirma «el triunfo del diablo del Progreso» cuando una pequeña maestra venida del Lejano Oriente le cuenta su experiencia en la muerte y su resurrección liderada por un par de científicos locos. Podría probarles, queridos lectores, que muchas de las frases sueltas de Li Chen coinciden con las frases sueltas del personaje de la novela de Verne, y podría explicarles de una vez cómo diablos llegó su historia a la mía, pero me alivia el viaje la certeza de que si ustedes han llegado hasta acá es porque tienen claro que todo esto es cierto.

Yo lo vi. Yo lo oí. Yo lo anoté en un par de hojas apenas regresé de la lejana realidad.

Fuera de mí correr riesgos en vano. Lejos de mí caer una vez más en la tentación de escribir otro libro que no sea verdad.

9

Uno sigue siendo uno cuando se sale de su cuerpo. No se va a dormir, como se dice por ahí, no se duerme para siempre. Tampoco se sienta en la nada a olvidar. Simplemente, aunque quizás «simplemente» no sea la palabra, recuerda al mismo tiempo la persona que fue y la persona que ha sido. Yo me sentí volviendo a un sitio del que no sabía que me había ido. Yo lamenté, con más resignación que pena, no haber usado mejor ese esqueleto jorobado y descarnado: no haber comido más, no haber corrido más, no haber tirado más, no haber puesto los pies más en la tierra, no haber sido algo bello. Y, sin embargo, en la muerte me sentí como si hubiera vuelto de la guerra o hubiera despertado de una pesadilla. Y estuve sereno, creo, en el final del final logré ser un hombre práctico e indiferente a lo que sigue después del horror.

Hay, en el paso de las estaciones de la muerte, una escena llena de rumores, de susurros, de tintineos, de vientos, de lloviznas, de neblinas, de aullidos, de melodías en sol menor —«la música de alas de la trágica consumación», se dice— que es un momento en el que no se ve nada porque todo es un cielo negro y un mar negro y nada más. Hay luego una luz que no deja de crecer. Empieza una claridad mental, una lucidez, que en la Tierra sólo se da sin que se sepa. Ve uno su propio cuerpo con compasión o con nostalgia o con suma vergüenza. Ciertos muertos asisten a sus funerales. Ciertos muertos visitan los lugares principales de sus vidas: las camas que habían estado olvidando, las habitaciones penitentes, los patios de recreo. Viajan instantáneamente de un lado al otro, ¡zas!, como corazonadas, como apariciones.

Van por ahí, creyentes, piadosos, ateos, incrédulos e impíos, repitiendo hasta la locura la plegaria «yo hice lo mejor que pude con lo que se me dio»: el tiempo toma otra forma, más parecido al presente que el presente, porque ya no están en juego el pasado y el futuro, y entonces se resignan a esa paz. Nadie los oye. Nadie nos oye. Somos invisibles a los ojos de los hombres y somos ignorados a pesar de aquellos desesperados intentos de conectar. No podemos agarrar nada, ni podemos tocar a nadie, ni sentimos frío ni calor. Pasamos a través de las cosas del mundo, atravesamos el tiempo y la materia semejantes a los pensamientos, sí, quizás alguna vez los vivos de alguna era también pudieron hacerlo. Puede ser que el cuerpo físico esté atomizado, quemado o repartido por partes por ahí, pero el cuerpo espiritual, que si uno quiere es un todo con cabeza y con miembros al que poco a poco se va acostumbrando, ve y oye como un aparato de alta definición: zoom out, zoom in. Y flota y vuela y experimenta la ficción del mundo desde ángulos insólitos.

Se dice que el cinematógrafo norteamericano Gregg Toland, que murió súbitamente a los cuarenta y cuatro años apenas, pero alcanzó a estar detrás de las cámaras ingeniosas de *Los mejores años de nuestras vidas* y *El largo camino a casa*, no sólo aprendió sus claroscuros violentos de los clásicos del expresionismo alemán y de los trabajos de la fotógrafa Dorothea Lange, sino de un paseo por la muerte de 1939. Se cuenta minuciosamente, en el segundo volumen de *La torre de Hollywood* de Frank B. Laska, que fue en un primer viaje por la muerte en donde Toland —o sea su espectro, que iba arriba y abajo como una grúa de estudio de la edad de oro— descubrió los planos cenitales y los contraluces y los encuadres explícitos y las profundidades de campo que lo cambiaron todo en *Ciudadano Kane*.

Se asegura que fue él, el generoso y frustrado de Toland, quien propagó la idea de que uno ve y escucha mejor cuando se muere.

Hay quienes aseguran que no es que se escuchen los diálogos entre los vivos, sino que se escuchan, semejantes a voces precisas, sin ecos, sus pensamientos: «¡Está muerta!», «Dios mío: tráelo de vuelta!», «¿Y ahora qué vamos a hacer?».

Y que después, en los terrenos de la muerte, se ve y se oye como si se viera y se oyera de verdad por primera vez.

De lo primero no puedo hablar porque no me pasó a mí, pero de lo segundo sí doy fe.

En las obras de teatro, en las películas, en los videojuegos, se habla de «romper la cuarta pared», de empujar a los personajes dramáticos, que no tienen ni la menor sospecha de que están siendo observados, para que se den cuenta de que no están solos ni siquiera cuando están solos: para que se den cuenta, en fin, de que son personas y son personajes.

Voces pendientes de lo humano, Diderot, Stendhal, Stanislavski, pronunciaron la idea desde el siglo XVIII hasta el siglo XX, pero la primera vez que yo vi algo así —porque esas eran las cosas que mi papá veía— fue en una película en la que El Gordo se les queja a los espectadores de alguna de las torpezas de El Flaco: no sobra decir que así, como explicándolo y exculpándolo a su paso, se porta mi primo el Gordo con mi primo el Flaco.

Hablo de «romper la cuarta pared», no obstante, porque eso es lo que pasa cuando uno muere. Que nota que la Tierra es, en efecto, un escenario. Que se da cuenta de que sí hay una cuarta dimensión y esa cuarta dimensión es la muerte. Que descubre que todo el tiempo estuvo siendo observado por sus difuntos y por las tribunas de los fantasmas que solamente unas cuantas personas —unos cuantos personajes— consiguen mirar de reojo mientras siguen viviendo esta vida. Así que todas estas estrellas de otras galaxias y estos cielos y estos desiertos habían estado a la mano desde el principio. Así que todos estos espíritus estaban allí, a un paso nada más, siendo testigos de nuestros melodramas, de nuestros patetismos: «¿Y si no me ama?», «¿Y si se dan cuenta alguna vez de mi fracaso?».

Yo fui detrás del consuelo que era mi papá, en mi tránsito, hasta que ese submundo plagado de penumbras y de ojos agazapados se nos volvió a los dos un simple jardín por obra y gracia de una luz viva y redundante que sin embargo no me perturbaba, sino que era la prueba que había estado esperando de que por fin estaba bien todo lo que iba a estar bien. Quise echarme en el pasto, como me echaba en el jardín de nuestra casa cuando tenía ocho años, a ver el azul sin surcos —brillante y manso al mismo tiempo— que de vez en cuando se puede ver a las cuatro de la tarde, pero estaba allí para encarar esa luz noble, pues esa luz noble era una figura humanada con modos de anfitriona que estaba a punto de mostrarme mi propia vida.

Se puso a mi altura como hace uno con los hijos. Tuve la sospecha de que estaba haciendo lo posible y lo imposible para no reírseme en la cara: jajajajajá. Me dio la bienvenida como diciéndome que allí ya no tenía que interpretar un papel. Y fue entonces cuando comprendí que en verdad, como decían y repetían mis vecinos del barrio La Soledad, yo no había sido el escritor, sino el personaje.

Yo había estado haciendo lo que podía hacer y lo que quería hacer sin tener muy claro lo que tenía que hacer. Pero en aquel momento, admitido y amparado por esa figura risueña, comprendí que por fin se había roto mi cuarta pared, que —en estricto orden cronológico— se me había ido la vida actuando, oyendo, viendo, oliendo, probando, tocando, jugando, soñando, pensando, temiendo, evitando, leyendo, fingiendo, juzgando, menospreciando, despreciando, ninguneando, criticando, antagonizando, difamando, calumniando, injuriando, humillando, combatiendo, pontificando, seduciendo, susurrando, bromeando, descubriendo, conquistando, colonizando, toqueteando, tanteando, manoseando, besando, tirando, tiritando, jadeando, exhalando, inhalando, respirando, perdiendo, anhelando, rogando, lloriqueando, recobrando, inventando, escribiendo, corrigiendo, mintiendo, engañando, traicionando, pataleando, lamentando, fracasando, sobreviviendo, exigiendo, demandando, ofreciendo, vendiendo, acompañando, esperando, resolviendo, como si nadie estuviera mirando, como si fuera una tontería vivir evitando los gerundios.

Yo, sin saber, había estado interpretando con relativo éxito al tal Simón Hernández: el hijo de un traumatólogo terco y bonachón y una banquera ensimismada que soñaba con

190

encerrarse a leer; el malogrado que estuvo enfrascado en sus propios dramas hasta que se enamoró de una paseadora de perros y de su niño; el escritor que en un principio fue «un coletazo de las vanguardias y de las posmodernidades» según el suplemento literario *Vocales salvajes*, y luego ya sólo fue eso. Y ahora, de golpe, acababa de desaparecerse mi cuarta pared. Y yo era mucho más de lo que había sido, y había hecho lo que había podido y lo que había querido con el cuerpo —con el personaje— que se me había dado. Y, sin embargo, no me sentía empujado a reclamarle al universo, que habría tenido su lógica, porque mi vida había estado plagada de pistas falsas de que nada tenía sentido, sino que trataba de responderme la pregunta de para quiénes sucedió mi historia: «El mundo entero es un escenario, y todos los hombres y todas las mujeres son meros actores», dice Jaques, el viajero cínico, melancólico e infeliz de *A vuestro gusto*, pero quiénes son los espectadores y qué quieren.

La madre tunjana Lorenza de la Cabrera, por fin lejos de las trampas del cuerpo y por fin fuera de las oscuridades y por fin en presencia de su salvador, tuvo claro ante Él que el mundo era un pretexto para Dios: Dios, en resumidas cuentas, era su único auditorio.

El enterrador portugués Nuno Cardoso, a salvo de la envidia de los pasajeros de aquella última barca que lo señalaban «por pertenecer al mundo de los vivos», se sintió parte de una conspiración noble ideada por «una silueta con una aureola rutilante que sin embargo no me cegó»: la galería era el reino del Señor.

La impostora francesa Muriel Blanc, lanzada al río Sena por el régimen de Napoleón III justo cuando por fin había asumido su verdadera personalidad de narradora, dejó de darles vueltas a los arrepentimientos y las bajezas cuando tuvo enfrente a un dios con minúscula: «Yo no me quiero morir», le repitió a la espera del libreto a seguir y del público a engatusar.

El soldado alemán Bruno Berg, resignado a atravesar una versión del camposanto del Somme detrás de un espíritu con

aires de superior del ejército, dejó atrás «el desprecio y la insolencia que me apretaron el pecho en los últimos meses de mi
vida» —pues entonces todo lo suyo estuvo en su sitio— cuando una figura de luz le explicó para qué la guerra y le dio la
noticia que necesitaba.

El astronauta gringo John W. Foster, un hombre de ciencia
hipnotizado, allá en la muerte, por las voces de The Moonglows o The Orioles o The Five Satins, sospechó que el hombre
del espacio que lo esperaba al otro lado para obligarlo a revivir
su vida iba a revelarle de paso el objeto del experimento humano en el que había estado participando desde sus días de terraplanista.

La cantante punk Sid Morgan consiguió escapar de un
edificio herrumbroso y laberíntico, digno de suicidas arrepentidos y parecido al suyo en Rockville Centre, para darse cuenta
ante un espectro sereno de que sus jueces no eran las muchedumbres de fanáticos que coreaban su nombre en las arenas del
mundo, sino las muchedumbres de hombres y de mujeres que
vivían adentro de ella: «Te lo digo, Bob, somos piezas de un
reloj», declaró a *Rolling Stone*.

Y, ante la luz dócil que le recordaba las tardes de agosto en
las calles empedradas de Lhasa, la pequeña profesora Li Chen
concluyó que esa presencia que aguardaba su llegada en la cima
de ese risco la estaba esperando para interpretarle la fábula
ejemplar de sus veinte años en el mundo y para explicarle para
qué había dado la vida de semejante manera.

Todos estos personajes, anestesiados, asesinados, acciden-
tados, suicidas e infartados, llegamos hasta esa misma presencia
de luz desconocida, celeste. Todos los seres humanos que han
muerto y han vuelto de la muerte cuentan sin falta —y con las
mismas frases en busca de los adjetivos perdidos— aquel encuentro terminante: esa silueta luminosa, blanquecina pero
suave y vital, comienza siendo una aparición y termina siendo
un ser de un brillo indescriptible; ese individuo que siempre
estuvo ahí, amoroso, asexuado, magnético e irresistible, da por
fin la paz perdida, da bienestar, rodea y habita al mismo

tiempo; ese anfitrión de aquella muerte, cálida y acogedora, empieza a comunicarse en una lengua nueva, sin palabras.

—¿Estás preparado para morir? —me preguntó a mí, sin imponerse, apenas noté que yo había recobrado el aliento para siempre.

Cuenta el doctor Moody Jr., en el libro fundamental que escribió cuando apenas tenía treinta y un años, que cada muerto se encuentra a su manera con aquella figura clara y apacible con una personalidad semejante a la de los amigos invariables. Hay quienes la llaman «el Cristo». Hay quienes la llaman «la Virgen». Ciertos pacientes, cristianos, musulmanes o judíos, juran haber estado en presencia de un ángel. Ciertos agnósticos, como yo, simplemente reconocemos haber hecho contacto con un cuerpo de luz. Pero todos sin falta —al menos la monja De la Cabrera, el enterrador Cardoso, la impostora Blanc, el soldado Berg, el astronauta Foster, la cantante Morgan, la profesora Chen, se lo confesaron a alguna persona cercana— establecen comunicación con aquella aparición por medio de una lengua inexplicable e irreproducible que sólo se usa en la muerte.

Y así, palabras más, palabras menos, todos sin falta reciben el mismo interrogante: «¿Estás lista para morir?», «¿es este el fin para ti?», «¿ya has dejado atrás tu cuerpo?».

—¿Y crees que ha sido suficiente? —me preguntó a mí luego, sin retarme, sin condenarme, como si yo le hubiera respondido ya la primera pregunta.

«Era tu voluntad, Señor, ponerme a mí en el padecimiento terrible de dudar si aún no me había llegado la gloria de tu presencia», escribe sor Lorenza en sus memorias. «No era la pregunta de un padre inquisidor, sino la pregunta de un filósofo socrático», relata Cardoso en su testimonio del terremoto. «No había suspicacias en su voz interior», le cuenta Blanc a Hugo, «sólo genuino interés en mi paz». «Sabía la respuesta, pero el asunto, según entendí, estaba en mis manos», informa Berg a su madre en aquella carta que es una prueba de que ni él ni ella fueron un sueño nomás. «Su trabajo no era probar mi fracaso o castigar mis pecados», asegura Foster en el video convulso. «Quería oír mi versión», confiesa Morgan en *Mojo*. «Quería defenderme de mí misma», piensa Chen.

—¿Quieres mostrarme qué fue lo que hiciste con tu vida? —me preguntó a mí, como a todos, antes de acompañarme y conducirme por todas las habitaciones y por todos los parajes en los que viví.

Yo le dije que sí. Puede ser que no haya sabido qué contestarle cuando me preguntó si estaba preparado para morir y si había sido suficiente vida para mí, pero sé que a esto último le respondí que sí. Y si antes hablé de Jaques, el hastiado personaje de *A vuestro gusto*, fue justamente porque me tocó hacer ese papel en la obra que los curas de mi colegio solían montar año por año con los alumnos de los últimos grados. Yo era un adolescente flaco, de lana, que hablaba a toda velocidad —«a mil por hora», se decía en ese entonces— cuando lograba dejar de tartamudear. Y mi padre, que necesitaba pensar que todo había sido idea suya, me dijo «tú deberías entrar al grupo de teatro» cuando yo acababa de tomar la decisión de hacerlo: «¿Tú crees, papá?». Eso hice, sí, eso quise. Y lo hice bien.

Y quise mostrarle a la persona de luz ese momento de gloria juvenil, yo diciendo «el mundo entero es un escenario, y todos los hombres y todas las mujeres son simples actores», yo hablando de «la criatura que vomita e hipa en los brazos de su ama», y de «el niñito radiante que se arrastra como un caracol hacia la escuela», y de «el amante que suspira como un horno mientras compone baladas tensas a su amada», y de «el soldado de bigotes de gato que busca la burbuja de la fama hasta en la boca del cañón», y de «el juez panzón, de ojos graves y barba recortada, que interpreta su papel», y de «el viejo que vuelve a sonar como un niño», y de «el olvido total, sin dientes, sin ojos, sin gusto, sin nada», de pie frente a ese muro de ojos y de cejas arqueadas y de bocas abiertas.

Quise mostrarle a la voz de luz la noche en la que pronuncié el monólogo sobre las siete edades del hombre de *A vuestro gusto* porque recordaba, del final de la escena, una ovación escalofriante de mis compañeros, de mis profesores, de mis padres.

Pero la figura luminosa me pidió y me convenció —a mí, que odiaba eso— de empezar por el principio: «Está bien», me dije, «que ahora sea lo que es: ya qué».

Tercera fase
El drama que es cada vida

Simón Hernández
Agente de viajes

Pero cuánto tiempo pasó, acaso, desde que yo me morí hasta que aquella luminosa figura de ultramundo terminó de mostrarme el principio, el medio y el fin de mi propia vida, de mi propia biografía: ¿pasó una hora?, ¿un día?, ¿una semana?, ¿un mes?, ¿un año?, ¿un siglo? Es una buena pregunta, me temo, porque lo obliga a uno a concluir y a aceptar que el tiempo sólo sucede dentro del cuerpo, que el verdadero presente es la muerte, y que el llamado «más allá» —que espera pacientemente, detrás de la cuarta pared, a ser notado— es un lugar libre de horas. Yo, el espectro, escuchaba la noticia de mi muerte, soportaba el estruendo aquel, reptaba entre la oscuridad, perdía la consciencia y la memoria, temía y temía, volvía a ser la persona que había sido, veía mi cara desde afuera, viajaba por esos corredores laberínticos hasta tropezar con mi padre, daba, al fin, con esa aparición de luz. Y mientras tanto mi cuerpo pasaba una semana en coma en el hospital en el que había dejado de latir.

Morí. Morí de par en par. Oí el lamento «creo que le maté a su paciente, mi doctor…», y me indigné como un hombre que luego de presionar siete teclas consigue dar con el operador de una línea de atención al cliente, «¡su servicio es pésimo, señor enfermero, pésimo!», hasta que entendí la gravedad del asunto. Vi en esa camilla mi cuerpo de trapo, desfigurado, desparramado, semejante a una bolsa de huesos y de vísceras. Vi a los médicos de la Unidad Médica de la Nueva Granada golpeándome el pecho con las palas del desfibrilador, ¡pum!, ¡pum!, ¡pum!, porque no eran capaces de escuchar mis putos gritos: «¡Yo soy un muerto!», les decía en vano, «¡déjenme en paz!». Y me fui y empecé mi viaje por la muerte mientras en la sala de cirugía conseguían revivir mi corazón, mi organismo, como un lugar deshabitado.

Según supe después, mi cuerpo se pasó siete días en coma, ¡siete!, varado por una infección que las drogas no conseguían derrotar e incapaz de abrir los ojos otra vez. Por mi celda sin paredes, en la sala de cuidados intensivos, pasaron mis primos, mis compañeros de la agencia de viajes, mi mamá, mi Rivera y su hijo, nuestro hijo, pero también pasó un cura que daba clases de Ciencias en mi colegio porque acababa de hacerse una colonoscopia y se sintió llamado a verme así nomás, y pasó, invitado por nadie, el escritor con varicocele que unas horas antes me había atosigado con sus manierismos de escritor en la sala de espera, y una vidente a la que mi esposa había consultado muchas muchas veces cuando aún era aquella agente de comunicaciones a la que acudían las campañas políticas en crisis: «¿Crees que aún es posible ganar en Bogotá…?».

Hoy, que he vuelto a ser un experto en las cosas de los niños, y las he estado entendiendo igual que las cosas de los viejos, puedo decirles que fue como en los cuentos de hadas: las personas de mi vida trataron de despertarme de todas las maneras posibles —me tuvieron al tanto de lo que había pasado cada día, me dieron un beso de amor, me imploraron que volviera del pozo en el que estuviera, me buscaron en las provincias de la muerte como lanzándome un salvavidas en un abismo, rezaron por mí a los ángeles, a los santos, a los dioses de cada cual—, y pasaban los minutos y las horas y los días, y el suspenso los mataba a todos allá al lado de mi cuerpo, mientras yo salía de la penumbra, emprendía el viaje y llegaba ante esa figura que me estaba esperando para mostrarme mi vida en aquel lugar sin tiempo.

Salamanca, el cómodo, el tósigo ligero que me encontré en la sala de espera antes de morir, escribió en el Magazín Literario de *El Espectador* este galimatías sobre mi trilogía de novelas en blanco y negro:

«Con *Cronos, Cosmos* y *Nomos*, el descenso a los infiernos de una mujer sin atributos y sin nombres por una selva plagada de los vicios de esta cultura herida de muerte, el elusivo Hernández no sólo acaba con la manida noción del principio, el medio y el fin —y después la moraleja burguesa—, sino que pone en su lugar la cuestión del tiempo que sólo les pasa a quienes tienen la fortuna: sabemos que aquella mujer pobre, resignada a su antagonismo y su contradicción en un mundo de explotadores, quiere salir de allí y traerse la noticia de que la vida es un día que alguna vez llegará a la noche, y ya: en su trilogía no hay quién, ni dónde, ni cómo, ni cuándo, ni por qué, pues su idea es corromperlo todo desde adentro, despertarnos de una buena vez, incomodarnos para que ya nunca más sea posible contarnos cuentos de hadas condescendientes antes de dormir».

Cito su reseña sesuda y jarta como ella sola porque allí, ante ese prójimo resplandeciente que la madre Lorenza llamó su Señor y el boxeador Berg reconoció como su juez, fue claro para mí que todas las vidas fueron noches que llegaron al día, pero en particular que todas las vidas fueron un principio, un medio y un fin.

Mientras mi cuerpo seguía en coma, y batallaba, inconsciente, una infección de esas que se reparten en los hospitales, mi paseadora de perros y nuestro hijo miraban sus relojes de pulsera cada vez que algún doctor evasivo les decía «el paso de los días empieza a jugarnos en contra». Vivir en la Tierra es vivir en el cuerpo. Vivir en el cuerpo es vivir en el tiempo. Vivir en el tiempo es caer en cuenta de que la propia trama, como la de las películas o la de los partidos de fútbol, es una cuenta regresiva que espera dar con un clímax y acaba de tener sentido en el momento de la muerte. Dicho de otro modo: a pesar de mis esfuerzos, a pesar de mis críticas asqueadas y mis rebeldías, todas las biografías son dramas en tres actos —la presentación del personaje hasta el accidente que lo lanza al mundo, la búsqueda escabrosa y abrumadora del objeto de la vida y la resolución que va a dar a un apogeo— en busca de su género: la tragedia o la comedia.

Vivir es sentarse en el borde del asiento a morderse las uñas porque se está acabando el tiempo: tres, dos, uno…

Y se viven y se disimulan muchas vidas trágicas hasta dar por fin con una vida cómica.

—¿Estás preparado para morir? —me preguntó la figura de luz.

Pero no era una sentencia de muerte digna de grupo paramilitar, no era un gesto de juez de tribunal supremo, no era una frase retórica antes de señalarme en el horizonte la última frontera, sino un interrogante aquí entre nos, de madre que sostiene la cabeza, de padre que susurra «mañana será otro día» y «todo va a estar bien» con convicción. Yo no le respondí nada: estoy completamente seguro de ello. Yo no sentí que él estuviera esperando una respuesta. Yo estaba a gusto allí, ante esa luz que no me cegaba ni me seguía, cómodo por siempre y para siempre. Era la misma persona que había sido en la Tierra. Pero me daba igual que me hubieran robado las ideas o que me hubieran engañado una y otra vez como a un imbécil.

—¿Crees que ha sido suficiente? —agregó como un burócrata que está llenando el enésimo formulario del día y pasa las hojas con saliva—: ¿crees que algo falta?

Algo faltaba, sí, algo quedaba en veremos, pero vivir había sido eso: vivir es eso. Así que, aun cuando empezaron a venírseme encima las cuentas pendientes, los arrepentimientos, las nostalgias por los días en los que sólo se esperaba de mí que fuera yo, las frases que quise haberle dicho a mi esposa, los libros que habría querido leerle a nuestro niño, las películas que me perdí, las gracias que no di, las reacciones que no fui capaz de explicar, los desmanes que cometí a diestra y siniestra, los lapsus en las comidas de adultos, las cagadas, no se me ocurrió soltarle a aquella presencia suficiente y bondadosa un monólogo de quejas y reclamos: «Hubiera querido ser un gran escritor, hubiera querido pasar una tarde de viejo, hubiera querido haber sido un buen hombre…».

«Qué va a ser de este mundo si este mundo no es más que un pretexto para hablar de mí…».

—¿Quieres mostrarme qué fue lo que hiciste con tu vida? —me dijo entonces.

Y a mí me pareció lo mejor y le dije que sí, claro, pues no había mala intención ni superioridad moral en las preguntas de aquel burócrata. Simplemente, generosidad inusitada e interés genuino en mí, quién lo creyera. Quise llevarlo a mi monólogo de actor adolescente en *A vuestro gusto*, tal vez porque justamente trataba sobre las etapas de la vida de cualquier persona, pero él me invitó de buena manera a que empezáramos por el principio. Fue por ello que lo llevé a la clínica en la que nací, a Marly, para que viéramos mi cuerpo en el antebrazo de mi padre: «Señoras y señores, mi hijo», decía acomodándose la corbata, como si tenerme también hubiera sido idea suya. Dicho de otro modo, fue por ello, porque al funcionario le pareció mejor, que comenzamos a recorrer mi drama por su primer acto.

Y «recorrer» es la palabra precisa, «recorrer» tal como se hace cuando se avanza por los corredores de un museo o por las habitaciones de un apartamento que se está conociendo hasta ahora, porque pasábamos por los lugares en los que sucedieron los hechos, y éramos testigos de los momentos de mi vida como espectadores que tienen permitido subirse al escenario y observar a los actores mientras pronuncian sus parlamentos y ensayan sus gestos y se valen de sus cuerpos para contar su historia. No veíamos mi historia del modo en que se ve una película. No señalábamos el horizonte mientras avanzaba la trama. Caminábamos, sentíamos, oíamos, olíamos lo que viví yo igual que si fuera una puesta en escena. Y al principio se sentía la tentación de intervenir y de llorar y después daban ganas de reírse a carcajadas.

En un principio yo era un niño flaquísimo sentado en un piso de baldosas, de cuatro años, viendo pasar de largo una fila de hormigas que luego se metían entre las piedras y la tierra seca. Estábamos en esa calurosa finca en La Vega, a un par de horas de Bogotá, que mi papá le había conseguido a mi mamá para que descansara de las negociaciones con el sindicato del banco —«¡exigimos… que se cumpla… el pliego… de peticiones!»— y leyera encerrada por fin la torre de libros de forro de cuero rojo que tenía en la mesa de noche desde hacía un año. Mi papá me dijo «siéntate bien», apenas me vio, porque yo siempre me sentaba sobre mis tobillos. Y se me sentó al lado, con la camisa mal metida entre el pantalón igual que siempre, a pedirme que no me preocupara por lo que me había dicho mi mamá, vaya usted a saber qué, porque ella no era así por mal, sino porque el loco de mi abuelo había sido muy duro con ella: «Déjala».

Yo era un niño flaquísimo, sentado en mi pupitre de madera pintada de verde, completamente solo en el altísimo salón de cuarto de primaria en el Colegio de San Esteban, cansado de no hablarme con el que había sido mi mejor amigo y embebido en el dibujo de un viajero en el tiempo —un gafufo de sombrero— que me había inventado a los siete años en las últimas hojas del cuaderno de Religión. Mi papá estaba de viaje vaya usted a saber a dónde. Mi mamá tenía que recogerme y aún no había llegado. Y entonces entró un balón de fútbol por la ventana, ¡pum!, ¡tras!, ¡crac!, y pasó a unos centímetros de mi cara nomás y tumbó el crucifijo vacío que colgaban en la cartelera de corcho y el cuadro de la monja que ignorábamos al lado del tablero de pizarra. Y me asomé entre los colmillos de vidrio que quedaban en los marcos y vi que habían sido unos niños de tercero y me importó un culo mandarles la pelota a la mierda.

Yo era un niño flaquísimo, sentado en el asiento de atrás del jeep Mitsubishi que acabábamos de comprar, tapándome las orejas para no escuchar por los parlantes el casete de Sergio y Estíbaliz que le fascinaba a mi papá: «Cantinero de Cuba, Cuba, Cuba, sólo bebe aguardiente para olvidar…», «si te vas al país del ayer…», «te espero allí donde nunca pasa el tiempo…». Y mi mamá me miró por el espejo retrovisor desde el puesto del copiloto, y su reflejo me sonrió y me mandó por el aire el único beso que me mandó por el aire, porque ella y yo teníamos en común el amor por ese hombre que nos ponía a escuchar canciones románticas en español, y que arruinaba nuestra melancolía a punta de chistes bobos, y que creía que la idea de irnos de paseo había sido suya.

Yo era un adolescente mejor que todo el mundo, que escuchaba *that's me in the corner, that's me in the spotlight, losing my religion* en mi walkman por los campos de un colegio de curas, a punto de quedarme solo con una vecina de mi edad que se ponía roja cuando nadie más oía lo que estábamos diciéndonos. Yo tartamudeaba hasta que hablaba a mil: *megustamuchoestarjuntos.* Yo tenía un afro que me hacía ver langaruto e imbécil. Yo me masturbaba cada vez que estaba solo: estar solo era una orden y una señal para mí. Y, sin embargo, estaba seguro de que era mejor que todo el mundo, mejor que los fuertes, que los ricos, que los adaptados a la sociedad, que los beatos, que los sapos, que los perfectos de mi curso, que mis primos menores, el Gordo y el Flaco, que me miraban como a un ídolo. Y me parecía increíble que ella, después de todo, no me dejara meterle la mano entre los pantalones.

Yo estaba solo, en el eco del teatro del colegio, dispuesto a repetir por última vez mi monólogo de *A vuestro gusto.*

Decía «la escena final de tan singular y variada historia es la segunda niñez y el olvido total…», con mi voz agrietada y chirriadora de adolescente que se tapaba los barros con base, cuando sentí que un par de sombras, un par de fantasmas estaban mirándome: «¿Quién está ahí?». Éramos la figura de luz y yo, claro, que dábamos vueltas alrededor de ese pobre muchacho arrogante que tenía ganas de llorar. Nos alejamos para devolverle su espacio, su aire. Salimos de allí tan pronto pudimos hacerlo. Pero él no dijo una palabra más hasta que no nos fuimos de allí y entramos a su habitación a leer los pequeños poemas que había escrito y había dejado sobre su escritorio:

Cuando el sol convalece
y la memoria se rinde,
nace un horizonte
sin fisuras.

Estuvimos en aquella habitación un buen rato. Vimos pasar toda una vida allí. Allí leí y leí lo que se suponía que tenía leer de Hölderlin a Heidegger. Allí escribí poemas, cuentos, bocetos, diarios de escritor de mierda. Allí llevé a Margarita, a mi novia de la universidad, todas las tardes solas que pude, pero revivimos nada más esa primera vez sin ropa —hasta ese entonces solía ser con ropa, sí, así es la vida— en la que nada me salió bien porque todo el tiempo pensé que mis papás nos iban a agarrar con las manos en la masa y además sentía un par de espectadores mirándome el fracaso a media asta: «A veces pienso que no voy a ser capaz de vivir», le dije y se lo expliqué mientras sonaba *La tierra del olvido* y después sonaba *Wonderwall* y después sonaba *Head over Feet*, «tú no te vayas nunca». Allí nos encerramos Laura y yo, aunque no había nadie en la casa esa noche, a besarnos, a desabotonarnos, a temblar cuando nos tocábamos como si tuviéramos las manos frías y ajenas.

¿A temblar de miedo? ¿A temblar de inexperiencia? ¿A temblar de desconcierto, de extrañeza, porque alguien nos hacía evidente que además somos un cuerpo?

Laura puso en mi equipo de sonido Aiwa, que se trababa muchísimo más que yo, que era malísimo para la mariguana y a duras penas me hacía efecto, un disco de Annie Lennox que acababa de comprarse: *If something goes wrong, I'm the first to admit it, the first to admit it, but the last one to know*. Se me sentó encima en la silla con ruedas que tenía en el escritorio de mi cuarto, me besó y me lamió y me mordió lo más despacio que pudo, me quitó el suéter lanudo y motoso que me ponía siempre, la camisa abierta de cuadros de las fotos y la camiseta raída con un letrero de ya no sé qué porque no lo alcancé a ver. Me desapuntó los botones tiesos de los jeans rotos. Y ya en el piso de madera de ese cuarto, volcados allí para probarnos el uno al otro la urgencia, me bajó los boxers que se me abombaban, me empujó los pantalones que me amarraban los tobillos y me hizo caer en cuenta de que ella seguía completamente vestida. Se quitó todo sola, el blazer, el overol, la camiseta, ante mi mirada sin aliento, porque no supe desengancharle ni arrancarle nada. Y aun cuando ella insista en que estaba ausente y aterrada y traumatizada en esos tiempos, «porque reprimía lo que me había pasado en el colegio», la vimos sentárseme encima y encajarse mi verga y hundirme los dedos en el pecho huesudo y gritarme cada vez que caía sobre mí. Y era extraño ver ese par de cuerpos cruzándose, como un par de vehículos torpes e incapaces de transmitirse los misterios que llevaban a bordo, perdidos en la esperanza de darse placer y de darse también una escena de sexo como las de las películas: «Duro», «agárrame el pelo», «puta».

Pero la figura de luz no parecía extrañada ni fascinada ni escandalizada ni indiscreta ni preparada para darme una lección de principios, sino simplemente dispuesta a estar allí y a ser mi consuelo.

El día de nuestra boda, que planeamos como una parodia de las bodas acartonadas y cursis que solían conducir a aquellos matrimonios desoladores y ajenos, tomé el teléfono inalámbrico de mi cuarto y llamé a Margarita —que se había ido de mi vida con la solemne promesa de volver— a decirle que iba a seguirla queriendo hasta el fin, y me puse un corbatín, y salí tarde, y llegué después de la novia y ella me esperó con el reloj a la vista porque nosotros no éramos como los demás. Nos dio ataque de risa por las palabras religiosas y afectadas del notario: «Dios sabe cómo hace sus cosas», nos dijo semejante a un cura encorbatado y farsante, «todos los que estamos hoy aquí somos corresponsables de manera directa e indirecta de esta historia de amor». Dijimos nuestros votos en broma, jajajajajá, lejos de nosotros hablar de amor en público: «Laura, yo voy a asentir cuando me lances tus teorías matemáticas sobre el narrador omnisciente» y «Simón, yo voy a servirte de excusa para no ir a las fiestas de tus primos», dijimos entre las risas de mis primos. Bailamos un vals afectado, un vals pendejo. Yo lancé el ramo de rosas secas.

Y tiramos y tiramos en la madrugada, borrachos y babosos y cebados, porque por alguna razón yo ya no lograba venirme.

Si no estoy mal, si mal no recuerdo, volví a sentir la vergüenza que siente uno cuando está vivo —me apoqué, mejor dicho, como si estuviera vivo— apenas nos vi a Laura y a mí en la cocina de la casa verdosa de Maplewood Drive en Cedar

Falls. Había olvidado la nevera gigantesca, el piso de baldosas pecosas, el horno con un par de fogones nada más, las alacenas de roble clarito. Había borrado de mi memoria, como raspándola con las uñas, como enterrándola, aquella escena en la que yo me enfurecía y estallaba en mil pedazos cuando ella se atrevía a discutirme la trilogía de novelas que estaba escribiendo. Aquella vida de la vida era discusión tras discusión tras discusión, pero esa vez perdí el control de mí mismo porque me acusó, medio borracha, medio rencorosa, de haberme inventado un personaje sin nombre en una selva sin nombre para refugiarme en el posmodernismo como los fascistas se esconden en las muchedumbres uniformadas y los marxistas se escudan en el pueblo victimizado: «¡Tú no haces personajes sino chivos expiatorios!», «¡tú no eres capaz de crear individuos, si acaso símbolos, porque no eres capaz de asumir responsabilidades!», «¡te queda grande la ficción, Simón, lo tuyo es pura teoría!», me psicoanalizó. Y yo le grité que se callara y pateé una caneca y le pegué un puño a una puerta: «¡Déjame en paz!». Y ella me pidió que por favor me calmara, entre lágrimas de huérfana y sollozos de niña perdida, porque yo le daba miedo. Y entonces le grité más duro, porque quién putas se creía esa matemática con ínfulas de todo para graduarme de artista torturado y de macho violento, hasta que caí en cuenta de mis ganas de romper las paredes y apreté la mandíbula y le pedí perdón como repitiéndome un mantra para calmarme algún día. Y ella se disculpó a su manera falsamente franca, y reconoció que me envidiaba las horas que se me iban escribiendo, cuando ya era demasiado tarde para mí. Y se quedó dormida en mis piernas y me envenené con mi odio. Y me puse a escribir en mi cabeza porque en dónde más.

Sentí vergüenza de mí mismo de nuevo cuando me vi dándole las entrecortadas gracias a Laura, en el solemne y ridículo lanzamiento de *Cronos* en una pequeña librería de la Zona Rosa de Bogotá, «por haberme empujado a entender que yo no estaba comprometido con una literatura realista sobre dramitas individuales sino con una literatura hecha adjetivo por adjetivo sobre una colectividad subyugada verbo por verbo por el poder». Era el arquetipo de la arrogancia. Era repugnante. Todo el mundo asentía con el ceño fruncido mientras yo hablaba de Beckett, de la fragmentación, del narrador difuso, de la ironía, del minimalismo, de la paranoia, del fin del pulso realismo versus irrealismo, de la superación de la pugna del contenido versus la forma, del *poioumenon* en la novela posmoderna.

—No es por nada que tantos usan el término «individuo» de forma peyorativa —les dije mitad en broma y mitad en serio cuando ya estaba por terminar—: como cuando se dice «este *individuo* no tiene ni la menor idea de lo que está diciendo» y se pronuncia en bastardilla la palabra.

Llevé a la figura de luz a la obscena, bochornosa, deshonrosa comida de celebración del lanzamiento de mi libro, en un restaurante italiano que quedaba a la vuelta de la librería, para que viera con sus propios ojos mi farsa: Laura y yo juntos, haciéndonos chistes de personajes de cineclub, mirándonos de frente y de reojo convertidos en un par de esposos sofisticados pero enamorados, invitándolos a todos «a la casa un fin de semana de estos», para que ni mi editora, ni la gerente de la editorial, ni mi papá, ni mi mamá, ni un par de escritores que conocía yo desde la universidad, se dieran cuenta de que ella se estaba quedando en el apartamento primermundista de una amiga suya desde hacía ya varios meses —y allá se sentía menos infiel— y yo me pasaba las noches solo y me dormía madrugada tras madrugada haciéndome la paja.

Yo era un tipo flaco, flaquísimo, con los crespos domados y las entradas leves, que vivía de conversatorio en conversatorio sobre las mujeres o los nuevos narradores o las revisiones de la historia o las parodias en la literatura colombiana. Yo era un profesor de talleres de escritura y un traductor de nouvelles y un jurado de concursos universitarios, siempre angustiado porque me iba a morir joven como los verdaderos artistas y no me alcanzaba el puto tiempo para escribir, y siempre en el intento de deshacerme del fantasma de Laura de una buena vez. Yo era un escritor de medio tiempo con disparejas barbas de dos días, en piyama y en pantuflas, escribiéndoles emails llenos de dobles sentidos a un puñado de amigas que habían sido amantes mías en alguna realidad paralela.

Yo era, hasta los treinta y tres años, aquella persona que estábamos viendo: un protagonista con estatura de personaje secundario que había sido un bebé preocupado por los silencios de su madre, un niño recostado en el hombro generoso de su padre, un adolescente protegido por su verborrea rauda y tartamuda y por su virulencia y su humor renegrido, un muchacho atrincherado en su cultura y su derrotismo de hombre superior, un marido reticente que no había podido dejar de ser un hijo, pero ahora, para dar por terminado el primer acto, era nomás un malogrado baboso y dormido con la ropa del día que acababa de recibir en la mitad de la madrugada la noticia despedazadora de que su papá acababa de morirse: «Pero si nos dijo que estaba sintiéndose mejor, mamá, si nos lo dijo hace unas horas», le reclamé.

Y en la monótona sala de velación de la calle 100, entre las voces que repetían la sensata y urgente petición «dale Señor el descanso eterno y brille para él la luz perpetua», Laura les susurraba a nuestros amigos que no sabía qué diablos iba a hacer conmigo «ahora que se quedó sin su ángel de la guarda» como si todavía estuviéramos juntos. Mi mamá, doblegada por dentro, afanada por volver a su estudio secreto apenas fuera posible, daba las gracias sin perder la compostura. Mis tíos y mis primos les sacaban a los cuentos de siempre la moraleja de siempre: que mi papá, que había sido abandonado por su padre el día en que se le había muerto su madre en la pieza de una finca asfixiante en Apulo, y que había sido rescatado y rebautizado y criado y amado por los patrones, era «el más Hernández de todos».

Sus pacientes lo extrañaban allí, de una vez, dolidos en todos los sentidos. Sus colegas lo declaraban «el mejor» que habían visto. Y mientras tanto yo respondía cualquier cosa a cualquier pésame, y rondaba el féretro a ver quién más había enviado arreglos de flores, y mi cuerpo sentía escalofríos porque tenía a mi espíritu y a la figura de luz mirándolo todo por encima de su hombro.

Y era evidente para todos los presentes, para los deudos y para los fantasmas, que la muerte es el contexto de la vida, que la muerte es la trasescena de la vida.

Y era obvio que el principio de mi biografía se había terminado con la muerte de mi padre, señoras y señores, la muerte sin gloria de ese terco bonachón que se pasaba el día en su consultorio diciéndoles a sus pacientes que era el esposo de una genio y el papá de un escritor.

Y era claro que aquella pregunta de rigor con la cual se mueve el drama hacia delante, la pregunta de rigor con la cual suele terminarse la presentación de un personaje y suele comenzar el segundo acto de su historia, en el caso de mi vida era si algún día yo sería capaz de ser un padre como el mío.

Salto al día de mi trasteo, un año después, al apartamento de al lado del apartamento de viuda de mi mamá: «Es lo que tú quieras, hijo». Me vi dejándole razones en el celular a Laura, la esposa que me había abandonado por otros, en las que le contaba que ya estaba sacando nuestros muebles, le recordaba el domingo en el que habíamos pintado esa pared de azul cielo, le pedía terminantemente el divorcio: «Perdiste tu oportunidad». Me vi poniéndome una biblioteca en el dedo gordo del pie. Me vi arrancándoles las dedicatorias para los dos, «para Laura y para Simón…», a los libros ignorados de los colegas. Me vi balbuceando insultos contra ella. Me vi cagando en un inodoro que había que arreglar. Me vi rompiendo una pobre pared en el empeño de clavar una puntilla para colgar mi reproducción de una de las mujeres de espaldas que pintó Hammershøi.

Me vi quemando mi primera tortilla de soltero. Me vi tragándomela con una copa de vino. Me vi poniéndome un grueso suéter de lana encima de la piyama que ella, «maldita traicionera», «maldita judas», me había regalado en nuestro último aniversario.

Me vi mintiendo. Me vi burlándome de un par de libroviejeros jóvenes, que trataban de sacar adelante una pequeña librería en el centro del centro, porque pretendían que yo les firmara así como así cuatro ediciones de segunda de mi trilogía de primera: «Yo lo hago», les dije, «pero esto va mal...».

Me vi despotricando de un par de escritores avejentados porque tendían a escribir escenas de mujeres mirándose en el espejo «los senos turgentes y redondos como naranjas». Me vi burlándome de los poetas con hijos.

Me vi lloriqueando, estornudando, berreando como un suicida de mentiras porque ella ya no iba a volver: «Dime qué hice...».

Me vi muerto de miedo, insomne e incapaz de descifrar el secreto del sueño, esa primera noche solo: «¿Quién está ahí?», dije porque me pareció verme rondándome, «déjenme en paz».

Fui el cadáver encorvado de treinta y cuatro años que hizo la fila equivocada para firmar su divorcio en una notaría de la Avenida Caracas; que terminó de presentar su trilogía de la víctima de la guerra en una librería de La Candelaria en la cual se iba y se fue y se va la luz; que se lanzó a conquistar y a enamorar a diestra y siniestra, y pasó meses con una mujer que quería estar sola los sábados porque los viernes se le iba la mano con todo, y se dejó llevar por una mujer que le daba las gracias por sus libros y le pedía fotos íntimas en los mensajes directos de Facebook, y fue a cine varias veces y pocas veces vio la película con una mujer lacónica y risueña que no quería meterse en problemas porque se iba a vivir afuera en diciembre, y besó y agarró y se metió en un par de hoteles con una mujer que estaba cansada de su marido, pero que no se iba a separar porque no tenía tiempo para semejante lío: «Odio los trasteos».

Fui el idiota que se agarró con el idiota de una línea de atención al cliente porque «ustedes lo que quieren es que yo no sólo les pague sino que también les ruegue, hijos de puta», y se enfrascó en una pelea virulenta en Twitter con un escritorzuelo de siete suelas que acababa de publicar una definitiva novela de mil páginas sobre qué habría pasado aquí si no hubieran matado a Gaitán, y pidió una puta a domicilio por primera y última vez porque en el momento de la verdad se acobardó y fingió que no estaba en el apartamento y el portero timbró en el apartamento de su madre «a ver si don Simón anda por ahí que lo está buscando con urgencia una amiga», y se torció un tobillo y se luxó un hombro y se cimbró la nuca por subirse a la elíptica en el gimnasio del barrio, y se cambió de agente literaria para seguirse engañando de otra manera, y se descubrió de colon irritable y se vio obligado a pedir una crema para las hemorroides en nombre de un amigo y se dedicó a tomar tadalafilos de todas las marcas para que se corriera la voz de sus proezas sexuales, y declaró «sólo dejo de ser aquel muchacho tartamudo cuando escribo» a una estudiante que decidió hacer una tesis de grado sobre su obra y se quería quedar a vivir con él.

Fue en esa escena, yo acercándomele a esa veinteañera en el pequeño sofá cama de la sala y padeciendo indignamente una gripa súbita que la sacó a ella corriendo del apartamento, cuando me pareció que la figura de luz se estaba riendo de mí.

En la escena siguiente confirmé que yo me había tomado lo que me pasó como episodios de un drama escandinavo hecho en Colombia, pero mi acompañante, mi espectador compasivo, estaba disfrutándose mi vida como si se tratara de una comedia: jajajajajá.

Yo estaba rodeado de las cajas abiertas del trasteo, en mi estrecho estudio a medio iluminar y con las persianas de madera cerradas igual que siempre, empeñado en repasar y repasar mis viejos archivos en la pantalla cóncava de mi computador con la esperanza de dejar atrás por fin una suerte de bloqueo de escritor que en el fondo era mi incapacidad de dar con una idea que dividiera en dos la historia de la literatura: «Una plegaria a Dios para que se acabe el mundo de una vez, sí, ya fue suficiente»; «una novela que sea un largo y aparatoso encuentro sexual y nada más y nada menos»; «una profesora de historia de cincuenta años se obsesiona con el único estudiante al que parece tenerle sin cuidado su clase»; «una obra de teatro muda y en blanco y negro»; «un dentista empieza a encontrar dispositivos insertados en las calzas de sus pacientes».

Tenía dolor de cabeza porque estaba durmiendo mal. Acababa de regar una lata de cerveza en el tapete. Andaba en calzoncillos vaya usted a saber por qué: porque no había terminado de ponerme la piyama, sí. Estaba releyéndome a mí mismo, fascinado con mi viejo ingenio, cuando el procesador de palabras se me cerró como un portazo: ¡tras! En un recuadro gris e infame se me apareció la frase «Word ha encontrado un error y se va a cerrar…». Y yo me puse las manos en la cabeza y grité «¡hijueputa vida!» cinco veces y luego me paré con los brazos en jarra como un futbolista pidiéndole al árbitro justicia y pateé la caneca abollada que me había acompañado de apartamento de casado a apartamento de soltero. Todo lo que había escrito alguna vez, de mis cartas a mis borradores de novelas, se fue y se perdió en el limbo de la red: adiós, obra mía, adiós.

Y la figura de luz se me murió de la risa, en sentido figurado, porque me puse a dar vueltas por el apartamento, y a murmurar en calzoncillos, *tardeotempranoesoshijueputasibanaacabarmehijueputas*, como si yo fuera el autor del crimen, y a dar golpes en la pared que daba al despacho secreto del apartamento de mi mamá a ver si ella me rescataba una sola vez en su vida de lectora que no tenía tiempo para sufrir por nadie más: «Es lo que tú quieras, hijo, lo más importante es que te sientas bien».

No eran las carcajadas que se escuchan con los oídos en la Tierra, sino las risotadas felices que de tanto en tanto lo sorprenden a uno en la mente, las que se le escapaban a la figura de luz —y poco a poco me contagiaba— mientras yo señalaba y martillaba con el índice el pecho de la gente de la cultura, acusaba a mi exesposa de haberme envidiado desde el principio hasta el final, escarbaba entre las basuras de mis conocidos a ver si encontraba algún fragmento que me sirviera para clonar mis obras perdidas como los científicos clonaron los dinosaurios de *Jurassic Park*, gritaba teorías de conspiración de las peores que he visto bajo la mirada conmovida de Douglas, el técnico de computadores que me había estado ayudando, y planeaba suicidios que los torturaran a todos por toda la eternidad, pero alcanzaba a quedarme dormido antes de hacer el ridículo.

«Se suicidó porque unos libroviejeros jóvenes del centro del centro le hackearon y le robaron todas las ideas que tenía», dirían en alguna rumba después de algún lanzamiento, y luego les daría ataque de risa.

Sí era chistoso. Yo, regodeándome en el complot que había acabado con mi obra, veía series de televisión con mi mamá todas las noches, y de vez en cuando me levantaba en la madrugada porque escuchaba a mi espíritu diciéndome «yo sé quién fue» y «yo soy tu verdugo» y «fui yo» ante la presencia de la figura de luz. Yo, apuñalado por la espalda que me dolía cada día más de la cintura a la nuca, encontraba de golpe —y se me encendía el bombillo como en los cómics que mi papá me regalaba— la idea maravillosa de convertir el robo de mi obra en una jugada maestra para pasar de ser un parodiador de mitos a ser un mito: «Desapareció como Salinger», «dejó de escribir como Rulfo», «huyó del mundo como Lee, como Kennedy Toole, como Brontë».

Yo, completamente convencido de que la culpa siempre es de los demás, pidiéndoles trabajo a mis primos menores con la excusa extraordinaria de que «a mi mamá no le está alcanzando la pensión y yo le prometí a mi papá que me encargaría de que ella pudiera seguir siendo una lectora que no se preocupara por nada más». Yo, convertido en el director de comunicaciones de la agencia de viajes Ícaro, enloqueciéndome a mí mismo con la pregunta de «por qué putas estoy haciendo esto» mientras juego una partida de solitario en el computador de mi oficina hasta que me veo obligado a recibir a una publicista que se llama Lucía Rivera: carraspeo, derramo un vaso de agua sobre mi escritorio, saco mi repertorio de comentarios simpáticos y jamás doy en el blanco.

Sí era chistoso: era dolorosamente obvio que todo me había pasado para llegar a ella, y que por eso ni siquiera se me pasaba por la cabeza la intención de seducirla a mi manera arrogante, pero yo a duras penas luchaba como Mr. Bean contra una impresora que se tragaba las hojas y repetía «ajá» con voz de idiota.

Día tras día tras día, como si no hubiera sido capaz de aprender las desconfianzas ni los cinismos que se aprenden, me entregaba más y más y más a ella.

Ella era mi primera llamada de la mañana y mi última llamada de la noche: «Despiértese, Rivera», «váyase a dormir». Era la persona a la que le podía reconocer con la cabeza en alto que yo no valía la pena. Me encargaba de sus viajes y de los viajes de sus candidatos, y de vez en cuando, contagiado por su fe en el futuro, le regalaba las ideas que me pedía para la campaña que por fin iba a sacar a la ultraderecha de la presidencia, pero sobre todo le escuchaba el retrato de este país maldito, la hipótesis descabellada y llena de humor de que el universo reciclaba el mal en la Tierra, el llamado a negarse a la vida en las redes sociales, la historia de su infancia solitaria, en el campo azulado y virgen, perdida en los parajes de una casa de piedra con agua fría y acompañada de un par de perros que siempre la traían de vuelta.

Vi mi manía de decirle que la estaba queriendo, que la quería y que la iba a querer así resultara ser otra, siempre después de comprobar que ella ya había colgado el teléfono: «Soy un cobarde…». Leí y releí —y allá en el pasado sentí, como tantas veces lo hice, que un fantasma me espiaba por encima del hombro mientras escribía— la carta de amor que nunca me atreví a enviarle porque ella no se merecía semejante paso en falso: «Rivera, yo creo que nos toca casarnos porque nos tratamos de usted…». Fui testigo de mi cara de estupefacción, mi voz de nuevo tomada por el tartamudeo, mi soberbia cuando me pidió que le organizara un viaje con el hombre que iba a ser el papá de su hijo. Y me reconocí una cara nueva, resignada a semejante amor y sin plan B, cuando le envié mis condolencias por la derrota estrepitosa de su Mockus.

Volvió por mí en la primera hora del lunes de la Semana Santa de 2011. Se sentó en mi oficina, de pelo corto ahora, a pedirme «de la manera más atenta» en broma y en serio que le organizara un viaje a Cartagena para ella, para su hijo de siete meses y para mí. Yo, sin orgullos, sin afectaciones, lo hice de inmediato: era una orden. Y verlo fue reparador, mucho más que vivirlo, porque antes vimos mi empeño demencial en negarme a conocer a otras personas, mi disciplina para entretener las peligrosas, tentadoras, eternas horas de espera frente al televisor de aquella vecina que de paso era mi mamá, y aquella voluntad constante e inverosímil que me forzaba a jurarme a mí mismo —simplemente, algo, una vez más, me lo susurraba en el oído— que un día íbamos a estar juntos.

Yo habría querido que ella contara esta parte. Sé que la gran paradoja que ha asumido, con su sabia rendición a las ironías de cualquier vida, es permitirme narrar la historia y resignarse a protagonizarla. Sé que tiene claro que he estado haciendo todo lo que puedo para contar con precisión lo que me sucedió. Sé que entiende que jamás escribiré nada mejor. Y sabrá perdonarme que diga que ese lunes de Semana Santa salimos de la agencia, y nos tomamos la tarde en todos los sentidos, y nos besamos en los taxis, y nos besamos en los cambiadores de ropas, y nos besamos en los baños de mujeres y en los baños de hombres, y nos fuimos con afán a mi apartamento como si el día fuera un reloj de arena, y después del umbral nos quitamos las chaquetas y nos sacamos las camisetas y nos metimos las manos y nos mordimos las bocas y nos agarramos y nos violentamos y nos encajamos y nos casamos y nos reconocimos los cuerpos de treinta y pico de años llenos de cicatrices y de pequeñas derrotas como si se tratara de entrar en una cueva de la memoria y nos dijimos lo que se nos vino a la punta de la lengua sin titubeos y nos permitimos todo lo que nos tomara a los dos por sorpresa desde allí hasta mi muerte, y apenas cerramos la puerta de la entrada.

No hablo en plural porque me asalte el pudor de describir el cuerpo de Lucía como el cuerpo de una oponente, no, hablo en plural porque ni siquiera cuando revisé esa puesta en escena de mi vida —con aquella compañía tan justa y tan libre de prejuicios— pude verlo como una experiencia en singular, como una experiencia mía.

Uno sigue siendo uno todo el tiempo. Uno experimenta solo, absolutamente solo, el dolor, la enfermedad, la noche, el sueño, el hambre, el sexo: ni siquiera los padres, ni los hermanos, ni las parejas en el noventa y nueve por ciento de las ocasiones, se pueden poner en semejantes zapatos. Pero ella y yo estábamos completamente juntos allí, acostados en la entrada entapetada de este apartamento en el que seguimos viviendo, así se nos fuera oscureciendo la tarde desde allí hasta el ventanal de la sala, así resplandecieran en la penumbra las pantallas de nuestros enfermizos teléfonos celulares, así los pasos y los ladridos de los vecinos nos sacaran del trance, y es por eso que he contado mi solitaria experiencia con las mujeres de mi pasado, y es por eso que acabo de contar lo nuestro, Rivera, para que quede constancia de esa suerte: de la mía, sí, quizás sea el momento de volver a hablar en primera persona.

Ella me contó que, hastiada de los narcisos periqueros y de las jugadas inescrupulosas y de las pequeñas traiciones de la política que sumadas dan la podredumbre humana, había dejado su propia agencia posicionada a puro pulso para dedicarse a pasear perros por el barrio en donde yo estaba viviendo. Sonaba a crisis nerviosa de publicista del primer mundo, me dijo, sonaba a avestruz, pero era ser libre, vivir afuera, estar rodeada de lo mejor que se ha dado en la Tierra, recobrar el tiempo propio, evitarse las mezquindades y las envidias y los ninguneos de todos los días, negarse terminantemente a dedicarles a los políticos —a los clientes que tienen toda la razón— los desayunos, los almuerzos y las comidas que quería dedicarle a su hijo. No habló más. Dijo lo justo. Se quedó conmigo un buen rato y yo me porté a la altura de su silencio.

—Yo me leí feliz sus tres novelas, una detrás de otra, en los meses de la licencia, mientras por fin me decidía a venir por usted —confesó, su cuerpo bocabajo sobre mi cuerpo bocarriba, cuando ya fue la hora de retomar la historia—: me sorprendió que tuvieran un chiste por página.

Era cierto. De alguna manera, enfrascado en mi limitada interpretación de mi personaje, había olvidado que esas pobres novelas tan pretensiosas al menos tenían mucho de parodia. La forma, la figura, la sombra de luz —como usted prefiera verla— me dio coraje para seguir el recorrido porque haberme perdido esa parte de mí mismo me entristeció súbitamente, como una nube parda. Y sí era chistoso. Y, a partir de ese momento, lo era más que antes y además era a propósito. Yo, hecho un agente de viajes que les respondía «yo me he dado cuenta de que no soy un escritor» a los colegas que me encontraba en los centros comerciales, me despertaba todos los sábados con la cara de José María enfrente: «Buenos días…». Y me dedicaba en cuerpo y alma a hacerlo reír.

Vimos que él me abrazaba el cuello porque los brazos hasta ahora le alcanzaban para eso. Vimos que yo lo seguía hasta su cuarto gateando; que llenábamos su cuna de todos los juguetes que tenía; que jugábamos a que él era un clavadista internacional que se lanzaba del precipicio de la baranda de madera a un mar de pelotas de plástico; que le tarareaba en la tina la música de *Tiburón* para que le diera ataque la risa; que le agarraba una tortuosa noche de fiebre; que sentía el nido vacío los fines de semana que se nos iba con su padre, el buen padre, que lo hizo; que él se iba irguiendo a carcajadas, como el *Homo sapiens*, hasta que un día me bautizaba «lindo» porque así lo llamaba yo si estaba lejos; que le iba poniendo todas las películas de mi infancia, de *Pinocho* a *El niño* y de *Annie* a *La noche de las narices frías*, y le leía los libros que me leían a mí, de *Mafalda* a *Olafo el amargado* y de *Peter Pan* a *La historia interminable*, para que se pusiera al día y siguiéramos juntos de allí en adelante; que jugábamos en una piscina en Santa Marta al navegante de cuatro años a bordo de una tortuga de treinta y nueve; que una tarde, de la nada, le daba por decirme «lindo: estoy muy orgulloso de ti»; que una noche yo le respondía, acercándomele a la oreja porque entonces era claro que tenía una pérdida moderada pero a fin de cuentas pérdida del oído, que él también era mi favorito.

Vimos mi reencuentro con Laura, con mi exesposa, entre los villancicos y el parpadeo de las luces del martes 22 de diciembre de 2015. Vimos desde todos los ángulos su *mea culpa*, su monólogo académico contra mi empobrecida vida de agente de viajes, su revelación, dolorosísima, de que gracias a una terapia insólita e inesperada había descubierto que era la sobreviviente de una violación. Vimos mi reacción, mi colapso. Yo, un crespo balbuceante de cuarenta, me tapaba la cara, repetía mil veces «lo siento mucho», pedía perdón en nombre de todos los pateadores de canecas que un día amanecían convertidos en pateadores de mujeres, respondía «tengo que irme» cuando nos veía tomados de la mano como sintiéndonos burlados por el destino —y ella me decía «ya estoy aquí»— y yo me entregaba a mi gripa como a mi tragedia: ¡achís!

Vimos mi gripa en primerísimos primeros planos. Vimos cómo me iba cambiando la cara, ¡tos!, ¡tos!, ¡tos!, porque tenía los pulmones de una aspiradora. Vimos mis días arruinados, enrojecidos por las noticias de que algún ladrón hijo de puta se había valido de alguna idea mía para sacar su libro. Perdí el humor por completo, sí, pateé mi pobre caneca cada vez que vi en alguna librería un libro mío firmado por otro. Y era chistoso porque deambulaba en la madrugada por el apartamento repitiéndome a mí mismo —ya que Rivera no tenía paciencia para la quejadera de nadie— que los iba a acabar a todos así fuera lo último que hiciera. Y era chistoso porque, en busca de una solución mágica de aquellas, me bañaba en menjurjes y olía a piña y a maracuyá en vano el día entero. Y tenía una vocecita como un hilito que José María no alcanzaba a oír: «Que te adoro».

Y estaba allí el lunes 30 de mayo de 2016 en la sala de espera de la Unidad Médica de la Nueva Granada, en la mitad del segundo acto de mi vida cómica, despidiéndome en aquellas sillas ajenas de la única esposa que había tenido e iba a tener, diciéndole que sí a todo a ese colega traducido a siete idiomas en apenas siete meses, haciendo lo posible y lo imposible para que no se me viera el culo seco por las preocupaciones, pidiéndome compostura mientras me anestesiaban y me mataban y me revivían sin mí adentro. Y no pudimos más entonces, y a la figura de luz y a mí nos dio ataque de risa verme caer por una amigdalitis brutal en un país en el que pueden matarlo a uno por tantas razones, y era justo reírse porque era claro que el mío había sido un personaje de comedia: jajajajajá.

Una comedia sentimental de equivocaciones, de malentendidos, de costumbres, que sin embargo había terminado abruptamente y sin ninguna moraleja: ¿que se van primero los que son incapaces de «dejar ir»?, ¿que uno no sabe lo que tiene hasta que lo pierde?, ¿que hay seres humanos que, como yo, viven y mueren —y vivimos y morimos— sumergidos en la simulación?

Me devolví un poco en la trama, como un adolescente presionando el botón de rewind o un viejo volviendo a la casa de la infancia, hasta una mañana de vacaciones en la que salimos los tres a pasear al husky, al labrador, al golden retriever, al beagle, al terrier, al cocker spaniel y al pointer. Ya nos habíamos casado los tres, solos, en esa notaria inhóspita de la Avenida Caracas. Y yo me veía en paz. No sé por qué contaba que mi papá había comprado la lotería hasta el último viernes de su vida, incluso cuando ya estaba probado que iba a morirse, pero mi voz avanzaba fuerte y sonriente y sin tropiezos. Llevaba a nuestro niño sentado en mis hombros: «Pero claro que es tu abuelo», le decía. Tenía ganas de soltarle a mi esposa un monólogo de amor con un par de chistes atravesados para que no resultara meloso, hostigante. Quería reírme.

Fue entre esa escena cuando miré a la figura de luz con recelo porque me pareció que, si de verdad se trataba de seguir las leyes férreas del drama, mi comedia no podía tener un final ridículo, sino un final feliz: una muerte vulgar o una vejez sin condenas.

Y fue entonces cuando aquel guardia en paz se atrevió a repetirme la pregunta de si de verdad estaba listo para morir.

Madre Lorenza de la Cabrera
Escritora mística

Allá en la muerte, sor Lorenza le contestó a su Señor que estaba lista para morir, pues para ello había estado viviendo. Se quedó quieta, quietísima, abrigada por Él y por su infinitud tal como lo había deseado tantas veces. Y se entregó a su decisión y a su magnífica suerte sin ningún afán, porque el tiempo no pasa en los terrenos de la muerte, convencida de que el viacrucis de su cuerpo por fin la había conducido al reino de los cielos, pero su Dios interrumpió su paz —así lo cuenta ella misma— cuando le respondió su disposición a morirse con la orden «entonces muéstrame qué hiciste con tu vida». Para ella fue claro a partir de ese momento que no estaba allí para descansar de sí misma por siempre y para siempre, sino, como Saulo, para transformarse, para volverse una parábola, para encarnar un milagro.

En su propia *Vida y muerte de la venerable madre Sor Lorenza de la Cabrera y Téllez* se encuentra descrito de este modo:

Veía en mi muerte toda la redondez de la tierra. Sentía sobre mí un manto de color azul de un cielo más claro y más lindo que el mismo cielo. Comprendía finalmente aquella sentencia que tanto se llegaba a mi alma entre agonías: «Muero en ti y vives en mí». Estaba resignada a sus designios como cuando andaba en el mundo, pero también estaba asombrada de lo que allí conocía, pues me aclaraba cuán poco es todo lo criado en el globo respecto de los caminos de la eternidad, y entonces la voz de Nuestro Señor me dijo *incurvati sunt colles mundi ab itineribus aeternitatis ejus*, y me ordenó que le mostrara qué había hecho con mi vida, y me advirtió que Él era mi consuelo y que yo estaba allí para convertirme en ejemplo y milagro.

En el célebre *Vida en la muerte* del mediático padre Ron Barrow, una compilación de experiencias fuera del cuerpo narradas por católicos de diferentes lugares del mundo, se habla del regreso de la muerte como de un milagro, pues muerte y milagro tienen a Dios en común. Se explica minuciosamente, hasta bordear la locura, que un certificado de defunción no puede ser prueba de la desaparición definitiva de un alma. Se narra una y otra vez, con persistencia y con convicción, el encuentro espiritual con un Ser divino que ha estado recibiendo las plegarias y las quejas que se pronuncian de rodillas en este lugar. Y se insiste en que toda visita al «más allá» puede definirse como la vivencia de la transformación: «Quizás sea el único caso en el que pueda hablarse de un antes y un después», proclama el padre Barrow.

Quien ve a Dios, escribe en el fantástico prólogo, baja su guardia por fin. Quien ve a Dios recobra la compasión por uno y por todos. Quien se suma a aquella presencia, como quien por fin consigue despertarse luego de dar vueltas y vueltas entre las cobijas, vuelve a la vida de todos los días semejante a los actores que dejan de tomarse tan a pecho: adiós, método Stanislavski, hasta nunca. Ha vivido algo inexplicable que a nadie le ha sucedido, ni va a sucederle de la misma manera. Ha visto su propia vida, en una sesión psicoanalítica definitiva, para librarse de un trauma que ha estado impidiéndole la trama. Según señala el cura, se trata de «reparar el daño que ningún microscopio puede ver», de «originar la sanación»: o sea, pura superación personal.

Pura superación personal, digo yo, pura autoayuda, pues sin excepción alguna se trata de experiencias subjetivas e intraducibles que cada fulano vive a su modo —y en las que cada cual cree y descree a ratos— y se salen de las manos de la medicina, de la ciencia. Hay quienes vuelven del «más allá» de los católicos curados de males incurables. Cuenta Barrow con pelos y señales la historia de una peluquera ciega de Milwaukee, Wisconsin, que se pasó la vida después de la muerte explicándoles a propios y extraños que había recobrado la vista ante el Señor y había regresado a la Tierra a verla por primera vez. Resume también el testimonio de un panadero bizco de Tucson, Arizona, que decía haber vuelto curado de los cielos para «guiar a la humanidad», pero nadie le quiso creer.

Soy más bien ateo. Sigo siendo ateo, más o menos ateo, después de todo esto. Bueno, quizás sea lo más preciso decir que soy agnóstico. Y que, sin embargo, como yo sí puedo probarles fase por fase lo que viví y se parece tanto a lo que ellos vivieron en esos parajes, me resultan profundamente conmovedores los testimonios de los católicos resucitados.

Por estos días he estado pescando, en la Sagrada Biblia de papel brilloso que mi papá le trajo a mi mamá de España, versículos y versículos en donde se describe la aventura cristiana del «más allá»: Adán y Eva redujeron la vida en la Tierra a la incertidumbre, y desde su pequeño desmadre vivir fue luchar «contra poderes, contra autoridades, contra potestades que dominan este mundo de tinieblas» (Efesios 6:12), pero «concentren su atención en las cosas de arriba» (Colosenses 3:2) pues allá «hay unos nuevos cielos y una nueva tierra que esperamos según su promesa» (Pedro 3:13) y es una «excelsa morada de santidad y hermosura» (Isaías 63:15) «donde ni la polilla ni el óxido carcomen, ni los ladrones se meten a robar» (Mateo 6:19).

El fin de semana pasado me puse a investigar la muerte religiosa en aquellas páginas lisas, que me han cortado las yemas de tres dedos, con el propósito de encontrar la descripción de lo mismo que yo viví: tropecé con las afirmaciones «si alguno quiere venir en pos de mí, niéguese a sí mismo, y tome su cruz, y sígame» (Mateo 16:24); «os aseguro, hermanos, por la gloria que de vosotros tengo en nuestro Señor Jesucristo, que cada día muero» (Corintios 15:31), y «ya no vivo yo, sino que vive Cristo en mí» (Gálatas 2:20) y poco más. Pero en un cruce de calles de la gigantesca biblioteca de mi mamá, en la solitaria esquina de los anaqueles de monjes y de místicos que ella me señaló sin aspavientos, encontré que Clemente de Alejandría habla de «ejercitarse en morir la muerte salvadora», Meister Eckhart señala que «toda nuestra esencia no se funda en nada que no sea un anularse» y Tomás de Kempis asegura que «la vida debe ser un continuo morir, pues, cuanto más muere uno a sí mismo, tanto más comienza a vivir para Dios».

Tomé prestado de la biblioteca de mi señora madre el tratado cristiano de 1758 que el científico Swedenborg tituló *Sobre el cielo y sus maravillas y sobre el infierno, de lo escuchado y visto*, para que no quepa la menor duda de su tema, porque le había prometido yo a José María que iba a acompañarlo a hacer su tarea de Ciencias sobre el peso y la materia, ni más ni menos. Y puedo decir que su segunda parte, *El mundo de los espíritus y el estado del hombre después de la muerte*, resulta extraordinaria y escalofriante por lo implacable, por lo minuciosa, por lo dispuesta a describir la fases de la muerte de las que he estado dando fe en este manual práctico: Swedenborg tiene claro que cada persona es un espíritu, que resucitar es viajar al lugar de la vida eterna, que quien muere sólo deja atrás su cuerpo, que quien muere conserva la memoria de sus cosas exteriores, es decir sus ficciones, pero poco a poco comienza a despertar a sus cosas interiores.

Y, sin embargo, una vez más digo que ningún testimonio católico me parece tan preciso e iluminador como el testimonio sangriento y terrorífico que redactó la madre Lorenza de la Cabrera en los últimos años que vivió.

Para seguir hablando en los términos correctos, que los términos correctos son, aunque no dejen de incomodarme, los términos del drama, la monja de Tunja recorrió al lado de su Dios los dos primeros actos de su vida. Si usáramos de referencia las obras isabelinas, que suelen ser obras en cinco actos porque dividen en tres esa segunda parte que en los talleres de escritores se llama «el desarrollo de la trama» y en el jardín infantil se llama «el medio», entonces podríamos decir —y el lector sabrá perdonarme el tono profesoril— que sor Lorenza de la Cabrera recorrió esos primeros actos de su biografía como quien recorre una casa colonial convertida en un museo hasta que su Señor le puso en claro que aún le hacía falta por vivir lo primordial: lo que la iba a convertir en lo que fue.

El acto inicial del drama de sor Lorenza, que ella volvió a ver con sus propios ojos, podría llevar el título de «El fin de las vanidades» porque ese fue el pulso que libró —y que finalmente ganó— en sus primeros dieciocho años de vida. Como puede leerse en su extensa y cruda confesión, se llegó a pensar que había muerto a los pocos días de nacida, vio por primera vez al Niño Jesús llamándola a su lado cuando acababa de cumplir los tres años, y meses después le escuchó decir al confesor de su familia, el padre de las Casas de la Compañía de Jesús, que no había un peor destino para un alma que el de dejarse dominar por su cuerpo. Así que fue una buena hija de su padre, una buena hermana mayor, una buena alumna de su madre, una buena muchacha asaltada por pesadillas plagadas de cuerpos derrotados por cuerpos y arrinconada por los galanteos de los primogénitos de las más influyentes familias tunjanas.

Y mientras tanto se sujetó a sí misma una y otra vez hasta que en una hora «de desesperaciones horrorosas y de despechos y tales», en la que le llegó a costar discernir si su voluntad estaba siendo movida por las fuerzas de Dios o por las fuerzas del demonio, tomó la valerosa decisión de entrar con la cabeza agachada al Convento de Santa Clara la Real.

Mi madre, que llevó con mansedumbre sus dolores y fue enemiga de los entretenimientos, padeció cuando yo hube de nacer y murió cuando tuvo a su última criatura, pero entretanto me leyó a mí en su voz alta los libros de Santa Teresa de Jesús y me educó en las vidas atribuladas de los santos: Nuestro Señor me mostró cómo me le acostaba yo a ella en su regazo y me acunaba en su cadencia hasta despojarme de espantos. Mi padre siempre nos hablaba de Dios con palabras tan dulces y tan suaves y tan humildes y tan devotas, de verdadero santo, que en el dilatado tiempo

227

de mi vida no han querido borrárseme de adentro, pero, como me hizo ver Nuestro Señor en aquella excursión por lo que yo viví, cuando le di la feliz noticia de que iba a comprarme una celda en el Convento de Santa Clara entre lágrimas y sollozos, me hizo una plática y una exhortación a que siguiera oyendo mi vocación. Y luego me rogó que no me fuera.

A sus dieciocho años, luego de un primer acto asediado por las visiones y por las voces desconocidas y por las tentaciones que soportaban los cuerpos de aquel entonces, la corajuda madre Lorenza de la Cabrera estuvo a punto de quitarse la vida «en un camino que iba a la bienaventuranza, despejado y apacible, a entrambos lados cercado de rosas como las que hay por allá». Le dolía el dolor de su padre por su partida al convento. Y como la mareaba y la atormentaba y la apretaba tanto esa pena que no tenía remedio, porque su decisión de ser monja no tenía vuelta atrás, entonces le pareció escuchar que «el enemigo —o sea el demonio— me propuso fuertemente que me ahorcara de un árbol, pues aquel era el único remedio a mis dudas y congojas».

Es el fin del primer acto de su drama, digo yo, porque todo primer acto termina con un accidente, con un desconcierto, con un paso adelante en el caos.

Y todo primer acto desentierra un interrogante, que en el caso de sor Lorenza de la Cabrera era la pregunta por si ella sería capaz de librarse algún día de la voz de Satanás:

Nuestro Señor crucificado me hizo verme a mí misma cerca de quitarme la vida para quitarme esos pensamientos, me hizo verme pidiéndole me diera gracia antes de ahorcarme de aquel hermosísimo alcaparro, me hizo verme agradeciéndole a mi madre su felicidad porque me imaginaba estudiando más y más en el convento, me hizo verme resistiéndomeles a las peticiones de mi padre para que yo no entrara al claustro, para que volviera a casa junto a él, para que no lo dejara solo en su muerte: «Hija de mi alma, dame el consuelo de morir en tus brazos». Me vi cuando, estando en ejercicios espirituales, estando en oración, me enteré de que iba a irse de este mundo. Me vi cuando vi junto a mí al enemigo —no lo vi con los ojos del cuerpo— vestido de penumbras en las horas oscuras en las que todo da horror y sugiriéndoles estas voces a los oídos de mi alma: «¡Oh, desdichada! ¿Dónde está tu Dios de la nada en esta celda lóbrega y angosta en la que te engañas, te aborreces, te persigues entre santimoñerías? Los que te conocen saben que estás endemoniada, que engañas a los confesores, que siempre has ido por la vida con modos torcidos e intenciones bajas, y que pasarás de las penas infernales a las penas eternas, pues, en vez de hallar el camino, de un abismo habrás de caer al otro y de otro en otro. Y en el falso consuelo del retiro yo te llenaré de pensamientos contra Dios y su Madre para que mueras y rabies».

El segundo acto de la vida de la monja podría titularse «La batalla con el enemigo», pues sus atormentados años en el convento fueron años de leer los libros que le entregaban los curas y de sujetar el cuerpo y de apagar voces malignas. Ella revisó cada una de sus palabras y cada uno de sus actos ante la presencia de su Dios, según cuenta, en aquel viaje por su biografía desde el día de su primer nacimiento hasta la noche de su primera muerte. Se vio viéndole las manos venosas al confesor que la asistía con frecuencia, se vio abandonada por todas las criaturas de la Tierra y a merced de los sentidos de su espíritu mientras la Madre Abadesa le hacía tragar las hojas y le quemaba los libros, se vio perdiéndose en los salmos para soportar las noticias de la enfermedad de su padre, *cum his que hoderum pasem erat pacificus, cum loquebar illis impugnabam me gratis, patientia pauperum non perivit in finem*, y dispuesta a amar la santa pobreza como a sí misma.

Se vio fingiéndose ciega y sorda, a los dos años de novicia, aferrada a su bordón la noche en la que su madre fue a contarle que su padre había muerto: «Quiero quedarme acá, mamá, no quiero verlo». Notó su mandíbula apretada de la mañana en la que, de regreso «de un sueño impronunciable que no voy a poner por escrito, Padre Confesor», se sintió doblegada por la tentación: «Tranquila», se dijo, «todo está bien». Dio vueltas a las orejas y las uñas largas y los dientes filudos de aquella superiora fervorosa que solía maltratarla, «pues cuando fui sacristana yo le daba disgusto hasta en las cosas que yo hacía para el servicio de la iglesia», mientras le lanzaba encima la basura del día: «Dice la Madre Abadesa que ya deben los diablos venir por su alma porque usted le tiene dada el alma a Satanás», le decían las criadas tapándose las bocas. Se dio ánimos cuando le salieron las llagas de Cristo en las palmas de las manos, y cuando una seglar la encerró en su celda porque la vio humedeciendo la tinta con sus lágrimas para escribir sus «pequeñas confesiones», y cuando supo de la muerte de su madre.

Pidió ardientemente por ella, de rodillas en la negrura de su rincón, pues hasta el último abrazo de su existencia —«que era como si su cuerpo de madre jamás se acabara»— le susurró que siguiera elevando plegarias y metiendo las narices en los libros y escribiendo los versitos que escribía cuando niña.

Rememoró su cuerpo castigado por ella misma, por su alma en busca de la salida de esos miembros y esos órganos que despreciaba, mil y una veces. Quiso tocarse los cardenales de los brazos, los moretones de los tobillos, los rasguños del cuello, los desgarros de los muslos, los raspones de las rodillas, las heridas de la frente: «Estás mejor», se dijo, «la Tierra fue un viacrucis, pero en el cielo no tienes dolor». Se acompañó una de las noches en las que durmió sobre una tabla, como velándose por fin a sí misma, fijándose con sumo cuidado en su columna vertebral enfermiza, en su carne, en su piel cubierta por una pobre saya y cargada de cilicios y de cadenas. Se vio sentada en su posición de mortificación, de castigo, «breándome la espalda a azotes y susurrándome los apodos afrentosos y ridículos que me ponían las religiosas y las criadas del convento cuando los padres no estaban mirando», extraviada en aquella soledad irreversible e irreparable que le había traído su fama de loca: «¡Os haré cuerda enfrente de vuestras novicias y os dañaré hasta que endereces, bruja!», le gritó la Madre Abadesa cuando la vio, empapada de angustia y acezante, en el umbral de su cuartito.

Revivió para su Dios, en las últimas paradas de la visita que hicieron juntos a las escenas de los dos primeros actos de su vida, el estrujón en los pulmones del amanecer en el que supo lo que era ser huérfana de todo menos de Dios, el sudor en las sienes de la mañana en que la hicieron maestra de novicias «a pesar del enojo de las criaturas», el dolor de estómago de la tarde en la que una vieja monja le empezó a gritar «¿por qué nos deshonras a todas, perra loca santimoñera, comulgadora, santa?», el jalón en la cintura que sintió aquella noche en la que convirtieron en escucha «aunque las sombras del convento me acecharan», las rodillas descarnadas, sanguinolentas y mugrosas de la madrugada en la que se enfrentó a Satanás por última vez:

No sé si estaba adormecida, o si estaba sepultándome la angustia, la noche que me llevó a escapar del convento de Tunja. Vi venir hacia mí a un engendro ferroso e informe que al marchar le chirriaban las coyunturas. Oí que me amenazaba a los gritos con su rabia de enemigo perpetuo: «¡Destruiré todo lo que has sido y todo lo que has tenido desde los cimientos!». Sentí su respiración asquerosa, su aliento del infierno, que soltó en mi rostro para que mis penas se multiplicaran en cuerpo y alma. Padecí el eco de sus pasos. Noté su voz gruesa, como la de la Abadesa que me odiaba, murmurándome mis pecados uno a uno. Me pareció andar por un entresuelo sobre un río de fuego lleno de serpientes y de sapos como caras y brazos de hombres sumidos. Cerré los ojos, pero supe, o sea que vi con los ojos del alma, que Satanás estaba dándome vueltas como un monstruo y un aborto de la naturaleza. Pedí a Dios Nuestro Señor que me dijera si estaba contento conmigo. Rogué por mi salvación, «padre nuestro que estás en el cielo», a ver si por fin se iba la sombra que me mortificaba. Y cuando al fin se fue, y me quebré y me desmayé y volví en mí con las yemas de los dedos quemadas y desconsolada porque aquello encerraba algún misterio irresoluble, decidí irme de mi celda estrecha y lóbrega porque tenía que cerrarle las puertas al enemigo.

Se fue de Tunja a Santa Fe de Bogotá en la madrugada del domingo 9 de marzo de 1687, «siguiendo el consejo y parecer en todo de mi confesor», sentada en la banca de atrás de un carruaje destemplado y aferrada a un pequeño baúl en el que tenía toda su vida. Sintió escalofríos en cada una de las puertas de los campanarios que la miraban de reojo como reprochándole la huida y de las mansiones a las que les había dado la espalda desde niña. Imaginó que un par de indios que se habían quedado dormidos en la calle estaban muertos. Tuvo claro que estaba dejando atrás los dominios del demonio porque los ojos de un par de perros bravos los siguieron durante un poco menos de una hora. Algo rezó. Se enfermó y se curó en el temblor del viaje. Algo durmió.

Y cerró los ojos, del puro miedo, apenas tuvo enfrente la ciudad lúgubre e imponente que su padre le había retratado tantas veces.

Se murió sobre un charco de su propia sangre unos minutos después, a las diez y quince de la noche, entre el temblor y la polvareda de azufre y el espanto del segundo piso del Convento de Santo Domingo. Vino lo que vino, lo que ya conté. El trayecto desde el estruendo hasta la reseña de su drama para su Dios. Y una vez hubo terminado la visita guiada por las principales escenas de su tránsito por la Tierra, «cortejada dulcemente por Nuestro Señor en todos mis pasos», se le vino a la mente del alma el viejo pensamiento de san Pablo que, en la edición de la Biblia que les digo, se encuentra consignado en Filipenses 1:20: «Cristo será glorificado en mi cuerpo, por mi vida o por mi muerte, pues para mí la vida es Cristo y la muerte una ganancia».

Y pensó que allí mismo se quedaba la cita, como tantas citas que le habían servido de placebo y de mantra en las horas más bajas de su pulso con las voces y las sombras del demonio, pero fue su mismo Dios el que la completó para ponerla en aprietos:

«Pero si el vivir en la carne significa para mí trabajo fecundo, no sé qué escoger, pues me siento apremiado por las dos partes», siguió el Padre Eterno versículo a versículo para mi sorpresa. «Por una parte deseo partir y estar con Cristo, lo cual, ciertamente, es con mucho lo mejor, pero, por otro lado, quedarme en la carne es más necesario para vosotros». Entonces, sin la vana necesidad de las palabras, entendí lo que se me estaba preguntando: ¿quería seguir viviendo entre las violetas de la tierra?, ¿tenía en mi corazón la duda de que algo me faltaba por vivir?, ¿me abrumaba la separación de mi pobre cuerpo lleno de enfermedades?, ¿prefería quedarme en la visión de Nuestro Señor —estar con Cristo— seguidamente a volverme a mi rincón a escribir esta experiencia?

Sor Lorenza de la Cabrera, su alma «como una ligera pluma», se dio cuenta entonces de que tenía enfrente —si acaso la quería vivir— una vida futura en la que iba a dedicarse a contar el drama que le había pasado adentro y afuera de su cuerpo, como confesándolo, e iba a llenar su devocionario de versos y de profecías.

La muerte era, en efecto, el clímax de nuestro paso por el mundo. Y podía entregarse a ella, pues era lo usual que los místicos no volvieran de la cumbre que habían estado remontando con la cruz al hombro y coronados de espinas. Pero la monja tunjana se vio a sí misma, en plena duda, el día de la infancia en el que le confesó a su madre que una imagen del Niño Jesús la estaba llamando. Y en vez de interpretar la escena como una demostración de que desde muy niña había estado anhelando la muerte, pues era alcanzar a Dios por fin, en un giro inesperado hacia lo humano se tomó la imagen como una invitación a cumplirle a su mamá —que se lo susurraba siempre— la promesa de leer y de escribir para que su alma hallara alivio dentro de su cuerpo: es para eso.

¿Y no le estaba encomendando Dios, de alguna manera encarecida, que hiciera por él una última labor?

Como es evidente —y se confirmará adelante—, pudo más la tentación que suele movernos: la sospecha de que escribir es sobre todo un modo de poner al cuerpo en cintura pudo más que la gloria eterna de una buena vez. La madre Lorenza de la Cabrera se resignó a volver con la sensación de que a partir de allí vivir ya no sería deshonrarse en nombre de Dios ni languidecer. Y vivió muchos años más, cincuenta y tantos años más de escritura y de lectura, con la sensación de que alguna vez vendría otro cataclismo. Si volvemos a la página 206 de este manual, y releemos la escena siniestra y absurda en la que por poco me decapita un balón de fútbol que entró por las ventanas de vidrio del salón del Colegio de San Esteban, caeremos en cuenta de que era ella la vieja monja del retrato al óleo que se estrelló contra el piso de baldosas de cerámica a unas baldosas de distancia del crucifijo de palo: quién más iba a ser.

Y, si lo pensamos con un poco más de cuidado, tenía su propia lógica que ella emprendiera el regreso peligroso hacia su cuerpo —toda una aventura con el tiempo en contra una vez más— pues luego de revisar su propia vida de encierros y de flagelaciones había comprendido que su misión era contarla.

Sólo eso. Nada más. Dios no le había encargado trazarle un camino nuevo a la humanidad, como al panadero bizco de Tucson, Arizona, que volvió curado de los cielos a lanzarles sermones avasalladores a los suyos y a los otros, sino que, como a la peluquera ciega de Milwaukee, Wisconsin, le mostró la posibilidad de volver a la vida de la Tierra —o sea a la neblina de Santa Fe de Bogotá o de Tunja— a escribir lo que fue y lo que vio: a ser un ejemplo y un milagro para el lector, algún lector, cualquier lector. Se ha dicho hasta el agotamiento que en vez de seguir el modelo de Cristo, que es la tarea de amar al prójimo, a la humanidad, de aquí al reino de los cielos, sería mucho más sano querer a un, dos, tres individuos apenas, como Orfeo a su Eurídice, como Pinocho a su Geppetto, como Chaplin a su niño. Es más probable que se ordenen holocaustos en nombre de las generalizaciones, de las totalidades, de las unidades nacionales, de las causas superiores, de las misiones mesiánicas: tarde o temprano sucede. Resulta mucho más útil para la especie que cada cual se dedique a querer, disciplinadamente, a quien tenga justo enfrente de su vida.

Digo que soy agnóstico e insisto en que lo soy porque en aquella excursión por la muerte en ningún momento sentí que alguien —muchísimo menos aquella figura de luz— me estuviera mostrando mi propia vida con el propósito de aportarme pruebas suficientes para mi condena. Nada ni nadie estaba cuestionando mi moral amañada. No se me dio ningún listado de pecados de pensamiento, palabra, obra y omisión. No se me tildó de izquierdoso ni de reaccionario. Jamás se me redujo a idiota o a villano o a fracaso de pelo en pecho. Se me dio a pensar que podía volver a mi cuerpo si acaso quería pagar cuentas del agua, hacer cábalas para aplacar la incertidumbre, cruzar los dedos, como rezándole a la trama, para que la vida saliera bien al menos en este apartamento.

Se me dejó en libertad, quizás por primera vez en mucho tiempo, para que buscara el camino de regreso.

Y dudé largamente, como un equilibrista que va a dar un primer paso en una cuerda floja, ante un horizonte que no me aconsejaba nada.

Pero es claro para mí, luego de esta larga investigación que me ha estado poniendo en mi lugar, que la mejor descripción de esa bifurcación la hizo aquella monja:

> Yo me sentí como si Nuestro Señor estuviera preguntándome si quería volverme a dormir, si me sentía capaz de gozar de la ilusión, si me veía a mí misma el coraje para ir de la luz a la oscuridad a completar una historia que también podía acabarse ya. Yo le respondí que sí, aunque ello

significara decirle adiós a mi bienaventuranza, entre la alegría y el dolor de mi alma. Y apenas contesté lo que contesté estuve otra vez sola. Y, ya sin amparo, ya sin sosiego, tardé una eternidad en encontrar un camino para empezar a recoger mis pasos. Y la travesía era en una ciénaga llena de encorvados y de cabizbajos.

Se trataba de regresar al limitado, restringido cuerpo. Se trataba de tomar posesión de la máscara, del disfraz, que había definido al personaje: de ir de off a on.

Y era una verdadera sorpresa descubrirse a bordo de esa odisea inexpresable. Y querer hacerlo, querer volver, ya no era suficiente.

Nuno Cardoso
Embalsamador de curas

Tal vez porque así de lacónico fue su encuentro con la figura de luz allá en la muerte, quizás porque su texto, *1755: breve testemunho dum coveiro*, es sobre todo una escueta crónica de lo que vio después del terremoto de Lisboa, el enterrador Nuno Cardoso redujo a tres escenas la descripción de su recorrido por su vida. Se trata de tres momentos devastadores, eso sí, porque son evidencias de cómo el hermético de Cardoso fue ninguneado y sometido desde que fue un niño secuestrado por la Iglesia hasta que tomó la decisión de pasarse los días «entre cuerpos desposeídos»: entre putas y entre cadáveres. Son acontecimientos demoledores, peores, acaso, que los hechos del cataclismo, y sin embargo le sirven para ensayar una sucinta reflexión sobre «el estudio de las realidades últimas»: sobre la escatología. Y para explicar por qué hizo lo que hizo cuando regresó «de las postrimerías».

En *Cándido*, la novela de Voltaire que traduje a mano, el campante de Pangloss se pierde durante un par de páginas en una conversación delirante con «un hombrecito polvoriento» que ha vuelto de la muerte en uno de los burdeles que quedaron en pie después de la debacle: «el hombrecito polvoriento» y «cercano a la Inquisición», que sin duda es el enterrador Cardoso, alcanza a responderles a las ideas de que «es imposible que las cosas no sean lo que en realidad son» y «todo está bien» y «este es el mejor de los mundos posibles» con el relato de su descenso a los infiernos en el que por primera y última vez pudo ver que no fue abandonado por su madre, sino que, como era usual en aquel tiempo, fue secuestrado por la Iglesia por tener padre judío.

No digo más porque no se dice más en ese capítulo quinto. Pero en el best seller *Amén*, de la hostigante y fascinante Vera Leão, se cuenta que el sepulturero alicaído tuvo la fortuna de ver «una versión breve de su propia vida» mientras llevaba a cabo su excursión por la muerte y se deja en claro que en el más allá vio con sus propios ojos que había vivido resentido e irritado por una desgracia que nunca sucedió: que su madre se deshiciera de él con asco. Leão pinta el viaje de Cardoso como un descenso a los infiernos con todas las de la ley, con barcas en mares tenebrosos y escupitajos de monstruos envidiosos, pero Cardoso, en *1755: breve testemunho dum coveiro*, habla de su paso por la muerte como si hubiera sido el paso por un purgatorio en el que recibió la oportunidad de la purificación.

—¿Estás listo a morir? —le preguntó «una silueta con una aureola rutilante que sin embargo no me cegó».

Y que quizás era Dios, asegura, «pues Dios es la claridad que está en el final de los tiempos» y el cuerpo suyo era el cuerpo transfigurado y glorioso al que llegaba un hombre según el modelo de Cristo —y mientras tanto sucedía a su modo la eternidad que describe el san Pedro de mi Biblia: «Un día ante el Señor es como mil años y mil años es como un día», dice—, pero quizás no era Dios porque no parecía haciéndole un examen al sepulturero portugués sobre lo que había hecho con su vida entre putas, cadáveres e inquisidores, sino, simplemente, preguntándole si estaba dispuesto a pasar por el proceso de la muerte: «Por la purgación o por la negación del cielo», escribe, «por las penas que conducen a la alegría del cielo o por el fuego eterno y pegajoso del mismísimo infierno».

—No estoy listo a morir —le respondió el cabizbajo señor Cardoso a aquel cuerpo luminoso, con manos y pies y mirada fija, que tenía justo en frente—: no quiero.

—¿Pero está valiendo la pena vivir? —contraatacó el ángel o el demonio a cargo de su caso—: ¿no ha sido ya suficiente esta vida para ti?

—Ha sido muy poco —dijo el enterrador, siempre directo, con la sensación de que las Escrituras se quedaban cortas en su descripción del más allá, pues por fin entendía que el cuerpo en el que estaba allí no era el cuerpo nuevo, sino el viejo: él sin armaduras y sin máscaras.

—¿Quieres mostrarme por qué no ha sido suficiente? —le indagó—: ¿quieres llevarme por las parábolas de tu vida?

Y él dijo que sí. Como no había alcanzado a ver las imágenes de la destrucción de los templos, que es la señal del fin del mundo en el discurso escatológico que Cristo lanza en los evangelios, pensó que la vida sólo se le había acabado a él, que no era la hora de la parusía. Y echó de menos las tetas y los culos y los coños y las risas de su prostíbulo de confianza, el burdel de la señora Alvares, que seguía en pie a pesar del cataclismo: «¡Vuelve, Cardoso, no te mueras!», le gritaba Renata a su cadáver. Y extrañó sus sombreros de copa, sus abrigos negros con solapas anchas, sus zapatos de tacón y sus guantes. Y volvió a pedir que nadie lanzara sus miembros al Tajo. Y echó de menos a Duarte, su perro de la guarda, que estaba al otro lado del río esperándolo.

—¿Qué va a ser de mi pobre alano sin mí? —se interrogó a sí mismo en esa voz de adentro que sin embargo era escuchada.

Fue peor aún la desazón, fue devastadora la nostalgia de su vista y su oído y su olfato, cuando se dio cuenta de que se estaba viendo a sí mismo «como ante un espejo de cuando era niño». Iba de la mano de su madre, de la señora Apolonia, cuyo nombre viene de la palabra indoeuropea «fuerza», en la cuesta de pequeñas piedras que va hacia los portones del Convento del Carmo. Se veía cansado. Miraba al suelo y lo seguía mirando porque ya le había pedido a su madre, todas las veces, que no lo dejara allí: «Tienes que convertirte, Nuno, yo no puedo hacer eso por ti», le repetía ella entre las tumbas de piedra y entre los árboles a punto de venirse abajo, y él entonces le pedía que volviera pronto por él. No hablaron más cuando llegaron allí. No hablaron nunca más.

Se quedaron viendo los edificios y los tejados con cruces hasta que un par de frailes y una monja contemplativa les salieron a su paso: «Ha sido su voluntad», repetían, pero era claro que había sido un secuestro.

El niño Nuno Cardoso no lloró porque su madre le ordenó que no lo hiciera, y porque la señora de paso le explicó que, según decía su abuelo, todo lo que uno está viviendo es el pasado: «Vendré a verte». Pero el espíritu del enterrador fue incapaz de seguirse observando a sí mismo, ese desgraciado niño de siete años forzado a entender que por consejos de un misionero debía entrar a aquel convento lleno de arcos y de matorrales a librarse de su judaísmo como de la fiebre amarilla que había matado a su padre el judío, y sintió la tentación de gritar que lo sacaran de allí lo antes posible. Era tortuoso estarse viendo. Era amargo verle a su madre, desde cualquier ángulo que se eligiera, el rictus trágico que él no había podido verle cuando habían interpretado esa escena. Por fin era claro que ella no había querido abandonarlo.

Por fin podía verle a su madre el ceño y la mueca que podían ser el principio de una sonrisa de derrota o el comienzo de un gesto de dolor. Cardoso, cuando era apenas el descalzo Nuno con su camisa de cuello caído y sus calzones a la vista, le buscaba los ojos y la expresión, y ella le quitaba la mirada. Pero ahora, hecho un fantasma capaz de todo, podía verle los dedos sucios y las uñas mordisqueadas. Llevaba su cofia blanca y su manto percudido y esa vestidura larga y parda que arrastraba por las calles pedregosas entre los jubones, las túnicas, los hábitos, las casacas, los sombreros chambergos, los corsés. Iba despacio. No se detenía ni un segundo, no obstante, como una tortuga resignada a su destino. Y no era una mujer diabólica, no, no era una madre desnaturalizada y patética. Simplemente, estaba haciendo lo que tenía que hacer paso por paso.

Pero el resultado era exactamente el mismo: esa orfandad de niño, de muchacho, de adulto, que había empujado y empujado al señor Cardoso al silencio mórbido de los monasterios, a la costumbre irreversible de hablar solo, a la certeza de que era mejor eludir los paisajes de calvas con tonsuras.

De vez en cuando, de la niñez a la primera muerte, pensó «nada de esto puede ser cierto». Cualquier noche, extraviado en alguno de los brutales dolores de cabeza de su infancia, dudó «de estar construyendo sobre el cimiento de Cristo»: parecía mejor morirse. Pronto aprendió a obrar sin pensar, sin balbucear, para hacerse la vida soportable. Comió, durmió, estudió, rezó en un silencio sin escapes. Sin embargo, cierta fascinación morbosa con su propio cuerpo, con su pecho lleno de cicatrices de heridas que no recordaba y sus testículos enervados, con sus piernas cadavéricas de vaquero y su alergia al mundo entero, lo fue llevando día por día por día a la pornografía del Siglo de las Luces. Su figura triste y su sigilo fueron —ante los inquisidores que lo tenían en la más alta estima— la coartada perfecta para leerse sin pantalones las cinco *Cartas de la monja portuguesa*.

Se llamó pornografía a la pornografía, o sea «la prostitución por escrito», unos años antes de la segunda muerte del sepulturero Cardoso. Se persiguió con virulencia y fascinación todo lo que se asemejara a lo porno. El mismo padre Malagrida, que tantas misiones llevó a cabo en el Nuevo Mundo y que desde el principio sin embargo vigiló los pasos de ese niño taciturno al que llamaban «el hijo del judío que se llevó la fiebre», se hizo célebre en sus idas y venidas de Lisboa porque siempre que pudo se sentó a leer con una lupa —una lupa en nácar y en plata— las bitácoras, las cartas de amor, las novelas, los rumores, las confesiones en los confesionarios, en busca de cualquier frase suelta en la que se sugiriera que «sexo no era sinónimo de procreación».

El padre Malagrida era una mueca conminatoria y una capa siniestra. Olisqueaba a las mujeres y a los hombres por igual pues reconocía a leguas el olor a sexo. Bufaba y gruñía como un cerdo cada vez que emprendía un esfuerzo físico. Cada vez se azotaba menos para sacarse el demonio de adentro —levantaba y bajaba la mirada cuando su carroza pasaba a unos pasos de los burdeles en los márgenes de Lisboa— porque su gordura le ponía los límites que perseguía con furia. Tenía entre ojos a Cardoso, «el pequeño hebreo», como si fuera su mentor, su padrastro. Sospecha día y noche de él con la mandíbula apretada. Estaba convencido de que su silencio sudoroso no era piedad, sino lubricidad, lascivia. Sabía que leía libros prohibidos, promiscuos, y su caída era cuestión de tiempo.

Cardoso se sintió a gusto en los prostíbulos desde que osó pisarlos, siempre que los curas le permitían salir de los conventos, porque allí no era un muchacho feo, sino un hombrecito dulce que se ganaba a puro pulso el derecho a meterse entre las tetas de las putas hasta hartarse. A los catorce o los quince años, cuando ya se le había vuelto costumbre pasarse los días de descanso entre meretrices y madamas —«¡cógelo, apriétalo, estrújalo bien con tu mano…!»—, bajó la guardia y regresó demasiado tarde al monasterio en el que se estaba refugiando en aquel entonces —el claustro de Santo Estêvão— a unos pasos del teatro de la ópera que se inundó y se quemó y se vino abajo piedrita por piedrita el día del terremoto. Allí encontró, solo, desorbitado, resoplando ante una lámina de sus libros vedados, al ominoso padre Rodrigo Malagrida.

Vio la escena también desde la muerte y agradeció ser un espíritu nomás. El ángel caído que lo acompañaba en su recorrido, «que no podía ser Dios porque la visión de Dios ha sido reservada a los ojos libres de pecado», le dijo entonces «Cardoso: recuerda que estás viendo el pasado». Y el espectro del enterrador se miró a sí mismo fijamente, con el pecho oprimido y el estómago encendido, incapaz de sostenerle la mirada al cura por más de tres segundos. Y, con la perspectiva que le da a uno aquello de morirse, ya no se sintió asqueado de sí mismo. Notó la manipulación y la bajeza y la perversidad. Cayó en cuenta de la excitación —«la salacidad», escribe en su escrupuloso recuento— con la que Malagrida acariciaba las páginas de su copia de la novela francesa *Teresa filósofa*.

Conseguí en la librería de viejo San Librario una edición facsímil de *Teresa filósofa*, atribuida al marqués d'Argens después de años y años de ser «obra de autor anónimo», para constatar que su historia de cien páginas —por demás la historia real de un sacerdote jesuita que durante años sometió sexualmente a una penitente hasta que tuvo que llevarla a un convento porque estaba a punto de matarla o de enloquecerla— sí era la historia en la que se decía «los pechos le han crecido lo bastante para llenar la mano de un honrado eclesiástico», «mi nerviosa mano desempeñaba en mi cuerpo el mismo oficio que la del abate en el cuerpo de mi amiga», «humedeciose con saliva lo que llamaba *el bendito cordón*, y, pronunciando unos latines al modo de los exorcismos para echar al demonio del cuerpo del poseso, dio su reverencia principio a la sagrada intromisión».

Según puede suponerse, pues Cardoso escribe que «tenía el volumen abierto en la más obscena de las ilustraciones del principio», el padre Malagrida se estaba santiguando ante la imagen tétrica del jesuita que castiga las nalgas abiertas de su víctima mientras se agarra lo que el marqués d'Argens llamó «la flecha del varón». No se pierde el humor brutal, de mueca diabólica y carcajada libre de culpa, en la traducción al español de aquella novela. Se encuentra allí, página por página, la vocación a celebrar el contagioso libertinaje de puertas para adentro que era el alivio de tantas mujeres y de tantos hombres en aquellas ciudades empedradas, vigiladas y tañidas por el Dios de la Inquisición. Es fácil imaginar, pues, por qué Malagrida le ordenó a Cardoso cerrar la puerta.

Por qué tardó tanto en recobrar el ritmo de su respiración, por qué le habló en voz bajísima, por qué le pidió que esos pecados repugnantes quedaran entre ellos dos.

Por qué, tal como lo pinta el más literario de los capítulos del best seller *Amén*, se lanzó a destruir el relato erótico y satírico que tenía en sus manos no porque fuera pecaminoso e impudente, sino porque ridiculizaba los esfuerzos de un jesuita por expiar a una penitente.

Habló suave. Hablaba suave, incluso cuando sentenciaba a algún pecado al peor círculo del infierno, porque sabía bien que daba mucho más miedo. Primero se mostró libidinoso, con la boca hecha saliva, como un cómplice inesperado de la vida secreta del muchacho que había vigilado desde niño. Inventó un par de argumentos enrevesados para justificar a los hombres de Dios que se servían de sus cuerpos para sacarles el demonio a las jóvenes y a los jóvenes que pretendían vivir una vida penitente. Alcanzó a elogiar la imagen de ese jesuita con el solideo puesto y los calzones abajo mientras acariciaba las hojas. Y, cuando logró que Cardoso se sentara, se puso a preguntarse qué diría el Santo Oficio de ese texto.

Qué pasaría si llegara a la mesa y al finísimo olfato de un censor inquisitorial como él, hecho para quemar, para prohibir, para expurgar, para alterar, para interceptar las «historias fingidas» —o sea las novelas— que defienden el pensamiento laico y divierten y arrastran al lector. Tendría que emitir, el inquisidor, un *prima classis auctorum prohibitorum* por ser una celebración del putaísmo. Se vería forzado a condenar a quienes fueran culpables y a poner en escena un auto de fe en la Plaza del Rossio para que a nadie más se le pasara por el cuerpo escribir y leer una porquería como esa. Entregaría a los condenados impenitentes a los tribunales seculares para que les pronunciaran sus sentencias de muerte y los quemaran vivos. Se trataba de dar miedo y de extirpar la herejía, dijo.

—Pero quizás el deseo de Nuestro Señor, que por algo y para algo nos ha puesto en el mismo camino, sea esta vez que dediquemos nuestras vidas a expiar los cuerpos obstinados —agregó, acomodándose mejor en el camastro de aquella celda, ante la mirada boquiabierta del joven Cardoso y de su espectro.

De ahí en adelante, si todavía quería librarse del fuego eterno y viscoso, el balbuceante y tembloroso de Cardoso tendría que cumplir con la tarea de conducir a la recámara de Malagrida a las prostitutas que conservaran la fe en la salvación. Desde ese día hasta el final, si es que aún soñaba con salvarse de ser desnucado y escaldado enfrente de aquella ciudad misericordiosa, el muchacho que podría haber sido ordenado sacerdote jesuita se dedicaría a los oficios fúnebres hasta el día de su muerte para que de la mañana a la madrugada se le atragantaran la lujuria y la bestialidad ante los cadáveres de los viejos y de los jóvenes. Saldría del convento para siempre. Se iría a vivir con Almeida el sepulturero, y con su mujer, para aprender de ellos para qué servía un cuerpo.

Cardoso se vio a sí mismo acatando el chantaje con la cabeza baja y el pecho apretado. Se vio quieto, quietísimo, conteniendo a muerte la próxima exhalación, eternamente agradecido y humillado mientras el cura se levantaba jadeante después de tres intentos y sujetaba el libro con su axila hedionda y le ponía una mano en el hombro y salía por la puerta como una aparición que nadie iba a creerle jamás. Se vio mirándose las manos temblorosas, de cinco, seis, siete dedos, a la espera de que algún día recobraran sus siluetas. Notó su pie izquierdo llevándose el ritmo de la angustia, tac, tac, tac, tac, tac, y estrangulándose la rodilla para que dejara de tener vida propia. Qué miedo tenía. Qué rabia y qué miedo. Pedía a Dios, entre dientes, que se lo llevara más bien de una buena vez: para qué seguir. Y era él mismo, su espectro, quien lo oía.

Quien le decía, con la voz sin cuerdas vocales ni lenguas ni bocas que uno tiene en la muerte, «ahora continúa tu trabajo…».

En efecto, continuó, en aquella reseña de su biografía a vuelo de espíritu, el día siguiente en el que el señor Almeida y su mujer —que no podían ni sabían tener hijos— se lo llevaron a su casa y le dieron una habitación estropeada para que acomodara allí sus rosarios y sus sandalias. Se le vieron el dolor y el don de disfrazarlo de cordura. Se le notó la orfandad que ni siquiera lo era porque no había alternativa.

Fue evidente su espanto la primera vez que se vio obligado a encarar un cadáver en esa habitación en la iglesia de Santa Máxima. Su trabajo consistió en un principio en disponer de los gravísimos cuerpos de los muertos, y, bajo la mirada trastornada de sus deudos y la voz del sacerdote de turno, arrojarlos a las fosas junto a las capillas envueltos en sábanas en los mejores casos. Pero esa vez, frente a los restos de un primo de la reina Mariana Victoria, aprendió a embalsamar. Y se sintió observado fijamente por los ojos invisibles de las almas en pena mientras —de acuerdo con las firmes instrucciones del señor Almeida en su oído— drenaba la sangre, rellenaba cavidades con resinas, lavaba los miembros con jabón marsellés, taponaba los orificios para evitar los escapes de líquidos, maquillaba con polvo violeta y arroz de trigo hasta simular la vida, y vestía con un traje suntuoso y apretado.

Esa tarde pavorosa, esa vez, aprendió que sólo los nombres cortesanos y los apellidos adinerados podían pagarse los embalsamamientos para que sus cuerpos no acabaran pudriéndose, descomponiéndose, perdiéndose la oportunidad de la vida eterna, como simples cadáveres de simples figuras anónimas: «Incluso el cielo cuesta», le dijo, risueño y lóbrego a la vez, su nuevo mentor, su nuevo padre.

El señor Almeida, el más respetado de los tanatopractores de aquellos tiempos, era un enconado defensor de la teoría miasmática. Estaba plenamente convencido de que lo mínimo que podía hacerse era sepultar a los pobres en fosas alejadas de las iglesias y de los lugares de culto y de las casas de las familias de tradición, pues el contacto de los restos de cualquier hombre con la humedad y el calor y la tierra de Lisboa producía pestilencias —«efluvios pestíferos», se decía— que tarde o temprano engendraban enfermedades en la piel y en la garganta. Su frase favorita, de higienista que negaba el fatalismo de los textos sagrados, era «un buen muerto se pudre en los extramuros». Repetía que en esa nueva era todos, los de arriba y los de abajo, estaban dejando atrás «la mansedumbre ante la hediondez».

Y si insistía igual que un pájaro carpintero en embalsamar a los acaudalados y a los enriquecidos, tal como lo hacían los momificadores de los faraones, no era sólo porque creía a pie juntillas en la inmortalidad de los espíritus con suerte, sino porque estaba obsesionado con alejar los cuerpos vivos de los cuerpos podridos.

Se sirvió del cadáver de don Calixto, el primo hermano de la reina, para enseñarle al tácito de Cardoso todo lo que tenía que hacerse con un muerto. Y se le paró al lado los primeros meses mientras enfrentaba —y aprendía a leer— los cadáveres con hematomas en el cráneo, los cadáveres plagados de gusanos, los cadáveres desmembrados y sin ojos que devuelven el asco, los cadáveres manipulados por sus asesinos, los cadáveres de pieles gruesas y viscosas que se echan pedos, los cadáveres que se desperezan cuando el silencio está a punto de tomárselo todo, los cadáveres que laten y que cicatrizan y que sudan porque cada miembro y cada órgano se va muriendo a su debido tiempo, los cadáveres de los conocidos y de las putas que habían sido su arrimo.

Pero luego lo dejó solo porque fue obvio que su retraído y sospechoso discípulo se había encontrado con una vocación así no hubiera estado buscándola.

Cardoso, el espectro, se vio a sí mismo envejecer entre los restos de los ancianos y de los niños. Se vio a sí mismo descubriéndose el talento para reconstruir la vida y la muerte de cada uno de los cuerpos que trataba —que, repito, levantaba, ponía sobre la camilla de madera, lavaba, afeitaba, taponaba, cosía, vestía y maquillaba— tal como hubiera querido que lo trataran a él. Se vio a sí mismo prometiéndoles a los difuntos que todo estaría bien, al fin, en el más allá. Se vio contándoles sus anécdotas de solitario, elogiándoles los rostros, recordándoles que esas eran las reglas del juego. Se vio mirándose en un pequeño espejito, ajeno e incrédulo, como tratando de hacer las paces con sus ojeras cadavéricas: «¡Carajo!». Y llegar una y mil veces a la moraleja de que lo mejor que podía hacerse en tan poco tiempo era trabajar y follar y trabajar.

Y caminar en las noches con Duarte, su perro largo y reservado, para pagarle su compañía en el anfiteatro y su paciencia en los rincones de los burdeles.

Sólo vio una escena más antes de emprender la travesía de regreso hasta su cuerpo. Duarte estaba echado, y babeaba con el hocico apoyado en los tablones del piso, a la entrada de la habitación lujosa del padre Malagrida. Él, Cardoso el embalsamador de curas, estaba entregándole personalmente la enésima amiga puta —como se le entregaba un sacrificio a Moloch, el dios cornudo, entre flautas y tambores— al cura aquel que vivía sin aire y sin culpa, pero no parecía resignado y en paz a fuerza de tanta desesperanza, como las otras veces, sino contrariado porque se trataba de una prostituta cercana a su corazón: de Renata. El cuarto, presidido por una gigantesca cama rococó con una pesada cortina dorada, tenía un piso liso de madera adornado con flores dibujadas, una pared cubierta con papel de colgadura ocre llena de espejos y de cuadros ovalados, una lámpara de araña, una lámpara votiva y una lámpara de aceite en una mesita labrada hasta la náusea. Había brotes de luz en la penumbra: un crepúsculo adentro. Cada paso crujía y chirriaba. Y era el reino de las onomatopeyas porque los estertores, los ayes y las sílabas sueltas eran más importantes que las palabras.

El Cardoso de treinta y pico años sintió verdadero dolor, dolor físico y verificable, cuando salió de aquella habitación sombría y plagada de pequeños destellos. Llamó a su Renata, que lo miró como si le sonriera, «una buena amiga». Cruzó un par de frases falsas con el cura antes de dejarla abandonada a su mala suerte. Pensó «Deus escreve certo por linhas tortas» mientras Malagrida le decía a la puta que ella hallaría la dicha cuando él fuera más poderoso que el advenedizo marqués de Pombal, que estaban allí para recrear las aventuras de Teresa la filósofa, y que con unos nueve encuentros, que era lo que él tardaba en hartarse de una mujer, conseguiría sacarle al enemigo de adentro: «Cá e lá, más fadas há», pensó Cardoso, con la bolsa llena, apenas cerró la puerta.

Se quedó un rato ahí a la espera de un gemido o de un grito. Quiso espiar por el cerrojo de la puerta pero nada pudo ver. Duarte, su alano parco, se paró a su lado para que le diera las palmaditas en la espalda que le daba. Y al cabo de las primeras risitas y las primeras súplicas salieron de allí los dos porque no había nadie más sino los dos: «Olhos que não vêem, coração não sente», se dijo.

Y con esas palabras, como si lloviera sobre un óleo, se fue deshaciendo y se deshizo la imagen de aquella escena. Y, según cuenta el sepulturero Cardoso en su testimonio brevísimo, «entonces me vi sin el ángel y sin la luz en unas escaleras empinadas e invisibles». Se tuvo compasión. Sintió que lo suyo no había sido pecar, sino, simplemente, errar. Sabía que merecía volver a la Tierra para purificar su alma y para ganarse día por día la eternidad. Tuvo claro, entre los grises y los sepias, que había vuelto al régimen del tiempo, al castigo inapelable del tiempo. Había recuperado la incertidumbre. Había recobrado el afán. Imaginó su cadáver en una pila de cadáveres a unos segundos nomás de ser lanzado al río Tajo e imaginó los pasos del horario y del minutero del reloj francés de sobremesa de la sacristía. Y empezó a andar a ver si aparecía el siguiente escalón.

—Completa lo que tengas que completar —fue lo último que le escuchó al emisario de su Señor.

En *Amén*, la novela descarada de Vera Leão, una versión grandilocuente del pobre de Cardoso suelta un monólogo en el que reconoce que en el mundo sí hay una lucha entre la luz y la oscuridad, pero advierte que nadie puede considerarse de un bando o del otro sin estar mintiendo. En *1755: breve testemunho dum coveiro*, en cambio, el embalsamador de muy pocas palabras apenas si se atreve a reconocer que en su viaje de regreso fue por fin consciente —sus palabras son «debió decírselo el heraldo de Dios a mi consciencia»— de que si conseguía entrar de nuevo e iluminar su cadáver se vería obligado a hacer un gesto en nombre de todos nosotros: no sólo confirmarnos que la vida es el preludio de la muerte, y a darles sepultura digna a los muertos del cataclismo de Lisboa, sino advertirnos y vengarnos de las jugadas de los putos malagridas.

Anoche vimos en el noticiero de las diez, Lucía y yo, las escenas de la violencia metamorfoseada que está tomándose los lugares que regía la guerrilla, las imágenes de las protestas que crecen y crecen y crecen por todo el país, los pulsos que están dando los viejos políticos para quedarse con las almas y los cuerpos de todos a cambio de la promesa de la seguridad. A la luz de mi experiencia en los recovecos de la muerte, ella se preguntó a sí misma en voz alta, consciente de que vivir es no tener respuesta, si los sicarios que matan enfrente de los hijos y los policías que patean a los manifestantes en la cara están asumiendo el personaje que les fue concedido, o fracasando en el propósito de limpiar por dentro esos cuerpos, o resignándose a sus circunstancias.

Empezó entonces la sección de «Historias de vida» del programa, que la hace una periodista de apellidos Camargo Cruz que se hizo amiga de Rivera durante alguna de sus campañas políticas, y resultó ser un especial sobre sepultureros de la violencia colombiana: de la violencia típica de acá. Y los dos nos enganchamos desde la primera frase, «Colombia tiene la obligación de encontrar 9.968 cuerpos sin vida de personas que no han sido identificadas...», pegados a las figuras de una sepulturera de La Guajira que prefirió a sus muertos cuando su marido la puso a escoger, un enterrador de Bucaramanga que se lava con «alcohol pa'rriba y alcohol pa'bajo» para quitarse el maldito olor del cementerio municipal, un cavador de Camposanto que encontró su vocación el día de la masacre y vive de la caridad porque odia cobrar por eso.

Por supuesto, pensé en Nuno Cardoso. Pues Cardoso tuvo que superar un viacrucis, uno más, para volver a la vida a recoger y darle alivio a un reguero de muertos como cualquier sepulturero colombiano. Estuvo a punto de quedarse atrapado en un limbo. Pero descendió a la Tierra, a librarse del tiempo en el tiempo, para traerse de vuelta la noticia de nuestro desmadre.

Muriel Blanc
Médium

Aténgase, lector, a lo que viene. Dese la bendición «en el nombre del Padre, del Hijo y del Espíritu Santo», si acaso cree en la Providencia, antes de cruzar el umbral de esta aventura. Que conste que todo lo que usted va a leer a continuación —la muerte, el veloz álbum de la vida, la resurrección y el regreso valeroso de la impostora parisiense Muriel Blanc— se encuentra en las últimas páginas de *La voz de las mesas* de Victor Hugo. Yo lo creo. Yo lo vi. Yo no pienso que asumir su veracidad sea un salto de fe, como establecer un diálogo con el tarot o pedirle a Dios de rodillas que les dé un par de años más de vida a los padres, pero, luego de ir al más allá y de devolverme, tampoco me parece descabellado sintonizar la imaginación del uno con la imaginación del otro: confiar y creer en un relato.

Cuenta el barbado de Victor Hugo en *La voz de las mesas*, el curioso volumen editado en 2016 que cientos de años después pone en contexto y amplía y precisa lo narrado en *Historia de un crimen*, que en sus tres años de exilio en la isla anglonormanda de Jersey se sintió empujado «por fuerzas irrefrenables» a contactar a su difunta hija Léopoldine en el mundo de los muertos. Vivía en una casa blanquísima, «rectilínea, escrupulosa y cuadrada», en las costas de Saint Helier. Se dedicaba a embellecerla, a tallarla, a adornarla, con la ilusión de convertirla en un oasis en aquel paisaje decadente y oxidado. Solía sentirse huérfano cuando se asomaba, desde la brisa de aquella terraza tan inglesa en la que vivía un fantasma, al paisaje de arenas pálidas, campos de lavanda, «manzanos de copa baja que rozan la calesa y tapan la vista del horizonte hasta que vuelven a aparecer el cielo, la tierra, el mar, el infinito». A veces no podía vivir. Se iba a ver los dólmenes

251

para recordar su pequeñez, su brevedad. Se iba al mercado del puerto a comprar tomates, mariscos, pastelitos, vinos, para despejarse la mente enfrascada en la escritura de algún libro. Y volvía a su hogar en la noche empeñado en constatar que su Léopoldine no iba a regresar jamás, «pero, ya que esto es una historia, un día no fue así».

Sucedió, según su propio diario, en la tarde del lunes 14 de noviembre de 1853. Volvió de su paseo por los acantilados antes de que oscureciera. Estaba serio y era incapaz de sonreír con la boca abierta. Tenía cara de alma vieja que se niega a dar su brazo a torcer. Pensaba «este sitio triste refleja mi tristeza». Apenas saludó a su mujer, apenas saludó a los hijos y a las criadas. Se fue a su biblioteca, que le enervaba y le asqueaba porque no era tan bella como la había imaginado, a esconderse de las tonterías de todos: «¡Silencio!». Todos allí sabían que era lo mejor dejarlo solo. Tenían claro que, como su trabajo estaba por encima de lo divino y de lo humano, su disciplina iba a sujetarlo hasta que fuera la hora del hambre. Pero, ya que esto es una historia, esa noche no fue así.

Sonó la puerta allá abajo cuando ya no iba a sonar más por hoy: toc, toc, toc. Bajo el umbral estaba Juliette Drouet, su fiel amante, que se había ido detrás de él y vivía a unos pasos de allí. A pesar del amor entre los dos, a pesar de lo lejos que estaban de los corrillos burgueses de París, Drouet tenía terminantemente prohibido poner un pie en la casa de la familia Hugo: ¿para qué? Y, sin embargo, allí andaba. Juraba por Dios y por sus muertos que se trataba de algo urgente. No tenía que entrar si esa seguía siendo la orden del señor. Se sentía incapaz de esperar las horas que faltaban para su próximo encuentro amoroso, no obstante, porque una espiritista italiana llamada Alda Malatesta le había pedido que le entregara personalmente una pequeña nota urgente.

Decía esto: «Señor Hugo: he estado tratando de abordarlo a usted o a su familia desde hace un par de semanas en todos los lugares de la isla, y, ante los menosprecios y los rechazos, me veo en la penosa circunstancia de escribirle de modo por demás grosero que solamente quiero que usted me reciba para darle una razón de su amada hija Léopoldine».

Y fue de mano en mano como un chisme, de su amante a su hijo Charles, de su hija Adèle a su mujer, hasta devolverlo ese lunes de noviembre al puro comienzo —lo despabiló y lo puso de pie y el contraluz de la tarde le duró un poco más— al derrotado de Victor Hugo. Leyó. Releyó. Dudó de las buenas intenciones de aquella aparecida de letra pequeña y enrevesada. Pensó qué pensar, larga, largamente, con la frente apoyada en la ventana de su estudio. Llegó a la conclusión de que negarse a ver a la vidente era negarse la remota oportunidad de ver a la hija difunta que se había ido con su alegría y con su paz. Esperó, disciplinado e impasible, a que la señora Drouet se fuera porque cada vida tenía su lugar. Salió a la sala apenas escuchó el tras de la puerta de salida.

—Llévale esta nota a la señora Malatesta a la casa que queda después de las ruinas romanas —le pidió Hugo a su hijo François-Victor.

Y así fue. Su sucinta invitación, «Señora Malatesta: la espero mañana en mi casa blanca después de la hora de cenar», echó a andar el encuentro que iba a resolverlo todo. Y en la noche del día siguiente la señora Malatesta saludaba a la familia, detrás de un misterioso velo, con la mirada fija en una de las sillas de la mesa rectangular del comedor de cuatro puestos, como quien no tiene un minuto más para perder. Fue un poco más pragmática que cordial, sí. Se sentó allí sin reparar en las *boiseries*, en los cofres de segunda mano, en los aparadores, en las alfombras de arabescos, en los espejos y en las vasijas que el propio Victor Hugo había dispuesto en aquella habitación —cosa por cosa por cosa— como un escenógrafo enajenado. Y les pidió un cenicero y les dijo que no había tiempo que perder.

Eran las nueve de la noche, nueve y treinta y nueve para ser exactos, del encapotado martes 15 de noviembre de 1853: pregúntese qué estaba haciendo usted a esa hora de ese día, prevenido lector, porque fue entonces cuando se dio una novela.

Se oía de fondo el estampido del mar contra las rocas picudas. Hacía el frío de cualquier noviembre en la isla de Jersey, siete grados centígrados, entre las brisas y las quejas de la oscuridad. El señor Hugo, que había apurado la sesión porque cada día que pasaba le exigía más al espiritismo y ensayaba más sus modos, se veía nervioso e incrédulo como un hombre que está comenzando a sospechar que otra vez ha caído en una trampa. Y la señora Malatesta, que de tanto en tanto lo miraba de reojo pero no se atrevía a encararlo ni un segundo, pensó que lo mejor era proceder: pedirles a los participantes que pusieran sus dedos sobre el pequeño cenicero de la mesa y explicarles qué iba a significar cada uno de los golpecitos sobre la superficie si lograban traer a un espíritu.

—Un golpe significa sí y dos golpes quieren decir no —interrumpió la impaciencia de Hugo—: ya lo hemos hecho otras veces.

Malatesta trató de completar la explicación igual que una vidente de verdad, «la A es un golpe y la Z veintiséis…», como escupiendo sus palabras antes de que el ogro la obligara a tragárselas. Pero, nerviosa y desconcentrada y condenada sin pruebas por aquella familia, se vio forzada a preguntar de una vez si había alguien por ahí en el más allá. Sudó y siguió sudando porque en un principio, y con «en un principio» quiero decir durante largos y exasperantes minutos, no se movió ni la Tierra. Y, sin embargo, el cenicero empezó a tambalear y a elevarse —y la señora Malatesta abrió los ojos y empezó a atragantarse con su sorpresa y su miedo— justo cuando el desesperanzado Hugo se levantó de la mesa y dijo «yo ya no puedo estar aquí».

Y dio un golpe en la mesa, o sea dijo sí, apenas se le preguntó si había alguien ahí.

—¿Quién eres? —preguntó el joven François-Victor porque la vidente estaba paralizada.

—Un alma de paso —contestó el espíritu a punta de los golpeteos en la mesa que el escritor empezó a traducir y a anotar en los abigarrados márgenes de su diario.

—¿Tienes un nombre? —preguntó Adèle Hugo, la madre, entre sollozos.

—No —respondió la fuerza invisible, toc, toc, como lanzándoles a todos una puerta en las narices.

Y entonces el cenicero de peltre repujado se les salió de las manos, y dio tumbos y tumbos por la habitación, y chocó contra un espejo redondo y convexo que habían incrustado en una estantería, y tropezó con la pared cubierta de papel de colgadura de olivos, hasta que consiguió regresar a su lugar en la pequeña mesa. Cada quien exclamó su sorpresa. La señora Hugo cerró los ojos y entrelazó las manos y repitió lo que pudo recordar del padrenuestro. François-Victor soltó un jijijí que terminó bajo la mirada tajante de su padre. Malatesta volvió en sí. Y, como cuenta el propio novelista en sus diarios de «aquellos días que fueron noches», «se quitó el velo que le daba apariencia de charlatana, retomó la misión de probarme mi fe en el espiritismo y se portó a la altura de su destino y del mío».

—¿Estás ahí, alma de paso, eres tú? —preguntó aquella espiritista, venerada y temida en las islas del canal de la Mancha, que empezaba a parecerles conocida.

—No.

—Revélanos tu identidad —ordenó la médium sin balbucear.

—Soy la hija muerta —manifestó golpe por golpe sobre la mesa.

—¿Pero cuál es tu nombre? —indagó Victor Hugo.

Y agotado y consumido por fin, por fin deshecho por todos los reveses de esa década de fracasos humanos, por la muerte traicionera e indigna de su amada hija en ese río que había seguido corriendo después de la tragedia, por el fino complot que había terminado en la debacle de la democracia francesa, por el exilio enervante que le horadaba el corazón y le cavaba el estómago «mañana y mañana y mañana, como lo ha dicho Shakespeare en *Macbeth*», depuso su dureza y su soberbia de rodillas. Se le salieron las lágrimas de los ojos porque se negaba a llorar y las lágrimas se le agolparon en las ojeras y se le enredaron en las barbas. Agachó la cabeza ante el secreto de la vida

—que es este: que la vida queda en otra parte— mientras el cenicero golpeaba el nombre en la mesa.

Doce golpes: L. Cinco golpes: E. Quince golpes: O. Dieciséis golpes: P. Quince golpes: O. Doce golpes: L. Cuatro golpes: D. Nueve golpes: I. Catorce golpes: N. Cinco golpes. E.

—Léopoldine —repitió la señora Malatesta.

Hugo se quedó mirando fijamente la nada, escuchándose el corazón embravecido y desbocado, de vuelta en el interminable día en el que se tropezó con el titular sobre la muerte de su hija: era increíble que le estuviera sucediendo a él, justo a él, una novela de Dumas, pero no era el momento de decirlo en voz alta. Su esposa y su hija, Adèle la madre y Adèle la hija, se quedaron mudas. Sus hijos se ahogaron en orden de estatura: Charles, François-Victor, Léopold. Y, aun cuando el cenicero trastabillaba entre sus dedos y le titilaban sobre la cabeza las luces de la lámpara de cobre colgada del techo, aun cuando había estado fingiendo esos mismos poderes en los últimos nueve meses, la médium consiguió reponerse como una heroína sorprendida por una misión en la Tierra —justo a tiempo— para emprender la conversación con el espíritu.

—¿Dónde estás? —le preguntó al espíritu.

—L, U, Z —le contestó ella golpe a golpe.

—¿Y estás bien?

—S, I.

—¿Quién te envió acá?

—D, I, O, S.

—¿Para qué te envió?

—C, O, N, T, A, R.

—¿Contar qué?

—E, L, L, A.

—¿Quién es ella?

—M, U, R, I, E, L.

—¿Quién es Muriel? —le preguntó Adèle, la señora de la casa, al fantasma de su hija adorada.

—C, O, N, T, A, R —le contestó la paciencia inverosímil del espectro.

—¿Ella va a contarnos algo?

—S, I.

—¿Ella sabe algo de ti?

—S, I.

—¿Ella es tu enviada?

—S, I.

—¿Puedes vernos ahora? —intervino Adèle, la hija, cuando notó que la médium seguía tratando en vano de tartamudear una siguiente palabra.

—S, I.

—¿Nos has visto sufrir?

—S, I.

—¿Nos cuidas?

—S, I.

—¿Te veremos otra vez?

—S, I.

—¿Qué debemos hacer de aquí en adelante?

—A, M, O, R.

El señor Hugo, que después del aturdimiento había entendido que la vidente no era otra que su querida impostora Muriel Blanc, pues eso les había revelado el espíritu torturado de Léopoldine unos minutos atrás, consiguió amansarse a sí mismo e incorporarse a la escena cuando vio que las dos Adèle estaban cansadas de sobreponerse por todos los miembros de la familia. El señor Hugo tenía los dos pies, del talón a los cinco dedos, en la tierra. Fuera de él, lejos de él, volverse un evangelista de lo invisible: «No es necesario decir que nunca mezclé en mi trabajo ni una sola línea emanada de ese misterio», escribió en su diario un par de días después, «siempre he dejado tal material, escrupulosamente, a lo desconocido». Pero, ya que en esos días y semanas y meses en la isla de Jersey había emprendido la búsqueda de un mundo impalpable, se levantó como un boxeador se levanta de la lona y se atrevió a lanzar las preguntas que se había estado haciendo para torturarse:

—Hija mía: ¿tú sabes que te quiero?

—S, I.

—¿Puedes oír tu nombre cuando elevo mis plegarias en voz baja?

—S, I.

—¿Te parece bien que yo lo haga?

—S, I.

—¿Te parece bien que yo lo cuente?

—S, I.

Hugo tuvo que guardarse la frase lapidaria que tenía en la punta de la lengua porque ya iba a empezar a sollozar. ¡Tenía claro, por fin, por qué en las madrugadas su lámpara se apagaba de repente, por qué escuchaba pasos adentro y afuera, por qué su biblioteca se llenaba de ruiditos sospechosos, por qué volaban los papeles cada vez que él entraba allí! ¡Había nacido para vivir esa noche! ¡Cuántas veces le había pedido a Dios, terco y derrotado al mismo tiempo, que le recordara a su hija que nunca un padre quiso así! ¡Qué suerte, qué concesión del cielo, qué tregua, qué alivio enterarse de que su hija sabía de sus andanzas! Se puso de pie para recobrar su autoridad, su presencia. Y preguntó a su Léopoldine, como a un oráculo, si alguna vez recobrarían la paz.

—H, O, Y —le contestó.

Y entonces ella se marchó. Y el cenicero labrado con viejos castillos fue un simple cementerio en mora de ser notado. Y la vidente que le había estado sirviendo de traductora, Muriel, se sintió liviana y tuvo la bondad de desmayarse: ¡pum!

Media hora después, ella, Muriel, se descubrió acostada bocarriba en el diván de terciopelo rojo de la sala. De hecho, todo era rojo allí: las cortinas, las paredes, los ornamentos de la alfombra. Y se hubiera sentido atrapada en alguna recámara de algún infierno para unos pocos, y dispuesta a pagar una por una por una por una por una por una por una por una sus penas, si el señor Hugo no se le hubiera sentado a los pies y le hubiera dado las gracias por haberle devuelto el consuelo: «¡Y usted está viva aunque todos la creyéramos muerta, señorita Blanc, algún suvenir pudimos rescatar de la destrucción!», le dijo luego. No tuvo que agregar nada. Ella entendió, suavemente, que no podían dejar para mañana lo demás.

Quizás era, desde cierto punto de vista, demasiada información para una sola hora de la vida: una sesión de espiritismo en el exilio conducida por una mujer que todo el mundo daba por muerta, pero para la familia Hugo, como para el lector que tiene este libro en las manos, lo único que importaba ahora era que la impostora Blanc completara la misión que le había encomendado el fantasma malogrado de la pobre Léopoldine.

Cuenta Victor Hugo, en parte en los borradores de *Historia de un crimen*, en parte en las páginas rescatadas de *La voz de las mesas*, en parte en su diario lleno de garabatos sepulcrales, que a partir de ese momento Blanc se dedicó en cuerpo y alma a describirles su itinerario por la muerte.

Explicó que en la noche del viernes 10 de octubre de 1851, cinco días después de aquella reunión conspirativa con Dumas y con Hugo en su pequeño refugio en la Place du Châtelet, se fue al Palacio del Elíseo en un pequeño carruaje fúnebre —y se fue sin sus capas de pieles, sin sus vestidos acampanados y sin sus joyas de sus viejas identidades— a pedirle de rodillas al presidente Bonaparte que a cambio de su silencio diera la orden de que le respetaran su vida, pero ni siquiera el viejo cochero que la llevaba, el asmático señor Doinel, consiguió escapar de un par de sicarios que los atacaron en el Puente del Alma: Blanc, la impostora, recibió un golpe fatal en la cabeza y cayó al río justo cuando iba a lanzarse.

Murió entre las aguas. Se enteró de la noticia de su muerte por los gritos de un par de borrachos que pasaban por ahí: «¡Dios mío!». Escuchó «un eco del fin» entre una oscuridad que no era la oscuridad del fondo del Sena, sino el pavor sin atenuantes que con un poco de suerte uno deja atrás cuando se sale de su cuerpo. Se vio el cráneo sanguinolento, el pelo suelto, la cara varada en la última mueca de miedo. Dio la espalda a su cuerpo abandonado allí porque le pareció demasiado dolorosa la imagen. Tuvo la tentación de ser una corriente más del río hasta que unas migas de luz empezaron a conducirlo a lo largo de un pequeño puerto en donde la pálida y bella Léopoldine estaba esperándola para guiarla por el mapa de la muerte.

—¿Cómo está mi hija amada? —le preguntó Hugo, el padre estremecido, avergonzado por interrumpirla—. ¿Sigue siendo igual a ella?

Era un rostro de cejas cortas, ojos viejos y nariz breve y puntuda. Tenía una flor roja incrustada en el pelo negrísimo pegado al cráneo y peinado por la mitad. Su sonrisa era triste y pequeña. De sus dos orejas colgaban un par de aretes largos de oro y de zafiro. Y, sin embargo, a la impostora Blanc no le extrañó que se pareciera tanto a su retrato, sino que le repitiera los versos de Hölderlin para calmarla palabra por palabra: *Que lo que somos aquí entre las ruinas / pueda una fuerza acabarlo más allá / con armonía y gracia y paz eternas,* le susurró, y emprendieron juntas el viaje «hacia la promesa de la eternidad» —escribió Hugo— entre los colmillos y las garras de dos filas de monstruos dignos de su zoológico humano.

Pisó un lago de todos los azules. Vio a la madre que nunca conoció, con la cabeza cubierta por una cofia blanca y la boca pequeñísima como un signo de puntuación, esperándola para vivir: «Yo no me quiero morir ni estoy lista para volver contigo», le gritó con la voz sin sílabas que se tiene allá en la muerte. Vulnerable por primera vez desde que era niña, frágil, se agarró de la mano de Léopoldine el resto del camino que la llevó a Dios. ¿Que por qué no fue a dar al infierno de aquellos años? ¿Que por qué se le permitió verse cara a cara con el creador a una impostora que se había pasado la vida engañando damas y caballeros por la Europa de las democracias para unos pocos? Ya lo sabré y cada cual lo descubrirá.

Léopoldine dijo «mi padre…» con puntos suspensivos, «*mon pére…*» en el original, cuando el único paisaje fue la presencia de Dios, pero no se lo dijo a esa luz que era el piso, el techo y las paredes de ese momento, sino que se lo soltó a Muriel.

Ella, Muriel la impostora, no trató de entenderle, ni se tomó el trabajo de buscarle un predicado a la oración. De acuerdo con los textos de Hugo, de inmediato se vio recorriendo su propia vida, desde el detalle más insignificante hasta el revés más bravo, como si fuera un párrafo y no más: estuvo en la habitación oscura en la que, para matarla de miedo, la encerraban esos siete hermanos que acabaron siendo cinco por culpa del cólera; en el piso enlodado y resbaloso de la carroza en la que escaparon todos un poco después del asesinato del duque; en las arenas finísimas de la isla de Elba, heladas e hirvientes según el día, en las que se hizo pasar por la princesa Zafira de Amirania bajo la mirada enamorada del hijo del pescador; en los reflejos de las luces de las velas en el estudio de los hermanos Grimm, adusto y tenso, el día en el que le mostraron la brutal historia del leñador que abandona en el bosque a sus hijos Hansel y Gretel; en la silla de madera del escritorio que habían puesto junto a una ventana en la habitación enajenada de Hölderlin; en la cama de velos y velos del marido que roncaba bocabajo después de tratar de arrancarle el corpiño de la noche; en el regazo inesperado del esposo energúmeno que era capaz de ser dulce cuando nadie más estaba mirando; en las carpas altas de «L'extraordinaire exposition ethnique de Madame de Valois», en el parque del Bosque de Bolonia, recibiéndole al crédulo e inexperto señor Maquet una sarta de galanterías como un poema de amor a su verdadera identidad; en el salón de té del estilo de los salones árabes que el botarate de Dumas había ordenado construir, en su Castillo de Montecristo, por los días en los que ella buscaba que él se concentrara para que le diera su tono a la versión final de «Historia de un muerto contada por él mismo»; en el largo diván lila junto al espejo del Salón de Plata del Palacio del Elíseo, en medio de la corte de imbéciles que le pedían al enclenque y caprichoso sobrino de Napoleón que cambiara la Constitución para terminar su obra de gobierno, sintiéndose ahogada mientras Victor Hugo le repetía «tiene usted la misma expresión suave e iluminada de mi Léopoldine»; en el mesón verdoso de la cocina llena de trastes de su propia casa, adornado por una canasta de manzanas rojizas y enmohecidas, explicándoles a Dumas y a Hugo que habían estado aplaudiendo a un hombre patético que estaba a unas horas de declararse emperador: «¡Dios mío!». Pero no recorrió sus hechos, sus escenas vívidas y palpables, como pasando las páginas de un libro de aventuras, sino, repito, como si su vida hubiera sido un simple párrafo, un cuarto de hora en el horizonte de la realidad.

Pero también —anota Victor Hugo, fascinado, en los márgenes de sus cuadernos de la isla de Jersey— como si vivir en el mundo fuera interpretarse a uno mismo en una puesta en escena que no comienza ni termina, sino que se va transformando para bien y para mal y sin la presencia de Dios: ante aquella familia que durante diez años había tratado de hacer el duelo, y había sido en vano, la impostora rediviva Muriel Blanc insistió en que había visto imágenes muy simples y muy importantes, muy felices y muy graves: el primerísimo primer plano de una estufa de juguete, el plano general de una tarde como una mañana en la playa, el plano cenital de un golpe en el cráneo. Y me parece importante decir que lo hizo cuatro décadas antes de la primera proyección cinematográfica de los hermanos Lumière.

Y me parece fundamental reconocer que, apenas terminó esa cadena de descripciones, vino un silencio incómodo como una pequeña condena.

—¿Y mi Léopoldine? —le preguntó Hugo, tomándole la mano entre las suyas como si fuera su hija, aturdido e incapaz de recobrar la rabia del exilio en esos momentos de revelaciones—: ¿estaba allí mi amada hija mientras repasaban sus vidas?

—Estaba allí después de todo, señor Hugo —le aclaró la señorita Blanc resignada, por primera vez en su larga cadena de enredos, a interpretar a un personaje secundario de la trama—: estaba empeñada en sacarme de allí para que viniera acá.

El dios de la muerte la dejó tenderse un rato en la isla de Elba, en las playas gemelas de Samson y de Sorgente, mientras se veía a sí misma descansar y descansar ante la vigilancia del amor del hijo del pescador. Estaba disfrazada con su traje dorado y su turbante plateado, de princesa Zafira de Amirania, tumbada bocarriba en las arenas a unos pasos de los acantilados. Se tapaba los ojos con el dorso de la mano derecha porque el sol no la dejaba ver. Estaba descalza. Se preguntaba si no sería lo mejor decirle la verdad a su dulce chaperón, que la miraba y la miraba como si fuera un milagro, y las aguas azulísimas y puras le rozaban los dedos de los pies de tanto en tanto. Se daba un respiro para volver a la vida. Pero ahora que era un espectro entendía que tomar aire era vivir.

Vivir no era arrancar, sino tomar impulso. Vivir no era exhalar, sino aspirar. En esas treguas, cuando el sol dejaba de ser un rayo y era un manto, se estaba más vivo.

La perdida Muriel Blanc repitió al dios que la pastoreaba que no quería morir. Quería volver allá. Quería buscar al hijo del pescador, a Cosme el tímido, a Cosme el soberano de nada, para verle la lentitud, la paciencia que ni siquiera lo era porque no había alternativa, la espalda como una pared que se paraba frente al mar a ver si era verdad, la incapacidad de ser otro. Sintió angustia cuando no se le contestó sí o no a la pregunta de si podía seguir viviendo. Sintió vergüenza apenas cayó en cuenta de que había muerto en el camino a rogarle por su vida al futuro dictador de Francia y ahora estaba pidiéndole lo mismo a un fantasma. «Puedo hacerlo mejor», pensó y lo dijo. «Puedo volver a decirles a todos que no venimos al mundo a servirles a engendros del demonio».

Y el dios de allá le contestó «entonces ve» y se fue apagando como una bombilla gastada.

La pálida y nerviosa de Léopoldine la tomó fuertemente de la mano y, cuando empezó a nublarse el paraíso en donde estaban y cuando fue claro que el dios no estaba cerca y no iba a estarlo, se la llevó por un sendero resbaloso y abrupto que iba a dar al purgatorio: aquel poblado ultraterreno, fantasmal, lleno de cráteres, en ruinas, seco, en donde uno tarde o temprano se cruza —créamelo: fuera de mí jugar con esto— con las otras almas en pena y en busca de purificación con las que uno tiene que cruzarse. Se cayeron tres veces en ese viacrucis: ¡tras!, ¡tras!, ¡tras! Se dieron ánimos la una a la otra porque por momentos parecía más fácil vararse y olvidarse de todo hasta que todo se olvidara de ellas. Y cuando llegaron al purgatorio se despidieron para siempre.

—Me dejó saber que había cumplido su pena, su penitencia, su eterna salvación —les explicó Blanc a los ojos encharcados de Hugo—, y me pidió que viniera a la isla de Jersey a contárselo.

La resucitada Muriel Blanc narró, fascinada y avergonzada por semejante relato, su aparatosa carrera contra el tiempo por las esquinas y los pasajes del purgatorio. Contó su regreso, de entre los muertos, a las orillas de piedra del Sena. Describió giro por giro cómo se fue convirtiendo en la vidente florentina Alda Malatesta. Reconoció que había sido la primera en sorprenderse con la aparición del espíritu de Léopoldine, en esa sala zarandeada, porque había sido una médium de mentiras hasta esa misma noche. Pero, aun cuando hizo lo que pudo para atender los detalles de la crónica sobrenatural y aun cuando en sus notas se refiere a todo ello, Victor Hugo se fue yendo de la conversación poco a poco hasta que se empezó a quedar dormido entre sus propias palabras.

—No sé qué trucos voy a hacer para agradecerle este alivio, señorita Blanc, pero créame que lo haré —le reconoció el escritor rascándose la coronilla y la barba.

—Usted podría ayudarme a tramar mi propio alivio, querido señor: he estado soñando con un vidente que es lector de las grandes obras de Victor Hugo y que según parece va a darle un propósito a lo que he venido viviendo desde que me fui —le respondió, y se tragó un bostezo mientras le tomaba la mano como si en verdad fuera su hija.

Y él le prometió que así lo haría con los ojos entrecerrados, y le dijo adiós y se dejó llevar a la habitación porque no había dormido bien en los últimos diez años.

Al día siguiente, miércoles 16 de noviembre de 1853, trató de reconstruir en su diario su sesión de espiritismo y su reencuentro a punta de garabatos y de párrafos de novela: «Hoy apenas puedo dar fe de la existencia de un fenómeno que se manifiesta a través de los giros y golpeteos de un pequeño cenicero de peltre: la existencia de muchos otros mundos —quizás más cercanos al nuestro de lo que suponemos— y de la eternidad de las almas…», escribió. Y luego de extraviarse una vez más en una cita de Shakespeare, pues venían al caso «mañana y mañana y mañana se arrastra con paso mezquino día tras día hasta la sílaba final del tiempo escrito» y «la vida es una sombra que camina, un pobre actor que en escena se arrebata y contonea y nunca más se le oye» y «¡apágate, apágate breve llama!», se dedicó a contar lo que he estado contando aquí.

Es claro que quiere dejar constancia de lo invisible. Termina diciendo que se guardará ese diario hasta su muerte y se enterrará con él «porque una oscura religión nos pide que la creación literaria, igual a cualquier trabajo de la razón humana, permanezca aparte de estos fenómenos inescrutables y jamás trate de apropiarse de ellos», pero es como si supiera que alguien algún día sabrá lo que pasó aquella noche y pasará la voz.

Y es como si estuviera elevando una plegaria para que alguien algún día cometiera en su nombre semejante vulgaridad y semejante error.

Bruno Berg
Boxeador

Según la carta corroída que redactó y envió a su madre desde la enfermería en el valle del Somme, una serie de hojas escritas por ambos lados con la letra apretujada y chiquita que los grafólogos suelen adjudicarles a los tímidos y los desconfiados sin amor propio, el soldado Bruno Berg no recogió sus pocos pasos desde la carnicería de la batalla hasta su infancia en la casa de la abuela en la villa de Bandelin, sino que revivió la pelea de boxeo más importante de su cortísima vida. Murió enloquecido y consumido, entre fogonazos y cercas de púas y oraciones sin sujetos, en la peor de las batallas de la peor de las guerras: «¡Alarma!, ¡alarma!, ¡alarma!». Dejó atrás su cuerpo de boxeador, con vergüenza de derrotado y con pesar, para seguir por un valle calcinado a una especie de espíritu de rango mayor. «Y una luz me cubrió como una neblina y una voz adentro de mí me preguntó si prefería vivir», escribió.

Dijo que sí. Que quería volver para vivir por fin una vida común y corriente. Que quería tener una mujer imperturbable y un hijo que no fuera como él. Que quería ver llover.

Que estaba cansado de ser la persona que era. Y que si regresaba a la vida iba a dejar a los demás en paz.

Y, como si la propia muerte se hubiera empeñado en persuadirlo —que es, a decir verdad, una experiencia compartida por muchas personas que han vuelto de allá—, Berg se vio entonces a sí mismo «librando una de las peores peleas de la vida».

Tardó un buen rato en comprender bien lo que estaba pasándole y un rato más en encontrarle el sentido a lo que tenía enfrente. ¿Por qué demonios, si estaba muerto, andaba ahora sentado con cinco gordos de bigotes y chalecos apretados y sombreros bombines en esa larga banca de madera que temblaba sobre el piso de adobe? Pues porque era un espectador fantasma e invisible en una sangrienta pelea de boxeo, que no era una pelea con los puños desnudos como las que había padecido en cuerpo y alma, pero se oía y se veía mucho peor. ¿Dónde estaba? Frente a un ring de lona blancuzca y vieja, el ring del rectangular e inhóspito Hells Gym de Greifswald, con la sensación de que el techo iba a venírseles encima de las cabezas si seguía temblando así.

¿Quiénes estaban peleando a muerte en aquel cuadrilátero con las esquinas descubiertas? Podía ver el espinazo del gigantesco Werner Krauss, que tenía pecho de paloma pero él lo llamaba «pectus carinatum» para que en el Hells Gym les sonara mítico, mientras arrinconaba a su pobre contendor a punta de golpes rectos de autómata, pum, pum, pum, pum, pum. Pero para darse cuenta de que el pobre contendor era él, el extraviado Berg, tuvo que levantarse y dar la vuelta y husmear por el sudoroso galpón entre los viejos desdentados que se habían soltado las corbatas, los calvos obesos y peinados que se pasaban la pelea pidiéndoles a los demás que se agacharan y los marineros arremangados que le gritaban al bárbaro de Krauss «¡mátalo, Palomo, mátalo!».

¿Cuándo estaba ocurriendo aquello? Dos años antes de su muerte, en las últimas horas del viernes 24 de julio de 1914, en un campeonato que era el único alivio de un poblado de techos apagados y picudos y apeñuscados —y de ceños fruncidos y de rabias sujetadas— que se pasaba de mano en mano el rumor de que estaba a punto de comenzar la guerra. Se escuchaba allá afuera, en la distancia, el tracatracatracatraca del tren a Wolgast. El cielo despejado de Greifswald parecía el cielo detrás del cielo: el cielo de la Luna. Hacía muchísimo calor afuera y adentro del gimnasio: dieciocho grados centígrados entre el humo pegajoso de las nueve de la noche. Había charcos de agua y huellas de cerveza en el piso que Berg recordaba menos pisado, menos gastado.

Luego de darle la vuelta al lugar, entre los gritos y los manoteos y los escupitajos, el espectro de Berg se quedó viendo al cuerpo de Berg con una compasión que habría querido experimentar desde el principio. No se estaba apoyando en el pilote de la esquina del cuadrilátero, sino en el de la mitad. Quién sabe qué demonios estaba esperando para salir de ahí. A ratos se cubría la cara con los puños, ay, y a ratos bajaba la guardia porque su verdugo acababa de darle un golpe a la altura del riñón. Y entonces soportaba los jabs, los ganchos, las puñaladas en las costillas como si las mereciera, como si la vida fuera así y no hubiera mucho más. Se tragaba las flemas y el sudor de las sienes. Se le metía en el ojo la sangre de la ceja izquierda.

Y si levantaba esa mirada tuerta a duras penas notaba que enfrente, detrás de un velo plagado de manchas, tenía un pecho de paloma y una mueca de rabia, de violencia sin más.

Siguió el espectro de Berg su marcha aturdida, entre el delirio y la voracidad de los espectadores, pues en un principio pensó que no podía hacer nada por su propio cuerpo: «Yo me voy». Se movió a través de las personas, como cuando recién se había muerto, más parecido a un miedoso en busca de la salida que a un fantasma en procura de una respuesta a su estado de la materia. Quería irse de una buena vez, porque además se entreveían las calles ajenas de Greifswald iluminadas por el cielo de la noche, pero se dio cuenta de que Eva Katz, con su blusa blanca de puntos grises amarrada a la cintura y su pelo agarrado atrás como el pelo de una mujer piadosa, estaba apoyada contra una pared a unos pasos de la puerta y se tapaba los ojos.

Balbuceaba una plegaria que, acercándose a sus labios y a sus dientes pequeños y a su lengua, resultó ser *Durch Sein schmerzhaftes Leiden hab Erbarmen mit uns und mit der ganzen Welt*: «Por su dolorosa pasión ten misericordia de nosotros y del mundo entero». Era verdaderamente increíble que ella estuviera ahí porque unas semanas antes le había confesado que le temía y porque todo había salido mal entre los dos aquella vez en el bosque junto a los montículos de paja. Berg, el boxeador, se sentía un poco más cómodo, un poco nada más, junto a los hombres. Se quedaba viéndoles los cuerpos tallados y lisos y sudorosos, antes y después de los combates, con envidia y con fascinación. Soñaba que les tocaba el pecho como si fueran estatuas. Y que le decían «más». Pero iba a misa para ver a Eva Katz cantar *Die Nacht ist kommen*, con el coro de los niños, porque le producían perplejidad su fragilidad y su nariz arrogante.

Ciertos domingos se quedaba esperándola y esperándola afuera de la capilla y, para protegerla del monstruo que se había llevado para siempre a un par de hijas castas, la acompañaba de vuelta a la casa de sus padres allá en la pequeña villa de Bandelin. A veces hablaban. A veces no porque ella quería estar callada y él nunca tenía mucho que decir. Dejaban atrás las pequeñas casas por la Neue Straße, superaban los sembrados que no tenían fin en el horizonte, cruzaban los campos hasta llegar al camino polvoriento que conducía al cercado de pinos altísimos. Allí, en la entrada, ella le daba las gracias y le decía adiós como dándole una orden. Y él, que estaba a punto de convertirse en un campeón de boxeo amateur, se iba a practicar en el gimnasio mientras pasaba la apabullante tarde del domingo.

Acababa de cumplir dieciocho años. Vivía con su madre y con su abuela. Vivía enfurecido porque sí. Se sentaba a beber jarras de cerveza y a contener las ganas de orinar y a escuchar las conversaciones con sus amigos. Y salvo a Eva Katz, que la tenía al lado cada ocho días, se les acercaba a las mujeres más de la cuenta como un perro empeñado en olisquear hasta saber a qué atenerse.

Era un muchacho hosco, temido, que se metía en sus propios problemas porque nadie quería problemas con él. Y ella, sin embargo, empezaba a aceptarle las reglas y a hablarle en su misma lengua. Una de esas tardes de domingo le puso el tema del matrimonio, y paso a paso fue consiguiendo que él le hiciera una propuesta. Fue Eva la que llevó a Bruno de la mano hasta el bosque para darle un primer abrazo y un primer beso, pero fue la bestia de Bruno, que sólo conseguía contener su violencia ejerciéndola, quien se dio permiso de agarrarla de la cintura, de besarle el cuello, de morderle los labios, de destrozarle la blusa de puntos grises, de empujarla al suelo, de lanzársele encima antes de que se le fuera, de apresarle las muñecas para que no siguiera empujándole los hombros.

Paró antes de bajarse los pantalones, como si una voz le hubiera dado la noticia del fin del round, porque sintió un par de jalones en la base de la cosa y notó que se le estaba empapando la entrepierna como cuando soñaba con cuerpos ajenos en las madrugadas. Ella le gritó «¡no más!», «¡nicht mehr!», «¡Vater!», «¡padre!», tratando de cubrirse con lo que le quedaba de camisa, para acabar de despertarlo. Y él la miró muerto de miedo entonces y sólo atinó a jurarle por su madre que él no era el monstruo que se llevaba a las vírgenes para siempre y salió a correr bosque adentro porque pensó que los severos seguidores del severo pastor de la villa iban a quemarlo vivo en algún rincón en donde todos lo vieran rogarles perdón.

Pasó el día y la noche en ese bosque de fábula, de olmos, de fresnos y de tilos, de zorros, de tejones y de jabalíes, convencido de que tendría que huir para siempre: morir de cierto modo. Hacia el miércoles de esa misma semana, cuando empezó a verse mareado y perdido, decidió tomar el camino a Greifswald. Se encontró, en la floresta, una casa tallada en madera y en piedra que tenía la puerta a punto de caerse y todas las ventanas rotas. No había nadie allí. Nadie. Tres lámparas de cobre se balanceaban como si el mundo estuviera temblando, pero era apenas el viento lo que estaba pasando. La mesa larga de la entrada, adornada con un frutero como un bodegón descompuesto, estaba repleta de bolas de polvo.

Habría podido quedarse ahí un par de días más, quizás, porque los calderos y las cebollas fosilizadas y las botellas verdosas de la cocina insinuaban que allí no había nadie: ¿de quién era todo eso? Siguió adelante porque cuando no soñaba con cuerpos de dioses y de titanes esculpidos por Dios, que Dios también era el creador de los pecados y de las tentaciones, soñaba con puñaladas por la espalda. Se quedó unas semanas en Greifswald porque estaba a punto de empezar el campeonato amateur del Hells Gym y apenas vio los carteles pensó «de pronto puedo volver si es que vuelvo con gloria…». No dejó de despertarse en la oscuridad, no, no dejó de levantarse desbordado por la violencia de sus sueños. Pero ganó todas las peleas que tuvo hasta llegar al combate final.

A «el Teniente» Jürgen Tauber, que le prometió la muerte y le apretó los dientes como un perro bravo antes de poner un pie en el ring, lo lanzó hacia atrás con un gancho en la mandíbula: diez, nueve, ocho siete, seis, cinco, cuatro, tres, dos, uno. A Oliver Neumann, «el Bailarín» de Düsseldorf, se lo llevó en el sexto round hasta una esquina llena de gritos y lo reventó a punta de golpes en los costados. A Vogel, a Salomon y a Gronwald, tres destructores impíos y resignados a su brutalidad, les soportó los jabs y los curvos rabiosos —y esperó y esperó a que se les agotaran las fuerzas entre la sangre y el eco de los porrazos— porque tenía el umbral del dolor más alto de toda la región y se subía al cuadrilátero con la certeza de que su vida valía menos que las vidas de los demás.

Nadie, ni siquiera la terca de Eva Katz, pensó que su aguante, su temible imperturbabilidad de hombre sin amor propio, le iba a ser suficiente para soportar una batalla con Werner Krauss.

Krauss, el boxeador del pecho de paloma, era un hombre con complejo de Goliat que perdía la cabeza —y era capaz de morder orejas y de arrancar cabelleras— cuando las peleas duraban más de diez minutos. Estaba acostumbrado a derrotar al que le pusieran enfrente, y, en el peor de los casos, a enviarlo al hospital, en cuestión de segundos. Era el hombre opuesto a Berg, pues, como cualquier máquina de las de antes, no pensaba dos veces, no reculaba. Si me permiten el símil de periodista deportivo, hay gente que se duerme por nocaut y gente que se duerme por puntos. Y, mientras Krauss jamás tenía problemas para caer y caer en el sueño, Berg solía enfrentarse a la noche como a un callejón sin salida y sin fin: «Líbrame, Dios, de estos sueños», pedía bocarriba, y en vano, y no pedía nada más.

El viernes 24 de julio de 1914 llegó agotado, con ojeras de niño y moral de pesadilla, a la pelea por el campeonato. El público de sotanas y de trajes desabotonados hablaba de la guerra como de una estación irrevocable. Se sentía en el aire espeso, viscoso, la esperanza de ver lo peor. El mítico boxeador Max Schmeling cuenta, en su sentenciosa autobiografía de 1994, que a sus nueve años él no sólo era el único niño que estaba frente a ese ring aquella noche, sino el único espectador que estaba convencido de que Krauss iba a necesitar la pelea entera para acabar con Berg: «Aprendí de la terquedad de Berg, de ese combate prácticamente perdido, que existía entre los hombres una raza de pugilistas que simplemente ganaban porque no querían perder», señala.

Salieron los dos boxeadores, Krauss y Berg, con las pintas que habían estado usando desde el puro principio del torneo. Krauss llevaba cubierto el torso de palomo con un uniforme forradísimo al cuerpo y decorado en la cintura con una pañoleta carmín que lo hacía ver como un tonto disfrazado de semental hecho a la idea e incapaz de dudar de sí mismo. Berg tenía a la vista su pecho lampiño, como de piedra que apenas está siendo esculpida, y andaba por ahí con un pantalón blanco lleno de arrugas apenas sujetado con un lacito de cuero negro. No hubo exploración ni hubo tregua. Krauss arrancó la pelea con un grito de guerra y la intención de abrir la guardia de Berg con varios golpes de izquierda. Berg trató de ser el más rápido, el más ágil, hasta que Krauss le impuso sus reglas e hizo imposible acercarse a su figura sin salir lleno de sangre de allí. Berg quiso despertar e ir para adelante, pero la mano izquierda de Krauss no se detuvo jamás, y la única estrategia que se le ocurrió fue recibir los puñetazos y los pisotones, los guantazos y los empujones, a la espera de que ese loco terminara de enloquecerse. Se puso enfrente de la bestia para que fuera lo que tuviera que ser. Se entregó al castigo. Se dejó sangrar. Y desde ese momento ver el combate fue como ver un sacrificio, como ver, mejor, una ejecución.

Por ello Eva Katz cerró los ojos y repitió como un mantra su *durch Sein schmerzhaftes Leiden hab Erbarmen mit uns und mit der ganzen Welt*. Por ello buscó la salida y se fue.

273

El espectro de Berg se fue detrás de ella, hasta la catedral de San Nicolás en la plaza de mercado central, prometiéndole en vano —porque ella no le escuchaba nada, sino que a duras penas sentía escalofríos— que su cuerpo no iba dejarse matar ni iba a morirse en aquel combate: «¡Eva!, ¡Eva!». Trató de detenerla entre las sillas y las mesas de la cafetería. Se le puso enfrente, unos pasos después, por los lados de los estandartes y las farolas. Pero no pudo ni quiso seguirla más porque entonces fue de boca en boca el grito «¡Krauss va a matar a Berg!» hasta convertirse en la noticia «¡Krauss mató a Berg!». Recogió sus pasos, más allá de los coches fúnebres y de los corderos, con la sensación de que se había dejado solo a sí mismo. Se dijo «yo no merezco vivir».

Y mientras regresaba al Hells Gym en donde estaban castigando a su cuerpo sintió una vergüenza y una pena que no había sentido en vida porque en vida no se había dado cuenta del daño que le había hecho a esa pobre mujer: «Perdón», rogó, «no supe nada».

Al final de la *República* de Platón, pues incluso la *República* de Platón es sobre la muerte, el inagotable Sócrates narra al verosimilista Glaucón el mito escatológico de Er como un viaje de doce días por el ultramundo en los que aquel soldado de Panfilia se entera —para traerlas— de las noticias de la inmortalidad del alma, la expiación que viven quienes mejor se han preparado para la eternidad, las armonías de las esferas del cosmos y los enlaces entre la libertad y el destino. Er muere en el campo de batalla. Y cuando vuelve de aquel lugar de abismos y de pasajes, en el momento justo en el que va a ser quemado en la pira funeraria, cuenta que no se le ha obligado a beber las aguas del río del olvido, sino que se le ha encomendado narrar lo que él mismo vio: vio la marcha de los espíritus cabizbajos por haber muerto en la deshonra, vio el camino que lleva a los seres justos al cielo, vio el viacrucis de vuelta que conduce a los seres tiránicos a su tierra sin aire, vio el Tártaro en el que los condenados son vigilados por monstruos indignos, vio al guía que conduce a las almas a elegir la gloria o el olvido para volver a la Tierra como animales o como personajes secundarios: «Si me creéis a mí, teniendo al alma por inmortal y capaz de mantenerse firme ante todos los males y todos los bienes, nos atendremos siempre al camino que va hacia arriba y practicaremos en todo sentido la justicia acompañada de sabiduría», dice Sócrates en su monólogo final. «Y así, tanto aquí como en el viaje de mil años que hemos descrito, seremos dichosos», concluye.

Retomo la parábola del espeluznado Er porque, como Berg y como tantos soldados de tantas guerras, fue testigo ocular de las miserias del más allá, pero no supo en qué momento ni cómo ni por qué regresó a darle vida a su cuerpo. Sintió la vergüenza y la pena que sintió el boxeador mientras trataba de alcanzar a su víctima por la plaza de Greifswald: a Eva. Experimentó lo que experimentaron los veteranos que digo, que eran muchachos amputados por otros muchachos, pues también se vio rodeado de espectros asesinados por la espalda. Y luego se le habló de la disyuntiva entre seguir muriendo y seguir viviendo. Y de pronto, acto seguido, abrió los ojos en este sitio que lo obliga a uno a cerrarlos.

El fantasma del boxeador Bruno Berg volvió al gimnasio —a regañadientes, pues su regreso significaba la certeza de que no iba a ver nunca más a Eva— porque sintió la necesidad absurda de evitar que mataran a su cuerpo maltrecho y ensangrentado antes de la batalla del Somme. Los espectadores de la jornada se acercaban al cuadrilátero, al ring, como una jauría, como una manada de descuartizadores. Los espectadores pedían muecas de dolor y dentaduras rotas: «¡Mátalo, Palomo, mátalo!». Y allá arriba Berg se dejaba golpear, ¡pum!, ¡pum!, ¡pum!, resignado a merecerlo. Y a veces se cubría la cara con los puños, y a veces le daba igual que lo volvieran mierda, y a veces esperaba el golpe que lo dejara inconsciente, fascinado por la violencia de Krauss.

Allá arriba, en la lona, Berg el espectro creyó verle a Berg el cuerpo un gesto de miedo inocultable —el pobre entrecerró los ojos, frunció el ceño y levantó la palma de la mano como pidiendo misericordia inconscientemente— antes de la caída. Krauss le lanzó un jab silencioso que sólo hubiera hecho temblar a un boxeador sin aire y sin fuerzas y sin piernas como él. Pero luego, cuando notó que su rival pedía clemencia con la mirada y violencia con el resto de los músculos, le dio un gancho estruendoso que lo tumbó de espaldas: «¡Mátalo!». Y mientras el réferi llevaba la cuenta convencido de que ese era el fin, «uno, dos...», Berg el espectro empezó a darle ánimos a Berg el cuerpo como aceptando que uno se tiene a uno y poco más.

—Mierda, Bruno, vamos, qué estás esperando para levantarte —se gritó en el oído—: ¡tú tienes que vivir!

Pero el ultimátum seguía adelante, «tres, cuatro...», como un obituario, como un sermón pronunciado sobre su figura de ahogado bocarriba. Y a pesar de que no podía darse a sí mismo un masaje cardíaco para reanimarse, porque a esas alturas era un viento sin manos nada más, susurró un ruego por su buena suerte, gritó su propio nombre varias veces aunque no tuviera boca y nadie pudiera escucharlo, y trató de ocupar esa especie de cadáver, trató de entrarse como a un sitio. Desgonzado sobre la lona, «cinco, seis...», Berg el cuerpo sospechó que Berg el alma estaba reclamándole su viejo lugar desde el momento en el que empezó a temblarle el pecho. Abrió los ojos a pesar de la sangre. Y creyó verse a sí mismo rogándose un poco más de voluntad.

Se puso de rodillas porque se vio la cara de angustia que jamás se había visto: «Siete, ocho...». Se levantó de golpe cuando escuchó la palabra «nueve», «neun», y tambaleó un poco como el amanerado compositor de esa película, *Der Totentanz*, cuando su amante trata de matarlo porque se ha quedado sin soluciones, y vino un breve y curioso silencio antes de que la manada de los espectadores volviera a su delirio: «¡Sal de ahí, Berg, muévete!», creyó escuchar entre el humo que estaba metiéndosele a la garganta y en medio de un olor penetrante que era la suma de todos esos cuerpos sudando, echándose pedos, orinándose por ahí en un rincón porque no era tiempo de salir del galpón. Asintió. Dijo que podía seguir. Y apenas pudo enfocar a su contendor, apenas consiguió que su mirada se quedara quieta, le notó el miedo y el agotamiento.

Dio unos cuantos pasos hacia atrás y unos cuantos pasos hacia el lado en el intento de recobrar el equilibrio. Puso nervioso a «el Palomo» Krauss porque ya no parecía dispuesto a dejarse arrinconar y porque se desplazaba por el cuadrilátero como si hubiera vuelto de entre los muertos dispuesto a echar a andar un plan. Buena parte del público se puso a su favor: «¡Pégale, Berg, reviéntalo de una vez!». Ciertos apostadores de camisa apretada le dieron la orden de caerse y no joderlos más. Un pastor le mostró un crucifijo y le besó los pies. Y él empezó a sentir en el estómago una vieja canción patriótica que le tarareaba su abuela: *Was ist des Deutschen Vaterland...* Y supo que alguien estaba sosteniéndole la espalda y asumió que había recobrado un poco de sus fuerzas.

Berg el espectro se quedó atrás, al lado y adentro de Berg el cuerpo, el resto del combate. Le advirtió un par de peligros. Le susurró «¡vamos, Bruno, dale en las costillas!». Le dijo qué hacer.

Según cuenta Schmeling en sus memorias, que por momentos adquieren visos de novela, «fue un verdadero milagro: Bruno Berg se puso de pie, macizo y determinado, con aquella mirada de lucha por la supervivencia que tanto le admiré cuando era niño». Y en vez de arreciar la golpiza, en vez de empeñarse en darle la estocada final y en noquearlo para siempre, Werner Krauss se derrumbó por dentro y por fuera porque no se esperaba semejante agilidad a esas alturas de la pelea. Berg lanzó ganchos, laterales, directos, como si fuera la redimida tortuga de la fábula. Comparado con su aturdido rival, se le vio ligero, saltarín. Y cuando faltaban unos segundos para el final del noveno round, conectó un jab en la nariz y en los ojos y en la boca de una vez —y conectó otro y otro más— que hizo explotar esa cara arrogante como un corazón preñado de sangre.

Krauss apenas alcanzó a mirarlo con cara de «esto es una traición», de «yo soy el mejor y no me merezco este trato», de «yo iba a pagar una deuda con el dinero de este premio», antes de tambalear en busca de las cuerdas y de venirse abajo de bruces.

Vino el conteo inútil desde el uno hasta el diez. Vino un reguero de ruidos, de vivas, de anuncios truncos de que había un nuevo campeón en Greifswald. El peleador Bruno Berg, de pie en el escenario como un actor convencido de que ni una lluvia de aplausos podría devolverle lo perdido, fue incapaz de sonreír y de contestar las preguntas que le estaban haciendo. Si acaso levantó un brazo en señal de victoria. Se dejó colgar la medalla en el cuello y encajar la bolsa con el dinero en la axila. Asintió varias veces porque le pareció el gesto menos grave. Y apenas vio el camino despejado salió de allí entre las palmadas en la espalda y los insultos y los vítores sin fijarse siquiera en los viejos arremangados que trataban de levantar como un bulto muerto el cuerpo inconsciente de su contendor.

Berg el espectro quiso seguir a Berg el boxeador, para asegurarse de que no se perdiera por el camino, pero ya no fue posible hacerlo porque ya no estuvo más en aquel gimnasio del fin del mundo.

Se encontró a sí mismo en donde estaba antes, en un valle que iba aclarándose en cuestión de segundos e iba recobrando los azules de su cielo y los verdes de sus pastizales y de sus hojas, más incómodo que a salvo allá en la muerte. No pasó mucho tiempo antes de que fuera consciente de la presencia de aquella luz serena con aires de Dios. Sólo alcanzó a pensar un poco en Krauss, abatido y descorazonado y achatado y engendrado de nuevo desde esa pelea en adelante, acusado de robarse un par de cabras de una granja en Levenhagen, salvado de la depresión y de la deshonra por la campana del reclutamiento, redimido en los autos de la historia humana por haberse encargado de leer el Salmo 23 en la tregua de Navidad en el frente occidental de la peor de las peores guerras.

Pensándolo bien, teniendo en cuenta, además, aquello de que el contexto de la vida es la muerte, no era ese un mal destino. De ninguna manera, no, para nada. Ser el hombre que halló de pronto, en aquella cabeza maltrecha y revuelta por dentro de tanto recibir golpes y tanto darse contra el piso, la idea de decorar las trincheras porque ya era Navidad. Ser el tipo que cantó *Noche de paz* como un tonto generoso que ha perdido el control de sus palabras, *Stille Nacht, heilige Nacht, / Alles schläft einsam wacht...*, hasta conseguir que se le uniera el coro de sus hermanos súbitos del ejército del Imperio alemán; que los soldados británicos le respondieran con *Noel, Noel, born is the King of Israel*; que los muchachos de ambos bandos terminaran encontrándose en la tierra de nadie para regalarse cigarrillos y sorbos de whisky.

Fue el propio Werner Krauss, decía, el torpe encargado de leerles el Salmo 23 a propios y a extraños durante la madrugada de la tregua:

El Señor es mi pastor y nada me falta.
Sobre los pastos verdes me deja reposar.
Por las aguas serenas me conduce.
El Señor me da una fuerza nueva.
Me consuela. Me empuja a perseverar.
Me lleva, de la mano, por el camino cierto,
por el amor de su nombre.
Aunque un día yo camine por el valle de la muerte
no temeré mal alguno
porque Él está conmigo.

Se cuenta que después de su lectura, llena de zancadillas y de titubeos, no había un solo ojo seco en la tierra de nadie. Se dice que Krauss se puso a llorar y que esa fue la primera y la única vez.

Durante esos días de paz, tan raros por lo sensatos, pudieron recuperarse algunos cadáveres. Se llevaron a cabo sepelios desgarradores y misericordiosos. Se jugó «a muerte» un partido de fútbol que quedó al revés que la guerra, Alemania 3 e Inglaterra 2, porque en los últimos minutos un soldado que jamás mostró otro talento metió un aparatoso gol de cabeza que en cualquier caso fue gol. Se pactó, a espaldas de los superiores y de las arengas de los putos políticos, disparar a blancos vacíos para salvar vidas. Y así fue hasta que los comandantes captaron lo sucedido, y tomaron medidas contra la compasión de sus soldados, y jugaron el juego de recrudecer la guerra, y dieron la orden de bombardear en las Navidades para arruinarles a las tropas la tentación de lo humano.

Krauss murió en el bombardeo del año siguiente justo cuando estaba imaginándose un futuro: «Cuando regrese…». De su cuerpo no quedó el pecho ni quedaron los puños porque él estaba allí, como el centro del blanco, cuando cayó el horror. Y, en un giro del destino que honra al universo, su recuerdo no suele asociarse con aquella derrota, sino con la mítica tregua del día de Navidad.

Krauss no volvió de la muerte porque en su caso no había cuerpo para volver, pero como todos los combatientes, como Er y como tantos soldados de tantas guerras más —y he debido preguntárselo a los soldados colombianos que entrevisté para recrear la guerra colombiana, pero quién iba a saber—, tuvo que haber sentido un abatimiento profundo cuando el tribunal de la muerte puso en sus manos la decisión de quedarse allá o volver a este estercolero. Con su letrica amontonada y pequeñísima, Berg escribió en la carta a su madre, que murió por la gripe española con las hojas abandonadas sobre la mesita de al lado, que morir le avergonzó los huesos y enfrentar la posibilidad de volver a vivir lo avergonzó aún más, porque de inmediato notó que jamás había sido un adulto, jamás había perdido a su madre, jamás había tenido a nadie a cargo, jamás había llorado porque sí, jamás había perdido la batalla con lo prosaico.

Pidió regresar, de rodillas ante Dios y ante su comandante y ante su universo escrito y reescrito hasta la saciedad, por esa misma razón: porque quería pedir perdón, porque esperaba quedarse sin excusas, porque insistía en recobrar el derecho a tener el coraje de los decadentes, de los viejos.

Dijo «sí, quiero», como comprometiéndose con su mujer en el altar de una capilla, cuando sintió por dentro la pregunta de si quería vivir después de todo: ¿por qué?, ¿para qué?, ¿hasta dónde? Y entonces se le concedió el regreso a su cuerpo, que estaba debajo de unas ramas y unas púas en la batalla del Somme y pronto iba a ser lanzado a una fosa, pero no se le dijo cómo debía hacerlo, cómo volver. Atravesó el valle de la muerte engarrotado por el miedo a semejante silencio y semejante horizonte. Siguió hacia adelante con la esperanza de que en verdad fuera «adelante». Se encontró en un momento dado a un paso de un precipicio. Estaba buscando un modo de bajar cuando vio en la lejanía una figura yéndose más y más y más.

¿Quién era? ¿A dónde iba? ¿Cómo había llegado a ese lugar? ¿Por qué no se daba la vuelta a verlo a él si él estaba llamándola con la voz interior de los muertos?

John W. Foster
Exastronauta

Peor aún: ¿por qué en el momento definitivo de aquel viaje, ni más ni menos que en la reseña de su vida allá en la muerte, el astronauta ilinés John W. Foster vio «con los ojos de los fantasmas» su infancia terraplanista, su juventud desenterrada por la fuerza telúrica del rock and roll, su adultez empeñada en ganarse una posición en la NASA, su recorrido verificable por los parajes despoblados y plomizos de la Luna, su gira de héroe gringo convencido de la percepción extrasensorial y de la iluminación, y su decadencia ridícula como de estrella venida a menos en Hollywood, pero por qué fue obligado a presenciar con sumo cuidado, sobre todas las escenas de su pasado, los pormenores de aquella larga conversación en la que trató de convencer al cineasta Stanley Kubrick de llevar a cabo una misión?

¿Por qué? ¿Para qué? ¿Qué importancia podía tener una anécdota graciosa, como un as en la manga para romper el hielo en una comida con desconocidos, en el contexto de su vida de hombre con una misión en la Tierra?

Es en aquel deslucido video titulado «Death by Foster», subido a la galaxia de YouTube, repito, por un tal Zener1001, donde el astronauta lenguaraz y lengüisuelto se lanza a contar su breve vida como un muerto. A los 38 minutos y 18 segundos de la conferencia, con los ojos aguados y la voz resquebrajada, se describe como un cuerpo de luz que iba de un lado a otro en cuestión de milésimas de segundo, habla de haber visto a su propio cuerpo con los ojos cerrados y con el cuello inmovilizado sobre una camilla adentro de una ambulancia Dodge B300 rodeada de espectadores con el alma en vilo, recrea las frases sueltas que dejaron escapar los peatones desde «mejor él que yo» hasta «dime tú si no existe el puto destino», relata el recorrido desde los locales de Whiskey Gulch hasta el Community Hospital de Ashland, Oregon, y narra grito por grito la entrada de su cuerpo a la sala de urgencias rodeada de árboles secos.

Explica el señor Foster al embelesado público de su conferencia que cuando iba a cruzar aquel umbral, como si fuera el acudiente de su propio cuerpo, una abuela con un sombrerito de flores amarrado al cuello que había visto en alguna parte —y que resultó ser la terraplanista Lady Blount— le dijo «venga conmigo, doctor Foster, no tema» con un respeto misterioso que es patrimonio de los cristianos. Declara que mientras seguía a la señora por un paisaje en blanco y negro recibió mensajes como lecciones de humildad desde otros mundos sobre el propósito de todo esto. Cuenta que, una vez recibidas las «ondas cifradas», se encontraron con una puerta de latón que contenía «una luz envolvente y apacible que alcanzaba a adivinarse en el dintel».

Detrás de la entrada, asegura, se adivinaban las voces mansas de The Moonglows o The Orioles o The Five Satins: «Alguno de esos quintetos de música doo-wop que remediaban cualquier tarde de los cincuenta». Pero apenas entró, que no escribo «entraron» pues ya no vio más a su chaperona, tuvo enfrente a un hombre del espacio que le preguntó qué había hecho con su vida.

Si usted no quiere ver nada más de esa conferencia, si no tiene un minuto más entre las obligaciones familiares, los compromisos sociales, las tareas pendientes de la oficina y las temporadas de las series por terminar, entonces comience a revisar la conferencia que he estado citando —antes de que alguien tenga a bien quitarla de allí— desde los 47 minutos y 55 segundos.

Foster se pierde entonces en un monólogo en el que apenas respira, apenas usa puntos y usa comas: «A pesar de ser la luz del mundo, como dijo Jesús de sí mismo, se me mostró con su figura alargada y camaleónica y con su expresión noble de abuelo, de padre más allá del bien y del mal. Muéstrame, me dijo, pruébame que hay gente amada que te ama a ti y que va a ser mejor si tú regresas a sentártele al lado, hazme una oferta superior a tu placer y a tu gloria, convénceme de que todavía no has terminado de vivir lo que fuiste a vivir allá o de que tu historia ha sido una historia con un principio, un medio y un fin, pero me lo dijo con una compasión risueña y con un humor burlesco que me tranquilizaron de inmediato. Y entonces, créanme o no, empecé a revivir lo que había vivido como un recuento de los hitos de mi vida, como una revisión, de tribunal invisible, de los puntos bajos y los puntos altos de una condena. Me sorprendieron la alegría de mi infancia, mi amor por el béisbol, por los experimentos científicos y por las películas de serie B de los cincuenta, pues por el lavado de cerebro del terraplanismo no recordaba esos primeros años como un periodo particularmente útil de mi vida. Me impresionó de buena manera verme caminando solo a los cinco o a los seis, por las calles rigurosas e inflexibles de Zion, como un figurante feliz de la coreografía para la sanación divina. ¡Me vi luego peleando con papá porque no tenía la edad para fusilar hijos de puta de otra nación en la guerra! ¡No sabía yo que eso se llamaba *tener suerte*! ¡No era aún el chico que iba a remplazar una mente por la otra, un espíritu por el siguiente, apenas escuchara *Mystery Train* con —ojo, señoras y señores, a esta definición de amor— la única otra persona del pueblo que creía que el planeta era redondo!».

Foster no detalla suficientemente las escenas de su vida, quizás porque, como tantos otros que han vivido experiencias fuera de sus cuerpos, sólo vio un montaje de imágenes de aquellos momentos fundamentales para su historia, sino que apenas habla, en el video que digo, de haber visto su pierna martilladora en el taxi que lo llevó a la muerte, su cara congestionada en una esquina de una orgía de drogas como la cara de un niño en la esquina del patio de recreos, su figura de rodillas a unos pasos del módulo lunar contra el telón renegrido e iluminado del universo, su vida diaria en la base aérea de Brooks, su

matrimonio con Alicia Bull convertido en una negociación fallida y tormentosa, su primer bebé en sus brazos, su esposa diciéndole qué hacer con los cuerpos de los dos, el viejo mapa de
la Tierra bíblica, cuadrada y quieta que hizo el profesor Fergu-
son en 1893.

Habla, eso sí, de cómo la luz atravesaba las ventanas e iluminaba los rincones de esas secuencias, de cómo los objetos se
veían recién llegados y definidos y abandonados en aquellas
situaciones, de cómo —abro comillas para que no se confunda
este testimonio con una licencia poética— «las personas parecían actores disfrazados de personajes porque los lugares parecían escenarios decorados para estremecer a los espectadores».
Menciona brevemente la sospecha de que los grandes inventos
tengan su origen en paseos por la muerte. Advierte sobre la
compasión irrepetible que se siente al observarse a uno mismo,
«como una cámara al hombro de reportero de guerra», de cinco, de diez, de quince años. Se tiene la tentación de darse ánimo, de susurrarse «todo va a estar bien porque todo va a estar
bien aquí en la muerte», cuando se es testigo del desamparo de
los veinte, de los veinticinco, de los treinta.

Puede uno quedarse pasmado antes los pliegues y los lunares de su propia mano, pues no deja de ser un milagro que nadie más los haya tenido en la historia de la humanidad. Tiende
uno a avergonzarse, sin perder por el camino esa versión del
amor propio que se siente por primera vez, de los intentos desesperados por seducir, por conquistar, por caer bien a los demás: «Yo nunca vi a nadie así de hermoso».

Viéndolo bien, releyendo mi copia subrayada y anotada de
la entrevista que le concedió a *The Evening News* un tiempo
después de su regreso de la Luna, el astronauta Foster menciona esa piedad por uno mismo como algo gracioso porque sigue
llevando adentro el alma de los narcisos: cómo no tenerse piedad, mejor dicho, cuando a uno le gusta su reflejo. Pero a partir
del minuto 52 con 25 segundos de la conferencia *no parece ser*
su egolatría sino su delirio —hago énfasis en «no parece ser»
porque si algo le debo a la experiencia de morir es la convicción

de que en una vida cualquiera caben todas las posibilidades—
el móvil detrás de su relato: reconoce que él no habría elegido
ese momento de su biografía, sino su viaje a la Luna, para volverlo a ver «ante ese espejo de cuatro dimensiones», pero, como
si jamás hubiera escuchado la expresión «teoría de conspiración», se le ve dichoso en la narración de cómo fue él quien
asesoró al cineasta Stanley Kubrick en la construcción de un
riguroso plan B que se habría puesto en escena en el caso de
que el Apolo 11 no hubiera pisado la Luna.

Hay exclamaciones en el auditorio: «¡Oh, Dios!», «¿Qué
dijo?», «¡Vete al puto infierno!».

Hay carcajadas. Hay carraspeos francamente incómodos.
Pero Foster se extravía entonces —véalo usted mismo manotear y soltar risitas de chiflado— en un relato que puede usarse
como prueba reina de su megalomanía o de su locura.

Se ha dicho ya en todos los tonos, pero, como dice Rivera,
para echar a andar esta narración conviene repetirlo: la NASA,
en plena Guerra Fría entre los Estados Unidos y la Unión Soviética, no podía darse el lujo de fracasar en su expedición lunar. De 1945 a 1991, cuatro décadas y media ni más ni menos,
los gringos se dedicaron a cogobernar América Latina sin el
menor pudor mientras los rusos se encargaban de respaldar
revoluciones guerrilleras de hemisferio a hemisferio. De 1957
a 1975, en medio de semejante pulso que de vez en cuando
revive, el uno trató de ganarle al otro la competencia por la
conquista del espacio exterior, por colgar allá arriba satélites
artificiales, lanzar seres humanos en cohetes temblorosos y poner a algún representante de la especie sobre la pobre Luna.

El viernes 4 de octubre de 1957, como un premio a una
nación acostumbrada a la desazón de las posguerras, la Unión
Soviética consiguió poner en órbita el satélite Sputnik 1. El
domingo 3 de noviembre de ese mismo año, la perra callejera
Laika, que en ruso significa «ladradora», murió de miedo a bordo de una nave que alcanzó a echarle una mirada desde arriba
al mapamundi real. El viernes 31 de enero de 1958, cuando el
público gringo empezaba a acusar recibo del fracaso y de la

promesa incumplida del progreso, la NASA logró lanzar el Explorer 1. El miércoles 12 de abril de 1961 el cosmonauta Yuri Gagarin inauguró una era de misiones espaciales de un lado y del otro que terminaron en la publicitada victoria norteamericana del domingo 20 de julio de 1969.

«Es un pequeño paso para el hombre, pero un gran paso para la humanidad», soltó, en aquella interpretación perfecta apenas puso un pie en el escenario de la Luna, el astronauta Neil Armstrong.

A fin de cuentas, era la primera vez que un hombre llegaba así de lejos en el universo. Y ese hombre no era un tipo cualquiera, no, sino un estadounidense: «¡Un americano!». Y además era el comandante de una misión, la Apolo 11, que podía clasificarse como «una conquista de la ciencia» o podía pasar a la historia como «un milagro», pero tenía que reconocérsele la proeza de devolver la fe en lo humano después de aquellas dos guerras mundiales que dejaron en claro el fracaso de la especie. La misión, que tuvo reveses y correcciones de rumbo, despegó a la 1:32 p.m. del miércoles 16 de julio de ese 1969, y gracias a la ciencia y gracias a Dios amerizó a las 4:50 p.m. del jueves 24. Fue una apoteosis. Fue un clímax. Y es una lástima que la historia haya seguido de largo.

Pues, como los asoladores conflictos mundiales que la precedieron, la Guerra Fría siguió empobreciendo espíritus y entorpeciendo naciones de hemisferio a hemisferio durante veinte años más.

«Yo entiendo que griten y que menosprecien esta historia porque cuando se vive atrapado en la jaula del cuerpo no es nada fácil aceptar que sólo vemos el diez por ciento de lo que hay, el diez por ciento de la realidad, y porque los muchachos y las muchachas de hoy no consiguen imaginar un mundo que llegó a convencerse completamente de que los rusos iban a quedarse con todo. Yo entiendo que hoy, cuando se ha vuelto tan popular negar el dolor y negar el pasado, esa era de espías suene a paranoia de viejos, pero así fue. ¡Llegué a dedicarme al vodka para entender cómo pensaban esos malditos soviéticos!

Y cuando me pidieron que le ayudara a Kubrick con el plan B no lo dudé ni un solo segundo: yo era un gregario, un soldado», dice Foster en el video.

No me cabe duda de que el encuentro sí sucedió y sucedió a principios de 1969. No sobra recordar que el piloto Foster, luego de sacar los más altos puntajes en los exámenes de selección de la NASA, había sido uno de los pocos elegidos entre los miles de candidatos que se presentaron para convertirse en los astronautas del programa Apolo, y había hecho parte también de los equipos de apoyo de las primeras misiones. Tenía fama de ser un torpe social, un escupidor de frases incómodas en el momento preciso, pero se confiaba plenamente en su disciplina. Se decía de él, repito, que tenía «un temperamento férreo y persistente como de autómata y una vocación a buscarle la justicia a lo humano y lo divino». Tiene sentido, en fin, que fuera el elegido para hablar con Kubrick.

Pues, a pesar de que a Rivera le siga pareciendo un típico caso del «efecto cineclub», o sea un maestro usado hasta el cansancio por los dueños y matones de la cultura, para enero de 1969 Kubrick ya era el director de ciertas genialidades «justamente sobre la deshumanización» —me dice acá ella— como *Atraco perfecto*, *Senderos de gloria*, *Espartaco*, *Lolita* o *Doctor Insólito*. Ya tenía su fama de artista extravagante comprometido solamente con su propia visión, sí, de inventor loco y seguro de sí mismo hasta la falta de tacto, hasta el autoritarismo. Y como llevaba meses y meses ostentando el título del autor de *2001: una odisea del espacio*, como eran bien sabidos los extremos a los que había llegado para filmarla, sin duda era la mente que requería el plan alterno del gobierno.

El navegante espacial Foster creía tener claro con quién se iba a encontrar en aquella casa en el sur de Londres a unos minutos nomás de los estudios de cine de Elstree: «Un *enfant terrible*», le dijeron, un sabelotodo que estudió a fondo la vida fuera de la Tierra, hizo construir naves espaciales prácticamente de verdad, discutió con Carl Sagan, ni más ni menos, la posibilidad de filmar la vida extraterrestre, y afinó hasta el agotamiento las técnicas de filmación —simuló las bajas gravedades, mandó a secar y a pintar toneladas de arena para montar una Luna en el estudio, consiguió que el primer plano de su película fuera un eclipse como un pulso innegable e irrefrenable entre el bien y el mal como el que describió el líder espiritual Zaratustra— para salirse con la suya en *2001*.

Como tantos funcionarios de la NASA, el señor Foster era un fanático peligroso de la más reciente película de Kubrick, y, como además cargaba el fardo de su pasado de terraplanista, sobre todo vivía fascinado con el hecho de que aquel largometraje de ficción fuera la demostración de que el cosmos era un malabarismo con esferas: el universo era tan preciso como decía la ciencia y tan oculto como decía la religión, y *2001* era la prueba reina. Se le aceleró el corazón en aquella entrada de columnas de ladrillos terracotas y de rejas negras de Abbots Mead, la casa decimonónica en Barnet Lane que el cineasta convirtió en su estudio, y sintió que iba a salírsele el corazón en el umbral de una mansión de cuento de terror. Diez minutos después tenía ganas de reírse.

No estaba en un castillo del demonio, sino en una casa de familia. Kubrick no era un maniaco misógino dispuesto a todo con tal de lograr sus cometidos, ni un ogro enclaustrado para siempre de tanto odiar las traiciones del mundo, sino un esposo perdidamente enamorado de su esposa, un padre amoroso y severo y amoroso que poco soltaba las riendas de sus hijas, un señor tímido con voz de muchacho que hacía muchas preguntas y hacía chistes vulgares y quería contar historias que descifraran el asunto de fondo, y tenía claro sus talentos, pero sólo se tomaba a pecho a sí mismo una pequeña parte de su día: un señor común y corriente, chistoso y honesto y respetable por naturaleza, que sentía constantes arrebatos de amor por las mujeres de su familia.

«Y que, a pesar de la armonía que había conquistado en tierras inglesas, hablaba como un chico cualquiera de la posguerra con un innegable acento del Bronx», señala el exastronauta en el momento más extraño de su conferencia.

John W. Foster y Stanley Kubrick se encerraron un buen rato, tres horas por lo menos según ha confirmado la hija mayor del segundo, en el garaje que el cineasta había convertido en su sofisticado estudio. Foster, un poco más encandilado por la calidez que por el currículo de su anfitrión, le propuso a aquel maestro barbado y despelucado lo que cierto organismo gubernamental le había encomendado proponer en la voz que se le había sugerido: poner en escena la llegada del Apolo 11 a la Luna en un galpón en la Base de la Fuerza Aérea en el sur de Nevada, ni más ni menos que en aquella Área 51 en donde los teóricos de la conspiración imaginan extraterrestres disecados y ovnis, para transmitirla por televisión en el caso de que la misión no terminara bien.

Repito: los Estados Unidos de América no podían permitirse una derrota más, ni una más, en la carrera espacial que se encontraba librando con la Unión Soviética desde hacía dos décadas.

Y si algo era claro para todos los involucrados era que Kubrick, que en su *Doctor Insólito* había parodiado la Guerra Fría con la gracia de quien la conoce bien a fondo, era el verdadero «primer hombre que había pisado la Luna».

Kubrick fue cándido y frentero igual que siempre. No le interesaba el plan, dijo en voz alta, porque después de *2001* había dejado atrás el tema, muy atrás, pero además porque estaba convencido de que era imposible recrear la incertidumbre y el temblor de ese primer alunizaje. Tarde o temprano se notaría, se sabría. Algún involucrado en el secreto le susurraría a alguien «júrame por tu madre que jamás vas a contarle esto a nadie…». Algún fenómeno de la naturaleza notaría algún detalle menor que probaría que se trataba de un montaje. Y tipos de gafas oscuras y armados vendrían hasta él, hasta el pobre Stanley Kubrick que vivía pendiente de su país y de su nostalgia, así se escondiera en la casa más vieja del barrio más cercado de Londres: «Es una lástima tener que silenciarlo, señor», le diría un espía de película, y él aún tenía mucho por filmar.

Quería filmar una sociedad distópica articulada por la violencia, un impostor del siglo XVIII, un escritor enloqueciéndose en un hotel de terror, una guerra más absurda que todas las guerras y la pesadilla de los celos.

Kubrick dio un par de ideas y dibujó un par de hojas que luego convirtió en pelotas que lanzó a la caneca, y luego fue enfático en su respuesta a la pregunta: soltó un único, patriótico, afortunado «no» para el que se había estado preparando desde que nació.

«¿Pero por qué les estoy contando esto que les estoy contando?», se pregunta Foster, con el hilo completamente perdido, unos segundos antes de que la conferencia complete los 59 minutos. «¿De qué estaba hablando?».

«¡De la Guerra Fría!», «¡De la llegada a la Luna!», «¡De la muerte!», «¡De su encuentro con el hombre del espacio!», «¡De su vida vista desde el más allá!», se escucha fuera de cámara.

Y es en esos segundos cuando, volviendo en sí, él mismo se hace la pregunta fundamental para irse encaminando a la respuesta que se trajo de la muerte: ¿por qué en medio de semejante reseña de su vida él y su acompañante se detuvieron precisamente en ese encuentro en el garaje de la casa de Abbots Mead si había para escoger desde el periodo en el que aprendió a dominar el horror en su estómago cuando volaba hasta su arrodillada en la Luna que por demás era una arrodillada ante el misterio, desde una temporada en el terraplanismo en las calles crudas de Zion hasta «un fin de semana largo y perdido» —así lo llama él mismo— en las mujeres que se negó cuando aún no era un héroe norteamericano de regreso en una realidad que le parecía escasa, mentirosa?

¿Para qué ver esa cita secreta si no había terminado en un plan B escandaloso, apenas digno del Área 51 allá en Nevada, que sólo podría suceder en la ficción?

¿Para qué revivir una anécdota simpática que había jurado no contar jamás para no poner nunca en riesgo a su protagonista?

¿Qué clave podía encontrarse allí que no pudiera encontrarse, por ejemplo, en su defensa de la percepción extrasensorial en Palo Alto?

«Estábamos en ese garaje los dos, el ser lunar y yo como un par de escalofríos, asomándonos a esos escritorios con monitores y lámparas de pie y arrumes de periódicos y latas de películas y fichas de investigaciones, mientras la conversación serísima entre ese astronauta de la NASA y ese cineasta que los ignorantes llamaban "ermitaño" era interrumpida por una hija o por un gato: "Ven acá…". Era tenue la luz porque venía de las pantallas. El techo era bajo y era liso y su superficie apenas se veía interrumpida por un par de tubos como venas que ocultaban los cables de un par de bombillas. Y Kubrick le hablaba a mi yo de treinta y tres años de lo divino y de lo humano —de cómo podía amarse la suerte de hacer una película y detestar el mundo del cine al mismo tiempo, de por qué sólo daba entrevistas durante los estrenos, de cómo Sagan le había confirmado una vida extraterrestre, más evolucionada y menos violenta, de energías y de fuerzas capaces de asumir formas, materias— para que mi yo muerto cayera en cuenta de que ahí se me habían dado las claves para vivir el resto de mi vida», reconoce Foster en medio de su soliloquio interrumpido por carraspeos y aplausos sueltos.

Kubrick le había mencionado por primera vez, risueño y acalorado por un blazer de pana y con un mechón de Superman sobre la frente, la posibilidad de que la vida después de la muerte sucediera en el espacio.

Kubrick le había confesado que pronto se había dado cuenta de que amaba tanto a su país, su tierra de beisbolistas y de gánsteres, que pronto había comprendido que la única manera de servirle era servirse a sí mismo y a su vocación de narrador de lo que aún no se ha visto. Kubrick le había dicho que a pesar de dedicarse a un oficio asociado con hombres y con mujeres que le venden el alma a una originalidad que no existe, después de experimentar el dolor en dos parejas fallidas, se había jugado su alma por vivir todas las horas de todos los días en una casa con una mujer que era su vida. Kubrick le había explicado que ese garaje le garantizaba la cotidianidad que no sólo se necesitaba para ir tropezando con hallazgos, sino que era, por demás, el gran hallazgo de todos.

Stanley Kubrick no se les estaba negando a los fogonazos de las alfombras rojas por neurótico y por torturado, ni se estaba escapando de los desmanes por contrato de las estrellas de Hollywood ni se estaba sacudiendo ese mundillo de los hombros porque se sintiera mejor que todo eso, sino porque se negaba a sacrificar un solo segundo de su vida feliz en esa casa: no era nada más.

Y cuando «el ser espacial» con silueta alargada de Dios —«the space man» en el video de YouTube— le preguntó si había sido amado y si había podido amar, como reduciendo semejante superproducción norteamericana a un lugar común de puertas para adentro, Foster cayó en cuenta de que de volver al planeta tendría que dedicarse en cuerpo y alma a estar solo, a recobrar el respeto de su familia, a agachar la cabeza ante el hijo que siempre le preguntaba cuándo iba a volver, a pedir perdón aquí y allá por las bajezas que se permitió en alguna fiesta de aquellas porque esas eran las reglas del juego y sólo se vivía una vez, a decirles a quienes descreen de cualquier cosa que sí hay vida después de la muerte y la Tierra sí es redonda y el ser humano sí llegó a la Luna.

Que el paso y la huella de Neil Armstrong, que cualquier teórico de la conspiración puede verificar si le viene en gana escapar de su delirio, ni siquiera tuvieron un plan de contingencia porque Kubrick dijo «no».

Eso entendió. Eso dijo que entendió. Declaró en tono jocoso que se negaba rotundamente a montar una religión propia alrededor de sus saberes y de sus hallazgos espaciales porque tenía clarísimo que sólo iba a enriquecerlo a él y a una pequeña corte, como tantos cultos de una sola mente, pero se lanzó a explicar, en aquella conferencia repetida en mil y un pequeños foros por todo su país, que apenas terminó de ver su propia vida allá en la muerte comprendió que volver era volver a pagar la condena de la simulación humana, del paso del tiempo, del paso del cuerpo, de las limitaciones de los sentidos que nos obligan a leer entre líneas y a hacer literatura, pues —así el lenguaje apenas sugiera, mitifique, señale de modo indirecto lo que hay detrás de esta realidad— sólo en la imaginación oímos y vemos y sentimos un poco mejor.

«¿Y si la gente que quería saber y desequilibrar y dañar, como usted y como yo, fue enviada toda a la Tierra? ¿Y si la Tierra es el infierno como me han estado diciendo todas esas voces desde que me puse de rodillas en la Luna? ¿Y si la Tierra es la muerte y venimos a ganarnos de vuelta la vida? ¿Y si vivir es olvidar y dormir y dar el pulso con uno mismo para despertar? ¿Y si morir es lo que llamamos nacer?», pregunta al auditorio, engrandecido, con la ilusión de que nadie le conteste.

«¿Qué sentido puede tener entonces regresar si se trata de regresar a una cárcel de la que ya se ha podido escapar sin mayores cicatrices? ¿Por qué no mejor quedarse muerto?».

¿Y cómo volver a tiempo al cuerpo de uno —agrego yo— si se ha tomado la extraña decisión de volver?

Quienes estén viendo el video en este punto del relato, que a mi modo de ver es inevitable, estarán de acuerdo conmigo en la sensación de que a partir de este momento el viejo astronauta John W. Foster recupera su cara y su voz de cuerdo porque se dedica a narrar lo que siguió. Contar es, en cualquiera de sus acepciones, escapar de la locura. Y él se aleja de sus conjeturas y de las conclusiones estremecedoras que le granjearon su fama de chiflado porque se dedica completamente al relato: «Cuando el Apolo 18 pudo volver a este planeta aprendí que nada sucede en la teoría —dice— pues no se parecía a ningún mapa eso de acomodarse en la cabina con el corazón estrangulado durante horas, eso de quedar incomunicado durante diez minutos, a la mano del verdadero plan durante semejante eternidad, luego de entrar en la atmósfera, y eso de ver desde muy arriba y desde un paracaídas las nubes sobre el cielo».

Se piensa rápido en ese momento. Se piensa mejor. Se entiende pronto, pues no hay alternativa, el significado real de poner los pies en la tierra. Y, cuando por fin se logra volver y ponerse de pie y respirar en este lugar donde yo estoy escribiendo este manual y usted lo está leyendo, entonces todo empieza a verse —dice Foster— como si fuera un espectáculo o un sueño: como es.

Cuando la figura alargada y etérea le hizo saber que la decisión de retornar a su cuerpo o quedarse en la muerte estaba enteramente en sus manos, su duda muy pronto pasó de ser «vuelvo o no vuelvo» a ser «cómo voy a hacerlo». Si había sido así de difícil regresar a la Tierra después de aquella expedición por la Luna del Apolo 18, si tardó semanas en recobrar la orientación y semanas en despertarse con la seguridad de que no estaba en el espacio sino en su cama matrimonial, y si se pasó meses fijándose en los gestos de sus amigos y meses perdiéndose en los horizontes de Houston y en las incertidumbres del sexo y meses dando las gracias por la comida hecha en casa a quien correspondiera, ¿cómo iba a ser eso de aterrizar de nuevo en su cuerpo?

Simplemente, tuvo que hacerlo. De golpe, cuando ya se había habituado a esa placidez y a esa revisión de sí mismo sin ansiedades, el ser que había estado acompañándolo y guiándolo se deshizo y desapareció. Se vio enfrente de un desierto de cenizas como el desierto en el que se había arrodillado. Sintió que, de seguir adelante, de atravesar ese valle desolado con la absurda ilusión de acercarse al horizonte, tarde o temprano llegaría a un precipicio. Pero avanzó, según dice, porque vio una llama de hoguera —un par de manos anaranjadas y temblorosas en posición de plegaria— en la distancia. Y con cada paso que fue capaz de dar, grave otra vez, fue más evidente que no estaba ante una pira sino ante un muchacho que miraba y miraba el abismo porque de alguna manera habría que bajar.

Sid Morgan
Música

Todas las estrellas del rock que se suicidan, se suicidan sin remedio. Excepto una. Sid Morgan, la voz fiera e indignada de The Bipolars, se tragó 240 aspirinas en la hora más triste de la Navidad de 1982 después de ensayar un par de riffs que parecían venidos de su infancia, fue hallada en posición fetal en su pequeña mansión en Rockville Centre por una hermana mayor que había sido su vigilante y su problema y su amor, Nina, y, luego de escuchar «el trombón desafinado y estridente de la muerte» y de ver cómo «un par de tipos sacaban mi cuerpo del ascensor y me llevaban en un carro al hospital más cercano» y de pedir perdón cien veces en el más allá «pues me pareció que iba a estar allí por mucho tiempo» y de encontrarse con su abuelo «en una versión pantanosa e infernal» de la realidad, se vio ante una figura como «un ser benigno que insistía en que estaba allí para mostrarme una historia».

«Y nada de lo que me pase será así de prodigioso e inesperado hasta el día en el que vuelva a morirme, Bob», le dijo a la revista *Rolling Stone* dos años después de lo ocurrido.

> *RS*: ¿Por qué? ¿Qué te mostró esa figura de luz? ¿Qué viste allá?

> *SM*: Vi mi vida. Vi toda mi puta vida como un agente secreto e invisible. Este escolta del que te estoy hablando, que tenía forma de maniquí de mujer, si me preguntas, una vez que lograbas ver detrás de esa luz de todos los colores que consiguen los vitrales, no fue nada severo conmigo. No me anunció castigos eternos en pailas hirvientes.

No se me vino encima con una cara fruncida como la del brujo que intimida al pobre Mickey Mouse en *Fantasía*. Juro por mi abuelo y por este álbum que se rio de mí. No me respondió si mis amigos Nancy Spungen y Sid Vicious andaban por allí, pero no me hizo sentir mal por seguir siendo imprudente a esas alturas de mi muerte, sino que me anunció, risueño o risueña, que mis asuntos pendientes estaban todos en la Tierra.

RS: ¿Podría uno decir que pasaste una temporada en lo que los católicos han llamado el purgatorio?

SM: No sé cuánto tiempo pasé en ese lugar. De hecho, Bob, no sé si allá se pueda hablar de tiempo. Puedo decirte, porque no lo recuerdo sino que lo veo si cierro los ojos con la fuerza necesaria, que aquel era un sitio inhóspito como una habitación de paredes negras y viscosas tapizadas con caras salvajes: un día de oficina para los chicos de Black Sabbath. Daba pavor estar allí. Pero esta presencia que te digo, este Dios que me tocó a mí durante mi odisea, no estaba allí para hacerme ningún mal, ni estaba allí para comunicarme la condena eterna que quizás me había ganado y que en cualquier caso yo sospechaba. Quiero decir: no sé si aquello era el purgatorio, querido amigo mío, pero, luego de leer en el templo de Saqqara los consejos para superar el juicio de Osiris, atravesar la Duat y llegar al Aaru, puedo decirte que no sólo cada cultura, sino cada puto ser humano ha enfrentado lo mismo allá en la muerte, y lo ha hecho «a su manera»: jajajá.

En este mundo, el mundo de quienes hemos ido y vuelto de la muerte, suele hablarse de otro texto funerario llamado también *El libro de los muertos*: para qué ser original en estos casos.

Se trata de una serie de 192 sortilegios escritos en jeroglíficos inusuales —con el paso de los siglos y los siglos y los siglos— en los muros de las pirámides y en las paredes de los sarcófagos y en los rollos de papiro y en los sudarios de lino que encargaban los faraones y los gobernadores que querían encontrarse con el dios de toda la luz: con Ra. En los primeros capítulos, del 1 al 16, el difunto era sepultado, bajaba a los infiernos y allá recobraba su persona. Luego, del episodio 17 al 63, los muertos eran forzados a vivir otra vez hasta nacer con el sol de la mañana. Después, del 64 al 129, viajaban por el cielo de la mano de Anubis hasta enfrentar el juicio de Osiris en el inframundo. Y tras la reivindicación, del 130 al 189, hallaban su lugar en el universo.

Pronunciar esos rituales era llevarlos a cabo porque pronunciar era actuar, crear. Pronunciar era dar vida porque la palabra era —y es— la magia.

De regreso en su cuerpo, Sid Morgan pasó un par de años componiendo nueva música y estudiando el asunto de las experiencias fuera del cuerpo bajo la guía rigurosa del doctor Raymond A. Moody Jr. En la entrevista que concedió a la revista *Mojo* para promocionar su álbum *Life After Life*, que he citado menos sus respuestas porque es más bien un reportaje, bromea con que no quiere ser vista como «la Shirley MacLaine del punk», pero luego se jacta de haber entendido que «los griegos iban al Tártaro cuando fracasaban en todas sus transmigraciones, los romanos caminaban por los Campos Elíseos con la mirada puesta en el río del olvido, los budistas se deshacían de los deseos impuros y se desapegaban en el Nirvana después de reencarnar una y otra vez: esos hijos de puta vivieron lo que yo viví pero en este siglo XX el tema es de bichos raros».

RS: En *Human Zoo*, mi corte favorito de tu nuevo álbum, comienzas retratando freaks de todas las razas y terminas describiendo etapas de tu

propia vida: *Me in my bike / growing dreamlike / being her look-alike / Me in my mike / fighting the Reich / being her hitchhike.*

SM: Fueron la infancia y la juventud que se me mostraron allá en la muerte. Recorrí Rockville Centre en bicicleta por el centro de la calle, sin ninguna clase de miedo, como cuando era una niña de siete años. Me negué rotundamente a despedirme de mis papás en el umbral de la casa en la que vivíamos, con los brazos cruzados, porque habían decidido unirse a las marchas de protesta de Selma a Montgomery. Me senté a los pies de mi abuelito Morgan a oírle sus páginas favoritas de *Cumbres borrascosas*. Me dio muchísimo miedo, me dio pánico en las entrañas que tuviera mi espectro, porque un muchacho se me acercó en el callejón del barrio a decirme que jamás iba a salir de allí: «Eres una pequeña perra», me dijo el hijo de puta. Me dejé cuidar por Rory, por mi hermana mayor que siempre va a ser mayor, porque no me bajaba la fiebre con drogas ni con trapos mojados ni con duchazos. Pero de ninguna manera quiero que tú te confundas. Yo vi esto que te estoy contando tal como se ve una conmovedora secuencia de película en la que les va pasando el tiempo a los personajes al compás de alguna balada de Barry Manilow: *And I'm ready to take a chance again / Ready to put my love on the line with you....* Y, sin embargo, yo no estaba pasando las hojas de un álbum de fotos, ni estaba ahí, devorada por la nostalgia como habrá de pasarnos a todos, frente a una pantalla de televisor. Todo estaba pasando como cuando pasó: el sol en mi nuca, el siseo de las ruedas por el pavimento, las uñas del abusador enterrándoseme en el antebrazo, la boca de mi papá mojándome la mejilla mil veces para dejarme su cariño, el carraspeo de mi abuelo entre las palabras del drama y la mano de mi hermana tocándome la frente en la habitación que había tenido que compartir conmigo desde que nací.

RS: **¿Quieres decir que podías sentir las cosas como cuando las viviste?**

SM: Quiero decir que yo estaba allí, hermano de armas, que podía ir de un rincón al otro de la habitación en la que dormimos las dos desde muy niñas hasta que la maldita de Rory les pidió a mis papás —no recuerdo por qué estaban en la casa— que la dejaran dormir en el ático porque no soportaba más mis naderías, y se largó: vivía con rabia porque ya no era la protagonista de la película. Podía ver la pared verde oliva que tenía al lado, pintada por mí, llena de afiches de mis cantantes favoritos: de Zappa, de Jagger, de Dylan, de Nilsson, de Diddley, de Daltrey, de Davies. Podía ver mis álbumes regados por el piso rojo, debajo de la mesa triangular que siempre tenía un florero, desde *Revolver* hasta *The Pretty Things*. Ahí estaban el tocadiscos sobre la sillita de madera de una muñeca que quería mucho, la lámpara abombada que colgaba desde el techo de madera clarita y veteada, y la cobija de cuadros rojos y verdes y azules que me hacía estornudar. Sentía, como cuando era pequeña, que el otro lado del cuarto estaba prohibido y era gigantesco porque era el lado de ella: «Si llego a darme cuenta de que me tocaste mis discos o mis libros, si llego a notar que me revolviste otra vez mis cajones, voy a decirle al abuelo quién eres y voy a dejarte sola». Me acerqué al espejito redondo que teníamos en la pequeña mesa junto a la ventana, junto a las cortinas rojas del siglo pasado, a tratar de ver mi figura de fantasma, pero entonces vi que Rory se sentaba a mi lado en mi cama, como una mamá, a pedirme que me mejorara porque sin mí no iba a ser capaz de tener la banda de punk que quería tener.

RS: Ahora entiendo por qué escribiste *She in her night / Fighting my fight / Being my light. / She in her rite / Doing me right / I was her satellite* en Human Zoo. ¿Reviviste en la muerte tu paso por The Bipolars?

SM: Sí, claro, porque mis aventuras con The Bipolars fueron una buena parte de mi vida —y sí: estoy hablándolo en pasado y estoy dándote una primicia, viejo—, pero debo decirte que no fue lo más interesante de ver, no fue la parte más emotiva de la película. Visto desde la muerte, nuestro concierto en Le Palace de París, que era una de las presentaciones que recordaba con mayor entusiasmo, parecía una borrachera, un fin del mundo de mentiras que mi hermana odió: lo único curioso de ver nuestras presentaciones, te digo, fue ver la fascinación y la envidia y la veneración con las que me miraba. No me malinterpretes. Yo sé que fuimos una banda putamente brillante, y que pocos sonaron y sonarán como ese par de muchachas que eran sus propias jefas, pero verme a mí misma cantando *American Bomb* con la voz ronca que le gustaba a mi hermana, *She was so different, furious and beautiful…*, como un líder fascista doblegando e hipnotizando a una masa a su medida, sobre todo me puso a preguntarme en qué loco momento una marca registrada del punk termina metamorfoseada en el peor cliché entre los peores clichés del mundo de hoy: una mujer adulta tragándose un tarro de aspirinas convertida en una quinceañera que quiere que todos se rasguen las vestiduras y griten «¿por qué?» y se arrepientan en su entierro por el daño irreparable que le hicieron.

En las famosas fotos de Albert Watson que acompañan la entrevista de *Rolling Stone*, que juegan tanto con su condición de crítica del sueño americano como con su desnudez de renacida, Sid Morgan se niega terminantemente a sonreír.

En el retrato intimidante de la portada, que se ha convertido en una imagen icónica de la historia del rock, tiene la cabeza rapada. No sube ni baja el mentón. Sus cejas no subrayan su malestar ni su altivez. Sus ojos muy abiertos y muy negros, apenas iluminados por el reflejo blancuzco en la pupila, son los ojos de alguien que lo ha visto todo y todavía está pensando si valdrá la pena pronunciarlo. Se le ven los hombros porque, dadas su resurrección y la presentación de su primer disco como solista, es el momento de recordarles a sus seguidores que siempre ha llevado tatuado un árbol de la vida. Es claro que tiene un cigarrillo entre los dedos, aunque no se vea, porque a la altura de su cuello alcanzan a verse las ramas del humo.

En las fotografías de adentro, la resucitada y esquelética Sid Morgan da un salto en la oscuridad ante un foco de luz, cubre su cara con un ramo de flores en la pared de una floristería, mira a la cámara dentro de una tina en blanco y negro con un paraguas gris en una mano, se sienta de perfil en el borde de una cama de motel junto a una lámpara que es la única alegría de la imagen, se apoya en el baúl de un Corvette azul aguamarina de los años cincuenta como dándole la espalda a una pareja que se besa apasionadamente, pues, a diferencia de ella, ha sido bendecida por las convenciones. Jamás sonríe. Después de ser una suicida, de entrar a la larga lista de divas que en la sima de la depresión tratan de librarse del dolor y de castigar al mundo con su muerte, recobra su estatus de enigma.

Es, de nuevo, la mujer sin compromisos ni estructuras ni leyes ajenas que se niega a hacer una sola sesión de fotos para salir del paso, pero también es la artista que ha estado componiendo baladas para comunicarle a su auditorio la esperanza de que vivir valga la pena.

Hay una imagen más en el medio de aquella entrevista de veinte páginas: un retrato de la protagonista sentada en una silla sin atributos mientras habla por un teléfono amarillo de teclas cúbicas y mira hacia adentro y sostiene un cigarrillo entre los dedos. Sólo la menciono, después de pensármelo mucho, porque es el afiche que mi exnovia Margarita tenía en la pared sobre la cabecera de su cama. Con el perdón de mi esposa, que para subrayarme su indiferencia al respecto acaba de encogerse de hombros y de hacerme el gesto aprobado internacionalmente para señalar a alguien chiflado, resulta imposible para mí narrar la travesía alucinada de Sid Morgan sin pensar en mi primera pareja de verdad.

Yo me acuerdo que quería hacerla reír porque me gustaba su risa, pero era ella, que se reía de su propia dislexia y de la ternura reaccionaria de su padre el terrateniente, la mejor entre los dos en el oficio de burlarse de todo. Era ligera en el mejor sentido de la palabra: bailaba de pronto, de pronto se antojaba como una niña de alguna tontería. Yo nunca le celebré las baladas cursis ni las comedias románticas porque en ese entonces no sabía que la ligereza es señal de inteligencia. Yo la quise como protegiéndola, como poniéndome en sus zapatos y remontándolos al mismo tiempo, porque no sabía cómo más hacerlo. Y, sin embargo, cuando nos vi juntos en la reseña de mi vida allá en la muerte quise haberle pedido perdón.

Nos vi viajando por la carrera Séptima en una buseta tambaleante de 1994, en la fila de atrás y al lado de un parlante de donde venía la voz gangosa de Eros Ramazzotti, haciéndonos terapia el uno al otro porque estábamos convencidos de haber dado con el secreto de la vida: *Son humanas situaciones / los momentos de los dos / las distancias, las pasiones / encontrar una razón / Hoy, como siempre, / estoy pensando en ti…*, seseaba el señor Ramazzotti, a su manera, mientras ella tarareaba embebida en la trama de la canción y me compraba a mí una galleta de las que vendía en el bus una señora de gafas protectoras de piscina que siempre nos encontrábamos en el camino de vuelta a las casas. Y, como espectador de la escena, me pareció que tendría que unirnos hasta hoy haber sobrevivido al terrible accidente de la juventud.

Y pensé que ya habrían querido la madre Lorenza o el sepulturero Cardoso o la impostora Blanc o el boxeador Berg o el astronauta Foster haber tenido el lujo de una adolescencia.

Y me di cuenta de que ella era así, melancólica y despistada y amorosa, porque sospechaba la tragedia.

Y quise decirle que ya entendía por qué su cabeza rompía a bailar de la misma manera, como la cabeza de los perros de los taxis o los metaleros de los festivales de rock, cuando sonaba una canción de Enrique Iglesias o una canción de los Smashing Pumpkins: le daba igual.

Y quise aceptarle que no era ella, sino yo, que pateaba canecas a discreción, la persona que aún estaba lejos de ser una persona.

Y contarle que estaba a punto de verle la gracia a Ramazzotti, pero pensé «no, no es para menos» porque ella tendía a confundirlo —repito— con «no es para tanto».

Y reconocerle que su liviandad no era ignorancia, sino sabiduría, pues no hay que haber descifrado la naturaleza del lenguaje, ni haber sido declarado *cum laude* en el posdoctorado, ni excavar las fosas comunes en donde los soldados de nuestro ejército echaron a los civiles disfrazados de guerrilleros comunistas años y años después del fin de la Guerra Fría, para comprender que la vida tiene lo que tiene de viacrucis. Cualquiera sabe que en ciertas madrugadas ansiosas se ve la derrota mucho más cerca de lo que está, se nota la trampa que está tendiéndonos el pulpo del establecimiento y se intuye la tragedia humana tal como es, pero, después de años de creerme con la exclusiva de todo ello, por fin entiendo que la ingravidez es un acto de coraje.

Con el perdón de Rivera, mi esposa, que es experta en ponerle los mejores pies de fotos a lo que nos pasa y se toma el pasado como un rumor, Margarita ha sido leve a puro pulso.

He debido llamarla cuando supe que su papá había sido secuestrado por la guerrilla en el camino destartalado de la vereda en la que quedaba una de sus fincas. He debido escribirle cuando me enteré de que el cadáver del señor —que me decía «mi doctor Hernández» porque yo le parecía demasiado serio y demasiado seguro para mi edad— había aparecido sobre una tumba del cementerio de Belén del Chamí. He debido ponerle like en su cuenta de Instagram cuando se enamoró, cuando se casó, cuando quedó embarazada, cuando tuvo a su hija, y cuando escribió, bajo una amarillenta foto de los ochenta, que seguía sintiéndose huérfana —y seguía sosteniendo las conversaciones de siempre— quince años después de la muerte de su papá.

Quizás me acepte, a modo de disculpas, la noticia de que en estos días he tenido más y más claro que su papá era una voz que allá en la muerte me repetía «dile que estoy bien» y está bien en donde esté.

Quizás le vea sentido a esto: que cuando le escuché esa noticia de última hora a esa voz de su papá, «estoy bien...», pensé que la muerte justifica la vida porque el fin justifica los medios.

Tal vez le sirva de algo enterarse de que ya entiendo las canciones y las fotografías de Sid Morgan.

Ya sé qué significa *treat your body like a friend* y *nothing matters now because everything is past* cuando escucho *Human Zoo*. Ya sé por qué se le quiebra la voz cuando las canta en el famoso concierto organizado por Amnistía Internacional, el de Denver, el viernes 8 de junio de 1986.

Se me pone la piel de gallina, porque ya ni siquiera me importa escribir «se me pone la piel de gallina», cuando sube estrepitosamente al escenario aquel loco pálido y sudoroso a gritarle «¡necesito hablar contigo!, ¡necesito hablar contigo!» y un par de agentes de seguridad sin señas particulares lo agarran de los brazos y los sacan a la fuerza bajo la mirada de miles de espectadores: «Por aquellos días todo el mundo vivía paranoico y muerto de miedo ya que a John Lennon lo habían asesinado porque sí, porque una voz interior había dado la orden, pero yo simplemente me quedé mirando a ese pobre tipo perdido en quién sabe qué dimensiones porque en ese entonces ya le había perdido el miedo a mi muerte», declaró en la entrevista de 1992 para el programa *VH1 To One*.

RS: ¿Por qué te fue permitido regresar a este mundo? ¿Fue tu decisión? ¿Cómo te encontraste de nuevo entre tu cuerpo?

SM: Yo respeto profundamente a los suicidas porque sé de qué infierno se están librando, mi niño, pero la verdad es que nadie que se haya suicidado vive una experiencia placentera en el más allá, nadie. El otro día me reí a carcajadas porque Butch, el roadie de Sid Morgan and The Four Nameless que podría ganar un concurso de «el más parecido a Bud Spencer», soltó una frase de las suyas: «Cuando te vas, te vas…». Entonces le conté esto que te estoy contando. Que yo soy la prueba viviente de que serás un alma mortificada allá si has sido un alma mortificada acá. Te suicidas porque te estás escapando de ti mismo, de tu incapacidad de cumplir con la tarea de la vida, pero en aquel limbo —si así puede llamarse— también estás tú. Aunque como yo des con algún espíritu que te trate bien, aunque te hagan sentir amado a pesar de la violencia que contagiaste en la Tierra, te llevas contigo los problemas que tienes. Y no sólo no puedes hacer nada de nada al respecto, sino que, consciente de que has destrozado las vidas de los que te querían a pesar de ti misma y sentenciada a sentir el paso del tiempo en donde ya no sucede, sospechas que no saldrás de allí hasta que no pagues una condena por no haber sabido interpretar tu parte en la canción, por haber reducido el regalo de la vida al castigo de la vida... ¿Cuál era tu pregunta? No es fácil hablar de esto. Podría contarlo el día entero porque se necesitan todas las palabras de todos los idiomas para describirlo.

RS: Te preguntaba cómo hiciste para volver a tu cuerpo si —agrego ahora— todo parecía indicarte que ibas a permanecer allí por mucho tiempo.

SM: Eso era, sí, hacia allá iba: jajajajajá. Mi consejero se despidió de mí y no me preguntes cómo. Antes de irse, no obstante, como un anfitrión que no puede atender más a su huésped, me hizo saber que yo podía quedarme todo lo que quisiera en ese lugar sin su luz o podía regresar a mi cuerpo humano como un guitarrista que aún está a tiempo de volver al escenario en el momento de su solo. No pude darle las gracias por presentarme esa posibilidad con la que no contaba porque a partir de ese momento no lo volví a ver. Sentí entonces que, aunque yo nada más fuera mi aliento, volvía a cargar con todo lo mío y volvía a encarar una realidad en la que se acaba el tiempo. ¡Mierda! Me fui a tientas por un sendero hasta que comencé a habituarme a la oscuridad y a su miopía. Se me apareció un punto de fuga al menos. Y mientras me dirigía hacia allá empecé a reconocer formas y colores. Y allá, en el fondo, un par de siluetas de humo que fueron mi única esperanza.

Asegura santo Tomás de Aquino que matarse es un error grave, como escupirle la cara a un benefactor, porque la vida es el regalo y la misión y la prerrogativa de Dios. Dice Kant que inmolarse es rebelarse contra los propósitos del creador. Jura

Nietzsche que quitarse la vida es un buen consuelo para atravesar una noche rastrera e interminable. Explica Freud que no existen pensamientos suicidas que no sean impulsos asesinos redirigidos hacia uno mismo. Concluye Camus que todo personaje sano lo ha pensado alguna vez porque es el único problema filosófico verdadero, pero que al final se vive porque requiere un poco más de coraje seguir con vida y porque vivir es sinónimo de valor.

A los dieciséis, cuando me sentí suicida porque me sentí engañado, me dediqué a escribir pequeños poemas en un cuaderno cuadriculado que está en el famoso despacho privado del apartamento de mi mamá:

Cuando la angustia
mis ojos me miran
desde las palmas de las manos,
y después, sólo después,
nada resulta.

Pensaba que alguien iba a encontrar esos versos con alma de mensajes cifrados e iba a contar mi historia —o sea, a hacer justicia— como devolviéndome la vida para siempre. «Yo también lo pensé cuando el matrimonio de mis papás se fue a la mierda», me dijo Rivera, al principio de la noche, antes de quedarse dormida. «Pero preferí arrendar un apartamento con un amigo con el sueldo que me ganaba en la pasantía e irme de esa mansión del terror para poderme sentar a ver los noticieros sin que nadie me jodiera la vida o a oír la música que me gustaba sin que me mandaran a bajarle el volumen: yo oía The Bipolars antes que todos ustedes». Le pregunté a mi esposa si podía terminar el capítulo con su confesión inesperada. Me dijo que no: «Hasta mañana».

Pero cuando me dio la espalda en la cama, y agregó su típico «usted sabe que a mí no me gustan estas cosas», noté una fisura en su indiferencia y me vine de puntillas hasta el computador para sacarme de adentro esta nueva señal de su complejidad y para ganarme el derecho a dormir hasta nueva orden.

Li Chen
Profesora

Esta fase de la muerte que he estado narrando, que he querido titular *El drama que es cada vida* pero habría podido llamar *Reseña del paso por el mundo*, es una fase que sucede ante un espejo en *El libro tibetano de los muertos*: nada más y nada menos que el espejo del karma al cual se asoma el llamado Señor de la Muerte en busca de faltas y de virtudes. Fue el viernes 13 de mayo de 2050 en un mundo cansado de las pestes, y consumido y erosionado por una suma de personas, de autómatas, de robots e inteligencias sobrenaturales que superaron por muy poco las temperaturas desbordadas de ese entonces, cuando aquel androide que llamaban jetsunkhan perdió los estribos que solía perder, y quiso violar en cuerpo y alma, y acabó matando a la profesora Li Chen en su jaula del zoológico humano del viejo Palacio de Verano de Norbulingka en las laderas del Tíbet.

Y después de tragarse sin agua ni saliva el último pensamiento que es concedido a todos los espíritus, «todo lo invisible es benigno…», murió repitiéndose a sí misma las palabras del libro tibetano de la vida y de la muerte: «No tengas miedo», «entrégate a las alucinaciones», «espera cuarenta y nueve días», «quédate allá si es tiempo de quedarte». Y luego hizo parte de la sombra, escuchó a su verdugo prometiéndole que acudiría al programa especial del partido oficial para traerla de vuelta, soportó el ruido de «un aguacero sobre un aguacero», persiguió un agujerito en el telón de la muerte que resultó ser ella misma, vio su propio cuerpo en los desesperados brazos de su asesino —¡你这个杂种!— y pensó que «habría querido tener una hija» antes de irse por un corredor de piedra con la sensación de que ni siquiera ella iba a contar la fábula de su paso por la Tierra.

Se encontró entonces frente a unos portones de madera pintados de rojo, con cuerdas amarillas, azules y verdes entrelazadas en los picaportes dorados, y abrió y cruzó el umbral con la convicción de quien ha vivido una vida sin dañar a nadie. Su camino fue, a partir de ese momento, una marcha a saltos por un pasillo de agua salada eterno y sin fondo —bajo la mirada de aliento de un pequeño guía con aires de monje— que la condujo hasta la acogedora cima de un risco. Fue allí donde se encontró con una presencia serena como la luz de las tardes de agosto. Y pronto se dio cuenta de que estaba ante la presencia del Señor de la Muerte y se recordó «es tu propio karma lo que estás sufriendo ahora» y «no responsabilices a los demás» porque tuvo claro qué seguía.

—¿Has errado con encono o has cometido buenas acciones? —le preguntó el Señor.

—Yo no recuerdo haber errado con encono —contestó Li Chen, temblorosa y aterrorizada, con voz ahogada como cuando era una niña desconcertada ante los cambios de ánimo de su madre—: no creo haber faltado.

—¿Tienes más guijarros blancos que guijarros negros en tu conciencia?

—Tengo más guijarros blancos.

—¿Y sabes que mentir no va a servirte de nada?

—No estoy mintiéndome a mí misma.

—Miraré en el espejo del karma entonces —le anunció inmediatamente el Señor de la Muerte.

Y la pequeña profesora Li Chen, que hacía un par de años nomás le había leído a su madre moribunda *El libro tibetano de los muertos*, quiso salir a correr a cualquier parte porque recordó que quien mienta será castigado por el juez eterno de los muertos: «Te arrastrará por una cuerda atada a tu cuello, y te cortará la cabeza, te arrancará el corazón, te sacará las entrañas, repasará tu cerebro, beberá tu sangre, comerá tu carne y carcomerá tus huesos», se lee en el texto. Pero se pidió a sí misma no temerle a aquel Señor externo, no tanto por la seguridad de estar diciéndole la verdad como por la certeza de ser —así lo advierte el propio libro en su guía para encarar el espejo del karma— la forma originaria de la vacuidad, lo indeterminado que no puede ser dañado por lo indeterminado, un cuerpo mental imposible de desmembrar.

Se dijo a sí misma «todo esto es el bardo», el estado intermedio, la transición.

Se explicó a sí misma «estoy padeciendo mis propios demonios y mis propias divinidades».

Se dio la orden de mirar fijamente su miedo en aquel espejo hasta entender que también su miedo es una proyección.

Y así se le apareció en el reflejo la historia de su vida desde el lunes 13 de mayo de 2030 hasta el viernes 13 de mayo de 2050.

Y lo que más le impresionó de verse allí, más que lo vívido y lo corporal y lo palpable, fue que se tratara de una fábula con principio, medio y fin.

Aquí debo abrir un paréntesis. Pues hubo un tiempo en el que todo esto me pareció un embeleco de burgueses, de pequeños propietarios que preservaban el *statu quo* a punta de reformas, de cómplices que juraban ser críticos de los jerarcas de siempre, pero esta experiencia me ha hecho recordar —porque me ha hecho pensar en cómo funcionan las narraciones aunque uno quiera evitarlo— un ensayo del teórico español Ramón Quijano que nos puso a leer una señora empolvada que nos daba la clase de Narratología en la universidad: «Los relatos chinos, los persas, los indios, los grecolatinos, los árabes, los hebreos, los católicos, los renacentistas, los barrocos, los de Grimm, de Hoffmann, de Poe, de Chéjov, de Maupassant, son una sola y misma cosa en su ejecución, sean del género que sean», dice, porque «la idea, el coraje para hacerlos realidad y la pasión son los mismos en todos los narradores de todas las culturas y las eras».

Dice el señor Quijano unos párrafos antes que no es fundamental «que una historia haga explícitos su principio, su medio y su fin» —por eso me acordé de ese ensayo que en su momento, en la universidad, tanto odié— pues «a partir de una escena o de una emoción tanto el autor como el lector pueden completar cualquier drama». Y yo, que vi lo que vi donde lo vi, puedo asegurar que en efecto ello es así y que narrar es un gesto que atraviesa todas las culturas y las eras porque toda vida humana es una vida en tres actos. Se me viene a la cabeza, de los tiempos cuando a Laura Cuevas, mi exesposa, le dio por aprender a hacer la carta astral con un programa de computador que se consiguió, la idea de que uno viene escrito cuando nace, pero puede interpretar o no ese papel.

Y, haga lo que haga con su personaje, deberá encarar los giros que encaran los protagonistas de los dramas.

El fin de una vida circular, rutinaria, por culpa de un incidente tajante que saca a la luz la pregunta por el destino.

El extravío del camino por una selva oscura, como una toma de consciencia, para volver a sujetar las riendas de la propia vida.

Y el supuesto final que en realidad es una trampa que hay que superar si se quiere cumplir la propia historia.

Repito: yo odié todo esto como odié la religión, la familia tradicional con aires de secta, el liberalismo que aboga por una «no violencia» que los opresores jamás van a respetar. Desde que me dio la adolescencia de los suertudos pensé día y noche que se cacareaba sobre aquello de «principio, medio y fin» para moralizar, para contener, para atemorizar, para normalizar, para engatusar, para preservarle el olvido, para ayudar a dormir, para inducirle el sueño, para anestesiar a la gente —si se me permite, a mí entre todos los anestesiados, semejante palabra— mientras un puñado de hijos de puta seguían quedándose con todo. Se producían noticieros bienpensantes, se escribían vertiginosas novelas para leer en las vacaciones, se hacían las películas taquilleras que me gustaban cuando niño, pensaba yo, para engordar los maniqueísmos, para servirles a los cánones y a las jerarquías, para no tener que cumplirles a los pobres sino la promesa del cielo. Es increíble cómo uno mismo puede ser así de imbécil.

Lejos de mí, en aquel entonces, sospechar que quizás los demás no eran idiotas.

Cuando finalmente comprendí que la tibetana Li Chen había visto el comienzo, el desarrollo y la resolución de la fábula de su vida en un espejo que podía atravesarse, como el de Alicia, yo me encogí de hombros porque me pareció indiscutible que de un hemisferio al siguiente los seres humanos somos seres dramáticos.

Si uno lo piensa detenidamente, que así debería pensarse este tema en cualquier caso, los siete personajes que he estado reconstruyendo frase a frase vieron o intuyeron los tres momentos de su propio drama en esta fase de la muerte.

La hermana Lorenza de la Cabrera vio cómo su primer acto se acababa con su decisión de entrar al convento y cómo el segundo era una lucha a brazo partido con el enemigo, pero su muerte aquella noche de su llegada a Santa Fe no fue el clímax que había estado esperando, sino el giro, en el medio del medio, que la obligó a dedicarse a la escritura. El sepulturero Cardoso vio cómo su orfandad de niño judío poseído por la Iglesia y amparado por los burdeles terminó convirtiéndolo en un sepulturero esclavizado por un inquisidor: sé, porque sé en qué terminó su vida, que su infarto también fue un alto en el camino. La parte dos del drama de la impostora Blanc fue desde la tarde de sus diecisiete años en la que empieza a cambiar de identidades e identidades hasta la noche de sus cincuenta y cinco en la que decide resignarse a su nombre pase lo que pase. El boxeador Berg entendió a las malas que su breve parábola era la de un soldado desde su reclutamiento hasta su segunda muerte. El astronauta Foster regresó a su cuerpo para llevar su segundo acto a un falso final desconcertante que estoy a unas cuantas páginas de narrar. La punkera Morgan se convenció de que había resucitado para dedicarle el resto de su vida a cantar su testimonio hasta que descubrió que también estaba allí para lidiar un drama ajeno.

Y la profesora Li Chen se quedó estupefacta cuando se asomó al espejo en la tercera fase, detrás del monumental Señor de la Muerte, pues de entrada se enfrentó a una secuencia de su infancia en la que su madre acababa de despertarla en la madrugada sólo para decirle «hija: ya verás que un día los robots del partido se tomarán los Juegos Olímpicos y yo no seré nada nunca más» con una amargura que pedía a gritos ser vengada.

Digo que la pequeña Li Chen se llevó una sorpresa, pues, aunque ya estaba asumiendo el fin de su visita a la Tierra y justamente empezaba a considerar su vida como «La fábula de la pequeña profesora que se hizo matar para recobrar su dignidad», cuando vio y escuchó en el espejo de la muerte el lamento lunático de su madre entendió de golpe que tenía asuntos por resolver a bordo de su cuerpo. Allí estaba su mamá despelucada, sentada en el piso junto a su camastro en una de sus mil y una noches de insomnio, diciéndose a sí misma en voz alta cualquier cosa que se le pasaba por la cabeza. Se reacomodaba los hombros y se hacía traquear los nudillos para despertar a la malagradecida de su hija: ¡crac! El pelo de la frente le tapaba los ojos y le daba igual.

—No quites la mirada, Li Chen, muéstramelo todo —le dijo el Señor de la Muerte cuando notó su nostalgia terrible, su rencor.

«No quites la mirada» quería decir «enfréntate a ti misma tal como has sido cuando has estado sola». «Muéstramelo todo» significaba «no me expongas la versión oficial de tu vida», «déjame ver tus puntos ciegos», «llévame por los diálogos y los monólogos y los silencios de tu vida sin negarme nada», «descúbreme el odio, la manía, el asco que te han hecho humana». Sonaba a juicio implacable. Sonaría a trampa y a derrota para aquellos que no se hubieran preparado para la metamorfosis, para el bardo, pero para la disciplinada Li Chen, que hacía poco había estado allí cuando murió su madre, era una salida de la angustia. Se dio a sí misma la orden de encarar el miedo. Se susurró «no tengo cuerpo que dañar» y siguió adelante.

—Vamos, Rimpoché —dijo Li Chen.

Y a ella misma le sorprendió escucharse, como se escucha uno en la muerte, concediéndole el título budista de «precioso» al Señor de la Muerte.

Y no tuvo más tiempo para divagar porque de inmediato empezó a verse en el mundo en el que había nacido. Se vio en el apartamentito de la zona urbana de Lhasa, en el valle altísimo del río Brahmaputra, una noche muy muy fría. Corría aquella quinta etapa de la Revolución Popular China, a cargo del líder Xi Hong, completamente consagrada a la información, a la descontaminación del aire, a la inteligencia artificial y a la «renovación robótica» dentro de las líneas más estrictas del marxismo. En el resto de la Tierra seguía librándose el pulso por las crisis de las democracias, seguía lidiándose de modo brutal con las manifestaciones en las calles, seguía hablándose de tutores como los del siglo XIX, de peligrosos dominios de la materia, de plagas, de resurrecciones conseguidas en laboratorios, de espiritualismos, de diversidades, de clonaciones.

Todos los riesgos del mundo, de los viajes en avión a las operaciones de amígdalas, estaban en manos de las máquinas. Todos los placeres materiales del mundo, de los encontrones apasionados a las bibliotecas completísimas, de los tatuajes holográficos a los rostros distorsionados para la ocasión, eran virtuales. Nadie tenía nada y todos tenían todo.

Pero allá arriba, en los corredores de Lhasa, sólo se hablaba del deshielo y de la profanación de los ríos.

Del agobiante regreso a la poderosa República Popular China que se puso de pie con Mao Zedong, se enriqueció con Deng Xiaoping, se volvió poderosa con Xi Jinping y se movió por la Tierra a pasos de gigante con Xi Hong. De cómo en la década del año 2020 al año 2029 se había salvado a la población de la decadencia occidental, del desmadre, de la enajenación virtual del nuevo milenio, de las enfermedades mentales y las pandemias. De cómo se había conseguido regresar del desprecio por la sabiduría y por las vidas ancladas en un pequeño y ceniciento lugar de la Tierra. De cómo Karl Marx tenía toda la razón. Y, ahora que el partido había conseguido establecer programas tecnológicos tan exitosos como el de las redes sociales para recrear el alma colectiva, el de la resurrección cerebral

a bordo de androides humanados, el de los cuerpos revigoriza-
dos con nanotecnologías, el de las exploraciones de otros planetas terrestres localizados en el vasto universo, había que seguirles dando más y más y más brillo a las tradiciones e
ideologías de las masas trabajadoras que habían levantado del
polvo a la nación como un dragón dormido.

La profesora Li Chen no lo recordaba bien porque era una
bebé y una niña pequeña cuando sucedió, pero la sequía y el
negocio del agua y la búsqueda de los 132 minerales de aquellos terrenos sacaron corriendo a los animales y a las personas
de la región. Por cuenta de la migración a las enormes ciudades, poco a poco se fue pasando, en Lhasa, de una población de
250.000 personas a 150.000 seres humanos y androides de todas las clases. Entonces el partido popular reescribió como
pudo la historia de la región autónoma del Tíbet, que cumplía
prácticamente un siglo invadida por los chinos y acostumbrada
a reconocer en voz baja ese gobierno ajeno, para que —bajo la
vigilancia de cuadrillas de robots— se replegara una vez más en
sus monasterios y sus tradiciones.

Se trataba de rescatar el agua. Se trataba de reversar la debacle de los ríos y las montañas y los olivares. Se buscaba cuidar
a los seres humanos y a las especies combativas que seguían
dándole a la vida una segunda oportunidad.

En el espejo del karma, en donde cada muerto ve a las
claras si fue capaz de asumir, si supo reaccionar o si vivió dándoles la espalda a las acciones de su drama, Li Chen se vio en la
oscuridad de la madrugada de su habitación escuchándole a su
madre insomne sus disertaciones sobre cómo ella daba por hecho que volvería una y otra vez a la peor Tierra conocida a pagar todo el mal y todo el horror que puso en marcha en esa
gloriosa e inane vida como nadadora: de algún modo, con una
precisión que ya hubieran querido los avances tecnológicos de
aquella década, el Señor de la Muerte le hizo saber al espíritu
de Li Chen que su mamá ya había reencarnado y ya estaba ex-
piando en alguna parte del planeta los excesos que jamás quiso
reconocer en voz alta.

Justo cuando estaba requiriendo ejemplos vivos del asunto, la pequeña profesora tibetana fue testigo, en el laberinto de espejos del karma, de todas las preguntas sin respuestas que su madre le hizo cada vez que pudo: «¿Te parece bien si me mato?», «¿Quieres que muera?», «¿Qué vas a hacer tú si yo me muero?», «¿Vas a sobrevivir sola a los fantasmas de Lhasa?», «¿Vas a contarle al aire las fábulas que me cuentas para ayudarme a dormir?», «¿No es cierto que quieres que vuelva a este lugar miserable a sangrar y a padecer?», «¿Es que acaso te crees mejor que yo?», «¿Me vas a extrañar cuando sea demasiado tarde?», «¿Quieres que regrese a esta realidad como un viejo?, ¿como un burro?, ¿como un cerdo?».

Fue testigo luego de un lugar que le pareció muy conocido hasta cuando entendió que era la sala del viejo apartamento. Allí estaba el sofá cubierto con una sábana de flores, el baúl que con un mantel de cuadros rojos se convertía en mesa del comedor, el perchero con sombreros descosidos. Se quedó detallando el sitio, como entrecerrando los ojos que ya no tenía, hasta cuando —siempre encorvado y enfermo y viejo y de gafas de lentes rojizos— pasó de largo su padre. Se fue detrás del señor hasta llegar a la cocina. Reparó en los garrafones de agua, en los dos muebles ornamentados de madera pintada de verde, en las fotos enmarcadas del equipo de nado sincronizado sobre una pequeña nevera blanca y brillosa, en las cajas y las bolsas apiladas en un rincón.

Escuchó a sus padres conversando en voz baja sobre cómo la única manera de que nadie les robara su trabajo, como se hacía en aquellos países capitalistas que Wei Ling Chen había estado visitando con el equipo de natación, era seguir los lineamientos del partido. Era claro que estaban echando para atrás un plan de escape: «Aquí en Lhasa hay más silencio», repetían, «aquí en Chengguan se escucha mejor el espíritu». Su madre miraba al piso como si dejara de ser la muchacha alegre y tímida, y llena de historias sobre las torres y los puentes del mundo, que traía novelas escondidas entre las maletas. Su padre, el viejo y tosco Yimou Chen, no se quitaba el sombrero ni los lentes negros porque a pesar de todo sentía vergüenza de tomar una decisión por su esposa y por su hija en vísperas de su muerte.

Sin duda era agosto porque el sol se les metía por los entresijos de la cocina y les sudaban las sienes y los vientos barrían las huellas que van quedándose en el aire con el paso de los malos días.

Él le pidió a ella que lo llevara hasta la cama porque ya no era capaz de estarse sentado. Fueron juntos paso por paso. Y el viejo que no lo era tanto se acostó como mejor pudo, estación por estación, y desde entonces siempre estuvo en cama y siempre estuvo enfermo, y poco se volvió a parar porque pararse era peor para el dolor de su cintura. Allí, entre el espejo de la muerte, Li Chen lo vio igual a su recuerdo. Y se vio a sí misma recibiéndole la orden terminante de obrar bien a toda costa, y de soportar en silencio las maldades ajenas y de esperar a que pasara la injusticia como se espera a que pase una jornada —y pase el sol y pase el diluvio—, y entonces entendió por qué jamás se permitió obrar mal y por qué tuvo tan bajo el umbral de su vileza: por qué se sintió vil con tanta facilidad.

Se acercó a su padre y terminó acostándosele a su lado para escucharle el hilito de su voz. Puso su cabeza en el hombro de aquel cuerpo a punto de quedarse atrás, el hombro de él, para que fuera su papá por última vez, para que le prometiera un final feliz después de todos los finales y le pusiera su mano huesuda y plegada en una mejilla. Se quedaron allí los dos juntos, sintiéndose el fuelle de la respiración como dándose seguridad el uno al otro, a la espera del sueño o de la muerte. Yimou Chen no dijo nada más porque había vivido orgulloso de haberse fabricado una relación con su hija que no necesitaba de palabras. Y cuando quiso decirle alguna frase de consuelo se quedó callado porque escuchó el canto de un pájaro tibetano en el poyo de piedra de la ventana.

Era un pájaro alcaudón. Se lo imaginó erguido, sobre la cima de una rama vertical, con una mancha semejante a un antifaz de ojo a ojo. Vio con claridad su pico parduzco, su cabeza gris que se iba volviendo su lomo de animal manso, sus alas blancas y negras dibujadas por quién sabe quién en qué circunstancias, su pecho cano con manchas anaranjadas. Vio su pequeña y barrigona figura, de perfil, en la copa de un árbol salvaje repleto de hojas verdeamarillas y de banderas budistas. Seguro que estaba en guardia, quieto, a punto de descifrar para nada alguna imagen. Tenía su misma paz. Y —fue lo único y lo último que dijo— vislumbrarlo parte por parte por parte era tener presente su propia alma y saber que iba a estar bien cuando saliera de ese cuerpo con el pecho apretado para siempre.

—Allá estoy —dijo.

Y dejó de respirar de golpe, ¡zas!, no como si se hubiera ahogado allá adentro sino como si se hubiera ido volando y volando hacia el cielo azul índigo de agosto.

Y viéndose allí, en ese caleidoscopio de espejos deformantes, aferrada a los siete años de edad al pecho henchido y empedrado del cadáver de su padre, el espíritu de Li Chen entendió con resignación humana que la fábula de su vida podía llevar el título de «La pequeña profesora que se quedó sola con su impredecible madre». Y sí: eso siguió en el resumen de su biografía en aquel laberinto de reflejos. Que se vio a los ocho, a los diez, a los doce, fascinada y estremecida por las aventuras de la nadadora Wei Ling Chen. Y se encontró a sí misma, a los trece, pasándole la yema del dedo índice —como retiñéndola— a una drutsa tatuada en el omoplato de su heroína y su villana.

—¿Qué significa? —le preguntó.

—«Nada en la vida es porque sí y todo pasa por algo» —le contestó.

—¿Y para qué soportaste el dolor de tatuártela? —se quedó pensando en voz alta.

—Para no olvidarla y para ponerla en marcha de ahora en adelante —le contestó ella.

Y le dio un abrazo tan fuerte, tan convencido de su amor, que nunca jamás hubo un abrazo mejor. Y entonces súbitamente, al igual que en una película editada con afán, no vio más las madrugadas demenciales en las que le anunciaba su suicidio o su desaparición porque dentro de poco —eso decía— ya no le iba a servir a nadie ni a nada, sino que empezó a recobrar las escenas felices en las que las dos bailaban un vals traído de alguno de sus viajes; hablaban hasta quedarse dormidas de los aviones sin piloto que aterrizaban sin correr riesgos y de las casas impresas desde un computador en forma de brazalete y la prótesis con un dron que tenía la entrenadora y los millonarios adictos a las realidades virtuales y los robots que mejoraban con el paso de los años que se había encontrado el equipo de nado en sus recorridos. Repasaban risueñas el accidentado viaje de Tintín por el Tíbet; sanaban sus ánimos con el eco del cuenco que les habían regalado los monjes para que no se sintieran tan solas; leían y releían despacio, sin afanes, como si la vida juntas tuviera todo el tiempo del mundo y como si no supieran inglés, las primeras páginas de *Historia de dos ciudades*: «It was the best of times, it was the worst of times, it was the age of wisdom, it was the age of foolishness, it was the epoch of belief, it was the epoch of incredulity, it was the season of Light, it was the season of Darkness, it was the spring of hope, it was the winter of despair, we had everything before us, we had nothing before us, we were all going direct to Heaven, we were all going direct the other way — in short, the period was so far like the present period, that some of its noisiest authorities insisted on its being received, for good or for evil, in the superlative degree of comparison only». Para qué leer más. Para qué escribir más.

La pequeña profesora Li Chen se vio luego a los catorce, con su cuerpo y su sombra de la niña de siete que tuvo que empezar a valerse por sí misma, cantándole a su madre una canción butanesa que había aprendido a rasguear en el dramyin de su padre:

དྡང་ དྡང་ཚཎ་ རཚད་ཧ་ལ་ཨ་ཚ་ དཀ་ ཧཀྠ་གཚ་ ཚ་ཧ་ཧ་ཚ
གཐ་ ཨ་གང་ཐ་ཀ་ དྡང་ ཞ་ལ་ཧ་ ཉ་ཀ་ཧ་ཧ་ཧ་ ག་ལ་ཎ་ཧ་ཧ་ཧ་ཧ
དཀ་ གཐ་ཞ་ཀ་ ཚ་ཧ་ཧ་ཚ

322

«Dar arroz blanco de aquel lado es ver una mirada enfadada de este lado», cantó, concentrada y enfática, completamente entregada a la tarea de complacer a su ama y señora. Y su mamá, que cuando estaba bien no había nadie mejor ni siquiera en el otro extremo del mundo, que cuando estaba bien la hacía reír y la acompañaba hasta que dejara de temblar y la defendía de todos los males y todos los villanos de la Tierra, la dejó terminar la canción para lanzársele encima a hacerle cosquillas. Se cuenta de las cosquillas que preparan para el combate y para el placer. Es cierto que la dinastía Han las usó de modos sofisticados como castigo para los nobles: «Tortura china», se ha dicho. Pero Li Chen prefirió salir de ahí, de ese laberinto, cuando los ataques de su madre dejaron de ser graciosos.

¿Han vivido ustedes el momento en el que una guerra de cosquillas deja de dar risa? ¿Han tenido un hermano o un amigo de aquellos que siguen y siguen, transfigurados, aunque uno les ruegue que no?

A los quince, cuando ya era demasiado vieja para jugar esos juegos, Li Chen siempre dejaba de reírse porque veía a su madre descocada y tomándola por las muñecas.

Quiso salir de ese lugar, o sea del relato de su vida en la Tierra, antes de que le diera por pensar que había sido en vano. Quiso creer, pues además lo constató en el camino de la salida de emergencia, que su fábula ejemplar era «érase una vez una niña de buen corazón llamada Li Chen que desde el día en el que perdió a su amado padre quedó a merced del amor inagotable y de la crueldad irrepetible de una madre célebre en todas las montañas…», «fue la querida profesora de una escuela del siglo pasado pero se le atravesaron tanto la muerte de aquella mamá que ya era sólo su sombra como el viejo imperio armado de máquinas…», «creyó que moriría encerrada en una jaula de un zoológico humano regentado por vigilantes mitad monstruos, mitad autómatas, pero la muerte la salvó justo a tiempo».

Miró de reojo el regreso del imperio del analfabetismo en las laderas del Tíbet; la tropa de androides de Ulter que empezó a recorrer la rambla de Barkhor de Lhasa «con respeto por la vida y consciencia social»; la creación gubernamental de un programa de resurrección denominado Xiân 4682 que en efecto trajo de vuelta a los más fieles al régimen; el ascenso al poder en aquella región de un humanoide despótico, cojo e iracundo llamado «el comandante jetsunkhan»; el montaje de la exhibición de especies rescatadas de la debacle, «Om mani padme hum», en el Palacio de Verano de Norbulingka el último día del festival de Sho Dun; su jaula humillante e infame, con el letrerito «profesora Li Chen» atado a las rejas, en los corredores de aquel zoológico humano lleno de razas y de señas particulares; el peso de contarles a los turistas, los transeúntes y las inteligencias artificiales las historias que les contaba a sus alumnos; el repugnante dolor que fue volviéndosele rabia contra su secuestrador, «¡Vete!, ¡他妈的!, ¡操你妈的屁!, ¡杂种!, ¡脑残!, ¡恐龙!, ¿de verdad eres un hombre?», hasta que prefirió hacerse matar por su furia: y todo ello le pareció parte del final de su parábola, sí, eso había sido su paso por la Tierra y poco más.

Su vida era la fábula en tres actos de una mujer que quiso protegerse a sí misma, darse refugio a sí misma, pero siempre, desde que perdió al viejo de sombrero y de gafas rojas empeñado en hacerla libre, se vio obligada a pedirle clemencia a algún déspota de aquellos.

—Habría querido tener una hija —le contestó al Señor de la Muerte cuando este le preguntó si definitivamente estaba preparada para superar el estado intermedio, el bardo.

Aquella no era cualquier pregunta. Ni siquiera era una pregunta, no, era el reconocimiento de que había conquistado el presente —el nuevo mundo— luego de morir, de deambular, de decaer, de alucinar durante cuarenta y nueve días y cuarenta y nueve noches: no iba a renacer como un pájaro indio ni como un niño guajiro porque había sido consciente de los efectos de cada una de sus acciones y sólo había obrado el mal contra su carcelero y su carcelero era un engendro que jamás iba a morir. Podía seguir adelante. Podía contar esa fábula suya, la de la pequeña profesora que en vano trató de darse la vida por medio de los libros y de las enseñanzas, de aquí a la eternidad: ¿por qué estaba dudándolo, entonces, en la cara de la máxima autoridad de ese estado y ese sitio transitorios?

—Todos tus guijarros, menos uno, son blancos —exclamó el Señor de la Muerte—: he visto en el espejo del karma que tu vida causó sólo bondad.

Quizás era la necesidad de seguir leyendo, de seguir sabiendo, de seguir dando lecciones a sus discípulos, lo que la estaba llamando desde la Tierra. Tal vez era la pregunta perturbadora por quién iba a interpretar su paso por el mundo con la emoción con la que ella interpretó «De cómo el viejo tonto removió las montañas» o «La ingenuidad del pequeño ciervo». Acaso era ese único guijarro negro —que, según pensó, era su odio por el comandante jetsunkhan, su afán por verlo desbaratarse enfrente suyo, su encono— lo que la empujaba a dudar en el preciso momento en el que había conseguido la trascendencia.

Y, sin embargo, una y mil veces le venía a la mente la frase «yo habría querido tener una hija».

—Ven aquí, A-mi —le dijo el Señor de la Muerte, o sea «ven aquí, hija mía», como mostrándole la cara de su dulce padre—, ha llegado el momento: estás bien donde estás y estoy contento de ti.

—Pero yo no, Rimpoché —le contestó Li Chen—, yo tengo una cosa más por hacer allá atrás.

—¿A dónde vas?: no te molestes porque no hay necesidad de hacerlo —le explicó el juez de todos los jueces, con algo de resignación, esfumándose y acallándose mientras ella emprendía el camino de regreso.

Que podía ser por allá, por allá o por allá. Que tenía que estar en alguna parte —tenía el deber de existir— porque ella se lo había ganado de tanto bregar. Se repitió la retahíla de antes mientras trataba de recoger sus pasos, «quién va a contar mi historia», «quién va a entender de mí que fui lo que fui porque me quedé sola con mi madre», «quién va a narrar los cientos de noches que sobreviví al asedio de los ojos de esas máquinas sin almas por dentro», «quién va a decir que sólo entendí que sí quería tener una hija cuando me fui de mi cuerpo», a la espera de algún pasadizo de agua para volver a saltos a su cuerpo desgonzado en los brazos mecánicos de su verdugo. Creo que me vio a mí cuando estaba a punto de sentir la misma angustia que se siente en este plano. Yo sentí sus pasos.

Simón Hernández
Escritor

Tomo aire para lo que viene. Pues antes del encontronazo que nos fue dado a todos, sólo comparable con el revoltijo de estados de ánimo de los pasajeros de un ascensor que se ha quedado varado en la oscuridad o con un bombazo en compañía de los desconocidos que pasaban en el peor momento por alguna de las calles colombianas de la década de los noventa, debo contar una especie de alucinación que espero quede aquí entre nos. Sólo en el libro *Vida en la muerte*, la compilación de experiencias fuera del cuerpo firmada por el publicitado sacerdote Ron Barrow, he encontrado yo un par de casos semejantes a este mío que voy a contar: casos de gente que murió y volvió del más allá, pero en la tercera fase de la muerte no sólo vio cómo iba el drama de su vida, sino además cómo iba a terminar.

Es de esperar que tanto los muertos que jamás vuelven a sus cuerpos porque consiguen la trascendencia como los muertos que regresan a vivir adentro de una nueva identidad —los muertos que reencarnan quién sabe en quién en cuál circunstancia de qué época— tienen la oportunidad de ser espectadores de los tres actos de su propio drama: del drama que hicieron tragedia o comedia.

Es claro que en esta tercera fase los siete personajes del libro, Li Chen, Sid Morgan, John W. Foster, Bruno Berg, Muriel Blanc, Nuno Cardoso y Lorenza de la Cabrera, llegaron a pensar que estaban viendo el drama entero desde el puro principio hasta el puro final. Que el clímax, o sea la respuesta con aires de epitafio a la pregunta de qué clase de vida se había vivido, era el hecho mismo de la muerte, pues no entendían que no era la muerte definitiva: «Fue una buena profesora en una era sin alumnos», «Jamás pudo sobreponerse a la violencia de la fama», «Perdió de vista a la gente que le tocó en suerte por andar comunicándose con el universo», «Creyó hallar la redención en el boxeo pero acabó siendo un soldado», «Todo salió mal cuando decidió ser ella misma», «Murió sin cobrar su venganza», «Dios se la llevó por fin».

Luego, cuando aquella luz o aquel Dios más grande que cualquier mirada les presentó la oportunidad de regresar, cayeron en cuenta de que entonces acababan de presenciar el punto de giro en la mitad del segundo acto en el que todo héroe toma las riendas de su destino o el falso final en el que cada protagonista experimenta un engañoso momento de gloria o de miseria como tomando impulso para el desafío definitivo de su drama.

La roquera Morgan, el astronauta Foster, la impostora Blanc, la monja De la Cabrera y yo sentimos lo primero: que se nos estaba dando la información definitiva para encarnar con presteza el personaje que se nos había encomendado y se nos estaba despejando el panorama para asumir la autoría material e intelectual de nuestras comedias. La profesora Chen, el soldado Berg y el sepulturero Cardoso, en cambio, sospecharon que se les estaba dando una oportunidad para enmendar y darle más bríos y cubrir de dignidad la resolución de sus tragedias: que se les estaba concediendo algo así como una última llamada antes de entrar en prisión o un monólogo final ante el auditorio de su historia o un penalti en el último minuto de un partido cero a cero.

Sin embargo, ninguno de los siete vivió lo que yo viví, ninguno. Hubo un par de hermanos gemelos de Mineápolis, Minnesota, que confesaron esta misma experiencia mía en el programa radial del padre Barrow. Sus nombres son Dan Garland y Alan Morrison. Quedaron huérfanos cuando apenas tenían tres semanas de edad, y, como no tenían abuelos o tíos a los cuales acudir, fueron dados en adopción a un par de familias diferentes en un par de estados diferentes. Dan se quedó a vivir con los Garland en Rochester, Minnesota, y Alan se mudó a Toledo, Ohio, con los Morrison. Y, no obstante, tal como está contado en las páginas de *Vida en la muerte*, los dos se casaron con una mujer llamada Vilma, tuvieron un hijo al que le pusieron Joe, se mudaron a un segundo matrimonio con una alcohólica de nombre Suzanne, trabajaron como floristas desde niños, condujeron una camioneta Chevy roja de 1950, fueron fumadores compulsivos de la misma marca de cigarrillos, se comieron las uñas y murieron a los treinta y nueve años de edad, pero en sus excursiones por el más allá no sólo se enteraron los dos de que tenían un hermano gemelo, sino que, para persuadirlos de quedarse allí a lamentar eso de haber sido un experimento humano, se les mostró que tenían otra vida por delante para comprender que el uno había estado escuchando la voz del otro desde que tuvieron memoria.

Se vieron divorciarse y casarse de nuevo, montar una florería de los dos, enamorarse de la misma mujer, pelearse por ella, reconciliarse tres años después, participar como consejeros en una película sobre su historia e ir a la ceremonia de los premios Oscar con la esperanza de ganar alguna cosa alguna vez. Se vieron encorvados, con los pulmones renegridos y las voces esfumándoseles también, poniéndose un par de máscaras de oxígeno en las largas noches de Minneapolis —volvieron juntos a su ciudad natal— para vivir un poquito más al menos.

Me pasó lo mismo a mí. Vi las escenas de mi drama hasta que, en la mitad del segundo acto, entendí que había sido una comedia. Mi exmujer estaba reclamando su derecho sobre mi intimidad con el argumento incontestable de que ella no era ella misma cuando se fue. Mi archivo de ideas para novelas o cuentos o ensayos, robado de golpe, seguía convirtiéndose en libros malos publicados por otros. Pateaba la misma caneca fiel que había pateado desde hacía varios años. Tenía la garganta destruida. Tenía una voz que parodiaba mis quejas: «¿Por qué me está pasando todo esto?», «Yo quiero morirme más bien», «No me deje solo, Rivera, usted no». Y me había matado la anestesia general que de alguna manera ha sido el *modus operandi* en un país en el que pueden matarlo a uno porque sí.

Ya era claro para mí, mientras me veía a mí mismo contándole a nuestro niño que mi papá había comprado billetes de lotería incluso cuando era seguro que se iba a morir y mientras me fijaba en el fervor con el que mi esposa paseaba al husky, al labrador, al golden retriever, al beagle, al terrier, al cocker spaniel y al pointer, que yo había estado protagonizando —que yo había protagonizado, digo, en pasado— una comedia de enredos sobre darse cuenta demasiado tarde de la farsa. Ya estaba reconociendo que había sido un error de casting, y poco más, porque no había estado a la altura del papel que se me había escrito. Ya quería reírme a carcajadas yo de mis grandilocuencias y mis ingenios, pero no pude hacerlo porque me pareció que algo allí estaba mal.

Si muy a mi pesar cada vida seguía al pie de la letra las leyes flexibles e inflexibles del drama, y yo, incluso a ojos de la figura de luz que me estaba acompañando en esa visita al museo de mi biografía, había vivido una comedia para morirse de la risa, entonces por qué acababa de encarar un final tan ridículo, tan poco feliz, tan poco común y corriente: ¿no era más justo y más aleccionador, para un soberbio y un infantil como yo, morir día por día por día hasta morir de viejo?, ¿no era más cómico obligarme a padecer los reveses y las traiciones y los hallazgos de la vida con el reloj en contra de aquellos que sólo tienen claro que quieren seguir viviendo?, ¿qué hacía yo convertido en un muerto a esas alturas de la vida?

Fue entonces cuando mi guía o mi Dios o mi consejero, como un viejo secándose las lágrimas de las carcajadas con un pañuelo por debajo de las gafas, volvió a preguntarme si estaba listo para morir.

Y yo le dije que no. Y no sé si para persuadirme de regresar a semejante estercolero o si para animarme a correr el riesgo de envejecer me puso enfrente —e igual les pasó a los gemelos Garland y Morrison— toda la vida que me quedaba por vivir tal como me había puesto antes la vida que ya había vivido. Empezó en medio de un silencio semejante a la belleza. Yo estaba solo en nuestra habitación, una mañana de las mañanas serenas de nuestro apartamento, viéndome en el espejo porque no había nadie por ahí y no era tan grave ser tan feo y acababa de ponerme el vestido gris de rayas menos grises que me habían regalado mis padres para casarme con la paseadora de perros. Pronto me di cuenta de que era el día del matrimonio y que estaba sonriendo como si hubiera ganado por fin.

Pensaba que no iba a ser capaz de hacerme el nudo de la corbata, que es un milagro, pero de golpe, como si se tratara de montar en bicicleta o de nadar en una piscina, me vi a mí mismo haciendo el lazo que mi papá me enseñó a los diecisiete años.

Salí tal como salí ese día de la casa. Pero afuera no era de día, sino que estaba empezando a encapotarse y a oscurecerse. Era el futuro. Era, si acaso volvía yo a mi cuerpo, la segunda parte de mi segundo acto. Era mi extraña oportunidad, de actor de la vieja guardia, de conocer el libreto de mi historia antes de su puesta en escena. Y, sea como fuere, allá iba. Andaba solo quién sabe por qué. Cruzaba la glorieta de la carrera Quince con la calle Cien y consultaba la hora en mi reloj entre hordas de oficinistas con tapabocas y pensaba en que tarde o temprano iba a llevar a cabo esa caminata. Ya no era un flacuchento a punto de cumplir cuarenta años sino un barrigón a punto de cumplir cincuenta. Llevaba el mismo vestido gris aunque los pantalones me quedaran apretados. Y me decía en voz alta «es que no tengo más».

Pronto estuve en la asfixiante sala de la velación de mi mamá, de la lectora Aura Sarmiento de Hernández, con la sensación de que una figura imaginaria e impalpable me estaba mirando mientras me servía un agua aromática en un vasito de plástico y leía un par de coronas de flores que habían mandado los antiguos trabajadores de los bancos en donde ella había puesto el orden. Me senté a pensar en ella, en mi mamá, disciplinada en su reclusión eterna en ese estudio cerrado con seguro, libre de tentaciones mundanas e incapaz de definirse a sí misma para este libro. ¿Se habría sentido amada? ¿Estaría bien en el más allá? ¿Reencarnaría en un idiota? ¿Habría conseguido trascender a pesar de haber cruzado la vida de puntillas? ¿Habría sido capaz de perdonarse su dureza cuando vio la dureza de su propia infancia?

¿Habría sido capaz de perdonarse su resignación ante el horror, su pesimismo de lunes a viernes, cuando se dio cuenta de que había vivido una juventud sin caprichos y con la promesa de una Tercera Guerra Mundial?

Ay, Aura, ay, mamá, aunque odies esta parte de este libro —y este libro por exponerte a pesar de tu empeño de ser una mujer invisible— estás a tiempo de alcanzar la meta de sobreponerte a ti misma y de dejarte en paz.

Olvida aquello que vas a decirme antes de morir, «yo no he debido atarte a mi suerte, Simón, pero tú fuiste el mejor contacto con el mundo que pude tener», porque yo ya estoy lo suficientemente viejo para entender que todo vínculo es un doble vínculo.

Solo, solísimo en aquella funeraria durante un par de horas, pensé «no voy a poder con esto: esto es demasiado para mí» como lo piensa uno tantas veces en la vida. Lloré porque en ese entonces lloraba por todo —en las películas de niños, en los documentales sobre padres e hijos— como negándome a mí mismo, a mi personaje cínico, implacable e iconoclasta. Estaba gordo. Estaba enfermo del estómago porque vivía enfermo del estómago por esos días. Me limpiaba las manos con gel antibacterial como traumatizado por los virus: «Por si acaso». Tenía una libretita en una mano en la que estaba haciendo cuentas de las deudas por pagar: 13 millones de la tarjeta de crédito Visa, 17 millones de la tarjeta de crédito Master Card, 42 millones de la compra de cartera del banco, 77 millones del préstamo que sacamos en un momento de desesperación.

Pocas personas, poquísimas, fueron a semejante funeral. Recuerdo a mis primos, a mis tíos, a mis compañeros de trabajo. Me sorprendió no ver a ninguna de mis antiguas parejas. Recuerdo a Salamanca, el amigo escritor con el que parecía condenado a encontrarme, dándome el pésame, pidiéndome permiso para escribir una novela sobre Vilhelm Hammershøi y repitiéndome una y mil veces lo mucho que le había gustado mi manual práctico para la muerte —este— pues era la prueba reina de que la Tierra es un recicladero y toda ficción es una metaficción: no sé con qué palabras me lo dijo, pero descubrió, en resumen, que mi libro demuestra que uno es libre de vivir como un actor es libre de actuar y esta vida prefigurada en el más allá tiene el sentido que tienen las puestas en escena.

Y, como uno está interpretando el drama que le ha sido dado hasta transformarlo en algo propio, entonces todas las películas y los libros y las obras de teatro que se tienen enfrente son ficciones dentro de la ficción.

Cuando por fin aparecieron Lucía y José María, a lado y lado mío en el sofá en donde yo estaba haciendo mis cuentas miserables y recibiendo pésames esporádicos y erráticos, sentí un alivio inconmensurable por el hecho de que no me hubieran dejado. Me puse a pensar en que cremar el cuerpo de mi mamá no iba a ser un error porque haber cremado el cadáver de mi papá —y haber lanzado sus cenizas en el río de la finca de su familia adoptiva— no había sido un error: «El espíritu debe ser capaz», pensé, «de recrear sus cuerpos». Me puse a divagar sobre cómo habrán vivido la experiencia del más allá los desaparecidos de esta guerra sin fin, los masacrados en la plaza de su pueblo, los ajusticiados por los sicarios de las bandas de criminales, los secuestrados que murieron de viejos aquí en Colombia, pero, quizás para no meterme en peores honduras, respondí cualquier cosa a mi esposa cuando me preguntó «en qué está pensando».

—Estaba pensando que tengo en mi teléfono un montón de teléfonos de muertos —le dije.

Y me sorprendió que a esa edad, a los cuarenta y nueve, yo era de nuevo un hombre con voz. Hablaba a toda velocidad otra vez: *tengoenmiteléfonounmontóndeteléfonosdemuertos*. Tartamudeaba igual que cuando era un adolescente. Y tenía el timbre grueso de cuando era un iluso, un confiado. Sonaba como mi papá. Con la poca gente que fue a darme el pésame me portaba, de hecho, como un traumatólogo honorario que daba consejos sobre posturas y sobre colchones. Se me salía la camisa del pantalón igual que a él y sentía unas ganas terribles de comprar la lotería en la esquina de la funeraria. Hacía algo sólo mío: llevaba en el bolsillo del saco un pequeño cubo de Rubik para ponerme la mente en blanco, para distraerme este temperamento enervante tan dado al lamento y a la derrota. Murmuraba.

Me daba quejas a mí mismo, a quién más se las iba a dar si mis quejas les aburrían tanto a todos, por no haber tenido un hermano mayor o un hermano menor para que me entendiera lo grave que era haber vivido y haber perdido a esa mamá.

Y me asomaba todo el tiempo a la pantalla del teléfono de mi reloj, ansioso cuando ya qué, para aplazar una vez más la obligación de darle vueltas a la muerte de mi madre.

Salí de allí, de la sala de velación, con ellos. Nos reímos juntos de las últimas mañas de la versión anciana de mi mamá: de su tendencia a echarle a uno la culpa de sus olvidos, de su obsesión por tener limpio un apartamento al que no entraban ni los fantasmas, de la manía de regalarle a uno alguno de sus libros siempre que empezaba la ceremonia de las despedidas, de las genialidades que había hecho a espaldas de todos. Pero luego, como siguiendo el método de un sueño o la lógica de un resumen, me vi solo en un taxi hacia el colegio de José María. Tenía puesto el mismo vestido gris de paño de rayas menos grises. Ya no me apuntaba el botón del cuello de la camisa. Tenía que taparme semejante fracaso con el nudo de la corbata. Se me salía la barriga por encima del pantalón.

Llevaba sobre las piernas a Lenin, nuestro perro pug, que no se llamaba así por lo comunista sino por lo fruncido, como si ya no fuera capaz de estar sin él.

Usaba gafas, gafas por primera vez en la vida, porque los lentes de contacto eran una tortura para mí.

Estaba cada vez más calvo. Y era mejor, claro que sí, porque todo viejo que llegue a viejo con pelo corre el riesgo de verse como su tía.

Llegué a la fiesta de grado del colegio de nuestro niño, de José María, en un pequeño restaurante de pastas italianas al que solíamos ir cuando él empezó a escoger por todos en dónde almorzar los sábados. Saludé a su padre con un cariño fraternal, de veteranos de la misma guerra, que me pareció apenas natural. Saludé a sus tías con mi cara de «yo les juro que estoy cuidándoles a su hermana menor». Respiré pesadamente mientras les di la mano a los conocidos y los desconocidos que me encontré en el camino hasta mi esposa. Primero la abracé porque sentí la taquicardia que solía sentir en aquellos días: «¿Y si me está odiando por seguir siendo este insomne que pasó de la pedantería al apocamiento?, ¿y si a ojos de ella el hecho de haberme resignado a trabajar en cosas menores dejó de ser un gesto de desapego para ser un síntoma de fracaso?», pensé.

Me dio un beso breve en la boca y me acomodó en su mejilla para acariciarme la cabeza como a otro hijo y me dijo «yo lo adoro tanto...» con puntos suspensivos a salvo en su olor suave de siempre.

Ella iba a cumplir cincuenta y tres años. Se había dejado ya las canas entre el pelo negro y tenía la silueta plateada desde la cabeza hasta los hombros y exhibía sin vergüenza unas pocas arrugas alrededor de los ojos reservados y árabes que seguían poniéndolo a uno en su sitio y se veía en fin aún mejor que siempre. Era evidente que tenía mucho por hacer. Era claro que estaban llamándola y llamándola porque era la jefe de alguna universidad insurrecta o de alguna fundación revolucionaria —y había dejado atrás la felicidad de pasear perros por la felicidad de poner en marcha otra utopía—, pero que estaba haciendo lo imposible para no caer en su eterna tentación de volcarse sobre el trabajo.

Zapateaba de la pura agitación. Sonreía. Contaba historias e historias para volver a la Tierra.

Me zafé el nudo de la corbata cuando me di cuenta de que conocía a todos los que estaban allí. Saqué del bolsillo una hoja dos veces doblada que resultó ser un discurso que nuestro muchacho me había pedido que escribiera para la ocasión. Temblé un poco mientras lo desdoblaba hasta que me pareció ridículo estar tan nervioso y solté una risita de hombre de cincuenta y seis años muerto de miedo. Se me fue quitando el pánico escénico —es que allí estaba el invicto Salamanca, mi amigo novelista, con una esposa nueva que hablaba del mundo de la cultura como un mundo de huérfanos ansiosos por ser adoptados— y se me fue pasando la vergüenza de haber caído en el colombianísimo lugar común de «decir unas palabras» para volver solemne cualquier ocasión que pase por delante.

Hablé de José María. De cómo había sido un niño dulce, compasivo, competitivo a morir, generoso desde el principio de los tiempos. De cómo se había enloquecido la primera vez que vio el mar, «¡agua!, ¡agua!», en aquella escena que yo mismo filmé con el pulso tembloroso de un hombre que había perdido la fe en sí mismo. De cómo jugábamos a llenarle la cuna con todos sus juguetes, a buscarlo por los armarios del apartamento, a recibirle largas visitas de médico para que se diera el gusto de ponernos una inyección. De cómo no nos casamos los dos, Rivera y yo, sino los tres: «Quería una argolla para él, pero conseguimos convencerlo de que se comprara una espada láser de *Star Wars*». De cómo su pérdida de oído, «su limitación auditiva» que siempre fue un misterio para todos, lo convirtió en una persona con una imaginación enorme: «Se inventó *Juego de tronos* sin saber que existía y compuso un concierto brandemburgués antes de oír el verdadero», leí.

Y luego me atreví a declarar que empezó a escuchar lo que su mamá, su papá y yo pensábamos incluso antes de que lo dijéramos.

Y conté que los amigos del colegio solían confesarle que le tenían una envidia profunda por tener dos papás.

Hablé un poco, no todo lo que hubiera querido, del privilegio de haber sido su padrastro. Reseñé mi viaje por la muerte, porque tarde o temprano caía en el puto tema, para llegar al momento en el que escuché su voz hablándome en una cama de cuidados intensivos del centro médico en el que me fui de mi cuerpo: «Sin ti no somos nosotros», decía, «ven ya». Di las muchas gracias por haber tenido semejante oportunidad de dejar de ser un hijo —hay gente que llega adolescente a viejo— y me reconocí el valor para haberlo notado y me atreví a explicar que ser un padrastro era ser un papá que se da cuenta del privilegio de ser papá porque no da por sentada esa compañía, porque siempre está en suspenso, porque se queda solo cuando la familia de sangre tiene alguna vuelta por hacer en la que uno sobra.

Solté una retahíla luego sobre todos los miedos que se reviven cuando se es un padrastro porque son los mismos que siente un padre, pero allá atrás, en silencio, con voz y sin voto. Se pide a Dios, a la nada, a quien corresponda, que al hijo de uno nadie le dé la espalda, ni lo arrincone, ni lo niegue, ni lo rechace en frente de todos, ni lo deje solo en los peores días, ni le dé falsas ilusiones, ni le suelte la frase «yo creo que esto no está funcionando», ni le parta el corazón dos veces. Se vive en el borde de la silla como si esa vida pendiera de un hilo montada en una montaña rusa endiablada. Se ruega de rodillas cuando nadie está mirando. Se le ofrece lo que sea al destino, así esté escrito, para que el hijastro jamás llegue a sentir una soledad como una traición, como un castigo.

Y yo vivo agradecido —leí— porque sólo tuvimos que ir un par de veces a la clínica, porque se enterró un lápiz en un párpado pero al final no le quedó ni siquiera una cicatriz, porque jamás le pareció raro pedirme que lo acompañara hasta quedarse dormido, porque me pidió que estuviera con él mientras hacía sus colecciones de juguetes para concederme la fortuna de ser un personaje secundario, porque me consultó las tareas de literatura mientras esperábamos que el bus llegara al paradero helado de las 5:30 de la mañana, porque me dio abrazos fortísimos sin ninguna clase de pudor cuando me dio los buenos días de todos los días, porque siempre me contó en voz baja sus temores y sus teorías sobre lo que iba a pasar con los Avengers en las próximas películas.

Me pongo nervioso cuando le gente se pone a bailar. Pero bailé con Rivera en esa fiesta de grado para pocos porque en mi vida —créanmelo: fuera de mí inventarme un gesto romántico— ella fue la única persona con la que bailé. Tuve parejas con las que fui a cine o peleé o sufrí o tiré en el piso, pero sólo con ella bailé. Bailamos canciones de Juan Luis Guerra, de cuando éramos niños, porque José María armó una lista de las canciones que nos había visto tararear desde que lo llevábamos al parque a jugar al Hombre Araña: *Eran las siete 'e la mañana / y uno por uno al matadero / pues cada cual tiene su precio / buscando visa para un sueño*, bailábamos, *con la paciencia que se acaba / pues ya no hay visa para un sueño*.

Y nos mirábamos y nos quitábamos la mirada porque seguíamos siendo un misterio. Y nos sonreíamos y nos levantábamos las cejas porque habíamos conseguido juntos el milagro de no confundir la depresión con la rutina. Y nos prometíamos que a José María le iba a ir bien en Seúl porque era lo que él había querido desde siempre. Y ella me decía que me seguía quedando bien el vestido gris de rayas menos grises y yo que a ella le quedaba mucho mejor el vestido de flores que tenía puesto y que si no me creía se lo preguntara a todos esos hijos de puta que estaban mirándole el culo mientras bailábamos.

Hablamos de las dietas en las que fracasábamos juntos en el taxi de vuelta a la casa. Miramos por las ventanas para dejarnos en paz. Describimos dolores nuevos y vaticinamos principios de gripas. Desde que entramos al apartamento, desde que ella abrió la puerta con sus llaves del llavero de bus inglés, supimos de qué hablan cuando hablan del nido vacío. Simplemente, había menos aire en el lugar. Se veía más pequeño, más inútil. El silencio no era el silencio, sino el letargo, el sopor, el polvo ganando la guerra después de haber perdido tantas batallas. Pero ella buscó una canción en su teléfono y de los parlantes de la sala repleta de matas y de libros y de fotos de la vida nuestra vino *yo era de un barrio pobre del centro de la ciudad…*

Y seguimos el baile completamente resignados a ser los padres avejentados que se han quedado solos, y ella me desanudó por completo la corbata y me quitó el saco y me desabotonó la camisa contra la pared de las pequeñísimas reproducciones de Hammershøi, y se soltó y se dejó caer el vestido para que yo la besara del cuello hasta las tetas, y no fuimos el par de locos que bailaron hasta tirar en el sofá largo de la sala en los primeros minutos de aquel Año Nuevo que pasamos solos, *voy a pedir su mano / al amor hay que dar de beber / voy a cortar un ramo de nubes / para mojar su querer*, pero fuimos dos viejos nuevos con dos cuerpos distintos, y fue bueno porque fue prueba de que jamás íbamos a acabar de conocernos.

Vi mi barriga inflada por los años, mi pecho colgando como un saco vencido, mis piernas torpes, mis manos arrugadas, mi lengua opaca y mis dientes torciéndose —y mi cuerpo me produjo más vergüenza que nunca, queridos lectores—, pero me vi a mí mismo, metiéndosela cuando ella quiso y como ella quiso, entregado completamente a descubrir los nuevos lunares de su espalda, la juventud eterna de sus omoplatos, el olor intacto de su cuello, los nervios, las firmezas, los pliegues, en fin, el carácter de su cuerpo dos décadas después. Fuimos juntos al cuarto, por la oscuridad del corredor que cada vez se recorría menos, tomados de la mano como si alguien nos estuviera viendo. Nos pusimos las piyamas inventadas con camisetas y con boxers que usábamos de jóvenes.

Y nos subimos a la cama y nos metimos a las cobijas y nos pusimos a ver en la pantalla de la pared de enfrente una película romántica gringa de cuando éramos niños que se llamaba *Crossing Delancey*. Y en la cama hablamos de las parejas que tuvimos como reconociéndonos el uno al otro el triunfo de estar juntos. Y en la cama la sentí rara y le pregunté qué le estaba pasando y le agarré la mano yo solo y me dijo «nada, nada: estoy cansada nomás» mientras íbamos poniéndonos más viejos. Y en la cama le reconocí que sí había tenido la tentación de pasar un mediodía, pero no más, con aquella periodista cuarentona descarada e incansable que había hecho un perfil mío cuando salió publicado este manual práctico para los futuros muertos. Y en la cama le demostré que jamás lo hice, pero peleamos como si la hubiera traicionado porque yo no había sido capaz de hacerme la cita para que me viera el oftalmólogo —y nos dijimos lo más hiriente que puede decirle un ser humano a otro cuando se encuentra condenado a las palabras— y nos reconciliamos un par de horas eternas después porque ella me explicó por enésima vez que pelear no era el Apocalipsis y porque no deja de ser chistoso que lo vea a uno el oftalmólogo. Y en la cama comimos entre los dos, cada uno con su propio tenedor, una paella, una pizza, una canasta de carnes de todas las clases que pedimos a domicilio. Y en la cama fuimos recibiendo a los nietos, uno por uno, para enseñarles a hacer nada. Y en la cama, cuando ella se quedó dormida con las gafas de leer puestas y le quité el cojín y la acomodé mejor para que no le doliera el cuello al otro día, me puse a buscar y a buscar series de televisión de cuando yo era niño, y cuando me encontré con *Los años maravillosos* doblada al español mexicano me di cuenta de que me estaba devorando la nostalgia no sólo porque se trataba de una historia sobre el tiempo que se fue, sino porque tenía presente la sensación de estar viéndola con mis papás frente al televisor de la sala del televisor los domingos en la noche: la nostalgia no era el recuerdo, no, era la penetrante certeza de que día por día por día se estaba escapando, desvaneciendo el recuerdo, y era increíble que fuera a haber un tiempo en el que nadie supiera lo que era sentarse en ese lugar a principios de los noventa —cuando los videojuegos y las chaquetas de cuero y las camisas de cuadros y las canciones devastadoras y los progresismos parecían inevitables— a comer los sánduches de rosbif que eran la única cosa que nos gustaba a los tres. Y en la cama me fui quedando dormido yo también, pues los colchones de ese entonces sabían acomodarse a sus dueños, y sólo me desperté una vez en la noche a orinar, y de vuelta noté que la mano de Lucía estaba buscando mi mano y se la tomé y me le acosté en el hombro para que nos agarrara el sueño de nuevo a pesar de los ruidos del bailoteo en el apartamento de arriba. Y en la cama me desperté con la convicción de que la gracia de mi vida había sido ella, siempre y para siempre ella desde antes de haberla conocido, porque si no lo mío habría sido ser apenas un aficionado. Y cuando le fui a tocar la cabeza, pues solía amanecer dándome la espalda, noté que ya no estaba allí, que su lado seguía tendido como si no hubiera vuelto.

Me sorprendió ver un montículo tan grande de mi ropa en mi silla roja de cuando vivía solo a principios de este maldito siglo XXI. Me levanté. Me bañé. Busqué una afeitadora entre sus cosas, que estaban pegajosas y gastadas, porque me pareció que mi cuchilla ya no estaba cortando bien. Me afeité. Me puse el reloj en donde estaba todo porque el hijo mayor de mi hijo —que en ese preciso momento no recordaba si se llamaba Sergio o Santiago— le había puesto mil alarmas para que «por el amor de Dios» jamás me atreviera a salir a la calle sin él. Me quedó mejor que nunca el viejo vestido gris de rayas menos grises. Pude abotonarme el cuello de la camisa sin ningún problema. Luché durante media hora para hacerme el nudo de la corbata porque mi papá ya era un olvido entonces. Lo logré. Y, según vi, fue importante para mí.

Tengo la tentación de decir que «fue importante para él», claro, porque aquel era el cuerpo de un anciano disfrazado de mí, pero sin lugar a dudas seguía siendo yo y nadie más que yo porque el pobre se quedaba mirando la nada cuando se le borraba alguna cosa de la mente y estornudaba como una caricatura minutos y minutos después de ponerse la ropa.

Me tomé una serie de pastillas para prevenir quién sabe qué. Me puse un tapabocas que encontré en el perchero junto a la puerta del apartamento. Me puse un sombrero de fique que había sido de mi mamá o de mi esposa. Salí a la calle dispuesto a subirme a algún bus rápido, de aquellos buses rápidos sin conductores, para que me llevara al aeropuerto lo antes posible. Había filas y filas de jóvenes en las aceras: todo el mundo era joven. Había mendigos pidiéndome algo de comer porque el dinero ya no iba de mano en mano, según me pareció ver y según recuerdo, sino de reloj en reloj. El sol bogotano, que presidía un clima de 33 grados centígrados en abril, era un sol peor que nunca: una lluvia aguda y ladina de agujas hirvientes. Pero yo conseguí subirme al bus con la ayuda de otro viejo, y me fui.

Fue en las pantallas del vehículo larguísimo donde me enteré de que un sismo en el Himalaya había echado abajo el decadente zoológico humano que se había construido en el antiguo Palacio de Verano de Norbulingka y había sepultado a los pocos guardias que seguían vigilando a los pocos especímenes que seguían encerrados allí a pesar de las protestas. El reloj me preguntó «¿estás bien, Simón?» porque sintió que el pulso me estaba bajando un poco antes de que yo me diera cuenta. El reloj me sugirió recibir en la mejilla el beso que me había mandado mi nieto menor. Yo me asomé a la ventana del bus a ver cómo iba avanzando la construcción de un edificio —vi levantar nueve pisos— mientras el semáforo cambiaba de rojo a verde. Y me paré de mi silla agarrándome de los tubos porque reconocí El Dorado, el aeropuerto, en la distancia.

Se me veía un poco grande la ropa. Sentía que estaba cargando mi propio cuerpo a cuestas y era extraño —y así es— porque mis brazos y mis piernas eran huesos nada más. Me sorprendió que no hubiera tanta gente en el lugar: «Esto siempre estaba llenísimo», le dije al extraño que caminaba a mi lado. Fui a una banquita alta y redonda de un Tíbet Cafè, en el terminal número uno del aeropuerto nuevo que ya era viejo, como si estuviera esperando a que llegara alguien. Me asomé cada dos o tres minutos a las pantallas, a ver si ya iba a aterrizar el vuelo de Berlín, muerto de miedo porque nadie parecía interesado en hacer lo mismo que yo. Me senté de nuevo en mi sitio. Traté de recobrar la compostura. Y me dio paz responderle al reloj que tenía muchas ganas de ver a mi hijo: no era más.

—¿Podemos ayudarle en algo, señor? —me preguntó, en un arrebato de humanidad, una amable guardia que pasaba por ahí.

—No, no, no: estoy esperando a mi hijo —le respondí—, pero ya debe estar por llegar.

—¿De dónde viene él?

Iba a decirle «viene de Corea del Sur» o «viene de Seúl», iba a contarle que yo mismo, como agente de viajes, le había diseñado un itinerario completísimo que habría puesto orgulloso al viajero Phileas Fogg, cuando me puse a aclararle que mi hijo se llamaba José María Sandoval y no José María Hernández porque no era mi hijo sino mi hijastro. Expliqué que José significaba «él sumará» en hebreo, María significaba «amor» o «amada» en egipcio y Sandoval significaba «bosque» en latín. Conté nuestra vida juntos desde el principio. Confesé que seguíamos diciéndonos «lindo» el uno al otro aunque ya fuéramos un par de viejos. Dije que cuando uno es un padrastro nota —muchísimo más rápido que cuando es un papá porque sí— que no se es el dueño de nadie ni de nada porque lo usual es que a uno no se le pida permiso de nada, no se le consulte ningún remedio para ninguna enfermedad, no se le concedan nunca los créditos de un triunfo pequeño de aquellos, no se le reconozcan los libros leídos y las limpiadas del culo, no se le permita sentirse el portavoz de la familia o contar las anécdotas de la infancia del muchacho, no se le escuche sino muy pocas veces decir en voz alta «mi hijo», porque en estricto sentido suena como si uno se estuviera apropiando de la habitación de un hotel, y no se le vea jamás la serenadora sospecha de que le hará falta a alguien apenas se vaya de este mundo.

—Todos los papás somos padrastros —le dije, si mal no recuerdo mis propias palabras, a aquella pobre guardia de seguridad— porque se nos ha puesto a cuidar una vida ajena.

Y cuando a ella le pareció demasiado extraño mi monólogo, cuando confirmó en mi reloj mi identidad y mis principios de demencia senil y mis pérdidas de memoria, apareció José María justo a tiempo para darme unas palmaditas en el dorso de la mano, para decirme que no me preocupara más porque él ya estaba allí, para invitarme a que me fuera con su familia a pasar esa tarde. No tenía maletas a la mano. No se veía cansado del viaje. Sonreía como un actor interpretando a un hijo amoroso. Era claro que de vez en cuando me devolvía yo a una época feliz en la que él era un recién graduado que estaba a punto de volver desde el otro lado del mapamundi. Era obvio que a mi cuerpo, como al de la enorme mayoría de mi generación, le había llegado demasiado tarde la posibilidad comprobada de curarle la enfermedad de la vejez.

No tenía miedo. No me veía perdido ni atemorizado por nada. Era claro que en el fondo de mí mismo, más allá de mi

343

cerebro y de mi personaje, sabía de memoria que los viejos van perdiendo la memoria para irse acostumbrando a la muerte e irse preparando para la iluminación. Era claro que me había hecho a la idea de que el cuerpo no es una prisión, pero sí es una odisea, sí es un drama. Ya he insinuado que el drama de fondo, el drama que dio origen a todos los dramas, es el cuerpo. Debería, ahora, asegurar que el drama es el cuerpo porque el cuerpo es el tiempo, invéntense lo que se inventen para rejuvenecernos a todos. Pues, aun cuando se me hubiera vuelto usual revivir la escena del regreso de mi hijo y olvidara lo de ayer todos los días, yo llevaba por dentro la convicción de que estaba acostumbrándome al final.

Yo sabía. Yo ya había aprendido que allá, donde fuera que fuera a quedarme, recobraría no sólo cada detalle de mi historia, sino cada pormenor de mi función en esta máquina sin pies ni cabeza, en el mejor sentido de la expresión.

—Me puse el vestido gris de paño de rayas menos grises que le gustaba tanto a tu mamá —le dije con los ojos encharcados cuando me subí, con su ayuda, al bus de regreso—: ¿sí viste?

—Pero si te ves como el día en que nos casamos —me respondió—: por supuesto que lo vi.

Nos subimos al bus él y yo. Y el bus se alejó sin mi espectro a bordo, y el guía que me había concedido la rara oportunidad de ver mi pasado y mi futuro —y de entender, repito, que el presente es la muerte— me confirmó en su lengua sin sujetos ni predicados que estaba en plena libertad de caer en la tentación del feliz olvido o podía volver si quería volver a vivir todo esto que me faltaba por vivir. ¿Estaba listo para desprenderme? ¿Quería lanzarme al conocimiento del universo más allá de los sentidos o empezar una vida nueva o llevar a buen puerto —ese mismo— la historia de un escritor envenenado hasta la médula disfrazado de un agente de viajes felizmente resignado a la experiencia de vivir? ¿Estaba listo para recobrar la memoria del universo o prefería terminar lo que había empezado?

Si algún médico les dice «señora: lo mejor es que se vaya despidiendo de su pariente» o «señor: háblele todo lo que pueda al cuerpo de su amigo que él lo está escuchando», les ruego el favor de que lo hagan: despídanse o digan lo que tengan que decir. Porque yo hasta ahora estaba tratando de asimilar la reseña de la vida que iba a vivir de regreso en la Tierra —me fui en aquel bus contando por enésima vez que mi papá se la pasaba comprando lotería y apropiándose de las buenas ideas— y estaba dudando seriamente de la idea de encarar de nuevo esta experiencia abrumadora y violenta, cuando escuché la voz de José María pidiéndome que resucitara. Estaba sentando conmigo, con mi cuerpo, en la cama de cuidados intensivos. Tuve que quedarme muy quieto para escucharlo bien.

—Sin ti no somos nosotros, lindo, ven —me hablaba a los gritos, en el altavoz de la oreja tal como yo le hablaba en ese entonces, para que no se me ocurriera perderme lo que me estaba diciendo.

Cuando uno es un padrastro de verdad verdad, no un hombre de paso, sino un hombre que después de todo ha dado con su familia, ha hecho un verdadero pacto de algo que va mucho más allá de la sangre. Escuchar la voz de ese niño inconcebible de seis años, que se negaba rotundamente a perderme como los superhéroes pierden a sus mentores de una escena a la siguiente —y se vuelven nazarenos resignados al viacrucis—, me sacudió igual que un temblor bogotano. Cualquier duda que tuviera en esos momentos, luego de ver cómo me fui encorvando y envejeciendo y enflaqueciendo y entumiendo y enloqueciendo de nuevo hasta poderme poner el vestido con el que me casé con la mujer que fue mi vida, se esfumó y se vio ridícula ante la plegaria de nuestro niño. Y le pedí de inmediato a mi guía que me indicara cómo, cuándo, por dónde volver.

Y que por favor me lo dijera antes de que se me acabara el tiempo, claro, porque el tiempo me iba a pasar y me va a pasar como ha pasado —así, de pronto, ya— en esta sección de este libro.

Yo creo que me dijo «vas a volver porque estás empezando» o «vas a volver porque no has dado tu testimonio», y después de aquello nunca más lo volví a ver.

¿Que por qué demonios digo yo que «me fui encorvando y envejeciendo y enflaqueciendo y entumiendo y enloqueciendo» en vez de decir que «me encorvaré y me envejeceré y me enflaqueceré y entumeceré y enloqueceré» cuando roce los ochenta años? ¿Que por qué en este capítulo no he estado escribiendo del futuro en futuro, sino en pasado? Repito: porque se aprende en la muerte que todo lo que le pasó, lo que le está pasando y lo que va a pasarle a un cuerpo es parte del pasado. Y, cuando yo tomé la irrevocable decisión de regresar, la tomé con plena consciencia y plena seguridad de que no iba a entrar en mi cuerpo para robarme ningún show ni para ganarle a nadie ninguna partida, sino para hacer mi papel en aquella historia que ya no era solo mía.

Esa vieja que sólo leía, ese niño que se inventaba mundos en su propio mundo y esa mujer que paseaba perros para sacudirse los desengaños —que se les van sumando a los tercos como se les suman a los personajes de las viejas canciones colombianas para tiple— eran mi vieja, mi niño y mi mujer, ni más ni menos que ellos tres. Fuera de mí dejar solos, en el peor episodio de la travesía y en el preciso momento en el que por fin me resignaba a encarnar mi parte, a aquellos que me definían cuando ya no sabía cómo más hablar de mí, a aquellos que me volvían «el hijo de…», «el padrastro de…», «el esposo de…» justo a tiempo. Lejos de mí morirme sin haberme ganado ese epitafio.

Cuarta fase
De vuelta en la tierra del cuerpo

1

He estado narrando en pasado lo que vi, lo que recobré en la trasescena del espectáculo humano, pero lo cierto es que la muerte es el presente. Estoy en ese lugar sin límites, espantado e impaciente otra vez, preguntándome dónde está la figura de luz que acaba de mostrarme la reseña de mi vida, preguntándome cuál es el camino, ahora qué. Voy a donde sea. Avanzo. Sigo y sigo y sigo hacia cualquier parte porque quedarme allí a la espera de quién sabe qué milagro no parece ser una posibilidad. Soy terriblemente consciente de que fieles e incrédulos están rezando para que mi cuerpo se despierte. Quiero pegar un grito vagabundo, como en la canción, pero no tengo garganta. Estoy empezando a desesperarme, semejante a los vivos, cuando siento que ese espacio está teniendo derecha e izquierda, arriba y abajo, atrás y adelante.

Hay negros y grises. Hay un par de pares de antorchas en un punto de fuga. Y yo estoy yendo hacia allá.

Según me ha contado Rivera, mientras tanto, en una estrechísima sala de cuidados intensivos de la Unidad Médica de la Nueva Granada, mi cuerpo cumplía seis días de ser monitoreado y de recibir cuidados posoperatorios de último minuto. Estaba en coma desde la anestesia: «Creo que le maté a su paciente, mi doctor, creo que se me fue la mano con el señor Hernández y que lo perdimos». Estaba infectado con una bacteria monstruosa que nadie sabía cómo se me había metido adentro. Ninguno de los médicos elusivos que pasaban por mi habitación le decía con precisión a mi familia —a mi esposa, a mi niño, a mi mamá, a mis primos— qué mierda me estaba pasando. Sólo tenían claro que, luego de tanto tiempo de meningitis, era muy difícil que me recuperara.

Rivera le preguntó al doctor que vio más viejo cómo o cuándo iba a despertarme. Y el doctor, que jamás supimos su nombre y jamás volvió a aparecer por allá, le respondió «no tengo la menor idea: jamás había visto un caso así, pero les pido que no hablen de estas cosas en su presencia», y estornudó.

Era el viernes 3 de junio en la mañana cuando mi mamá, en un arrebato de desesperación e impotencia, decidió que lo mejor era que ella no estuviera allí porque su presencia no me estaba permitiendo morir ni vivir: «Sentí que todo era culpa mía», me dice, pero, escueta siempre y enseñada a no gastar palabras en retratos imposibles, no me dice nada más. Se fue. Se puso a pensar que yo me había dedicado a cargar con ella desde la muerte de mi papá, y lo justo era mi liberación y mi descanso, y se fue. Se llamó «mala madre». Se dijo «egoísta». Tomó un taxi a la salida de la clínica, muerta de miedo, ante la luz cegadora del mundo, y le pidió al taxista sordomudo —sí, todo es así, todo conspira— que la llevara a la casa a encerrarse hasta que se supiera algo de su hijo.

Después de años y años de recobrar la calma, después de años y años de dedicarse a respirar en paz al lado de su nueva familia, Rivera se dedicó entonces a perseguir, a interrogar, a detestar a los médicos con todo el corazón: «¡Yo lo que les pido es que sean humanos!», terminó diciéndoles en la madrugada del sábado 4 como si no fuera más la paseadora de perros, sino otra vez la defensora de todas las causas del planeta, «¡no es más!». José María se quedaba conmigo en la habitación todo el tiempo, todo, embebido en el juego de los caballeros jedi de *Star Wars* que había cargado en la pequeña consola que le había traído el Niño Dios en la pasada Navidad: de vez en cuando me ponía al día en la batalla y de vez en cuando trataba de despertarme con «la fuerza».

Rivera no tenía nada claro qué tan buena era la idea de que su hijo de seis años, sensible y fervoroso como él solo, estuviera allí todo el tiempo en las últimas semanas del primer semestre del colegio. Se veía a sí misma pidiéndole al niño que cerrara los ojos cuando mi cuerpo postrado y sedado a más no poder sufría terribles espasmos de moribundo. Se llamaba «mala madre». Se decía «egoísta». Pero cuando las enfermeras fueron perdiendo el humor, como monjas laicas o madres lejanas, porque cada vez me veía más cansado e intranquilo, se vio obligada a aferrarse a la fe de niño de José María: ¿por qué me iba a morir yo así como así, sin despedirme ni abrir los ojos por última vez, si teníamos tantas películas por ver, tantos libros por leer, tantos juegos por jugar?

Ni Rivera ni yo somos religiosos, pero José María, que hasta esos días creía que los curas eran paramédicos y el papa era un personaje de otro siglo, entre partida y partida seguía pidiéndome a mí por mí: «Despiértate, lindo, yo sé que tú puedes», me decía. Y su voz comenzaba a llegarme —y su voz me llega a aquel presente mientras yo me acerco a los dos cirios que empiezan a parecer un par de pares de llamas en ese pasaje escarpado de grises— como si fuera un pensamiento mío. Y la enfermera más presente de todas, una señora despejada e invariable que se llamaba Amalia porque Amalia significa «trabajo» en germánico, se dedicó a pedirle que lo siguiera haciendo, que me siguiera rezando todo lo que él quisiera porque según se lo había enseñado su experiencia las palabras a los enfermos podían ser la diferencia entre la vida y la muerte.

—Y por nada del mundo se les vaya a ocurrir a ustedes dejarlo solo porque nadie sabe cómo pasan estas cosas —les insistió.

No era fácil verme. No era fácil ser Rivera por esos días —el tiempo seguía y seguía su marcha fúnebre, su marcha en contra, como un reloj de tierra—, pues cada minuto se volvía más preciso hablar de mi cadáver que hablar de mi cuerpo. Mis manos se estaban entiesando. Mis pies se estaban secando y torciendo. Y, exasperada por la capacidad de los médicos residentes para evitar el contacto visual, doblegada por los reportes de mi estado con cuentagotas, acorralada por la posibilidad de convertirse en una viuda cuando ya se había resignado a envejecer con este escritor convertido en agente de viajes, ella se echaba la culpa de todo porque en aquella estrecha habitación no había nadie más a quien culpar: «Si no lo hubiera dejado solo...», se inventaba, «si no lo hubiera presionado tanto...».

De nuevo fue Amalia la enfermera, la suave y la reparadora y la graciosísima Amalia Benavides —porque «Benavides» significa en árabe «el hijo del siervo de Dios»—, la que le dio el ánimo que le estaba haciendo falta a Rivera cuando ella ya se estaba diciendo a sí misma en voz baja que yo ya no estaba allí.

Rivera le dijo que se iban por un momento nomás al apartamento nuestro, ese sábado 4 de junio en la tarde, a ver cómo estaban las cosas por allá y a ver cómo seguía la angustia de mi mamá. Y Amalia, que devolvía la fe en la medicina que se llevaban consigo esos muchachitos disfrazados con batas blancas, prometió entonces —sin que nadie se lo pidiera— quedarse al pie de mi cama contándome cómo estaba el país y cómo estaba el mundo para que no se me fuera a ocurrir quedarme por esos lados: «Aquí estoy yo mientras ellos se cambian esas ropas malolientes que ya dan es vergüenza», le dijo a mi cuerpo engarrotado y cuarteado, «no se me preocupe que yo soy la que sabe poner inyecciones».

Y Rivera se quedó pensando en esas palabras desde la clínica hasta la casa de los tres.

Y en el taxi del taxista sordomudo, que iba y venía de la clínica como un mensajero de la incertidumbre, se les vino encima un aguacero idéntico a una catarata que no daba señas de tregua.

Y cuando pagó el viaje a punta de señas y corrió de una puerta a la otra porque no habían llevado paraguas, y cuando sus llaves dieron la vuelta a la cerradura de la entrada del apartamento, y cuando entró, y su hijo se perdió luz por luz por luz por el corredor, consiguió decirse que en el peor de los casos todo ello tendría algún final. Se quedó en la oscuridad sola, a salvo e iluminada por los relámpagos de la tormenta, varada en la posibilidad creciente de que yo no despertara más. Se puso a contarse las historias de los objetos que la estaban rodeando, «ese sofá de cuero viejo lo compramos juntos», «ese afiche de *El beso* de Klimt nos lo regaló el profesor Pizarro», «ese era el libro que estaba leyendo antes de salir», para hacerse el mal de una vez.

Dio por hecho que una vivía sola su vida desde que tuvo seis o siete años. Su familia, que siempre pendía de un hilo porque la suma de su padre olvidadizo y su madre sobreprotectora daba cero, se había ido a vivir a una finca a un par de horas de Bogotá con la esperanza de que las mañas del mundo fueran ajenas. Sus hermanas mayores pronto regresaron a la ciudad porque no soportaron ni la tensión ni la lejanía de la realidad. Y ella, que era muy niña para darse cuenta de cómo se va desdibujando un matrimonio, simplemente asumió que vivir era irse por los pastizales con los perros de la casa, hacerse un par de amigos que no se imaginaran sus procesiones por dentro, salir a bailar para ponerse en blanco, trabajar de sol a sol para valerse ella sola. Ya no era así. Ya no era solamente así.

De pronto, en ese recinto de techo alto repleto de matas y de pequeños adornos en las estanterías que a primera vista parecía la casa de ella, pero que iba a ser invisible si yo me iba, le pareció escuchar un gemido contenido que se fue volviendo un llanto cuando se atrevió a buscarlo por el pasillo.

José María estaba sentado en la silla de madera clara de su escritorio, en donde nunca jamás se sentaba, garabateando en inglés a media luz una tarea del colegio que nadie le iba a reclamar. Sentía hundidas en la espalda las miradas de los superhéroes de toda su vida, de Superman, de Spiderman, de Ironman, de Acuaman, de Batman, que coleccionaba como un viejo desde los cuatro años. Se había quitado los tenis azulosos, pero no los había lanzado en cualquier parte, igual que cuando llegaba del colegio, porque podía oírme diciéndole que por el amor de Dios los dejara en el armario de sus zapatos. Tajaba un lápiz sobre la caneca de lata pateada que yo conservaba como un suvenir de la peor parte de mí. Sollozaba. Y su madre no tuvo que preguntárselo para que se lo respondiera:

—Es que tengo miedo de que se sienta solo y se muera —le dijo nuestro niño.

Y ella tuvo que decirle «yo no» porque de lo contrario ninguno de los dos habría estado haciendo guardia. Quién iba a ordenar los superhéroes de ese cuarto si yo no estaba más. Quién iba a leerle los libros que le tenían sin cuidado. Quién iba a lavar la loza con agua hirviendo cuando se ponía de mal genio, a cerrar las ventanas de la casa para que no se metieran las mariposas negras, a limpiar el polvo del pequeño escritorio en donde de vez en cuando —muy de vez en cuando— anotaba alguna idea para alguna historia para niños. Qué iban a hacer con mi ropa, con el sobre de manila lleno de fotos en blanco y negro en mi mesa de noche, con el morralito azul que usaba cuando me veía obligado a hacer algún viaje. Cómo iban a acostumbrarse a mi desaparición.

Si no los hubiera interrumpido una sombra alargada de extraterrestre de película, que resultó ser la sombra de mi madre desde el umbral de la habitación, Rivera habría perdido el valor para fingir que tenía fe en mi resurrección. Mi mamá, parca, educada e indescifrable, había sido dulce y buena vecina con mi esposa desde el primer momento. Había organizado una pequeña habitación para que José María se quedara con ella cuando nosotros teníamos que salir. Con ellos dos, con nadie más, se permitía reírse de todo, burlarse todo, pensar en voz alta cualquier barbaridad. Y cuando sintió su llegada, porque además era nuestra vecina silenciosa, fue a verlos para proponerles que hicieran juntos la pasta que hacíamos cuando alguno de los cuatro estaba cumpliendo años.

Cocinaron entre los tres. Pusieron la mesa y sirvieron y comieron con cierta alegría, pero también con cierto temblor. Y después, cuando recordaron que yo me habría pedido lavar la loza, prefirieron volver esa misma noche a la sala de cuidados intensivos de la Unidad Médica de la Nueva Granada a pedirme que volviera. Mi enfermera, que seguía en mi habitación, tomándome la mano, cuando ellos tres volvieron, me dijo «sumercé no se preocupe que su cuerpo va a saber cómo volver». Mi mamá me dijo «es lo que tú quieras, hijo, pero los tres estamos esperándote porque no es el momento de irse». Mi niño me dijo «ven ya». Mi esposa me dijo «usted sabe que yo no soy así, pero venga a escribir lo que le está pasando, Simón, que nadie va a poder robarle esta idea».

Y yo oigo esas palabras cada vez mejor y todas suenan sensatas y se me va quitando el miedo mientras trato de seguirles el paso a esas siluetas luminosas —son siete— que descienden un precipicio por una escalera empinada. Dudo, pero soy consciente de que no puedo regresar porque de algún modo se me ha cerrado ya aquel portal que va a dar al corazón de luz en donde pueden aprenderse las lecciones de la creación —y yo no logro pronunciarlas sino apenas guardarlas— y en donde se puede ver y revivir el drama de uno desde el principio hasta el final. Ya no hay armonías ni hay ritmos a mi alrededor. Ya sólo queda lo demás: lo demás sí es el silencio. Y es imposible describirlo con precisión con las palabras que suceden en el estropeado, escatimado cuerpo humano.

Estoy atormentado, apesadumbrado como si estuviera en la Tierra, porque a fin de cuentas se me han cerrado las puertas del cielo. Y, como aquí arriba o aquí abajo —vaya uno a saber dónde estoy— no hay adentro ni afuera porque no hay cuerpo, el clima a mi paso se vuelve borrascoso. Voy por mis propias tinieblas. Cruzo mis propios temblores bajo las miradas de una serie de siluetas que piden por mí. Doy el siguiente paso y el siguiente, avanzo y vuelvo a avanzar, porque me parece reconocer el perfil de mi esposa entre esos perfiles. De alguna manera, a pesar de la tempestad que siento y me rodea y no obstante la grieta que cargo y que atravieso, empieza a empujarme la idea de que «todo va a estar bien». El rumor de esas plegarias se va apilando hasta volverse mi aliento.

Y estoy rodeado por fin por esas siete figuras, esos siete aires y esos siete fuegos, como si fuéramos una banda o una familia o una tropa a punto de pasar una frontera.

2

Este no es el lugar de la muerte en el que uno repta. No es aquella oscuridad irrevocable. No es el locutorio de paredes babosas agujereadas por lombrices y parásitos de nueve patas que han descrito tantas personas que han tenido la discutible suerte de resucitar. No es la cueva pegajosa plagada de manos abiertas y de muecas salvajes de horror infinito que va a dar a una luz que resulta ser uno mismo. Es lo que viene después de aquella suerte de núcleo más allá del tiempo en donde se puede ver el propio drama. Se trata de un paraje vastísimo en el cual es muy fácil perderse porque los únicos puntos de referencia son esos seis o siete fogonazos que viajan al lado —esas almas, como sombras de pie, que han vuelto a ser espíritus porque han vuelto a cargarse de razones humanas— y algunos lo llaman «limbo» y otros prefieren la palabra «purgatorio».

De cierto modo se nos parece al lado oscuro de la Luna. Tiene algo de la tierra de nadie polvorosa y ensordecedora de la batalla del Somme. Es como si hubiera habido un terremoto y un maremoto y un incendio hace unos días nomás.

Siente uno el estómago vacío e ingrávido, en fin, como lo siente cuando experimenta por primera vez un miedo.

La Iglesia sigue hablando de una «escatología intermedia» en donde no se hallan los justos ni los condenados, sino los personajes que han tenido «la fortuna» de atisbar la vida que sucede en la trasescena —quizás sea mejor hablar de «la segunda oportunidad» o de «el giro de la trama»— antes de regresar a sus cuerpos para conducirlos a su resolución, a su clímax. La Iglesia habla de almas en mora de purificarse. Y cuando se refiere a la resurrección de cada quien, como haciéndole eco a la de Jesucristo, se refiere tanto al momento en el que por fin se deja atrás y se supera la historia humana como al momento en el que se descubre la continuación, la permanencia del yo: del actor que ha estado llevando a cabo la interpretación.

Hacia la mitad de *Life After Life*, el best seller del doctor Moody Jr. al que me he referido varias veces, una serie de testimonios coinciden en la descripción del regreso como un hecho súbito —¡zas!— semejante a un acto de magia: «Yo no quería regresar, pero no tuve opción e inmediatamente estaba de vuelta en mi cuerpo», «Yo estaba pensando que iba a tener que volver porque no quería dejar solos a mis hijos y se sintió como si yo misma hubiera detenido mi desangre», «Yo estaba viéndolos desde arriba mientras trataban de reanimarme, y, cuando me dieron los corrientazos en el pecho y mi cuerpo saltó, caí al piso y volví adentro de mí», puede leerse en las páginas más angustiosas de la investigación.

El neurocirujano norteamericano Eben Alexander relata que empezó su camino de regreso cuando se dio cuenta de que los murmullos que escuchaba detrás de «enormes muros de nubes» venían de unos seres incontables —«medio atisbados, medio invisibles, dispersos por toda la oscuridad por encima y por debajo de mis pies»— que en realidad estaban rezando por él: «Probablemente por eso, a pesar de la profunda tristeza que experimentaba, algo en mí comenzó a tener la extraña certeza de que todo saldría bien», escribe, «había emprendido el camino de regreso, pero no estaba solo… y sabía que nunca volvería a sentirme solo».

Descendió quién sabe cuánto y quién sabe dónde. Y en su descenso fue reconociendo las caras de las voces que pedían por su regreso. Y, apenas pudo ver a ciertos miembros de su familia, abrió los ojos: «Todo va bien», les dijo.

En *Vida en la muerte*, la compilación meticulosa y afiebrada del sacerdote Ron Barrow, hay siete testimonios semejantes a los siete testimonios que he estado recreando en el presente manual para que al menos a mis lectores nada de esto los agarre por sorpresa. Son siete declaraciones las que se recogen porque las siete personas que las pronuncian hablan de haberse encontrado con seis o siete almas más en el camino de regreso a sus cuerpos: «Yo estaba rogándole ayuda a Dios cuando fui trasladado de la penumbra a una zona nebulosa en la que me vi rodeado de un puñado de almas de todos los orígenes que sin embargo estaban en mi situación», «Fui de la noche a un crepúsculo en el que seguí a un grupo de sombras que buscaban la salida», «La nostalgia del Señor, que era una tortura, sólo se aliviaba por la compañía de esos compañeros de viaje», «Si no hubiera aparecido mi tío, el difunto, a señalarnos el camino correcto, mis acompañantes y yo hubiéramos tomado el camino que se veía detrás de la bruma», «Sentí un dolor punzante en ese cuerpo descarnado que no era mi viejo cuerpo, porque escuché a mi madre llorando mi cadáver abaleado, pero los demás caminantes me animaron a seguir», «De alguna manera me enteré de las historias de todos ellos», «Desde que volví en mí, en la mesa de madera de aquel jardín ajeno, se me volvió una razón de vivir eso de averiguar qué tan reales habían sido aquellos personajes con los que había recorrido el tramo que tantos han recorrido para volver a la tierra», se lee hacia el final de *Vida en la muerte*.

Y para mí es escalofriante leerlo —y, a estas alturas del recuento, también debería serlo para los lectores—, pues yo vi y viví y tengo presente todo aquello que le describieron esas siete personas al cura Barrow: avanzo en busca de la vía hacia mi cuerpo, rodeado e intervenido por un puñado de extraviados como yo, a la espera de una señal que haga menos doloroso despedirse de esa luz.

Si los testimonios elegidos para el libro son siete, según explica el padre Barrow, es porque siete son los sellos, las trompetas y las copas que precederán el juicio final que Dios conducirá en el fin de los tiempos: suena a saga fantástica, a *El señor de los anillos*, pero si uno lo revisa con cuidado suena también a lo que ha estado pasando. Es que los siete sellos son el anticristo, las guerras, las hambrunas, las plagas, los martirizados, los misterios agazapados, los desastres naturales; las siete trompetas emiten granizos, fuegos devastadores, meteoritos, eclipses, enfermedades, demonios y ángeles exterminadores de todas las índoles; las siete copas causan úlceras, devastación, baños de sangre, tormentas de sol, males incurables, sequías de hemisferio a hemisferio, terremotos de hielo, hasta que la Tierra se vuelva un escenario maltrecho en donde alguna vez sucedió una obra de teatro cargada de obras de teatro.

Hubo una época larga en la que Laura, mi exesposa, se empeñó en que siguiéramos al pie de la letra la programación de un cineclub del barrio que era el refugio de cierto cinéfilo argentino que lo miraba a uno fijamente: «Largamos con la película...», decía después de hacer una breve reseña de alguna versión borrosa —de VHS— de *París, Texas* o de *El cocinero, el ladrón, su mujer y su amante* o de *El imperio de los sentidos* o de *Teorema* o de *El portero de noche.* Y eso mismo dijo, en la noche de julio de 2000 o de 2001 en la que nos puso *El séptimo sello* a ella y a mí nada más, luego de contarnos a su manera desparpajada cómo se filmó la bellísima danza macabra que es la última escena de la película: siete sombras en blanco y negro, arquetipos de todas las posiciones sociales y las edades, bailan tomadas de las manos junto a una pared de nubes tal como se hacía en el espectáculo popular de finales del Medioevo.

Y, como en ciertos recuentos de esta fase del viaje, como si siempre fuera necesaria e inevitable una cámara, puede imaginarse una octava presencia: un evangelista de la muerte.

Y yo creo que pienso en todo esto, en películas y pergaminos, en cámaras y en tintas, porque escribir se me ha vuelto un pulso con los recuerdos.

Y, sobre todo, porque algo semejante describe sor Lorenza de la Cabrera en aquel largo desahogo que redactó a petición de su confesor:

> Y, ya sin amparo, ya sin sosiego, tardé una eternidad en encontrar un camino para empezar a recoger mis pasos. Y la travesía era en una ciénaga llena de encorvados y de cabizbajos. No era un lugar moribundo aquel donde yo estaba, sino que era profundamente triste como la tierra de mi destierro y de mi prisión pues ya no andaba en presencia de Dios. Algo de inefable alegría se me había sembrado

en el espíritu, no obstante mis desazones y mis dudas, pues estaba allí y en esa situación por permisión del Señor. Anduve peregrinando con gran fervor por esos lugares, acompañada de seis almas penitentes que experimentaban conmigo mi misma condición, sumergida en el deseo de ejecutar la voluntad del cielo. Yo no hablaba con ellas mientras viajábamos a alguna parte, pero, como relataré adelante de otra manera y con profundísima atención, oí sin oídos las vidas de las seis igual que si me fueran refugio y mi tarea en la tierra de los hombres fuera explicarles sus penas a las personas que tuvieran opinión de santidad y virtud. Jamás en ese camino me sentí perdida, pues Nuestro Señor te prueba y te frecuenta, Él sabe cuándo dejas de ser y cuándo resucitas, y todos tus pasajes los tiene previstos. Simplemente fui al lado de las sombras que tenía por compañeras, e hicimos celestial una danza macabra, con la certeza de que volveríamos.

Sospecha la Madre Lorenza de la Cabrera que, en el empeño de regresar a su cuerpo para cumplirle a Dios la promesa de dejar su testimonio, erró al lado de esas seis almas —siete con el alma de ella— durante «todo un día humano». Fue así, según escribe, porque «me pareció que nuestra labor final en el purgatorio era sumarnos para cumplir con las siete horas canónicas». Se refiere a la manera como solía dividirse el tiempo —y a las oraciones pertinentes para cada momento— en las jornadas mudas de los monasterios medievales. Y sólo habla de *siete*, de *maitines*, de *laudes*, de *prima*, de *tercia*, de *sexta*, de *nona* y de *vísperas*, porque muy pocos escritores místicos cuentan la plegaria final —*completas*— que a modo de clímax solía elevarse un poco antes de dormir. Quizás confunde a la octava presencia con una sombra errante. Quizás la olvida porque el número ocho suele salirse de las manos.

El ocho es, a fin de cuentas, el símbolo del equilibrio entre las fuerzas antagónicas, la regeneración, el progreso del firmamento, la verticalidad del infinito.

Y sor Lorenza ve las cosas con una claridad religiosa que ya querríamos los que hemos resucitado.

Cayó entonces un aguacero tan grande e intempestivo que me pareció que lo de afuera era más bien lo que estaba sintiendo yo por dentro. Pasaba sobre mí una tempestad cargada de vientos omnipotentes y majestuosos que yo temía y temía porque me parecía ser un alma como una pequeña llamita que la podían apagar, pero al cabo recordaba que todo ella era yo. Yo sabía qué rumbos tomar, además, pues todo aquello era semejante a mis sueños de mis muertes. Las seis sombras me seguían por los precipicios y por las tinieblas y por las penas. Podían mirar al suelo los seis, a las pequeñas y lacerantes piedras del camino, pues era a mí a quien correspondía lidiar con los fuegos, con las plagas, con los vendavales, con los ríos ásperos, con los ángeles exterminadores a la espera de una orden. Cuántas veces había yo enfrentado al demonio y a sus ejércitos en mis visiones. Cuántas veces había recorrido yo ese viacrucis, con el paso de Nuestro Señor crucificado a cuestas, hasta que mi alma se llenaba de su sangre. Moría cada tanto yo misma. Yo misma dejaba de conocerme a veces e imaginaba la paz. Y si siempre había logrado que el enemigo no consiguiera meterse en mi cuerpo ahora era mejor todo porque no tenía carnes vilísimas ni huesos.

Rivera, que para lidiar con las desilusiones familiares leyó sobre la filosofía zen y se pasa los domingos en las noches cuidando sus matas —y yo la espero en el sofá de la sala y la miro de reojo y le quiero decir que yo me doy cuenta de mi buena suerte—, insiste en que esta parte del testimonio de la monja le suena a «muerte mística», a «muerte del ego», a «metamorfosis fundamental de la psique» tres siglos antes de que apareciera el concepto. En el *Bhagavad Gita* se define la paz como la liberación del yo, en el *Dhammapada* se dice «uno gana al vencerse a uno mismo», en la *Biblia* su protagonista eleva la promesa «si alguno quiere venir en pos de mí, niéguese y tome su cruz», en *Ilahi nama* se explica que «la abnegación de sí es *luz sobre luz*». Y, si se piensa en la autorrendición para la transición en *El viaje del héroe* o en el fin del ego en la primera fase de las travesías de LSD, no deja de estremecer que sor Lorenza no sólo hable de morir cada tanto en la Tierra, sino que se refiera a su experiencia fuera del cuerpo (EFC) como a la transformación definitiva de su viaje.

Iba por el camino como poniendo mis pies sobre un abismo. Bajábamos por esa ladera muy alta y arriesgada con la fe de quienes recogen sus pasos. Sentía que esa tierra sobre la tierra temblaba y que olía a azufre como olía a azufre Santa Fe en los Tiempos del Ruido. Me dolía la espalda como si no anduviera arrastrando mis cadenas en el camino a mi cuerpo sino que yo estuviera acostada sobre una piedra llena de picos. Tenía seca la boca en la que me clavaba alfileres y tirante el cabello que me arrancaba de la cabeza para cumplir con todas mis diligencias. Bendito sea Dios, y alabado, porque me estaba diciendo «Pobrecilla: no morirás, no temas, me pondré en tu pecho yo, que soy tu esposo, humanado, amantísimo y dolorido», «alienta tu corazón, bienaventurada hija, entra en el océano de las piedades mías», «despídete de estas otras almas porque acabas de llegar». Esto me decía el Señor con tantos ímpetus en el corazón que me hallé despierta y tan otra, en aquel piso junto a aquella baranda en donde había caído, como el que vuelve de la muerte a la vida. Vi la luz igual que antes. Vi a las religiosas de velo negro que estaban pidiendo por mi alma y a los curas que se santiguaban porque a veces no hay más salida. Parecían atestiguando un milagro. Me trajeron a la celda en donde he estado escribiendo esta confesión. Y sentada en el camastro, luego de recuperar las hablas y los oídos de mi cuerpo, pude comer al día siguiente, sentirme otra vez como viva, mirar a las criaturas racionales sin espanto. Parecía yo venir de tierras lejanas, al cabo de mucho tiempo, pues en llegando iba reconociendo las cosas que dejé cuando me fui. Tenía plena fe en mi vida por primera vez.

No sé si la de ella es la figura que ya no está porque una pequeña luz nos ha alcanzado. Somos siete. Somos seis y yo. No sé a dónde estamos yendo, pero avanzo con la sensación de que si no llego voy a pasar de ser fuego a ser humo, y voy a perderme en el aire. Acelero el paso. Qué otra cosa puedo hacer. Por momentos, encandilado y sometido por los relámpagos que estoy temiendo, tengo la sensación de estar buscando la salida de un galpón de tejas grises y paredes trasparentes y pisos negros como un estudio de cine de la zona industrial de la ciudad. De tanto en tanto, acaso porque sigo tratando de restablecer la conexión con mi cuerpo en coma, escucho voces conocidas y recobro la sensación de que voy tarde a una cita.

Sufro como yo he sufrido siempre, un poco más de lo usual y mucho más de lo necesario, pero continúo porque tengo la impresión de que, parecido a un barco a punto de hundirse, estoy deshaciéndome de todo lo que me ha servido de disfraz desde que decidí que un tartamudo era un atormentado: jajajajajá.

Voy remontando un camino empinado, voy desbocado, mejor, cada vez más y más y más rápido en bajada, como si estuviera riéndome a carcajadas de lo que ya no soy. Lejos de mí volver a ser el que era. Fuera de mí morirme para nada.

3

En su *1755: breve testemunho dum coveiro*, serio y preciso y absorbente porque está escrito unas pocas semanas después de la catástrofe de Lisboa, el embalsamador Cardoso reduce la experiencia de regresar a su cuerpo a unas seis o siete líneas nada más: «Y si bien no resucité como resucitó Jesús sino como lo hizo Lázaro, pues Nuestro Señor lo llevó a cabo para despejarnos las puertas del reino de los cielos y para librarnos del tiempo, y el profeta de Betania volvió para confirmarnos que en el fin del mundo los benignos de todas las eras habrán de despertar en sus cuerpos transfigurados y gloriosos, sé que las almas que me acompañaban por el limbo me dejaron atrás y yo de pronto abrí los ojos con la sensación de ser incorruptible», escribe.

Más adelante se refiere otro poco, como si no fuera del todo importante, a aquellas almas que lo acompañaban por el limbo: «Muertos de todas las eras que están por venir...», dice.

Pero no dice nada más porque sus lectores inmediatos no somos nosotros, que tenemos la historia entera al alcance de la mano como una suma de ficciones buenas y malas, pero no entendemos mucho, sino aquellos personajes de sombreros tricornios, casacas largas y ajustadas a los cuerpos, camisas blancuzcas de lino, pelucas empolvadas y vanas y carísimas, botas puntudas cubiertas de tierra y de lodo —y aquellas mujeres de cabezas altísimas, corpiños tramados como arados, vestidos acampanados que rozaban las piedras, abanicos de madera en las manos derechas, sombreros emplumados según la moda parisiense— que tenían claro de qué se hablaba cuando se hablaba de «resurrección», de «incorruptibilidad», de «limbo».

Dicho de otro modo, el sepulturero Cardoso, que a lo largo y lo ancho de su texto repite la idea de «todas las eras» e intuye que en el camino de vuelta a su cuerpo se le concedió la primicia del futuro, no tenía por qué describirles limbos ni resurrecciones ni reinos de los cielos a aquellos que se encontraba en los burdeles y en las callejuelas agrietadas de Lisboa. Cuando habla de resucitar «como Lázaro», habla de una vuelta a esta vida —no de una gloria escatológica— con su solvencia de niño judío secuestrado y evangelizado y chantajeado por la Iglesia. Cuando habla de «librarnos del tiempo», habla de librarnos de este cuerpo irreparable e irreversible, de esta cuenta regresiva de partido de fútbol con diez hombres, por allá en «el más allá».

Si habla de un «fin del mundo» con semejante desparpajo, o sea de un fin de la historia en el que el drama de la humanidad podrá verse o leerse como una trama por entregas, es porque en el férreo catolicismo que se le inoculó se daba por hecho que después del Apocalipsis —después de los incendios forestales y los drones asesinos y las pandemias y las guerras porque sí y los anticristos y los terremotos y los deshielos de este siglo XXI desalmado—, y, luego de un juicio semejante a un tríptico del Bosco, todas las mujeres y todos los hombres que han muerto resucitarán sin excepciones: «Los que hayan hecho el bien resucitarán para la vida y los que hayan hecho el mal lo harán para la condenación», se dice en el capítulo quinto del Evangelio según san Juan.

Habla de almas acompañantes porque habla de las almas de los fieles que aún tienen que pasar por el fuego purificador de la vida en la Tierra o que transitan la muerte a la espera de que el amor de sus deudos les devuelva el camino hacia Dios: «Dales, Señor, el descanso eterno», escuchan, «y brille para ellas la luz perpetua». Su paso por el limbo, de hombre que se ganó la resurrección el día en el que fue bautizado, es su paso por una especie de crepúsculo —como una orilla de un río incendiado— que se va calentando y se va calentando sin fin, el paso por un pueblo fantasma lleno de sombras reticentes y de ruidos allá afuera y de horizontes de párpados cerrados. Yo estoy allí.

Yo sé que él va despacio porque teme cruzar una suerte de puente que se ve venir.

Sé que se queda atrás porque lo detiene la súplica «¡vuelve, Cardoso, no te mueras!» y se obliga a quedarse quieto ante una serie de ladridos desesperados. Veo que prefiere parar, rendirse o despedirse de la peregrinación, porque ver allá empieza a ser igual que ver acá en ese punto de la odisea.

Se queda atrás. Se va. Desaparece. Pero ha sido suficiente para él, para su raíz, para su núcleo, porque se ha enterado de que todos los temores aplastantes de su tiempo van a terminar reducidos a cuentos de terror en «las eras que están por venir».

Nadie allí se voltea a ver qué pasó ni mira por encima del hombro ni sospecha. Si este laberinto es lo que se ha llamado el limbo, pues es una segunda oportunidad, una tregua, para los actores que merecen ser zarandeados por haber interpretado a medias a sus personajes, juro por mi propia paz que yo no estoy viendo las ruinas calcinadas, ni los monstruos como juguetes mecánicos tuertos hechos con las partes de los otros, ni las cabras erguidas que, en nombre de una cuadrilla de demonios y de gárgolas, se han encargado de someter a una fila de cuerpos del siglo XVIII que gatean, que ruegan de rodillas que no los cuelguen del árbol sin hojas. Yo veo un depósito vacío al que por lo pronto no se le ve fin. No más. Pero ahora escucho voces a mis espaldas.

Es porque hay viento. Hay viento a favor y en contra a pesar de que seguimos descendiendo. A veces voy a ras de tierra: repto una vez más. A veces levito. Pero como seguimos bajando, en busca de una salida en el primer piso de la torre de la muerte, cada vez me recuerdo más a mí mismo, cada vez soy más yo, de cuarenta años, sintiéndome saboteado por los recuerdos, por los fantasmas de las Navidades pasadas, por los pasos de una madurez que no es la victoria de la personalidad sino la derrota de la juventud. Ya que seguimos bajando, como por una espiral, como por un ocho, empiezo a ver paredes y rostros que quieren salir de ellas, pero no son fauces y colmillos y gruñidos, no, son caras humanas que me suenan conocidas.

Ese es el portero del edificio, don Tito, pidiendo por mí ahora que ve a los míos salir: «Bendito sea Dios», ruega. Esa es la asistente de la gerencia de la agencia de viajes, la señora Irma, que siempre está hablando de tomarse en serio la salud. Esos son mis primos, el Gordo y el Flaco, poniendo a mis compañeros de oficina al tanto de la situación: «Hay que rezar», dicen los dos. Esa es Laura, mi exmujer con ínfulas de viuda, diciéndole a su amante que si yo me muero ella va a ser una carga para él: «Hay gente, como yo, que fracasa en el amor una y otra vez para seguir siendo su personaje», me acaba de escribir. Ese es el colega escritor que se ha leído varias veces los libros que hay que leerse, el reescritor Salamanca, contándole a su esposa que me vio unos minutos antes de mi debacle de Scrooge: «Es un buen tipo», le dice, «aunque no sepa».

Oigo «todo está bien», «vengan y contemplen estas ruinas espantosas», «esas mujeres, esos niños, unos sobre otros, apilados», «cien mil desventurados que la tierra traga», «ensangrentados, desgarrados y todavía palpitantes enterrados bajo sus techos», «se ha vengado Dios», «cuando la tierra entreabre sus abismos mi llanto es inocente y legítimos mis gritos», «ten piedad de la miseria humana», «hay que reconocer que el mal está en el mundo», «todo va a estar bien»: alguien está leyendo el poema al terremoto, que podría ser a la masacre o al incendio o al bombardeo o la peste, otra vez. Oigo «despiértate, por favor, ya es hora». Escucho «yo creo que hay que decirle a la familia que va siendo la hora de dejar morir ese cuerpo».

Y siento angustia, por supuesto, angustia de hombre vivo, de moribundo aferrado a la vida, de cuerpo que se niega a creer en el rumor de la muerte. Pero, como a punta de leer mitos sé lo que puede pasarme, sobre todo trato de no voltearme a mirar si seguimos siendo siete o somos seis en ese descenso en ese limbo: ¿dónde está el enterrador?

Ni Voltaire en *Cándido o el optimismo* ni Leão en *Amén* se explayan en la descripción del regreso del señor Cardoso a su cuerpo. El primero apenas se refiere al hecho cuando lo describe, quizás con algo de antisemitismo, como «un hombrecito polvoriento, cercano de la Inquisición, que volvió de la muerte para tomar cortésmente la palabra». La segunda, enfrascada en una trama sin pausas y sin vanidades que ya querría yo ser capaz de escribir, se inventa estas breves e irresponsables líneas seguramente a partir del testimonio del sepulturero: «El entrecerrado Cardoso, el único cristiano pesimista y descreído de Lisboa, deambuló por las rampas pardas del purgatorio detrás de otras almas en pena —escribe en portugués traducido por Rivera—, y allí fue el mismo hombre de siempre, resignado desde niño a la desilusión y a la desesperanza, hasta que sintió que una mano lo jalaba para que volviera: sonará ridículo, como debería sonar la experiencia humana desde el comienzo hasta el fin, pero sintió alivio cuando se dio cuenta de que estaba dentro de su cuerpo entre el humo y el polvo de la destrucción».

Pero yo sé, porque estoy aquí, que Cardoso se quitó una sábana blancuzca de lino que le habían puesto encima, abrió los ojos, e hizo todo lo que pudo para librarse de su vista empañada en aquella última recámara del primer piso del burdel de la señora Alvares.

Sé que se puso a ver y fue viendo el techo octogonal con aves pintadas, los tapices ocres de árboles entrelazados, las cortinas pesadas que traían todo el tiempo la noche, los jarrones de asas doradas, los candelabros de cinco velas largas, mientras trataba de recordar en dónde estaba: en qué cuerpo, en qué ciudad, en qué día de qué época de qué año. Estaba rodeado de prostitutas de vestidos sedosos, ornamentados, apretados hasta el ahogo, vigiladas por la mirada curtida de la dueña del lugar. Había un par de desconocidas a medio vestir que no tenían fuerzas para ser otra cosa. Renata, su puta apenas cubierta con un corsé vencido, que se declaraba libre a pesar de las evidencias, pero a él lo esperaba y lo lloraba y lo quería a escondidas, le apretaba la mano helada como tomándosela a su cadáver. Duarte, su alano altísimo y desgarbado, que siempre parecía caminando en la nieve, le lamía la cara para acabar de despertarlo y les ladraba a los testigos del milagro.

Y, pensándolo de nuevo, observándolo con los ojos despejados por las lágrimas que empezaban a aliviarle los párpados, ahí estaba el viejo jesuita Rodrigo Malagrida santiguándose como si acabara de ver al demonio: «Pai nosso, que estais no céu, santificado seja o vosso nome...».

Estaba más viejo, más apergaminado, aunque apenas hubieran pasado un par de horas. Tenía exacerbados los rasgos de la cara y las mejillas manchadas por la inclemencia de los años. Cualquiera habría dicho que era un inquisidor sin ideas, un predicador sin palabras, un misionero sin propósitos. Se parecía a ese secuestrador completamente convencido de arrancárselo de las entrañas a su familia judía —«eres una bestia pequeña y asquerosa», le susurraba cada tanto, «vas a vivir el infierno de una buena vez»— y al extorsionista con vocación de carcelero que lo había obligado a vivir entre los muertos. Pero, reducido a testigo de semejante resurrección, buscaba las palabras en vano, temblaba: «Ayúdenlo para que pueda caminar», susurró cuando iba a quedarse sin aire, «Dios lo quiere».

El señor Cardoso fue conectándose con sus sentidos y con sus miembros, poco a poco, como sintonizándose, como calibrándose a sí mismo desde adentro bajo la vigilancia de todos.

Paso a paso, pudo arrepentirse de su situación ante el anonadado cura Malagrida, darles las gracias a sus improvisados deudos, vestirse, pararse de la cama, recibir palmaditas en la espalda, responder besos apasionados con besos apasionados, tragarse una custodia de vino de un solo golpe, susurrarle a la prostituta suya la promesa «todo va a estar bien» y atravesar el corredor del burdel hacia la salida a las cinco de la tarde de aquel día de Todos los Santos. Ya no olía mal. Ya no olía a muerto. Ya no era un cuerpo con la boca abierta y la mandíbula atascada y la cabeza desnucada, sino el cadáver del enterrador Cardoso preparado por el enterrador Cardoso. Se había cubierto con un sombrero de copa su calva apenas revestida por un pelillo gris. Se había echado encima un abrigo negro y arrugado de solapas anchas. Alguien le había dado un bastón con una empuñadura de plata para que soportara los zapatos de tacón.

Y el recompensado Duarte no se le quitaba del lado, no, era otro cayado con los dientes a la vista y el lomo dispuesto a los cariñosos golpecitos de siempre: «Aquí estoy, vecino mío, ya no me vuelvo a ir sin ti», le dijo.

El padre Malagrida los seguía con el crucifijo en alto, acezante y arrastrando los pies como cadenas, porque no le quedaba nada más en medio de semejante hecatombe, de semejante desolación: «¿Por qué Nuestro Señor le ha concedido el regreso a un lujurioso irredimible, a un esclavo sin benignidades, a una bestia pequeña y asquerosa?», se decía a sí mismo, a media voz, como si nadie estuviera escuchándolo, «¿qué estás diciéndole a tu siervo?». Y a Cardoso le tenía sin cuidado esa sombra babeante, pues, aun cuando no es nada fácil recordar ni articular lo que se vive en el más allá, después de todo lo que había visto y sentido en aquella médula de luz tenía clarísimo cuál de los dos iba a terminar en el infierno.

Esas convicciones imposibles de pronunciar sin hacer el ridículo, y la imagen de la catástrofe enquistada en el estómago, hacían cualquier bufido irrelevante.

Duarte aullaba y él asentía a cada aullido mientras veían las colinas desencajadas, los campanarios a punto de venirse a tierra, los barcos sepultados bocabajo, los tendederos de ropa descolgándose de las ventanas, los carruajes cojos y chamuscados, las páginas deshechas de la *Gazeta de Lisboa*, los azulejos regados como dientes sobre las piedras, las calles empinadas que iban a dar a los cadáveres del Tajo, los pies, las manos, los cráneos, las muecas de espanto. Olía a brea más que nunca. Olía al humo de la sangre quemada. Y él quiso taparse los ojos porque la Rua Nova dos Mercadores era un rastro de ollas y de cuchillos y de cestos y de bacalaos y de sardinas. Y porque un mercader en cuatro patas trataba de agarrarse una bolsita de *tostões* que un contrabandista de libros del *Índice de libros prohibidos* había dejado caer antes de morir.

Y una tendera buscaba a su marido entre los escombros que ya había removido y revisado: «¡Ayúdenme, padres, pídanle a Dios que esto no sea cierto!», les gritaba.

Pero Cardoso siguió viendo aquel Apocalipsis sin quitarle la mirada, ruina por ruina, incendio por incendio, porque iba a tener que escribirlo si aún quería poner en marcha su plan y su destino.

4

El domingo 5 de junio de 2016 en la mañana mi familia se reunió en la sala de cuidados intensivos como si fuera la sala de velación. Mi cuerpo atirantado tenía un primo a cada lado, el Gordo y el Flaco, como los pobres ladrones de la crucifixión: «la crucificción» en este caso. Lucía entraba y salía de la habitación, «persiguiendo doctorcitos expertos en no hacer contacto visual», porque estaba segura de que en ese punto de la historia sentarse era rezar, encontrarle moralejas a la fábula, resignarse a mi muerte. Mi mamá jugaba en su celular un juego de encontrar palabras, una especie de sopa de letras virtual llamada Wordament, aconsejada para bien y para mal por nuestro hijo: «Plan», «Amén», «Clima», «Quedan». Todos dicen que cuando al fin entró el doctor —y Lucía no estaba porque andaba buscándolo— dieron por hecho que no quedaba nada por hacer.

El médico tenía que llamarse Félix Maldonado porque Félix significa «afortunado» en latín y Maldonado es uno de los mejores sinónimos de «desfavorecido». Debía ser un señor bajo y sudoroso, de camisa tensa y corbata desanudada como un detective privado de serie de los ochenta, para que nadie le creyera. Debía toser sin taparse la boca: ¡tos!, ¡tos!, ¡tos! Había dejado las gafas en alguna otra habitación, claro, pues el género de la vida es el suspenso. Pero, armado de una bondad que no era suficiente, se lanzó a confirmarles que podían mantenerme con los antibióticos que me estaban «suministrando», pero que entre más siguiera yo en coma, más podría quedarme en coma para siempre: «Y la pregunta empieza a ser si estamos siendo justos o injustos con el señor Hernández», dijo.

Mi cuerpo amarrado a sí mismo había movido los párpados un par de veces en los últimos cinco días, pero, después de un coma largo, larguísimo, ello no era un indicio suficiente para sostener la esperanza de que estuviera despertando.

Nadie se atrevió a hablar. Dadas las circunstancias, empezando por los brillos blancos y los fríos y las sombras de la clínica, era comprensible que nadie quisiera entender el circunloquio farragoso e indescifrable —como un monólogo en otra lengua— que el doctor Maldonado acababa de pronunciar para amainar la terrible realidad, y, no obstante, lo peor del asunto fue que en un principio tampoco le entendieron lo que les estaba proponiendo. Tuvo que aparecer la agotadísima Lucía, que traía una revista enrollada en la mano, para servirles de traductora simultánea: «Que pensemos seriamente si más bien dejamos de darle un tratamiento que lo único que está consiguiendo es tenerlo en coma», les dijo, «que lo más probable es que Simón ya no despierte».

Yo continúo bajando y bajando y bajando esta especie de escalera de caracol porque no sé qué más podría hacer: ¿qué más podría hacer?

Y no le escucho aquellas palabras a Lucía porque, como cada vez me siento más parecido a la persona y al cuerpo que era, tengo toda mi concentración y todo mi miedo puestos en el descenso. Es que las paredes de caverna de fango se van volviendo una suma de las caras humanas que he herido, que he adorado, que he dejado para después, y no me atrevo a pronunciar los nombres porque no tengo punta de la lengua. Es que los pasos han vuelto a ser pasos y el piso ha vuelto a ser piso y además se ha vuelto resbaloso. Sé quién soy, y cada vez lo sé más, pero hasta ahora me estoy despertando. Sé que están hablando de mí detrás de esos parapetos cenagosos, sé que están a punto de hablar de mí en pasado, y, sin embargo, ahora mismo no entiendo su jerga.

Cuenta Rivera que todo el mundo hablaba al mismo tiempo en aquella habitación. Mi mamá apenas murmuraba. El Gordo pedía que no nos venciéramos a nosotros mismos y el Flaco soltaba tonterías nerviosas de la calaña de «retroceder nunca, rendirse jamás». José María preguntaba «¿qué?», «¿cómo así?», «¿para qué?» a diestra y siniestra porque no les oía bien y no podía creer que estuvieran pensando lo que él estaba pensando que estaban pensando. Pero cuando a ella, a Lucía, se le soltó la frase «es un traidor hijo de puta: lo único que tenía que hacer para que esta vida nos saliera bien era no irse», todos se quedaron mudos, y sus palabras se quedaron colgadas en el aire y nadie dijo nada más porque era imposible negarlas.

Mi mamá le tomó la mano, por primera y última vez, y le preguntó si quería que le trajera algo de la cafetería. El Gordo y el Flaco salieron de la habitación detrás de ella con la primera excusa que se les vino a la cabeza. Y mi esposa y nuestro hijo se quedaron solos lanzándose gestos de duelo y quitándose la mirada: «Vamos a ver…», se dijeron, «esperemos un poco…».

José María, que, repito, oía todo lo que estaba pasando como si el volumen del televisor estuviera bajito, se dedicó a jugar la versión de Angry Birds de *Star Wars* para ponerse bravo por cualquier cosa: «¡Pero…!», le gritaba al teléfono de su mamá cada vez que la aplicación le hacía trampa.

Lucía se sentó a ojear y ojear la revista enrollada que traía en la mano, convencida de que la taquicardia iba a hacerle imposible la lectura, hasta que cayó en cuenta de que tenía abierto frente a ella un artículo sobre una impostora que «coincidencialmente» —entre comillas— era el mismo artículo sobre la impostora Muriel Blanc que yo había estado leyendo en la sala de espera apenas unas horas antes de morirme. Por supuesto, no tenía ni un centímetro de cabeza para concentrarse en un párrafo, no, pero de alguna manera notó un pie de foto que pronto se le convirtió en una señal del cielo: «Luego de volver de la muerte unos días antes de la llegada de la tiranía, según escribió Victor Hugo, Blanc se dedicó en cuerpo y alma al espiritismo». Iba a gritarle a su hijo «¡está vivo!» como si su sospecha fuera un hecho. Prefirió buscar más información dentro del texto.

No se dice mucho en el artículo de la revista que digo, la pandeada edición de la revista de Avianca que nos trajimos de la clínica, pero todo lo que se cuenta en esos pocos párrafos está narrado minuciosamente en las páginas vívidas de Hugo: en *La voz de las mesas* o en *Historia de un crimen*. Rivera leyó en la silla junto a mi cama, junto a mi cuerpo apagado, que «suele contarse que Blanc fue rescatada por un par de borrachos vagabundos que se lanzaron a sacarla de las aguas del Sena», «ella misma le contó al autor de *Los miserables* cómo vio su propio cuerpo ahogándose, cómo alcanzó la luz de Dios y recorrió el purgatorio junto con un grupo de almas benditas» y «desde que abrió los ojos en el borde del río, y captó que era la impostora de siempre, entendió que ya no tenía que morirse sino que hacerse la muerta».

Es claro que el misterioso artículo de la revista de Avianca, firmado por la veterana periodista Marisol Toledo, se encuentra basado en los citados textos de Hugo. Por una parte, la serísima Toledo, corresponsal de deportes desde los días del Tour de Francia de 1984 en los que «el Jardinerito» Lucho Herrera se ganó la etapa del Alpe d'Huez, estudió minuciosamente la literatura francesa del siglo XIX. Por otro lado, sólo en los primeros borradores de *Historia de un crimen* se reconstruye, con suspenso de novela, la escena en la que Muriel Blanc abre los ojos, parpadea cientos de veces para que las lágrimas limpien su mirada imprecisa y poco a poco va viendo el cielo despejado y frío de aquella noche: no se sabe cómo llegó hasta allí —Hugo imagina a aquel par de borrachos vagabundos arrastrando río arriba su cuerpo, grave e inservible, hasta resignarse a su muerte—, pero Blanc entonces ve «la inmensa catedral de Notre Dame, que, recortándose sobre un cielo estrellado con la negra silueta de sus dos torres, de sus muros de piedra y su grupa monstruosa, parecía una enorme esfinge de dos cabezas, sentada en medio de la ciudad».

Pronto cae en cuenta de que se encuentra rodeada de transeúntes de sombreros de copa y boinas y gorras movidos por el morbo y por la curiosidad. En el París de aquellos años, cada día más y más consciente de sí mismo, comenzaba a volverse costumbre exhibir como objetos de museos o como bestias de zoológicos —detrás de los cristales de la morgue de la ciudad— los cadáveres sin cabeza que se encontraban entre los pastizales y entre los bosques. Y alguno de los tipos de abrigos pesados, sudorosos, que está allí olisqueando el cuerpo raspado y magullado de Blanc, se pone a gritar «¡hay que llevarla al depósito!» unos segundos antes de que su compañero de juerga le exclame «¡pero está viva!».

Claro que parecía una muerta. Tenía puesta apenas la apretada ropa interior blanca y ornamentada que solía usar: el corsé y la camisa y los pantalones amplios. Le habían arrancado un mechón de pelo. Le habían robado el resto de sus pertenencias. Estaba palidísima, llena de moretones y de rasguños, herida hasta el punto de que vivir no parecía lo más sabio. Y se incorporó de pronto, como el Lázaro que por poco mata de un susto al hijo de Dios, semejante a un espectro que nadie era capaz de reconocer —«¿era el fantasma de quién?»—, y se fue corriendo como huyéndoles a los gritos de los vagos. No volvió a su apartamento de la Place du Châtelet porque desconfiaba de todos y de todo. Se fue de París. Desapareció. Dejó que se diera por hecho su muerte.

Se cuenta en la primera versión de *Historia de un crimen* que Blanc tiritaba porque sí y miraba por encima de su hombro cada cinco minutos, y sin embargo se fue con la esperanza de que Dumas y Hugo se inventaran una trama a cuatro manos para detener la tiranía en ciernes de Napoleón III. Se perdió del mundo por si acaso. Se escondió apenas pudo hacerlo. Se cambió de nombre y de oficio y de señas particulares de ciudad en ciudad hasta que consiguió confundirse entre los 39.505 habitantes de la prehistórica ciudad de Rennes —habría que hablar, mejor, de una villa antediluviana y moderna que les había servido de escenario a los dramas de los galos, de los romanos, de los bretones y de los carolingios— y se refugió en una pequeña habitación que le arrendaron unos viejos italianos de apellido Malatesta en la Plaza de Bretaña.

Dijo ser una modista costarmoricana, de un departamento reciente llamado Costas de Armor, que desconocía el paradero de su familia e iba por los caminos de Bretaña —de comuna en

comuna— con la esperanza de que alguien de su pasado la reconociera de pronto. Había perdido la memoria años atrás.
Había decidido que se apellidaba Delacroix porque siempre
andaba ante alguna encrucijada y se llamaba Eva porque en
hebreo Eva significa «respirar», «vivir». Se ganó pronto los afectos de sus caseros porque ellos mismos habían recorrido Francia de extremo a extremo, desde Niza hasta Rennes, de un
modo tan dramático que cuando por fin encontraron su hogar
eran ya otras dos personas. Dios no les había dado hijos. Pero
el uno había sido suficiente para el otro.

Según dice Victor Hugo, que en aquellos textos parece un
escritor incapaz de la ficción, la modista Delacroix pronto fue
una de las mujeres más populares de la ciudad —y la hija que
nunca tuvieron los Malatesta—, pero, cambiada profundamente por el asesinato que había ordenado el tirano de la Segunda República, hondamente transformada por la experiencia
de morir y de volver a su cuerpo sin mayores explicaciones, esa
vez no se conformó con timarlos a todos, sino que se descubrió
pensando y pensando que estaba en la Tierra en ese preciso
momento de su historia para derrocar a ese remedo de Napoleón. Pasó que empezó a tener pesadillas recurrentes: bajaba en
presente, con nosotros, las escaleras de lo que parecía ser el
purgatorio. Pasó que empezó a oír voces.

Y, luego de consultar en Rennes, en la Plaza de Bretaña, a
una falsa vidente española que no sabía español, pero que sabía
tramar sus vaticinios de una manera tan bella que a uno le daba
igual después si esos futuros dramas no le ocurrían jamás, Blanc
sintió que desde «el más allá» que había visto con sus propios
ojos se le estaba insinuando un plan perfecto para poner en su
lugar «la igualdad, la fraternidad y la libertad» de la vieja revolución.

Decidió irse de Rennes —y dejarles su identidad de modista a los recuerdos de sus anfitriones— una madrugada en la que
se vio a sí misma, en sus sueños violentos y estruendosos, arrastrándose junto con las cinco almas en pena que descendían sin
llegar a ninguna parte. Era una serpiente. Era una rata cubierta

de mierda. Y quería morirse de nuevo y ya no volver más porque los espectros que la acompañaban predecían en voz alta futuros en los que los boxeadores eran enviados a la guerra porque las guerras son entre los pobres, los pilotos se iban al espacio para ganarles las batallas a sus enemigos, los artistas cantaban con la esperanza de que ningún loco se atreviera a lanzarle una bomba al planeta, los agentes de viajes armaban recorridos en parajes en los que habían sucedido las peores matanzas y los profesores eran exhibidos en zoológicos porque se habían vuelto una especie en vías de extinción.

Gritó tres veces «¡no más!», gritó «¡no más!», «¡no más!» y «¡no más!» como una heroína traicionada, en la hora del silencio más cierto, más real. Despertó porque esa era la única manera que le quedaba de hallarse en paz y librarse de la sensación de que faltaban siglos y siglos para que la tiranía se acabara. Preparó su equipaje en unos minutos. Se fue sin despedirse de los viejos que la habían acogido, como cualquier impostora antes del amanecer, pero en su huida decidió que ahora iba a ser una médium llamada Alda Malatesta. Se dirigía a la isla de Jersey porque allá estaba exiliado Victor Hugo. Estaba segura de que le había escuchado el paradero del novelista a aquella vidente «española» que hacía unas semanas había conseguido esquilmar a los incautos de Rennes.

Y, sin embargo, a veces sospechaba que se había enterado en uno de sus sueños de dónde estaba Hugo y de todo lo que tenía que hacer para encontrarlo.

En el artículo de la revista de Avianca se reduce semejante travesía a «la resucitada Blanc siguió cambiando de identidades hasta convertirse en una adivina de apellido Malatesta», pero, apenas leyó esa simple frase entre todas las frases, Rivera le dijo a nuestro hijo que, pensándolo mejor, todo iba a salir bien. Y él, que iba de la resignación a la fe sin ningún problema, prefirió seguir jugando el juego que lo ponía de mal genio por cosas menos graves y prefirió no responder.

5

El soldado alemán Bruno Berg tardó una pequeña eternidad en entender que se estaba ahogando porque había vuelto a
la vida, y que había vuelto a la vida entre una pila de cadáveres.
En la carta a su madre describe su abrupta resucitación, ¡tras!,
de la siguiente manera: «Me tomó por sorpresa estar de vuelta
en mi cuerpo, pues, ya que es la vestimenta lo que hace al hombre, yo estaba convencido de que debía marchar como un soldado detrás de mis pares, pero no tuve tiempo de lamerme las
heridas porque me vi en la tarea de quitarme los cuerpos que se
me habían puesto encima: a caballo regalado no le mires el
dentado, me dije, y seguí», escribe, y es la quinta vez en la carta
que se vale de algún refrán popular para dar cuenta de su situación.

Cuando empieza a contar lo que le ha pasado explica que
lo hace porque «el que grita en el bosque sólo escucha su eco»
y jura que va a contar la verdad —y subraya la frase— porque
«las mentiras tienen patas cortas». Para describir la tenue ilusión que se guarda en el campo de batalla, deja escapar el dicho
alemán «incluso una gallina ciega a veces encuentra un grano».
Recurre al viejo proverbio «la mejor almohada es una consciencia tranquila» antes de ponerse en la tarea de explicar que de
regreso en su cuerpo, entre esa pila de soldados muertos como
bultos, pensó que sólo le quedaba ya cerrar los ojos, apretó los
dientes para lidiar con el dolor de sus costillas, sintió pavor y
desesperación porque no conseguía respirar, pero pronto, apenas logró quitarse el peso de encima arrastrándose y escabullén-
dose hacia un lado, se dio cuenta de que se había librado de la
vieja opresión que tantos llevamos entre pecho y espalda.

Desde que uno tiene uso de razón, desde que uno empieza
a notar que nada permanece aunque se haga lo imposible para

detenerlo todo —y es un conmovedor testimonio del espejismo humano que exista la palabra «siempre»—, hay algo que ahorca por dentro como si todo el tiempo se estuviera a punto de presentar un examen de Biología o de entrar a una entrevista de trabajo ante alguna autoridad indiferente. El soldado Berg se salió del montón de los muertos apenas pudo y todo le pareció ceniciento. Pero en medio de la desolación —de los cuerpos bocabajo entre la tierra, de las botas sueltas por ahí, de las ametralladoras Vickers tumbadas en el suelo, de los millones de proyectiles huecos que caían a las trincheras, de los truenos y las erupciones y los temblores hechos por los propios hombres— se dio cuenta también de que ya no estaba sintiendo ese ahogo, esa estrechez.

—Yo estoy vivo —trató de gritar dos, tres, cuatro veces, para que alguien lo ayudara a salir de una vez por todas de lo que él llamaba la «tierra negra»—: auxilio.

Nadie vino a rescatarlo cuando él lo pidió. Nadie lo escuchó pegar sus alaridos semejantes a estertores porque todo estaba estallando cuando él también lo hizo: ¡tras! Todo lo del mundo se partía y se agrietaba y se iba volando y se clavaba en las nucas en un segundo: «¡Dios santo!». Y el soldado Berg estaba aturdido y amedrentado y parecía el boxeador Berg a punto de levantarse de la lona. No escuchaba los ruidos sino los ecos. Cada cosa que explotaba aquí mismo, escupiéndole en la cara, a él le parecía un trueno en el horizonte del horizonte. Y, tumbado bocarriba, de nuevo, junto a los árboles a unos pasos de las cercas de púas, se le hundía el suelo bajo los pies y cumplía con seguir respirando y esperar a que le viniera encima su suerte.

Hubo un momento en que el humo se fue y Berg pudo ver algo del cielo y luego la ceniza se le vino en la cara. Y entonces pensó que los primeros planos de la guerra se parecían demasiado a sus pesadillas. Y cerró los ojos porque tuvo clarísimo que de nada servía mirar y que alguien más tendría que sacarlo de allí.

Sabía, de algún modo, cómo iba a terminar todo aquello. Tenía claro que solamente iban a seguir en pie unos cuantos soldados británicos entre miles de miles acribillados desde las trincheras que él mismo había ayudado a construir. Y, sin embargo, se preguntaba si podría levantarse a detener —y a rogarles que dieran la espalda a la batalla y regresaran de semejante infierno con la noticia de que todas las guerras son ritos satánicos— a sus hermanos en armas y a los hijos de puta que seguían adelante con la ilusión de que alguna vez en alguna parte alguien recordaría sus falsas hazañas. Los viejos y las mujeres y los niños de la región se habían ido a las colinas a esperar su sino. Y los jóvenes andaban asesinando a los jóvenes en «la tierra negra» como acelerando el paso hacia el fin de los tiempos.

Se agolpaban los ruidos: «¡Médico!, ¡médico!, ¡médico!». Crujían los huesos y crepitaban los escondites junto a los árboles y traqueteaban las siluetas en el rabillo del ojo. Ciertas voces de ultratumba seguían gritándoles «¡salta, avanza, salta!» a los cuerpos uniformados hasta que resultaban ser cadáveres.

Hedía. Era el hedor de la sangre, claro, que es mucho peor que el hedor de la mierda y del caucho quemado y de la tierra que se abre como una garganta llena de gusanos.

El soldado inglés J. R. R. Tolkien, que estuvo a punto de morir de una fiebre artera en el infierno de la batalla del Somme, obligó años después a sus personajes de *El señor de los anillos* a atravesar aquel Mordor «lleno de un olor amargo que les quitó el aliento y les resecó la boca».

Si Bruno Berg entreabría los ojos, acostado entre el barro, en posición fetal, como les ha ocurrido a tantos renacidos, veía charcos carmines y negros y viscosos, retales de uniformes, latas de conserva transformadas en bombas, cascos de latón como tortugas volcadas. Pronto, porque todo fue pronto en esa batalla apocalíptica, notó Berg que tenía cara a cara a un soldado bocabajo con los brazos extendidos —y que era Wolf el risueño y el atolondrado y el lampiño que estaba convencido de que todo iba a salir bien— al que un hombre jovencísimo con una máscara contra los gases y con una franja semejante a la de la Cruz Roja le había hecho jirones la camisa para tratar de frenarle las hemorragias y limpiarle las heridas con ácido carbólico y pasta de parafina, pero al parecer no había nada por hacer porque se trataba de una agónica lesión por gas.

—Yo estoy vivo —repitió Berg en medio de un aguacero de vísceras y de lodo y a sólo unos pasos de los cadáveres que quién sabe quién había amontonado.

Y el médico aniñado, de apellido Spellmeyer, que en alemán justamente significa «el jefe de la villa», no sólo le escuchó esa voz que le venía desde el fondo del lejano estómago, sino que se quedó mirándolo y mirándolo y mirándolo una vez más, detrás de aquella máscara antigás que además le daba aspecto de extraterrestre, como reconociéndole que no era sino otro hombre doblegado por el miedo. Spellmeyer sacó y desdobló el diagrama, en fin, para marcar a Berg igual que marcaba a todos sus pacientes y para amarrarle las heridas con sus rollos de gasa. Controló la pérdida de sangre. Evitó una infección. Se dijo a sí mismo, acostumbrado a hablarse solo desde que era un niño que vivía entre viejos, que no iba a ser necesario amputarle el pie de trinchera «a este pobre muchacho». Fue muy rápido.

—Es un posible sobreviviente —se dijo rascándose la afiebrada cabeza llena de piojos.

Nadie supo nunca, porque murió, sin brazos ni piernas, unos meses después, si el joven doctor Spellmeyer estudió medicina o terminó volviéndose médico en plena guerra. Berg cuenta en la carta a su madre que «el cirujano» lo tomó por las axilas y lo arrastró, más o menos agachado, ordenándose a sí mismo «hay que hacer lo que hay que hacer» mientras pisaba manos de muertos y pateaba cilindros sin explotar. Había gente así en la guerra. Gente rendida que de pronto se descubría pensando «¡pues que me maten si han de matarme!», y, asqueada de su propio miedo, se ponía primero de rodillas y se levantaba luego entre las ráfagas que por poco le rompían el pecho. Y eso hizo Spellmeyer, con su maletín de medicinas atado en la espalda, cuando decidió sacar a Berg de allí.

—Y un posible sobreviviente está primero que un muerto —se dijo como repitiendo la lección que le habían dado al principio de la guerra.

Un par de minutos después, en el camino interminable al centro de primeros auxilios que habían improvisado un poco más allá de la retaguardia, todo se les borró —todo empezó de nuevo— porque se les aparecieron un par de soldados con una camilla. Y los llevaron hasta el remolque de dos ruedas de una ambulancia tirada por caballos. Y se fueron alejando del campo de batalla, de las estrellas puntudas de madera amarradas con púas, entre los muertos, los heridos, los descamisados, los deudos y los cazadores de monedas. Y mientras se iban yendo vieron una hilera de ratas aplastadas, de las ratas que cazaban en las noches para matar el tiempo, y les pareció lo menos repugnante que habían visto ese día. Se quedaron en silencio porque era mejor comenzar a gritar cuando llegaran a las carpas.

Se vuelve peor la carta del soldado Berg, más dura y más macabra, cuando se dedica a enlistar lo que observó en aquel hospital hechizo que no daba abasto.

Habla de caras sin narices, de cráneos deformados, de mandíbulas desgarradas, de pies de trincheras carcomidos que sí tenían que ser amputados, de monstruos sin ojos y sin orejas que por el amor de Dios les pedían una muerte piadosa a unas enfermeras que hacían lo posible para conservar, para sujetar la cordura. Habla de una de ellas, «Lore o Lotte», porque le recuerda a la abnegada de Eva Katz. Lleva un abrigo negro con una banda con una cruz, un morral cargado de todo lo que cupo, un botiquín grande en el que se puede leer BAYR FRAUEN. Se quita el sobretodo y se ve asustada y pelirroja, pero, gracias a su uniforme azulado e impecable, gracias a su gorro blanco que aún no se ha untado de nada, se ve resuelta a sanarlo.

Berg oye «heridas superficiales» y oye «Dios lo quiere vivo» en medio del estrépito y el pataleo de esa carpa atiborrada de horrores, y lo registra en aquella carta de márgenes desiguales con una letra oscilante e ilegible de trazos angulosos que los grafólogos llaman «letra del temperamento melancólico». En el Museo de la Gran Guerra de Péronne, por supuesto, puede uno leer sus cinco páginas sin ningún problema porque ha sido transcrita vaya usted a saber por qué hermana de la caridad, pero lo más probable es que haya superado la censura a la que eran sometidas las cartas enviadas desde el infierno de la guerra porque no es nada fácil comprenderla. Y lo mejor es que lo dice: «Aquí para que te dejen en paz hace falta reventar. Cómo me gustaría que los señores del gobierno y sus mujeres complacientes estuvieran en el frente así fuera por unos cinco minutos para que entendieran las dimensiones de esta pesadilla. Me da igual si la carta pasa la censura porque lo único malo que estoy diciendo es la verdad. Perdóname, mamá, no quiero que nos hablen de estrategias ni de mapas ni de honores porque la única palabra justa para esta carnicería es la palabra matadero».

El audio del museo de Péronne, que amplía la explicación y agranda el contexto, cuenta que la madre de Berg recibió aquella carta cuando empezaba a llevársela la gripe española. Se dice allí también que cientos de soldados confesaron que habría sido mejor una muerte de un segundo que una vida sobreponiéndose a los recuerdos de los bombazos y los disparos. Pronto los médicos se vieron discutiendo la «neurosis de la guerra» porque alguna explicación científica hubo que darle al comportamiento de aquella gente que, como el propio Berg, amanecía un día sentada sobre una camilla con el pantalón abierto y la mirada refundida. Los demás soldados les gritaban «¡es un miedoso!», «¡es una mujercita!». Y los jefes los observaban con los ojos entrecerrados porque sospechaban que podía tratarse de una actuación para salir de allí con vida.

Y entonces, según las recomendaciones de los médicos o los estados de ánimo de los comandantes, los mandaban a la retaguardia a recobrar la humanidad arruinada, los devolvían al frente de batalla a portarse como hombres o los llevaban a juicio con la ilusión de que fueran condenados por cobardía.

Dice el audio del museo que ese fue el caso de Berg. Que una mañana, después de una noche insomne, lo encontraron debajo de su camilla en posición fetal. Y que, después de unos días de verlo de pocas palabras y aturdido, la enfermera Lotte o Lore lo animó a que le escribiera una carta a su familia.

«Si no hemos sido enviados a un degolladero, si no es un manicomio el mejor mundo que me queda, entonces por qué siento que silban sobre mi cabeza los proyectiles y al tiempo oigo las súplicas de los mutilados», escribe el enfurecido Bruno Berg. Y es evidente que sabe que ha vuelto a su cuerpo a dejar constancia de lo que vio aquí y allá. Y es seguro que aquellos son los ruegos que no me dejan escuchar del todo las plegarias que han estado elevando por mí junto a mi cuerpo. Yo sigo adelante en el descenso. Siento tres figuras —cada paso más parecidas a figuras humanas— cerca de mí. Pero empiezo a sentirme desesperado, como cualquier hombre con vida, porque tengo de mi lado las oraciones que no tuvo Berg, pero no tengo idea de cómo volver.

6

En el video que el tal Zener1001 subió a YouTube, que siempre está abierto y en pausa en la pantalla de mi computador, el astronauta iluminado John W. Foster hace una de las descripciones más detalladas que conozco de cómo se termina una experiencia en el más allá o una experiencia por fuera del cuerpo. Por supuesto, no tiene nada de raro que, un poco después de pintarle a su auditorio una situación muy parecida a la que pintamos todos los que hemos probado algo similar, Foster se atreva a asemejar el regreso al cuerpo desde «el más allá» con el regreso a la Tierra desde la Luna. Pero si por algo vale la pena ver el video que les digo es sin duda por su desmelenado e inspirado relato de su vuelta a la vida.

Quién sabe por qué, quizás confiado en que el lector vea la conferencia del astronauta vuelto gurú mientras va leyendo este libro, tal vez acostumbrado a que hoy en día la gente puede buscar la fotografía del personaje apenas aparezca su nombre, no se me había ocurrido hacer un retrato de la apariencia física de John W. Foster cuando viejo. En *The Blacklisted Journalist*, una página de internet que a falta de una mejor definición se me ocurre que es un anecdotario absorbente, el difunto cronista norteamericano Al Aronowitz asegura que ver a Foster era para él como verse en el espejo. Aronowitz fue un hombre entrañable que se resignó a que su caída definiera su drama —perdió el control cuando perdió a su esposa: ese fue el fin de un primer acto acompañado de Jack Kerouac, de Allen Ginsberg, de Bob Dylan, de los Beatles, de Janis Joplin—, pero que, en vez de perderse y seguirse perdiendo de todos hasta reducirse a sí mismo al borroso recuerdo del «malogrado padre del periodismo en primera persona», se dedicó a escribir sus memorias con cuentagotas en su blog. Andaba por ahí con sombreros de vaquero moderno. Usaba camisas de flores encima de camisas de un solo tono encima de franelas porque vivía muerto de frío. Se enflaquecía día por día porque le daba pereza cocinar para él solo. Tenía una barbita blanca y rala que era más bien una sombra. Y, extraviado en la locura y la cocaína y la adicción a las parejas equivocadas, empezó a salvarse el día de marzo de 1996 —el día de su infarto, ni más ni menos— en el que se dio cuenta de que el famoso «astronauta místico» parecía su hermano gemelo.

Yo, guardando las proporciones, sé qué es ser «el hombre que jamás sucedió» y sé qué es ser «el hombre que perdió un tornillo para siempre». Puedo sentir la ansiedad que sintió el señor Aronowitz mientras escribía el perfil de «ese viajero a otros planetas y otras dimensiones que ha asumido el destino de los profetas que son confundidos con los locos». Entiendo que se compare en varios apartes del texto con el señor Foster, que al fin y al cabo significa «adoptivo» en inglés, porque los dos fueron fieles a sí mismos y fueron quedándose sin auditorio con el paso de los años y fueron padres adorados por sus hijos a pesar de sí mismos. No deja de sorprenderme, ni de dejarme sin palabras, sin embargo, que el móvil de esa crónica de 1996 sea el increíble parecido físico entre los dos.

Cuenta Aronowitz que antes de sufrir el infarto se había comido una galleta repleta de mariguana. Tenía 68 años apenas. Venía de los funerales de un vecino que resultó llamarse Herman, claro, «hombre de guerra» en germánico. Y pensaba por primera vez, porque «estaba seguro de que iba a vivir para siempre», en el hecho inverosímil de la muerte: la de su papá, la de su mamá, la de su esposa. Cuando se tragó la galleta empezó a sufrir un ataque de pánico porque el computador no le encendía. Llamó a una amiga para que lo llevara a la sala de urgencias del centro médico de Elizabeth, Nueva Jersey. Y desde que lo vio el primer médico hasta que fue dado de alta, quince días después, fue tratado por todos «de modo amable, cariñoso, gentil y amoroso».

«Me dieron el cuidado de un príncipe con un tapón de sangre azul en las venas porque creyeron que yo era el astronauta

John W. Foster —me salvó parecer otro— y me siguieron cuidando con paciencia y con amor incluso cuando se dieron cuenta de que yo no era el astronauta John W. Foster, un tesoro nacional, sino un escritor mendicante al que se le había negado el empleo durante más de veintiséis años», escribe. «Por supuesto, no espero con ansias el día de mi muerte, pero hasta que llegue estallaré en lágrimas siempre que recuerde cómo me cuidaron de mí mismo».

Según cuenta en la columna, luego de sobrevivir a la cirugía cardiovascular, que a su manera fue una experiencia fuera del cuerpo pues fue «salvado por los ángeles», Aronowitz volvió a su apartamento completamente obsesionado con la figura de Foster. En su convalecencia, acompañado de sus hijos, cayó en cuenta de que había conocido al astronauta alguna vez en una fiesta en Los Ángeles, California. Y entonces lo recordó y en su texto lo recuerda —y «recordar» es el verbo preciso porque quiere decir «traer en el corazón» o «escribir en el corazón»— tal como se ve en el video: simpático, exasperado, lúcido, delirante, aparatoso, «como caminando siempre por la cuerda floja de la cordura». Y lleno de tics y de histrionismos cuando se metía en el tema de la vida después de la vida.

Resulta increíble constatar la descripción de Aronowitz con las imágenes de la conferencia porque hace evidente que Foster jamás logró digerir del todo su experiencia: «Se rascaba una barba igual que esta y ajustaba una camisa de flores semejante a las mías, que ese día llevaba mal abotonada por quién sabe quién, y era terriblemente obvio que estaba haciendo un gran esfuerzo para no hablar de su muerte, pero más temprano que tarde, entre el aroma provechoso de la mariguana, arrancó por la pista de aterrizaje y despegó y empezó a manotear como un actor interpretando a su único personaje», relata. Y esos mismos ademanes y extravagancias se ven, veintipico o treinta años después, en aquel video colgado en el muro de YouTube.

En efecto, no me cabe la menor duda a mí, que últimamente dudo tanto, de que en aquella grabación Foster despega como un avión —o sea cobra nueva vida— cuando empieza el manoteado relato de su segundo gran regreso a la Tierra.

Véanlo ustedes mismos. Dice que descendió por un camino cenagoso rodeado de siluetas de fuego como velas a punto de apagarse todo el tiempo hasta que —después de cruzar una especie de umbral inesperado— comenzó a ver el planeta «desde el espacio y en el espacio». Otra vez, como cuando viajó a la Luna, veía parecido a un anillo azul el cielo que no tiene fin si uno lo ve desde su ventana. Veía relámpagos, auroras en ambos hemisferios, continentes iluminados por las ciudades. Tenía claro, de nuevo, que el mundo era tan consistente, tan cuerdo como un mapamundi. Se preguntaba por qué putas las fotografías de esa Tierra redonda como un guijarro precioso en el espacio no habían puesto en su sitio y redimido a los seres humanos.

Si el terremoto de la misericordiosa Lisboa empujó a tantos a pensar que no estábamos en el mejor de los sitios posibles, y que era más verosímil pronunciar un «todo va a estar bien» que un «todo está bien», la imagen de esa esfera iluminada por dentro que viene de la oscuridad sin atenuantes del universo —que, dicho sea de paso, es la imagen de fondo de pantalla del computador en el que estoy escribiendo— tendría que haberle probado a esta especie que esta estación es un milagro y una prueba y un misterio que algún día se sabrá.

Foster vio que sus moléculas eran las mismas moléculas del espacio. Recordó que los corpúsculos, los átomos, las trizas del universo habían sido fabricados por ciertas manos en ciertas estrellas que se habían perdido entre tanta luz y tanta oscuridad.

«No tenía miedo ni rabia ni angustia —dice, con la voz ronca y con las manos histriónicas, en el momento cumbre de la conferencia—, pues, luego de años de investigaciones, tenía perfectamente claro que estaba sintiendo aquello que las religiones del este asiático llaman *samâdhi* porque *samâdhi* significa "la mente completa": la paz que se siente cuando uno consigue fundirse con el universo. Escuchaba en alguna parte, quizás en la trasescena de mi cabeza o quizás en la sala de urgencias en la que se encontraba mi cuerpo, la voz angelical de Roy Orbison: *Only the lonely (dum-dumb-dummy doo-wah) / Know the way I feel tonight (ooh yay, yay, yay, yeah) / Only the lonely (dum-dumb-dummy doo-wah) / Know this feeling ain't right (dum-dumb-dummy doo-wah)*. Pero ya no me sentía de ninguna parte».

Puede que les suene imposible a quienes no han salido nunca de sus cuerpos, pero cuando uno muere, «como cuando ve la Tierra semejante a un truco de magia suspendido en el espacio», deja de sentirse colombiano o gringo o francés —y deja de ser hombre o de ser mujer— porque en ese momento lo único que tiene sentido es lo que está pasando: «Entiendes que no hay fronteras porque en la realidad no hay líneas y te das cuenta de que allá abajo la gente se está matando por cuestiones exteriores e irreales: por dioses, por mapas, por lenguas», dice Foster poniéndose de pie con aspecto de profeta que vive pidiendo prestado, «y se te vuelve más claro que nunca que lo que llamamos el mundo es una sola telaraña y que deberíamos llamar normal a lo paranormal».

Cuenta Foster, hecho un pastor entre su congregación, que atravesó el espacio nadando en una oscuridad sin reflejos ni lunas. Está seguro de que descendió y descendió por la bóveda imaginaria, convertido en un objeto no identificado, hasta atravesar las nubes y los techos. Pronto estuvo al lado de su cuerpo entubado y apenas cubierto con una sábana blanca y gruesa. Había un enfermero escarbando un par de bibliotecas con puertas de vidrio en busca de quién sabe qué. Había un doctor de largas patillas y gafas enormes diciéndoles a todos que eso que estaban viendo era un milagro: «Este hombre está recobrando los signos vitales...». Un par de sueros colgados de un soporte de metal estaban temblando como si el mundo estuviera temblando.

Fue testigo de cómo Lexie, una muchacha de diecisiete años con la que se había visto un par de veces en los últimos tiempos, le tomó la mano y le dijo en el oído «mejor quédate allá».

De vez en cuando entraba su hijo adolescente, el contrariado y quebrantable y contenido de John Junior, a preguntarle a la auxiliar de turno cuánto podía faltar para que todo volviera a la normalidad.

De tanto en tanto aparecía su exmujer, Alicia Bull, enérgica y determinada como cuando era una chica que se moría de la risa en la calle así la miraran de reojo: «Despiértate, tonto, ni en el espacio vas a librarte de tu familia».

Y el espectro de Foster era el único verdaderamente angustiado de la habitación, en ese punto, porque no sabía cómo meterse de nuevo en su cuerpo.

No es en el video que he venido citando, sino en una cándida entrevista de diciembre de 1973 que le concedió a *The Evening Sun*, el diario de Baltimore, donde explica cómo lo logró: «Salí de la habitación porque era francamente desesperante estar allí siendo un testigo más de mi cuerpo inútil, y seguí a mi exmujer como si no me quedara nada aparte de pedirle perdón, y cuando la vi abrazársele y llorarle a un desconocido sin mayores atributos me di cuenta de que lo mejor que podía pasarles a ellos es que yo muriera porque pronto podrían empezar a corregir mi recuerdo como el de un hombre que se vio forzado a cumplir con una misión absorbente, pero que, de seguir con vida, tendría que dedicarse a servirles sin impedirles más la vida».

Se quedó viendo un rato al desconocido —esto sí lo dice en el video— como si viéndolo y viéndolo más fuera a encontrar la solución a lo imposible.

Era un encorbatado de baja estatura, de vestido de paño de solapas anchas, de zapatos de cuero embolados, de voz grave, de calvicie disimulada por un bigote de forajido del Lejano Oeste, que bien podría haber estado allí para visitar a cualquiera. Era todo lo que él no era. Era un hombre común y corriente, y no lo era como un fracaso, sino como un premio, como una conquista después de muchas vidas de intentarlo. Se sentaba, se levantaba, se quedaba pensando «¿qué era lo que estaba pensando?» resignado a ser un tipo felizmente incapaz de sorprender al mundo. Estaba apoyado contra una columna redonda y lisa porque todas las sillas de la sala de espera del hospital estaban ocupadas. Y Alicia y John Junior lo buscaban cada media hora para que su normalidad, o sea, su bienestar inevitable, les devolviera la lentitud del pulso.

El tremendista Foster cuenta que en aquel momento, cuando cayó en cuenta de que se había vuelto un problema para la familia a la que había acostumbrado a su ausencia, decidió dejar ese lugar y resignarse a una vida de fantasma: «Pensé, por un momento, que quizás me pasaría la eternidad vuelto una sombra invisible en esos pasillos y en las salas de urgencias y en las habitaciones de los moribundos», dice, pero cuando se estaba yendo de aquel lugar —del Community Hospital de Ashland, Oregon— sintió que una mano larga lo jalaba por el hombro. Era un tirón como el que recibe un transeúnte que va a ser apuñaleado por un ladrón o un político que va a ser asesinado en la calle. Y sintió de inmediato que algo semejante a una aspiradora de hojas secas se lo estaba tragando y sintió todos sus miedos al mismo tiempo.

Y se empeñó en abrir los ojos y abrió los ojos, semejante a un náufrago que trata de agarrarse del agua del mar, porque pensó que era lo último que podía hacer antes de resignarse a la nada.

«Y entonces oí que una de las pobres enfermeras que estaban junto a mi camilla gritaba "¡está vivo!, ¡está vivo!, ¡está vivo!" idéntica al enloquecido doctor Frankenstein de la película de 1931, y entonces pensé que nadie iba a creerme lo que acababa de pasarme, pero que el resto de mi vida se me iría contándolo tal como acabo de contárselo a ustedes», exclama antes de hacer una pausa.

«Yo, gracias a la sabiduría de la mujer aquí a mi lado, me he tomado como un hecho incuestionable que esa es la misión de mi vida, de nuestras vidas», concluye, «y que esa será».

El público que lo está mirando en aquel auditorio desangelado lo aplaude y él hace una pequeña venia que es una parodia de las venias: «¡Bravo!». Y tiene algo de los genios malogrados y algo de los artistas sobrevivientes que he conocido en la vida. Yo no quiero ser así. Yo no quiero llegar a los sesenta parecido a ellos, desdentados y risueños y mariguaneros y encumbrados para unos cuantos afortunados y exculpados por la frase «es que él era así», orgulloso de mí mismo no tanto porque yo no me haya vendido nunca al establecimiento, sino porque el establecimiento jamás quiso comprarme para no encartarse conmigo. Yo no quiero terminar en fiestas de jóvenes en busca de una mujer de veintipico a la que le toque cuidarme mi última visita a un hospital.

Sé que son ángeles caídos y extenuados y acostumbrados a que la mayoría los llame locos. Sé que dicen la verdad y tienen la razón. Y que es una putada que el mundo no les corresponda semejante amor, pero yo daré las gracias a Dios —y creeré en Él, de paso— el día en que me quede claro que me salvé de ser como ellos.

7

Si uno teclea en Google «afiches de Sid Morgan», lo más probable es que 0,50 segundos después se encuentre, entre 1.830.000 resultados, una imagen de ella en su típica camiseta dorada sin mangas haciéndole pistola a una arena llena de fanáticos que están coreando su nombre. Abajo, en la esquina derecha del póster al cual me refiero, uno puede leer que se trata del concierto de «Sid Morgan and The Four Nameless in Waterloo, Iowa, 25/09/1988». Y, detrás de la cantante rabiosa y descarnada con los pelos parados como atraídos por los imanes del cielo, puede verse un pesado telón rojo de teatro del siglo XIX que es un guiño a su milagroso regreso a su cuerpo, pero no es, de ninguna manera, el único.

Tal como puede demostrarse si se sigue la pesquisa de enlace en enlace en enlace hasta dar con un video tembleque y azuloso de aquella presentación de hace treinta y pico de años, llena de jóvenes de peinados estrafalarios, también se montaron en ese escenario una lámpara de techo modernista con cuentas de vidrio —imitación de la que había sido de su abuelo Morgan Otis el sabio— y una luz blanquecina y titilante de hospital. Y tiene sentido porque son esos elementos, precisamente esos, los que la estrella de rock recuerda de su regreso a la Tierra.

RS: ¿Pero acaso tenían formas humanas esas siluetas de humo?

SM: Jajajajajá: no me mires como si te estuviera diciendo que fui asaltada sexualmente por extraterrestres, mi querido Watson, no te pases al bando de la gente que suele darme por perdida. Eran ondas de humo. Pero, como estaba comenzando el camino de vuelta, sospechaba que eran almas como yo. Pronto fuimos siete u ocho. Y luego, de pronto porque el camino ya no fue una suma de rampas y de precipicios, sino un descendimiento sin mayores esperanzas, empezamos a ser seis, cinco, cuatro, tres. Y no sé bien cómo explicar esto, pero fuimos de cruzarnos las vidas de los unos a las vidas de los otros, como contándonoslas o retratándonoslas, a compartir un silencio lleno de suspenso semejante al que se siente —en vida— cuando se acaba de escuchar una mala noticia.

RS: ¿Me equivocaría si dijera que habías recobrado tu personalidad o tu humanidad o tu intuición?

SM: Algo como eso, sí, era todo eso al mismo tiempo, ahora que lo dices. Yo sabía más o menos quién era. Sabía que tenía mucha rabia conmigo misma por haberme quedado sin sentido del humor por el camino y por haberme tratado con la condescendencia de la época: «Pobre yo», tiene que ser la frase repelente e indeseable que más veces se haya repetido en los ochenta, «soy como soy y a la mierda todo el mundo». Sentía que me había conducido a la peor de las bancarrotas por tomar una y otra vez las peores decisiones que puede tomar un ser humano. Y, cada vez que desaparecía por el camino alguno de estos fantasmas que iban conmigo, me sentía peor, más fallida, más adicta, más resentida, más doblegada por el dolor, más huérfana, más menor, más frágil, más extraviada entre los viejos, más incapaz, en resumen, de ser una adulta. Yo no sé cómo he hecho para llegar hasta acá, Bob, yo no sé si un día voy a perder la cabeza y no voy a dar más para siempre y mi destino va a ser la pregunta «¿qué pasó con...?» que hacen los disc jockeys de los programas radiales antes de poner una canción de las de antes. Y eso que te estoy diciendo es lo que sentía mientras nos íbamos quedando solos en el viaje de vuelta.

RS: ¿Cómo fue finalmente, si aún lo recuerdas, esa llegada a tu propio cuerpo?

SM: Simplemente, me negué a avanzar. Adiós, adiós. Hasta pronto, amigos, nunca cambien. Me detuve y dejé que otras dos sombras de polvo siguieran el descenso que era como el descenso a un corazón. Y cuando me vi sola di la vuelta y tropecé con una especie de telón pesado como el telón de Mabuhay Gardens en San Francisco. Y cuando fui capaz de encontrar el final de la cortina, del bastidor, noté que yo ya no estaba parada, sino acostada, pues de pronto abrí los ojos y vi las luces largas y blancas del techo de una habitación de hospital. Entonces escuché a Rory dándome la bienvenida a este plano, «¡Sid!», pero no la vi por ninguna parte: sólo vi esas luces largas y blancas, titilantes y amenazantes, hasta que todo se puso borroso e inútil. No sé si me desmayé, viejo. No sé si, librada de la muerte y consciente de que estaba con mi hermana mayor otra vez, pude dormir por fin. Cuando desperté definitivamente, con una lámpara de cuentas observándome, no me dije «estoy en la casa de ella», sino que noté los latidos de mi corazón, el malestar de mi estómago, las molestias de mis brazos y mis piernas.

RS: ¿En qué momento tomaste la decisión de emprender una carrera como solista?

SM: Cierta gente, Dios la bendiga, se me acerca a la espera de que les describa la escena dramática —de tragedia clásica norteamericana— en la que Rory y yo nos dijimos que nunca más grabaríamos álbumes e iríamos juntas de gira con The Bipolars: «¡Oh, desearía que no dieras por sentado que vivo atrapada en una vida de la que tengo que escapar!». Pero lo cierto es que no nos sentamos con abogados perfumados a pactar nuestros negocios, ni nos gritamos verdades insoportables difíciles de cicatrizar en el camino a la casa, ni nos echamos la culpa de nada por primera vez en nuestra puta vida de hermanas condenadas la una a la otra: «¡Crece!». Creo que dimos por hecho que nada iba a volver a ser como era y que no podía yo seguir en el camino en el que me había perdido. Ella me dijo «tienes que dedicarte a tus canciones lo antes posible, niña». Y yo, por supuesto, la obedecí: me encerré a componer el álbum del que hemos estado hablando tú y yo.

RS: **Pero yo, con todo el respeto y el afecto que te he tenido desde que te conozco, no te puedo creer que todo se haya resuelto de semejante modo tan fácil…**

SM: Rory me va a matar cuando lea esto, pero qué diablos importa ya si ya sé cómo volver de la muerte: la verdad es que la noche en que me salvó, porque de no haberme llevado al hospital no hubiera conseguido regresar a mi cuerpo, venía a buscarme porque quería darme la noticia de que estaba pensando retirarse de la banda para criar una familia. Había caído en las garras de un productor de Hollywood que quería hacer un documental sobre los años de The Bipolars. Quería componer música de películas por un tiempo. Y esa Nochebuena, sometida por los villancicos que las dos nos tomábamos como puñaladas en la espalda, sintió que no podía seguir adelante sin contarme qué estaba pasándole.

RS: Decías —y yo, mea culpa, te interrumpí— que hemos estado hablando de tu primer álbum como solista al tiempo que hablábamos de tu experiencia fuera del cuerpo.

SM: Decía que hablar de mi paseo por la muerte es hablar de *Life After Life* porque todas las canciones tienen algo que ver con lo que vi. Estoy preparada para que tus lectores confirmen en medio de esta entrevista sus sospechas de que estoy completamente loca. Y soy consciente de que yo no puedo describir con las palabras lo que experimenté fuera de mi cuerpo. Pero me parece evidente que en las canciones del álbum he conseguido recrear todo lo que me encontré en ese viaje. Después de pasar por allá, de escuchar el estruendo, de convertirme en la oscuridad, de ver mi propio cuerpo pidiendo auxilio, de sufrir el sufrimiento de mi hermana, de recorrer el camino hacia la figura de luz, de ser espectadora del resumen de mi vida, de tomar la decisión de regresar, de emprender el camino cuesta abajo, de abrir los ojos otra vez, puedo decir que sé muchas cosas que de otra manera jamás las habría sabido: cosas de la historia del mundo desde el principio hasta el final. Y, sin embargo, como no son cosas claras en los términos de las lenguas humanas, como no hay manera de decirlas sin convertirlas en aberraciones de la ciencia o en fantasías de la era de Acuario, no tuve otra salida que volverlas estas canciones y encerrarme en mi pequeño estudio a grabarlas con los mejores entre los mejores: *Take after take / Day after day / Life after life / You have to care.*

De todo lo que he revisado yo en estos meses y meses de trabajo, meses y meses después de mi propia experiencia fuera del cuerpo, sin lugar a dudas el primer álbum de Sid Morgan sigue siendo lo más desconcertante, lo más perturbador: ¿cómo lo hizo?

Life After Life pinta una vida a la que se viene a darle un espectáculo a un único espectador, *I Promise You* jura por un amor decepcionado que conseguirá conjurar un «karma monumental» heredado durante varias generaciones, *Tomorrow* tiene curiosas referencias a Suramérica que prefiero no comentar de más para no acabar teniendo yo pinta de loco, *Just for this Night* es la plegaria de una insomne que se sale de su cuerpo para dejar atrás una adicción, *Be the Light* habla sin ambigüedades de la catástrofe de una Lisboa arrinconada por los pecados, *A Single Soul* es una *power ballad* sobre un amor que consigue llegar hasta la vejez, *We Are Most Alive* es una rabiosa declaración de principios sobre todos los disfraces que nos ponemos, *Without Me* es una diatriba contra uno mismo, *The Way Back* insiste en que es mejor ser un boxeador que un soldado en un coro que nadie ha tratado de entender hasta el momento, *2050* se ríe de un planeta en el que ocurren todas las eras de la historia al mismo tiempo, y *Human Zoo*, que es una lista frenética de arquetipos humanos en la tradición de *We Didn't Start the Fire* de Billy Joel o *It's the End of the World as We Know It* de R.E.M., va irónicamente de «los muchachos bellos que quieren despertar a la clase trabajadora» a «las chicas salvajes que podrían morir para enseñarle al mundo una o dos cosas».

Son once canciones, según dice Morgan en su entrevista con *Mojo*, «porque el doble uno es un número maestro que significa el coraje».

He estado escuchándolas sin pausa, desde los amaneceres hasta los atardeceres de estos últimos días, mientras escribo este libro como poseído y entretenido por mí mismo de nuevo. A veces busco en Google la cubierta del álbum, una simple foto de ella, en plano americano, mirándonos fijamente a todos de una vez, porque me parece increíble —desalentador e inspirador según se quiera— que en un solo disco haya dicho todo lo que se puede decir de la mejor manera posible. A veces me pongo unos audífonos enormes que tengo y sigo las letras mientras ella las canta y me fascina la sensación de que está presente en esta misma habitación. Y, mientras recibo su voz, que toma aire y carraspea como si estuviera al otro lado de la línea, espero que leer esto sea escucharme.

8

Hay hijos de puta que se salvan del infierno por poquito porque son el amor de la vida de alguien. Alguien les ve el lado bueno. Alguien pide a Dios por ellos. Alguien se queda extrañándolos y renegándole a quien corresponda por no verlos más. Y en el último segundo del último minuto, cuando la moraleja de sus vidas es que deberían quedarse en la Tierra a explicar y a afrontar los sufrimientos y los males que causaron, los rescata del fracaso eterno el hecho de haber sido amados. Tienen que ser parte de esta especie, eso sí, tienen que ser humanos. Pues por más que anhelara una redención como aquellas, por más que, como Pinocho, hiciera todo lo que hizo para volverse una persona de verdad, el comandante humanoide jetsunkhan nunca jamás habría podido llegar al más allá: era un cuerpo, sí, pero sobre todo era una máquina.

La pequeña profesora Li Chen regresó a su cuerpo, tambaleante y brumosa, porque los gritos de desesperación de jetsunkhan llegaron igual que un ventarrón a los oídos correctos —yo bajo por esa escalera de caracol como descendiendo por la parte secreta de una casa de las viejas hasta que dejo de ver el resplandor que tengo adelante y ahora estoy bajando solo entre las caras conocidas y las caras desconocidas que ruegan por un milagro que me salve— y entonces apareció al rescate un grupo de médicos turistas que andaba cerca de los jardines del viejo Palacio de Verano de Norbulingka y ella se salvó de volver a la Tierra convertida en uno de los engendros del programa de resurrección Xiân 4682 al que sólo tenían acceso unos cuantos asociados al partido.

Hubo una vez, siglos y siglos y siglos antes de la vida y la muerte de Li Chen, que se llegó a pensar en el alma como un dios menor que se quedaba para siempre si lograba acomodarse adentro de una persona.

Hubo un momento, en el larguísimo paso del siglo XX al siglo XXI, cuando ciertos científicos que prefiero no nombrar dieron por sentado que no había nada invisible adentro de un cuerpo: que todo lo que llegamos a experimentar en una vida podía encontrarse en el mapa de las redes y de los circuitos del cerebro, que, como sospecharon los empiristas alguna vez, el alma crece, envejece y muere con el cuerpo. Era doloroso, de cierto modo devastador, pues luego de las dos guerras mundiales —y de esta tercera guerra que ha sido un reguero de bombardeos y de torturas mientras el mundo mira a otra parte— filósofos como Bergson o Laska se lanzaron a reclamar una vida que dejara de negar lo que sucede por dentro: «Someterse al cuerpo es como acostumbrarse a una cárcel», escribió el segundo en su última carta. Era triste y decepcionante, sobre todo eso, pues los doctores Hameroff y Penrose habían llegado lejísimos en una investigación cuántica de la consciencia que de verdad probaba que el espíritu se encontraba en las células cerebrales y «simplemente se distribuía y se disipaba por el universo» cuando el organismo moría.

Pero así fue: a pesar de las evidencias, a pesar del descubrimiento de que si el paciente muere «sería posible que esta información cuántica existiera fuera del cuerpo indefinidamente, como un alma», en el siglo XXI de la ciencia ficción «el alma» se volvió una forma de decir «las formas de ser».

Y el partido de gobierno asumió que bastaba con rescatar el cerebro de la muerte del cuerpo para resucitar a una persona —y echó a andar el controvertido y costosísimo programa Xiân 4682—, pero desde la noche de aquel viernes 13 de abril de 2050, cuando Li Chen regresó de su periplo por las fases del más allá, una vez más se propagó por los cuatro puntos cardinales el rumor ancestral de que algo invisible —algo invisible que es uno— se aloja en el personaje que le ha tocado en suerte. Por ejemplo: en la pequeña y determinada Li Chen, hija de la nadadora olímpica Wei Ling Chen, profesora de la estropeada escuela de la aldea de Chikang que fue encerrada en un zoológico humano por una patrulla de humanoides y de robots.

De vez en cuando alguna de las personas que me rodea, de la gente con la que trabajo a la gente con la que vivo, me pregunta por Li Chen: ¿cómo sé tanto?, ¿por qué tengo tan claro que el intolerable comandante jetsunkhan se lanzó en esa jaula a despedazarla —«婊子», le gritó una y otra vez, «¡puta!»— y sólo se detuvo cuando empezó a arrepentirse de haberla asesinado?, ¿cómo la escuché diciéndose «no tengas miedo», «entrégate a las alucinaciones», «espera cuarenta y nueve días», «quédate allá si es tiempo de quedarte» mientras su asesino le rogaba perdón y le prometía la resurrección especial y alzaba su cadáver de veinte años como una novia muerta e incólume?

¿Sigo hoy, a estas alturas de la experiencia, cuando de tanto ser un recuerdo está a punto de convertirse en una ficción, enterándome de detalles de lo que le pasó a la profesora tibetana?

¿Qué va a ser de ella cuando nazca? ¿Qué va a pasar si en un par de décadas, convertida en una lectora de todos los libros, este manual llega a sus manos?

Puedo decir que jetsunkhan repitió «ya vienen: ¡抱歉!». Exigió auxilio a los alaridos: «¡你这个杂种!». Y como no conseguía abrir la puerta de la celda, como nadie vino al rescate y sólo el espanto de Li Chen consiguió entrar allí a ver el cuerpo que había sido y a decirse «yo habría querido tener una hija» semejante a quien pronuncia lo que no pasó para que ocurra en una realidad paralela, el comandante jetsunkhan se enfureció, y se le descuadró la mandíbula de tanto bruxar, y se le trabó la pierna que le cojeaba luego de darle un patadón al escritorio de lectura de su víctima. Todos los que estaban allí, los especímenes, los humanoides y los androides, metieron sus hocicos y sus gestos entre los barrotes. Todos se quedaron quietos, semejantes a las computadoras, parecidos a las lámparas, resignados a ser cosas que soltaban gritos.

Y todo habría seguido siendo así, un bodegón de máquinas pudriéndose, si no hubieran aparecido los médicos turistas como un *deus ex machina* que ha tomado la decisión providencial de no tomarse demasiado a pecho.

Eran tres médicos porque en esta clase de relatos, que dan por sentadas las quimeras, todo viene de a tres. Venían de la azulada villa de Rijpwetering, en los Países Bajos, famosa por haber sido la tierra de «el holandés del Tour de Francia» Joop Zoetemelk y su modesto gregario Manfred Zondervan. Estaban allí, recorriendo los viejos parajes del Tíbet en las peores horas como los turistas de antes recorrían las ruinas romanas, enredados los tres en su propio drama de desamores y de desengaños, cuando escucharon los gritos: «¡Help!», «¡Ajudar!», «¡Lagundu!», «¡帮助!», «¡Auxilio!». Corrieron por los pasadizos y los recovecos del zoológico, perfilados por jardines de flores moradas y blancas y rojas que sobrevivían a la debacle, felices de olvidarse de sí mismos por un rato.

Fue uno de ellos, el más bajo y más improbable, el que consiguió abrir la puerta de la jaula con un gancho del pelo que le prestó una mujer que después no volvió a aparecer por allí. Los dedos y las manos torpes de la desesperación, de los miembros del zoológico humano, habían clausurado la cárcel sin remedio. Y mientras el más alto de los médicos holandeses pronunciaba un monólogo shakesperiano sobre la vergüenza que tendría que darles por mantener encerradas a esas personas que alguna vez, en un paréntesis de la humanidad, no fueron fenómenos de la naturaleza, sino apenas individuos, sonó crac, tac y tas hasta que por fin sonó clic. El comandante jetsunkhan dejó el cuerpo de Li Chen sobre el escritorio de ella y se hizo a un lado para que los médicos procedieran.

—Si algo llega a pasarle a la profesora Li Chen, yo mismo me encargaré de matarlos —les dijo, en tibetano y en mandarín, como si alguna palabra de esa frase tuviera algún sentido.

Revisaron aquella celda de arriba abajo en un par de segundos nomás. No tenían a la mano ninguna de sus máquinas, ni tenían cerca sus maletines dotados de las herramientas para chequear el estado de cualquier cuerpo, pero sabían perfectamente los pasos a seguir. Rodearon el de la pequeña profesora, que cabía en su escritorio, listos a dar comienzo a una lección de anatomía. Le zarandearon el hombro para despertarla. Se sucedieron en la revisión de las señales: de las huellas rojizas en el cuello y de los sonidos que todavía venían del torso. Y pronto estaban presionándole el pecho, cien veces por minuto más o menos, para reanimarla. Abrió los ojos contra todos los pronósticos. Tomó una bocanada de aire como si se estuviera ahogando. Cerró los ojos de miedo.

Por qué los visitantes de Thug-Je, el zoológico humano, gritaban «¡Wunder!», «¡Milagre!», «¡Miracle!», «¡奇迹!», «¡Milagro!». Quiénes eran esos tres hombres fatigados, acezantes, que la estaban mirando como si nunca hubieran visto algo igual a ella. Dónde estaba su verdugo.

El comandante jetsunkhan, que se encontraba en una esquina de la celda repitiendo maldiciones contra todos los nombres que le vinieron a la memoria, salió del trance de golpe —eso es la ansiedad— a comprobar por sus propios medios la resurrección de la mujer a la que había enjaulado. Avanzó a zancadas a pesar de su desconcierto. Y, tal como cuando estaba en el cuerpo del hombre insaciable e iracundo que había sido, su cerebro se dedicó a denunciar a punta de rugidos la ineptitud de un partido sagrado que le había prometido a la nadadora Wei Ling Chen que velaría por la vida y por la muerte de su hija. Y, apenas la vio acusando recibo de las lesiones que él le había causado, le juró que desde ese momento en adelante iba a cuidarla «como una joya de Avalokiteshvara»: «Om mani padme hum».

Ella se levantó, y se sentó, con las piernas suspendidas en el aire, sobre el escritorio en el que había puesto los libros que había estado leyendo en esos meses. En una versión alternativa e histérica de la escena le gritó «lárgate de acá, malnacido», «¿qué más quieres de mí?», «eres un pobre engendro que jamás va a conseguir lo que quiere» fuera de sí: «¡Vete!». Estoy prácticamente seguro, 99,9% como dirían los ingenieros de sistemas, de que prefirió plagiar una dolorosa explicación que se da en sus páginas preferidas de *El coleccionista*: «Todos queremos cosas que no tenemos: ser un ser humano decente es reconocerlo», le dijo cuando por fin recobró su voz trémula, y desde entonces echó a andar un plan devastador que había empezado a rumiar enfrente de las ánimas que la acompañaban en el regreso a su cuerpo.

La pequeña profesora Li Chen no se desesperó ni un solo momento: «Él no es humano», podía leerse en uno de los parajes que releía de *El coleccionista*, «es un espacio en blanco disfrazado de humano». Fingió, en cambio, nobleza. Respiró. Se aconsejó en voz baja interpretar el papel de la moribunda que se ha salvado por poco y ahora más que nunca necesita descanso. Respondió en voz alta «sí, sí, sí, yo lo perdono, comandante», ante la perplejidad de los testigos, para librarse de la presencia de jetsunkhan así fuera por un rato. Se refugió de las miradas de su asesino en las preguntas que los doctores holandeses comenzaron a hacerle en un inglés tajante e interpretable. Contestó automáticamente, como si no hubiera vuelto de la muerte a sus cabales, pero la verdad es que tenía la mente puesta en su siguiente jugada para salir de allí.

Se hizo la somnolienta mientras su carcelero les pidió a los médicos holandeses que salieran de allí porque ya habían llegado los médicos de la región a socorrerla. Se hizo la dormida, ya en la cama en donde había estado durmiendo en aquella época borrosa y eterna, para que la dejaran en paz.

Buena parte de los testimonios de quienes han vivido lo que yo viví coinciden en la idea de que esta cuarta fase de la muerte es una carrera contra el tiempo, contra el deterioro de los tejidos y el olvido de uno mismo.

Hay quienes aseguran que empezaron a olvidar sus nombres, sus personajes, sus gestos, sus modismos, sus circunstancias en la Tierra —en qué época de qué lugar del mundo— mientras iban hacia esa luz y mientras regresaban a esta oscuridad. Y que la consciencia de estarse abandonando a uno mismo con cuentagotas, que es lo que sienten los pacientes con principios de alzheimer, los obligó a apurar el paso o a renunciar al regreso. Se cree, en ciertas culturas, que algunas almas rechazan la posibilidad de volver a habitar las personas que fueron, pues prefieren quedarse en esa dimensión como un objetor de conciencia que rechaza una misión kamikaze. También se piensa que otros más prefieren renacer que seguir bregando dentro de un cuerpo dolido.

Repito: en aquella habitación, en la Unidad Médica de la Nueva Granada, mi familia contaba los segundos porque el doctor les había advertido que entre más pasaran los minutos, más corría mi cuerpo indiferente el riesgo de acabar siendo otro cadáver.

A veces pienso que se habrían rendido definitivamente si me hubieran visto a punto de rendirme definitivamente.

No es nada fácil, sin embargo, quedarse a vivir en el más allá, resignarse a que el pasado sea el pasado a las claras.

No se toma esa decisión como se toma la decisión de salir en la noche. Después de todo, ese plano de la existencia es el fin del tiempo y el fin del lenguaje porque es el fin del cuerpo.

Y sí, precisamente se vive por fin «el presente», «el presente» como el regalo del alivio después de la incertidumbre o el regalo de la realidad luego de haberse refugiado desde la cuna hasta la tumba en la ficción, pero es claro que por un momento —por un momento de la eternidad— uno se pregunta qué sentido puede tener esa nueva vida muda si no hay nadie ni nada más. Yo me lo estoy preguntando en la soledad de esa escalera de caracol. Yo estoy sospechando que voy a dar con una barca o un puente ruinoso o una cerca de púas o una puerta bordeada de luz que me va a empujar a decir «aquí estoy, Señor, tómame…», pues qué más voy a pensar ahora que me han dejado atrás los demás espíritus guardianes.

Estoy viendo remedos, contorsiones, guiños, muelas, lenguas a lado y lado del descenso. Estoy reconociendo gestos de gente que tiendo a confundir con otra gente. Y está en mi suerte, si no se quiere hablar de «mi destino», ver la cara de mi esposa cuando voy a acomodarme para siempre en otro más de mis fracasos.

9

Rivera se fijó muy bien en que sólo ella y nuestro hijo estuvieran en ese momento en la habitación. Cerró aquella revista maltrecha apenas leyó la frase que cité hace unos cuantos capítulos: «La resucitada Blanc siguió cambiando de identidades hasta convertirse en una adivina de apellido Malatesta». Se levantó de la ruidosa silla de cuero negro, como si se tratara, de hecho, de una frase mágica, de una clave: «Va a resucitar», se dijo, «yerba mala nunca muere». Se le acercó a José María, que estaba jugando no sé qué juego en mi teléfono, para susurrarle «pensándolo mejor, todo va a salir muy bien». Y él, felizmente entregado al mal genio que le producía perder, apenas la miró de arriba abajo como diciéndole que ya no había alternativa.

Yo veo su cara sorprendida por el hecho de que yo esté vivo y sea su esposo y nos hayamos convencido el uno al otro a tiempo de que vivimos alojados en los cuerpos de los dos —o sea veo su cara enamorada y fascinada con algo mío que sólo ella ve— mientras me recobro a mí mismo en el camino de salida de la muerte. Se ve como si estuviera detrás de una sábana gris. Se le entienden sus ojos verdosos, su nariz delgadísima, su boca pequeña. Se adivina su expresión típica de «acabo de entender que se nos está dando la última oportunidad de ganarnos una lotería —se nos está susurrando el número que va a caer— cuyo premio mayor es esta suma inagotable del uno para el otro, del uno con el otro, del uno desde el otro».

Después de tantos rostros de brea, de tantas muecas de angustia y de dolor inaguantable, su aparición detrás de un velo semejante a una niebla a punto de disiparse resulta el alivio que uno espera desde el día en el que empieza a ser un adulto.

De hecho, por primera vez en todo el viaje soy capaz de pensar algo como eso. Quién soy. Para qué lo soy. Cuál es mi gracia. Ahora esta situación ha dejado de ser un extravío en un lugar sin perspectivas. Ya no es más una travesía para volver a ser el actor que interpretaba al personaje, una odisea para olvidarse a uno mismo, sino una pesadilla de la que no es nada fácil despertarse. Tengo pensamientos de este mundo. Me pregunto, aunque sea una locura, si será verdad eso de que todos los inventos de los seres humanos han sido traídos de la muerte, si voy de vuelta a una simulación para castigar a los fantasmas que desequilibran el universo, si estoy regresando a una prisión que la gente que se me parece ha estado viendo como una simple habitación.

Se me viene a la cabeza una viejísima frase de *El doble* que jamás me hubiera esperado, «soy un observador, un extraño nada más, un irresponsable pase lo que pase», pues no sólo estoy empezando a aterrizar de nuevo en la persona que era, sino que estoy a punto de llegar de nuevo al cuerpo, al mundo, al territorio de la ficción. Comienzo a odiarme a mí mismo profundamente otra vez. Comienzo a darme vergüenza como me la he dado desde que tengo memoria. Empiezo a preguntarme quién diablos me creo para haber escrito una trilogía de novelas en blanco y negro sobre la guerra colombiana. Me digo que soy un poca cosa, un envidioso de mierda, porque de nuevo estoy sintiéndome traicionado por los de antes y los de después: de nuevo estoy siendo yo.

Estoy volviendo a lo que el señor Gurdjieff, el filósofo místico de Kumari o de Aleksándropol, llamaba «el sonambulismo de la vida»: el estado hipnótico del que tendríamos que despertar —pero muy pocas veces lo conseguimos— si la idea es ser en la tierra lo que se es en el cielo. Yo sé que podría interpretar a una mujer que sobrevivió a la masacre de El Salado o a un viejo francés que vive torturado por la tiranía o a un enterrador portugués que se niega a morirse hasta que no se muera su perro o a una actriz noruega que en el fondo sospecha que se dedicó al oficio equivocado o a un asesino en serie que sin embargo es un caballero con su mujer y con sus hijos, pero estoy volviendo a ser Simón Hernández, el agente de viajes que se niega a reconocer que es un escritor porque si lo reconociera volvería a ser ese pequeño espíritu que sufre a la hora de leer el talento de los demás, porque siente que todas esas estrellas que entrevistan en los periódicos son putos farsantes que tomaron la decisión de ser artistas.

Huelo mi mezquindad. Me descubro lleno, repleto, henchido de los viejos resentimientos que desestimo cuando me voy a dormir para conciliar el sueño antes de la medianoche. Vomitaría hiel e inquina si entrara ya mismo a mi cuerpo.

Siento el piso. Se me resbalan por poco las plantas de unos pies que parecen de caucho. Trato de agarrarme de alguna rama de espinas como si tuviera manos otra vez.

Suele usarse la palabra griega *Anábasis*, o sea «expedición de la costa hacia adentro», para referirse a la travesía desde el cadáver hasta el más allá. Tiende a llamarse *Catábasis*, es decir «excursión desde el interior hacia la costa», esto de viajar desde la cuarta dimensión de la muerte hasta el cuerpo. Yo lo sé porque estoy volviendo a llenarme de todas las palabras y de todos los significados que me he estado aprendiendo como cualquier coleccionista que se respete. Podría hablar otra vez. He vuelto a estar en la capacidad de nombrar y de criticar lo que tengo justo enfrente. He recobrado la necesidad de dejar constancia de lo que pienso como si nadie más en la historia de la humanidad hubiera sido capaz de pensarlo.

Otra vez me repugna vivir tan lejos de la guerra en un país en guerra, me avergüenza seguir con lo mío mientras los empobrecidos se guardan sus quejas para el cielo, me indigna haber sido negado y abandonado y engañado más de una vez, me abruma que me hayan estado robando mis ideas, una por una por una, en los últimos años, y me cuesta recordar la vida que he vivido sin arrepentirme y sin dolerme, pero entonces veo las líneas y los rasgos y las cejas fuertes y las pecas de la cara de mi esposa —y veo su talento para hacer parte de la vida y su amor invicto y la bella resignación a sí misma y el pelo largo que se peina en las noches como poniendo la mente en blanco— y entonces sé que todos mis rencores son falsos e insostenibles:

¿con qué cara puede quejarse una persona como yo cuando ha logrado que otra persona se dé cuenta de que su arrogancia y su vileza son un par de remedos, de caretas para ocultar una orfandad?

¿Cómo puede sentirse desgraciado un suertudo, un de buenas, que ha conseguido que su esposa se tome sus defectos como ropas ajadas y deslucidas que algún día habrá que botar a la basura?

Soy capaz, de nuevo, de hacer eso: de pensar en mis vicios y en mis desperfectos como sombreros estropeados que voy a lanzar a la basura apenas tenga el coraje para hacerlo. Recupero entonces, de pronto, las ganas de reírme de los delirios de mi personaje: jajajajajá. Y me sigo dando un poquito de vergüenza, claro, pero ahora sobre todo me doy risa. «No es una tragedia sino una comedia», me repito, «no es una tragedia sino una comedia», «no es una tragedia sino una comedia» hasta que empiezo a escuchar, a oler, a probar, a tocar, a ver —estoy recobrando los sentidos y así estoy entrando en el tiempo otra vez— el significado de la palabra «compasión». Recuerdo frases sueltas, «vas a volver» y «es lo que tú quieras» y «usted sabe que a mí no me gustan estas cosas», en paz.

Es que ella está aquí. De qué más puede tratarse esta vida y qué más se puede esperar. Qué otra solución puede haber, aparte de este amor verificable e infinito como un paisaje, a la experiencia tan desconcertante, tan surreal de vivir y de saberse vivo. A qué más voy a volver si no es a vararme en el presente incansable del amor que es la suma de los dos, si no es a refugiarme en ese sorprendente hábito que es lo único que no ha sido agonía en este caso. Aquí adentro, entre los dos, nada es cursi ni es sensiblero ni es repugnantemente feliz: todo lo empalagoso —«mi vida», «mi amor», «mi corazón»— es apenas descriptivo entre ella y yo. Ahora está sonriendo a la nada, a algún recuerdo será, y se está levantando para sentarse al lado de mi cuerpo en la cama del hospital.

Sí, se arregla el pelo negro y café y rubio, largo, larguísimo, como cuando estamos solos en el mundo después de la jornada y estamos a punto de irnos a dormir. Y yo, que estoy aquí y allá, que ya no me siento obligado a seguir y seguir remontando la lodosa escalera de caracol de ese limbo, me quedo viéndola como viendo una luz.

¿Ha visto usted alguna vez una luz pareja, habana, acogedora e innegable en la mitad de la tarde?: se parece a ella.

Y su belleza tan lejana a las palabras, sus ojos verdosos y su nariz aguileña y su boca de incrédula, me revive la belleza nueva —que alguna vez, como un hallazgo sólo mío a la vista de todos, me iluminó por dentro— de los soles de ramajes, de las playas frías, de las calles desiertas, de los pueblos fantasmas, de los mandalas tibetanos desvaneciéndose libres de dramas, de los cerros que resguardan los nervios de Bogotá, de los bosques altísimos de los lagos congelados, de las estepas, de los desiertos, de las fotografías de los ciclistas que se ganan las etapas más duras del Tour de Francia, de los gritos de las multitudes cuando uno acaba de salir al escenario, de la escritura a mano sobre una mesa de madera apenas iluminada por la luz blancuzca que entra por la única ventana de la celda, de los primeros planos de los rostros vencidos por los hechos, de los planos generales del mundo en las pantallas gigantescas de las salas oscuras, de los pliegues y las sombras y las expresiones de la *Lección de anatomía del Dr. Nicolaes Tulp* de Rembrandt, de los tarareos en la grabación de las *Variaciones Goldberg*, de la nostalgia con la que Lou Reed canta *linger on your pale blue eyes*, de la certeza con la que Leonard Cohen canta *and I'd die for the truth in my secret life*, de la esfera azul de la Tierra ante el telón negro del universo que es un acto de magia para siempre, de los actores que pronuncian como mejor pueden sus monólogos sobre el escenario, de los consuelos entre los cuerpos y entre los misterios, de las camas vacías de los que acaban de morirse, de los niños que se dan cuenta de que sus padres han vuelto a la casa, de las niñas soplándoles los parlamentos a los personajes de sus juegos, de los ojos aliviados de un perro alano cuando le ha quedado claro que su compañero ya está a salvo, de las fragilidades de un padre ante la presencia de su hija, de las cartas a mano, de los sonetos imperfectos, de los pasajes de las novelas del siglo XIX que describen lo que está pasando ahora, de los profesores de Literatura que leen «nadie rebaje a lágrima o reproche esta manifestación de la maestría de Dios…» o «yo he dicho que el alma no es más que el cuerpo, y he dicho que el cuerpo no es más que el alma, y que nadie, ni Dios, es mayor para uno de lo que uno mismo es» con los ojos aguados.

Doy una vuelta alrededor de mi esposa, sea lo que sea yo en este momento, porque suele fascinarme esta sensación mía de que no puede ser cierto que haya dado con ella. Trato de prometerle que ya voy a despertar porque yo podré ser un pretencioso de puertas para afuera pero nunca he sido un imbécil en privado. Y algo logro porque me besa la frente y me acaricia el dorso de la mano y me ordena «usted sabe qué tiene que hacer…», «ya vuelva…».

Y es entonces cuando me parece obvio, como si se me corriera un velo o se me acabara un sueño, que no hay protagonista ni antagonista ni personaje secundario ni figurante ni extra que no sea digno de piedad.

Siento eso, compasión, clemencia, misericordia, por todos los que me sacan de quicio: por los genios de las redes sociales que lanzan juicios contundentes enfrente de sus nueve seguidores, por los narcisos que se dan el lujo de confundir la adolescencia con la crisis de los cuarenta al final de un primer acto alargado a más no poder, por los hijos de puta que se pasan la vida fingiendo que son más complejos y más enigmáticos de lo que son, por los curas que dan consejos sexuales en los sermones matrimoniales, por los calvos que se dejan el pelo largo, por los envalentonados que se suben a las montañas rusas a gritar con los ojos cerrados, por los dolidos que susurran «tiempo sin oírlo» cuando uno finalmente los llama, por los viejos que vaticinan el Apocalipsis en un par de años, por los idiotas seguros de sí mismos que se saben vender, por los perdonavidas que comentan las películas en voz alta en los cines, por los inútiles que cantan mal las canciones de los conciertos encima de las voces de los cantantes, por los caraduras de las líneas de atención al cliente que se quedan en silencio porque ya no hay solución, por los taxistas que no miran a los ojos, por los políticos jóvenes que están cambiando nuestras formas de hacer política, por los lectores que habrían escrito los textos ajenos de otro modo, por los periodistas que preguntan de qué se trata tu libro o por qué la gente debería leer tu novela, por los vendedores que sueltan frases de doble sentido desde los aparadores hasta las cajas registradoras, por los oficinistas coquetos que se quejan porque ya no se puede coquetear, por los derechistas que abortan en garajes, por los izquierdistas que maltratan a los meseros, por los activistas por naturaleza, por los superiores morales, por los más que satisfechos, por los pragmáticos, por los machitos, por los sabelotodo, por los mentirositos, por los chupamedias, por los arribistas, por los lagartos, por los jartos, por los procrastinadores, por los somnolientos, por los frustrados, por los perezosos, por los cobardes, por los manipuladores, por los precipitados, por los imprudentes, por los aguafiestas, por los confusos, por los mediocres, por los anodinos, por los prosaicos, por los pedestres, por los bastos que abren las fosas nasales cuando lanzan ironías que no dan en el blanco, por los políticamente correctos, por los hombres en condición de mal gusto, por los contentos que menean los hombros cuando empieza a sonar una canción de mierda, por los sentimentales que citan las enseñanzas de *El principito* sin ninguna clase de vergüenza, por los estudiantes risueños que sacan las fiestas a la terraza a las tres de la madrugada, por los artistas consagrados que se inventan lo que se inventan porque quieren despertar a los demás, por los pedantes injustificables e indefendibles que menosprecian el drama ajeno para seguir sobredimensionando el propio, en fin, por mí.

De golpe tengo pegada, en la mente o en la punta de la lengua, una canción que me gusta pero que suelo olvidar si hago la lista de mis canciones favoritas.

Es un recuerdo, por supuesto, porque era la canción con la que abría una telenovela que yo veía cuando era un adolescente crespo y tartamudo que acababa de bajarse del asfixiante bus del colegio con el suéter en la mano:

Yo no quiero volverme tan loco
yo no quiero vestirme de rojo
yo no quiero morir en el mundo hoy.
Yo no quiero ya verte tan triste
yo no quiero saber lo que hiciste
yo no quiero esta pena en mi corazón.

Y quizás la recordaba palabra por palabra, con la melodía recién escuchada, porque por fin había abierto los ojos y mi esposa estaba dándome la bienvenida: «Bienvenido...». Se veía tranquila, acostumbrada a los milagros, pero siempre que hablamos de ese domingo 5 de junio de 2016 me dice que no pegó un grito cuando me vio despierto porque no le salía la voz y porque nuestro hijo se lanzó a decirme «¡buenos días!» en la mitad de la noche. Yo miraba para todos lados, izquierda, arriba, derecha, abajo, pendiente de los detalles de aquella habitación con la curiosidad de un niño. Yo les agarraba las manos completamente a salvo. Y mi única tarea en el mundo, ya que había vuelto, era deshacerme del respirador que no me dejaba decirles lo que quería.

Seguía cantándome mentalmente la canción a mí mismo, *Yo no quiero meterme en problemas / yo no quiero asuntos que queman / yo tan sólo les digo que es un bajón. / Yo no quiero sembrar anarquía / yo no quiero vivir como digan / tengo algo que darte en mi corazón*, porque la paz de esa resurrección —creo yo— era la misma paz de cuando aún no me había entregado del todo a mi personaje.

Con lo que me fue dado yo habría podido ser un solterón temido por los niños del edificio o un bibliotecario que vuelve a la casa con un par de orejeras o un corrector de estilo que escucha las barbaridades de los periodistas en silencio o un traumatólogo que repite los mismos chistes día tras día o un taxidermista a punto de convertirse en asesino en serie, pero había resultado ser un escritor enfadado que había tenido que volverse agente de viajes. Y, sin embargo, regresé de la muerte como si nunca hubiera dejado de ser ese muchacho que se sentaba a ver televisión —la telenovela, colombiana, se llamaba *Loca pasión*— para postergar la mayoría de edad todo lo que fuera posible: yo había creído que ser adulto era disfrazarse de sarcástico y de descreído, de comentarista cínico y de lector implacable, pero quizás bastaba con seguir siendo la persona que venía siendo.

Tosí y tosí y tosí, ¡tos!, ¡tos!, ¡tos!, apenas me quitaron de la cara el respirador. Tomé aire por mis propios medios sin ningún problema nuevo: ¡tos! Di las gracias a mi enfermera con el hilito de voz que yo tenía desde que se me había empezado a oxidar la garganta: «Gracias». José María se subió a la cama y se me lanzó encima a darme un abrazo —«te adoro», me dijo una y otra vez— con los brazos y las piernas. Lucía me besó la cara como un pájaro picoteando de buena fe hasta que se atrevió a besarme en la boca. Era increíble para mí que esas dos personas me quisieran. Quizás sabían que yo era ese muchacho. Quizás yo era el único que no lo sabía: quién en su sano juicio se ve en el espejo tal como es.

Mi mamá, escueta en cuerpo y alma, se dejó abrazar por mis llorosos primos apenas me vio sentado sobre la cama —yo sonreía como si ella me estuviera sonriendo— a la espera de algún doctor que nos explicara lo inexplicable.

—Todo está bien —le dije como se lo han dicho a sus madres tantos hijos que consiguieron volver a sus cuerpos.

—Eso estoy viendo —me respondió ella antes de venir a mí.

—Todo está bien —le repetí mientras la pobre hacía un esfuerzo sobrehumano para no sollozarme en el hombro.

Creo que todos habrían berreado de la alegría, y que aquella resurrección habría sido una escena digna de ser dibujada, si el anestesiólogo atolondrado que había estado a punto de matarme («creo que le maté a su paciente, mi doctor, creo que se me fue la mano con el señor Hernández y que lo perdimos», dijo esa vez) no hubiera emprendido semejante carrera demencial desde no sé qué sala de la clínica hasta ese pequeño reservado en la sala de cuidados intensivos. Tardé un poco en reconocerlo porque estaba despeinado, sudado y acezante. Era evidente que mi recuperación le había quitado un fardo de encima. Pero cuando se me acercó a pedirme perdón, lloroso y arrodillado aunque siguiera de pie, fue claro que se trataba de un caso perdido.

—Yo estoy aquí para pedirle perdón, señor Henríquez, yo quiero que sepa que jamás va a volver a pasar —dijo.

Y mientras seguía su discurso enloquecido, y me llamaba «Henríquez» y «Henríquez» una y otra vez a pesar de las risitas de mi pobre familia con el alma en vilo, yo sólo podía mirarle los gestos torpes y pensar en *Presiento el fin de un amor en la era del color / la televisión está en las vidrieras. / Toda esa gente parada que tiene grasa en la piel / no se entera ni que el mundo da vueltas…* vaya usted a saber por qué demonios: por lo que he dicho, quizás, porque iba a empezar una segunda oportunidad. Así seguí, en la clínica, tres días más. De vez en cuando, tal como le sucedió al doctor Eben Alexander según lo cuenta él mismo en sus memorias, alucinaba con los momentos más dramáticos de mi vida, sentía que estaba a punto de pisar la Luna, repetía frases inconexas, sospechaba que cuando saliera iba a encontrarme una ciudad en guerra destruida por un terremoto. Y siempre que conseguía cierto silencio se me aparecía aquella canción: siempre.

Odiaba a más no poder eso de cabecear y cerrar los ojos sin querer. Odiaba quedarme dormido. Detestaba dormir. Cada vez que empezaba a soñar, me veía a mí mismo encerrado en una celda de piedra para eludir al demonio, o en un compartimiento espacial a punto de perder su rumbo, o en un pozo de agua aceitosa y helada que ni siquiera me dejaba ver el piso, o en una jaula de zoológico humano agobiada por miradas bestiales, o en una trinchera polvorosa atestada de ratas, o en un ascensor viejo para que nadie pudiera salvarme del suicidio, o en un confesionario para que los inquisidores no pudieran quemarme vivo. Tenían que sedarme para que lograra cerrar los ojos.

Volvimos a nuestro apartamento hacia el mediodía del miércoles 8 de junio —Rivera insiste en que fue el jueves, pero yo tengo la última palabra— con la sospecha de que nada iba a ser tan difícil como eso que acababa de pasarnos. Revisé mis cosas con la convicción de que eran un milagro. Pasé canales de televisión, nebuloso aún y aún incoherente, con la sensación de que la realidad era una conspiración que debía ser denunciada. Sentía vergüenza. Tenía arrebatos paranoicos: las hojas de las matas tenían gusanos de ultratumba y el polvo sobre los libros venía desde el más allá. Me quedé solo durante una hora, más o menos, porque mi esposa tenía que pasear a los perros del barrio para no perder a sus clientes tan fieles: «Vaya tranquila que yo estoy bien», le dije.

Y entonces fui quedándome dormido, y cabeceé y luché a brazo partido con mis visiones infernales y mis espectros pegajosos e incansables, y terminé parándome con la sensación de que tenía que empezar a vivir ahora o nunca.

Fui a la habitación de José María, que en ese entonces era un museo de sus seis años, porque era la habitación del apartamento en donde había más aire y más luz. Respiré mejor allí. Sonreí sin esfuerzo y cerré los ojos para recibir el sol benigno de la tarde. Me fui al ventanal del cuarto a ver al gato que siempre estaba en la terraza de allá abajo y al gordo que planchaba su camisa sin camisa en el edificio de enfrente. Me puse a ver las estanterías repletas de superhéroes, pitufos, figuras de Kung Fu Panda, dinosaurios de todos los pelambres, futbolistas de caucho, personajes secundarios de Astérix, Funko Pops de Harry Potter, tsum tsums de villanos de Disney, legos de *Star Wars* y de astronautas y de Spiderman y de *Cazafantasmas* y de *Volver al futuro*. Me paré debajo de los móviles de aviones de madera que habían estado allí desde que no había cama sino cuna.

Me senté en la cama junto a la mesa de noche a revisar los diarios de Greg que se había estado leyendo.

Me fui a la sala porque me pareció que la solución a mi extravío era poner en el equipo de sonido la canción que había tenido entre pecho y espalda desde el día en que volví a ser el que soy:

Yo no quiero vivir paranoico
yo no quiero ver chicos con odio
yo no quiero sentir esta depresión.
Voy buscando el placer de estar vivo
no me importa si soy un bandido
voy pateando basura en el callejón.

Me pareció muy extraño, muy inesperado, tener ese disco en la repisa de los discos. Me sorprendió saberme así de bien la canción, *Yo no quiero volverme tan loco*, desde el primer verso hasta el último. No sé cómo conseguí que se repitiera hasta que mi esposa apareció en la puerta. Ella dice que entonces me vio en la cara la mejor cara que tengo. Y que desde ese momento, mientras se me acercaba y me abrazaba y me besaba y me repetía «bienvenido…» sin ningún temor a los lugares comunes, sospechó —se le reveló, mejor, pero es que a ella no le gustan estas cosas— que iba a llegar una época en nuestra vida de los dos en la que yo iba a estar esperándola en la casa. Es increíble cómo el hecho de que la suerte de uno sea el otro puede arruinar para siempre la insolencia y la sagacidad.

Era fantástica esa ligereza. Era extraordinario que la vida tuviera toda su gracia, de pronto, otra vez.

Quinta fase
Cómo seguir viviendo

Miércoles 7 de septiembre de 2016

Hoy en día es menos grave que lo crean a uno loco. Es menos probable, además, porque en medio de los imperios que han montado las culturas populares, y con el paso de las farándulas de todas las índoles y los narcisismos electrónicos y las sectas virtuales y las noticias falsas y las redes sociales que ya se lo tomaron todo, se nos ha crecido y se nos ha seguido creciendo el umbral de la sorpresa ante los otros: en la pantalla del teléfono, que a estas alturas ya es un órgano vital, vamos de titular en titular y vamos de perfil en perfil como quien iba —e irá— de celda en celda en un zoológico humano. Y en las cuentas de Facebook o de Twitter o de Instagram o de TikTok o de Tinder, patéticas y tiernas, están las pruebas de que todo el mundo es raro y el que llame raro a otro es un imbécil.

No lo digo porque me la pase espiando en las redes, que hasta hace muy poco me costó tanto estar en ellas, sino porque yo mismo, como tantas personas que regresaron de la muerte, pronto noté que la gente apenas asentía cuando les contaba mi experiencia. En un principio, nadie, ni siquiera Rivera, ni siquiera mi mamá, parecía creerme: «Menos mal ya estás acá…». Superado el delirio de los primeros días que pasé despierto, esa suma de estados alterados y de alucinaciones con los ojos abiertos, comencé a sentir el letargo, el entorpecimiento de los duelos. Y tuve el instinto de hablarlo y hablarlo hasta que sentí la desazón y la vergüenza que sienten los secuestrados cuando se dan cuenta de que a todos —incluso a ellos— les toca seguir viviendo.

Habría podido llevar mi testimonio a las redes, donde todo loco deja de serlo apenas encuentra su auditorio, para recibir likes y comentarios y emoticones de mierda. Preferí dejar de hablarlo en la medida de lo posible: «Pa' qué». Preferí

427

estallar de vez en cuando con mi familia, o sea con la gente resignada a mí —en la madrugada, de golpe, me volteaba en la cama a contárselo todo a Rivera otra vez—, cuando ya no soportaba más aquello de andar por ahí solo cargando con todas estas imágenes y todos estos personajes y todos estos dramas: «Estaba negro», «me dio vergüenza ver mi propio cuerpo», «sentía los insectos en los ojos», «me di cuenta de que no había estado viviendo una tragedia», «caminé al lado de unos esqueletos de fuego», le repetía, y ella ponía su cabeza sobre mi corazón y me pedía «descanse», «duerma».

Para Rivera dormir es una cuestión de honor —y comer: comer también— porque es el único momento en el que consigue despejarse, deshacerse de las tramas que se le van acumulando en la cabeza como latas en una despensa, ponerse en blanco. Creo, mejor dicho, que se estaba desesperando. De haber seguido yo así, mitad el señor Jekyll que sentía aquella plenitud que se entiende cuando se llega a la luz, mitad el señor Hyde que sólo encontraba la salida de sus pesadillas a punta de gritos, pero que temía parecer un loco cualquiera, me habría tenido que sentar en el sofá de la sala a decirme suavemente que las cosas no podían seguir así. No fue necesario. Tres meses después de mi regreso logró ponerme en mi lugar sin necesidad de ponerme un ultimátum.

Faltaban unas horas para el miércoles 7 de septiembre de 2016 del título de este capítulo, pero era, repito, el punto de partida de la vida nueva.

Ya era el primer martes de septiembre de 2016: el martes 6. Me desperté cinco minutos antes de que sonara el despertador porque últimamente, durante el sueño, mi cabeza no era un computador apagado sino en reposo. Fui a la cocina como un zombi con los brazos extendidos, entre la oscuridad apaciguada de las cinco de la mañana, a llenar el plato de superhéroes de José María de cereales con leche. Hice lo que tenía que hacer, mejor dicho, vestir, alimentar, sacar a nuestro hijo al paradero del bus del colegio: «Adiós, lindo, nos vemos por la tarde», le dije en el oído. Sentí distante y cansada de mí y rara a la pobre Rivera, «quién sabe por qué» y «que se joda», pues a esas alturas de la pareja ya era putamente bueno para leerla entre líneas. Quemé tiempo. Fui amable y ambiguo hasta que salió a pasear a los perros de la primera hora.

Podía haberle sonsacado una pelea de aquellas por cualquier pendejada, «¿por qué está así de seria?», «¿por qué no piensa si yo de verdad le caigo bien?», de haber sido yo un marido menos ducho, menos profesional.

Simplemente le dije «que le vaya bien» con una sonrisa a medias, con los ojos entrecerrados y las fosas nasales abiertas, para sembrarle la sensación de que estaba odiando algo de ella que quién sabe qué era: lejos de mí ser claro.

Me bañé. Me quedé un rato mirándome el cuerpo en el espejo de cuerpo entero de ella.

Tenía una tonsura de ateo que ya no podía negarse. Se me descolgaba el pecho. Tenía esta barriga que tengo, como una bomba inflada allá dentro, sostenida por un par de piernas flacas de monstruo de *Star Wars*.

Me daba vergüenza yo mismo. Me pasaba el día tragándome lo que me encontraba a mi paso, y siendo feo, y en la noche la buscaba a ella en vano en su remoto lado de la cama. En fin.

Que estaba contando que se me fue esa mañana en mi pequeña oficina de la agencia de viajes, de la paradójica Ícaro, cruzándome ironías con mis primos y con mis colegas, mandándome memes y pantallazos de chats ajenos con gente que no había visto en muchos años, dándoles vueltas y más vueltas a los tours épicos por los lugares en los que suceden los grandes personajes de la literatura y por los sitios en donde fueron filmadas las películas que todo el mundo conoce —«hay gente tan esnob», les dije, «seguro que llenamos los cupos en tres días»— a ver si de alguna manera se nos mejoraba el panorama fatal de las agencias de viajes: «¿Qué tal, por ejemplo, proponerles el viaje de Cándido a platudos retirados?», pensé en voz alta.

Y en voz baja me dije que lo mejor que podíamos hacer era aceptar que ya nadie necesitaba agencias de viajes en este planeta.

Y que, así yo hubiera logrado hacer parte del grupo y estuviera feliz de haber dado con ese trabajo, pronto iba a ser el primero en sobrarles.

Me inventé un almuerzo falso con un amigo inexistente para irme a almorzar solo a una pizzería supuestamente italiana que la gente de la oficina despreciaba por grasosa y por ruidosa: Risorto. Me senté en el puesto debajo del televisor en el que me sentaba siempre a leer, en diagonal, las noticias inverosímiles sobre las marchas a favor de que se llegara a un acuerdo de paz con la guerrilla, sobre las protestas agónicas de las víctimas colombianas, sobre los plantones de los victimarios que además se quejaban de «la ideología de género», de las manifestaciones violentas e impensables, encabezadas por el candidato Donald J. Trump, en la parte de arriba del mapamundi, y de las salvajadas que cada día eran más frecuentes en las noches venezolanas.

Si uno leía con cuidado las noticias de aquellos meses, el paro nacional, el tornado de Dolores, el terremoto de Afganistán, la manifestación de los taxistas, el ciclón Winston, el cataclismo de Ecuador, la huelga de los ciento cincuenta millones de trabajadores de la India, el sismo de las islas Salomón, las denuncias corajudas de los abusos sexuales de los curas pederastas, las revelaciones de las barbaries de los ejércitos, las protestas en los supermercados venezolanos, las revueltas brasileras, las investigaciones a los carteles imposibles —el de la hemofilia, el de los enfermos mentales, el del papel higiénico— que semana tras semana aparecían en Colombia, muy pronto notaba que ya nadie les estaba creyendo a los dueños del mundo que eran los dueños del mundo.

Me dediqué a leer noticias de esas, en fin, mientras pedía y devoraba la pizza gruesa con salamis y jalapeños y salsas raras que solía hacerme daño: por esos días mi lógica no era «hay que cuidar el cuerpo como un refugio», sino «para qué gastarle tiempo a este futuro cadáver si va a volverse polvo sin piedad».

Y fue al quinto pedazo chorreante de queso y de aceite cuando Laura Cuevas, mi exesposa, empezó a chatearme terca e inclementemente por WhatsApp con un pretexto traído de los cabellos —«acabo de ver en la librería Prólogo una nueva novela infantil narrada por una vaca loca como la que querías hacer», decía, «yo creo que fueron todos»— y pensé que se trataba de una trampa que me estaba poniendo el plan universal, el texto de todas las cosas. Laura supo bien lo de mi muerte tragicómica y verdadera. Estuvo al tanto de mi angustioso paso por la clínica —y vivió en carne propia mi carrera contra el tiempo— porque llamó a mi mamá todas las noches y tuvo esperanza cuando los médicos dieron la orden y rezó cuando se reconoció que no había nada más por hacer. Pero poco había aparecido desde que desperté.

Como he contado ya, con desazón, con resentimiento y con cariño, Laura se dejó llevar por la nostalgia después de aquella terapia que le había explicado su zigzagueo en la vida y le había removido la memoria hasta desenterrarle las peores escenas, y entonces le dio por buscarme para enredarme y convencerme de que pasara lo que pasara esta historia siempre sería la historia de ella y yo. Pero «arrinconada por tu incomodidad y desanimada por tu ambigüedad», según dice, terminó dándose cuenta de que lo mejor era seguir con un «novio» entre comillas del que poco me había hablado por si acaso —«el periodista», le decía, sin nombre ni apellido, para no volvérmelo real— antes de enterarse de que yo podía morirme en cualquier momento.

Es que todo era nuevo con él: «Es que él no ha notado ni tiene por qué notar que yo no soy de fiar», me escribió hace unos días, «jajajajajá».

Hay quienes se juegan la vida por el drama que les ha tocado en el reparto de dramas, como yo, hasta que sus personajes consiguen amaestrar la bestia de la trama o son escupidos de la historia como un hueso.

Hay quienes empiezan de ceros siempre que pueden, como ella, porque llevan a cuestas la sospecha de que la culpa no ha sido de su personaje, sino de su historia.

Sea como fuere, aquella vez que estoy contando, que ella empezó chateándome sobre cómo ya me habían robado también mis notas para una novela infantil narrada por una vaca loca —y dígame si no era difícil que semejante idea, tan buena o tan mala, no fuera un robo—, terminó enviándome por WhatsApp la foto escalofriante de una ecografía tridimensional cuando yo estaba redactándole la frase «yo creo que es tiempo de reconocer que mi esposa era, es y será Rivera». A pesar de los pronósticos, a pesar de los discursos, Laura Cuevas estaba embarazada. Y, pensándolo bien, iba a ser una buena madre. Y pensándolo un poco mejor, eludiendo las conjeturas y los infantilismos que suelen agolparse en mi cabeza, ese era al fin el fin.

Al fin podíamos alcanzar el estatus de «personas del pasado» que de tanto en tanto se escriben para pedirse favores y que se desean cumpleaños felices cada dos, tres, cuatro años.

Ya podíamos responderles a los que preguntaran «yo creo que nos casamos cuando éramos niños» y «yo he pensado que no éramos un par de esposos sino un par de amigos» sin sonar condescendientes, sin sonar hipócritas.

Ya iba a arrastrarnos la corriente de la vida propia —iba a escribir «el sifón» o el «torbellino», vulgar y satisfecho, para probar lo lejos que estoy del escritor que era— hasta reducirnos a recuerdos borrosos, a anécdotas del pasado. Nuestros hijos preguntarían «¿quién era esa bruja?» y «¿quién era ese espantapájaros?» si llegáramos a encontrarnos en la zona de juegos de algún centro comercial: serían inclementes con nuestras tentativas de empezar una conversación, «¡mamá!: ven aquí!», como recordándonos que ya no éramos protagonistas agudos y seductores, sino un par de personajes secundarios que repetían la exclamación «¡cuidado!» de lunes a domingo.

Yo llené a la vieja Laura de lugares comunes de la talla de «¡felicitaciones!» y «¡yo sé que vas a ser una gran mamá!», por supuesto, con la cortesía que se les debe a los más antiguos contactos de WhatsApp, pero, empeñado en no preguntarle nada sobre el padre del bebé ni sobre las reacciones de su familia para no acabar enredado en rutinas ajenas, me dediqué a espaciar mis respuestas para que el chat agonizara sin pena ni gloria. Quise salir de allí. Pagué, caminé por la calle hasta el edificio de ladrillo oscuro en donde quedaba la agencia, tomé un taxi antes de entrar porque de golpe sentí que tenía que darle vueltas a la noticia. Me ardía el sistema digestivo desde la garganta hasta el fondo del estómago por culpa de la pizza plagada de jalapeños: ¿a quién se le ocurre?

Volví justo a tiempo para recibir a José María al lado de mi mamá, que solía ser la encargada de recogerlo porque la paseadora de perros a esas horas estaba en lo suyo, en el mismo paradero en el que lo había dejado por la mañana.

Estuve con los dos en la tarde mientras hacían las tareas de Matemáticas y sostenían sesudas conversaciones sobre *Gravity Falls* y Cristiano Ronaldo y por qué estaba mal hecho eso de comerse sólo la crema de las galletas con crema. Me llamó la atención —me alcanzó a crispar un poco— que él le preguntara a ella por «los libros que me dijiste que escribiste»: ¿de qué estaban hablando? Dejé las cosas así porque entonces apareció Rivera a llevarnos de un apartamento al otro. Pronto me ocupó la indignación por el comportamiento de mi esposa, misteriosa y lejana y amarga como pocas veces la he visto, pues me confirmaba la soledad desesperante y el destierro inconsolable que estaba soportando de tanto obligarme a contener mis historias sobre lo que había visto en la muerte.

Conseguimos llegar al final de la rutina, como cumpliendo los pasos de una ceremonia desde «palabras de la señora doctora Lucía Rivera en la comida de las seis de la tarde en punto» hasta «himno nacional», con cierta amabilidad y cierto desparpajo, pero cuando por fin estuvimos solos —temerosos y dramáticos como se ponen los maridos y las esposas de un segundo a otro— nos pusimos las piyamas, nos lavamos los dientes y nos acomodamos en nuestros lados de la cama con la certeza de que estaba a punto de venírsenos encima una escena definitiva. Yo lancé el detestable anzuelo que se lanzan los matrimonios, «¿por qué está así?», con valor patriótico. Y ella me respondió «hablemos mañana» y apagó la luz con un pragmatismo que sólo pueden permitirse los valientes.

Fue evidente, en la madrugada, que ninguno de los dos podía dormirse. Fui al baño a orinar dispuesto a cumplir el rito de los cuarentones de sueño ligero. Y cuando volví de puntillas, y aguanté la respiración y repté bajo las cobijas para no despertarla, Lucía me puso al día en lo que estaba sintiendo:

—Yo creo que estoy rara, como sin ganas de mirarlo a la cara, porque necesito que usted se dé cuenta de que no es que hayamos seguido adelante con nuestras vidas porque no le creamos o porque no nos importe lo que usted vio cuando estuvo muerto, sino porque nos gusta la vida porque la vivimos juntos —me susurró en la oscuridad, de espaldas a mí, sin moverse de su lado—: cuando yo era niña, que vivía con mis papás a punto de separarse en esa casa con hermanas y vacas y perros y gallinas y jardines y huertas por los lados de Guasca, pasaba las cercas de púas por debajo y me iba a caminar sola por las montañas llena de árboles que rodeaban el sitio porque en medio de las peleas y de las amenazas con abogados me pareció entenderles a los adultos que veía todos los días que cada cual tenía que encargarse de sí mismo.

—Peor que ser una hija menor es ser una hija menor de papás separados —le dije, pero yo creo que sólo me entendió la mitad.

—Me pasé días enteros sin decir una sola palabra, completamente metida en ese paisaje que me hace tanta falta y ajena a la guerra psicológica entre ese par de niños que se habían casado a los veintipico porque ella había quedado embarazada, hasta que tuve que dejar a mi mamá sola en esa casa como un personaje de telenovela porque me dio por estudiar en Bogotá: pronto me fui encontrando los novios torturados que me acompañaron a los cineclubes, las amigas brillantes con las que fuimos a las pocas marchas que se hacían por esas épocas, los profesores manilargos que me enseñaron a defenderme de ellos, las profesoras desconfiadas que me explicaron que mi soledad era la soledad de las mujeres que saben que el mundo se merece semejantes inquilinos, los activistas que defendían el proceso de paz de esa época.

—Siempre que veo fotos suyas de esa época pienso que habría querido que usted fuera mi única novia —le confesé resignado a que no tuviera una conversación conmigo—: yo no sé usted, allá usted, pero a veces cuando la veo estoy pensando eso.

—Pero nada de nada me quitó de la cabeza la idea de que estaba sola, ni los viajes, ni los trabajos, ni las campañas, ni los novios, ni las hermanas, ni los amantes, ni las amigas, ni los jefes, ni las mentoras, me quitaron la certeza de que cada quien anda por su lado porque nadie está adentro de nadie, hasta que lo conocí a usted en esa campaña de hace seis años: yo estaba sola simplemente porque todas las personas estaban solas desde que nacían hasta que morían, sin cargarlo de dolor o de melodrama como cuando caminaba con los perros por los pastizales de la casa de mi infancia y me trepaba a los árboles a pensar que uno podía entender todos los ruidos de ese lugar como entiende los idiomas cuando los estudia, hasta que me empezó a hacer falta oírle la voz, verlo ahí parado, tenerlo a usted aquí al lado cada vez que yo quisiera.

—Yo pensé lo mismo sin ninguna vergüenza, que ya nada tenía gracia sin usted, pero me despistó mucho que estuviera tan amarrada a otra persona —le dije resignándome a entrevistarla.

—Yo no sé si usted me está entendiendo lo que le estoy diciendo, porque además se lo he dicho varias veces, a mi manera, desde que lo conozco, pero para que le quede claro yo tuve amantes y tuve parejas que fueron los amantes y las parejas que me fui encontrando por el camino, y que me parecieron lo que tenían que ser y viajaron y comieron y armaron planes y bailaron conmigo, hasta que mi encuentro con usted me hizo darme cuenta de que uno no está solo ni tiene que estar solo —me repitió sentándose en la cama sin salirse de las cobijas y prendió la lámpara para convertirme en un espectador fascinado con un monólogo—: entonces necesito que note que desde antes de morirse, desde que estaba deprimido por los plagios y por los revisionismos de aquella, yo me he quedado callada cuando usted se me ha quejado de la vida porque su depresión me parece una fachada y porque yo sé que usted está feliz.

—Perdóneme, Rivera, perdóneme por favor que sea así de imbécil en la vida —le rogué.

—Yo sé que usted necesita más atención que todo el mundo porque le tocó esa sensibilidad que no les toca a todos, Simón, yo he visto con mis propios ojos que a usted le parten el corazón más fácil que a los demás, pero yo necesito que recuerde que el juez que vio en la muerte le probó que su vida es una comedia —me dijo tomándome la cara de niño—: yo necesito que se siente a escribir el libro de la muerte para que se lo quite de encima y para que no se nos olvide.

Yo me quedé callado. No le dije que sí ni que no, sino que seguí pidiéndole disculpas de todas las maneras posibles. Se me acostó ella en el hombro porque era hora de equilibrar las cargas. Me pidió que le contara otra vez todo lo que había visto en el más allá para que volviéramos a quedarnos dormidos. Y un par de horas después nos despertamos rendidos, con los párpados pesados y cosidos, cuando sonó el despertador. Y seguimos al pie de la letra la rutina nuestra de cada día —bañarse, vestirse, comer cualquier cosa, salir al paradero, volver a la casa, despedirse, empezar la jornada— porque se nos había quitado un piano de encima pero todavía nos faltaba un dolor por resolver. Fue en mi oficina de la agencia, mientras revisaba mis correos, cuando entendí qué estaba faltando.

—«Yo creo que fueron todos» —me dije a media voz.

Era la sospecha que me había soltado mi exesposa en nuestro chat del día anterior. Quería decirme, pensé, que sí había sido una conspiración: todos los nombres que habían firmado ideas mías en esos años tan amargos —tan ridículos, perdón, tan caricaturescos, tan risibles— habían tenido que ver con el robo de los archivos de mi computador. Ella sabía que era así. Ella, que se había movido en ese mundo cuando yo me sentía un miembro de primera, había escuchado algo. Y su frase suelta se me había venido de golpe, en la mañana de aquel miércoles 7 de septiembre de 2016, quizás porque de cierto modo le había prometido a Lucía que iba a hacer lo necesario para quitarme de encima la nube negra y lluviosa que flotaba sobre los personajes de las tiras cómicas cuando yo era chiquito.

No me gusta contestar el maldito celular. Es un capricho en tiempos en los que todo el mundo se permite interrumpir a todo el mundo. Es un reflejo. Tengo todos los timbres y los ruiditos apagados porque «ojos que no ven, corazón que no siente», pero ese miércoles la pantalla del teléfono se iluminó porque estaba llamándome Salamanca. Sólo contesté porque me acordé de que me había dicho que almorzáramos para pedirme algo urgente: «Qué hubo», «Qué más», «¿Firmes?», «Firmes», «Ahora le llego entonces», «Acá lo espero», se dijo, y así ocurrió. Salamanca llegó a la recepción del edificio cuando faltaban diez minutos para la una. Le di un abrazo forzado porque me recibió con los brazos abiertos. Propuse ir al sitio mexicano de la vuelta: El Fiestón. Y allá fuimos.

Yo no estaba allí con él sólo porque su solidaridad me hubiera conmovido, que además me sorprendió, sino porque quería despejarme la duda de quiénes eran «todos» los que habían querido aniquilarme: si él, omnipresente en el mundo de la cultura, no podía sacarme de la duda, nadie más podría.

Él, por su parte, quería almorzar conmigo antes de que se nos fuera el tiempo, porque tenía que hacerme una pregunta, pero más que nada —es, sobre todas las cosas, un buen tipo— porque no había podido verme desde los días de la operación.

Quedamos en la mesa junto a la cocina. Tuvimos que hablar un poco más duro, «¿que qué?», porque es una taquería de garaje con todas las de la ley. En un principio hubo silencios incómodos y frases de cajón porque siempre habíamos sido más «conocidos» que «amigos». Todo cambió con su pregunta:

—Simón yo quería preguntarle si, ya que usted desde hace rato no quiere saber nada de esas cosas, ha pensado escribir sobre lo que me contó el otro día por teléfono —me dijo con sus ojos somnolientos y su acento de ninguna parte.

—Sí —le contesté sin pensármelo una vez.

—¿Sí? —me contrapreguntó un poco más sorprendido que contrariado.

—Anoche empecé —le respondí, ya menos altivo, más bien como pidiéndole disculpas.

—Es que lo que usted me contó es una novela —me reconoció.

—Y además es un testimonio —le recordé—: yo no creo que vuelva a escribir nada más, pero esto sí.

Salamanca se echó un poco hacia atrás en la banca pintada de verde en la que estaba sentado. Apretó las cejas porque había entendido algo que no había entendido. Y como emprendió un discurso absurdo e inesperado sobre cómo este libro era mi oportunidad para dejar atrás el realismo —que yo odiaba y jamás había intentado— recordé por qué nunca habíamos logrado pasar de «conocidos» a «amigos», pero después, cuando comenzó a argumentar lo que me parecía un desatino de otro ignorante atrevido, capté que lo había estado viendo con las gafas gruesas de mi arrogancia: siendo justos, estaba ante uno de esos lectores incansables y conmovedores y lúcidos que se juegan la vida en cada lectura.

Yo siempre había leído sus libros en diagonal, si no los descartaba de plano, porque no me sorprendía ni una sola de sus frases y porque no le creía ni una sola de sus comas: sus novelas me parecían versiones bien redactadas nomás. Sabía que era disciplinado y generoso por la reseña que había escrito sobre mis tres novelas: «En su trilogía no hay quién, ni dónde, ni cómo, ni cuándo, ni por qué, pues su idea es estallarlo todo desde adentro…». Pero en esa taquería se lanzó a decirme que yo siempre había sido un realista porque la realidad era caótica e informe, alucinada y fuera del tiempo, como los textos que yo había firmado. Si me ponía en la tarea de contar mi paso por la muerte —«debo confesar que tenía la esperanza de escribirlo yo», aceptó— iba a tener que narrar.

Reconocí, amansado por su claridad y su agudeza, que aquella experiencia me había servido para comprender que el escritor que elude la estructura del drama está más cerca de la muerte que de la ficción.

Dijo que, superada la perturbadora envidia que le producía el hecho de que yo estuviera trabajando en este manual, le alegraba en serio que dejara atrás «los posmodernismos» y «las vanguardias».

Dijo que a su modo de ver «los posmodernismos» y «las vanguardias», ejercidos por machos y machas hasta el fracaso, defendían con vehemencia los experimentos supuestamente transgresores porque en el fondo eso de los personajes y sus transformaciones les parecían repulsivas cosas de mujeres.

—No me entienda mal —aclaró—: yo me he pasado estos años regalando *Cronos*, *Cosmos* y *Nomos* por bellas.

Pero a menudo el atajo de esa experimentación entre comillas —continuó, sobre mi agradecimiento, como una indignada y exasperada y enfurecida bola de nieve que yo nunca había tenido que ver— conduce apenas a la ingratitud, al resentimiento, a la arrogancia y al engaño. Por cada joya que se logra, todo un pequeño hallazgo en el horizonte infinito, hay mil y un experimentos que están demasiado ocupados en probar un punto —así el dichoso punto sea «la nada»— como para volverse algo que valga la pena: como lo de esos genios no es una crítica, sino una lucha contra el heteropatriarcado blanco o contra el viejo reino de Dios o contra lo que sea que no sólo los ponga de parte de las víctimas, sino que además los victimice, son textos que no creen en el intercambio de ideas con todo aquel que parezca parte de la cultura dominante, textos que no dejan hablar a sus contendores porque no creen en dejar hablar, textos, en fin, a los que no les importan las palabras, ni los individuos, no, ya no.

Para qué el diálogo cuando se da por hecho que la persona que se tiene enfrente representa su sexo, su raza, su clase.

Para qué la discusión con aquellos perdonavidas progresistas que, en el campo de batalla del mundo de hoy, se gradúan de víctimas para graduarlo a usted de opresor.

439

Para qué pronunciar una palabra más si a falta de marxismo, a falta de «burguesía versus proletariado», estos dueños del pensamiento se han puesto en la tarea de dejarnos claro a todos quiénes nacen, crecen y mueren enemigos.

—Cierto —le contesté, pero lo hice con el mismo tono con el que les llevo la cuerda a los taxistas fascistas.

Del modo más sutil que se le había ocurrido, echándoles la culpa a los demás, me estaba diciendo en la cara cuál era mi puto problema. Me estaba diciendo que esto iba a acabar mal: que nos estábamos matando entre los mismos mientras los cínicos seguían tomándoselo todo. Sonaba a ratos a típico escritor reaccionario, que es más común de lo que uno cree, pero sería injusto señalarlo sin darle la oportunidad de defenderse: «No estaba poniendo en tela de juicio las causas de la igualdad, que todas las comparto, sino que estaba diciéndole a usted, allá entre nos, que me produce vergüenza la manera como se ha usado el liberalismo para desconocer a los demás», me respondió esta mañana. «Quería que supiera que lo habían apuñalado por la espalda».

Eso hizo. Pidió la cuenta «con datáfono» y «con servicio», o sea con el aparato para pagar con la tarjeta y con la propina para un mesero especialmente hábil para mirar al infinito cuando uno lo estaba necesitando, abochornado por haberse dejado llevar por su discurso ante un hombre —yo— que nunca le había concedido nada. Y, apenas le noté la incomodidad en la mirada que rehuía la mía, le solté la frase que había querido soltarle desde el comienzo:

—Salamanca, ¿usted se acuerda de la vez que me robaron todas las ideas que guardaba en mi computador? —le pregunté, como tocándole el redoblante del suspenso, para aprovechar su monólogo sobre los viles que se atrincheran en las causas democráticas—: pues ayer mi exesposa me escribió «yo creo que fueron todos» y he estado pensando más de lo que querría en quiénes.

Levantó las cejas y apretó la boca y abrió los ojos de par en par antes de responder porque no se imaginó que algún día le iba a corresponder la tarea heroica e histórica de sacarme de mi gran enigma de esos últimos tiempos.

—Cómo es de raro todo, ¿no?, cómo es de extraña la manera en la que pasan las cosas: su exesposa sabe perfectamente lo que le está diciendo por la sencilla razón de que está casada con uno de los siete escritores que una noche de borrachos, después de hablar mal de usted hasta perder la consciencia, hicieron un pacto de trago para hacerle la broma macabra de arrancarle los archivos del computador —me dijo cansino e incapaz de mirarme a los ojos—, pero luego, como se habrá dado cuenta en las librerías y en las páginas de internet, el chiste pesado se les salió de las manos y se les volvió una época de la vida porque cada uno de ellos prometió escribir una o dos de sus ideas y cada uno de ellos lo cumplió y cada uno de ellos descubrió que el castigo a semejante cabronada era ser autor de un libro malo o de dos.

Por supuesto, no fue tan lúcido cuando lo dijo, pero fue eso, exactamente eso, lo que dijo.

Después de no sé qué presentación en no sé cuál Feria Internacional del Libro de Bogotá, llevados por la marea de alguna de las fiestas en alguno de los restaurantes de La Soledad, esos siete aspirantes a escritores que me odiaban sin que nadie nos hubiera presentado —«es que usted no los conoce», insistió Salamanca, «quizás los haya visto por ahí, pero no los conoce»— se habían puesto de acuerdo para redactar y firmar y editar las ideas que iban a robarme por agrandado, por pedante, por citador, por superior, por tartamudo, por crespo, por langaruto, por seguro de mí mismo, por publicado, por viejo. Y uno de ellos, que no tiene nombre porque para qué nombrarlo en un libro de verdad, se había vuelto periodista: «El Periodista». Y se había enamorado de mi exesposa. Y le había contado todo porque creyó que iba a morirme.

Y, ahora que lo pienso, lo más probable era que el hijo que iban a tener fuera otro plagio.

—¿Cómo siguió usted de la garganta? —me preguntó, mientras guardaba la tarjeta y el recibo de pago en la billetera, para sacarme de semejante silencio.

—Al fin no tuve que operarme —le dije a merced de la ironía.

Me dio paso para salir como un caballero de los de antes. Oficialmente adultos, comentamos cómo estaba cambiando ese barrio bogotano, El Retiro, a punta de edificios levantados en meses. Nos separamos una cuadra después sin más razones para seguir. Él tomó el primer taxi que pasó porque iba de afán a una cita con su odontóloga. Yo me fui caminando por las aceras rotas, como en una escena final de película vieja, hacia la comedia que he estado viviendo desde ese momento: fue esa tarde, de vuelta en nuestra casa, cuando empecé a buscar testimonios de personas que hubieran regresado de la muerte, a revolver archivos en busca de documentos y de fotos y de libros que me demostraran que no estaba loco, a planear viajes de los tres a los sitios donde sucede este libro.

Fue porque no me quedaba alternativa, porque esta familia me necesitaba en paz y porque había chulos rondando la idea, que llegué a la esquina de nuestro cuarto a escribirlo.

Cómo es de raro todo, ¿no?, cómo es de extraña la manera en la que les son repartidas las líneas fundamentales a los personajes secundarios en el drama de uno. Y, sin embargo, funciona. Y, sin embargo, así es.

Viernes 1º de diciembre de 1713

Basta con que uno tome por fin la decisión de escribir un relato entre los innumerables relatos de la historia del mundo, y basta con que se comprometa a dedicarse a ello en cuerpo y alma todos los días de su vida hasta que por fin termine, para que lo invisible conspire en esa misma dirección, para que allá y acá empiecen a aparecer señales —como pistas susurradas por fantasmas o notas anónimas deslizándose por debajo de la puerta— en el momento preciso. Fue Goethe quien lo dijo: no como una sospecha, sino como una observación, como un hecho. Y a mí me pasó. Porque apenas me senté a tomar notas, bajo el título subrayado tres veces de «Manual para la muerte», las palabras y las cosas y las personas se me volvieron rastros por seguir.

Pregunté por ahí. Entrevisté a un par de videntes que me pidieron discreción. Hablé nueve horas con una psicóloga junguiana. Consulté a un cura a regañadientes. Me volví cliente de una librería esotérica atendida por su propietario. Busqué los volúmenes que contaban detalle por detalle la misma experiencia que yo acababa de tener: leí el texto de Moody, el de Alexander, el de Barrow. Me mudé a las mesas de los archivos del centro de la ciudad cuando se me acabaron los pasadizos de la biblioteca de mi mamá. Pasé y pasé páginas virtuales, de Wikipedia a MedlinePlus, de enlace en enlace hasta dar —en un aparatoso blog simplemente titulado «Fuera del cuerpo»— con la figura de la madre Lorenza de la Cabrera.

Quizás no sucedió en este orden. Si reviso mis notas, que tomé en una libreta pequeña que me había comprado hacía unos meses «por si acaso», es claro que por obvias razones el primer personaje que recordé fue el de la impostora Muriel Blanc. Siguieron los «famosos» entre comillas, pues eran hombres célebres en ciertos círculos apenas, que yo desconocía por completo: el sepulturero Nuno Cardoso, el astronauta John W. Foster, el boxeador Bruno Berg. Vino después la punkera Sid Morgan, de The Bipolars, una noche en la que se me apareció su canción *Life After Life* en la radio de un restaurante. Días más tarde, una madrugada de pasar páginas y páginas, me sorprendió en el blog que digo un retrato de sor Lorenza con un pie de foto sobre sus relatos de la muerte y sus profecías.

No fue la última en mudarse a mi cabeza, no, pero ha sido la primera que he contado, pues, ya que vivir es un juego cuya única regla es el tiempo, me ha parecido lógico plegarme al orden cronológico en cada una de estas fases.

Busqué sus libros. Conseguí permisos especiales para revisar sus textos ignorados en las salas de libros raros y manuscritos de las principales bibliotecas de Bogotá. Consulté a la gran investigadora de la obra de la monja, la profesora Robledo, para que no me dejara perderme por el camino: «Caliente, caliente», «frío, frío». Tanto conoce esta mujer la vida y la obra de la madre De la Cabrera que en ningún momento, ni siquiera cuando le hablé de experiencias fuera del cuerpo y de resplandores en las escaleras de caracol del purgatorio, le pareció que yo me hubiera vuelto loco: «¿Quién soy yo —me dijo— para no creer?». Una vez verificaba que mis personajes cumplían con mis dos criterios, o sea que yo los recordaba de la muerte y que ellos habían vuelto a la Tierra a dar su testimonio, me dedicaba a saberlo todo sobre ellos. Y así fue con la escritora mística.

Primero leí *Vida y muerte de la venerable madre Sor Lorenza de la Cabrera y Téllez*, «escrita por sí misma de mandato de sus confesores», como confirmando un rumor que había escuchado en aquella dimensión.

Y, cuando llegué a la parte en la que ella cuenta el regreso a su cuerpo, no sólo me pareció clarísimo que la gracia de su vida había sido su relato, sino que una de mis tareas de aquí en adelante era divulgarlo:

Me trajeron a la celda en donde he estado escribiendo esta confesión. Y sentada en el camastro, luego de recuperar las hablas y los oídos de mi cuerpo, pude comer al día siguiente, sentirme otra vez como viva, mirar a las criaturas racionales sin espanto. Parecía yo venir de tierras lejanas, al cabo de mucho tiempo, pues en llegando iba reconociendo las cosas que dejé cuando me fui. Tenía plena fe en mi vida por primera vez. No sé cómo conocí que hallaría remedio en el Padre Rector, que tenía tanto conocimiento de quien yo soy, de tal modo que nueve días después de mi regreso fui a verlo a un huertecito con la puerta muy estrecha y maltratada por las aguas y los soles. Estaba allí el Padre arrancando yerbas como señor y dueño de aquella pobrecita tierra empantanada. Y debió ser a vista del Señor de todo, pues me hallé confesándome con aquel sacerdote, contra su voluntad de no escuchar las amarguras de las monjas, sin el candado que yo tenía en la boca antes de ir al cielo. Me quedaban algunas confusiones y algunos desmayos. Pero el Padre confesor, que poco volví a ver porque poco salió del huerto hasta cuando murió, tuvo un conocimiento tan claro de mis penas y de mis remedios que luego de un rato díjome mis cosas antes de que yo las dijera. Que lo mejor que podía tener para llegarme a Dios era escribir. Que todas aquellas contradicciones y dudas eran prueba de que iba bien. Que cuanto más pesada sintiera la cruz más escritura había de tener.

Sor Lorenza de la Cabrera jamás consiguió librarse de la envidia calcinante que producían su inteligencia, su dominio del latín en el que estaba escrita la Biblia, su extraordinaria e inexplicable facilidad para la literatura. Ni siquiera en el Convento de Santo Domingo de Santa Fe de Bogotá, en donde se pasó los siguientes siete años sirviendo de sacristana, de enfermera, de partera, de maestra de novicias, de secretaria, de organera, de abadesa, se sintió del todo a salvo de las desilusiones que solían traerle sus relaciones con los otros. Sin embargo, vivió mejor, vivió en paz, como ella misma lo acepta en esa confesión que hoy en día sería llamada una autobiografía, pues pasó de flagelarse para someter sus ímpetus a escribir —y escribir y escribir y seguir escribiendo— para sujetar los tics y las pasiones de su cuerpo enfermizo.

Es ella quien mejor describe el apego por la vida que uno advierte cuando la experiencia en la muerte deja de ser una sombra para convertirse en un recuerdo.

Yo le ofrecí mi cuerpo y mi alma a la escritura, porque esa fue la orden que me dio el Padre jardinero que venía de parte de Nuestro Señor, hasta darme cuenta de que el cielo no andaba enojado conmigo. Ya entendía yo que la gloria de mi Dios santísimo no estaba pidiéndome penas y congojas y llagas, sino belleza. Nunca más tuve junto a mí, estando en oración, la presencia del enemigo. Jamás volví a verlo con los ojos del cuerpo ni con los ojos del alma —que son los ojos de la muerte— porque jamás volví a temer el fin y jamás volvió a dejarme la luz. Cada día se me volvió una infancia. Cada caminata en la tarde me crucé con hombres, con mujeres, con niños que alguna vez habrán de ver lo que yo vi. Apenas comprendí que se requería de mí echarme al mar, y escribirlo en prosa y en verso, todo empezó aparecérseme con más brillo y con más pliegues. Y por fin supe el amor y la compasión.

Nadie va a decirlo mejor que la monja escritora, repito, porque nadie padeció la primera mitad del drama de la vida como ella la padeció. Pero me consta cómo, luego de sobrevivir esa especie de franco duelo durante el cual se siente nostalgia por semejante plenitud allá en la muerte, luego de soportar la soledad que sólo conocen quienes prefieren callar lo que vieron para no ser juzgados como alucinados y narcisos, luego de superar esa vergonzosa sensación de que el mundo es una farsa y poco más, uno va encariñándose de nuevo con la puesta en escena de la vida: con los sabores, los dolores de espalda, los climas, los chistes, los párrafos logrados, las esquinas desordenadas de la habitación.

Fue cuando leí los últimos capítulos de las memorias de la monja, tan extraños en el contexto de las confesiones de los místicos, que pude concluir que si algo tienen en común los testimonios de la gente que vuelve de la muerte es esa fortaleza a la hora de hacer las paces con sus vidas, como presos que empiezan a encontrarle la diferencia a sus días repetidos.

El geógrafo islandés Adalberg Sveinbjargarson, sordomudo desde muy niño, eligió su carrera luego de superar la añoranza de aquel «más allá» en donde pudo valerse de los sentidos restaurados en su cuerpo espiritual: «Seguí teniendo experiencias extracorporales el resto de mi vida, soñé demasiadas veces que veía a vuelo de pájaro mi propio cuerpo tendido bocarriba en la cama matrimonial, y hubo una época, de hecho, en la que dejé de ver mi reflejo ante el espejo, pero conseguí acostumbrarme pacíficamente a un rostro que había detestado toda mi infancia», escribió en el prefacio de un volumen suyo de memorias titulado *Autoscopia*. La modelo surafricana Lulu Shabalala, que nació hombre y negro en los tiempos del *apartheid*, regresó con la certeza de que iba ser feliz si por fin se volvía una mujer: «Soy yo por fin», fue la frase que la convirtió en un ícono queer de la década de los noventa. El granjero georgiano T. J. Smith, que cuando era un quinceañero sin ganas de vivir salió herido de muerte de la masacre de la escuela secundaria Rockdale, encontró su vocación a trabajar jornada a jornada en el campo abierto —y lejos de los pasillos y las habitaciones cerradas— de la mano de la figura de luz: «Fue lo más parecido que encontré a los horizontes del mundo del cielo», dijo en una entrevista reproducida en las *Selecciones del Reader's Digest* que mi papá compraba en las cajas de los supermercados. La cantante mexicana Carmen Colmenero dejó los escenarios porque, de vuelta en una piel que entonces atesoró con locura, le pareció más que suficiente dedicarse a los doblajes de las películas de Disney dirigidos por Edmundo Santos: «Ni siquiera mi propia madre entendía que prefiriera sentirme parte de un coro de voces ante el micrófono de una pequeña sala que ser una solista aplaudida a rabiar en la madrugada, pero el que es perico donde quiera es verde: fui feliz, feliz, feliz», declaró en una brevísima entrevista en una edición especial de la revista *Vanidades*.

Siente uno, cuando vuelve, que el cuerpo que tiene es un traje, un disfraz. Poco a poco vuelve a asumir las líneas de las palmas de sus manos, por ejemplo, las cicatrices que jamás pudo quitarse de la frente. Siente alivio cuando lo tocan. Deja de pensar demasiado, por fin, apenas se ve dando un apretón de manos o recibiendo las vueltas en la caja de una tienda. Se enfrenta a las situaciones como los actores se enfrentan a sus escenas —no sé si hablar de las escenas de sexo, no, tomado por la reserva del actor que ha dado con la actriz de su vida— hasta que se resigna a los primeros planos y los planos generales de la vida con la sabiduría con la que se resignan los viejos a la alegría incomprensible de ir a hacer el mercado en la tarde del domingo.

Yo, luego de prometerles a Rivera y a Salamanca que escribiría este libro, comencé a tomármelo todo como un premio: ¿quién más ha tenido la suerte de protagonizar y de contar un milagro? Empecé a disfrutar las sorpresivas pequeñeces de la rutina como un soldado asume los pormenores de una misión, como un administrador goza cada una de las fases de un plan, como un actor recrea las acotaciones de un libreto, como un trágico se va entregando, uno a uno, a los reveses que se le advirtieron. Me gustó levantarme a la hora de siempre. Me despejó la mente alistarle el desayuno a mi hijo. Me pareció bien quedarme atrapado bajo un toldito en un aguacero. Quise ir a cine igual que cuando era niño. Pasé de largo una noche porque no podía soltar *El conde de Montecristo*.

Me dio risa volver a orinar, a limpiarme el culo, a toser, a estornudar, a esconder una erección, a despegar mis párpados en la mitad de la noche, a desperezarme para librarme del dolor de haber pasado demasiado tiempo en la cama: «Para qué todo esto…». Cada persona nueva que entraba a mi oficina en la agencia era una novela para mí. Cualquier tarde volcado en el escritorio de madera que había sido de mi madre —y tenía vetas y grietas y letras marcadas— era una tarde rara al menos. Me sentía como sor Lorenza a mi manera, como un monje, pero libidinoso, pues el día se me iba y ya no era un día más sino un día menos. Y quería escribir y escribir y seguir escribiendo porque cada hora era más claro para mí que se viene a la vida a presumirlo: a qué más va a ser.

Estas confesiones fueron mis trabajos interiores y exteriores, mis bienes y mis males. Añadieron gracia a mi cabeza. Y cuando abundaron las pasiones y los padeceres tanto abundaron por Cristo los bálsamos. Tuve adentro la infinita piedad de Dios con estas cosas, y otras, que escribí en aquellos papeles. El Padre jardinero me pidió que no quemara los tratados de los placeres de los cuerpos y los versos y las profecías que había escrito, según yo le había muchas veces propuesto, pues no le pareció dictado por un aborto de la naturaleza ni por el enemigo sino por Nuestro Señor. Me preguntó: «¿Querrás tú, Lorenza, volver a la muerte y al fin del tiempo de merecer cargada de deseos no cumplidos, de silencios injustos, de confusiones?». «¿No será más glorioso para tu alma que al regresar a los brazos de Dios Padre, después de este destierro y esta peregrinación que compartimos con las peores y las mejores almas, tú puedas presentarle tus pequeñuelas obras como hijos que te honren?». «¿No se va a tratar tu vida, dime, de decirle que estos son los niños que me diste en mi cautiverio?».

El padre jardinero, que la profesora Robledo identifica como «el santafereño Francisco Molina» en su estudio introductorio a la más reciente edición de *Vida y muerte de la venerable madre Sor Lorenza de la Cabrera y Téllez*, se convirtió en el personaje secundario más importante del drama de la monja. Entendió su obra, incluso sus «consolaciones poéticas» y sus textos prácticamente pornográficos sobre la sexualidad, como una ofrenda a Dios. En efecto, como se ha dicho en los únicos dos pero muy completos artículos sobre ella, basados, ambos, en las cartas de su sobrino mayor, fue el cura Molina quien le sugirió —«le ordenó», se dice en esos documentos— que sólo firmara su autobiografía con su propio nombre «para salvarse del castigo y de la pena de los malos».

Y fue el propio cura Molina quien defendió a sor Lorenza de la Cabrera a capa y espada cuando la Madre Abadesa que tanto la detestaba reapareció determinada a denunciar sus textos obscenos sobre los placeres de la carne, y sus veleidades poéticas y sus predicciones pesadillescas, para que fuera encerrada en un calabozo por siempre y para siempre mientras se le venía encima el infierno de la eternidad.

En verdad temía la monja De la Cabrera a aquella Madre Abadesa —«decía que no era yo de su genio y sentía muy mal de mí mirándome con ceño»— desde aquellos días en los que la obligaba a tragarse las páginas que escribía y a quemar los libros que leía y pronunciar en voz alta la mentira «mi nombre es santa soberbia». De no haber nacido con la terrible inclinación de culparse de cada uno de los tormentos y los dobleces del mundo, de no haber nacido frágil y minúscula ante los monstruos de la vida en la Tierra, se le habría enfrentado alguna vez a esa figura de brazos pequeños y manos huesudas y uñas largas y dientes puntudos que olía a mierda y aserrín. Tuvo que morir y volver de la muerte en Santa Fe de Bogotá para plantársele enfrente como a un arbolito.

La Madre Abadesa había viajado desde el Convento de Santa Clara la Real, en Tunja, hasta el Convento de Santo Domingo, en Santa Fe, diezmada de arriba abajo por las dolencias propias de la mezquindad a tan avanzada edad y frustrada por los rumores de que «esa alma de Satanás» estaba haciendo su voluntad sin que nadie la condenara al infierno de una vez: «¡Os haré tragarte los papeles que escribiste por mandato del diablo en el altozano de la Catedral y os someteré hasta que endereces, puta!», gritaba, según le contaron a sor Lorenza, por el tortuoso camino a Bogotá que emprendió la primera semana de enero de 1700. «¡Echaré mi aliento en tu boca mientras te grito uno a uno tus pecados como lo hacía cuando eras un trapo sudoroso que creía ver al enemigo perpetuo!».

Es apenas humano pero también es increíble que los villanos consigan convencerse de que en el fondo son los héroes. En un momento dado, dejan de verse en el espejo como si experimentaran —se ha dado— una autoscopia negativa. Y la Madre Abadesa recorrió por primera vez el camino de Tunja a Bogotá en el filo del nuevo siglo, y se preguntó, con la nostalgia pedante que se les ha visto a los semidioses, qué haría sin ella la ciudad madre del Nuevo Reino de Granada, la Hunza del Zaque, la «tierra que pone fin a nuestra pena» de don Juan con sus trescientas cincuenta casonas y sus conventos y sus iglesias y sus cárcavas, mientras ella cumplía la tarea de detener al enemigo encarnado en esa monja.

Se cuenta en uno de los apartados de *Reminiscencias de Santafé y Bogotá*, de José María Cordovez Moure, que la Madre Abadesa se preguntó «¿cuántos indios y cuántos negros habrán sido necesitados para poner una por una las gigantescas lajas de piedra de este camino a Santa Fe que me está matando la cintura?» apenas tuvo en el horizonte el riachuelo San Francisco. El coche en el que viajaba, entre un puñado de carruajes de distintas formas y distintos tamaños, era tirado suavemente por un tronco de aturdidos caballos de raza árabe. Cruzó el puente de piedra, que era una de las pocas obras que no destruían los inviernos, como remontando una calle llena de ventanas y balcones y tiestos con flores y celosías para llegar al exuberante parque del viejo Convento de Santo Domingo. Dijo «prefiero la belleza de Tunja» apenas se detuvo.

Y esas fueron sus últimas palabras, porque cuando iba a bajarse del coche, con la ayuda de una mano venosa y manchada que resultó ser la mano providencial del padre jardinero, fijó su entera atención en la figura impasible de su detestada sor Lorenza de la Cabrera.

Y en el momento mismo en el que semejante engendro del demonio le dio la bienvenida, como diciéndole que ese reino era suyo y que había hecho el viaje para nada, sintió una opresión en el pecho —una coz de caballo clavada justo ahí— que se le fue tomando los brazos, el cuello, la mandíbula. Se fue quedando sin aire. Quiso vomitar. Se dio cuenta de que estaba helada y sudorosa como si se hubiera dado cuenta de una traición. Supo que se le habían acabado los pasos y que tendrían que alzarla para llegar hasta la puerta del convento. Sintió que iba a venirse abajo, pues todo se veía mareado y aturdido, hasta que se fue al piso de frente. Y de ese modo se murió. Y empezaron los santafereños a tenerle temor reverencial a sor Lorenza por su estrecha relación con la muerte.

Dije yo como si me lo estuvieran susurrando: «Dichosa serás, feliz y bienaventurada, pues regresarás de la muerte a ser una criatura que el Señor llenará de paz desde sus propias entrañas», y lo dije con la lengua, la garganta y los pulmones, puesto que para mí su alma estaba allí mirándose el cuerpo fruncido por la ira y el miedo.

Cordovez Moure pinta a la madre Lorenza, en el capítulo breve que le dedica de las *Reminiscencias de Santafé y Bogotá*, como la religiosa sonriente que volvió del más allá con el don de escuchar los pensamientos de los demás, como la monja que se pasó las últimas décadas haciendo libros de horas en una pequeña celda sin espejos ni adornos a la que sin embargo entraba el sol, como la gran maestra de la escritora tunjana Francisca Josefa del Castillo, como aquella vieja con una cicatriz en la frente que la marcó hasta el retrato al óleo de 1713 —«se dedicó al oficio de librarse del tiempo en el tiempo», escribe—, pero en especial la ve como la autora de *Poemas a Dios, Vida y muerte de la venerable madre Sor Lorenza de la Cabrera y Téllez* y un par de volúmenes que jamás quiso reconocer «por tremebundos y por escandalosos».

Puedo decir, porque de primera mano lo sé, que se trata de un par de libros extraordinarios que decidió firmar como el señor Enrique Campo y Molina porque «Enrique» significa «amo de casa» en germánico y «Campo» es lo que está más allá en cualquier lengua y «Molina» era el nombre de su mentor. Firmó esos dos volúmenes como un hombre por obvias razones, claro, sólo unos cuantos podían pronunciar esas verdades en aquella época. Pero sobre todo asumió otra identidad no sólo porque de lo contrario sus superiores y sus ángeles guardianes no habrían podido seguirle dando refugio, sino también porque sus malquerientes habrían tenido de dónde agarrarse para demostrar que ella era un instrumento del demonio: ¡a la hoguera!

Es claro, como se ha dicho, que su cuerpo encontró alivio en la escritura. Si hay un tema recurrente en sus *Poemas a Dios*, más allá del amor a la creación, es esa paz que va por la sangre y se vuelve la sangre gracias al acto mismo de escribir.

«Plegaria XXXIII», que quizás sea el más conocido de todos esos poemas escritos «en los anhelos del jardín» desde 1688 hasta 1702, es el más explícito al respecto:

> Su voz me crece adentro
> en su reino soñado
> del corazón amado
> a la luz del encuentro.
>
> Tan suave es su sombra
> como el fin de un suplicio.
> Tan dulce es su juicio
> que me absuelve y me nombra.
>
> Toda letra es su aliento.
> Cada palabra es suya.
> Que mi sol se recluya
> y comience su acento.
>
> Cada verso que escribo
> reescribe mi jardín,

y es polvo y aserrín
y es cielo fugitivo.

Si pinto una plegaria
se vuelve el horizonte,
la luna, el cielo, el monte,
la gracia vieja y diaria.

Mi alma halla su paz,
mi cuerpo hace silencio,
si compongo y sentencio
y estoy donde tú estás.

Tiene diez estrofas más, cuartetas de versos de siete sílabas
que al mismo tiempo suenan a versos místicos y a versos románticos, tan bellas y misteriosas como todas las que ella escribió,
pero yo sólo copio estas seis porque alcanzan a completar una
conmovedora reflexión sobre la poesía como una manera de su-
jetarse —y de librarse de pequeñas tragedias y de darse tregua—
a uno mismo. Quiero contar ya, además, que *Poemas a Dios* termina siendo una gigantesca compilación de odas al cielo y
técnicas para lidiar con los sobresaltos de la carne y de la sangre,
pero que su libro más contundente sobre el tema de lidiar con el
desenfreno es el *Fornicatio et Futuere* que a petición de su confesor firmó con el seudónimo de Enrique Campo y Molina.

Fornicatio et Futuere, que significa algo así como «fornicar y
culear» porque busca hablarles a cultos e incultos, no es el único
tratado de sexología escrito por una monja bajo la anuencia de
las autoridades eclesiásticas —la abadesa alemana Hildegard
von Bingen investigó el orgasmo femenino, en pleno siglo XI,
en un vademécum de medicina titulado *Causa et Curae*—,
pero no hay otro tan crudo, tan despojado de miedos, tan claro
en su defensa de la belleza y el vitalismo de la sexualidad de los
seres humanos. «Vitalismo» es la palabra correcta. Pues, adelan-
tada a su tiempo y notificada de la verdadera vida en los corredores del más allá, la mística tunjana disfrazada de médico

castellano se lanza a ver el acto sexual como esa «pequeña muerte» que en realidad es un atajo del alma a la trascendencia: una experiencia adentro y afuera del cuerpo:

> Cuando la mujer se une al hombre, el calor vivífico de las entrañas de ella, que guardan en sí el placer, le hace ver, escuchar, oler, tocar y saborear a aquél el placer en la comunión, y suele llamarlo a eyacular su semen. Y cuando el semen ha saltado y ha caído en su lugar, como las fuentes que traspasan por medio de los montes para salir a lo profundo de los valles, la hirviente riñonada femenina se contrae y retiene consigo y se cierran todos los miembros que durante la menstruación están listos para abrirse del mismo modo que un varón hercúleo sostiene el mango de un cuchillo dentro de la mano. El alma se va mientras el cuerpo se apoca y unos minutos después regresa con la sospecha de la vida eterna.

Fue una idea genial, digna de la impostora francesa Muriel Blanc, eso de hacer pasar *Fornicatio et Futuere* como uno de los tantos libros prohibidos que llegaron a América de forma clandestina. Apareció por primera vez, allá en la Santa Fe de Bogotá lapidaria de 1718, en el rincón sombrío y escandaloso de la biblioteca de don Baltazar Ramírez y Soto en el que estaban *Deleitar aprovechando* y *La vida del Buscón*, pero en la última página se encuentra la fecha que ha servido de título a este capítulo de mi manual: «Viernes 1º de diciembre de 1713, J. H. Bonnet y C. Cavey, Impresores editores, París», se lee. Nadie cuestionó el hecho de que pareciera escrito desde el punto de vista de una mujer porque nadie —sólo Fabio Barriga, brevemente, en su *Historia de Bogotá*— quiso hablar del tema.

Nadie se preguntó hasta esta línea por qué *Visiones*, el libro de los vaticinios de Campo y Molina, fue entregado por la misma imprenta inexistente apenas ocho días después: «Viernes 8º de diciembre de 1713, J. H. Bonnet y C. Cavey, Impresores editores, París», se dice en el pie de la penúltima página.

Visiones es en realidad un poema de largo aliento que cuenta la historia del mundo y una colección de 999 cuartetas proféticas escritas en versos alejandrinos. Hay quienes, como Simón Latino o Francisco Montes de Oca, han osado incluir apartes en sus antologías de la poesía en castellano. Hay algunos que comparan los textos con las predicciones de 1555 del astrólogo francés Michel de Nôtre-Dame, Nostradamus. Quizás la gran diferencia entre los dos alucinados compendios sea que los pronósticos de *Visiones* son claros y precisos, y cuentan lo que pasó y lo que pasará como si todo fuera parte del pasado: como si yo mismo estuviera poniendo en escena la mañana en la que escribí este párrafo.

Ya en las primeras cuartetas, un recorrido resignado por las principales catástrofes de la era moderna, es claro que se está contando la historia de la humanidad desde el principio hasta el final.

Ya en las primeras páginas de la única edición que se consigue, en el capítulo llamado *Convivio*, es evidente que aquellos vaticinios en realidad son recuerdos:

> En los Tiempos del Ruido Dios nos advirtió el fin
> que se repetiría del tormento al hastío,
> y sucedió en Lisboa que no quedó sino el navío
> y todo se hizo polvo y se esfumó en latín.

> Cayeron luego miles dentro del huracán
> de las islas halladas por hombres extraviados,
> y el volcán de Tambora incendió los estados
> de la pequeña tierra que nunca heredarán.

> No hubo verano allá, en el mundo de enero,
> ni hubo suerte en Armero, ni en el monte velado,
> ni en la isla indonesia, ni en el río agotado,
> pues el Señor repite que el fin es primero.

Terremotos, ciclones, cielos de inundaciones,
en el norte y el sur y el oriente lejano,
en la tierra de nadie y en el mundo mundano,
enlazaron en vano huérfanos y naciones.

Vinieron los naufragios, las gripes y las pestes,
los fuegos por la espalda, las dos guerras mundiales,
las torres cercenadas, los duelos y los males,
las muchas mortandades en las horas celestes.

Y estas sombras de carnes fueron máquinas tercas
que surcaron en naves los mares de la luna,
vencieron para nada el silencio y la hambruna
y al final nos quedaron las voces y las cercas.

Siguen, en esa primera parte, retratos minuciosos, exhaustivos, de cada una de esas plagas y esos desastres: «Ni las máquinas vieron nuestras enfermedades», cuenta, espantada, en su reseña de los primeros años del siglo XXI. Vienen descripciones portentosas de las montañas, de los desiertos, de los océanos, de las civilizaciones, de los reinos, de los feudos, de los imperios, de las naciones y de las repúblicas. Después están los retratos de los maestros, de los santos, de los caballeros, de los reyes, de los virreyes, de los conquistadores, de los esclavos, de los próceres, de los políticos, de los artistas: desde «y ya no queda nadie entre el sabio y su veneno» hasta «llegó un emperador a acabar con su pueblo».

Y es entonces cuando uno se encuentra con esa prueba reina que siempre están buscando los malogrados: con las figuras de un sepulturero portugués que «consolaba a los muertos como esculpiendo almas», una bruja francesa que «era muchas mujeres para no ser ninguna», un soldado germano que «sólo quería oírle el llamado a la muerte», un viajero del cielo que «cruzaba la Luna de los poetas mudos», una actriz salvaje «idolatrada y sola en su jornada perpetua», un padre que «habló una sola vez y esperó el fin en casa». No estarán allí los siete espectros, pero cualquiera que logre tener en sus manos una copia de *Visiones*, el libro de Campo y Molina que en el siglo XIX bogotano llegó a ser un secreto a voces —de hecho, Cordovez Moure lo menciona de paso—, verá que esto es y ha sido cierto.

Fui a almorzar el otro día a un restaurante de comidas raras y deconstruidas, curiosamente instalado a unos pasos del lugar en donde alguna vez quedó —y fue demolido en 1938— el Convento de Santo Domingo, con el único historiador que ha escrito una tesis sobre las predicciones de la monja De la Cabrera: un colombiano de mi edad, o sea un proyecto de viejo, que se llama Felipe Trebilcock. Cuando llegamos al postre nitrogenado solté mi hipótesis con vocación de tesis sobre la verdadera identidad del profeta Campo y Molina. Si ya hubiéramos estado en el café, el pobre tipo se habría atragantado, sí, pero pronto empezó a darle vueltas a la posibilidad hasta cerrar los ojos y decir «va a ser». Al otro día le envié el PDF de las memorias de la monja para que leyera el final:

> Veo todas las horas de todos los días del viacrucis de mi vida, tan lleno de culpas y descaminado en un principio, y tan lleno de versos y de hallazgos después de haberme encontrado ante la gracia de Nuestro Señor, y pienso que he sido una buena hija del único padre, y una esposa suya dispuesta a recibir su sangre y su cuerpo, y una madre entregada a mis tratados sobre los cuerpos firmados por otro y a mis libritos de horas colmados de visiones y a mis cuadernos de confesiones rimadas. A veces, para callar a mi mente, se posa un pájaro negro en la ventana de mi celda, pues es como si allí se juntara la luz que a todo le da su forma. Viene a señalarme el silencio. Da un par de vueltas y de saltitos en mis narices con la alegría de la naturaleza. Se va después a darle a Dios noticias de mi vejez mientras yo termino de contarlo todo para que no se pierda en mí el precio de su pasión y de su muerte. Amén.

Y en la noche larga de ese mismo día, luego de leer semejante último párrafo de novela, el joven historiador Trebilcock me envió por WhatsApp un mensaje breve que simplemente decía: «Creo que acaba de cambiarme la vida».

En la penúltima página del cuaderno original de la autobiografía —dice la profesora Robledo— se encuentra la siguiente certificación: «Esto escribió de sí la milagrosa religiosa Madre Lorenza de la Cabrera y Téllez por mandato de sus confesores en su celda hospitalaria del Real Convento de Santo Domingo, y se halló incorrupto su cuerpo al año de enterrada de lo cual doy fe como testigo». Se cree que fue terminado dos años antes de su muerte de 1720. Se cuenta que, capaz de escuchar las mentes extraviadas de sus superiores y de escribir los malos pensamientos de sus enemigos, y poseedora de las verdades más incómodas de la vida y de la muerte, le fue concedido el permiso de morir en la misma casa tunjana y ante el mismo cielo del cielo frío en donde nació. Se la encontró bocarriba en su estrecha cama de la niñez con la cicatriz de la frente abierta como si hubiera vuelto a ser una herida. Se había quitado los hábitos. Parecía una mujer que sueña.

Poemas a Dios y *Vida y muerte de la venerable madre Sor Lorenza de la Cabrera y Téllez* fueron publicados por un sobrino de la religiosa treinta y pico años después de su partida, en 1755, unas semanas antes del terremoto de Lisboa. Un siglo y una década más tarde, la *Historia de la Literatura de la Nueva Granada* de José María Vergara y Vergara estudió generosamente el poemario y las memorias como demostraciones magníficas de que lo humano se ha dado plenamente aquí en Colombia. Puede ser que a partir de este párrafo empiece a revisarse esa vida que terminó volviéndose esa obra con el cuidado que merece un milagro. Sé que murió como anocheciendo cuando volvió a morir, por siempre y para siempre aquella vez, con la certeza de que sus visiones del futuro y sus revisiones a los cuerpos algún día volverían a ser suyas.

Tengo muy claro que aquí comienza la historia redentora e inesperada de esta monja que en Tiempos del Ruido se trajo de la muerte la noticia de que la vida se trató de encarnarse en paz ayer, hoy y mañana. Quizás usted también sienta en los hombros este alivio y este fin. «Quizás» no es la palabra, no: así tiene que ser.

Lunes 17 de noviembre de 1760

He encontrado un puñado de versiones —unas cuantas pistas, mejor— sobre lo que ocurrió con el sepulturero Nuno Cardoso luego de que su alma asumió el destino de regresar a su cuerpo. Está en la novela de Vera Leão, *Amén*, plagada de finales en punta y ases en la manga y declaraciones de principios, pero vaya trate usted de escribir un relato envolvente que no se detenga a ver con qué nos sale: en fin, el punto es que Cardoso el enterrador no pasa de ser un personaje secundario —en esa historia de amor con semejante telón de fondo, e impúdica, que ya querría cualquiera haberla escrito para no andar pensando que ya se viene el mes de la matrícula del colegio—, y sin embargo su pulso salvaje con el padre Malagrida, que es una partida de ajedrez de vida o muerte, termina sirviéndole a Leão para resolver uno de los peores nudos de la trama.

El filósofo Voltaire, al final del capítulo de *Cándido* que les he venido citando, sugiere que el desconcertante embalsamador ha tomado la decisión de convertir su vida en un ajuste de cuentas. El poeta Fernando Pessoa, disfrazado de Álvaro de Campos, suelta en su *Lisboa revisitada* la exclamación «¡déjenme en paz por amor de Dios, frente al mudo Tajo de mi infancia, mándenme cuanto quieran al infierno que el enterrador venció el día del terremoto!». El novelista Antonio Tabucchi se atreve a encontrar brevemente su figura de sepulturero que nunca más se dejará chantajear por la muerte en una de las fantásticas indagaciones de *Sueños de sueños*. En *El jesuita irredento*, una biografía a vuelo de pájaro, el periodista Dean Alexander sigue a un cura basado en el temible inquisidor Malagrida y luego lo obliga a enfrentarse a todas sus víctimas: entre esas, claro, a «un cavador que no era capaz de mirar a los ojos…».

En su texto habilidoso, el propio Cardoso apenas da unas cuantas pistas, unas cuantas puntadas, de lo que hará con la vida que le queda. Tal vez para no correr riesgos innecesarios, pues dedicarse enteramente a narrar su experiencia en el más allá podría haberles dado a los inquisidores de Malagrida alguno de aquellos pretextos que solían buscarse para fustigar y dislocar y quemar vivos y ahogar y clavar y mutilar a los impíos, destina veintidós de las veintisiete páginas de *1755: breve testemunho dum coveiro* a describir la destrucción abrumadora e insoportable que se encontró a su paso apenas recobró el valor para caminar por las grietas y las cenizas de su Lisboa. Se inventó una especie de procesión por las calles partidas en cien mil pedazos, repito, con su perro, con su puta y con el cura que se había portado siempre como su cruel amo. Y, según cuenta en su relato de los hechos, se fue con las manos atrás por esa pesadilla de cruces astilladas, de tumbas inundadas, de pinturas consumidas por las siete plagas hasta llegar a la conclusión de que no era el fin del mundo, sino el fin del miedo.

Digo que apenas da unas cuantas puntadas de lo que hará con su vida después de volver a su cuerpo, pero, pensándolo un poco mejor, puede que sean suficientes.

Dice que va a «enseñarles de transmigraciones y de conexiones secretas y de miradas desde el cosmos a los deudos de los cadáveres que lleguen a la mesilla», que va a «hacer lo que el único juez de lo humano permita para que ningún muchacho vuelva a ser raptado y enjaulado por diablos disfrazados de santos», que va a «servirles a los pocos que han adquirido el don de preocuparse por mi suerte» y que va a ser «un soldado más con su propio nombre en la batalla contra la tiranía». Y, para aclarar a cuál de todas las opresiones se está refiriendo, acepta que va a contar lo que vio «para que no me olvide y no me enloquezca» —así lo dice— y «hasta que ciertas almas sensibles comprendan que para el Dios de todo lo bueno, con sus ojos sin pestañas en el pico del cielo, no podía pasar de largo el baño de sangre que había estado inundando la tierra como el agua: ¿a quién podría sorprenderle que Nuestro Judex comenzara su reescritura del mundo por ese lugar, por Portugal, en donde tantos valientes habían sido brutalmente asesinados por tantos cobardes en su sagrado e infamado nombre?».

No creo que esa fuera su conclusión luego de regresar del infierno y del purgatorio medieval con la certeza de que no se le parecía en nada al hirviente y revuelto inframundo regido por el Leviatán. No creo que, luego de ver el más allá con sus propios ojos, pudiera tomarse al pie de la letra —como lo hizo el astuto y acezante Malagrida— las ediciones del *Martillo de las brujas* o del *Teatro de los diablos* que les mostraba a las putas en sus días de descanso. Jamás creyó en el censo infernal que contaba 7.405.926 diablos, repartidos en 111 legiones de 6.666, comandadas por 72 príncipes de las tinieblas: «Fuera de la Iglesia no hay salvación». De hecho, en el testimonio que he estado mencionando, su descripción «del clamor del mundo derrumbándose» de 1755, sostiene que «cada pecador es la presa de su propia bestia en la sima fétida y devoradora».

Creo que cuando escribió el testimonio estaba valiéndose del dantesco imaginario de los católicos, con algo de perversión, para empezar su venganza.

Cita el Apocalipsis para molestar: «Conozco tus obras: tú no eres frío ni caliente», recuerda, «mas, por cuanto eres tibio, te vomitaré de mi boca».

Menciona la *Divina comedia* para incomodar: «Esta mísera suerte sufren las almas tristes de aquellos que vivieron sin pena ni gloria», advierte, «están mezclados con aquel odioso coro de los ángeles que no se rebelaron contra Dios ni le fueron leales, sino que permanecieron apartados».

Deja abierta la posibilidad de que el terremoto haya sido un castigo tanto para los verdugos en el nombre de Dios como para los espantadizos que jamás dijeron nada.

Vera Leão recoge en el penúltimo capítulo de *Amén* un par de testimonios reales de 1756, muy semejantes entre sí, que también se lanzan a explicar el terremoto como un correctivo, como un escarmiento: «Un mensaje a los habitantes de Gran Bretaña» y «Una carta de un pastor a los sobrevivientes de Lisboa». En el primero puede leerse la pregunta «¿no eran el fanatismo y la superstición, la crueldad y la sed de sangre terriblemente comunes entre ellos?» y puede leerse la conclusión «nada tiene de raro que Lisboa haya caído: Dios ha hecho con ella lo que hizo con Sodoma y con Gomorra». En el segundo se señala a la Santa Inquisición como «una corte inhumana que hace banquetes con las vísceras de los inocentes». Y ambas citas le sirven a Leão para soltar la idea de que Cardoso volvió de la muerte al judaísmo.

Yo no creo que haya sido así. Y, sin embargo, entiendo, como narrador, que para una novela o una serie de televisión o una película es mucho más dramática la figura de un niño judío que regresa de la muerte a renegar del catolicismo que lo secuestró y lo convirtió en sepulturero: lejos de mí, hoy, no entenderlo.

En aquel siglo XVIII, y en el siglo siguiente, sucedió en varias ocasiones que alguna familia judía y muda se quedó viendo cómo —por orden del Vaticano— le arrancaban de los brazos a un hijo para someterlo y evangelizarlo, y siempre fue un trauma, y siempre fue el infierno de una vez. El enterrador Nuno Cardoso dice en su testimonio, en efecto, que volvió decidido a «quitarse los escapularios y los hábitos hasta los tobillos» como diciendo que ya no va usar más un disfraz. Pero a mí me parece claro que simplemente está anunciando, a la manera simbólica en la que había que anunciar todo en aquella época, que va a irse despojando una por una de las maneras y de las manías que el inquisidor Malagrida le impuso.

En *Amén*, que en realidad es la tortuosa historia de amor entre un viejo comerciante llamado Eugenio y una joven noble llamada Genoveva, el señor Cardoso regresa en secreto a las enseñanzas del judaísmo y le prepara una trampa maestra al padre Malagrida —al cual también describe como un tuerto que bufaba y carraspeaba y cojeaba— de tal modo que pronto pasa de ser un perseguidor a ser un perseguido, de ser una sombra con alas abiertas que gobierna la ciudad a ser un prisionero condenado y ahorcado en la Plaza del Rossio por haber hecho parte de una conspiración de jesuitas que por muy poco termina en el asesinato del rey José I: la muerte de Malagrida, empeñado en casar a la noble con el hijo de uno de sus aliados políticos, da vía libre a la extraña pareja.

Visiones, la suma de cuartetas proféticas que la madre Lorenza de la Cabrera y Téllez se vio obligada a firmar con el seudónimo de Enrique Campo y Molina, en tres estrofas presenta la resolución de la vida del sepulturero con la convicción de un testigo ocular:

Tembló y se vino abajo el puerto de Catelo,
y después de las llamas y las inundaciones,
y los desmembramientos y las contemplaciones,
la única herejía fue castigar el duelo.

Ni Inocencio, ni Lucio, ni Gregorio, ni Sixto
quisieron contrariar al Dios del Santo Oficio.
Y un hombre que murió y regresó al suplicio
forzó al auto de fe al plan del anticristo.

Un viejo semejante a Baal, padre de los dolores,
se volvió en odio y polvo y terminó en el Tajo,
pues Dios Nuestro Señor no es bestia ni espantajo,
no es un castigador fatal de pecadores.

Es rastreando los últimos años del padre Rodrigo Malagrida, que tantos historiadores han detallado, como puede uno reconstruir el tercer acto del drama del sepulturero Nuno Cardoso. Es claro que, a pesar de que la Corte de Lisboa —hecha de funcionarios modernizadores— le temía con furia y lo miraba de reojo por si acaso, el cura Malagrida siguió acumulando y acumulando poder en los meses que siguieron a las catástrofes del día de Todos los Santos de 1755. Cuando el gobierno se lanzó a publicar un folleto en el que se explicaban las causas naturales del desastre de la ciudad, reduciéndolo todo, de la mano de la ciencia de entonces, a un asunto de temblores y de fuegos y de placas, el inquisidor cebado y amargo escribió un tratado sobre el castigo divino titulado *A expiação do terremoto*. Fue el primer choque con los ministros del rey, por supuesto, porque no sólo contradijo sin ambages las explicaciones plausibles que las autoridades le dieron al cataclismo, sino que renegó de los planes impíos para reconstruir a Lisboa, pidió a la ciudadanía desposeída que cambiara las soluciones estatales por los ejercicios espirituales, gritó a voz en cuello, en las pocas salas y las pocas capillas que quedaron en pie, que —«aunque les duela a nuestros afectos»— se habían ido al infierno todos los herejes, los judíos, los judaizadores, los zoofílicos, los perros endiablados, los sodomitas putrefactos que habían creído que era suficiente santiguarse: se dice que lo tomó completamente por sorpresa la noticia, de noviembre de 1757, de que el rey acababa de desterrarlo al estuario del Sado.

Allá, en la desembocadura gris y rojiza del río, Malagrida empezó a urdir un complot para sacar del trono a «ese pusilánime que no sería nadie si yo no lo hubiera hecho a mi imagen y semejanza». En la vasta colección del Museo Nacional de Arte Antigua de Lisboa hay una pintura al óleo de tres metros con dieciocho centímetros de alto por dos metros con setenta y seis centímetros de largo, atribuida a Vieira de Matos, que lo muestra a unos cuantos pasos del mar —parecido a un toro parado en dos patas, de espaldas a un mundo desteñido que se está quemando, entre cigüeñas renegridas y flamencos— dándole vueltas al crimen de aquel falso ídolo, de aquel traidor a la causa de Dios. Eso hizo en los dos años siguientes. Planeó minuciosamente el atentado contra el rey de septiembre de 1758. Falló.

Pues, aun cuando durante 711 días pensó y repensó cómo borrar los hilos de titiritero que conducían hacia él, el gobierno consiguió averiguar —a punta de torturas y de mensajes interceptados— que los tres jinetes que dispararon sus mosquetes contra el carruaje real habían sido apalabrados por un par de marqueses aconsejados por el padre Malagrida.

Fue en la bellísima Torre de Belém en Lisboa, que el hombre es el único animal que construye bellos fuertes de piedra y

466

baluartes manuelinos para molerle a palos el espíritu a otro hombre, donde encerraron a los jesuitas comandados por el padre Malagrida —y al padre Malagrida— luego de ser declarados culpables de alta traición. Vieira de Matos pintó al inquisidor bocarriba y con la barriga abultada en la pequeña cama de su celda, rodeado de fantasmas y de ángeles sucios y de demonios susurrantes, en un penumbroso retrato titulado *A loucura do pai Rodrigo Malagrida*: en ese calabozo se tapó las orejas noche tras noche, y pidió a su Dios que lo dejara sordo, para no escuchar las voces que se lo decían todo sobre el sagrado útero de santa Ana y sobre la verga espinosa del anticristo.

Saltaba a la vista su locura. Decía que en las noches se le aparecía el espectro de una prostituta, Renata, que le daba la orden de masturbarse de pie allí en su celda y de clavarse las uñas puntudas en las ingles. Decía que todo era culpa de un sepulturero marrano que él había criado —y salvado del abismo judaico— solamente para que le sacara los ojos: «¡Fue él!, ¡fue él!», aullaba en las madrugadas.

Se refería al enterrador Nuno Cardoso. Que en un primer momento, luego de adquirir proporciones de anécdota y de chiste por haberse muerto por las razones equivocadas durante el peor terremoto en la historia de los terremotos, se había dedicado a seguir su rutina fúnebre de pocas miradas y pocas palabras con una disciplina que forzaba a dudar de su cordura. Cardoso solía hacer, a su manera, lo que Malagrida le ordenara por más descabellado que sonara, pero ahora parecía todavía más entregado a las leyes arbitrarias del inquisidor. Durante la semana se metía en la habitación de cada día a embalsamar cuerpos de curas echados a perder bajo la sombra luminosa de las lámparas de aceite. Les sacaba la ropa, Dios, siempre se les trababan las mangas de los hábitos. Les metía y les sacaba los líquidos viscosos que nadie más iba a ver. Les sacaba los gases. Les miraba fijamente los ojos y las bocas abiertas para asegurarse de que no estuvieran allí adentro. Les componía las facciones, les masajeaba la cara con las yemas de los dedos de escultor, como si se lo hubieran ganado. Les afeitaba las gargantas y las papadas con el pulso de un degollador rehabilitado. Les empolvaba las mejillas. Les lavaba las manos y las ponía la una sobre la otra sobre el ombligo.

No se tapaba las narices en el proceso. Desde que había regresado a su cuerpo se sentía observado, por supuesto, se sabía vigilado. Tenía claro que no hay una sola habitación en el vasto e ilusorio mundo en la que no haya un fantasma. Pero no se tapaba las narices, como no eludía ninguna imagen por brutal que pareciera, pues siempre que caía en cuenta de su suerte se sentía —lo dice de ese modo en su testimonio— en la presencia de una obra de arte. Duarte, su alano, lo esperaba con la cara apesadumbrada y echado en un rincón. De vez en cuando se levantaba, enorme y tembloroso, porque tenía miedo de perderlo otra vez. Se le paraba al lado un rato porque no soportaba la ansiedad. Volvía a su esquina cuando Cardoso le daba unas palmaditas en el lomo.

No fueron días felices para el sepulturero, en el ojo de un huracán de cadáveres y en el centro de una arena rodeada de espíritus que solamente querían una explicación, de pie con las mismas piernas enclenques pero con el peso de una ciudad a cuestas. Duarte, el serio, lo tenía clarísimo. No dejaba solo a su amigo, a su amor de su vida, ni de noche ni de día. Dormía a sus pies. Se levantaba cinco minutos antes de que se despertara su compañero y le soltaba un llanto de niño que sigue siendo niño si se daba vuelta en la cama para seguir durmiendo. Sabía que las ruinas y los atropellos, las desolaciones y las mezquindades, podían minarlo. Captaba su dolor, su desconcierto, cuando por fin podía verse con Renata: «¿Puede uno ser el esposo de una puta?».

Notaba que la presencia del padre Malagrida les agachaba la cabeza y les daba miedo a los dos. Seguía su paso de animal grande, mitológico, habituado a lo inevitable. Y, apenas se desvanecía, apenas pasaba el miedo y llegaba la desazón, iba a su lado a probarle que todo lo demás sobraba porque los que estaban vivos —los que estaban viviendo esa vida— eran ellos dos.

Cardoso supo tejerse su suerte, supo escribirse su tercer acto, mejor. Su actitud de hombre sumiso, entregado a los chantajes del cura que le había prohibido pasearse por los burdeles, y de muchacho ofrendado, sin tiempo que perder, al oficio de darles sepultura y a lanzar al Tajo a quienes no quedaron sepultados, le sirvió para recibir el incierto perdón —la tregua al menos— de los inquisidores. Tuvo paciencia. Vio la gracia de los días que se amontonan, uno por uno, en la nuca y en los hombros. Dio largos paseos por la reconstrucción de la ciudad. Cruzó frases dicientes, como anzuelos, con los funcionarios que estaban hartos de la versión infernal de los hechos. Y, apenas vio la oportunidad de hacerlo, pidió permiso a Malagrida para publicar su testimonio.

Su testimonio cumplía —cumple— con el modesto y humilde propósito de reconocer el perdón de Dios después de una vida consagrada al pecado. Servía, también, a la voluntad de lamentar la debacle de una ciudad devota y misericordiosa que no sólo se daba por sentada a sí misma, sino que se asomaba paso por paso a la promesa de la modernidad. Y, sin embargo, empujó al envidioso de Malagrida a tomar la decisión de redactar su manifiesto sobre el terremoto como un castigo a un pueblo que en los últimos años había sido ambiguo en su obediencia a los designios de Nuestro Señor: Cardoso, que tenía cierta facilidad para escribir, recibió el dictado de su raptor con cara de que no se le pasaba por la cabeza lo que se vendría.

Quiso casarse con su señora Renata, la prostituta a la que le fue fiel en cuerpo y alma, así no se usara ese despropósito en particular en aquellos días cenicientos, desde el minuto mismo en el que corrió la voz de que Malagrida había sido desterrado. Ella se le rio en la cara, vaya a usted a saber si fue por la emoción o por el desconcierto o por la tristeza, detrás de un velo que no quería quitarse de enfrente para que no se le vieran los golpes en los pómulos y los aruñazos en las mejillas que le había propinado la ira apocalíptica del inquisidor un par de horas antes de agarrar camino —en la dignidad de su carruaje y en la negrura vibrante de la madrugada— hacia el estuario del Sado: «¡Te toca sufrir a ti, mi pobre zorra, pues el sepulturero ya tiene el cuero muy grueso!», le explicaba a los gritos, «¡las ratas sin amor propio no lloran los latigazos!».

Renata le contó a Cardoso la escena salvaje sin ahorrarle ni un solo de los zarpazos del hijo de puta: «Quería arruinarle lo suyo», le explicó.

Luego le dijo «no es necesario, señor mío, que me muestre así su amor» tomándole la mano con las manos maltrechas.

Y agregó «¿quién diablos va a querer casarse con este rostro amoratado?» antes de que él le dijera otra palabra.

Murió un par de días después en la habitación del fondo, entre los candelabros y los sollozos, rodeada de sus amigas en el prostíbulo de la señora Alvares. El enterrador Cardoso fue hasta allá obligado por todo lo que seguía sintiendo por ella, y consciente de que nadie más, aparte de sus colegas, iba a hacerlo, y la llevó él mismo a la sala en donde preparaba a los cadáveres como si fueran casas a las que nadie va a mudarse nunca más. Duarte aulló, como poniendo en marcha una música de fondo o poniendo en evidencia su respiración de ser vivo, mientras la única amiga de los dos iba recobrando sus mejillas rozagantes, sus ojos apacibles, sus pómulos lisos, sus hombros puntiagudos, sus pechos y sus brazos y sus piernas libres de moretones —y de propósitos y de dueños— gracias a las manos amorosas del sepulturero.

Qué papel le había tocado, entre todos los papeles del mundo, a la pobre Renata. No había sido el Pantaleón de la máscara afilada, ni el viejo con cuernos de la rotunda panza de toro, ni el soldado fanfarrón con pecho de gallo, ni la enamorada pálida de vestidos acampanados, sino, quizás, la criada protagónica, la Colombina, la Fantesca, la Arlequina. La señora Alvares, que vivía hecha a la idea de la ruina de los hombres, siempre le dio buenos consejos: «Ríase a sus espaldas», «piense en la hora en la que todo el mundo se va», «consuélelos», «afílese las uñas a mordiscos». Sus compañeras le agradecían los cariños. Y el señor Cardoso había estado tantas veces a punto de decirle que viviera con él —y que se quisieran— que bien podía decirse que lo había hecho.

Y que aquella escena en la que le había propuesto una vida, a pesar del velo que los separaba, probaba que no sólo había hecho el papel de Coviello, el criado listo, sino que entre bambalinas había sido un hombre bueno.

Cardoso se fue oscureciendo, como si todo hombre fuera un día, después de velar y despedir y echar a su mujer al Tajo. Dejó de aparecerse por los burdeles en pie de Lisboa, aunque ya no tuviera al inquisidor bufándole en la nuca, porque empezó a sentirse infiel si alguien lo tocaba, empezó a darse cuenta de que temerles a esos amores es temerles a esos duelos. Se le rompió el alma. Pensó mil y una veces su desquite. Tramó su venganza parlamento por parlamento, escena por escena. Congelado por dentro, convertido él mismo en un cadáver ambulante sin fluidos en los órganos ni gases enquistados en las entrañas, fue a ver a Malagrida al estuario del Sado. Soportó su furia con la mirada puesta en las olas. Juró por el Dios de los dos que le dolía ese destierro.

Y, así los comejenes y las polillas de la rabia se le estuvieran devorando las entrañas, consiguió fingir que no tenía la menor idea de quién le había asesinado a su Renata.

Dijo que había ido hasta allá a confesarse de rodillas. Reconoció, postrado y servil, que el espectro de la prostituta amada se le aparecía en las noches a susurrarle la identidad de su asesino, «Malagrida…», pero que no conseguía entenderle sino las vocales del nombre. Pidió perdón por no haberse rebelado antes. Divagó sobre el pulso que vivían las almas con los cuerpos. Se acusó a sí mismo de mentir, de maquinar, de traicionar, de perder en demasiadas ocasiones la batalla contra los instintos, de culpar de lo visible a lo invisible —y viceversa— siempre que sirviera para zafarse de sus responsabilidades, pero, por supuesto, estaba pensando en ese perverso confesor que lo miraba y jadeaba como si para él la repugnancia fuera lo mismo que el placer.

Cardoso el sepulturero, convertido por la pura necesidad en Cardoso el actor, rogó por su propia alma. Se santiguó hasta marcarse la frente. Lloró y volvió a llorar por la suerte perra de su Lisboa. Lamentó hasta los huesos que el rey José estuviera dispuesto, según le había escuchado al ministro Carvalho, a desterrar y a expulsar a todos los jesuitas que se le atravesaran al progreso. Y se preguntó en voz alta si Nuestro Señor vería con malos ojos, según lo sugiere santo Tomás de Aquino en el séptimo capítulo de su *Suma teológica*, la solución terrible de asesinar a los tiranos cuando llegaban a excesos intolerables: «Es necesario estar reverentemente sometidos tanto a los señores moderados como a los rigurosos», le recordó el dedo puntiagudo de Malagrida.

Y lo llamó puerco y le pidió que se largara y se dio la vuelta para consultarle al mar su pesadumbre.

Eso fue todo. Nada más. Cardoso regresó a Lisboa de inmediato, o sea nueve o diez horas después, porque ya había terminado su tarea. Volvió a su rutina callada, obediente, absolutamente convencido de que cada día caería un minúsculo grano de arena de su plan hasta que el reloj quedara vacío. Así ocurrió. En 1758 se llevó a cabo el atentado contra el rey José I. En 1759 fueron expulsados los jesuitas del reino de Portugal —y de todas sus colonias— porque la tensión se había vuelto insufrible, pero los que participaron en la conspiración para asesinar al soberano de los soberanos, encabezados, los muy asesinos, por el padre Rodrigo Malagrida, fueron encerrados en las mazmorras hasta 1761 para que se pudrieran o se enloquecieran entre sus propios fantasmas.

A pesar de que se le iba el día entero escribiendo sobre las trampas que le había tendido el anticristo, a pesar de que se flagelaba y oraba hecho un poseso, el santo inquisidor se desbocó igual que una bestia en un calabozo de la Torre de Belém. Se volvió un chiste cruel. Presentó a sus confesores, por sugerencia de ellos mismos, un alucinado tratado sobre el alma en el que acabó echándoles la culpa de su desgracia a «un sepulturero judío que fornicaba con los muertos» y a «una mujer impúdica que se me aparece en las madrugadas». Varias veces fue descubierto tocándose indebidamente ciertas partes de su cuerpo. Y así, cuando se dieron cuenta de sus obscenidades y de sus blasfemias, los ministros que tanto lo detestaban consiguieron que la mismísima Inquisición lo condenara a la horca.

Se cumplieron, pues, un par de vaticinios de la madre Lorenza de la Cabrera. En efecto, Cardoso fue el hombre que puso en jaque a Malagrida: *Un hombre que murió y regresó al suplicio / forzó al auto de fe al plan del anticristo.* Y el cura de los mil demonios fue humillado y ajusticiado en la Plaza del Rossio por las mismas razones que le sirvieron a él para pasarse la vida condenando a los demás: *Un viejo semejante a Baal, padre de los dolores, / se volvió en odio y polvo y terminó en el Tajo.*

El artista barroco Vieira de Matos, obsesionado con el sacerdote enajenado, pintó la escena horrenda en un tríptico titulado *Ajusticiamiento en Rossio*: cinco inquisidores vendados e impíos han sido colgados de un palo junto a una torre de piedra, observados por un par de guardias a caballo y por una fila de religiosas, pero Malagrida, sin vendas y sin arrepentimientos, mira a quien lo mire y mira de frente como desafiando a la muerte. En sus textos admirables, que ya les veo la gracia a los cuatro, Leão, De Campos, Tabucchi y Alexander lo ponen a gritar «¡fue él!, ¡fue el sepulturero!, ¡fue él!» antes de ser lanzado al vacío, y de escuchar un tijeretazo en el aire, y un estrépito, y de empezarse a ahogar. Es claro que dijo entre dientes una plegaria inútil y se rindió.

Su Dios lo dejó morir igual que a un cerdo abandonado a su suerte. No murió de inmediato, en un parpadeo de mierda, porque en la descolgada no tuvo la suerte de fracturarse la segunda y la tercera vértebras. Tampoco alcanzó la fortuna de ser consciente de su muerte apenas durante diez segundos, como tantos condenados que sólo alcanzan a pedirle perdón al horizonte, pues en el desplome no se le comprimió la tráquea, ni se le estrujó la arteria carótida de un solo golpe. Fue un ahorcamiento terrible, con una caída inferior a un metro, en el que la presión constante en la yugular le fue cortando la entrada de oxígeno al cerebro, y sin embargo durante diez minutos fue consciente de lo que le estaba pasando y alcanzó a caer en la tentación de renegar de su Dios.

Colgó de aquel palo un buen rato, semejante a una res despellejada, porque todo el mundo quería verlo y volverlo a ver así para convencerse de su muerte. Un desconcertado corrillo de lisboetas, embrujado ante el bulto del inquisidor suspendido en el aire, se dio a la tarea de recordar el sufrimiento del sepulturero oficial Nuno Cardoso. Había muerto diez meses antes, el lunes 17 de noviembre de 1760, en medio de un sueño feliz que entonces no quedó truncado. Se había acostado vestido, con su abrigo negro y sus guantes y sus zapatos de tacón, rendido por los últimos acontecimientos. Durante mucho, mucho tiempo, había creído que el clímax de su vida —el momento preciso en el que por fin podría sentarse a esperar la muerte porque ya su trama había cobrado sentido— iba a ser la humillación del cura Malagrida en una plaza llena de sus víctimas. Y esperó meses y meses y meses, con su propia paciencia, a que ello ocurriera: a que pasara del calabozo de los altos traidores al cadalso de los herejes.

Y el sepulturero contribuyó a enloquecer al puto cura, y a extraviarlo en el camino de la locura y de la lujuria, enviándole por el corredor de la celda prostitutas espectrales disfrazadas con los ropajes de Renata. Y vio muy cerca su revancha.

Pero entonces el larguirucho Duarte, su alano formal, devoto e invariable, se le murió. Fue hasta él en la sala fúnebre para que le diera unas últimas palmadas en el lomo, tan, tan, tan, empeñado él también en cumplir con los gestos de todos los días. Regresó al rincón en el que solía echarse a esperarlo. Se tiró con los ojos tristísimos y con la cabeza vencida sobre el piso de madera, y se fue muriendo, y se murió sin soltar un solo gemido, en la tarde polvorosa y desatenta del viernes 14 de noviembre de 1760. Unos segundos después, el señor Cardoso, volcado sobre el último cadáver de la jornada, notó que estaba solo en aquella habitación. E hizo lo mejor que pudo para que nadie lo supiera porque no quería que nadie lo mirara con lástima.

Sepultó a su Duarte a escondidas de toda Lisboa. Se santiguó sobre el montículo de tierra y dijo adiós alrededor por si acaso la sombra invisible del perro andaba por ahí: «Señor, te encomendamos de tu siervo, Duarte, que no le niegues la entrada en el regazo que conquistaste cuando bajaste del cielo a la tierra...». Sospechó que de pronto, de golpe, ya no tenía gracia que pasaran los minutos. Avanzó a su paso. Sintió, en los hombros y en las rodillas, en los brazos y en los pulmones, en las entrañas y las vértebras, todos los dolores que no había sentido jamás. Siguió adelante a pesar de todo. Se fue a la pequeña casa de los dos a darse cuenta de que le daba igual lo que siguiera: que se cayera Lisboa de nuevo y se quedaran los bárbaros de los inquisidores con el mundo y se le condenara a despedir los cuerpos inservibles —que los tiranos se sucedieran y las guerras remplazaran a los terremotos y las pestes arrinconaran a los viejos pobres y los hombres conquistaran la belleza y llegaran a la Luna para desmentir su miseria—, que ya todo daba igual.

Tenía claro que el infame de Malagrida sería ahorcado y escupido y destazado como una bestia salvaje, pero también que su alma de inquisidor sería forzada a volver a esta puesta en escena devastadora para quien no se conozca a sí mismo. Sospechaba que esta ilusión no era cruel porque era apenas —y lo es— una ilusión, porque, aun cuando el mundo sea una máquina de violencias y de imágenes brutales, es apenas una alucinación compuesta por el inventor de la belleza y de la porquería: «El infierno es los remordimientos», escribió, entre un párrafo lleno de pistas falsas y de sutiles llamados a superar las trampas de los curas, en su *1755: breve testemunho dum coveiro*. Y se lo recordó a sí mismo todo el tiempo, se lo sopló como un último rumor, mientras se preparaba para mudarse a donde quiera que haya ido ahora sí para siempre: «Voy a vivir».

Se acostó con las manos abiertas sobre el vientre como un pariente en el féretro. Cerró los ojos. Sabía que le había llegado el momento de morir, bocarriba y completamente vestido sobre la cama como un cadáver preparado por él mismo, porque de seguir adelante —de celebrar la lapidación de su verdugo con la boca llena de sangre y de saliva— la suya no sería la historia de un sepulturero que amó la vida a pesar de sus bajezas, pues la vida era Duarte en su rincón y era Renata detrás de ese velo, sino la tragedia de otra víctima que había derrochado su trama para mearse en los pies colgantes de su victimario. Ya no tenía miedo. Ya no se imaginaba el paisaje y el clima y la fauna que se le iban a venir, en unos cuantos segundos nomás, apenas se le acabara el tiempo.

San Bernardo nos dejó dicho a todos, en su *Libro de la manera de bien vivir*, que el infierno tiene lugar en esta vida, que el infierno no es un sitio nada más, sino una escena, una situación, pero también temió a aquel inframundo en llamas que hasta hace poco a todos nos advirtieron de niños: «Tiemblo ante el pensamiento de la cólera del Todopoderoso, de la ira dibujada en su rostro, del clamor del mundo derrumbándose, de la horrible tempestad, de los dientes de la bestia, del gusano roedor, del vapor, del azufre, de la región del olvido, de la tierra de la aflicción», anotó. Y, como respondiéndoles a sus miedos, santo Tomás comprendió la importancia de la pregunta removedora por la existencia de un Dios amoroso que es capaz de castigar por toda la eternidad los crímenes y los pecados.

En un poema que circuló por esos mismos años, Voltaire, el de siempre, descreyó de un creador que hizo a los hombres semejantes a su imagen «para poderlos envilecer mejor», «para gozar del derecho de castigarnos con espantosos males».

Y todo eso, y la esperanza de dar con su alano y con su mujer después de los hechos, estaba en la mente de Cardoso cuando sintió que se le escapaba el aire. Coinciden las versiones, incluso la del monólogo que soltó su enemigo, Malagrida, cuando le faltaban unos minutos para ser ahorcado, en que el sepulturero escueto y risible consiguió quedarse dormido y soñar antes de que el corazón se le atascara entre los huesos del pecho. Se durmió, sí, soñó con las primeras cuatro fases de la muerte. Y ya no quiso volver a bordo de su cuerpo, y siguió de largo hacia la vida nueva, feliz por haber notado a tiempo que había vuelto a esa figura calva y desgarbada a corresponder un par de amores.

Sábado 23 de mayo de 1896

En cambio, la impostora Muriel Blanc sí pudo celebrar la derrota del dictador que quiso verla muerta: «El pequeño Napoleón III», le terminó diciendo. Tuvo que respirar hondo durante un par de décadas de tiranía: ¡veinte años eternos! Se encogió de hombros, aunque los tuviera engarrotados, cuando supo del nuevo imperio que el déspota se inventó a traición, del nacimiento del nacionalismo que engendró el fascismo, de la búsqueda de una condesa joven para que fuera la emperatriz que le procurara un heredero legítimo, de la modernización ladrillo por ladrillo de París, del atentado a bombazos en el camino a la ópera, de las batallas inútiles y horripilantes y fantasmagóricas y descabelladas en Sebastopol, en Solferino, en México, en Cochinchina.

A pesar de su buen juicio y su deseo de acallar la amargura, Blanc siguió durante años aquella bola de nieve y de sangre que terminó en la catástrofe de la guerra franco-prusiana. Disfrazada de la tarotista Beatrice Lanoire, la sobrina encargada de cuidar el legado del espiritista francés conocido como Allan Kardec, vio en la Plaza de la Bastilla a una multitud enfurecida cantando a todo pulmón *La Marsellesa* y marchando hacia el desastre porque el mundo estaba convencido ese día de que el destino de los franceses era poner en su lugar a los envanecidos y coléricos prusianos: «¡A Berlín!, ¡a Berlín!», gritaban. Era claro, para ella, que el ego maltrecho del pequeño Napoleón —que vivió y murió tratando de probar que él no era el remedo de nadie— había mordido el anzuelo.

Ya no era, a fin de cuentas, el mismo emperador de hacía veinte años: soñaba, de la peor manera, con ponerse a la altura de las presiones del nacionalismo rampante y salvaje que él mismo había atizado, con sacudirse el fracaso de su ejército en

México, con desbaratar la peligrosa avanzada de la mancha prusiana por el mapa de Europa, con recobrar, en fin, la popularidad del comienzo de su imperio. Cayó en las trampas que le tendió el canciller Bismarck para poner en escena una confrontación. No vio más salida que la guerra porque anhelaba el consenso. Se imaginó los nueve meses que vinieron, los cráneos y los charcos y los huesos de los cientos de miles de muertos, pero siguió adelante como si se le hubiera encomendado el papel del verdugo.

La venganza de Muriel Blanc empezó en febrero de 1855. Volvió a París, acostumbrada a los susurros y las huellas de las otras dimensiones, siguiéndole el consejo a un espectro que unos meses antes se le había aparecido en Londres en una sesión de espiritismo en la que curiosamente habían estado también los barbados Engels y Marx en su peor momento económico: «Tú eres lo tuyo», le susurró el espanto carrasposo, «vuelve a lo tuyo». Para ese momento, Blanc tenía claro que en las mesas de los videntes de vez en cuando aparecen duendes y fantasmas fraudulentos que lanzan pistas falsas para desviar a los consultantes. Y a pesar de las rarezas de esa noche, a pesar, por ejemplo, de que Marx quedó convencido de que el espíritu le ordenaba que escribiera sobre la lucha de los trabajadores por la igualdad, ella asumió que ya era hora de regresar a su ciudad reconstruida a terminar con el tirano.

—Es que es un falso Napoleón —les dijo a Engels y a Marx para explicarles su absurda decisión de meterse en la boca del lobo de donde había huido porque el opresor había ordenado su muerte—: los héroes trágicos vuelven a esta vida reducidos a sus propias parodias.

Volvió a París. Para que nadie pudiera reconocerla —si es que alguien osaba pensar en ella con vida y alguien perdía su tiempo preciado preguntándose qué habría sido de aquella mujer que sirvió tanto en el taller de Dumas—, ahora su pelo era rubio, su ojo derecho tenía un parche negro, su olor era el que le había tocado en suerte, su aspecto era el de una puritana americana. Pronto, abril de ese mismo 1855, empezó a ser invitada a las sesiones que una médium llamada madame de Plainemaison llevaba a cabo en la Rue de la Grange-Batelière. Unos cuantos días más tarde, ya en mayo, en una de aquellas *séances*, un espíritu que se identificó a sí mismo como Zafiro no sólo le presentó al «portavoz de los muertos» que estaba al otro lado de la mesa redonda —«él es monsieur Kardec»—, sino que le pidió que le ayudara a codificar el espiritismo.

—¿Puedo preguntarle su historia, señorita Lanoire? —le dijo el aniñado Kardec a la salida.

—Puede leerla en esta carta de puño y letra del propio Victor Hugo —le respondió entregándole unos cinco o seis papeles.

—¿De Victor Hugo ha dicho usted? —indagó el vidente perturbado por el nombre—: yo he leído todo lo que ha escrito Victor Hugo.

Agarró las cinco o seis hojas, enterrándoles los dedos, para que nadie osara quitárselas. Reconoció la letra puntillosa del maestro. Se puso a leer allí, a la vista de todos, porque nadie en el mundo podía tener nada más importante que hacer.

Parecía el comienzo de *Los miserables*: «Quizás no será inútil indicar aquí los rumores y las habladurías que habían circulado acerca de la señorita Beatrice Lanoire, médium con capacidades que jamás se volverán a ver, cuando llegó por primera vez a la isla de Jersey», arrancaba. «Lo que de las personas se dice, verdadero o falso, ocupa tanto lugar en su destino, y sobre todo en su vida, como lo que hacen». Después le inventaba una vida dramática plagada de traiciones y de reveses, semejante en fondo y forma a la de Blanc, que desembocaba en la tarea de documentar la existencia del espiritismo. Y, superada la trama, se volvía una carta de recomendación dirigida al «hombre ilustre que ella ha estado viendo en sus sueños desde hace varias noches…».

—Tenemos una habitación para usted en nuestro segundo piso —le dijo Kardec devolviéndole el mensaje de Hugo.

Y la recién nacida señorita Lanoire, con su rictus de señora virginal y su pose de maestra de gramática que nadie jamás habría relacionado con Blanc, dedicó su vida entonces a ayudarle al mareado Kardec en la investigación y en la redacción de *El libro de los espíritus*. Por supuesto, una vez más, tal como le sucedió con los Dumas o con los Hugo, fue adoptada por una familia. Se dedicó a establecer contacto con seres fantasmales, a explorar la telepatía entre dimensiones, a diseñar preguntas precisas para las entidades que se les aparecían en las sesiones, a apuntar en libretas los resultados de los experimentos con «mesas parlantes» y con «vasijas danzantes». Pero también a ser la chaperona —la hija y la secretaria y la consejera— de los esposos Kardec.

Crecían el materialismo y el positivismo, y otra vez el mundo parecía por fin amaneciendo, tanto en la filosofía como en la ciencia. Se levantaban las ciudades con vocación de monumentos. También se desmadraba la barbarie, claro, se desquiciaba la guerra hasta conseguir las imágenes de las pesadillas, porque no siempre la práctica se entera de la teoría. Y entonces, en medio de la carnicería y de la degradación que siempre están buscando dónde asentarse en la Tierra —y que de aquí, de Colombia, no han querido irse—, empezó a llenarse de fantasmas la Europa que era un pulso entre imperios sin pies ni cabeza. Y quizás lo más lógico habría sido fijarse tanto en lo visible como en lo invisible, tanto en la materia como en la energía: *El origen de las especies*, el *Manifiesto del Partido Comunista* y *El libro de los espíritus* al mismo tiempo.

El libro de los espíritus tiene claros sus propósitos: «Los espíritus anuncian que han llegado ya los tiempos designados por la Providencia para una manifestación universal, y que, ya que ellos son ministros de Dios y agentes de su voluntad, su misión es la de instruir e ilustrar a los hombres para abrir la era nueva de la regeneración de la humanidad», se lee en su nota introductoria. Luego empiezan a desarrollarse de manera exhaustiva temas como el monoteísmo, el creacionismo, la supervivencia después de la muerte del cuerpo, la transmigración, la reencarnación, la pluralidad de mundos en el universo, la vida más allá del tiempo y más allá de la Tierra, la manifestación de las almas a través de los videntes, el karma, la generosidad como sustituto de la fe.

Es claro que Kardec sabía plenamente lo que hacía: Kardec había alcanzado el dominio de su oficio que algunos afortunados alcanzan a ciertas edades. Pero también se nota a simple vista la experiencia de la impostora Blanc —de la tarotista Lanoire, perdón, que así se hacía llamar ella en ese entonces— en los cuatro grandes libros que componen *El libro de los espíritus*: el segundo volumen, en especial los capítulos titulados «Encarnación de los espíritus», «Regreso a la vida corporal desde la vida espiritual», «El más allá», «La emancipación del alma» e «Intervención de los espíritus en el mundo material», se vale del viaje por las fases de la muerte de una mujer que fue empujada al río Sena porque sabía demasiado y volvió a su cuerpo a decir lo que había visto.

No se dan suficientes pistas de la identidad de ella, claro, sólo se usa su historia como uno de los más precisos ejemplos de lo que son las experiencias fuera del cuerpo, porque su relato con nombres y apellidos habría convertido el texto espiritual en un texto político. Queda claro lo que ya sabemos, pero también, y así lo sugiere Marisol Toledo en el artículo de la revista de Avianca que leímos en la sala de espera de la clínica, que Blanc se pasó la mitad de su biografía escuchando voces de almas perdidas, comunicándose, expresamente, con los llamados «desterrados del cuerpo», y recibiendo visitas de los muertos en sus sueños más profundos. Se ve lo que se sabe: que la impostora convertida en vidente se pasó quince años ayudando a darles forma a los estudios de Kardec.

De junio de 1855 a septiembre de 1870 vivió entre libros y entre papeles sueltos, y sin vanidades, en una pequeña habitación de la casa «alejada de todo» de la familia Kardec. Poco salió a las calles en estos años. Poco se alejó de la rutina diaria: el desayuno con la familia, el trabajo de revisión de la mañana, el almuerzo en la hora de las nuevas lecturas, la comida con los señores, las plegarias antes de cerrar los ojos para probar suerte en la noche. Poco quiso apartarse de lo que pronto se llamó la

«Codificación espiritista» o el «Pentateuco espiritista» o los «Cinco trabajos fundamentales del espiritismo»: cada vez me parece más extraño que haya alguien que no crea en las verdades perturbadoras que fueron revelando *El libro de los espíritus* (1857), *El libro de los médiums* (1861), *El evangelio según el espiritismo* (1864), *El cielo y el infierno* (1865) y *La génesis* (1868).

Sería injusto e infame negar que los trabajos del profesor Allan Kardec también se vieron beneficiados del dominio de la lengua y del drama que Blanc adquirió en sus años en los talleres de Dumas, pero la propia reportera Marisol Toledo —a quien encontré luego de preguntarle a un amigo de un amigo su email— sugiere en su artículo que la vieja impostora pudo apaciguar su angustia y su cólera en la tarea de poner en orden todo lo que se sabía de los espíritus y nadie se había atrevido a preguntar: «Como consta en los agradecimientos de los cinco libros de la codificación, Blanc asumió la identidad de la sobrina Lanoire hasta que la guerra la volvió a sacar de sus casillas, pero fue, de lejos, su identidad más larga y feliz», me escribió ella, Toledo, a vuelta de correo electrónico.

Fue como si su alma se calmara igual que acaba de calmarse una persona sollozando. Fue, mejor, como si se detuviera de golpe un caballo que andaba desbocado. Se dedicó a escuchar voces al otro lado de quién sabe cuál línea, a comunicarse con los muertos, a reconocer mensajes de ultratumba, a pensar, a pensar dos veces, a leer, a transcribir, a escribir, a editar, a corregir, a documentar, a clasificar. Disfrutó sus tardes largas y libres de los rumores de las cortes y de los afanes de los invitados a las grandes celebraciones parisinas. Aprovechó sus paseos por los campos más allá de las cercas blancas y sus lecturas de los poemas de Villon. Se paró cada noche a fijarse en el horizonte como si fuera un mensaje secreto, una pregunta.

Sólo hasta la noche en la que vio venir la guerra, en su punto de fuga en el paisaje, dejó de buscarse excusas para no pasar por los viejos lugares de París. De resto, tuvo cuidado cuando estuvo cerca de la orilla del río Sena. Y regresó pronto a su balconcito de la octava casa de la Rue des Martyrs, que llegó a llamar su casa sin sentirse extraña, para que ningún borracho terminara señalándola como si estuviera viendo un fantasma. El martes 19 de julio de 1870, cuando ya había cruzado la esquina de los cincuenta años, recorrió la ciudad porque tenía una cita para revisar los manuscritos que se convirtieron en el libro póstumo del señor Kardec —que un libro póstumo era lo mínimo en el caso de él— y a ella se le había metido en su cabeza laberíntica el deber de honrar al espíritu del mejor padre que se había conseguido por el camino.

Kardec, que se llamaba Hippolyte Léon Denizard Rivail pero firmaba con el nombre de su primera vida pasada, se parecía a los demás mentores de Blanc en la vocación a ser el centro de atención, en la consciencia del papel que interpretaban en el espectáculo universal. Había algo diferente en él: de vez en cuando se permitía la fragilidad, que es un modo de la valentía y la dulzura que debería tener testigos, en la intimidad que sólo se le daba con dos o tres o cuatro personas en el vasto universo, y era maravilloso verlo, y entonces era fácil levantarse cada día a la espera de un breve paréntesis de aquellos. Se le despeinaba la calva que trataba de tener a raya para los retratos. Se le soltaba un botón del apretadísimo chaleco. Y dejaba escapar su sonrisa de niño de bigote.

Merecía, mejor dicho, un bello libro póstumo con todas las notas sobre espiritismo que no se alcanzaron a incluir en el quinteto de publicaciones. De eso se trataba esa jornada.

Pero según *Historia de un crimen*, escrito por Victor Hugo con el pulso y la pasión por los detalles de una escueta crónica del «nuevo periodismo», aquel martes 19 de julio de 1870 la vidente Blanc iba por una bocacalle del bulevar de Montparnasse cuando empezó a escuchar el himno francés como el rumor de un aguacero: *Allons enfants de la Patrie / Le jour de gloire est arrivé! / Contre nous de la tyrannie / L'étendard sanglant est levé...* Y fue obvio que había empezado la guerra.

Acostumbrada ya, igual que yo, a ver el mundo semejante a una red de señales, se sumó al canto en nombre de la persecución que habían estado soportando los libros de Kardec en esos últimos años. La Iglesia católica los incluyó, sin discutirlo ni pensarlo demasiado, en su Índice de libros prohibidos de 1864. El Santo Oficio los quemó, cientos y cientos de ejemplares hechos con el cuidado de una madre, en su quema de un par de años después. Y Blanc, disfrazada de Lanoire, se puso a cantar el himno contra las malditas tiranías que había estado engañando y eludiendo desde que la familia entera escapó de París con su padre aquella vez: *Aux armes citoyens! / Formez vos bataillons! / Marchons, marchons! / Qu'un sang impur / Abreuve nos sillons!*

Cuando escuchó los gritos triunfalistas en la Plaza de la Bastilla, «¡a Berlín!, ¡a Berlín!», se le rompió una rama por dentro: crac. Es que se venía y se vino otro fin del mundo. Veía a los lejos y llegaron las batallas atroces de Tréveris, Metz, Estrasburgo, Gravelotte, Marne, nueve meses de aludes y estallidos y baños de sangre llevados a cabo —porque el drama del mundo es el progreso— en los rieles de los ferrocarriles, detrás de las redes del telégrafo y entre las balas de los fusiles de aguja. Veía cientos de miles de muertos en los montículos de los montes. Nubes en los prados. Trompetas, espadas, bayonetas, cascos, rifles a caballo. Multitudes de gorros, de casacas, de sables, de gritos de lidia que corrían hacia la muerte como los huérfanos que se lanzan al mar.

Veía un muchacho de bonete rojo y desteñido que trataba de consolar a otro que se tapaba las orejas para no escuchar la guerra y se escondía tras las ruedas de madera de un cañón.

Veía un cuarteto de soldados de la patria refugiados en una ornamentada habitación de una vieja casa en pleno campo de batalla, moribundos e iracundos porque nadie estaba viendo la inutilidad de ese miedo.

Y veía y vio la muerte de Dumas, el pobre y el enorme de Dumas padre, a quien ella tanto quiso cuando le ayudó a tramar aventuras, que debería haber sucumbido con los honores que merecieron los héroes de sus novelas: se fue como un muerto más en medio de una guerra que era la única noticia importante, pero terminó yéndose, eso sí, después de tener el gusto de enterarse de que por fin había caído el tirano. Fue el señor Maquet, que perdonó a todos los presuntuosos que se encontró en la vida y al final quiso hasta a la silueta despeluca-da de Dumas, quien le dio a la señorita Blanc la noticia: se la dio, en realidad, a aquella señorita Lanoire que producía risitas e incomodidades a diestra y siniestra del río, pero él jamás le había creído a ella los disfraces.

—Yo a veces, para quedarme dormido, fantaseaba con que inventábamos los tres una novela epistolar —reconoció Ma-quet, a un metro de distancia por lo menos, en las escaleras de la casa de la Rue des Martyrs—, pero me temo que no era mi imaginación sino mi memoria.

—Seguro que ahora está bien —contestó Blanc, resignada a ser descubierta por ese escritor, disfrazada en vano de tía ve-rrugosa y velluda que había dedicado su vida a cuidar el legado del inventor del espiritismo.

—Al menos no se enterará de la debacle —aceptó el hom-bre que más odió y que más quiso a Dumas.

Ya era el viernes 9 de diciembre de 1870. Cada mes, cada semana y cada día se perdía un poco más esa guerra. Ni siquie-ra el heroísmo necio e inverosímil le había servido al supuesto emperador Napoleón III para recobrar su prestigio entre los franceses. Su terquedad de pequeño déspota, de soberano ma-jadero que convierte en enemigos a todos los que no se plie-guen a sus insensateces, de mentecato atrincherado en sus ter-quedades para que nadie se dé cuenta de que él se ha decretado su propia importancia, había dejado las praderas de esos años llenas de cadáveres y de aves carroñeras: ¿qué clase de Dios podía permitirle a semejante farsante que dispusiera de las vi-das de tantos muchachos tal como lo hace un protagonista con sus extras?

Quería hacer grande a Francia otra vez el muy imbécil —«el Imperio es la paz», repetía como aferrándose a la máxima que lo rescataría del juicio de la historia—, pero había acabado parodiando su propia nación. Hay épocas que son torpes reme-dos de épocas serias. Hay épocas que parecen versiones pobres,

485

de bajo presupuesto, de épocas dramáticas, graves. Y Napoleón III, con su nombre fallido, encarnó mejor que nadie ese fiasco.

El jueves 1º de septiembre de aquel 1870, tres meses antes de la muerte de Dumas, el pequeño emperador francés asumió plenamente la decisión de acompañar a su ejército de 130.000 valientes a la confrontación definitiva —a la hecatombe— que luego sería llamada la batalla de Sedan. Venían de perderlo todo en el mes de agosto. De ser humillados. De ser sitiados en Metz. De ver morir a ocho mil soldados que jamás consiguieron librarse del miedo. Y desde muy temprano en la ofensiva se dieron cuenta de que cada minuto todo iba a ser peor: el pueblo de Sedan, que desde la Edad Media había sido un asilo, un refugio, iba a ser ocupado por la guardia prusiana más temprano que tarde a pesar de los ataques desesperados y a pesar de las trincheras.

El ejército de Châlons, o sea la compañía de Napoleón III, en un rapto de pintura al óleo atacó y contraatacó a las formaciones enemigas por los lados de la pequeña y fortificada villa de La Moncelle. Un par de horas más tarde, hacia las nueve de la mañana de ese jueves, todo colapsó —y no hubo perspectiva aparte del colapso— pues empezaron a aparecer oleadas y oleadas de tropas prusianas. Al mediodía ya no había nada por hacer, aparte de rendirse en masa, porque los franceses estaban rodeados de ráfagas y de relinchos en el bosque de la Garenne, pero el emperador seguía viendo señales de esperanza en los segundos de luz y de alivio. Pronto entendió lo que estaba pasando porque el cielo se encapotó de golpe, y la tarde llegó antes de tiempo, y los pocos sobrevivientes entregaron sus armas y abrieron los puños y cerraron los ojos.

Y, sin embargo, esperó hasta la noche de la noche para declararse vencido —él— porque en aquella época seguían esperándose esa clase de milagros.

Empuñó e izó la bandera blanca en el fuerte de piedra de Sedan. Envió a su general, entre la bruma y el polvo fúnebre del final de la batalla, a entregarles la carta de rendición a los prusianos: «Ya que no he sido capaz de morir al comando de mis tropas, Querido Señor, sólo me queda entregar mi espada en las manos de Su Majestad», escribió con su letra dramática y difícil de leer.

Y hacia las doce del día siguiente, el viernes 2 de septiembre de 1870 que tanto celebraron los alemanes, quedó firmado el fin: 3.220 asesinados, 14.811 heridos, 104.000 capturados para la galería muda del universo.

Napoleón III se entregó unas horas después junto con su guardia. Se sentó luego, fruncido por los dolores de estómago, avejentado de una hora a la siguiente, a hablar con el canciller del Imperio alemán Otto von Bismarck en el jardincito de una casa de una de las colinas del lugar. Tenía puesto su uniforme de guerra, con su sombrero rojo con ornamentos amarillos, su abrigo azul, sus guantes blancos, para confesar que estaba doliéndole la cabeza desde el cráneo hasta el entrecejo. Se jaló la barba una y otra vez mientras contó que su tío Napoleón Bonaparte había perdido la batalla de Waterloo porque las hemorroides no lo dejaban dormir ni pensar: «¡Jajajajajá!». Algo comentó sobre su papel en la trama francesa. Vaticinó el aguacero que siguió.

Prolongó esa conversación todo lo que pudo, con la complicidad de la mirada de aquel Bismarck que solía sentarse derecho, porque tuvo claro que apenas se levantara de la silla en la que estaba iba a empezar a morirse.

Se alisó el pantalón rojo cuando sintió que había recobrado el aliento lo suficiente como para comenzar a perderlo para siempre. Dio las gracias y, antes de ponerse de pie, empezó a sostener la verdad que sostuvo y que adornó de allí en adelante hasta el día de su muerte:

—Tiene usted razón: yo podría haber dado la orden de combatir hasta sepultar a nuestro ejército en las ruinas de Sedan, pues no sólo les había prestado un servicio a mi nombre y a mi dinastía, sino que la muerte es preferible a la capitulación en términos estéticos, pero justo anoche me di cuenta de que mi corazón de hombre corriente se niega a estas grandilocuencias siniestras.

Se levantó con la reticencia con la que se levantan los profetas. Se sintió triste por su hijo atrapado en su palacio de París y por su pueblo a punto de vivir una nueva república a la fuerza que tardaría meses en salirse de esa guerra. Se dijo «es que eran seis mil fantasmas menos», encogiéndose de hombros, para que Bismarck se viera obligado a asentirle como a un rey magnánimo. Eran un par de próceres de tiempos mejores, de guerras palmarias. No eran Solimán el Magnífico contra Guillermo de Roggendorf, ni Vercingétorix contra Julio César, ni Constantino XI contra Mehmed II, ni Napoleón Bonaparte contra el duque de Wellington, ni al-Gafiqi contra Martel, pero tampoco eran un comandante guerrillero entregado a la tarea salvaje de salvar al pueblo colombiano de sí mismo y un comandante paramilitar empeñado en defender a esta patria que acabó con el prestigio de la guerra.

Alguna vez hubo dioses, semidioses, hombres trágicos y mujeres heroicas. Se encontraron cara a cara generales míticos de ejércitos enemigos que, conscientes de los propósitos de sus destinos y de sus lugares en el corredor del relato humano, pasaron a la historia convertidos en personajes teatrales y óperas sombrías y retratos colgados en las paredes largas de los museos. Hubo príncipes que se hicieron matar por la verdad y reyes que se sacaron los ojos para seguir siendo dignos de la eternidad. Hubo reinas brujescas que prefirieron la muerte de sus hijos a la gloria de sus traidores y amazonas de cinturones mágicos que renegaron de la guerra. Pero héroe tras héroe, guerra tras guerra, el mundo se fue empobreciendo como una sinfonía reducida a música de ascensor.

Las batallas del siglo XIX fueron exterminios sin gloria y sin sentido comparadas con las peleas espléndidas y solemnes de la Antigüedad. La Primera Guerra Mundial terminó siendo la parodia indigna e inhumana de la guerra franco-prusiana. Y la Segunda fue peor que la peor, con sus hongos atómicos y sus masacres cobardes en nombre de cualquier cosa, pero al menos no fue un plagio ni un embeleco como la de Vietnam o la de Irak —o, fuera de mí negarlo, como la de la degradada, eternizada guerra colombiana—, sino que consiguió convencer a sus espectadores de que era una pugna entre naciones.

El pequeño Napoleón III no era el Napoleón Bonaparte de las gestas cinematográficas, ni les daba a los tobillos a los próceres románticos de la Independencia americana que quisieron redefinir el mapamundi en el nombre de la gloria del alma, pero tampoco era, increíblemente, el tirano más mediocre de la saga humana: vendrían peores y peores que los peores en los siglos siguientes, sí, su figura resultaba conmovedora y memorable, épica y trascendental, mientras se dirigía a su caballo como consumando una tragedia y se volteaba una vez más para quitarse el guante de la mano derecha y decirle adiós al canciller prusiano: «Seis mil viudas menos», insistió jalándose la barbita hacia abajo, «seis mil huérfanos menos».

Se quitó el gorro de siempre, que luego se lo regaló a uno de sus soldados, para secarse el sudor de los pelos sueltos que ya no le tapaban la calva. Se lo puso para verse imperial hasta de espaldas.

Se entregó a su captura como a su sino. Y, unos cuantos días más tarde, comenzaron las ansiedades y las patadas de ahogado. De portones para afuera, el pequeño Napoleón decía haberse resignado, aunque en estos casos se trate de una resignación entre comillas, a refugiarse como el preso que era en un castillo alemán que fue puesto a su disposición. Apenas se encerraba en sus aposentos, sin embargo, trazaba sus planes de reconquista y justicia divina en una serie de hojas que luego rompía desesperado. Seguía la guerra. Y él soñaba que estaba en su palacio con la suerte de su país en las manos y se despertaba a escribir cartas y más cartas en las que le proponía al canciller Bismarck que firmaran la paz y le devolvieran su imperio a cambio de lo que fuera.

Su esposa Eugénie, la emperatriz española, gritó «¡pero es que no puede ser de ninguna manera porque un emperador jamás capitula, ni se deshonra, sino que antes se suicida!» cuando la pobre se enteró de que ese imperio en el que estaba parada había llegado al final. Salió de allí apenas pudo, sí. Viajó de incógnita al parque montañoso de Wilhelmshöhe, en Kassel, en busca de su esposo. Sólo encontró alivio, no obstante, cuando notó que él tampoco había renunciado a perder su trono: «¡Francia soy yo!». Pasaron juntos octubre, noviembre, diciembre, enero, febrero y marzo, en aquel castillo de pocos colores. Y juntos se enteraron del fracaso de sus partidarios en las primeras elecciones de la nueva república. Y juntos escucharon la noticia del fin definitivo de la guerra.

Y recibieron la comunicación en la que se les notificaba que el reino de Prusia les había devuelto la libertad.

Se fueron al exilio —jamás volvieron— porque sólo se tenían el uno al otro: así suele ser. Vendieron todo lo que pudieron, las casas que no les habían quitado y los collares de diamantes, porque ya no eran dueños de su patria. Se mudaron con una pequeña corte a una casa de tres pisos en Camden Place, en el suroccidente de Londres, donde quedaban los mejores recuerdos de la vida del viejo emperador. El último emperador, Napoleón III, aquejado por los dolores estomacales y las depresiones súbitas, se puso a escribir con la mejilla apoyada en el puño, a ver pasar a una muchacha que trabajaba en el lugar. Su paciente mujer, Eugénie, que le soportaba los delirios de narciso, se dedicó a recibirle las visitas ilustres.

Todo cambió a principios de agosto de 1872 porque el tirano que jamás se reconoció como tal tuvo que ser operado un par de veces para eliminarle los cálculos biliares. De la segunda intervención, brutal y espantosa, regresó deshecho y dispuesto a morirse. El cuerpo lo torturó cinco meses más, de los pies a la cabeza, obligándolo a podrirse enfrente de los únicos que seguían haciéndole reverencias. Se encogía en las sillas y se retorcía en la cama porque era el peor dolor que había tenido que soportar desde los días de juventud que pasó en la cárcel. Maldecía al mundo. Se acostaba bocarriba y cerraba los ojos para morirse dormido, «te pido, Señor, que me lleves antes de que se llegue mañana», pero seguía con vida.

Cambiaron entonces las visitas, por supuesto, pues muy pocos tenían el valor para verlo encorvado por el malestar.

Dejaron de venir los reyes. Se quedaron por fuera de la habitación los coroneles que seguían cuidándole las tardes. Y por ello fue tan extraño, tan digno de cuento de los hermanos Grimm, cuando en las puertas de la casa de Camden apareció una espiritista llamada Beatrice Lanoire.

Nadie notó que en realidad se trataba de la escritora Muriel Blanc. Aparte de que había desaparecido por completo —«de la faz de la Tierra», se dice en la Biblia— el viernes 10 de octubre de 1851, y aparte de que su recuerdo era apenas una anécdota en los círculos redundantes del poder y su resurrección no estaba en los vaticinios de nadie, el par de décadas que habían pasado la habían disfrazado de maestra puritana y fruncida con un parche en el ojo. ¿Quién era esa? ¿Qué traía a una rara por aquella casa de piedra y de ladrillos rodeada de árboles y de pájaros que solía poner en evidencia el horizonte del distrito de Chislehurst? Desde que se le apareció enfrente esa propiedad, Blanc se sintió observada por las veintiuna ventanas blancas. Notó que un guardia a caballo se le acercaba a paso cansado como animándola a golpear a la puerta o a irse. Y supo que debía presentarse antes de que la espantaran como a una perra callejera:

—Mi nombre es madame Beatrice Lanoire y vengo a darle una importante noticia al emperador —le dijo al vigilante antes de que se lo preguntara—: he sido, soy y seré la médium más importante de París, si Dios no dispone otra cosa.

La verdad es que no fue un viaje, sino un viacrucis, el que la camaleona Blanc emprendió de Francia a Inglaterra. Puede reconstruirse etapa por etapa si uno se sumerge en las más de 18.000 cartas autógrafas que ha reunido el museo de Victor Hugo de la bailía de Guernesey. Tienen su gracia las que hay entre Hugo y Blanc porque son entre Hugo y Lanoire, su personaje inventado. Lanoire empieza por escribirle a Hugo un mensaje con un solo signo de interrogación que sin embargo lo dice todo: «?». Hugo le responde «!», de inmediato, superado por las emociones y seguro de que se está acercando el fin del déspota. Sigue un intercambio en el que se ponen al día por última vez: «Resulta mejor la venganza del destino que la venganza del hombre», escribe Lanoire, «yo soy la que veo el futuro, pero fue usted quien lo predijo». Ella le cuenta su recorrido por el puerto de Le Havre, en el estuario del río Sena, resignada a que la vejez la proteja de los violentos acercamientos de los hombres. Narra el enfrentamiento en el mar con una corbeta comandada por un almirante de apellido Herrmann que liderará al ejército alemán en la batalla del Somme de 1916. Relata un encuentro, en el trayecto de Londres a Camden, con el doctor Samuel Rowbotham que escribió *La Tierra no es un globo.* Y luego su paso por la última casa del emperador despojado Napoleón III.

Entra a pesar de todo. Espera en el sillón mullido de la biblioteca, al lado de un escritorio lleno de pequeños cajones y de cartas a medio escribir, porque la conduce hasta allá un ama de llaves que no deja de mirarle el parche del ojo. Se pone a revisar los libros para distraer los nervios.

Piensa en cuántos de los volúmenes en las estanterías avejentadas serán del pequeño Napoleón y cuántos del viejo dueño del lugar. Sigue los títulos en los lomos de cuero. Escarba. Mira qué hay detrás.

Y entonces ve con los ojos de la justicia divina, o sea con ganas de reírse a carcajadas, que detrás de los textos de Heródoto y de Tito Livio se encuentra camuflado un puñado de novelas de Alejandro Dumas: jajajajajá.

Y, detrás de las copias releídas de *El conde de Montecristo* y de *El hombre de la máscara de hierro,* descubre los ejemplares de las primeras ediciones de *Los miserables* y *El hombre que ríe* de Victor Hugo: tenía que ser.

Ve los nueve, trece, dieciséis retratos clavados, en marcos ornamentados y dorados, en las paredes forradas en papel de colgadura. Respira el polvo que nadie ha sacudido en semanas: ¡tos! Y es la propia Eugénie, exemperatriz de cabello ensortijado y vestido brilloso y lleno de pliegues, quien se le aparece junto a la estantería de madera más alta y —porque «su leyenda la precede, señora Lanoire»— la hace seguir a la habitación en donde está muriendo su marido. Pasan junto a un óleo más o menos grande de Napoleón Bonaparte con su bicornio y su caballo. Comentan un globo terráqueo rodeado de órbitas, de madera, que siempre ha estado allí. Se encuentran cara a cara con el príncipe recién peinado en la puerta de la habitación. Se acercan al emperador agonizante.

Está bocarriba, con la cabeza y el perfil y la encerada barbita de quijote, en una cama de metal dorado que han instalado detrás de un biombo para examinarlo a unos pasos de una cama con pesadas cortinas alrededor. Ha cerrado los ojos como los cierra un hombre que tiene dolor de cabeza. Dice «sigan, sigan» porque ha desarrollado un sexto sentido en los últimos días de su vida. Pide a la médium que se siente.

Tarda un rato en hablar. Traga saliva y carraspea y destraba su lengua. Y le pregunta el nombre a la vidente con una voz que viene de otra dimensión, pero, antes de que ella le responda, le ruega que le aclare si ahora sí le está llegando la muerte.

—Sí —le acepta la estremecida Lanoire—: en unas cuatro o cinco horas.

Es jueves 9 de enero de 1873. Aquel emperador vencido por sus propios errores, que además va a morir sin la capacidad de reconocer todo el mal que hizo y se va a ir rodeado por los áulicos que suelen susurrarles a los villanos que en verdad son prohombres, entreabre los ojos, levanta un poco la cabeza con la fuerza que le queda en la nuca y busca con la mirada extraviada a su esposa y a su hijo. De verdad se acaba. De verdad se va uno y uno no está preparado para despedirse de lo humano —de los placeres y de las vergüenzas, de los recuerdos y de los dolores— ni siquiera cuando jura por Dios que está preparado. Toma la mano de su mujer y toma la mano de su muchacho. Trata de decir cualquier cosa, amarillento y fatal, hasta que por fin le sale lo siguiente:

—¿Cierto que no fuimos cobardes en Sedan?

Todos, menos su esposa, la emperatriz, que le pide que descanse un poco más, le dicen que sí, que es cierto. Tiene un crucifijo en el pecho como si no estuviera a punto de morir, sino que ya estuviera muerto. Tiene las mejillas pegadas a los huesos. Tiene miedo, mucho, mucho, mucho miedo, porque está a punto de irse a un lugar que a él le suena a desierto. ¿Qué va a pasarle ahora? ¿Por dónde van a conducirlo? ¿A qué clase de país va a llegar? ¿Sabrá hablar esa nueva lengua? ¿Será castigado por toda la eternidad en un calabozo para bárbaros? ¿Puede servirle de algo arrepentirse de las guerras que se inventó para engrandecer a la nación? ¿No era ello, acaso, lo que había que hacer? ¿No es una trampa un Dios que permite a los hombres ser agentes del horror?

—¿Qué va a pasarme ahora, señora?

—Que usted va a morir y va a verse muerto, pero no va a terminar en el infierno porque el infierno sería un premio, sino que va a quedarse en la Tierra a explicar para siempre el dolor que causó —le dice, como interpretando un papel, la médium.

—No escuché su nombre —trata de decir Napoleón III hasta que por fin puede decirlo.

—Me llaman Beatrice Lanoire, señor, pero usted me conoció hace muchos años con el nombre de Muriel Blanc —se lanza a decirle.

El hijo y la mujer del viejo emperador se acercan a pedirle que por lo que más quiera lo deje en paz: «Qué importa ya». Pero la impostora Blanc ya se ha extraviado en un monólogo implacable e impasible sobre cómo un par de sicarios la lanzaron al río Sena unos días antes del golpe de Estado y se salvó de milagro con el único propósito de convertirse en una traductora del idioma de los muertos al idioma de los vivos. No hay rabia en su voz. No hay resentimiento. Simplemente, la necesidad de la víctima de decirle a su verdugo que ha sobrevivido a su crueldad, la urgencia del boxeador de encarar a su rival para que quede claro quién ha quedado de pie en la lona. El pequeño Napoleón apenas abre los ojos y se atraganta y dice que no con el dedo índice.

—Por supuesto que sí —le contesta ella—: yo voy a irme ya y ya va a empezar su sufrimiento.

Se va, en efecto, como una persona que ha cumplido su propósito. Se levanta de la silla que le han pasado. Se aleja en la habitación sin darles la espalda. Y se quita el parche del ojo y se suelta el pelo plateado y se va de la casa de Camden a paso de fantasma. Y ya no tiene nada más para contar ni nada más para decir.

Y con una despedida a la francesa que no sabe que es una despedida definitiva, «hago votos también para que en un futuro cercano podamos encontrarnos a hablar de lo que no ha pasado...», termina la última carta de Lanoire a Hugo.

Creería yo que fue entonces, apenas salió de aquella mansión alicaída, cuando Blanc empezó la resolución de su drama. Suele ocurrir que la vida se detiene de pronto, sí, un día los planes se acaban, los ascensos en los trabajos dejan de ser posibles, los días no vuelven a ser carreras contra el tiempo, los hechos por reseñar en el apartado de alguna enciclopedia se terminan, y se van veinte años a la velocidad de la luz. Y ella viajó a su vejez en la isla de Elba con la ilusión de encontrarse allí al hombre que la había ayudado a huir hacía treinta y cinco años. Creería yo que así fue. Cosme, el pescador tímido e incapaz de ser otro, que la llamaba «mi primer amor», ya había hecho una vida con mujeres, arrepentimientos e hijos, pero también la estaba esperando. Se vieron en la playa de Samson y se reconocieron de inmediato y se dieron un abrazo para comenzar.

Al día siguiente, cuando se despertaron en la cama que él había compartido, de buena fe, con las mujeres equivocadas, Blanc se dejó buscar entre el pelo plateado el tatuaje del cráneo que nadie había querido interpretar: صبر اجميلا.

En el libro de visiones del futuro que la madre Lorenza de la Cabrera no quiso ni pudo firmar, y que aún puede conseguirse, en su única edición, de la mano de algún libroviejero, puede leerse todo esto en las siguientes cuartetas:

Fue mil y una mujeres antes de envejecer.
Fue princesa y sobrina, fue escritora y fue muerta,

y recorrió el infierno hasta dar con la puerta
y supo al otro lado lo que cuesta amanecer.

Vio genios y tiranos, vio amantes y maridos,
vio padres doblegados e hijos traicionados,
y trajo de la muerte los males remediados
y el don de vincular a venidos con idos.

Perdió, tejió, escribió, amó, vengó, contó
fantasmas en el nombre de nuestro dramaturgo.
Aprendió de la luz enfrente a su demiurgo
y cumplió con el rito y al fin se redimió.

Cruzó el mapa de Europa cuando por fin volvió.
Detrás de ella venían los espíritus ciegos,
que son huérfanos tardos y remedos de fuegos,
pidiéndole al Señor lo que el Señor debió.

Asistió a su verdugo cuando él se vio en la muerte.
Halló el consuelo, blanca, en una isla al mar.
Supo así la verdad: vivir era esperar
la tregua de las olas y el amor de la suerte.

No hay que forzar la interpretación ni hay que ser un romántico, no hay que ser muy agudo ni especialmente cursi,
para reconocerle a la impostora, la princesa, la amanuense, la
escritora en la sombra, la conspiradora, la vidente Blanc, el
derecho a recobrar su nombre en blanco al final de tantas tramas, a vivir una rutina lenta, de mareas altas y mareas bajas,
escoltada por un pescador que se quedó pensando que era una
aparición aunque tuviera las pruebas de que era una mujer cierta. Se detuvo su vida, por fin, apenas regresó a la isla de Elba.
Se quedó sin gestas. Se le fue volviendo más y más difícil probarse dueña de sus glorias. Pero tuvo la suerte de acomodarse a
aquella falta de noticias de última hora, tuvo la suerte de en-
contrarles la gracia a los planes de hoy.

Se levantaba el sol y ella se levantaba
y el viejo pescador se sentaba a su lado
y el día era feliz porque era del pasado
y la historia del mundo a nadie le importaba.

Según me han dicho los encargados del lugar, a través de
un correo electrónico que por poco no me responden y en el
cual adjuntaban un par de fotografías como un par de pruebas
para los pocos incrédulos que queden, en el Cementerio de
Marina di Campo de la isla de Elba hay una lápida de piedra
borrosa en la que se enmarca la vida de una Muriel Blanc entre
el 14 de febrero de 1820 y el 23 de mayo de 1896. Resulta difícil, me parece, que la de la foto no sea la tumba de aquella
mujer que dio con su redención del mismo modo en el que
Colón dio con el Nuevo Mundo. Resulta indispensable que lo
sea porque significaría que, a salvo en el pasado y en la devo-
ción sin arandelas de aquel pescador, pudo y supo vivir veintitrés años felices con su propio nombre.

Domingo 19 de noviembre de 1916

Se me acusará de guionista o de cruel —o de guionista cruel— porque he estado guardándome esta información desde el principio. Debo decir, no obstante, que simplemente me pareció que la mejor manera de recrear el exasperante absurdo que fue la vida del soldado Bruno Berg era esperar hasta el final para contar que su carta exhibida en el Museo de la Gran Guerra en Péronne está en un pequeño rincón dedicado a los desertores. Habrá quien no sepa lo que se les hizo a los prófugos de la guerra en esos años. Al principio de este siglo XXI que ha sido una cosecha de violencias, de delirios y de traumas, las naciones que combatieron comenzaron a reivindicar y a indemnizar a los muchachos que se lanzaron a tierra de nadie para salvarse del desvarío de las batallas. Pero pocas veces se entera uno de que fueron capturados y ejecutados para dar ejemplo.

Berg volvió a la vida con el cadáver de un muchacho, que soltaba risotadas y se sacaba las espinillas con las uñas largas, cara a cara: «Yo estoy vivo», dijo con la voz que le quedaba. Se vio pronto en un centro de primeros auxilios a unas camillas de dos moribundos sin ojos y sin pies. Se recuperó de sus seis heridas —detuvieron su sangrado, limpiaron las laceraciones, extrajeron los restos de las balas, desclavaron las astillas de los huesos, drenaron los fluidos, vendaron, evitaron las infecciones como mejor pudieron— en veintipico días que fueron un día borroso y ensangrentado. No pudo sacarse de adentro la ruina ni el pavor. Se dormía debajo de las mesas. Se quedaba sentado en cualquier parte con la cremallera abajo como si no supiera si vestirse o desvestirse. Veía imposible volver al frente o a la retaguardia. Ya no era un hombre ni era nada.

«Si no es un manicomio el mejor mundo que me queda, entonces por qué siento que silban sobre mi cabeza los proyectiles y al tiempo oigo las súplicas de los mutilados», puede leerse en su carta.

Que no fue idea suya, sino de la enfermera del abrigo negro y la banda blanca, «Lore o Lotte», que lo vio cortado por dentro, pero mientras la escribía con su letra pequeña y bruta le probó que había regresado a su cuerpo a dejar constancia de lo que vio allá y aquí. Cuando terminó de escribir sintió, sin embargo, que ya se había acabado todo. A esas alturas de la convalecencia, que en su caso era sinónimo de vida, trataba de tener los ojos abiertos para no seguir viendo puñados de insectos metiéndose en las orejas de los cadáveres y los tríos de pájaros dándoles picotazos a los moribundos: «Para qué seguir…». Sospechaba que no era un buen hombre. Sabía que ya no había manera de ser un boxeador, ni un marido, ni un adulto. Y que el punto final de su texto era el punto final de todo.

¿Recibiría su madre su carta de hijo perdido? ¿Pasaría su confesión la censura de los comandantes? ¿Temblaría su testimonio entre las manos recias de ella o se perdería en el camino como el de tantos soldados sin rostro y sin nombre enterrados en cualquier fosa de cualquier trinchera?

¿Quién iba a creer que dentro de muy poco caería en Bandelin la gripe española?

Sea como fuere, y ya que no todos los espíritus vuelven a sus cuerpos a ser felices, Berg pensaba y pensaba que luego de redactar aquella carta que no tendría respuesta, el único premio posible a su regreso —la única verdadera recompensa a sus ojos— era el premio de morir antes de volverse el monstruo que de vez en cuando se le tomaba los nervios. O que, en el peor de los casos, iba a vivir escapándose, escondiéndose de sus superiores como un vil traidor a la nación. Mejor morir, por supuesto, porque lo que había visto en ese abismo era un alivio. Todavía no era un villano digno de las ratoneras del infierno. Todavía no era un preso moribundo a punto de seguir pagando sus crímenes en el inframundo.

Er, el soldado del mito escatológico de los párrafos finales de la *República*, resucita doce días después de su tránsito al más allá para contarles a los vivos lo que pasa con los muertos: los premios a las almas virtuosas y los castigos a las almas viciosas, por ejemplo, las marchas de las víctimas por el campo del olvido. Sócrates, que suele ser el narrador de Platón, no se pone en la tarea de explicar cómo fue la vida de Er desde el día mágico en el que revivió —no hay Er viejo ni Er dedicado a un oficio— porque el tercer acto de su drama es sobre todo el acto de narrar el trayecto de la muerte como un guía de viaje. Berg supo, en la clínica hechiza en la que se pasó cuatro semanas, que el suyo era ese mismo caso. Que ya había garabateado su relato y ya todo daba igual.

No se hablaba en ese entonces de «trastorno por estrés postraumático», sino, repito, de «neurosis de guerra»: *Kriegsneurose*. Se le veían a leguas, a Berg, el pánico, el desvarío, el insomnio, el balbuceo, la ansiedad, la tentación de salir corriendo. Antes de escribir aquella trilogía de la guerra que escribí, que enfrenta a la protagonista con una serie de combatientes, de niños reclutados a la fuerza y de veteranos del horror colombiano de los últimos setenta años, hablé con siete u ocho muchachos partidos en pedazos por la barbarie. Quería saber de qué estaba hablando. Necesitaba que, así aparecieran y se fueran en la misma página, así no me importaran las tramas sino las impresiones, las huellas, quedara claro el rompecabezas plagado de piezas perdidas que es un soldado hecho acá.

Hablé con un capitán amputado que mató a su propio hermano guerrillero de una puñalada y lo miró a los ojos mientras terminó de irse y abrió la fosa con las manos —y le costó años sacarse la tierra y la sangre de las yemas de los dedos y las uñas— y lo sepultó junto a un árbol de la selva que luego trató de encontrar, pero no pudo. Entrevisté a un guerrillero con una herida de bala en la cara que un buen día se escapó del frente al que pertenecía y se vino a Bogotá y se consiguió el trabajo de repartidor en una tienda de barrio «de ricos hijueputas» que al menos dan propinas buenas. Supe de primera mano lo que es ver destejido y desperdigado el cadáver de un compañero en los pastizales pantanosos, además de un segundo para otro, por culpa de una mina antipersona enterrada en un atajo de trocha que tuvo cara de buena idea. Leí cartas truncas de militares acosados por los ecos y por los fantasmas de una confrontación de un par de horas.

Pasé días, semanas, meses, en fin, recopilando testimonios de sobrevivientes de la guerra, recopilando traumas reacios a divanes y terapias «para mariquitas». Pero también me senté con una antropóloga forense de compasión indoblegable, Helka Quevedo, a escucharle qué se siente encontrarse cuerpos desmembrados e irreconocibles en los cementerios improvisados de Belén de los Andaquíes o en Belén del Chamí. Quité la mirada, como parpadeando hacia un lado, de fotografías de pechos agrietados y cráneos rotos como vasijas chocadas contra el piso. Escuché teorías de madres sobre todo lo que tuvo que pasarles a sus hijos mayores y sus hijos menores para ser asesinados: «Tranquila, mami, que a mí no va a pasarme nada…».

Yo no fui al ejército porque el año en el que me gradué del colegio, 1993, diez desvergonzados de mi curso se le regalaron al servicio militar gracias a la Providencia en la que cada uno crea. No viví en carne propia los lavados del cerebro a punta de gritos impronunciables a las tres de la madrugada. No vi muchachos fanfarrones lloriqueando de miedo ni perdiendo la cabeza como niños porque ya no dieron más. Supe por las noticias las historias de camiones llenos de bachilleres volcados por ataques traicioneros o de soldados amarrados con púas en campos de concentración montados por los vengadores de las guerrillas. No me tocó un papel principal en la historia de la guerra, salvo, quizás, el día en el que nos estalló a unos pasos la bomba del centro comercial.

Era una semana después de la Semana Santa: el mediodía del jueves 15 de abril de 1993 para más señas particulares. Estaba con mi papá a semejantes horas de la jornada escolar porque me había estado doliendo la garganta desde hacía un par de días y él se había empeñado en llevarme al viejo pediatra de apellido Castillo que seguía atendiéndome —con cierta incomodidad— a mis diecisiete años. A la salida, se le ocurrió que fuéramos a almorzar a una cafetería que le gustaba, de las de antes, en una plazoleta de un anacrónico centro comercial que sigue llamándose el Centro 93. Acabábamos de parquear en una bahía cuando estalló la bomba que mató a ocho personas e hirió a por lo menos doscientas más.

Fue de pronto, de un pestañeo al otro, ya: ¡boom! Tembló todo. Todo dio un salto y se sacudió y se rompió contra el piso: ¡tras! Y, cuando las cosas se quedaron quietas como cadáveres crujientes y se fue descorriendo el velo del aturdimiento, noté que tenía enfrente un encorbatado desmembrado sobre un charco de agua y de aceite. Un par de carros de aquella época, un Renault 12 desdibujado a más no poder y un Simca recién comprado, se quemaban ahí al frente suyo sin piedad. El carro bomba, un par de latas oxidadas en cuestión de segundos, estaba patas arriba y aplastado. Y detrás, parecido a una bestia devorándoselo todo, el fuego era una mancha rasposa que iba volviéndose blanca, gris, negra, roja, naranja y amarilla.

Todo se oía lejísimos, detrás de lo visible y en el sótano del horizonte, como si yo estuviera rodeado por un vidrio de seguridad a punto de partirse en pedacitos, como si el primer plano que tenía enfrente fuera un plano sordo. Se me destaparon los oídos cuando empezaron los gritos: «¡No!», «¡ayuda!», «¿dónde está mi hijo?». Y no me di cuenta nunca de que tenía la cara y las uñas llenas de ceniza. Y fui a tientas, tosiendo, por la escena dantesca de la explosión: «¡Ay, Dios, no!». Y sólo supe pensar dónde está mi papá, ese no es mi papá, no le puede pasar nada a mi papá porque entonces quién soy yo después, hasta que lo vi abrazado a una señal de pare —bueno, tenía la mano izquierda como una visera— a punto de gritar «¡Simón!».

—Toca esperar un rato a que pase el efecto de la onda —me dijo mientras me pasaba el brazo alrededor de los hombros, en el murito de ladrillo de la esquina, como si tuviera la menor idea de lo que estaba diciendo.

Siempre íbamos allí, a ese centro comercial de casas de cambio, de barberías, de joyerías, de misceláneas un poco más sofisticadas que las misceláneas de barrio, porque él había tenido su consultorio en el pasadizo de edificios de al lado. Era nuestro lugar. Íbamos a una panadería que quedaba a un par de cuadras a hablar de cualquier cosa. Yo le preguntaba qué pensaba de todo lo que me pasaba, de todo, porque tenía claro que siempre iba a ponerse de mi lado. Y él me volvía a contar los mismos cuentos que yo ya no sabía cómo celebrar, pero también me hacían falta cuando no me los contaba. Qué tranquilos nos sentíamos juntos. Qué miedo y qué alegría teníamos de estar vivos, en cambio, ese jueves 15 de abril.

Yo temblaba y él no, y pensaba que ojalá estuviéramos pronto en la casa y ojalá que un día yo fuera capaz de ser un padre.

Ese estallido retumbante, esa sangre esparcida por doquier, ese humo negrísimo que se me quedó entre los pulmones tanto tiempo, ese griterío, es la guerra que yo vi. De resto, tuve buena suerte. Hay quienes creen que los sobrevivientes no sólo soportan a duras penas un desorden psicológico —y se extravían en esos silencios y en esas desmemorias de horas enteras y en esos arrebatos de ansiedad que no los dejan dormir porque dormir es un atajo a las pesadillas—, sino que además tienden a compartir los daños en los tejidos cerebrales que suelen experimentar quienes se han visto expuestos a bombas y a minas y a granadas en el campo de batalla: la guerra lesiona y quema los circuitos de la región del razonamiento y la memoria.

En los tiempos descoloridos de Bruno Berg, sin embargo, los estreses y los traumas y los trastornos psicológicos eran vistos como falta de carácter: falta de cojones.

Y quien va al Museo de la Gran Guerra en Péronne, quien se toma la tarea de quedarse un rato en aquella esquina mirándole la cara de huérfano sin mejillas y leyéndole la carta garabateada con esa letra de insecto de Kafka, más tarde que temprano se da cuenta de que Berg fue maltratado por su propio ejército —como un pobre güevón y un pobre marica que se había desbaratado ante la presión— apenas fue evidente que cuando no se le perdía la mirada estaba mirando por la ventana. Ya se le habían cerrado las heridas. Ya se le habían pasado los dolores que empezaban en los nervios y terminaban en la piel. Nadie se había metido con su convalecencia, ni con su reposo, pero, a mediados de agosto de 1916, ya era hora de que volviera a la batalla a unos pasos del río Somme.

Cada dos o tres días se le aparecía por la enfermería un mismo oficial de la Feldgendarmerie —«Sepp Weber, de la gendarmería de campaña», le decía siempre con sus ojos demasiado juntos y su capul de hombre a punto de emprender el irreversible camino hacia la calvicie— a reconocerle que ya no era un hombre, sino un harapo, pero que sólo una persona en sus cabales podía haber escrito una carta articulada y espeluznante como la que él le había escrito a su propia madre: «Aquí hasta las ratas parecen histéricas, madre…».

Yo jamás había tenido la paciencia para pegármeles a las audioguías de los museos, pero a José María, que de 2016 a 2018 viajó con nosotros a Somme, a Péronne, a París, a Zion, a Rockville, cada vez que reuníamos algún dinero para irnos de vacaciones, le fascinaba ponerse esos telefonitos en la oreja a ver qué chisme alcanzaba a escuchar. Solía pasármelos cada vez que se perdía alguna palabra, claro, de tal modo que fue gracias a uno de los arrebatos de mi niño que —en aquella esquina deslucida y blancuzca del museo— pude darme yo cuenta de que al principio de noviembre de ese mismo 1916 el estropeado Berg se convirtió en uno de los veintiséis soldados alemanes que fueron ejecutados por cobardes, por desertores, con el propósito de devolverles la moral a las tropas.

Tenía fortísimos dolores de cabeza: «¡No!». Saltaba y se persignaba tres veces seguidas cuando lo agarraba por sorpresa cualquier ruido. Se quedaba mudo de golpe y porque sí. Pegaba gritos sin despertarse en la noche. Sufría a todas luces y a todas sombras lo que entre los terapistas del ejército británico había llegado a llamarse «shell shock», o sea «trauma de bombardeo», y no obstante le fue ordenado regresar a la batalla luego de que el oficial Weber optó por creer que aquella histeria era una farsa de las peores.

«Nadie ha podido explicarme, tú menos que todos, por qué nosotros los soldados nos apuñalamos unos a otros, nos estrangulamos, nos cazamos como perros rabiosos —se pregunta Berg al final de la carta—: ¿por qué combatimos hasta la muerte sin tener nada en contra de nadie?». Y tanta elocuencia con las miras puestas en la eternidad le pareció sospechosa al funcionario Weber. Según la audioguía del museo, al señor Weber, que se comía una sola uña, la del dedo anular de la mano derecha, cada vez que se atrevía a decir una de sus verdades, sobre todo le sonó autoconsciente, malicioso e insolente el tono del final de la carta que curiosamente sobrevivió a la censura: «Tengo veintiún años, pero en verdad soy un viejo amargo y ateo que ya se ha acostumbrado a la muerte…».

Fue enviado al frente de batalla una vez más como si se le estuviera condenando al paredón. Se le afeitó el bigote de siempre y la barba subversiva de los días de la recuperación que además lo hacía parecerse al soldado curtido de los afiches que invitaban a participar en la guerra. Tenía que ser así, repito, porque tenía que verse —no sólo saberse y decirse— que jamás había alcanzado a volverse un adulto, pues adulto no es quien por fin muere sino quien va por ahí viendo morir a las personas de su vida como si de verdad uno fuera el protagonista de un relato. Para qué seguir viviendo, pensó, si ya vendrían el gas tóxico, la gripe española, la guerra siguiente, la bomba atómica, la conjura de las sectas, la ley de la selva entre los rascacielos: para qué.

Pronto, el viernes 18 de agosto de 1916, se vio sentado en algún recodo en las trincheras alemanas del Somme: «Quien no sea capaz de plantárseles a las balas de los aliados tendrá que recibir las nuestras en el pecho», le dijo Weber. El ejército alemán había conseguido reorganizarse en los túneles luego de los últimos combates. Se hablaba de los tanques de los franceses y de los ingleses que estaban a punto de aparecer, pero no aparecían por ninguna parte. Y, sin embargo, esa era la misma zozobra de antes, de botas pisando chamizos en el pasto o granadas atragantadas en algún charco, y ese era el mismo eco que no conseguía seguir derecho y esfumarse en la distancia. No podía más. No daba más. «Apenas fuera posible, en un mes o dos a más tardar, desertaría en la oscuridad», dice en la audioguía la voz de marcado acento español.

Pensó en escaparse de una buena vez porque ninguna nación y ninguna idea de sí mismo podían detenerlo en ese punto, pero, como sabía que el paso siguiente era el fusilamiento de frente del castigo o el fusilamiento de espaldas de la fuga, tendía a decirse «lo haré mañana» empeñado en vivir un poco más para desempolvar y renovar sus pequeños recuerdos de lo humano: el silbido del capitán mientras ponía a secar las medias, el bostezo del cocinero antes de servirle el potaje que preparaba en las marmitas de la fila de soldados, la resequedad en las fosas nasales que no se le quitaba al médico de las manos cubiertas de tierra, el ronquido de motor del pobre gordo que cuando estaba despierto ya no tenía palabras para responderles a las palabras.

Cuenta la audioguía, a mano alzada porque no transcribí la información, sino que tomé notas en una libretita que llevaba en esos años, que lo más seguro es que el resquebrajado Bruno Berg haya vuelto a hacer parte de las filas alemanas desde el martes 26 de septiembre. Se lanzaron los aliados, reforzados por el ejército canadiense, a tomarse con todas las fuerzas una fortaleza montada en una comuna del distrito de Péronne —en el departamento del Somme— que se llama Thiepval. Y Berg vio cómo algunos de sus compañeros eran heridos y capturados, y pensó «es su destino» y «es su historia» y «es su muerte», y ya no se interpuso más entre el horror y los demás. Y llegó a las trincheras, demencial e ileso, a esperar la batalla en los altos del río Ancre.

Se veía más cerca el final. Se sentía el paso de los británicos: avanzaban y sobrevolaban y soltaban rumores, como gases venenosos contra los cuales no había nada por hacer, dispuestos a todo con tal de aplastar a las tropas invasoras. Se veían venir las misiones suicidas, ordenadas por generales cansinos de la nada y porque sí, que en últimas eran sentencias de muerte, pues uno podía terminar ametrallado por sus propias líneas si tomaba la decisión agónica de volver antes de tiempo.

Y el enmudecido de Bruno Berg leyó todas las señales a favor de la idea de marcharse.

Ay, se le venían a la mente la alegría, la fraternidad, la comunión de las masas, la fascinación de todos con todos, el júbilo inmortal, de hacía dos años cuando se había dado por los altavoces la noticia de la guerra. Ay, los artistas de Bandelin, siempre sobreactuados y siempre convencidos de una importancia que nadie más les confería, seguían hablando del campo de batalla como el lugar de la higiene de este mundo ensuciado por los hombres. Ay, los anarquistas —yo, Simón Hernández, habría sido uno más de ellos—, que insistían e insistían en que los Estados se habían puesto de acuerdo para reducir a sus jóvenes a carne de cañón porque los Estados no eran nada más que la estrategia de los privilegiados para tener al ejército en las palmas de sus manos.

Adiós a todos uno por uno. Adiós a los burlados, a los desengañados, a los acribillados, a los cercenados, a los contagiados, a los disecados en algún paraje de cientos de grises. Adiós a los hijos de puta que siguieron creyéndose la defensa de su patria, a los sermoneadores de pequeñas gafas, a los narcisos en los tiempos de la barbarie. Adiós a los putos políticos que los habían convencido de que la pelea no era con los dueños del poder militar y político y económico, sino contra un puñado de malparidos de su misma edad que no tenían la culpa de nada.

El boxeador hundido Bruno Berg dejó la trinchera alemana del Somme en la noche del sábado 30 de septiembre, consciente de que su enemigo era el ejército que lo había obligado a pasarse meses en los intestinos de la tierra, con un par de compañeros que necesitó para huir sin mayores problemas y después pisaron una pequeña bomba abandonada por su propio ejército. Una hora larga más tarde, una hora de guerra después, llegó a la tierra de nadie como si ya no lo espantaran ni las ratas enajenadas, ni los cadáveres pudriéndose uniformados como bromas macabras. Caminó por ahí sin agacharse, erguido cual mono a punto de ser hombre, con el miedo de alguien que una vez murió, pero sólo vio el infierno en el mundo.

Sí era un sinónimo de «infierno» la tierra de nadie. Sí era el lugar de las pinturas tremendistas y las novelas de horror. Era un suelo de cenizas plagado de cráteres y de palos astillados y de pedazos de la guerra oxidándose entre alambres de espino en donde no crecía nada de nada de nada, y sin embargo el cielo no era la trasescena negrísima e interminable con asteriscos fugaces, sino un telón blanco idéntico al de los pequeños cines de Greifswald. A veces, en las noches sin novedad en el frente, venía desde allí el aullido de auxilio de algún soldado de cualquiera de los dos ejércitos que se había quedado atrapado en semejante mundo muerto entre trinchera y trinchera. A veces se oían traqueteos y se asomaban sombras que daban pasos en el fango de aquel moridero neutral.

Y era porque allá había vida, claro, era porque allá había sombras que nunca acababan de ser personas y había huellas que no llevaban a ninguna parte, porque los castigos apocalípticos ocurrían en ese remedo gris de terreno, de zona.

Pronto, más pronto de lo que cualquiera hubiera podido imaginarse, Berg se dio cuenta de que la tierra de nadie no se encontraba deshabitada —«¡hey!», escuchó—, sino que era la casa desoladora de los desertores que en las horas de la luz se escondían en las trincheras abandonadas y en las horas de la oscuridad salían a la superficie como zombis en busca de alguna bota sucia que alguien hubiera dejado por ahí o alguna barra de comida que no hubieran mordisqueado demasiado las plagas. Siguió a su paso a pesar de los gritos en alemán, en francés, en italiano, en inglés: «¡Hey!». Pero se vio forzado a voltearse, con los ojos cerrados, apenas sintió un dedo índice martillándole desde el hombro hasta el cuello.

Y, acto seguido, se descubrió siguiéndoles los movimientos a una numerosa banda de fugitivos que se sabía de memoria los vericuetos de los laberintos, vivía con hambre como con arrepentimiento y respiraba en paz el aire putrefacto de la tierra de nadie.

Hay una novela inglesa de 1933, de un excomandante de apellido Henry, sobre un soldado francés que luego de un forcejeo delirante termina asesinando a su superior de un pistolazo y se ve forzado a escaparse de la trinchera en el Somme a la tierra de nadie: en aquel lugar, descrito, repetidas veces, como un desierto de fango en donde no sale el sol sino el frío, se encuentra con un par de británicos y un par de alemanes que ya se han habituado a vivir en la incertidumbre y la inhumanidad del laberinto. Uno de los alemanes es un boxeador con comportamiento de animal, como un par de ojos y un hocico a la espera del siguiente movimiento de todo lo que se encuentre por el camino, que cuenta su vida una mañana entre la oscuridad de los túneles.

Para mí es claro que ese boxeador bestial es Berg, por supuesto, pues en aquellas páginas en las que narra a los demás su historia habla de haber estado en el más allá, de haber sobrevivido a los gritos ajenos de la enfermería, de haber pasado los últimos días preguntándose —consciente de que ni los traumas ni las reticencias ni los daños irreversibles a su cuerpo le harán fácil vivir— cuándo será el momento preciso para volver a morir: «Esta muerte en vida se me parece tanto al día después de una pelea de boxeo…», «se siente uno aturdido como cuando camina entre el agua…», «y así, como la tierra de nadie polvorienta y pantanosa, es la Luna…», les dice a sus compañeros, en aquellas páginas, al séptimo día de seguirlos en sus rutinas sucias y rabiosas de ratas de alcantarilla.

Se trata de un pasaje particularmente conmovedor porque «el boxeador alemán» ha sido pintado de antemano como un perro salvaje, como un vagabundo con mañas de animal. La banda de desertores lo ha hecho parte de la manada porque se ve fuerte y desquiciado y capaz de cualquier cosa. Durante días y días, poco le han pedido aparte de que ahora no se les convierta en una carga y comparta con ellos los víveres que se encuentra en los baúles y los morrales. Y sin embargo esa mañana, en la oscuridad de un depósito abandonado en donde suelen huirle a la luz del día, el protagonista francés pierde la paciencia y tomándolo de las solapas del abrigo roto le pregunta por qué

510

todo el tiempo se comporta como si no tuviera miedo: «¿Quién es usted?».

Responde entre dientes, con la mirada en el piso, eso que he transcrito: que él es un muchacho cualquiera que vive aturdido y anestesiado en aquel limbo asediado por espantos como un soldado que da zancadas en la Luna.

Y ya que el francés, paranoico y a un paso de la violencia, sigue lanzándole miradas recelosas, se ve obligado a elevar un monólogo breve —de hombre arisco— en el que explica que no les teme a esos paisajes de relato de horror, ni a esas tinieblas bíblicas, porque en su visita a la muerte ha entendido que son un decorado, un montaje: «Enfrente de este sitio alto, ancho y hondo, como enfrente de un ring lleno de ruidos y de olores, no sólo hay un público sino un espacio que no podemos ver», dice, «simplemente estamos adentro de estos cuerpos en mora de asomarnos a la realidad en donde se ha levantado nuestra realidad». Se refiere a que todo lo que vemos es un truco. Quiere decir que hay una cuarta dimensión y hay una quinta alrededor —y más allá— de la tercera.

Es un hombre hosco e intratable. Un boxeador que está perdiendo su tiempo siempre que no está levantando a golpes a otro boxeador. Pero le cambia la cara en ese momento como si se tratara del clímax de su drama: la escena de su vida en la que pronuncia una verdad venida desde lo invisible.

En la autobiografía de sir Oswald Lambert, el parodiador londinense que acabó siendo un poco más amargo que gracioso, se habla de un muchacho alemán «en los nervios y en los huesos» que se sumó a la recua de los fugitivos desesperanzados que se escondían en los túneles desiertos. Se dice, sobre la base del testimonio de uno de los escapados, que era un pugilista frustrado por la llegada de la guerra que muy poco declaró en aquellos días, pero una vez, ante los reclamos y las intimidaciones de sus compañeros de huida y de madriguera, se soltó una parrafada que resultó un alivio para todos: «Preferimos ser moribundos a morirnos», empezó, «y la verdad es que ni este dolor en la cintura, ni estas cicatrices entre las costillas, ni estas flemas llenas de restos son ciertos…».

Es en el libro del señor Lambert donde se sugiere que esta banda de desertores de todos los ejércitos estuvo operando —e incluso llegó a convertirse en un conjunto de rescatadores de soldados heridos en el inhóspito trayecto de una trinchera a la otra— hasta el puro final de la batalla del Somme. La audioguía del museo lo cita cuando menciona el rumor de que los fugitivos de Berg, que así los llama, fueron gaseados por miembros del ejército británico un par de días antes de que por fin terminara la confrontación. Y se atreve a decir que de haber escapado de la tierra de nadie, de haberse refugiado, como tantos prófugos de la Gran Guerra, hasta que su cobardía se volviera prestigiosa, seguro habría sido uno de los trece perdonados por el gobierno alemán décadas y décadas después.

Yo creo que el ninguneado Bruno Berg murió en paz, a pesar de todo, porque no se creía nada de lo que estaba viendo.

Estoy convencido de que en esa escena definitiva, en la que les habló de la dimensión del más allá a sus camaradas del pantano de la muerte y un par de ellos lo miraron como a un hombre que ha perdido la cabeza para siempre, y un par de ellos se tomaron su relato como palabra de Dios, completó su trama al fin.

Me parece que a eso precisamente se refiere la madre Lorenza de la Cabrera y Téllez, un par de siglos antes, cuando pronuncia —y se imagina uno su voz tenue, etérea— las siguientes cuartetas:

Y el mundo despoblado que sucede en la guerra
fue el refugio de un hombre que sabía morir.
Vivía en la maraña, pues quería partir
antes de que llegara la sanción de la tierra.

Dio con sus enemigos antes de ir al infierno.
Tragó lodo. Calló. Se echó a dormir de día.
Salvó a un par de despojos del dolor que vendría.
Pensó en sus grandes luchas en el cielo materno.

Un día ya no pudo vivir sin confesar
que había ido a la muerte a ver su redención.
Sabía que la sangre era la distracción
de una era reclutada para necesitar.

Ya nunca despertaba si soñaba un espanto,
ni cerraba los ojos si oía al enemigo,
porque la eternidad se había vuelto su abrigo
y se le apetecía perdido hasta su llanto.

El hombre era adversario ante su propio espejo.
Obedecía siempre la orden de matar
como si no tuviera nada aparte de errar
para irse sin mirar el fin de su reflejo.

Y el luchador de paso sabía que era en vano
resignarse a la furia y a la desilusión,
pues son dos estrategias de la terca ilusión
y dos pecados más del catálogo humano.

Poco me gustó viajar hasta que volví a mi cuerpo. Antes iba a las ferias del libro y a los festivales literarios de vez en cuando, resignado a lo que uno hace cuando se dedica a escribir, y luego me deprimía pasando canales de televisión por cable en aquellos hoteles de dos estrellas. Pero apenas regresé a interpretar la vida que me tocó en el reparto de vidas, empezamos, porque así se le ocurrió a Rivera, a aprovechar las vacaciones largas de nuestro niño para conocer los lugares en los que sucedieron las novelas de este manual práctico. Nuestro primer recorrido, de junio a julio de 2017, fue por Francia e Inglaterra. Seguimos los pasos de la impostora Blanc, por supuesto, como tres historiadores consagrados. Pero quizás lo más removedor para todos fue recorrer los campos de la batalla del Somme.

Durante un par de años, Rivera tuvo de fondo de pantalla de su computador portátil una de las pocas fotos afortunadas que he tomado yo con cualquiera de las máquinas que han tomado fotos en este par de siglos: el valle del Somme ante un cielo blanqueado con rezagos de color naranja, como una pantalla tirante en la que un bosque de pinos parecía un desfile de sombras, plagado de viejas trincheras cubiertas por pastizales quemados por el sol. Se le mete a uno el horror en los pulmones cuando está pisando ese sitio. Cuando nosotros fuimos a recorrer el Somme, unos obreros, que iban a arreglarle las orillas a una carretera, acababan de encontrar un montón de cadáveres. Habían pasado cien años de la batalla: ¡cien! Y allí había un fusil y una bomba oxidada.

Nuestro guía, un francés pantagruélico, como un Obélix encanecido, que se llamaba Rupert y luego de pronunciar su nombre se reía —vaya usted a saber por qué—, nos mostró y nos narró el gigantesco monumento de Thiepval y luego nos condujo a una habitación repleta de objetos perdidos de la guerra. Era una curiosidad, sin lugar a dudas, una muestra espeluznante de las sesenta toneladas de explosivos y de metales que se desentierran todos los años en la región. Pero en la noche ninguno de los tres podía dormirse. Yo nunca he sido bueno para hipnotizarme a mí mismo, para cerrar los ojos y cumplirme la orden de desconectarme del mundo, cuando tengo la cabeza llena de ruidos. Y esa vez sentía esquirlas y gases mostaza en los pulmones.

Y, ya que cada media hora de insomnio es un paso adentro en la demencia, todo el tiempo me paraba de la cama baja del hotel a pedirme un poco de cordura. Y me iba a las pesadas cortinas de la única ventana, y de vuelta en mi rincón de aquella habitación sin aire ponía la mano en la frente del niño y me acercaba con sigilo al pecho de Rivera para confirmarme por enésima vez que ella seguía respirando.

Al día siguiente fuimos detrás de nuestro guía al sangriento Camino de las Damas, tomamos fotos de los dibujos como jeroglíficos que hicieron los sobrevivientes en las paredes de las trochas de Artois, y recorrimos de puntillas un campo lleno de cráteres de obuses, cerca de Cappy, que al parecer fue pintado por el horrorizado Otto Dix.

Fue en los sobrepoblados camposantos de la guerra en el Somme, filas y filas y más filas de pequeñas cruces blancas que dejan claro el sinsentido y el tamaño de la masacre, en donde tuve que reconocerles a mis dos acompañantes que me estaba sintiendo sin aire y sin fuerza: «Dios mío…», les dije como si supiera qué estaba diciendo. Se me venían a la mente los detalles menos importantes del retrato descarnado del peleador Bruno Berg que estaba exhibido —está exhibido— en esa esquina del museo, y se me confundían sus confesiones de la carta con las confesiones de los soldados echados a perder que yo había entrevistado hacía tanto tiempo. Antes de volver al hotel, fuimos al cementerio alemán porque nuestro guía nos dijo una y otra vez «vale la pena».

Quizás era demasiado pedirnos a todos, mucho más de la cuenta y mucho más de lo recomendable, visitar otro cercado de sepulturas convertido en galería. Quizás no tenga ninguna razón de ser esa costumbre. Pero, luego de fingir que sí le estaba escuchando a nuestro guía su monólogo en inglés exprimido a la brava, yo me descubrí atraído, encantado por una de esas cruces negras de víctimas anónimas: «Soldado alemán caído en la Gran Guerra», decía en temblorosas letras blancas, «sólo Dios tiene claros sus nombres». Yo creo que era él. Yo creo, mejor dicho, que ahí abajo estaban sus restos. Y entonces me pareció entender que mi responsabilidad era dejar por escrito que nadie lo habría tumbado si su oficio hubiera seguido siendo el boxeo.

Viernes 8 de agosto de 2003

Estoy encerrado escribiendo los últimos cuatro capítulos de este libro —que, como cualquiera puede imaginarse, me ha costado un par de años de viajes, de entrevistas, de investigaciones de archivos, de escritura de las siete de la mañana a las dos de la tarde— y no estoy encerrado porque este libro no me deje en paz y sude frío cuando no estoy escribiéndolo, sino porque es la cuarentena de marzo y de abril y de mayo del bisiesto y distópico año 2020: ustedes recuerdan esa primera cuarentena, ¿cierto?, todavía no era tan fácil y tan obvio creer las cosas que he estado contando, pero ya empezaban a atarse los cabos de los últimos setenta años de historia. El mundo que me pareció ver en aquella estrepitosa reseña de mi futuro, allá en las pantallas de la muerte, es el mundo de hombres enjaulados y mujeres enclaustradas y niños a salvo que está sucediendo a esta hora de la mañana: el mundo que, en cuestión de tres décadas apenas, va a ser perfectamente normal para la pequeña profesora Li Chen.

Vamos con calma, vamos por partes, ya qué. Cuando por fin conseguí acomodarme a la vida nueva en mi viejo cuerpo, luego de recordar justo a tiempo que yo había estado y estaba y estaría en el mundo para estar casado con Rivera —y recordé que lo demás era literatura—, asumí como una orden la misión de escribir este manual práctico para lo que viene después de todo esto: de este «cuento contado por un idiota, plagado de sonido y de furia, sin ninguna clase de significado…». Todas las tardes, cuando volvía de la agencia de viajes de mis primos, leía o entrevistaba o escarbaba periódicos o redactaba alguna frase. A veces sentía que este proyecto era una locura. A veces me daba cuenta de que entre más tiempo pasaba, y más se cuarteaban las columnas y se resquebrajaban las vigas del mundo, más sentido tenía.

Empecé a organizar y a rematar y a reescribir lo escrito el martes 23 de abril de 2019 porque el martes 23 de abril de 2019 tuve claro que iba a contar no sólo mi historia, sino la de estas siete personas que entendieron que la vida en la Tierra es un testimonio. De no haber vivido yo la muerte, me habría parecido triplemente insoportable el mundo de ese entonces: aquel mundo camino a su debacle e invadido por un gobierno colombiano de derecha —una derecha bruta y aturdida— empeñado en negar nuestra guerra perpetua con las botas entre los charcos de sangre, por un presidente gringo que encarnaba el fin de la civilización de espaldas a la debacle, por un movimiento feminista lleno de coraje y lleno de voces en tiempos en los que se redoblaba la violencia contra las mujeres, por un movimiento ambientalista repleto de razones en medio de un capitalismo bárbaro —y sobrediagnosticado— que sin embargo se negaba a bajarle el volumen a su tiranía, a su avaricia.

Era un mundo articulado, para mejor y para bien y para mal y para peor, por las redes sociales que podían convocar a la solidaridad de las ventanas encendidas en la noche de siempre o —como un tribunal con servicio de paredón— podían no sólo enrarecer y estropear las causas más justas, sino aniquilar en un par de días el nombre de una persona inocente.

Era, si uno lo piensa con cuidado, el reino de los cielos de los déspotas: los pequeños tiranos del planeta se reían, como poderosos mórbidos apostando en una pelea de gallos en la que no había picotazo perdido, mientras los demócratas de pelo en pecho trataban de aplastar a los que consideraban un poco menos demócratas: «¡Dijo una palabra equivocada!», «¡es un privilegiado!».

Era, repito, el paraíso de los hijos de puta: «Peléense entre ustedes mismos, bienpensantes, marchen con sus camisetas ingeniosas en sus plazas históricas para pedir que la Tierra sea un cuento de hadas, mientras nosotros seguimos tomándonos todo, explotándolo todo». Pero yo pude escribir, o sea mantener cierta cordura, porque siempre supe que esto que estamos viviendo no ha sido, no es y no será más que una puesta en escena.

El martes 23 de abril de 2019, ojeando perfiles de Facebook en el inodoro de la mañana, noté que uno de los escritores que solía encontrarme en los festivales llenos de fanáticos más sabios y más dignos que sus ídolos —un tonto de risa pesada y barbita larga que era un monumento al trastorno pasivoagresivo— llamaba vehemente a sus 232 seguidores a celebrar «en el día del idioma» la fecha del nacimiento y de la muerte de «Shakespeare el bardo»: con razón la gente no lee. De inmediato, se me revolvió el estómago. Acto seguido, ante la foto de ese chivo que Dios sabrá perdonar, me dije «hoy comienzo a escribir». Y después, en mi primer día de trabajo después de la agobiante temporada de la Semana Santa, mis primos me confesaron que ya no podían emplearme más: «Esto no dio más», dijeron uno después del otro.

Yo, que había visto con mis propios ojos el declive de las agencias de viajes en los días del «hágalo usted mismo», les pedí perdón por no haber renunciado antes.

Y les dije, sin asomos de ironías ni de parodias de lo común y corriente, que yo los quería mucho a ellos.

Desde ese día vivimos de los poquitos ahorros que teníamos, de mis indemnizaciones y de la plata justa que Rivera hacía al mes por ser la prestigiosa paseadora de perros que era. Y unas cuantas semanas después fue clarísimo, según el presupuesto que mi papá me había dejado organizado en una de sus famosas tablas de Excel, que de seguir como íbamos el año siguiente no nos iba a alcanzar la plata para los pagos de cada mes. Escribir siempre ha sido, en mi caso y en el de la mayoría, una carrera contra el dinero: «Tengo siete meses para terminar de escribir mi manual», dije en voz alta y en voz fuerte de hombre de buenas amígdalas, pero no lo dije con impaciencia, ni con desasosiego, sino con claridad de hombre elegido para una misión, y juro que así lo hice y así fue.

No obstante, cuando se nos apareció el mes de noviembre como cuando uno se da cuenta de golpe de que está pisando el horizonte, yo apenas había terminado de escribir y de corregir y de volver a corregir las primeras tres fases de la muerte:

doscientas cuarenta páginas de Word, letra Garamond de catorce puntos, a un espacio. Se estaba acabando la plata. Se estaba acabando la plata en una familia que pocos lujos se daba, sí, se estaba acabando la plata para pagar el colegio. Se me ocurrió empezar a escribir artículos otra vez. Hablé con Salamanca, mi amigo mejor de lo que se ve, que además suele estar al día en las minucias del oficio, para volver a dictar unos talleres de escritura: ¿qué adulto en este subpaís de subempleados puede vivir de lo que le da la gana?

Debo aclarar que ya nunca más me puse a mí mismo a sufrir. Supe jugar el juego, pues tuve claro que esto era un juego, mientras de hemisferio a hemisferio y de polo a polo se hablaba de la crisis de la democracia, de la debacle de aquellos metalíderes —los líderes que lideran a los líderes para darles una mejor vida a los líderes— que ya no conseguían convencer a sus electores de que el Estado con «e» mayúscula era algo más que el monopolio de las armas y los negocios de una minoría. Seguí escribiendo con la sensación de que más temprano que tarde algo nos mostraría la solución como corriendo la cortina para que empezara el día. No me pregunten por qué diablos tuve la intuición de que ahora sí todo allá afuera se iba a desmadrar.

—Parece que va a llover porque va a llover —le dije a Rivera, que me miró como a un comentarista de fútbol que lanza máximas cojas del tamaño de «los partidos no terminan hasta que se terminan», a principios de noviembre.

Había rabia en las calles. Era fácil, con la memoria de elefante y la exasperación de monstruo de las redes, darse cuenta de que se nos había instalado en el país otro de esos gobiernos con vocación de títeres de aquellos empresarios dados a la patria y a la caridad y a la violencia. «Esto es nuestro aunque vivamos lejos, señoras y señores, métanse en sus asuntos si quieren que les demos trabajo y les demos vida», decían, si uno leía entre líneas sus llamados a la unidad y sus declaraciones condescendientes, los politicastros y los politiqueros. «Esto es nuestro, parásitos del poder, administren lo de todos como si fuera de todos si no quieren que esto se les deshaga en las manos», gritaban los ciudadanos, cada vez más y de una manera u otra, si uno se ponía en la tarea de interpretar sus arengas y sus marchas.

En la noche del jueves 21 de noviembre, luego del paro nacional y de las marchas contra un gobierno que era una parodia de los peores gobiernos colombianos, todo empezó a cambiar en esta casa.

Yo estaba en el rincón iluminado en el que me sentaba a escribir, y a buscarme la elusiva concentración para seguir escribiendo, echándole una última mirada a la tercera fase de este libro mientras escuchaba a lo lejos —Rivera había vuelto a ver noticieros con la compulsión, con el apuro, con el que otros ven series— los videos sobre el vandalismo durante las protestas. Poco me importaba el asunto porque me lo estaba tomando como una versión de la manifestación que se había repetido durante siglos, de nación en nación, contra los resbaladizos dueños de la fortuna. Pero entonces, cuando mi esposa apagó el televisor como botándole la puerta en las narices a esta sociedad incapaz de la piedad, el ruido de las cacerolas me recordó que yo seguía a cargo de mi rol en este drama.

Tactactactactac, se escuchaba allá afuera, tactactactactac. Tactactactactac, se empezó a escuchar acá adentro, tactactactac.

Fui a ver qué estaba pasando en la sala de esta casa con la seguridad de que iba a encontrarme con lo que me encontré.

Rivera, la deshacedora de entuertos, la defensora de todas las causas perdidas, la asesora de las campañas que siempre perdían, la activista por naturaleza que un buen día había decidido que lo mejor que podía hacerse por la humanidad era pasear perros, le pegaba a la sartén de los huevos con una cuchara de palo. Estaba en la ventana abierta junto al sofá de la siesta. A su lado, liberado de los audífonos que usaba para escuchar un poquito mejor, la versión de nueve años de José María, dulce y reparador igual que siempre, le daba y le daba a la olleta del chocolate con una cuchara de las que usaba cuando era más chiquito. Querían que el país dejara de ser así. Querían, ella y él como todos en todas las ventanas del barrio, que se hiciera digno de llamarse país.

Mi esposa había seguido siendo la persona que había sido desde el principio, siempre a un paso de que la implacabilidad de los hechos le partiera el corazón, pero dándole cucharazos a esa sartén en esa ventana se veía más parecida a sí misma.

Yo lo venía notando. Yo me venía dando cuenta de que Rivera había vuelto a leer los periódicos y a mandarles frases a sus amigos para las protestas. Pero no le decía nada para que no me sugiriera con una de sus miradas vacías que me devolviera a mi rincón. Me les sumé a la protesta, claro, también yo necesitaba volver a la trama de todos los días, también yo estaba echando de menos tomarme a pecho los dramas y los personajes que se nos habían encargado en este paso por el mundo. Y sí: daban ganas de llorar que la última noticia del día no fuera el vandalismo sino el repiqueo de la solidaridad —tactactactactac—, y no obstante me esperé hasta la hora de acostarnos para soltarle a mi esposa la frase «yo sí creo que todo esto va a cambiar».

—Quiero volver a trabajar con los gobiernos buenos —me dijo desde el espejo mientras se lavaba la cara como todas las noches—: qué tal que ahora salga bien.

Dije que me parecía buena idea con voz de estar pensando en otra cosa, con mirada perdida de «mañana no voy a recordar nada de esto», sin siquiera imaginar, sin siquiera suponer, que aquella era la decisión que iba a salvarnos en el momento preciso. A la noche siguiente, entre el eco de las protestas del jueves y el enrarecimiento de las manifestaciones del viernes, entre el grito por la justicia y el lloriqueo por los falsos saqueos que se inventaron los conspiradores de siempre, Rivera le dijo a una amiga de una amiga de una amiga que quería dedicarse a limpiar el aire turbio y a cuidar a los animales de Bogotá en la alcaldía de la primera alcaldesa. A principios de diciembre recibió la noticia de que empezaría con todos en enero.

Yo por fin, después de horas y horas de fingir la indiferencia de los sabios, me permití decirle «yo sabía».

Yo supe que tenía que casarme con ella porque algún día la generosidad iba a recobrar su prestigio.

Y sabía que algún día ella iba a despertarse con la obligación de volver a lo obvio.

Todo el tiempo tuve conmigo adentro y a cuestas, repito, la paz providencial que tienen los melancólicos cuando el mundo llega a la estación de la melancolía. Mantuve la calma, me pareció apenas «lo normal», «lo mínimo», cuando fue evidente que buena parte de las ciudades del planeta se estaban llenando de manifestantes que reclamaban gobiernos que los representaran y poderes que dejaran de abusar de los subyugados: «Y la culpa no era mía, ni dónde estaba, ni cómo vestía», cantaban mujeres de todas las edades en las plazas del planeta, «el Estado opresor es un macho violador: ¡el violador eras tú!». Y me encogí de hombros cuando, unos días después, empezó a hablarse del virus que estaba devorando la ciudad china de Wuhan.

Todo se me agolpó entonces, tactactactactac, porque me pareció perfectamente claro —no me pregunten por qué: quizás porque vi allá algo de todo esto— que el virus iba a esparcirse como una mancha.

Se me agolparon las imágenes de los orejones y los negros y los indios famélicos de la Santa Fe de Bogotá de los campanarios, de las prostitutas en pie y los inquisidores de rodillas de la Lisboa recién arrasada por los remezones y los maremotos, de los mendigos pudriéndose en las orillas plagadas de ratas del Sena de la tiranía, de los soldados asfixiados por la influenza en los últimos años de la Gran Guerra, de los muchachos gringos que crecieron con la culpa de haberse salvado del segundo apocalipsis y con la ilusión de la igualdad y con la esperanza de la Luna, de los espectadores que se reunían en estadios a recuperar el grito contra los encorbatados que protagonizaban la globalización de la codicia, de los profesores empeñados en rescatar lo humano de las ruinas de las máquinas.

Busqué en este texto, desde su primera línea hasta esta, todas las veces en las que me referí a alguna pandemia, a alguna

523

plaga, a alguna peste, sin saber lo que se nos venía encima: ¡veintisiete veces!

Y me pareció inevitable al ver las imágenes de la cuarentena en la ciudad china —pero poco dije para no ser el ave de mal agüero venida desde los cielos del inframundo— que iba a tener que terminar este libro en este encierro.

Rivera empezó a trabajar en la alcaldía de la alcaldesa —y ya no tuvimos que pensar más en el dinero, y el Excel de mi papá se nos enderezó sin que yo tuviera que inventarme algún trabajo de los de antes— el primero de enero de este 2020. Se dedicó en cuerpo y alma tanto a salvar animales como a limpiar aires enrarecidos. Día a día se aclaró, con su célebre índice en alto, «pero mi vida son estos dos». Día a día se repitió como un mantra, cuando se despedía de nosotros desde la puerta del apartamento a las seis de la mañana en punto, «pues que se parta el corazón». Llegaba en la noche a contarnos sus luchas, a preguntarle a José María cómo le había ido en el colegio y a escucharme a mí con los ojos entrecerrados los avances en la escritura. Se veía nueva. Era la vida de los tres.

De principios de diciembre a principios de marzo, mientras el virus se esparcía de oriente a occidente, corregí y terminé de escribir y revisé dos fases de la muerte: la reseña del drama de la vida y el regreso al viejo cuerpo, ni más ni menos. Fue el lunes 16 de marzo de 2020, apenas le había puesto yo el punto final a la novela ejemplar del soldado Bruno Berg, cuando Rivera llegó a la casa a contarnos que la alcaldesa había decidido que el viernes 20 empezaría la cuarentena para protegernos de la peste. José María iba a ir al colegio por computador. Yo iba a seguir alternando las labores de la casa con las labores en el libro tal como había sido desde enero. Y ella, nuestra brújula, iba a seguir saliendo desde las seis hasta las seis, pues alguien tenía que limpiar el mundo de afuera mientras todos esperábamos adentro.

Durante los primeros quince días de la cuarentena, siguiendo los consejos de los médicos de tapabocas con los que Rivera se reunía en sus jornadas, José María y yo nos sentábamos en un par de sillas en el hall de nuestro piso para hablar de puerta a puerta con mi mamá.

Mi mamá, rodeada por los libros que había ido reuniendo desde mucho antes de ser la novia y la esposa y la viuda de aquel entrañable personaje secundario, sí que estaba preparada para el confinamiento. Veía sus series. Leía y leía. Se encerraba horas en su despacho secreto. Siempre que sentía la urgencia de saber de nosotros, aunque siempre a su manera ensimismada, golpeaba nuestra puerta con el toquecito en busca de una respuesta que mi papá habría querido patentar: «¡Tuntuntuntuntun…!». Yo le respondía los dos «tun» de rigor, «¡tun, tun!», qué carajo. Y entonces nos poníamos a hablar sin darnos la cara, hechos un par de confesores y un par de confesados, de lo que yo estaba escribiendo y de lo que ella estaba leyendo. Y nos reíamos y nos dolíamos juntos de la situación: «Yo me inventé el distanciamiento social», bromeaba.

Y luego, en los peores momentos de las peores mañanas del enclaustramiento, nos remplazábamos a la hora de decir «ya pasará».

Hace un par de días, cuando le conté que ya iba a empezar a contar cómo vivió sus últimos años el astronauta metido a gurú John W. Foster, mi mamá me dijo que uno de sus antiguos compañeros del banco le había enviado por WhatsApp un video en el que un viejo científico daba una serie de consejos para soportar el encierro: «¿Será el mismo?», me preguntó, y resultó ser el mismo cuando me lo reenvió. Se trataba, para más señas, de uno de esos pequeños documentales silenciosos y subtitulados y efectistas —«Hace veinte años un viajero espacial advirtió lo que estamos viviendo…», y sigue— editado a partir de aquella vieja conferencia que mientras escribo este párrafo todavía puede verse en YouTube. Venía de la sección de preguntas con la que termina la charla.

El exastronauta John W. Foster, con su pinta de veterano de la guerra de Vietnam que lamentablemente nunca fue por allá porque era demasiado viejo, con su barba tupida como de escultura de sí mismo, y su camisa de flores exóticas de mangas cortas, y su franela con el cuello percudido, cuenta con sus muecas y sus originalidades «qué clase de vida» persiguió apenas concluyó que se le había concedido la oportunidad de corregir los hechos de su biografía.

Quiero decir: no es necesario ser un dramaturgo o un conspirador para darse cuenta de que el tercer acto es la redefinición de la trama.

Según dice él mismo, en la fascinante sección de preguntas y respuestas de la conferencia, a los 59 minutos y 26 segundos de aquel video de YouTube titulado «Death by Foster», desde fuera podría asegurarse con desparpajo que fue el hijo que el rock salvó de creer en una Tierra plana como una mesa rodeada de abismos, o que fue el astronauta que recibió el secreto del universo apenas se puso de rodillas en la arena de la Luna, o que fue el gurú acostumbrado a su fama de loco que se pasó los últimos treinta años de su biografía explicándonos a todos de qué se trata esta experiencia tan desconcertante, pero para ser el abuelo que se repitió como un mantra la frase «nunca es tarde para dejar de ser un miembro de familia de mierda».

Cuando ya se había resignado a abandonar a su familia en manos del encorbatado bigotudo de baja estatura que vio en la sala de espera del Community Hospital de Ashland, y que, dicho sea de paso, era un tipo como cualquiera en el mejor de los sentidos que además tenía la gracia de ser un padrastro digno de ser llamado padre, el estrafalario de Foster escuchó que las enfermeras gritaban «¡está vivo!, ¡está vivo!, ¡está vivo!». Comenzó por creerles el grito. Pronto se dio cuenta de que sí era cierto. Pensó esto: «Que nadie iba a creerme lo que acababa de pasarme, pero que el resto de mi vida se me iría contándolo como acabo de contárselo a ustedes». Y desde entonces fue ese ángel caído, mueco y sofocado, que siempre dijo e hizo lo que le dio la gana.

Por supuesto, ya no volvió a ser el borracho desenvuelto e insolente que narraba su viaje por la Luna para llevarse a la cama a todas las rubias y todas las negras que se encontraba en las fiestas de las estrellas del Hollywood de los años setenta: «Vi este momento allá arriba…», les decía acercándoseles.

Y, por supuesto, era demasiado tarde para recuperar su lugar en la familia. Pues, en efecto, ni Alicia Bull ni sus hijos habían escuchado sus mensajes telepáticos de amor, sino que, con la llegada de aquel padrastro de solapas anchas y bigotes que se llamaba Michael —«Mike»— porque en hebreo el nombre es la pregunta por quién se parece a Dios, habían montado una familia que no guardaba ningún rencor a nadie. Si era sincero, si se ponía la mano en el espíritu, siempre había tenido claro que la verdadera heroína había sido Alicia. Y era apenas lógico que mientras él se descarrilaba, y él trataba de recuperarse a sí mismo como uno de esos drogadictos que luego se rapan y se entregan a alguna secta de idiotas y se flagelan a su modo, ella iba viviendo la vida que ella quería.

Sobrevivió a la depresión del regreso: «Y entonces te preguntas para qué has alcanzado esa plenitud y esa felicidad sin confabulaciones antes de experimentar la muerte, y simplemente quieres morirte de una vez…», se dice en el video. Regresó a su casa en Texas para estar «más cerca de los muchachos». Se quedó meses en bata de toalla de mujer y en pantuflas, encerrado en una sala vuelta habitación para no contagiarse de humanidad, frente a la pequeña pantalla de su televisor como ante un espejo malévolo: vio *La familia Ingalls, La familia Partridge, Todo en familia, Los Waltons, Happy Days,* para echarse sal en la herida, para flagelarse. Compraba en el supermercado una torre de cajas de comidas congeladas marca Banquet —«TV Dinner» es su expresión—, cada una de ellas con tres presas de pollo frito con arvejas agarrotadas y papa en puré. Volvía a casa a mil.

Dejaba timbrando el teléfono hasta que se callara, que en ese tiempo era más fácil hacer algo así, con la lógica de quien cierra los ojos para que desaparezca un problema.

Y en el filo de la medianoche, mientras reacomodaba las verduras con el tenedor y canturreaba la versión de *Blue Moon* de The Marcels, se preguntaba si al día siguiente sí tendría el espíritu para retomar su aventura.

Fue una mañana de marzo de 1975, unos minutos después de las diez a las que solía abrirse aquel supermercado Chums que quedaba a diez cuadras de su casa, cuando quiso mejorarse. La cajera nueva de la tienda, Sandra Rodríguez, pues Sandra quiere decir «defensora» en griego, no le quitó la mirada como los demás muchachos con delantales y corbatines que solía encontrarse desde la entrada hasta las neveras repletas de comidas congeladas que eran parodias de las comidas mexicanas, alemanas, francesas e inglesas. Y él sintió que aquella mujer, que no sólo le había sostenido su mirada de gafas oscuras, sino que le había sonreído como si fuera lo normal entrar a esas horas al almacén a aperarse de lomos en salsa y tartas de manzana fosilizados, seguía hablándole telepáticamente mientras él avanzaba por las góndolas: «¿Cómo es la Luna?».

Cuando volvió a las cajas registradoras con su torre de pavos y de lomos y de pescados coagulados, ya no la encontró por ninguna parte, y entonces se negó a dar un solo paso más hasta que ella volviera de las profundidades de las bodegas de aquella sucursal del viejo Chums.

Sandra Trinidad Rodríguez, de veinticinco años en ese entonces, había nacido en la villa más liberal de Texas: la pequeña Roma, en las orillas del río Grande, enfrente de la mexicana Ciudad Miguel Alemán. Creció con un par de abuelos venidos desde el Guanajuato de las canciones de Jorge Alfredo Jiménez: *No vale nada la vida / La vida no vale nada…* Se graduó en 1965 de la gigantesca secundaria de Roma, mirada de reojo o ignorada por sus compañeros de capul y sus profesores de dedos amarillos hasta el día en el cual le entregaron el diploma, y habría que agregar que dejó atrás el colegio «justo a tiempo» porque su capacidad para «ver más allá» —su clarividencia— se le estaba volviendo un problema: «¡No es posible que usted sepa lo que sabe!», le gritó el rector un día.

Porque le había sido dada la percepción extrasensorial para recibir las versiones tanto del futuro como del pasado. Y, habituada a acudir a sus sentidos más allá de los sentidos, solía salir de las tareas y de los problemas poniéndose en contacto con la fuente misteriosa que le soplaba las verdades sepultadas y las predicciones desde quién sabe cuál dimensión. Si el profesor de

Gimnasia, con su bigote de mariachi en su cara de gringo y de bulldog, le soltaba alguna pesadez alguna vez —y con esto no pretendo estigmatizar a los profesores de Gimnasia del mundo, gastríticos y cínicos y dados a los suspensorios—, entonces la renegada e insolente de Sandy explicaba a su curso en voz alta que uno no podía pedirle buenas maneras a un hombre que se había orinado en la cama hasta los diez.

Sin dinero para estudiar, plenamente consciente, desde su infancia en una familia aferrada a sus tradiciones, de que a las brujas seguían quemándolas y apedreándolas así fuera de otra manera, se pasó los siguientes ocho años negándose a salir con sus salvajes compañeros de delantales —tenía un desdén sólo suyo y una mirada extraviada detrás de una cortina de pelo muy lisa y muy negra— a la caseta de Fotomat del parqueadero de un viejo centro comercial de San Antonio, a la tienda número cien de la hamburguesería Whataburger, en las bombas de gasolina de Gulf, de Mobil y de Texaco. Sabía, por una serie de sueños, que conocería a su única pareja a los veinticinco años. Se negaba a malgastarse mientras tanto. Estaba hecha para esperar y volver a su casa y decir no.

No le importó ni un poco ni un segundo, cuando por fin llegó a los veinticinco, que su regalo de cumpleaños fuera una llamada lánguida de sus abuelos: «Hola mija…». Esperó un par de semanas, de meses, a que sucediera lo que tenía que suceder. Cada mañana se puso el uniforme de Chums, el supermercado, como arreglándose para un baile: «¿Me veo bien?», le preguntaba a su casera en la puertita de rejas de la salida, «¿tengo algo entre los dientes?». Aquella mañana de marzo de 1975, cuando vio al astronauta que siempre le había llamado la atención por su coraje a la hora de hablar de las voces del universo, de inmediato supo que su vida esperada iba a ser con él. Fue a la bodega sin miedo, cuando la llamaron, porque confiaba del todo en su destino.

Atravesó el supermercado por las góndolas centrales, como una reina o una novia o una mártir avanzando por una calle de honor, de las cajas de los cereales Oh's!, Cheerios, Golden

Grahams, Count Chocula, Cap'n Crunch y Pops a las botellas de las gaseosas de Coca-Cola, Pepsi, Dr. Pepper, 7UP y Fanta.

Él estaba esperándola allí porque ella le había pedido de cerebro a cerebro, de mente a mente si uno prefiere pensarlo así, que no se fuera antes de que supiera lo que se le venía a la pareja de los dos.

No salieron juntos de allí, como en una película inmune al «qué dirán», porque a él no se le ocurrió que aquella fuera una posibilidad. Hablaron un buen rato. Sandy la cajera le dijo a John el astronauta que estaba al tanto de sus experiencias extra-sensoriales de la Tierra a la Luna porque ella misma había vivido con un don. Sin asomos de seducciones ni coqueterías, más bien resignado a los planes que el mundo estaba haciendo por él, Foster el veterano le preguntó a Rodríguez la inexperta si quería visitarlo en su casa de ermitaño apenas terminara su día de paga. Quedaron en eso: «Ok», «Ok». Se dieron un apretón de manos como parodiando un importante acuerdo de nego-cios. Y cada uno tuvo nueve horas para pensar en lo que estaba pasando.

La anhelante Rodríguez se portó como la trabajadora dis-ciplinada y silenciosa y amable que había sido hasta ese mo-mento —no haría chistes, pero se reía de ellos cuando hacerlo era lo justo— y fingió una jornada sin sobresaltos: «Buenos días», «buenas tardes» y «buenas noches».

El deprimido Foster se fue a cumplir el horario de la tele-visión de ese día de marzo, *Yo amo a Lucy*, *The Brady Bunch*, *Jeopardy!*, *Days of Our Lives*, *Baretta*, *Petrocelli*, mientras hacía los crucigramas de la revista *TV Guide*, ignoraba el taladrante ring ring ring del teléfono clavado en la pared de la cocina y se atiborraba de comidas aguadas: en los comerciales, en medio de las sonrisas y de las voces de «tomo una píldora de Geritol cada día…», «si estás buscando un antitranspirante que lo pue-da todo échale una mirada a Dial…», «cepíllate con Aim con-tra las caries», «la Big Mac de McDonald's es el sabroso sánd-wich del que todo el mundo está hablando…», «Polaroid's deluxe SX-70: no hay otra emoción como la de ver tu foto revelarse en minutos ante tus ojos», se le vino a la mente una y otra vez la idea de que había vuelto a su cuerpo a contar su alma.

Y se dijo una y otra vez lo que su depresión le susurraba cuando se despertaba en la noche, «mañana será otro día», «¿a quién le importa mi vida?», «no hay prisa», hasta que —ante el comercial en el que una esposa complaciente le confiesa a un esposo encanecido que ella también se pinta el pelo con Grecian Formula— entendió que iba a contar su historia gracias a ella. En los talleres de los guionistas de Hollywood suele decirse que los protagonistas consiguen lo que desean cuando alcanzan lo que necesitan. Y así fue, al menos, para Foster: después de un día entero de esperar a una persona nueva, o sea, de un día entero de darse cuenta de que no estaba solo y no lo había estado nunca, había recobrado el deseo de narrar su descenso y su ascenso.

Quizás era al revés: quizás había redescubierto la necesidad de contar su viaje porque ahora quería contárselo a la cajera Sandra Rodríguez.

De cualquier modo, tal como lo cuenta él mismo en la sección de preguntas de la conferencia descolorida de YouTube, apenas ella timbró y él le abrió la puerta para que empezara todo se dieron un abrazo como un abrazo de después de un terremoto o una guerra o una pandemia que se convirtió en un beso apurado para salir de lo peor de una buena vez: «Sí, cierto, ella habría podido ser mi hija, pero pronto, aquella noche que duró hasta la otra noche, nos dimos cuenta de que teníamos la misma edad», dice entre risas y aplausos, «y nos dimos cuenta de que no tenía sentido dormir separados nunca más: tuve que conocer a Sandy para entender que toda la cosa se reduce a ser felices en tiempos difíciles, pero al menos he vivido veinticinco años sabiéndolo».

John se enamoró de Sandy en cuestión de horas: era vegetariana y meditaba y leía *El libro tibetano de los muertos* —y nada más— y tenía claro que se le podía ir la vida ayudándoles a los conocidos y los fantasmas y los viejos que seguían diciéndole

San Pedro de Roma a Ciudad Miguel Alemán. Sandy no dejó su trabajo en Chums, ni más faltaba, así se hubiera mudado a la casa de John. John el reblandecido iba todas las tardes al supermercado a comprar, en la caja de la propia Sandy, los vegetales, los quesos, los yogures, los panes, los arroces, las frutas para las cenas que le tenía listas a ella apenas llegaba a la casa de los dos. Entonces, en la sobremesa, él volvía a contar su paso por el más allá y ella tomaba atenta nota porque había que contarlo bien.

Allá en las orillas del río Bravo, sus abuelos, el pequeño Nepomuceno y la más pequeña Dolores, la llevaron a ver las momias de Guanajuato cuando era una niña que se inventaba las palabras, le leyeron las calaveritas literarias con las que predecían las muertes de sus malquerientes, le enseñaron a comer y a beber los platos y los tragos favoritos de sus padres desaparecidos en el Día de los Muertos. Quería saberlo todo del inframundo. Quería confirmarles a sus amigos de la infancia y a los miserables, así dieran por sentado ese capítulo, que sí había razones para lamentar y razones para celebrar. Y para demostrarlo —y que después no cupiera nada aparte del silencio— jamás podría haber dado con una historia mejor que la historia de su amado, de su marido.

¿Por qué Sandy sabía más que John del arte de convertir cualquier experiencia en un drama?

¿Por qué a ella se le había metido en la cabeza que él estaba contando mal su historia?

Porque no miraba a las personas a los ojos mientras la contaba, no, lo había hecho en una serie de entrevistas sensacionalistas en las que solía quedar —en el mejor de los casos— como un profeta loco sin pelos en la lengua. Pero sobre todo porque estaba mal contada. Su modelo era el corrido mexicano que su abuela Dolores le cantaba cuando la veía tan metida en sí misma y tan pendiente de las voces extraviadas, la balada triste e inevitable de *Juan Charrasqueado* que hacía unos años «el Charro Cantor» Jorge Negrete había hecho famosa, porque empezaba anunciando lo que se nos venía, presentaba con calma al protagonista hasta sugerirle un destino, echaba a andar su drama hasta empujarlo al clímax de la muerte y pintaba el mundo después de él.

Como todos los corridos de su infancia, *Juan Charrasqueado* empieza «voy a contarles un corrido muy mentado...», presenta al personaje principal con las palabras «a las mujeres más bonitas se llevaba...», echa a andar su drama con la advertencia «cuídate, Juan, que ya por ahí te andan buscando...» y lo lleva a «¡Estoy borracho!, les gritaba, ¡y soy buen gallo!, cuando una bala atravesó su corazón», y luego describe un mundo de campanas doblando y rancheros cargando el cadáver que van a enterrar y mujeres que aconsejan a una madre que se ha quedado sin el padre de su hijo, pero también tiene la cortesía de concluir con la consciencia de relato con la cual empezó: «Aquí termino de cantar este corrido...», comienza la última estrofa.

Y tal como se cuenta ese «corrido muy mentado» —le dijo Sandy a John— tenía que contarse la historia del astronauta que volvió de la muerte con una certeza que podría cambiarlo todo.

Durante tres fines de semana trabajaron en una narración destinada no a las secciones curiosas de los noticieros, ni a las arenas de los pastores cristianos, ni a los chistes de los cínicos, sino a pequeños grupos de personas a las que pudiera hablárseles cara a cara. Por los escándalos, por los raptos místicos y los histrionismos y las borracheras, la NASA poco quería saber de Foster en aquellos días de 1975, pero la idea no era sacarle dinero a la experiencia fuera del cuerpo —de ninguna manera— porque él seguía haciendo investigaciones pagas para el instituto de ciencias noéticas de su colega Mitchell y —ya que había vuelto a salir y a pasearse por el mundo con su última mujer— acababa de decir que sí a dictar algunas clases en la Universidad de Texas.

Él le rogaba que por lo menos vieran *El precio es correcto* y *El hombre nuclear*, pues nunca había sido capaz de dejar atrás, de un tajo, sus adicciones, y hacia las diez de la noche —cuando ella no se desesperaba y le predecía los finales— se ponían a organizar el drama como había sido y como debía ser narrado: «Voy a contarles la vieja historia del astronauta que de niño creyó que la Tierra era plana…», «el viajero del espacio que encontró su liberación en el rock and roll que le enseñó su primera esposa…», «el último hombre que caminó por la Luna y el único que se arrodilló en su desierto gris porque escuchó todas las voces de la historia de un solo golpe…» y «la estrella de la cultura popular que tuvo que morir para entender a qué había venido a este mundo…».

Armaron juntos, en fin, el corrido del astronauta John W. Foster: «Aquí termino de contar mi historia de terraplanista, ausente, clarividente, borracho y narrador…».

Y, como no es posible narrar cuando se tienen tantas cuentas pendientes, pues sólo puede hipnotizarse a los auditorios con historias que ya han acabado de pasar, consiguieron entre los dos que el perturbado de Foster comprendiera que él no era un fracaso ambulante por no haber podido solo.

Tal vez ese había sido el peor de sus múltiples errores. Que jamás se había sentido merecedor de sus principales logros, pues, según él, nunca los había alcanzado por su propia mano, por su propio esfuerzo, sino gracias a curiosos *deus ex machina* que lo habían sacado de callejones sin salida: había ido del terraplanismo a la Luna gracias a su primera esposa, había ido de la depresión a la locura gracias a su colega noético, había ido de la locura al aislamiento gracias a una luz que se había encontrado en la muerte, había ido del aislamiento a la narración de su testimonio gracias al milagroso encuentro con una cajera de Chums: «Valiente gringo hecho por él mismo». Pero ella, Sandy, le había enseñado que no decía nada malo de uno que su triunfo viniera de los demás.

Uno piensa —porque los guionistas lo han creído al pie de la letra— que un protagonista vive una historia pobre si no recobra las riendas de su destino hacia la mitad de su segundo acto, como redimiéndose a sí mismo, sino que recibe la ayuda de algún personaje secundario o de la suerte o del dios de la trama, pero Sandy le enseñó a John que su asunto de fondo no era haber sido despertado y animado y enderezado por los demás: su problema de todos los días, soterrado, que lo había estado oxidando por dentro e iba a arruinarlo de seguir así, era ser ciego al hecho de que fue él mismo quien viajó a la Luna, su empeño en negar que nadie más, sólo él, había decidido volver de la muerte, y su convicción de que no merecía la generosidad que solía rescatarlo.

Fue la pragmática e invariable de Sandra Trinidad Rodríguez, que no quería tener hijos porque «para qué si ya los tenemos», quien lo forzó a reparar la relación con su familia. Con el paso de los meses, a fuerza de visitarlos sin invadirlos y de invitarlos sin someterlos, se convirtieron en «tío John y tía Sandy». Foster, según dice en el video, poco a poco fue comprendiendo que ese encorbatado de solapas anchas y bigotes largos y peinados de calvo —«Yosemite Mike», le decía por el Yosemite Sam o el Sam Pistolas de Bugs Bunny— era el padre de esa casa que había cobrado vida propia. Y supo dejarlos en paz. Y, en vez de ser una sombra que se le aparecía de repente a ponerlo en duda, se convirtió en el consejero que John Junior siempre había querido tener.

El astronauta Foster deja en claro en la última parte del video de YouTube subido por Zenner1001 —quizás por los naipes, de Zener y Rhine, usados en ciertos experimentos de percepción extrasensorial— que una tarde de domingo se fue con su hijo mayor, un hombre hecho y derecho a punto de casarse con su primera novia, a tomarse una malteada en el viejo Pig Stand de 1508 Broadway. Cuenta que luego de pedirle perdón, «que suele servirle más al perdonado que al perdonador», se dedicó a hacerle una larguísima entrevista al asustadizo John Junior que los puso al día y les desempolvó la relación tensa que habían sostenido desde siempre: «¿Cuál es tu película favorita de Kubrick?», «¿qué piensas del escándalo Watergate?», «¿cómo te enamoraste de Sandy?».

Y podría decirse que desde ese día, sobre la base de aquel reconocimiento que puede ser que sea lo que cualquier persona vulnerable espera, comenzó a reescribirse esa relación.

El nuevo panorama, de padre ausente redimido y figura pública de vuelta en su propia rutina, le concedió la mente vacía como una antena que se requiere a la hora de narrar.

Eso es, al menos, lo que él mismo le contesta a una señora de enormes gafas verdes cuando le pregunta si esa reconciliación es lo más importante que le ha sucedido: que le dio «el silencio de adentro» para contarlo todo.

Vale la pena ver hasta el final la sección de preguntas de la conferencia: son veinte minutos nada más. A su lado, en una silla ubicada en una esquina del salón, puede verse a la Sandy Rodríguez de cincuenta años como una estatua humana con los nervios amaestrados a la espera de una moneda para moverse. Se levantan todas las manos al mismo tiempo siempre que termina sus respuestas. Y luego de las curiosidades y los chismes y las trampas, «¿cómo es un día de los tuyos?» o «¿qué opinas de los tatuajes teniendo en cuenta que estamos de paso en nuestros cuerpos?» o «¿qué diferencia ves tú entre el alma y el espíritu aparte de la consciencia?», se trenza en un pulso de interrogatorio con un viejo de chaqueta y de camisa de cuello largo que parece un profesor universitario de eras y de mundos más nobles.

Si les sirve de algo, el tipo se parece al médico forense Quincy, o sea al actor, el narigudo Jack Klugman, que lo interpretó durante ocho temporadas que mi papá jamás se perdió, pero asomarnos al video en cuestión podría evitarnos el lío de seguirlo describiendo e imaginarlo.

—Señor Foster: encuentro su historia particularmente fascinante, creo, además, que lo es sin lugar a dudas, pero, dado que he estado trabajando en la materia desde la neurociencia, me preguntaba todo el tiempo mientras la oía si no podría haber sido fabricada por su cerebro —dice el doctor canadiense, de apellido Egoyan, con la timidez impostada de ciertos científicos.

—Podría ser, doctor, no olvide usted que yo soy también un hombre de ciencia porque para llegar a la Luna hay que estar loco o hacer cálculos muy precisos —responde el astronauta, mientras camina por el pequeño auditorio, empeñado en sacarse de adentro la lógica de la Ilustración—. Pero antes de reconocer que también las experiencias místicas se producen gracias a una red neuronal en el cerebro disfuncional durante las experiencias cercanas a la muerte, o antes de defender el estudio desapasionado que llevó a cabo su colega el doctor Moody, quizás podríamos ponernos de acuerdo usted y yo no sólo en que en el mundo hay un mundo invisible lleno de fuerzas y de energías y de voces que pueden describirse de ciertos modos, sino en que lo que llamamos «el más allá» puede ser una realidad aún más real que la realidad: nos servirá a los científicos saber que de ninguna manera soy el único que vio su propio cuerpo y vio su vida entera y vio lo que decían y hacían y pensaban las personas de su vida alrededor de su cuerpo, pero, así parezca materia de la fe o de la ficción, no sobrará recopilar los casos en los que los hombres y las mujeres de todas las culturas han vuelto de la muerte con ciertos dones y ciertas informaciones como ramas doradas de Eneas que sólo pueden ser transmitidas en pequeños auditorios para que no sean tomadas como declaraciones de personajes que han vuelto de un cautiverio enloquecedor.

—¿Podría usted darnos un ejemplo claro de esas «ramas doradas» que menciona? —contraataca el neurólogo Egoyan y es evidente que se está esforzando para no pasarle por encima al conferencista.

—Pero por supuesto, doctor, puedo hablarle de un hallazgo que no tiene por qué reñir con el hecho de que no existan pruebas científicas, aparte de miles de miles de testimonios de gente que en verdad corrió el riesgo de morir definitivamente, de que pueda haber una experiencia consciente sin que se dé actividad cerebral —contesta Foster, desacostumbrado a ser cuestionado, luego de echarle una mirada a los ojos cerrados de Sandy—: tanto en aquellos casos menos riesgosos en los que puede argüirse que la experiencia extraordinaria en el más allá fue fabricada por la actividad usual del cerebro, como en esos testimonios de soldados ametrallados hasta los órganos vitales o de mujeres ahogadas en el río que se salvan de milagro o de astronautas que ya habían dado por muertos en las camillas de las salas de cuidados intensivos, es común escuchar la idea de que lo que hemos llamado «la vida en la Tierra» es un espejismo fabricado por nosotros mismos, por cada uno y por la suma de todos, con el propósito de deshacernos de las ilusiones.

—¿Habría que decir que su idea esotérica, la idea que está insinuándonos, se acerca peligrosamente a lo que se expresa en los mitos de los tibetanos o los indios o los griegos?

—Habría que decir que yo volví de la muerte con la certeza de que el mundo, o sea el espectáculo humano sobre la Tierra, en realidad es el infierno tan temido por tantas culturas, desde los egipcios hasta los católicos —suelta, por fin, como exhalando el pasado en el consultorio de un psiquiatra impasible—: el infierno nunca ha sido solamente el submundo gris de los gusanos, ni la paila ardiente en la que seremos flagelados hasta el fin de los tiempos, ni la pieza que le falta al rompecabezas de cada quien, doctor, sino que ha sido esta experiencia de la cuna hasta la tumba en la que somos juez y parte, víctimas de los unos y verdugos de los otros, testigos y protagonistas y ejecutores de la pesadilla, lectores de las masacres y las hambrunas y los fracasos humanos que están sucediendo al otro lado del planeta, espectadores de las tiranías disfrazadas de grandes causas e insomnes que contemplan seriamente la posibilidad de quitarse la vida porque no consiguen descifrar el enigma hondo e interior con el que llega acá cada uno de nosotros.

—¿Está diciendo usted, señor Foster, que nuestra vida en la Tierra es un castigo?

—Quizás «castigo» no sea la palabra, doctor, ni tampoco pueda hablarse de «pena» o de «condena» o de «expiación», porque simplifica el asunto a la manera de los sermones y las fábulas, pero créame que no vamos hacia ningún mundo por debajo del mundo, hacia ningún Seol y ningún Hades, porque este lugar en el que estamos conversando es el infierno —insiste el histriónico John W. Foster completamente desbocado y sin aire—: todos los que hemos ido y vuelto sabemos que allá todo es menos triste, menos feliz, menos grave de como uno lo recuerda, porque en el mundo real los adjetivos se acaban, pero que es evidente que el gran propósito que se da adentro del cuerpo, en medio de las guerras y las epidemias y las tiranía, es el de librarse de las porquerías que vamos recogiendo desde los días eternos de la infancia para salirnos de este subterráneo interminable a servirle a la fluidez de un espacio que se parece más a las pinturas que a las películas, más a los textos que a las músicas.

—De alguna manera, si me perdona un último comentario, su mirada a la vida después de la vida no me suena a paso adelante, sino a paso atrás —asegura Egoyan con una sonrisa plena de cinismo.

—Y usted va a tener la razón de su parte, querido doctor, como nos ha pasado a tantos hombres rediseñados por los preceptos científicos, hasta que se vea a sí mismo en la experiencia de la muerte, pero yo voy a seguir contando lo que vi hasta que me lleven al maldito manicomio porque de algo tiene que servir que estas sesenta y tres personas que han estado escuchándome esta tarde se enteren de que tanto para los miserables como para los pocos afortunados el mundo no va a dejar jamás de ser una prueba para los nervios porque esa es justamente la naturaleza de la experiencia —riposta Foster como un disfrazado que se está quitando el disfraz, demasiado tarde ya, para que al fin se lo tomen en serio—: siempre, siempre, siempre, estaremos obligados a este vaivén de los vastos paisajes que parecen recompensas a los confinamientos devastadores que entonces resultan ser castigos, y, sin embargo, gracias a esta charla de un poco más de una hora nada más, estas sesenta y tres personas que han estado escuchándome van a tomarse las trincheras o las jaulas que les toquen con sentido del humor y amor por las personas de su vida y respeto por los cadáveres a los que han estado dando ánimo a pesar de todo.

—Pero ni siquiera el poder de un monólogo con auditorio puede convertir al universo en una entidad moral —dice el neurólogo canadiense poniéndose su saco de tweed.

—¿Quién sabe?, ¿quién, que viva limitado por su cuerpo, puede saberlo?, ¿quién dice? —responde Foster con la mirada encendida puesta en el público—: ciertos sacerdotes de ciertas culturas piensan que a veces todo empieza a vibrar muy muy abajo, como en los días en los que se viene al abismo una ciudad que rinde culto al único Dios, de tal modo que el cielo se abre como una caja de Pandora que deja escapar materiales microscópicos que se van propagando por las células humanas con una inteligencia malévola, y no sobra considerar esa posibilidad, doctor, porque no somos los primeros en considerarla y porque vivir padeciendo hace más llevaderos los momentos en los que somos obligados a recluirnos o a escapar por los laberintos que solemos inventarnos para jodernos por detrás a nosotros mismos: ya lo verá usted, doctor, ya lo verá.

Son estas dos últimas respuestas las que han estado circulando en los videos graves y musicalizados que le han enviado a mi mamá los compañeros que tenía en el banco. Pueden tener como títulos «Astronauta John W. Foster predice el coronavirus veinte años antes» o «Astronauta norteamericano da consejos para sobrellevar el encierro». Se olvida para bien su fama de hombre que estalló después de enfrentar demasiados golpes brutales. Se habla de veinte años porque la conferencia es de noviembre de 1999. El título de este capítulo no es la fecha de aquella conferencia, que fue la misma durante veinticinco años, sino la fecha de la muerte de Foster, porque es el criterio que he estado usando para titular en esta última fase de mi manual.

El viejo Foster murió rodeado de su familia, de la sentenciosa Alicia a la misteriosa Sandra, en su cama de su cuarto de su casa de las últimas décadas.

Su viuda, que murió siete años después de manera sorpresiva, siguió sirviéndole a la causa de una vida consciente de la muerte y del infierno.

Y todo el tiempo pienso que es una lástima que el día de la conferencia, a la que he estado acudiendo para no sentirme cuestionado yo mismo, no tuviera a la mano los versos de la Madre Lorenza de la Cabrera y Téllez:

El hombre fue a la luna para notar la tierra
como quien va a la muerte para ver el infierno
porque lo que ha querido Nuestro Señor eterno
es darnos la paciencia de la paz y la guerra.

Volvió con su armadura y trajo su estandarte
de los desiertos de humo después del horizonte
a pasar la palabra desde el valle hasta el monte
con el cuerpo y el alma en una misma parte.

Después de la epopeya, de navegar el cielo
por océanos negros y tormentas de arena,
todo se le redujo a conjurar la pena
de haber nacido triste y crecido al vuelo.

No hay padre por más ciego que no lleve la sombra
de los hijos que tuvo como dones dormidos.
No hay soldados ni guerras sin los niños perdidos
que recoge la muerte hasta que algo los nombra.

El hombre que fue al cielo también volvió a perder,
a confesar sus males, a purgar sus temores,
a redimir su cuerpo, a contar sus amores,
a llenarse de fallos para ver y nacer.

Y se fue para siempre en la barca de Dios
despedido por todos los que tuvo a su lado
y en el puerto quedó el rumor del pasado
y las cosas calladas que nos dicen adiós.

Resulta impresionante, pues es como si estuviera vivo
ahora mismo o como si hubiera vivido para el propósito de
conducir a los desesperados en tiempos de pandemias, que
justo por estos días esté circulando de WhatsApp en Whats-
App el momento en el que habla de cómo para un astronauta
el encierro opresivo de la cabina suele irse olvidando —«suele

irse borrando o esfumando»— porque con el paso de las horas y con el paso de los días «sientes que estar en esa nave estrecha es igual que estar flotando en un cuerpo por el espacio…», «dejas de pensar que estás preso en una celda y empiezas a creer que estás libre en el universo…», «notas que siempre has estado adentro y afuera al mismo tiempo, contenido allá adentro y volcado acá afuera, sumándose siempre al milagro…».

«Me gusta salir a verlos a ustedes, por supuesto que sí, pero luego de haber estado envuelto por los horizontes lunares —donde no hay arriba ni hay abajo ni hay izquierda ni hay derecha— ya sé que ni siquiera cuando estoy en el baño estoy aislado…», asegura entrecerrando los ojos con la sensación de que nadie está entendiéndole del todo lo que está diciendo.

Resulta increíble tener en el teléfono uno de esos videos amañados para estos días de clausura. Cada vez que yo quiero, su voz de fumador empedernido repite «un día ustedes van a tomarse las trincheras o las jaulas que les toquen con sentido del humor y amor por las personas de su vida y con respeto por los cadáveres a los que han estado dando ánimo a pesar de todo…». Y miro de reojo a José María a ver qué está jugando en la consola que tenemos bajo el televisor y después me acerco a Lucía a ver qué está sintiendo detrás de la pantalla de su computadora. Y como siempre los veo bien, risueños y felizmente resignados a estar en este apartamento hasta que pase la cuarentena, me doy cuenta de lo afortunados que somos quienes vivimos encierros con ventanas.

Sábado 29 de febrero de 2020

Durante varias semanas de estos últimos meses me desperté odiando a muerte a la vieja punkera Sid Morgan. Escribí y volví a escribir, poniéndome en el contexto del más allá, a su supuesto email personal, a su agente, a su página web, a su Twitter, a su Facebook y a su Instagram, pero no recibí nunca ni una respuesta automática: silencio y silencio nada más. Por primera vez desde que regresé a mi cuerpo, y por primera vez desde que conseguí acomodarme a la vida y seguir viviendo día por día por día con la alegría del deber cumplido, llegué a contemplar la idea de estar loco: ¿y si todo esto fue una alucinación, como la del País de las Maravillas, provocada por la anestesia fatal?, ¿y si toda está alharaca con cuentagotas se reduce a que estoy loco?

Investigué. Leí todo lo que se puede leer al respecto. Torcí lo que aprendí para que me hiciera daño. Y estuve a unas horas de mandar todo este asunto a la mierda.

Encontré un completísimo estudio del neurólogo belga Bernard Cammaerts y siete miembros de su laboratorio, publicado en la revista científica *Uno más uno*, sobre una serie de pacientes que tuvieron experiencias cercanas a la muerte. Es, pensándolo con calma, un estudio noble. Considera que «las EFC son asumidas como realidades más reales que la realidad», «los pacientes comatosos consultados al despertar de sus comas suelen compartir fenómenos producidos por sus cerebros disfuncionales como el abandonamiento de sus cuerpos o un túnel que va a dar a un lugar espectacular», «los recuerdos de las personas que han pasado por estas situaciones, verdaderos creyentes en un mundo fuera del mundo de lo físico, tienden a ser muchísimo más ricos que los hechos o las imaginaciones» y «lamentablemente aún no es posible tener vivencias conscientes sin que se dé actividad cerebral», pero no está consignado con cinismo científico, que es lo peor, sino con el tono seco e inapelable de los padres que les explican a los hijos que nunca jamás van a volar.

Después me dejé llevar por el completo volumen sobre experiencias místicas que publicaron los neurocientíficos Mario Negreanu, Annette Plummer y Vincent Egoyan —precisamente el hombre que cuestiona al astronauta Foster al final de su conferencia—, pues está hecho a partir de imágenes de resonancia magnética: *El espíritu entre los ojos* se llama el tratado de 614 páginas. Y yo perdí un par de días de febrero de este 2020 leyéndome las primeras doscientas, entre comillas «perdí», porque está construido sobre la base de las visiones y las uniones con Dios de una serie de monjas ursulinas. Se dice allí, hasta donde leí, que diversas regiones cerebrales, si no todas —incluida la que alguna vez se llamó «el punto de fuga de Dios»—, se encuentran comprometidas durante espejismos, epifanías e iluminaciones, y no hay que tener fe en nada para vivir algo así. Se toma como base la meditación profunda que alcanzan ciertos monjes budistas, durante la cual se desactivan las redes que sirven a la construcción de la identidad y se pierden las fronteras entre uno y la totalidad, para concluir que tristemente nada sucede por fuera de los cuerpos.

Puede ser que el libro de Negreanu, Plummer y Egoyan termine reconociendo que por más estudios que se hagan, por más pruebas que se reúnan de que todo sucede en la materia, siempre será posible la pregunta por la trasescena. Pero yo no llegué allá.

¿Por qué? Porque a la segunda noche de insomnio —fui a la sala a sentarme en el sofá de la siesta, espié las ventanas iluminadas de la cuadra, pasé perfiles de Instagram de amigas y amigos en busca de señales de vida, leí un artículo que Rivera me mandó sobre cómo un virus nuevo que tenía cercada a la ciudad china de Wuhan amenazaba con volverse una pandemia, volví a la cama a cerrar los ojos para engañar a mi mente, me levanté de puntillas y con la mandíbula apretada a avergonzarme en el desfavorecedor espejo del baño de mi cara y mi barriga y mi pecho de hombre que ahora sí ha empezado a envejecer, y me metí en las cobijas otra vez a ver si por fin conseguía vencerme—, mi esposa encendió la exasperada lámpara de su mesa de noche y me dijo «todo lo que a usted le pasó fue real, Simón, pero al libro que está escribiendo le da igual».

—Yo estoy completamente segura de que la punkera esa, maldita, no le responde porque se la pasa recibiendo mensajes de gente a la que le pasó lo mismo.

—Mensajes de locos de mierda a los que les pasó lo mismo: «Soy un colombiano que ha escrito tres libros...».

—De personas de todas las profesiones y todas las edades y de todos los países que vieron sus propios cuerpos y sus propios pasados desde afuera, Simón, a mí me parece que a la larga da igual que lo suyo haya sido una proyección desde el proyector del cerebro o haya sido una visita del alma al sitio al que uno va a dar o lo que sea: ¡usted nos vio a José María y a mí en la sala de espera mientras su cuerpo estaba en coma!

—Puta: es que yo odio, pero odio con todo mi talento para odiar, esas historias que acaban «todo era un sueño...».

—Yo no, justamente no, porque si no estoy mal los sueños son historias, pero déjeme decirle que además usted lleva mil y una noches con sus madrugadas contándome en esta misma cama que chirrea cada vez que uno se mueve que esto que estamos viviendo es una película.

—Yo le juro que no vuelvo a hablar de esto apenas terminemos de hablar de esto ahorita, Rivera, pero qué tal que mi cerebro simplemente haya organizado como un computador los documentos y las fotos que había estado guardando sin pensárselo mucho.

—¿Pero acaso usted sabía algo del soldado alemán?

—Pero quizás había oído algo de esa guerra en algún documental quién sabe cuándo.

—¿Y la profesora tibetana?

—Puede ser una amalgama de personajes en una amalgama de historias distópicas.

—Porque yo le acepto que el sepulturero o el astronauta puedan habérsele aparecido en las lecturas alguna vez, pero hay cosas que usted no tendría cómo saber si no hubiera estado en otro mundo.

—¿Como qué?

—Como ese libro de visiones de la monja.

—Pude haber unido los puntos.

—Pero usted es el único que sabe no sólo que ese libro es de ella, Simón, sino que ella predijo todo esto.

¿Que cómo me aguanta a mí Lucía Rivera? Puede ser porque mis arrebatos se dan nada más de vez en cuando. Puede ser porque a veces, así aquí no se alcance a notar, es ella la que amanece enfrascada e incapaz de mirarme a la cara porque la envenenó una respuesta desprevenida que solté con la guardia abajo —«¡ya voy, ya voy!»— o porque se le olvida por un par de horas la suerte que tenemos de habernos encontrado tal como nos encontramos. Puede ser que yo, en mis mejores momentos, no sea yo: que cuando me esté fijando en ella, que es prácticamente todo el tiempo, sea una buena razón para seguir viviendo. Pero, si me toca elegir apenas un motivo, creo que me soporta porque en cierto momento de cada día, en la mañana o en la tarde o en la noche, le reconozco su estatus de plegaria cumplida.

—Y a mí me parece que al final su trabajo de estos meses nunca ha sido suponer, ni descifrar, ni interpretar nada de lo que le pasó, sino contar su historia: lo demás da igual —me dijo.

«Lo demás es ciencia, sí, problema ajeno», pensé, pero no lo dije porque dicho hubiera sonado a frase de libretista. De hecho, esa fue una de las pocas veces que me he quedado callado ante la frase de alguien, sin ninguna necesidad de contraatacar o de ganar el pulso verbal, como reconociendo que ni siquiera valía la pena una variación de lo que ella acababa de decir. Seguí su ejemplo: me metí en las cobijas, a mi lado derecho, dispuesto a exhalar e inhalar hasta apaciguarme. Ella me dio la espalda, pero yo no le besé el cuello ni la abracé por detrás, igual que tantas madrugadas, porque siempre caía en la tentación de agarrarme de ella, sino que me quedé pasándole la mano por la espalda hasta que no supe más.

Seguí odiando a la punkera al día siguiente, y al siguiente, y al siguiente, hasta el sábado 29 de febrero de 2020. Ese día —que le da el título a este capítulo— me dio vergüenza odiarla porque me desperté con la noticia de que hacía unas pocas horas se le había muerto su hermana.

A mediados de la década de los ochenta, un par de años después del desgastante fin de The Bipolars, la disciplinada Nina Morgan se había casado con el productor de Hollywood Hal Kramer. Ya no quería ser la madre de su hermana Sid, no más, sino la madre de sus propios hijos. Y sí: así fue. El señor Kramer, que produjo un documental sobre la banda, era todo lo contrario a ella: aterciopelado, sibarita, soez, experto en soltar nombres de famosos en las orillas de las conversaciones —«un día Mao Tse-Tung me dijo, de la manera más amable, que yo era un posibilitador de la decadencia…»— y cínico ante cualquier noticia de nuestra barbarie. Y, sin embargo, se había enamorado de él y seguía rendida a esa pareja, decía, porque cuando estaban solos se notaba que él aún no podía creer su buena suerte.

Peleaban enfrente de la gente, en las fiestas y en las salas ajenas, como interpretando una rutina de comedia de situación: de *sitcom*. Se decían «escupe esa ginebra con tónica que estás poniéndote como un puto hipopótamo» y se maldecían un poco más en serio que en broma y se interrumpían en la mitad de una opinión fundamental, enfrente de todos, convencidos de que la gente simplemente se reía, pero era vox populi que estar junto a ellos dos era la experiencia más incómoda del mundo aparte de una colonoscopia. Se querían, en cualquier caso. Se adoraban el uno al otro como un par de falsos ídolos. Y en las horas de luz trabajaban juntos en aquellas producciones de los ochenta y de los noventa que nos llegaban a todos costara lo que costara.

Un repaso a vuelo de pájaro por las películas independientes que Nina Morgan musicalizó, *Búsqueda interminable*

(1986), *Gente entre la lluvia* (1991), *El reporte Tennessee* (1995), *El hemisferio perdido* (1999) y *Cuántas veces has vuelto, Thomas Kirk* (2002), deja en claro su estilo cercano al minimalismo contemporáneo. Su primera banda sonora fue nominada al premio Oscar hombro a hombro con trabajos de Goldsmith, Horner y Morricone en el mismo año en el que ganó Herbie Hancock. Hubiera trabajado más, porque desde ese momento le llovieron ofertas desde todos los pisos térmicos de Hollywood, si no le hubiera bastado y sobrado con cuidar a los mellizos que tuvieron: «Yo ya canté en estadios», respondía cuándo algún periodista le preguntaba si pensaba volver al pop.

Cuando el movimiento del #Yotambién reaccionó a los matoneos y a los abusos sexuales comprobados del productor Harvey Weinstein, amo del cine prestigioso de los años noventa, solía repetirse en crónicas y artículos de paso una anécdota de coctel que parece una parábola: en el estreno mundial de *Gente entre la lluvia*, aquel Harvey Weinstein con apariencia de Jabba the Hutt, el gánster monstruoso de *Star Wars*, se acercó al rincón de la asediada Nina a preguntarle cuánto podía costarle una banda sonora de «la mujer de Kramer» como reduciéndola a pedazo de carne, a medallita en el pecho de un cabrón de su talle, y ella, que solía ser tajante y enfurecerse sin levantar la voz, le escupió y le siguió escupiendo un ataque de risa que los obligó a irse antes de tiempo de la fiesta de lanzamiento.

El perdonavidas de Weinstein, rey advenedizo y pegajoso y repugnante como un sapo que obligaba a las princesas a besarlo, estaba a punto de armar —mitad mecenas, mitad bandolero empeñado en asediar algún pueblito del Lejano Oeste— una corte de genios como Tarantino o Soderbergh o Smith o Rodríguez. Quería que el cine fuera grande otra vez. Y sí: llegó a estar en la cima de aquella pirámide de base de basura, y a servirle de motor a una segunda edad de oro del cine norteamericano de autor, y a transformar la carrera por el premio Oscar en la sangrienta guerra del lobby, y a encarnar a los jefes despóticos y manoseadores como libidinosos emperadores de oficina que gobernaron el mundo durante siglos, y a terminar convertido en preso con la columna vertebral doblegada, pero en el estreno de *Gente entre la lluvia* era apenas un aspirante a faraón.

Pues «Harvey» significa «digno de batalla» en bretón y «Weinstein» significa «piedra de vino» en el hebreo de los judíos asquenazíes: un sino.

Weinstein nunca olvidó el ataque de risa en su cara: apenas se enteró de la muerte del quisquilloso de Hal Kramer, el rival que lo había despreciado y el esposo de aquella expunkera con ínfulas de compositora, hizo llegar a la funeraria el arreglo de flores más grande que se conseguía en Nueva York por ese entonces. Kramer murió el domingo 2 de octubre de 2005, sin la menor intención de hacerlo, después de tragarse los seis medicamentos que se tragaba todos los días más un opiáceo que le dio por ensayar para lidiar el dolor de una cadera fracturada. En los archivos en línea aún hay fotografías de estrellas de gafas negras, de Meryl Streep a Mike Nichols, bajo la carpa verde de la compañía mortuoria. Y hay un retrato terrible de Sid Morgan consolando a su pequeña hija de cuatro años, sentadas las dos sobre la acera, bajo un paraguas de luto.

La orgullosa Nina se quedó viviendo sola, en el nido vacío, porque los mellizos se habían ido ya a un par de universidades en el otro lado de los Estados Unidos, pero más temprano que tarde tuvo que recurrir a los cuidados de su hermana menor, pues, en un giro de biografía de Wikipedia, descubrió que sus torpezas y sus desequilibrios de esos últimos años eran síntomas de un extraño mal llamado «enfermedad de Huntington». Su irritabilidad, su desorientación y sus súbitos cambios de ánimo tenían que ver con su padecimiento. Se le advirtió lo que vendría: paranoia, alteraciones del habla, demencia progresiva, desconocimiento de sus propios hijos. Y vivió así, perdiéndose, degenerándose, quince años más. Pero Sid se encargó de cuidarla día por día hasta el día de su muerte.

Resulta profético, en ese sentido, el final de aquella larga entrevista con la revista *Rolling Stone* en los días de la salida de su álbum magistral sobre la muerte: su *Life After Life*.

RS: Antes de comenzar a grabar esta conversación que ha sido un placer para mí, mientras subíamos los dos solos en el ascensor Otis de este edificio, me dijiste una frase que me ha estado retumbando desde el principio: «Yo no sé cómo voy a hacer para ir por ahí en este maldito cuerpo».

SM: Jajajajá: no puedo hablar por todos los que han vivido lo que yo viví, pero, como después del episodio aquel me ha costado tanto acomodarme adentro de este cuerpo que antes solía darlo por sentado, he estado pensando más de la cuenta —más de lo necesario— en cómo va a sentirse ahora pararse en la tarima a cantar ante miles de personas. Creo más que nunca que no hay normas a la hora de tratar el cuerpo propio: es de uno y uno puede hacer con él lo que le dé la gana. Sé que es transitorio, por supuesto, sé que [canta *All Things Must Pass*] *sunrise doesn't last all morning*, pero estoy segura de que es de cada quien y a cada quien se le entrega como se le entrega a un trabajador su dotación. No quiero sermonear a nadie. No estoy diciendo «chicos: no consuman drogas» o «chicas: tengan sexo con alguien que amen» porque me importa el culo de una rata lo que cada cual haga con su salud o con sus genitales: estás por tu cuenta, hermano, estás por tu cuenta. Estoy hablando más bien de escucharlo de cerca, de verlo con un poco más de compasión, de usarlo con sabiduría antes de que el único camino que quede sea padecerlo. Te dije lo que te dije porque había espejo en el ascensor en el cual subimos. Y eso creo, viejo, creo que este tour que viene va a ser sobre mi cuerpo.

RS: ¿Qué te ha dicho tu hermana Nina sobre la gira de conciertos de *Life After Life* que estás a punto de echar adelante?

SM: Nina cree que está muy bien que lo haga, sí, ella cree que es algo que no puedo seguir aplazando: «Es lo que tienes que hacer», me repite como si se estuviera convenciendo a ella misma, jajajajá, «es hora de que cargues tu propia gira con tus propias decisiones». Teme por mí, ¿sabes?, no se le olvida que fui lo suficientemente estúpida para matarme y arrepentirme y morirme. Pero me apoya, sí, me apoya a pesar de que ya no entiende bien qué gracia puedo verle a seguir viviendo la vida de la carretera. Siempre le he dicho a Rory que ella es la bruja ma-lévola del oriente de la nostalgia, ¿sabes?, uno de sus planes favoritos es hablar y hablar de lo que hici-mos, pero, viéndolo bien, es un gesto de buena sa-lud mental: yo la veo más feliz que cuando yo no había nacido aún y más segura que nunca de que dentro de un par de años quiere retirarse a hacer otra clase de música, igual que las deportistas que cumplen treinta años como dándole una vuelta a la esquina: hasta [la gimnasta rumana] Nadia Comăneci, que era nuestro ídolo, va a retirarse vigi-lada día y noche por su dictadura. Ayer nos prome-timos, a pesar de todo, nunca jamás descartar nada: ¿qué tal ser un par de ancianas tatuadas que salgan a rockear en un puto estadio más allá de la cortina de hierro apenas el mundo la corra? Puede que ha-gamos otro álbum. Puede que ella haga un disco de canciones experimentales cuando recobre las ganas de pasarse el día en el estudio. Yo sólo espero cui-darla como ella me ha cuidado a mí cuando llegue el momento.

La gira de *Life After Life*, de Sid Morgan and The Four Nameless, fue tomando forma poco a poco. La nueva banda siempre fue considerada un acto de primera, pero, por supuesto, dado que The Bipolars seguía siendo una especie de iglesia llena de fieles, prácticamente tuvo que empezar de ceros y en medio de la desazón general. Aquella gira de la que se habla en la entrevista de la revista *Rolling Stone*, que en el reportaje de *Mojo* es descrita como «una campaña política con una candidata con aires de hija pródiga que rompió el corazón del electorado un par de veces», fue una prueba para los nervios de una adicta porque en realidad era una gira en pequeños y jadeantes clubes del mundo como CBGB, The Metron, Club Casino, The Bayou, Draken, Banpaku Hall, Münsterlan.

Fue para ella agotador soportarse a sí misma en el encierro de aquellos hoteles antisépticos, noche tras noche tras noche asediada por las imágenes extáticas y las reacciones violentas de los conciertos y las ganas de engullírselo todo, pero habría sido mucho peor seguirse flagelando con las esnifadas mágicas y con los tragos suicidas de cualquier botella que le pasara cualquier genio súbito del camino. Su única exigencia de estrella de rock era que los minibares de las habitaciones estuvieran vacíos. Pasaba canales y canales enfurecida, entre el humo del cigarrillo, por ese mundo nuevo de risas pregrabadas y de acciones al alza: «La avaricia es buena…». Sola, completamente sola en esas camas blandas que le recordaban las camas del hospital en donde estuvo a punto de morir, prefería aguantarse la película del domingo de Disney a asomarse a una nueva edición de *60 minutos* porque era incapaz de ver al balbuceante de Ronald Reagan diciéndoles a los norteamericanos que agradecieran su libertad.

Dormía cuando su cansancio por fin derrotaba su rabia. Ensayaba algunos riffs en las madrugadas de insomnio hasta que empezaban los golpes en las habitaciones de al lado. Sacaba la cabeza por la ventana a apostar consigo misma que la próxima sombra que pasara enfrente no iba a ser la de un vago sino la de un puto.

Sintió que había conseguido sobrevivir a esa primera gira sola, sin la sensatez y sin el asentimiento de su hermana mayor —y que había conseguido sobrevivir a sí misma, de paso—, la noche primaveral de 1986 en la que Sid Morgan and The Four Nameless llevaron a cabo una presentación en The Palladium que dejó a todos con la sensación de que habían sido testigos de un fenómeno: de un rayo, de un huracán. Si uno rebusca las reseñas de las primeras presentaciones del tour, en los periódicos de aquellos tiempos, suele encontrar buenos ejemplos de mezquindad y de bajeza típica de los pedantes críticos culturales que pasan por rigurosos y por valientes: los expertos estaban de acuerdo con los espectadores en que ni los covers de The Bipolars ni las canciones nuevas estaban a la altura de las expectativas.

Pero aquella noche en The Palladium fue claro que, luego de robarse el show escrito, producido y dirigido por su hermana, Sid al fin había conseguido asumir las riendas de su propia banda y de su propia música. El arrogante e implacable Joe Laguna firmó al día siguiente, en *The New York Scene*, un recuento que podría resumir el giro de los públicos: «Es ella. Es la mujer de las portadas de los discos y las portadas de las revistas. Es la mujer de la cubierta de *Life After Life*. Pero también es esta máquina nueva que no pierde el ritmo ni la concentración. Sid Morgan está en todas partes: en los riffs punzantes, en los solos vibrantes, en los gritos de furia que ahora parecen gritos en nombre de una sociedad anestesiada por las ofertas a mitad de precio».

A partir de ese momento, Sid Morgan fue recibida, de vuelta en su cuerpo rabioso y sudoroso, como una figura de la farándula recia e irónica de Nueva York. Se le vio un tiempo con David Johansen, el desquiciado cantante de los New York Dolls, cuando él estaba haciendo el tránsito a actor de reparto de ciertas películas ochenteras: todo el mundo habla de *Scrooged*, pero mi favorita, de lejos, es *Let It Ride*. En un escalofriante documental que quizás ande todavía por ahí, *Trump: An American Dream*, puede escucharse al propio Donald J.

Trump hablando de ella mientras se hace pasar por un nuevo asistente suyo —así es— en una conversación telefónica con una periodista del espectáculo cuando aún no era un patético presidente de los Estados Unidos, sino un patético magnate escondido detrás de su marca: «Todas quieren salir con él —dice forzando su voz inconfundible—: Madonna llamó a pedirle que fueran a comer, Sid Morgan le ruega que la reciba en Mar-a-Lago».

Es lo justo reconocer que Morgan, tal como lo dice la reseña del señor Laguna, estaba en todas partes a finales de los años ochenta. Sus discos suelen aparecer en las listas de «los mejores» o de «los más vendidos» de la década: *Life After Life* dejó regada una serie de éxitos que hasta hoy aparecen en las antologías de la música de esos tiempos; *Prerecorded Laughter* (1987), en sus propias palabras una crítica brutal contra «una cultura prefabricada, prelavada, pregrabada, que se está tomando el mundo», fue recibida por el crítico de *Los Angeles Times* como «un regreso a los gritos que impiden el sueño americano»; *Sweet Anger* (1993) terminó siendo, en cambio, una compilación de *power ballads* a la altura de las primeras de su carrera.

Fueron los años de reclamar la gloria en los clubes de antes, los años de encarar las bajezas de una cultura que hacía lo posible para no dejarse someter por los fundamentalistas que gritaban «¡terrorismo!» porque ya no podía ver soviéticos agazapados por ahí, los años de probarse a sí misma, en medio de la paz que le producía tener de su lado el secreto de la muerte y comprender que lo importante sucedía entre bambalinas, que tenía en sus manos las riendas.

De esos tiempos, desde 1985 hasta comienzos del siglo XXI, se consiguen varias entrevistas reveladoras y brillantes a la solista Sid Morgan, pero para mi gusto la mejor es una de 2002 que concedió al *talk show* del comediante David Letterman para promocionar el álbum de canciones para niños que acababa de grabar para su hija Abigail.

Es, de cierto modo, el mejor documental sobre su vida y sobre su obra que se encuentra por ahí. Letterman jamás cae en la pregunta eterna: ¿cuándo vuelve The Bipolars? Se ríe de ella y con ella cuando se meten en el espinoso tema de la vida en el más allá, pero sobre todo cuando se dedican a hablar de las glorias y las miserias de la maternidad: «Fui una tía muy famosa, muy, porque fui una tía fantástica de aquellas que reciben a sus sobrinos mellizos cuando sus padres ya no saben qué más hacer con ellos —y siempre será necesario un ladrón para atrapar a un ladrón—, pero hubo un momento en que me sentí obligada a ser madre como si lo único que me estuviera haciendo falta para ello fuera un hijo», explica más o menos en serio, más o menos en broma.

Cuenta todo con la misma desfachatez de siempre, rechazó las propuestas de matrimonio que se fue encontrando por el camino porque a fuerza de ser solista ya se había acostumbrado demasiado a tomar sus decisiones. Prefirió ser novia y amante y amiga de gente dedicada al campo de la actuación porque es gente más vulnerable y menos ensimismada que la que se dedica al campo de la música. El día en el que rompió con su última pareja comprendió que lo suyo era pasar a la historia como una soltera legendaria. Terminó adoptando a una hija porque hicieron contacto visual antes de que las dos pudieran pensar. Tuvo que despedirse de sus dos gatos, que en todo caso estaban pensando estrangularla en la madrugada, porque la niña resultó alérgica a ellos.

Le puso a su hija Abigail, a riesgo de que le dijeran Abby o Gail en los colegios, porque en griego el nombre significa «mi padre es la alegría»: «Ahí tienen su respuesta al gran misterio de la humanidad…». No fue nada fácil convertirse en la aparatosa roadie de una estrella resurgente —le confiesa a Letterman a punto de soltar una carcajada—, ni mucho menos mantenerse firme en el propósito de criarla de verdad, sin demasiada ayuda de niñeras, pero lo logró cuando todo lo demás empezó a perderse en el segundo plano: «Yo no quiero pintarte una imagen Johnson & Johnson, Dave, no quiero que te vayas a tu mansión mórbida y solitaria pensando que soy una mujer regenerada, pero lo único preocupante que se me ha ocurrido por estos días es comprarle a mi hija un chupete de calavera», explica con la mirada puesta en el auditorio.

Valga aclarar que su álbum de canciones para niños, *Holy Kid*, no es un proyecto meloso en la línea de «el disco de Navidad de...». Quizás sea porque se lanza a hacer briosas versiones de clásicos, *Cruella de Vil*, *The Bare Necessities*, *Yellow Submarine*, *Strawberry Fields Forever*, *At the Zoo*, *The 59th Street Bridge Song*, *I Love to Laugh*, en medio de composiciones propias plagadas de chistes de niños malvados. Desde el primer corte hasta el último, se siente, en efecto, como un pacífico acto de rebeldía. Su plegaria para los heroicos bomberos del 11 de septiembre de 2001, *The Smoke of Love*, es escalofriantemente bella y cierta y vuelve el asunto de la compilación un asunto serio: *Raising children in hell*, canta al comienzo, *watering love in the desert*. Y, sin embargo, resulta inevitable sentir que Morgan se ha metido de cabeza en su familia: «El negocio del espectáculo cada vez me importa menos», confiesa antes de despedirse de Letterman, «ya veremos quién soy... recuerden que [canta] *strawberry fields, nothing is real... fuck Bush!*».

Si uno se mete en internet a los más completos archivos de fotos, a WireImage o Getty Images, poco encontrará de Sid Morgan en la primera década del siglo XXI.

Está la visita de 2002 al *Late Show with David Letterman*. Está la conversación de 2005 con su hija Abigail en el andén de la funeraria el día de la muerte de su cuñado. Está la elogiada interpretación de 2010 en un concierto benéfico, organizado por ella, para la Huntington's Disease Society of America que vivía al tanto de los males de Nina. Quizás sea lo justo mencionar sus sorpresivas apariciones en *El Show de los Muppets*, *Curb Your Enthusiasm* y *Saturday Night Live* para dejar en claro que incluso en esos años domésticos tuvo un pie en el mundo del espectáculo: que, a pesar de los reblandecimientos, siguió viviendo en la lengua y en la cultura del rock. Casi todo el tiempo de todos esos años se lo entregó, no obstante, al cuidado de su hermana.

En octubre de 2011, cuando la atención a su hija, a su hermana, a sus sobrinos y a sus padres por fin envejecidos le dio un respiro que no estaba anhelando —pues no sólo disfrutaba esa vida de puertas para dentro, sino que no sobra recordar que todo lo que le ha sucedido ha sucedido en la escala y en la burbuja y en el sueño de una estrella de rock—, una Sid Morgan cincuentona vestida con el cuero y los tatuajes de siempre publicó el último álbum que ha sacado hasta el momento: *You Are Here*. Fue recibido por la crítica especializada con temor reverencial: hay un momento en el cual ciertos artistas dejan de ser competidores para ser sobrevivientes y suelen ser graduados de maestros, y Morgan volvió a aparecer en los primeros puestos en las listas de *Billboard* y en las taquillas de las giras.

Se le elogió la vitalidad de las nuevas canciones: «Es como si hubiera vuelto de una isla a dar un testimonio lleno de amor y de ira», escribió David Fricke en *Rolling Stone*, «todo suena definitivo y urgente como si se estuviera aprovechando una única oportunidad». Se le reconoció la gracia irascible e indignada con la que versionó sus éxitos como integrante de The Bipolars y sus éxitos como solista durante la gira breve de la primavera al otoño de 2012 —breve, digo, comparada con las que hizo en sus veintes y en sus treintas— en la que sin embargo alcanzó a recorrer todos los sitios del mundo: «Gracias, Sid Morgan, por una vida entera vivida y redimida en los escenarios», reconoció Robert Hillburn en *Los Angeles Times*.

El lunes 18 de abril de 2016, en Brooklyn, Nueva York, The Bipolars fue reconocido con un lugar en el Salón de la Fama del Rock and Roll en la misma ceremonia en la que fueron promovidos Chicago, Deep Purple y Cheap Trick. Fue su contemporánea Joan Jett, de Joan Jett & The Blackhearts, quien le entregó la estatuilla en el atrio a Sid Morgan: «Estoy aquí enfrente de todos para confirmar el rumor de que cuando yo hacía parte de The Runaways corríamos a la tienda de discos a comprar lo último de The Bipolars para llenarnos de envidia y deseos de venganza, pero cuando empecé mi carrera con The Blackhearts corría a la tienda de discos a comprar lo último de Sid Morgan and The Four Nameless para llenarme de resentimientos y de planes criminales», bromeó.

Antes de salir al escenario a interpretar versiones rotundas de *American Bomb* y de *The End*, con una banda que era la suma de los que quedaban en pie de The Bipolars con los que quedaban con neuronas de The Four Nameless, Sid Morgan pasó al frente en la tarima del Barclays Center de Brooklyn a pronunciar un breve discurso —nada menos y nada más que una suma de agradecimientos llena de humor— que sigue colgándose en los muros de las redes sociales:

Gracias, rock and roll, por despertarnos sin vergüenza ni piedad. Gracias, amigas y amigos de este mundo, por estar aquí: gracias, de antemano, por reírse de los chistes que estoy a punto de hacer, por asentir cada frase célebre que suelte en los siguientes cinco minutos. Gracias a nuestro abuelo Morgan Otis por explicarnos dulcemente cómo funciona el universo y por darnos palmaditas en las mejillas y por comprarnos ese par de guitarras que hicieron menos plácidos sus años callados. Gracias a nuestra abuelita Lucy, con sus manos suaves y acolchonadas, por no caer en ninguna de nuestras trampas. Gracias a nuestros amorosos padres por irse a las calles de los sesenta a luchar por una Norteamérica justa y por dejarnos con ellos. Gracias al Rockville High School por esos profesores de gimnasia, como mórbidos villanos de cómic, que nos gritaban en el oído y nos hacían chistes asquerosos sobre nuestros cuerpos en desarrollo. Gracias al rector Stewart por atragantarse con un vaso de agua el día de la graduación. Gracias a los rebeldes con causa de The Kingsmen, The Kinks, The Yardbirds, The Mothers of Invention, The Stooges, Ramones, Sex Pistols, The Clash, The Velvet Underground, que, viéndolos bien con estas gafas gruesas de miope en sus cincuentas, eran sólo muchachos rabiosos con Dios de su lado. Gracias a los suecos melancólicos de ABBA por enseñarnos todo lo que no queríamos hacer. Gracias a los dioses femeninos del Glam Rock por mostrarnos el camino de ladrillos amarillos. Gracias, Patti Smith, por explicarnos la noche en tres minutos. Gracias, chicas de The Runaways, por ser putamente mejores cada día. Gracias a Sparky Cook, nuestro mánager, por aprender a callarse la puta boca después de meses de ensayar la condescendencia de macho con nosotras. Gracias a Tommy Peña, nuestro roadie, por cortarnos el pelo para que quedara tan mal. Gracias a nuestros primeros fans por ser lo suficientemente absurdos y huérfanos para volverse fans de una banda de quinceañeras que nunca volverían a ser tan lúcidas. Gracias a nuestros groupies de todos los géneros por portarse como esclavos agradecidos y libres a la mañana siguiente. Gracias a aquella chica en Pearland, Texas, por consentirme la cabeza toda la noche. Gracias a aquel muchacho de cabeza rapada y lengua larga de Key Largo, Florida, que en medio de la faena me gritó «pero yo no soy sólo un pedazo de carne»: jajajajajá. Gracias a las caras y a los brazos y a los pechos y a las gargantas en los clubes, en las arenas, en los estadios, por celebrar con desenfreno nuestras canciones como si sus receptores las entendieran mucho mejor que sus emisores. Gracias a los periodistas del rock que no tenían ni un pelo de objetividad, en tiempos de pelucas reales y grasosas, porque hacían parte de nuestro elenco de locos drogados. Gracias mariguana, gracias cocaína, gracias heroína, gracias whisky, gracias vodka, por ponerme en el borde del precipicio tantas veces, pero siempre tener la gentileza de no empujarme allí donde no hubiera una piscina. Gracias amantes traidores, gracias amantes traicionados, por las cosas que se les quedaron en el piso de mi casa. Gracias, chicos y chicas de The Bipolars, por tocar cada maldita noche como si la vida de los hijos y los hijos de los hijos dependiera de ello. Gracias Hal Kramer, donde quiera que estés dándoles propinas enormes a los botones y a las meseras, porque fuiste un petardo con corazón. Gracias a mis bellos sobrinos, Anna y Tim, pues desde el principio me quisieron porque el mundo está hecho para querer a las tías. Gracias a mi hija Abigail por adoptarme, por ser una buena niña, por obligarme

a ver las series animadas que no había visto nunca. Gracias
Dios, seas la cosa que seas, por mostrarme que no seré juz-
gada por mis tonterías cuando el show ya no pueda continuar, por absolverme en el limbo de los suicidas, por darme
la llave de la puerta para volver de la muerte a hacer mi
propia música. Y gracias a ti, Rory, mi adorada Nina Morgan, mi idolatrada hermana mayor, aunque me hayas hecho jurar que no iba a mencionarte esta noche para no
terminar siendo una punkera que lloriquea enfrente de
todos, por decirme «por supuesto que puedes» cada vez que
tuve pánico escénico en esos escenarios repletos de posesos,
por escribirnos a las dos una vida extraordinaria, por enfu-
recerte conmigo cada vez que yo dejaba de ser la que era,
por la cara de dolor que me ponías cuando me atrapabas
cantando alguna balada folk tipo [canta] *so bye bye Miss
American Pie*, por llevarme justo a tiempo al hospital a que
me sacaran esas pastillas del estómago, por tocar el bajo en
mis álbumes de solista como si apenas fueras una bajista de
sesión, por sentarte conmigo ese día en aquella cafetería a
explicarme que querías decirme que me amabas un poco
más que a ti misma, que me admirabas como persona y
como música y como madre, que me envidiabas de la manera más dulce —que querías decirme, en fin, todo lo que
no habías sido capaz de decirme— porque te habían diag-
nosticado la enfermedad de Huntington y era posible que
nunca más pudieras volverlo a decir. Gracias por no redu-
cirme la vida a una película sutil llena de silencios y de
malosentendidos. Gracias por pedirme que te cuidara todos estos años. No sé qué voy a hacer si tienes el mal gusto
de morirte, pero sí sé, porque pasé por allí hace algunos
años, que vas a estar esperándome en la estación siguiente
porque todas las estaciones han sido de las dos.

Tengo la idea de que la primera vez que vi las imágenes y
oí las frases de este discurso que en realidad es una lista de agradecimientos fue en el televisor empotrado en mi habitación

—pequeño y barrigón como los televisores viejos— en aquella clínica en donde el anestesiólogo inexperto estuvo a punto de matarme. Creo que sólo vi y oí entre sueños la parte final del monólogo porque se trataba de un resumen de la ceremonia en un noticiero del espectáculo. Es lo más posible que me haya perdido sus alusiones a la muerte porque alguna enfermera de la noche de las que se referían a mí como «mi pacientico», que ninguna era, valga aclarar, la sensata Amalia, entró a cambiarme el catéter de quién sabe qué: «Margarita oía The Bipolars todo el tiempo», pensé, «Margarita debe estar feliz».

Durante varias semanas de estos últimos meses, luego de escribirles en vano a todos los correos y los muros posibles, yo me había estado despertando con la garganta llena de odio y de resentimiento por Sid Morgan: «Ya sé que no soy nadie», pensaba, «un loco suelto más». Pero la noticia de la muerte de su hermana, el sábado 29 de febrero de este 2020, me sacó a empujones de mis disquisiciones, de mis protagonismos. Pensé «yo sé lo que se siente» apenas vi los titulares. Hasta los periódicos de acá, que prefieren los nombres del pop a los nombres del rock, llegó la foto más trajinada del funeral: Morgan sin gafas oscuras, con la mirada perdida en las escaleras de su casa en Rockville Centre, acompañada de una hija un poco más alta que ella.

Qué puede sentir una hermana menor cuando le dan la noticia de que ha muerto su hermana mayor. Qué le pasa por dentro apenas se entera —y al otro día y al siguiente— de que se ha quedado sin perspectiva porque se ha quedado sin la persona que la volvió esto que es: ¿es alivio?, ¿es angustia?, ¿es desolación?

Morgan se ve en aquella foto, que es una de las primeras que se le aparece a uno cuando busca en las imágenes de Google, dispuesta a darle prisa al mal paso: que vengan ya los pésames y vengan de una vez las lástimas.

El domingo 22 de marzo, cuando estaba ya en marcha la cuarentena aquí en Bogotá, se me metió en la cabeza la idea de buscar su discurso en la ceremonia de instalación en el Salón de la Fama del Rock and Roll apenas se me apareció en las redes la noticia de que Sid Morgan acababa de publicar en sus cuentas de Facebook e Instagram una versión de *All Things Must Pass* de George Harrison «para la gente que sí ha podido quedarse en la casa». Primero vimos el video nuevo: ella sola, acompañada de la vieja guitarra eléctrica que tenía el día que se tragó esos frascos de pastillas, se lanzaba a cantar *Sunrise doesn't last all morning / A cloudburst doesn't last all day / Seems my love is up / And has left you with no warning / It's not always going to be this grey.*

Parecía compuesta por ella el día anterior: *All things must pass / All things must pass away…*, cantaba encogiéndose de hombros.

Su voz que nadie más había tenido y nadie más tendría, ronca y suave al mismo tiempo, iba por todos los estados de ánimo sin perder el norte.

Quizás estaba pensando que había hecho su vida ante, contra, desde su hermana Nina, pero ya no estaba.

Tal vez, simplemente estaba recordándonos a todos una verdad de a puño que hemos visto mil y una veces pero que de alguna manera siempre conseguimos negar: «Todas las cosas deben pasar…».

Era inofensivo y era desgarrador. Abajo del video, en el post que lo acompañaba, había escrito una nota que decía «A veces, cuando me veía a mí misma sola y solitaria en esas opresivas habitaciones de hotel, pensaba que dentro de unas cuantas horas iba a enloquecerme, pero unos minutos después me daba cuenta de que las paredes eran lo de menos». Yo me la tomé como mi respuesta. Repito: fue Goethe quien alguna vez dijo, en los tiempos en los que yo lo leía como compitiéndole al mundo, que cuando un ser humano se despierta a un gran sueño y se lanza con todas las fuerzas de su alma a ponerlo en marcha —hay traducciones que simplemente dicen «en el momento justo en el que alguien se compromete con una historia o con una causa»— el universo entero conspira en su favor.

Estoy diciendo que mi compromiso con este manual práctico con estrategias de novela ya era una bola de nieve ese domingo 22 de marzo, de tal modo que incluso mis rencores de hombre menor —que tanto lo he sido— se vieron tan tontos como eran y se quedaron atrás cuando Sid Morgan terminó su envolvente versión de *All Things Must Pass* como dándole sentido a una plegaria del principio de los tiempos: «Quédense en casa, señoras y señores, permitan que la generosidad sea nuestro negocio», dijo y miró al piso con la incomodidad de los sabios y con el rictus de los rockeros que han estado tomándose estos días como el clímax en común de muchas carreras que parecían haberse ido apagando sin haber dado con una apoteosis.

Estoy diciendo que estoy a punto de completar un rompecabezas y estoy diciendo que es la primera vez que me interesa completarlo.

Por otra parte, debo reconocer que por más que lo intento no encuentro en las visiones de la madre Lorenza de la Cabrera y Téllez, que tienen algo de ficciones, pues para comenzar no pudieron ser firmadas por ella, un pasaje que parezca ser el retrato de Sid Morgan, pero en las fantasías del puro final de su texto aparece una juglar que acaso sea —siento llamarla así, pero así la llaman en las publicaciones especializadas— «la Papisa del Punk»:

A veces soy juglar y soy mujer también,
y canto lo del mundo y el mundo escucha el ruido
que viene de la muerte y de lo renacido,
y, en medio de los gritos y en medio del vaivén,

noto que soy beata y soy mujer del diablo,
y da lo mismo ser religiosa o poeta
porque tarde o temprano mi voz es voz secreta
que va haciendo cuartetas de un Dios del que poco
[hablo.

Y los ojos de todos son los ojos de todo,
y los gritos de todos son solamente un grito
que mantiene con vida el principio de un rito
que viene desde el cielo y va a dar hasta el lodo…

Puede que no sea yo el mejor juez de este relato. Habla luego la monja tunjana de una profesora en tierra de misioneros, en Oriente, que habría sido una santa de haber nacido y haber muerto en otro sitio: esa es la verdad inatajable e innegable. Después habla de las personas del futuro de «la ciudad de los Tiempos del Ruido» y las ve enclaustradas en torres pegadas a otras torres hasta que pasen todas las cosas que tienen que pasar. No lo digo yo. Cualquiera puede leerlo con el corazón o con el órgano que prefiera en la mano. Tampoco me estoy inventando ese video en el que Sid Morgan llega con una sonrisa, de dramaturgo benigno, a la estrofa que dice *Now the darkness only stays the night-time / In the morning it will fade away / Daylight is good / At arriving at the right time / It's not always going to be this grey*. Qué bueno y qué acorde estar vivo para verlo.

Viernes 16 de diciembre de 2050

De vez en cuando pienso cómo habría sido la cuarentena si hubiera estado casado con los vaivenes sobresaltados de Laura o con los silencios impenetrables de Margarita. De vez en cuando me fuerzo a mí mismo a imaginarme qué habría pasado si el confinamiento de estos días hubiera sucedido cuando yo estaba soltero: ¿me habría encerrado felizmente a leer lo que no había leído o me habría lanzado a rogarles a las personas que me dieran pruebas de vida?, ¿me habría enloquecido de verdad?, ¿me habría desparecido del mundo o me habría dedicado a exhibirme como un inquilino en una ventana desesperada? Habría sido terrible, en cualquier caso, porque la versión feliz de mi vida es esta vida. Habría sido un callejón sin salida, cuarenta días y cuarenta noches de telenarcisismo y telesexo y telepatetismo, porque no habría sabido lo que ahora sé.

Por ejemplo: yo puedo ver a la pequeña profesora Li Chen mientras se va alejando y alejando, por los caminos de piedra cercados por flores marchitas, del zoológico humano del viejo Palacio de Verano de Norbulingka.

Y, mientras se va y se va rumbo al Oeste, el suyo sigue siendo un mundo de autómatas y de semiconductores minúsculos —no un mundo distópico, no, porque todo mundo lo es de cierto modo— vigilado de cerca por el partido de gobierno de tal modo que nadie puede rebelarse ni venirse abajo ni negarse a los designios del régimen ni portar un virus sin que se sepa. Sí hay devastación en ese lugar. Sí hay deshielos e incendios cuando nadie está mirando. Pero ahora que lo veo entrecerrando los ojos, no me parece que Li Chen esté dejando una catástrofe asfixiante a su paso, de pies chiquitos y seguros, sino una región que sobrevive como tantas. ¿Está renaciendo o está acabando de morir ese paisaje? Si hubiera pasado la cuarentena con Laura o con Margarita habría votado por la segunda opción sin desgastarme ni un minuto en la tarea de dudarlo.

Ahora no sé. De tanto en tanto veo, dormido o despierto, cómo la resuelta profesora Li Chen se va caminando por las orillas de la autopista nacional —acostumbrada ya a la sombra escarpada de las montañas— y se va encontrando por el camino los viejos resignados a los tiempos difíciles y los animales flacos y las nieves de siempre.

¿En los sueños y los ensueños que tengo, esta especie con almas y uñas está resistiéndosele al Apocalipsis, o es la naturaleza la que anda defendiéndose de los embates de este depredador de sí mismo?: da igual.

¿Resurge lenta, lentamente, o ya pronto va a sucumbir —a resignarse al polvo y la ruina del desierto— ese campo desapacible que está atravesando Li Chen con unos cuantos libros y unos cuantos cepillos en la bolsa bordada que lleva colgada en el hombro?

No es que yo prefiera pensar lo primero, no, es que me toca pensarlo. Yo he visto muy bien a José María en estas semanas de cuarentena: se ríe, se chifla, se encoge de hombros ante las ventanas de la sala del apartamento, se porta como un niño, se concentra lo más que puede en esas clases por computador que me hacen pensar en las señoras que se reúnen a tomar el té enfrente de las pantallas de *Fahrenheit 451*, se sienta a hacer guerra de chistes con su papá, se dedica en las horas libres a jugar estruendosas partidas de Fortnite en la consola de videojuegos que tenemos, y se encuentra conmigo en el pasillo y me abraza sin pensárselo dos veces y me toma la mano para que vayamos a alguna parte, aunque esté por cumplir diez años, pues aquí entre nos a los dos siempre nos ha gustado ir así.

Pero, así mi gesto se parezca, en lo absurdo, al de frenar la caída de un jarrón con la mirada, explíqueme alguno de ustedes cómo voy a imaginarle un futuro infame a mi hijo, cómo no voy a pensar que la profesora Li Chen camina y camina como un personaje de fábula por un mundo cargado de coraje que sólo se va a acabar cuando no quede ni una historia más para contar.

¿Cómo logró salir de su jaula infranqueable en el zoológico humano del Palacio de Verano de Norbulingka?

¿Por qué nadie la persigue en mis sueños o en mis espejismos o en mis alucinaciones?

Porque apenas regresó a su cuerpo, y se hizo la dormida mientras salían de su celda los médicos holandeses que la habían salvado de repente y entraban los enfermeros de la región a terminar la tarea de sacarla de la muerte, comenzó a aparecérsele en el alma un plan de escape. Era un plan de escape de personaje literario, claro, de monja medieval que aguarda toda la vida, sin alternativa en el corazón, un clímax luminoso —«ya sé que la paciencia es la única virtud» es el último verso alejandrino de las visiones de la madre Lorenza—, pero un plan de escape al fin y al cabo.

Se pasó los días siguientes recibiendo las visitas de los funcionarios humanoides y de los funcionarios comunes y corrientes del programa de resurrección Xiân 4682 —que, salvo unas pocas excepciones, solían llevarse bien— que le hicieron las mismas preguntas una y otra vez. Cada cinco o seis horas entraban un par de vigilantes del zoológico, como enfermeros expertos en el arte del balbuceo y las palabras hacia dentro, a verificar que la ausente de Li Chen sí estuviera recobrando sus ganas de seguir amaneciendo: que sí estuviera recobrando el instinto, de preso, de encontrar la libertad en la imaginación, en la cabeza. Y ella hacía el esfuerzo de sonreír, así fuera forzado, pues todo es poco cuando se sabe la propia muerte.

Y fue capaz de superar sin mayores inconvenientes el interrogatorio del Shěncha de la región, 审查, que tenía en su poder todas las conversaciones sospechosas que solían reunir y filtrar las aplicaciones instaladas en todos los aparatos de todos los ciudadanos de la república popular: el agente se mostró extrañado porque Li Chen no usaba sus dispositivos para hablar con nadie, sino, acaso, para encontrar más y más historias para contarse —y más y más tramas para contar—, pero le pareció comprensible que fuera así porque en los últimos tiempos se había quedado sin su madre y sin sus alumnos y sin sus amigos: era una mujer resignada, simplemente eso, dispuesta a ocupar su lugar en las celdas de una nación que seguía siendo el universo a pesar de todo.

—Yo fui el más grande admirador de Wei Ling Chen —le dijo la última vez que se sentó a hacerle las mismas preguntas de siempre—: yo iba a sus prácticas y a sus competencias.

Durante un par de semanas que parecieron meses, de alivio o de suspenso según se le mire, el comandante jetsunkhan a duras penas saludó de lejos —con la mano oxidada y la mirada torva— a la pieza más preciada de su colección de seres humanos. Yo no creo que su extrañeza fuera la culpa que va horadando a los victimarios en las horas de silencio. Pienso que era una máquina a media marcha por la rabia. Sospecho que, una vez superadas la vergüenza y la ansiedad de la noche en la que la mató, en su memoria primaba la idea de que aquella desagradecida lo había empujado a la violencia a fuerza de desplantes. Cojeaba y se imponía más que siempre como un viejo jefe que se sabe perdido. Recolectaba saludos temerosos por los corredores del parque, «¡早上好!», con los brazos atrás. Parecía recargándose poco a poco para volver a la fuerza.

Sé que todo el tiempo tenía presente el grito «¡vete!, ¡他妈的!, ¡操你妈的屁!, ¡杂种!, ¡脑残!, ¡恐龙!, ¿de verdad eres un hombre?», como un tocadiscos rayado, porque fue lo primero que le dijo cuando volvió de un breve viaje a Shichuanxiang y por fin se atrevió a hablar con ella.

Fue a Shichuanxiang a discutir la situación con sus antiguos compañeros de Ulter, la multinacional de agroquímicos y de biotecnología, que también le temían a su tropa de androides empeñada en simular la memoria de lo humano. Reunió a la que fue su familia antes de que su cerebro fuera derrotado por sus viejos instintos, y les repitió «feliz de amanecer con vida» y «feliz de estar aquí para mis seres queridos» como si fuera el de antes, para explicarles por qué había dejado de proveer para ellos. Y salió mal el encuentro, claro que sí, terminó en raptos de furia y objetos lanzados contra las paredes a pesar de que todos sus parientes —su mujer y sus hijos— tuvieron el buen tino de eludirle la mirada desde la primera mentira que les dijo, pero él sintió que todo había sucedido para que él pudiera volver a encarar a su presa, a su sierva.

El comandante jetsunkhan, la máquina, regresó al zoológico con la convicción de que todo estaba bien: solía calmarse con el viento y con la imagen huidiza de los parajes del Tíbet, y el viaje de regreso fue particularmente tranquilo, particularmente reparador para un humanoide cojo y estropeado como él. A veces se montaba a alguna de las viejas carretillas motorizadas de Lhasa, con sus conductores que a duras penas pensaban, sólo para que lo aliviaran el ronroneo y la lluviecita de los caminos de las montañas. A veces iba en camionetas. A veces iba en bicicletas con pasajeros. Siempre regresaba convencido de que tenía la razón, reseteado a su favor, listo a seguir impartiendo justicia en su pequeño feudo lleno de hombres y de mujeres esclavizados.

Siempre regresaba con la falsa certeza de que no era cierto que él no fuera humano.

«Quién podría asegurarme que lo humano no es este cerebro que tiene adentro lo que viví y lo que sospeché», se preguntaba hasta sacudirse la última angustia, «sino el cuerpo que es una muda de ropa nada más».

Volvió aquella vez a su zoológico humano, Thug-Je, más convencido de sí mismo que nunca: más convencido que nunca de su propia causa sin ninguna lógica. Cruzó el umbral en el que podía leerse el mantra de la compasión, «om mani padme hum», entre los aplausos y los apretones de manos de sus subyugados. Fue a su oficina a esperar, sentado junto a su pequeña mesa de pequeño jefe, a que la gente se diera cuenta de que no había llegado a ver a la pequeña profesora Li Chen. Su paciencia no era de protagonista literario, sin embargo, sino de monstruo, y sólo fue capaz de soportar unas diez u once noches —un récord suyo, en cualquier caso— antes de cederle su paz y su comportamiento al impulso de verla.

Empezó a hacer eso que digo: empezó a subir una mano y a torcerle la mirada a manera de «estoy vigilándote, hija de Wei Ling Chen» cada vez que pasaba enfrente de la celda de la profesora de su colección.

Y al final de una tarde, cuando ya la rutina se le había asentado como una estación del año, fue en su calidad de director del zoológico a notificarle que había tomado la decisión de que ella volviera a contar las historias que contaba «antes del incidente» para darles a los visitantes —a los humanoides y a los desmemoriados— una idea somera de lo que había sido lo humano. Quería verla de pie y dando vueltas en la tarima de su mazmorra. Quería volverle a escuchar las fábulas del campesino que trató de hacerse pasar por Dios, del príncipe que quiso vengarse de su tío por la muerte de su padre, del hermano mayor que se vio obligado a acompañar a su hermana menor en la búsqueda de sus amigos imaginarios, de la mujer que consiguió transformar su calabozo en una habitación de ella nada más, del pájaro que corría y corría porque no podía volar.

—Ven aquí, Li Chen, ha llegado el momento —le dijo para empujar la conversación—: estás mejor ya y yo estoy necesitando tu voz.

—Y yo tengo una cosa más, una cosa nueva, por contar —le respondió la profesora.

—¿Qué es acaso lo que te has estado guardando todos estos días de silencios? —contraatacó el comandante, temeroso, antes de ponerse en la tarea de imaginarse lo peor.

Pero la etérea e ilusoria de Li Chen no le quiso contestar ni siquiera una pista porque quería que fuera una sorpresa. Simplemente, le sonrió unos tres segundos. Simplemente, se hizo la sorprendida y se hizo la indignada cuando lo vio zapatear un par de veces —el polvo hizo puf y llovió y se asentó allí mismo un par de veces— con la pierna filuda que cada día le servía menos para lo que debe servir una pierna que se respete. Y él se dio media vuelta y se largó, con su estómago de máquina revuelto y sus circuitos hirvientes a punto de zumbar, tomado de los pies a la cabeza por el descontrol que sólo conocen bien los poderosos humillados. Al día siguiente, por supuesto, se dedicó a rondarla: a rondarle las historias y las versiones de las historias y los gestos.

Jamás le pidió perdón, si es eso lo que tanto se están preguntando en este momento. Jamás.

Si todo había sido un accidente. Si no era su intención quitarle la vida sino apenas responderle las ofensas.

El día siguiente del que hablo fue el viernes 16 de diciembre de 2050. La maltrecha pero arrojada Li Chen se despertó por culpa del frío del invierno tibetano que seguía siendo un invierno helado a pesar de la desconfiguración de la Tierra. Entendió prontísimo, «prontísimo», digo, pues no solía ser el caso, que estaba en el pequeño segundo piso de su prisión, que era más bien una estera con un par de mesas a los lados, consciente de que —de salirle al pie de la letra el plan que había tramado desde el regreso a este plano movedizo— aquel no era el comienzo sino el fin de esa trama de su vida. No iba a haber otra oportunidad. No iba a ser un periodo, un viaje, sino una pelea a puño limpio en el ring en el que había vivido encerrada más de lo que habría podido soportar en la teoría.

Se arregló durante un poco más de una hora, en la parte de arriba de su jaula, con un pequeño espejito en el que con suerte podía verse la mitad de la cara. Se compuso los ropajes carmines de niña tibetana, como hábitos, que se había negado a usar desde que su madre se los había puesto en las manos por primera vez: «Voy a morir sin que los uses...», vaticinó alguna vez. Se puso collares de piedras de colores brillantes y ensayó unos minutos a sonreír con los dientes al descubierto: jamás había podido hacerlo.

El comandante jetsunkhan supo que había algo muy raro, muy perverso quizás, desde que la vio arreglada así.

¿Quién era ese viernes? ¿Quién pretendía ser ahora? ¿A qué estaba jugando y quién se lo estaba permitiendo?

Parecía una estampa pensada para los turistas. Parecía un chiste pesado contra él, contra su obsesión y su necesidad de tenerla —de someterla y de reducirla a cosa suya— como un mandala obligado a fijarse por siempre y para siempre. Era un desplante, una mueca. Ya no era la muchacha sabia que había sobrevivido a las bajezas de los hombres y a los zarpazos de la Tierra a fuerza de leer y releer. Si acaso era un vestigio de una cultura que nunca iba a ser entendida por nadie que no la llevara por dentro. Sí, era una maldita artesanía de tienda de suvenires, demoniaca e inhumana, que lo ofendía más que el humor, más que la risa. Quiso decírselo desde que la vio, claro, desde que la vio quiso agarrarla a palos: mejor matarla otra vez. Se calló porque antes empezó la jornada.

La pequeña profesora Li Chen, disfrazada de carnavales de antes, se agarró de los barrotes de la celda y gritó que iba a contar historias hasta que la garganta se le llenara de grietas: «¡Vengan, vengan!».

Gritó —su voz era un hilito, en cualquier caso— que estaba de vuelta en la tarea a la que le había dedicado la vida.

Gritó, como si ahora sí fuera un espectáculo de feria, que sólo tendría a la mano un vaso de agua que iría tomándose muy despacio, a sorbitos, hasta que todo quedara vacío: ella y el mundo. Solamente iba a parar cuando su cuerpo no diera más, señoras y señores, iba a ser inolvidable. De ser necesario, exclamó tres veces seguidas, volvería a morirse, pero esta vez de pie y esta vez a punta de narrar los ires y venires del mundo: «¡Vengan, vengan!». En medio de las fiebres, y de las ceguedades de esos días de regreso a su cuerpo, había comprendido que su suerte estaba atada a aquel humanoide llamado jetsunkhan: eso también vociferó. Y que le debía a su secuestrador contar y contar los pormenores de lo que se experimenta en este planeta desde la cuna hasta la tumba.

—¿Tengo su respaldo de siempre, honorable comandante, para cumplirle a usted mi promesa de contarles todas las historias que sé hasta que no me sepa ni una más? —le preguntó como si estuviera interpretando una escena fundamental de ese nuevo acto de decadente circo occidental.

Y el comandante jetsunkhan, varado en la repugnante parodia que ella, la pieza más preciada de su colección, había hecho de sí misma, masculló la primera autorización que pudo mascullar ante la mirada de los visitantes del parque: temblaba y hervía por dentro.

¿Dónde había leído ella ese tono, esa voz? ¿En una novela de principios de siglo que se llamaba *Fenómenos de circo*? ¿En *El museo de las cosas extraordinarias*? ¿En *Mr. Vértigo*, en *The Prestige*, en *Alicia en el País de las Maravillas*, en *El mago de Oz*? ¿En las aventuras de Harry Potter o en las desventuras de Pinocho? Li Chen sabía que se trataba de una pronunciación insoportable. Tenía claro que esa algarabía no era propia de su mundo taciturno, alegre entre nos, custodiado por cualquiera que pasara por ahí. Notaba, sobre todo, que el comandante recibía cada alarido de los suyos como una ofensa envenenada, como una puñalada en un costado. Y seguía porque la gente se estaba acercando más que siempre a verla y a oírla, y su idea era exasperarlo.

—¡Vengan a ver todas las historias que caben adentro de una pequeña profesora tibetana! —gritó aunque ya tuviera una multitud enfrente.

Y el comandante jetsunkhan quiso irse a su oficina a esperar la hora de la oscuridad, como esperando los refuerzos de las sombras, para acabar con ella antes de que ella lo hiciera, pero se quedó quieto —y no pudo moverse más— apenas empezó a escuchar la brisa de su voz.

Y la pequeña profesora Li Chen, ataviada como en los bosques del Día del Incienso, se lanzó a contar todo lo que pudo y ya no paró ni siquiera las pocas veces en las que cayó en cuenta de lo que estaba haciendo, como un alma que flota por encima de su cuerpo.

Contó historias de hombres y de mujeres, de niños y de viejos, de padres y de madres, de maridos y de mujeres, de amantes y de adúlteros, de tíos y de primas, de héroes y de villanos, de marginados y de celebrados, desde el día del nacimiento hasta el día de la muerte.

Contó con las palabras más hábiles de su diccionario de narradora, con las palabras fascinadas de quien ha vivido pendiente de los giros de las vidas, las minucias de los partos sacados de las páginas de *Anna Karenina*, de *El cuento de la criada*, de *Tenemos que hablar de Kevin*: «Pasen, damas y caballeros, pasen».

Contó con el corazón en la mano y con la nostalgia revuelta los zarandeos de las infancias de *Las cenizas de Ángela*, de *Retrato del artista adolescente*, de *Reencuentro*, de *Pobby y Dingan*, de *Oliver Twist*, de *Las aventuras de Huckleberry Finn*, de *Peter Pan*, de *Jardín de cemento*, de *Charlie y la fábrica de chocolates*, de *Donde viven los monstruos*, ay, esa vida que uno piensa que es así y no sabe qué decir.

Contó con amor por los tiempos difíciles y por las timideces sobrecogedoras las adolescencias de *El guardián entre el centeno*, de *El señor de las moscas*, de *Hamlet*, de *Grandes esperanzas*, de *El curioso incidente del perro a medianoche*, de *Mujercitas*, de *Hambre*, ay, esa sospecha de que fuimos engañados y tenemos que poner en la palestra la conspiración de la que estamos siendo víctimas.

Contó con los hombros encogidos, que son los hombros de quienes no han tenido la suerte de vivir por fuera de los libros, las contagiosas historias de amor de todas las índoles y todas las escalas de *Romeo y Julieta*, de *A vuestro gusto*, de *Orgullo y prejuicio*, de *Las relaciones peligrosas*, de *Sobre héroes y tumbas*, de *Lo que el viento se llevó*, de *Cumbres borrascosas*, de *Un amor de Swann*, de *El gran Gatsby*, de *El amor en los tiempos del cólera*, de *La edad de la inocencia*, de *Madame Bovary*, de *Los miserables*.

Contó con pausas y con suspensos, con pasión de mujer del principio de los tiempos, los dramas sociales de *Ivanhoe*, de *El padrino*, de *El conde de Montecristo*, de *El Gatopardo*, de *La feria de las vanidades*, de *El retrato de una dama*, de *El extranjero*, de *A sangre fría*, de *Matar a un ruiseñor*, de *El hombre invisible*, de *Crimen y castigo*, de la *Ilíada*, de *Guerra y paz*, de *El proceso*, de *La conjura contra América*, de *Yo, Claudio*.

Contó con las manos y con los pies, con las muecas y con los temblores, los desastres del *Decamerón*, de *Doctor Zhivago*, de *Bajo el volcán*, de *Austerlitz*, de *La peste*, de *El país de las últimas cosas*, de *La carretera*, de *La guerra de los mundos*, para forzar la pregunta de cómo diablos hemos hecho para seguir acabando con el mundo si todo el tiempo es el fin de los tiempos.

Contó con la mirada puesta en los horizontes de este mundo, con la mirada de las narradoras que se han acostumbrado ya a pararse en cualquier cima a imaginar que la lejanía es tan grande como dicen, los viajes al centro de la Tierra de *Pedro Páramo*, de *Cándido*, de la *Odisea*, de *Moby Dick*, de *El corazón de las tinieblas*, de *Veinte mil leguas de viaje submarino*, de *La isla del tesoro*, de *Robinson Crusoe*.

Contó con las manos entrelazadas en posición de plegaria, sentándose por un momento y recobrando poco a poco el aire, las vidas tristes de *Tres hermanas*, de *Desayuno en Tiffany's*, de *La insoportable levedad del ser*, de *El Día de la Independencia*, de *Catedral*, de *Traición*, de *Herzog*, de *La conjura de los necios*, de *El retrato de Dorian Gray*, de *Casa de muñecas*, de *El pato salvaje*, de *Un tranvía llamado Deseo*.

Contó con taquicardia, delatada por el sudor de sus sienes y por la carraspera de la garganta, las realidades paralelas y los terrores humanos de *El Aleph*, de *Las brujas de Salem*, de *Frankenstein*, de *Adiós a las armas*, de *Sin novedad en el frente*, de *1984*, de *Trampa 22*, de *Matadero cinco*, de *Fausto*, de *Doctor Fausto*, de *Antígona*, de *Edipo rey*.

Contó sabia, noblemente, las vejeces de *El viejo y el mar*, de *La señora Dalloway* y de *Toda pasión concluida*.

Contó, risueña al fin y al fin aliviada, las devastadoras y nobles parodias de *Ficciones*, de *El nombre de la rosa*, de *Don Quijote de la Mancha*, de *El maestro y Margarita*, de *La historia de la humanidad contada por un gato*, con la sensación de que todo habría sido diferente en este rincón si el lenguaje en común hubiera sido el sentido del humor, el vicio de la risa.

Y en los primeros minutos de la noche, cuando ya sólo le quedaba un sorbo de agua en el vaso del día, ¡glup!, se puso de pie y metió la cara entre las rejas para contar su propio viaje por la muerte.

Citó las historias de Dante, de Odiseo, de Orfeo, de Eneas, de Er. Dejó en claro que de ninguna manera había sido ella la única que había viajado por el más allá. Reconoció *El libro tibetano de los muertos* como la fuente en donde podía hallarse —y advertirse y prepararse— lo que le sucedió.

Y a manera de epílogo, de coletazo, narró la pasión, la muerte y la resurrección de Jesucristo, el profeta de Occidente, para darse el gusto de decir que el hijo del Dios de aquellos volvió del más allá y vivió lejos de todos y de todo hasta volverse el carpintero viejo que fue para honrar a su padre adoptivo.

Y, superados todos los pies de página y todas las advertencias de rigor cuando uno va a contar su experiencia por fuera del cuerpo, comenzó la narración de una travesía que puso en guardia a todos los miembros de la multitud que no eran seres humanos.

Narró su vida hasta que la mataron por no resignarse a ser un objeto de un repertorio de esta especie de especie: «Habría querido tener una hija». Y, cuando el comandante iba a entrar a su celda a callarla para siempre, narró su paseo intraducible por la tierra de los muertos sin ahorrarse ni un detalle. Para enfurecer más a su verdugo, se regodeó en sus palabras, en sus imágenes, como nunca lo había hecho. Retrató su encuentro con el Señor de la Muerte: «Todos tus guijarros, menos uno, son blancos, pues tu vida causó sólo bondad». Tituló su vida «La pequeña profesora que se quedó sola con una madre fascinante e impredecible como una prueba de fuego a toda hora»: «¿Te parece bien si me mato?». Y confesó que volvió porque tenía que sacarse de encima ese único guijarro negro: «Yo tengo una cosa más por hacer allá atrás, Rimpoché».

Y que cuando se vio de vuelta en su cuerpo desgonzado, incómoda sobre el cuerpo automático de su asesino, supo qué había venido a hacer.

—Pero yo creo que debo ofrecerles una sentida disculpa a las máquinas presentes, señoras y señores, damas y caballeros, pues resulta imposible para ellos comprender del todo lo que he estado narrando —dijo convertida en una de esas personas sinceras que un día descubren, aterradas y fascinadas, el poder de la mentira—: la verdad es que, por más parecidos que se sientan a las mujeres y a los hombres, ni los androides, ni los humanoides, ni los cerebros encajados en cuerpos hechos por cuerpos están en la capacidad de imaginarse los parajes reflejados en los espejos del karma, los recorridos por los lodazales del bardo, los guijarros blancos y los guijarros negros que, allá en la cima del Señor de la Muerte, pueden voltear la balanza de cada quien.

Nadie se había movido de ahí, de la pequeña plaza en la que estaba situada su celda en el zoológico humano, en todo, todo el día. Había turistas acampando en el piso. Había transeúntes que llevaban las compras escasas del día sentados en muritos. Había gente de verdad. Había gente «de mentiras», sí, la infamia humana los llamaba así cuando se descubría lejos de las cámaras y de los micrófonos y de las aplicaciones de los dispositivos: había robots abogados, agricultores, farmaceutas, soldados, conductores —quedaban pocos oficios, ahora que lo pienso, que sólo podían ser llevados a cabo por seres de carne y alma— pasmados ante las experiencias incomprensibles e hipnóticas que había estado narrando la pequeña profesora.

Y allí, entre los unos y los otros, seguía tieso el comandante jetsunkhan igual que un árbol de raíces de alambre.

Estaba un poco más deslumbrado que iracundo. Si no hubiera querido saber más y más y más, si no se hubiera sentido tan extraviado y tan extrañado durante el relato de la profesora Li Chen —su posesión más preciada y su piedra en el zapato—, se habría lanzado a estrangularla, a arrancarle los circuitos de las entrañas. Si no hubiera perdido el control de sus propios movimientos, aturdido por las palabras imprevisibles, precisas y malévolas de ella, de pura narradora, que hasta esa hora de ese día ninguna máquina había podido simular, se habría encolerizado hasta estallar sobre todos los que estuvieran allí. Solamente se permitió clavarles la suela del zapato a los parches de tierra de la glorieta que se había vuelto un teatrito durante esa jornada.

Sólo salió del hechizo cuando le escuchó a aquella mujer, que ya no se le parecía a sí misma, una moraleja de maga perversa.

—Es que lo humano es el contenido, queridos amigos, pero sobre todo es la forma —agregó Li Chen, sutilmente otra, como dando la estocada final—: es que lo humano es lo que muere.

Nadie quiere que le prueben que no es un niño de verdad. Nadie, por cínico y por recio, tiene adentro la capacidad de resistir el momento en el que se da cuenta de que no ha sido ni va a ser capaz de ser humano. Seguía habiendo jueces y nadadoras olímpicas y políticos erráticos y terapistas impasibles y pequeñas profesoras y narradoras tramposas en el mundo porque las máquinas no habían podido aún sustituirlo todo —y no iban a poder, no, he ahí una tragedia para bien—, pero sobre todo seguía habiendo, contra viento y marea, humanidad entre los cuerpos. Y el comandante jetsunkhan ya no podía soportarlo, ya no podía contenerse, ya no. Abrió los ojos. Probó los movimientos de su cuello. Dio un par de pasos a un lado y un par de pasos al otro.

Y, cuando estaba pensando si levantar la mirada o si tomar fuerzas, se fue de sí mismo.

Gritó una sarta de barbaridades que tenía por dentro, «¡reencarnación de zorra, 狐狸精, te engendró un burro, 你爸爸是一头驴, haz rodar los huevos de tu madre, 滚你妈的蛋!», mientras cojeaba entre los espectadores hacia los barrotes. Se le trabó la mandíbula de tanta furia: crac. Apretó los dientes hasta que se destrozó los putos dientes de arriba con los putos dientes de abajo. Empujó, zarandeó y pateó a todo el que quiso atravesársele en el camino hacia la profesora Li Chen: ¡卖屁的! Y cuando iba a entrar, cuando estaba poniendo sus ojos vidriosos en la cerradura para abrir la celda, sospechó y sintió y notó que lo agarraban de las piernas y de los brazos para descuartizarlo, para desmembrarlo. Buscó la mirada de la profesora como buscando piedad. Prefirió morir a pedir clemencia. Prefirió experimentar el miedo a morir que resistirse a la muerte.

Esta sí que era su última oportunidad. Ya nadie iba a reclamar su derecho a pasar a otro cuerpo. Ya nadie iba a llamar a la agencia del partido a avisar que estaba a punto de soltar la vida otra vez. No pidió perdón en voz alta. No cedió un solo gesto. No encontró a Li Chen, a su adorada y detestada Li Chen, mientras se dejaba pisotear, escupir, patear porque ya daba igual. Tenía la cabeza rellena del aserrín de la rabia porque ya no caminaba y ya no cerraba las manos y ya no veía y ya no escuchaba, pero no se estaba muriendo como una persona, sino que se estaba apagando como un artefacto. No logró recordar la cara de su madre antes de dejar de funcionar. Era algo, pero no era nadie. Había sido el retrato ambulante de alguien, pero todo indicaba que el primer cuerpo en donde había vivido su cerebro se había llevado al hombre adentro. Y ya. No más.

La profesora Li Chen estaba acuclillada, con los ojos cerrados y los brazos tapándole la cara y los dientes apretados, cuando los gritos se acabaron para siempre.

Se descubrió la vista. Se levantó en cámara lenta por si acaso. Se irguió como un paso adelante en la evolución, como una actriz de la edad de oro, expuesta y aturdida, que después de la última escena vuelve al escenario a recibir los aplausos, convertida otra vez en la mujer que era.

La puerta de la celda se estaba abriendo. La puerta de la jaula estaba abierta y esa multitud de personas y de monstruos descorazonados le sonreía y parecía dispuesta a abrirle un atajo para que se fuera: ¿era libre?

Dice la madre Lorenza de la Cabrera y Téllez, en las últimas páginas de las visiones que tuvo que firmar con un nombre que no contenía a nadie, que el fin de los tiempos será el triunfo del alma:

Dios llenará la tierra de sus huellas sagradas,
devolverá en el tiempo los errores de todos,
deshojará cebollas, liberará recodos,
desenmascarará a las damas soñadas,

pondrá a los caballeros en ropas de dormir,
obligará a los viles a servirnos el pan,
y los que doblegaron en el fin pasarán
y los que subyugaron ya no podrán morir

y los que sometieron volverán a nacer
y los que maldijeron se quedarán sin voz
y los que deshonraron serán viento veloz
y los que traicionaron verán a Lucifer.

No se construirá como se construía.
No servirá de nada lo que una vez sirvió.
Será el triunfo del alma sobre lo que existió.
Vendrá la luz al fin: al fin será de día.

Quien se haya maltratado como el propio enemigo,
y se haya construido un calabozo oscuro,
habrá de dar temprano con el sol del futuro
y se derretirán sus alas entre el cielo y el trigo.

Quien se haya resistido a cebar su epopeya,
quien se haya estado quieta en las pobrezas,
andará por sí misma después de las malezas,
y cruzará el paisaje para llegar a ella.

Sigue dándome escalofríos leer esas últimas páginas. Sigo
sospechando, a riesgo de que me miren como a un hombre que
debería andar por ahí con camisa de fuerza, que la monja está
viéndome a mí cuando está hablando de aquel que se ha maltratado como a su propio enemigo, pero estoy completamente
seguro, eso sí, de que se refiere a mi pequeña profesora Li Chen
cuando deja escapar eso de «quien se haya resistido a cebar su
epopeya» y «quien se haya estado quieta en las pobrezas». Por
un lado, menciona, de frente, a una mujer. Por otra parte, se la
imagina yéndose, igual que la imagino yo, por un paisaje que

al fin la libera: «Andará por sí misma después de las malezas», escribe, «y cruzará el pasaje para llegar a ella».

Nuestro hijo me pide que deje en claro que el espíritu de Li Chen tuvo en sus manos un guijarro negro, allá en los laberintos del karma, porque en la escena irrespirable del desmembramiento tenía adentro la capacidad de ser implacable con su captor, y la usó. Pero yo le digo que la profesora hizo lo que tenía que hacer: mostrarle a su verdugo que ella no era una mariposa disecada y recordarle que hay que nacer y hay que morir —y hay que descubrir que lo que llaman morir es nacer— para ser un ser humano.

No fue cruel. Sólo es posible ser cruel con lo que está vivo. Simplemente, como ella misma dijo, reaccionó a su crisis: no al precipicio que solemos relacionar con una crisis, no, una «crisis» en chino es la palabra de dos caracteres «wei ji» —危机—, de tal modo que significa tanto peligro como oportunidad. A pesar de las miradas de todos, subió al pequeño segundo piso que le habían construido, cambió sus vistosos ropajes de fiesta por sus prendas simples y pálidas de siempre, recogió las pocas cosas que seguían siendo suyas y salió por la puerta de rejas que el comandante había alcanzado a abrir antes de ser destrozado contra el piso como un aparato que ha acabado siendo víctima de un arrebato de ira humana, como un teléfono estrellado contra una pared.

Se despidió de todos a su paso, con una tímida palma levantada, que de paso le tapaba la cara y la mirada, por los corredores oscurecidos del zoológico humano que profanaba los jardines eternos del Palacio de Norbulingka. Ninguno de los androides que estaban ahí, ni siquiera el guardia que se acercó a ver en qué estado había quedado jetsunkhan, la encaró ni la retuvo. Algunos visitantes del lugar le dieron un aplauso, clap, clap, clap, de tiempos más dramáticos, más simbólicos. Otros más la siguieron un rato, como discípulos fieles, hasta las escaleritas y la plazoleta y la fuente llena de materas con flores moradas, amarillas, rojas. Todos la dejaron pasar. Todos sin falta.

Y ella se fue y se fue perdiendo por las escaleras, los caminos, las carreteras, las orillas de Lhasa.

De vez en cuando, principalmente en los últimos sueños de mis jornadas de sueños, la veo pasando frente a una cancha de fútbol, frente una serie de ventas de dispositivos para controlar todo lo que se puede controlar en vida, frente a un bosque con principio, medio y fin.

En algunas ocasiones ella me pasa por enfrente, y, como yo no tengo el derecho de moverme en esos sueños, se me va y me quedo viéndole la espalda de niña mientras se aleja hacia las montañas de todas las formas y todos los tamaños. La mayoría de las veces se me aparece reflejada en esos lagos infinitos que se repiten en el cielo, entre las montañas blancas y grises y azules, escuchando quién sabe qué historias o quién sabe qué canciones con un par de audífonos de los de antes, de los de ahora. Tararea suavemente. Cree ver a su madre reencarnada en las cabras y en los buitres. Va dejando atrás, cada vez más, las huellas de los civilizadores. Hay un momento reverdecido y limpio en el que no es ella, sino la Tierra, la que parece volviendo sus pasos. Y es entonces cuando suelo tener claro que no está cruzando la China para encontrar una pareja que le dé una hija.

Mi teoría es que en esos momentos cae en cuenta de que no es que tenga ganas de darle la vida a alguien, sino que se la está dando a sí misma: se está volviendo su propia madre y su propia hija, mejor dicho, se está dando una orden y se está obedeciendo, se está dando todo el amor que puede dársele a alguien y se está correspondiendo de una manera que da ganas de rendirse. Por fin ha podido convertirse en la protagonista de una fábula china que se ha transmitido de generación en generación porque guarda allá adentro una enseñanza: «La pequeña profesora que un día supo marcharse de su vida». Y la moraleja es que siempre llega un día en el que uno deja atrás el síndrome del impostor —la culpa que produce ser amado cuando se ha recibido el mensaje de que no se es digno de ello— y recobra el derecho a parirse y a criarse a uno mismo.

Es una moraleja extraña para aquella nación, pero, a mi modo de ver, esa es: que el hecho de que alguien consiga ser un individuo sólo puede ser una afrenta para los déspotas.

Por supuesto, he tocado fondo. Hubo un momento, cuando escribí mi trilogía, en el que jamás en la vida se me habría pasado por la cabeza la palabra moraleja. De haberla usado, lo habría hecho «a la luz de Kant» o «de acuerdo con Hegel» o «en el sentido platónico» sin ruborizarme ni un poco: pido perdón de rodillas, claro, pido perdón por haber escrito contra el establecimiento, en nombre del pueblo, pero para una élite como un verdadero «autor intelectual». Heme aquí ahora empeñado, empecinado como un animal, en escribir un libro que sirva: ¿se llevaría usted a una isla desierta, como único libro, una trilogía de novelas fragmentarias y ásperas sobre cómo perseguimos las guerras porque ponen en escena nuestros anhelos de manada y nuestros instintos trágicos?, ¿leería usted en la cárcel tres novelas sin sentido sobre el sinsentido?, ¿disfrutaría mientras paga una condena las disquisiciones de los delincuentes impunes?, ¿aprovecharía la desazón de la cuarentena, bajo el techo nublado, para ponerse al día en mis textos de vanguardia?

Si no hubiera estado enclaustrado con Rivera, sino con Laura o Margarita, ¿habría sido capaz de poner mis vergonzosas, arrogantes, vulgares cartas sobre la mesa de este libro?: ¿en qué ciudad, en qué apartamento, en qué estado me habría agarrado este encierro?, ¿habría tenido el coraje para reconocer, por ejemplo, que hay que escribir libros que les sirvan a los presos, a los recluidos?

Si no hubiera estado aislado de los alientos de afuera con la familia que tengo, sino con aquellas mujeres como oportunidades perdidas para librarme de mi odio ancestral por mí mismo, ¿me habría pasado estos días buscándome excusas para salir a tomar aire impuro?

¿Es toda pareja una cuarentena a la que sólo sobreviven los más libres? ¿Es toda pareja un espejo del karma que sólo superan los que tienen más guijarros blancos que guijarros negros?

No importa si la pequeña profesora tibetana Li Chen consiguió un esposo o una esposa para encerrarse a esperar felizmente la segunda muerte. Da igual si tuvo la hija que sintió que le había hecho falta cuando ya todo había sido consumado o si los agentes del régimen la persiguieron hasta someterla de nuevo. Las fábulas no terminan en conjeturas, sino en moralejas. Las protagonistas de las fábulas están aquí hasta que consiguen probar una hipótesis, sugerir un modo de vivir. Y luego de enseñarnos a echar afuera las voces en contra que nos torturan desde niños, y a revocarnos las condenas implacables e inapelables que nos impartimos a nosotros mismos sin tener a la mano las pruebas, se ve y se va por los caminos azules de su parte de la Tierra hasta perderse de vista.

Da igual a dónde irá a parar. Basta que dé la vuelta a aquella esquina del paisaje.

Viernes 15 de mayo de 2020

Me resisto terminantemente a decir que estos han sido días raros porque «días raros» es una redundancia. Pero por ejemplo: hace una semana larga, el viernes 15 de mayo para ser precisos, me bañé, me miré en el espejo la panza vergonzosa que está resistiéndose a las dietas que me recomiendan los unos y los otros, me puse mi tapabocas, me despedí de todos como si no fuera a volver, cerré la puerta de un golpe suave, tomé el ascensor aterrador que de tanto en tanto se queda en la mitad del camino, bajé, llegué abajo ileso, me despedí de lejos de don Tito, el portero, y salí a la calle a sacar un poco de plata del cajero electrónico que nos queda más cerca —y de paso fui a comprar en el supermercado una interminable lista de cosas que me encargaron que comprara— sin imaginarme siquiera que iba a regresar a otro lugar, a otra parte.

Sí había gritos de todas las índoles por la cuadra que recorrí, «¡un pedido para el apartamento 202!», «¡ya va a empezar!», «¡cuántas veces tengo que decirles que apaguen la luz del baño por la noche!», «¡se le van a quemar esos huevos!», «¡una ayuda, por favor!», «¡prenda la cámara, mamá, en la barra de abajo!», y sin embargo la calle seguía siendo la calle fantasma del aislamiento.

Que estaba empezando a desmontarse poco a poco. Que iba a seguir hasta junio. Que iba a continuar quién sabe hasta cuándo. Que cada tanto iba a ser una forma de vivir, de recogerse por fin después de siglos de portarse como una mancha, de reconocerle a la naturaleza sus razones. Y entonces iba yo acostumbrado a la rareza e incapaz de imaginarme a qué lugar iba a parar.

Cada tanto, mientras caminaba las nueve cuadras que hay desde el edificio en donde vivimos hasta la tienda en la que siempre hemos hecho el mercado, se asomaba un vigilante desde la puerta de un edificio, o pasaba un mensajero en una bicicleta con cara de «soy libre», o aparecía un transeúnte y otro y otro más con tapabocas y con capuchas —como personajes salidos de un rincón de *El viaje de Chihiro*— arrastrados por un pastor alemán y un bulldog y un gran danés que no andaban por ahí dándole vueltas a la perogrullada, a la necedad de que «nada va a volver a ser como era…»: las épocas y las culturas y las puestas en escena de cada quien son diferentes, claro, pero créanme que todos estamos jugando el mismo juego desde el principio de los tiempos.

Pensaba yo, por supuesto, en cómo era de paradójico, en cómo era de injusto, pero también en cómo era de extraño, que la cuarentena hubiera sido tan devastadora tanto para los paseadores de perros como para los agentes de viajes. Sí, los dos, Rivera y yo, nos habíamos salvado en el momento preciso —o sea, nos habíamos salvado de modo providencial y culposo— de habernos quedado sin trabajo. Vivíamos del buen sueldo de ella, del sueldo de asesora de la alcaldía, como viviendo de un premio que de tanto en tanto iba yo a cobrar en los cajeros electrónicos del barrio. Mirábamos a todas partes como un par de paranoicos que se preguntan, por turnos, por qué la vida se ha puesto a favor. Y consolábamos, y le dábamos ideas cada vez que se nos ocurría alguna, a la amiga que se había quedado con la tarea feliz de sacar por el barrio al labrador, al salchicha, al springer spaniel, al dálmata, al chow chow. Y nos reuníamos con mis primos por Zoom, la plataforma que se volvió inevitable, a ayudarles a pensar en qué excursiones virtuales ofrecerles a los clientes ahora que estaban todos encerrados.

¿Poner en línea, «a un clic nada más…», bellas guías de viaje como las de antes pero que cobren vida y lo rodeen a uno de lugares mientras se van pasando sus páginas?

¿Organizar por internet correrías subterráneas, de inframundos de hampones desdentados y de chulos con espuelas, por barrios tan peligrosos como el Secondigliano de Nápoles o la favela de Rocinha en Río de Janeiro?

¿Armar recorridos por el Tíbet de 2050, por la Nueva York de 1982, por la Luna de 1972, por el valle del Somme de 1916, por el París de 1851, por la Lisboa de 1755, por la Santa Fe de Bogotá de 1687?

¿Acompañar expediciones en línea plagadas de peligros y de hallazgos por ciudades literarias tan resbaladizas como Yoknapatawpha, Santa María, Macondo, Castle Rock, Comala?

¿Reconstruir, con imágenes de los lugares de los hechos, los viajes de Cándido el optimista, los nueve círculos del infierno o las cinco estaciones de una experiencia fuera del cuerpo?

Pensándolo bien, lo cierto es que al primo Gordo y al primo Flaco —que se llaman Miguel y Martín Hernández y son un par de padres de familia hechos y derechos— todo les suena, todo los invita a seguir y a seguir, y eso han hecho en esta época. Hay gente así. Gente que no ve dos sílabas sino dos caracteres en la palabra crisis, wei ji, 危机, más como la entienden los chinos que como la entendemos los profesionales del pesimismo, de la desilusión. Yo, en este punto, debería ser parte de ellos: llenar una cuenta de Instagram, como las de mis primos, de causas con numerales tipo #viajadesdecasa o #vuelapordentro, pero el Dios que usted prefiera —el azar o el destino o el universo o el Señor de la Muerte— me concedió este espíritu cabizbajo que mejora poco a poco.

Decía, en fin, que ese viernes fui a sacar la plata que pocos hemos tenido en estos tiempos de aislamiento. Di el giro por debajo del puente sin mirar para ambos lados porque aquella mañana tampoco había carros ni había bicicletas por ahí. Y no me pregunten por qué, quizás porque me pareció ver un par de pájaros raros que jamás habría visto de no haber sido por la cuarentena, desde ese momento empecé a sospechar no sólo del hecho absurdo de que a toda la familia le hubiera parecido tan común pedirme que hiciera una vuelta que estaban haciendo los mensajeros por nosotros, sino de que tuviera yo en la mano, yo, semejante lista de mercado de tres hojas: ¡tres hojas por lado y lado! Sí era raro. Sí me habían quitado la mirada un par de veces. Sí susurraban más de la cuenta como los médicos de un manicomio.

Quizás, pensé, se habían cansado al fin de mí. La verdad era que no había podido terminar este manual porque al principio de la pandemia me habían buscado algunos clubes de lectura —y una serie de medios de comunicación despreciables en la teoría, la mía, que para mi sorpresa recibí con los brazos abiertos— para que les hablara con renovada compasión de mi trilogía de novelas: «Simón Hernández, ¿cómo ha lidiado la humanidad con las pestes que la han arrinconado tantas veces?, ¿cómo va a ser el mundo después de la pandemia?, ¿será capaz la especie de tomarse esta crisis más como una oportunidad que como una desgracia?, ¿cómo hizo usted para imaginar, veinte años atrás, una historia tan vívida sobre un tiempo en el que el Amazonas se incendia y la violencia termina convirtiéndose en un virus que obliga a todo un pueblo a vivir una cuarentena de cuarenta años?», me preguntaron.

Y por un momento pareció como si semejante giro en el destino del mundo me estuviera devolviendo —obligando incluso— a dedicarme a la escritura: «Nadie sabe, aunque crea tenerlo claro, para quién o para qué es que está escribiendo…», dije.

Pero recuerden ustedes que esto no es una tragedia, ni un drama psicológico escandinavo, sino una comedia nada más.

El último lunes de abril, después de una de esas agotadoras mañanas de colegio virtual que eran puestas en escena del sinsentido de la vida, un compañero de curso le preguntó a José María si su padrastro —o sea yo— tenía algo que ver con un youtuber llamado también Simón Hernández. Un par de días más tarde, nuestro hijo era el admirador número uno de mi tocayo, de mi homónimo, porque se trataba de un experto en Fortnite, de un reguetonero, de un influenciador, de un muchacho bogotano de dieciséis o diecisiete que a fuerza de hacer monerías había alcanzado a reunir un poquito más de quince millones de seguidores que jamás iban a enterarse del robo de mis archivos y de mis libros carcomiéndose en las bodegas, y siempre iban a portarse como discípulos amados: «Simonitas», se decían entre ellos. Y la conclusión era, por supuesto, que los únicos que no sabíamos quién era el tal «S. H.» éramos nosotros.

Y la moraleja era que, aunque en un primer momento ser Hamlet o Edipo pareciera un reconocimiento del destino, era infinitamente mejor ser un personaje cómico que un personaje trágico: en ciertas culturas es claro que se vuelve a la Tierra una y otra vez hasta que uno no dé dolor sino risa.

Pronto, los clubes de lectores y los medios de comunicación que llegaron a hacerme popular entre unas mil personas dejaron de llamarme: silencio y más silencio luego. Pero para ese momento mis quince días de fama de poblado en la era de esa globalización que había empezado en la economía y había terminado en la enfermedad, sumados al descubrimiento de que Simón Hernández era otro, a mi tenaz resistencia a llegar hasta este capítulo final y a mi culpa por no estar ayudando a lavar la loza o a limpiar los baños como un padre de familia, sino escribiendo mis memorias de la muerte como un genio atribulado, ya habían hecho por mí la tarea de frenarme de nuevo. El miércoles 29 o el jueves 30 de abril dije a todos que iba a dedicarme a las cosas de la casa mientras todo volvía a ser más o menos como era antes: no tenía afán.

Pensándolo bien, tratando de verlo e interpretarlo como si yo no fuera yo, me parece apenas lógico que en la trasescena del fondo el Simón Hernández menos famoso entre los Simones Hernández no quisiera terminar este libro después de haber entendido qué es y qué no es el final. Sólo las ficciones —y la vida es la más trabajada de ellas— se acaban un día sin remedio. Y en el caso de esta historia, que al mismo tiempo es una guía para atravesar los episodios de una muerte, había que hallar el momento justo en el que terminé o terminó de verdad la última fase de mi viaje: el momento en el que dejé de ser el actor y volví a asumir mi personaje. Creo que fue ese viernes 15 de mayo de 2020. Creo que después de esa jornada no tengo nada más para contar.

Hice la fila del cajero a dos metros de un viejo cascarrabias que estornudaba, sin taparse la boca ni tragarse la mitad del estornudo ni pedir perdón después, como en los tiempos del telégrafo o en la época de la Violencia: ¡achís! Era comprensible, pero insoportable. Sólo es humano, pensé, pero es mejor que vaya a serlo en otra parte. Saqué cuatrocientos mil pesos, que enrollé y metí en el bolsillo de delante de mis jeans, cuando me llegó mi turno frente al cajero electrónico. Me despedí con un leve cabeceo de los demás hombres que esperaban su oportunidad para pedirle dinero a la máquina. Tomé el rumbo al supermercado, junto a un obrero, un médico, un mensajero y un taxista, en el semáforo siguiente.

No había mujeres afuera, no, por esos días los dos géneros aún no podían estar afuera el mismo día, pero yo me demoré más de la cuenta —lejos de mí no hacerlo— en entender por qué no estaba viviendo una calma sino un suspenso.

Fui, pues, entre hombres y más hombres, por las calles y las carreras que se me asemejaban a una madrugada, a un escenario a duras penas ocupado por un tramoyista y un luminotécnico.

Sentí que todos se estaban riendo de mí, como extras mal pagos situados por ahí por el encargado de aquella puesta en escena del libreto universal, detrás de esos tapabocas insolentes.

Entré al supermercado decepcionado de mí mismo, amén, porque en todos los supermercados hay cajeros electrónicos. Seguí las instrucciones de una voz en off: «Estimados clientes, recuerden que sólo podrá hacer las compras una persona del sexo masculino por cada familia, tengan en cuenta el deber de conservar las distancias que contempla el aislamiento, eviten atiborrarse de productos que no hayan sido clasificados como escasos…». Empecé la marcha por las góndolas de los cereales, Lucky Charms, Flips, Froot Loops, Choco Krispis, Zucaritas, resignado a esa carrera de observación que era la lista de compras de la casa. Poco a poco, torpemente, fui encontrándomelo todo: jamón, huevos, detergente, frutas, queso, lomos, perniles, vegetales, pan tajado. Y, cuando me vi a mí mismo buscando mangos secos en el sector de la comida sana que siempre está vacía, me pareció imposible que semejante tarea no fuera una conspiración.

Súmele usted que los tres fueron acordándose por el camino de alguna cosa que le estaba haciendo falta a la lista. Agréguele a mi hipótesis del complot, como prueba a ser tenida en cuenta, la fe de erratas que me llegó cuando estaba cerca de terminar de completar la encomienda: «Mejor no traer papas fritas con sabor a limón porque si no vamos a terminar siendo una familia de sumos… de limón… jojojo», me escribió Rivera, por ejemplo, extrañamente festiva.

Todos los días están repletos de señales del fin del mundo si uno es un simple mortal que no ha muerto ni una sola vez. Pero aquel que regresa de una experiencia fuera del cuerpo sabe de memoria, por ejemplo, que esos hombres que lo están mirando de reojo en la góndola helada de los lácteos —el día en el que solamente pueden estar afuera los hombres— no son narizones, ni encorvados, ni verrugosos, ni calvos despelucados, ni huesudos artríticos, ni orejones, ni estirados, ni encogidos, ni bellos, ni feos, porque esos son simples cuerpos, simples disfraces así sean milagrosos: quien como yo tiene pruebas de la existencia del alma, mejor dicho, sabe bien que cada día que se sale a la calle es el día de las brujas, que siempre es Halloween adentro y afuera.

Maldito siglo XXI de las películas de ciencia ficción: bajo las advertencias ominosas que venían desde los altavoces —y que se repetían y repetían al infinito de tal modo que sólo habrían podido soportarse cuando niño— hice fila a dos zancadas de un hombre más bajito y más ancho de lo normal con la mirada repartida entre la resignación del cajero, el escaparate desquiciado de los dulces y los chicles y las gomas ácidas y los chocolates que dejarán anonadados a los extraterrestres cuando finalmente lleguen, la portada de una revista de farándula con fotos de famosos encuarentenados en opresivas mansiones junto a la playa. Maldito siglo XXI, redundante y distópico: maldita parodia de aquel siglo XX que ya era una parodia de la historia. Di mi tarjeta. Marqué mi clave en el datáfono: 1755. Pagué. Y salí de ahí dando gracias con las cejas.

No, querido lector, querida lectora, ríndase en la caza de erratas: la plata que saqué no era para comprar el mercado, sino que era una reserva «por si acaso» para los días de encierro que quedaban por delante.

Caí en cuenta, demasiado tarde, de que tenía por delante una caminata de nueve cuadras con cinco bolsas pesadísimas colgadas de las manos y los hombros. Di prisa al mal paso. Cada cuadra las puse en el piso para descansar las palmas de las manos. Nadie me ofreció ayuda porque los transeúntes temían a los otros transeúntes como monstruos, porque sólo los niños y los viejos han logrado esparcir la idea de que se les debe consideración y cariño. Se me nubló la vista y se me tapó el oído y se me secó la boca por culpa del esfuerzo, uf, sólo falta la mitad del viacrucis: se me enredaron tres sentidos de cinco en este mundo en el que no hay otro modo de enterarse de la escena. Ya en el barrio, a salvo entre comillas, me senté y me desinflé por un momento en un murito de ladrillo.

Vi al pájaro renegrido y coloreado que, de no haber sido por el aislamiento de los bogotanos de este barrio, jamás habría pasado a semejantes horas de la mañana.

Vi a la manada de perros sin paseadores, sin dueños, que por aquellos días había estado pasando por las calles desiertas.

Respiré un poco mejor porque el aire era un poco mejor. Me quedé mirando la calle solitaria, esporádica, como una foto mía de cuando estaba pensando en otra cosa. Durante un buen rato, quince o diez minutos, fui un viejo tomando fuerzas con la atención puesta en quién sabe dónde. Me lancé a recorrer con descansos, muy despacio, las cuatro cuadras que me hacían falta. Saqué potencias de donde no tenía y logré la clase de coraje que se ve obligado a demostrar alguien que en realidad no tiene problemas: «Ya casi llego…». Don Tito, el portero risueño y frentero y digno porque Tito viene del latín *titulus*, me ayudó cuando estaba yo a punto de no dar más: uf. Metimos los cinco fardos en el ascensor que de tanto en tanto se queda en la mitad del camino.

Y fue entonces cuando el ascensor que de tanto en tanto se queda en la mitad del camino se quedó en la mitad del camino.

Tenía que ser una conspiración. Yo no iba a desesperarme, no, ya no. Yo ya había estado entre ruidos ensordecedores y oscuridades infinitas con la sospecha de que todo iba a ser como tuviera que ser. Yo ya tenía claro que el puto siglo XXI no había traído mejores ascensores, sino miedos anacrónicos y trampas nuevas. Pero tenía que ser una conspiración de las peores porque José María, que era incapaz de guardarse un secreto, andaba allá arriba gritando «ahí viene, ahí viene». Creería que estuve media hora ahí: «Media», me confirma Rivera, «hasta la una». Pedí que llamaran a los bomberos, imploré que marcaran el número de los técnicos de elevadores Otis que a veces se encontraba uno por ahí, grité «¡don Tito!». De golpe, cuando ya se me estaba acabando el humor, el aparato se puso en marcha.

¿Por qué no habían tratado de abrir las puertas para sacarme? ¿Por qué apenas me decían «que ya vienen los señores»? ¿Por qué no parecían preocupados, sino divertidos con una situación sólo comparable, en la lengua del horror, con la desgracia de ser enterrado vivo?

Porque era un plan con bocetos y libretos cumplidos al pie de la letra. Porque, apenas se abrieron las puertas del ascensor que había vuelto a la marcha, me gritaron «¡bienvenido!» para portarse a la altura de un letrero plateado que decía lo mismo y que habían pegado con cintas de enmascarar en el umbral de la entrada. José María me llevó de la mano, que, repito, todavía tiende a hacerlo, por las habitaciones del lugar. No alcancé a pensar lo que habría pensado yo, de no ser el protagonista, ante una situación como esas: alguna cosa sobre agarrarse de la mano debajo de las cobijas, por el pasillo de la casa, en las calles cuando a uno lo dejan salir, para sostener y ser sostenido, para reconocer y ser reconocido. No alcancé a divagar sobre cómo uno va de mano en mano desde niño hasta viejo, de padres a parejas, de parejas a hijos, pues desde que puse el primer pie en el apartamento noté la puesta en escena.

Alguna vez vi en un teatro polvoriento un conmovedor montaje de *La vida es sueño*, la de Calderón, la historia del príncipe al que le hacen creer que su breve principado fue un espejismo para que no acabe cumpliéndosele el vaticinio de su arbitrariedad, de su tiranía. Digo esto que digo porque recordé esa versión extrañísima de la obra, que a punta de actores encorbatados y con máscaras de animales parecía a su vez una alucinación, cuando me vi en ese recorrido de museo por un lugar que de pronto desconocía. Yo era una especie de Segismundo —en germánico «protector»— que no iba a llegar a ningún trono de eras más dadas a las tragedias, pero que sí, a fuerza de reconocer que yo era una broma ambulante y de sacudirme mis pequeños despotismos de artista, me había ganado el derecho a regirme.

Siempre me he sabido el monólogo con estatus de lugar común del pobre Segismundo porque el cura Moreau, mi profesor de Literatura en el Colegio de San Esteban, era uno de esos lectores de antes que se sabían de memoria las primeras frases de los libros y los versos: *¿Qué es la vida? Una ilusión, / una sombra, una ficción, / y el mayor bien es pequeño; / que toda la vida es sueño, / y los sueños, sueños son.* Habría podido decírmelo a mí mismo antes, cuando morí o cuando volví a mi cuerpo, porque era un buen resumen y un buen epígrafe para este manual resignado a su vulgaridad, pero se me vino a la punta de la lengua justo en el viaje por ese apartamento tan extraño. Se trata de no ser un dictador de nada y de nadie, pensé, la moraleja es servirle a la risa.

Habían cambiado nuestro apartamento de punta a punta como si hubieran montado una escenografía novísima en el viejo escenario. Habían puesto en otras partes los sofás, los relojes, las bibliotecas, las camas, las lámparas, las pinturas y los objetos traídos de todas las vidas de la vida, entre los tres, como les había dado la gana. La pared larga del corredor estaba pintada de azul clarito. El cuarto del niño era un ático de juegos rodeado por un mural de cuatro muros de caricaturas de la infancia. La habitación de los papás era una casa para todos. Se trataba de un mundo recién descubierto en el que, sin embargo, ya no estaba el rincón en el que yo había estado escribiendo este libro a los trancazos: ¿habían llegado a la conclusión de que lo mejor que podía hacer era dejarlo atrás?

Quisieron tratarme como a Segismundo el príncipe perdido cuando les pregunté «qué pasó acá». Dijeron «nada», «por qué», «no le entiendo», «puede que esté cansado», «qué raro», «siempre ha sido azul clarito», «Olafo y Helga han estado allí desde el primer día, Simón», «no tendría ningún sentido ponerlo a escribir en una esquina de la casa» hasta que a José María le dio un ataque de risa de muchacho que se les fue pegando a mi esposa y a mi mamá porque no hay nada más que se pegue así. Confesaron entonces, mientras me llevaban allá, que entre los tres me habían hecho un estudio en el apartamento de al lado. Parecía hecho por los tres, claro, por la pared austera, la pared amorosa y la pared aniñada, pero parecía mío hasta el punto de que me vi pensando, como un Segismundo de ruana, de a pie, «no tengo ninguna duda de que mi vida es esta».

Yo les di las gracias, claro, los abracé y los besé por turnos, pero volví a hacerlo un poco después cuando me di cuenta de que estaban discutiendo entre ellos porque habían cometido un error: «Yo te dije...».

En la ventana de mi nuevo despacho de escritor, montado en el cuarto misterioso e intocable al que poco había entrado cuando era el cuarto de la infancia en donde mi mamá guardaba los libros más viejos y se ponía «a revisar unas cositas», había un cartel hecho por José María en el que podía leerse «todo va a estar bien» bajo un arcoíris, como las pancartas que por esos días habían instaurado los niños italianos, pero lo más importante del asunto era que alguno de los tres no lo había pegado hacia fuera, como el par de letreros que podían verse en los escaparates de los dos edificios de enfrente que yo nunca había visto —porque muy pocas veces me había asomado por la ventana—, sino que lo había pegado hacia adentro como recordándome sólo a mí que algún día toda pieza encontraría su lugar en el rompecabezas.

Yo debí emprender entonces un monólogo de amor, porque el complot había sido bello y rimbombante como los complots de las comedias románticas que hacen los ingleses, y sin embargo preferí pedirles que dejaran el cartel así, hacia adentro, un «todo va a estar bien» sólo para mí, sobre todo porque me pareció perfecto tal como estaba: bienintencionado y preciso y exasperado con mi pesimismo.

No pensé en ese momento que en el contexto borroso de la pandemia quizás el mundo estaba pasando ahora de «todo va a estar bien» a «esto es todo», no fui lúcido ni articulado porque solamente los idiotas son reflexivos en vivo y en directo. Simplemente, me di cuenta, en un momento dado, de que me habían dejado solo para que me pusiera a trabajar en las páginas que me estaban haciendo falta, para que me dedicara a tomar posesión de mi nuevo espacio. Sobre el escritorio de madera veteada y rasgada por partes, que había sido de mi mamá, vi mis cosas rescatadas de las cajas apiladas en el cuarto de atrás: mi vaso de lápices, mi pequeño maniquí articulado de madera, mi portarretratos sin ningún retrato puesto en el que, pensé, debería poner la foto en la que mi papá está enseñándome a hacer el nudo de la corbata.

Vi mis libros puestos en orden alfabético en la biblioteca de la pared a la que mi silla le daba la espalda: de Andersen a Yourcenar.

Vi la pobre caneca de lata con pedal y con tapa que me ha acompañado de apartamento en apartamento, pateada y abollada y difícil de destapar, acomodada en un rincón como un premio a mi vida y mi obra.

Vi mis archivos clasificados por unas manos rigurosas que habían aprendido a pensar dos veces en el voraz y autodestructivo sector financiero que en aquel momento se hacía la pregunta por la solidaridad: mis notas ya no eran arrumes de papeles sino carpetas de cada cual, de la monja De la Cabrera, del sepulturero Cardoso, de la impostora Blanc, del soldado Berg, del astronauta Foster, de la punkera Morgan, de la profesora Chen, rotuladas con una desgastada máquina de rotular.

Vi en un plato de cuando era niño un par de sánduches gordísimos de jamón y queso, de tomate y lechuga, como los que me dejaba hechos mi mamá para cuando volviera del colegio.

Encendí mi computador portátil, el aparato fiel y abnegado en el que había estado escribiendo el único libro que podía llamarse mío, porque les entendí el mensaje: «A trabajar...». Me senté a ver videos de YouTube de Simón Hernández mientras me terminaba los sánduches. Procrastiné peligrosamente. Convertí la procrastinación en una de las bellas artes porque fui de liana en liana, como un Tarzán de las redes, por todas las noticias sobre la pandemia que le caben al cuerpo humano hasta que llegué a la historia de un médico italiano víctima del virus que decía haber hecho un viaje a la muerte mientras se encontraba en coma: «Volví desolado porque allá se me mostró la felicidad», contaba en el primer párrafo del artículo.

Y desde entonces escucha las voces de los pacientes que se le murieron en sus turnos como si hubiera tratado de echar atrás un reloj de arena, pero también escucha los lamentos de otros muertos que pasan a su lado cuando sale a hacer las compras.

Por supuesto, yo procrastino como un mago, como un maestro del oficio de aplazar y aplazar para no lidiar con el presente, pero todo lo que leo y lo que veo me devuelve a este libro. Y la historia del médico italiano me dejó en claro que tenía que terminar mi *Zoológico humano* de una vez. Puse la lista descarada de canciones pop de los años ochenta que me ayuda a concentrarme, porque en ese entonces no se recordaba el concepto del silencio, y arranqué.

Avancé sin mayores problemas en el capítulo de la profesora Li Chen, convertido en este médium que he sido desde que empecé la redacción, como si escribir fuera escuchar las voces de los muertos de todos los tiempos. Sentí que me empujaban a seguir. Sentí que las palabras se iban sumando y se iban apilando, y la página en blanco era una jornada que se iba oscureciendo del modo más benigno que ha encontrado la especie. Caí en una trampa: en un momento de típico extravío me puse a contar, como un departamento de estadísticas, cuántas veces había usado ciertas palabras —sesenta veces «infierno», cincuenta y ocho veces «amor», doscientas veinte veces «muerte»—, y no obstante supe retomar y alcancé a contar lo que contó Li Chen hasta que me distrajo el sonido del televisor en el cuarto de al lado.

Ya eran las cinco de la tarde. Mi mamá, que ha sido la menos perdida en estos días de cuarentena porque para ella, repito, estar adentro no es estar encerrada, se había quedado dormida con el televisor prendido en la cuarta temporada de la serie española de los ladrones de bancos. Tenía el teléfono en la mano porque estaba jugando el juego de encontrar palabras. Tenía un libro sobre su cansancio. Cómo es de raro, de decepcionante, ver a cualquiera de los padres durmiendo: «Tiene que haber alguien que pueda con todo», piensa uno cuando es niño, «tú eras mi esperanza». Pero a mí me sirvió esta vez para entender que no había vuelto de la muerte a recrear, a enmendar, a nadie que no fuera yo. Estaba aquí para vivir y ver pasar la vida. Estaba aquí para dejar que las cosas se asentaran.

No andaba otra vez por estos lados para sacar a mi madre del solipsismo, del ensimismamiento que había sido su marca de estilo, sino para acompañarla a ser ella, para no dejarla sola en el escenario y responderle una línea suya con una línea mía cuando lo necesitara: «Lo que digas de mí es lo que es», acaba de responderme a la pregunta de si le molestaría que dijera eso de ella.

No la acomodé mejor ni le advertí que le iba a doler el cuello si seguía durmiendo así porque tenía claro que iba a molestarle que la tratara como a una hija. Sí la miré con amor, sí le di las gracias por mi despacho, hombre, un malnacido no soy, pero la dejé en paz y volví a mi estudio nuevo con la certeza súbita —de epifanía— de que era el regalo más grande que ella habría podido darle a alguien: su guarida, su refugio dentro de su refugio. Vi todo diferente en mi oficina desde que volví. Entendí al fin las dimensiones de lo que se me había dado. Y recordé entonces el cajón con llave que siempre había habido en el armario secreto de mi mamá, y abrí la puerta y abrí la gaveta sin necesidad de llaves, y me encontré allí una pila de tres manuscritos de tres novelas firmadas por ella. Por supuesto, las ojeé y las hojeé, y noté de una vez que eran estupendas.

Se sabe desde la primera frase: «Elena quiso vengarse de un novio de la infancia que no veía hacía veintisiete años cuando notó desportillada el asa de su taza favorita», «Un día cualquiera, cuando aún había días así, el señor que vende las flores en la esquina dejó de venir y no tuvo la cortesía de encargar a alguien de su responsabilidad con la gente de esta cuadra», «Desde que se mudaron los recién casados del piso de arriba, que tratan de hacer el amor y de portarse como un matrimonio sin pegar gritos sobreactuados, ella ha estado pensando qué tan ridículo será enamorarse a los cincuenta», decían los comienzos de estas novelas precisas de doscientas páginas que luego, con el paso de los días, resultaron novelas tensas e íntimas capaces de cumplir con sus enormes promesas.

Se lo dije unos días después cuando tomé fuerzas para hacerlo. Que había leído fascinado y que era genial. Respondió «me alegras, hijo», y me dio unas palmadas en la espalda, y se inventó una cosa que tenía que hacer justo en ese minuto.

El viernes 15 de mayo de 2020 que estoy contando volví a poner los manuscritos en el cajón del armario, apagué el computador y apagué la luz, y me asomé por la ventana redescubierta porque escuché desde el edificio del otro lado del callejón peatonal un «Feliz cumpleaños, Inés, feliz cumpleaños a ti...» que me impidió hacer otra cosa: en el apartamento repleto de bombas de colores que daba justo en frente, unos papás, una abuela y un hermano celebraban a una niña radiante —una niña bellísima de cinco años de sonrisa reivindicadora y de pelo corto y negro— que estaba viviendo la gran fiesta de su vida. En las ventanas de arriba había un solitario hablando por teléfono con la frente en el vidrio, una pareja de viejos viendo un documental sobre la masacre de Bojayá en un televisor enorme y un gordo descamisado planchando la ropa para nada. En las ventanas de abajo había una señora preguntándole a un señor si era que nunca había tendido una cama, una muchacha grabándose mientras hacía ejercicio en el teléfono, un ejecutivo con cara de extranjero que se había puesto la corbata para una reunión virtual que acababa de acabarse.

Seguían pasando por ahí los pájaros de tiempos mejores y seguían pasando por ahí los animales que se habían dado por perdidos —ahí iban un par de zorros y volteaban la mirada sobre los hombros como si hubieran escuchado una amenaza, una sospecha— y miraban hacia arriba para que fuera claro que el mundo se había vuelto un zoológico humano.

Pasen, queridos animales, queridos machos, queridas hembras, vean un ejemplar insólito de esta especie en cada una de esas ventanas con las cortinas arriba, vean cómo estos cuerpos con nombres y apellidos van de esquina a esquina, amodorrados, hambrientos, ilusionados por costumbre y por fortuna, dispuestos a interpretar sus personajes como profesionales que están empezando a pensar que quizás jamás llegue el reconocimiento: hay gigantescos y esqueléticas y gordinflones y achaparradas y viejos primitivos y crías. Pasen ustedes también, queridos seres humanos convertidos en usuarios, avancen por los perfiles de las redes sociales —por las estrechas celdas de Facebook e Instagram— para ver personas de todas las razas, todos los semblantes, todas las edades, todas las muecas, todas las mañas, todas las vocaciones, haciendo lo mejor que pueden para sobrevivir en esas pequeñas pantallas.

Salí de allí a las siete de la noche porque estaba devorándome la culpa reciente, flamante, que ha venido dándome cuando noto que se me está pasando el tiempo de la familia tecleando en el computador.

Fui de puntillas de una puerta a la siguiente, tactactactactac, con mi llavero con todas las llaves en la mano. Cerré la primera: clic. Abrí la segunda: clac. Podía verse el apartamento nuevo, el montaje nuevo con los muebles y las cosas en lugares impensables que los tres habían puesto por ahí, aunque estuviera tan oscuro adentro, porque las ventanas encendidas de los edificios del barrio me servían de linternas. Podía avanzar por el corredor lleno de cuadros pintados por el papá de Rivera sin tantear el camino con las manos, como en los viajes insomnes del cuarto a la nevera, con la sensación de que tenían razón quienes insistían en que tanto la escenografía como la utilería podían redibujar un personaje.

A menudo, como filósofos existencialistas anacrónicos o aguafiestas sin ton ni son, quienes han tenido experiencias fuera del cuerpo desde la Tierra hasta el planeta de la muerte suelen cuestionar la necesidad, la importancia de estar vivos. ¿Qué gracia puede tener seguir adelante, por ejemplo, adelante con la biografía de uno o con la historia de un mundo que da un apocalipsis a cada generación, cuando ya se le ha visto la trasescena, cuando ya se tiene plena consciencia de su final? Creo que una buena manera de respondérselo, que es, al menos, la que yo he estado empleando, es esta: voy a seguir interpretando mi papel, jornada por jornada, como un actor pendiente de los nervios y de las sorpresas, de los errores y de los hallazgos de cada función.

¿Pero qué sentido puede tener todo esto?: pues el sentido que tienen las puestas en escena, claro, cuál más va a tener. La verdad es que todo este momento en el que estoy terminando de escribir mi manual, y desde ya me estoy preparando para repasarlo y corregirlo, hace parte del mismo pasado en el que están pintando y están subastando *El 3 de mayo de 1808 en Madrid*, están filmando y están viendo la escena de «Good Morning» de *Cantando bajo la lluvia*, están escribiendo y están leyendo «Dios mío, estoy llorando el ser que vivo, me pesa haber tomádote tu pan…». Lo cierto es que la realidad es inverosímil. Y entonces se siente uno feliz cuando recuerda que lo que está pasando es el pasado. Y se encoge de hombros porque todo está en su sitio, y le dedica el resto de la tarde, y de la vida, a interpretar su papel como debe ser y como es.

—Yo… soy… tu hijo —me dijo José María, debajo del umbral luminoso de nuestra habitación, entregado a una meritoria imitación con máscara y todo de Darth Vader en la escena cumbre de la saga de *Star Wars*.

Yo lo abracé en mi barriga porque cada vez está más alto, y, apenas terminó a regañadientes nuestro saludo, me mostró su codo raspado —con la carne a la vista— en el ajetreo de la redecoración que habían complotado a mis espaldas.

—Déjatela así para que seque —le dije porque me temí la frase que se le veía en la punta de la lengua.

Quería ponerse «un cura», como decía cuando era chiquito porque ni su mamá ni sus dos papás le hablaban de dioses ni de religiones, pero yo le salí al paso igual que tantas veces. Propuse que «para pensar en otra cosa más bien» pusiéramos la película que teníamos pendiente, *Ferris Bueller's Day Off*, porque me ha estado siguiendo la manía de ver lo que vi cuando tenía la edad de mi hijo. Ha sido una buena época, la época de la cuarentena, en esta casa. Cada uno se la pasa en su computador —Rivera trabaja, José María va al colegio y juega Fortnite y yo me reparto entre las cosas de la casa y esta frase que por poco no me sale— y a la hora del almuerzo hablamos de cualquier cosa y cuando llega la comida vemos una película de cuando yo seguía siendo lo que he vuelto a ser.

En la noche hemos estado leyendo *La historia interminable*, «Ninguno de los dos se había dado cuenta de que, en el Norte, el cielo se había ennegrecido de nubes», para seguir por el camino de los alivios.

—¿Qué significa «José María»? —me pregunta él a cada tanto para jugar un juego de los dos.

—«José» significa «él sumará» y «María» quiere decir «deseada por el amor» en hebreo —le respondo mitad de verdad, mitad inventado, vuelto un digno hijo de mi padre.

No es que hayamos pasado estos tiempos en una burbuja, aunque, pensándolo bien, una burbuja es lo que es esta vida acá en el mundo, sino que después de ver todo lo que se ve en estos días —al papa lanzando un sermón de Semana Santa en la plaza de San Pedro desierta, a Xi Jinping recorriendo las calles de Wuhan como imponiéndosele a la peste, a Trump recomendándoles a los pobres gringos que tomen detergente para arrancarse el virus de adentro, al presidente improbable de acá haciendo programas de televisión mientras la guerra colombiana se recrudece, líder asesinado por líder asesinado, en el confinamiento— nos concedemos el premio más grande que puede uno recibir a esta venerable edad: ponerse la piyama y ver qué hay por ahí.

José María se quedó dormido en la página 127 de la novela: «Atreyu calló», leí, «se sentía como si hubiera recibido un golpe en la cabeza…». Antes de dormirse, cuando empezaba a cabecear como si fuera el copiloto de un carro, nos advirtió «pero esta no es una de esas historias que terminan en que todo es un sueño, ¿no?, no me aguanto las historias que terminan en que todo es un sueño». Tenía razón, por supuesto, porque esos finales suelen ser decepcionantes y redundantes al tiempo: ¿no es obvio que todo fue un sueño cuando se cierran los libros o cuando cae el telón entre los aplausos? Y, sin embargo, se trataba de uno de sus bellos pataleos —heredados de su padrastro— para no irse a dormir con la sospecha de que Rivera y yo vivíamos una vida sin él apenas se le cerraban los ojos.

Decía antes que de vez en cuando me pasa que veo a Rivera en cierta luz, en cierto perfil a cierta hora del día, que me hace creer que estoy sintiendo el mismo amor sorprendido e hipnotizado que estaba sintiendo cuando la conocí. Hay noches en las que lo que siento yo por ella es nuevo, salido de la nada pero conocido, como un *déjà vu*, como un recordatorio, mejor dicho, de que se llama amor cuando viene de un tiempo anterior a la memoria. Supongo que es cursi. Supongo que es dulzón darle las gracias en nombre de todos por meter en nuestro presupuesto la ayuda a la señora de las flores, al peluquero, al lavandero, al librero, al anestesiólogo que me mató, a la enfermera Amalia que me curó y hace poco agarró el virus, y a los vendedores de películas piratas que se habían quedado sin con qué comer en plena cuarentena. Pero es que ese viernes 15 de mayo de 2020, cuando no había nadie más alrededor aparte de los ruidos de las ventanas del barrio que bien habrían podido ser efectos sonoros nada más, me quedé viéndola mientras se lavaba la cara frente al espejo del baño de los dos con la sensación de que valía seguir viviendo sólo para eso.

Porque ese momento dentro de aquel momento, como este libro bueno o malo, solamente puedo escribirlo yo: el pelo negro y luminoso, los ojos claros concentrados en el ejercicio de descifrar el rostro, las cejas levantadas de cuando ha sido descubierta en su soledad.

Quizás bordee el sentimentalismo este final, el desmadre y el caos que esperan a la vuelta de la esquina, pero en una comida de hace unos meses conocimos, Rivera y yo, a un par de abogados eminentes y descreídos a cuál más que todos los días se entregan un par de cucharas de plata grabadas con las frases «love you» y «love you more» cuando van a tomarse el café de despertarse. Y tenemos una pareja de amigos entregados a la superioridad violenta de la academia, él en la Facultad de Artes y ella en la de Filosofía, que siempre que hablan de sexo hablan de «jugar Twister» como descendiendo a la vulgaridad de los mortales: «Pie derecho en amarillo y mano izquierda en verde». Y así de rara, de común y corriente y de liberadora, fue esa noche de los dos.

Fuimos a la cama. Vimos en la televisión el final, por fin el final, de un documental sobre los abusos de la Iglesia que habíamos estado viendo todas esas noches. Rivera apagó el aparato, quitó las almohadas grandes que nos sostenían las nucas y me dio la espalda para que la abrazara por detrás. Fui hasta ella, la traje hacia mí y la apreté con el único brazo que sirve en esas ocasiones, la besé en el cuello en donde empieza el pelo, le acaricié la espalda con las yemas de los dedos, le tomé las piernas con la esperanza de que se volteara a darme la orden de seguir adelante, pero pronto me quedé dormido y me puse a soñar una serie de sueños más bien realistas, uno después del otro, que se desvanecieron en mi oscuridad.

Habría podido ser una noche más. Unos cuantos ronroneos y crujidos en el piso de arriba, una carcajada borracha en la terraza del edificio de atrás, una parrafada sonámbula de nuestro niño con dos nombres desde el cuarto de al lado.

Pero los dos, Rivera y yo, sentimos un calor insoportable que nos había obligado a empujar las cobijas a los pies y un temblor raro en los cuerpos sudorosos un par de horas después.

Había una luna anómala, consumada, que iluminaba la habitación con un aura naranja y —quién sabe cómo y cuándo había pasado— ella estaba abrazándome a mí por detrás, besándome el cuello en donde empieza el pelo y empujándome de a pocos para despertarme. Yo me volteé a besarla y a lamerle los labios y a dejarle mi lengua a su lengua, y ella se acostó y me quitó la camiseta blanca de cuello en v con la que he estado durmiendo, y me metió las manos entre el pantalón para enterrarme los dedos. Ella misma se desabotonó la camisa: ella sola. Yo me fui con los cinco sentidos por el cuello, por los hombros, por las tetas, por el vientre, por los muslos, hasta que entendí que quería que volviera. Yo le tomé la cara para besarle la boca despacio, aún sin rabia y sin nervios, porque ella me estaba tomando la cara para besarme despacio. Yo traté de mirarla a los ojos para darle la cara de una buena vez, y busqué su olor de siempre y le lamí los pezones y le agarré las nalgas y le escuché las palabras burdas que son suyas y los jadeos desesperados y le miré la mueca entreabierta del placer que se va acercando y le metí los dedos entre el coño una y otra vez con torpeza y con destreza porque estaba empezando a entrárseme el miedo de venirme antes de tiempo, pero, quizás porque la luz y el calor de esa hora eran urgentes, tal vez porque prefirió acostarme de pronto, dominarme el pecho ahogado, sujetarme las muñecas para darme la orden de quedarme quieto, bajarme hasta los tobillos lo que quedaba de ropa para fijarse en la verga y agarrármela y apretármela y sentárseme encima —«me estaba haciendo falta», dijo— y mecérseme y pedirme en ese vaivén sin apuros, sin agobios, que le pasara las manos por el culo y por las costillas.

Yo empecé a desconectarme de los sentidos, de su cuerpo arqueado, de su peso, de sus sílabas extraviadas, del resabio de su último beso, del roce de los dos, porque sentí que ella —y ella sabrá perdonarme— iba más y más rápido cuesta arriba y cuesta abajo.

Yo me rendí cuando vi que ella se quedaba quieta, quietísima, en un punto invisible y en un único segundo entre el tiempo en el que iba a sentir lo que estaba sintiendo: «Así es», me dice mientras lee este final, «no creo que sea noticia para nadie».

Y Rivera se dejó caer sobre mi cuerpo feo y maltrecho pero mío por un rato, mientras recobraba el aliento y la cordura, hasta que empezó a latirme encima en paz.

Tartamudeé que ella era mi vida, pero no me importó más de la cuenta que no me entendiera, que me preguntara «¿cómo?», porque estaba pensando y pensando en que no se me podía olvidar escribir esto al final: fuera de mí dejar de ser yo.

Busqué su mano apenas se me acostó al lado a esperar el regreso, el cauce, de su respiración. No sé quién se durmió primero esta vez. Sé que nos quedamos callados, en ese suelo apacible, para no desperdiciar las frases ni malgastar los gestos. Puedo decir que llegué a pensar que me iba a costar sangre volver a dormirme, porque miré el reloj de la mesa de noche a punto de empezar el nuevo día y entonces vi venir como un camión en contravía todos los terrores que se le vienen a uno encima cuando se queda despierto en las horas en las que el mundo pierde su forma y su dirección, pero sólo me queda por contar que me di la orden de tomarme ese insomnio tan breve como creo que debe tomarse la vida cuando ya se han recogido las pruebas de que el paso que sigue es la muerte y uno sigue siendo uno cuando muere.

Hay que recogerse. Hay que dejar atrás las conjeturas como deshojando a un enemigo. Hay que cerrar los ojos ahora, ya, de un solo golpe. Hay que cerrar los ojos con llave, aunque parpadeen a mansalva, para empezar el sueño y soñar hasta creérselo. Hay que tragarse la última carraspera de cada día en tres golpes. Hay que reírse entre dientes de las escenas de la tarde porque esto es una puta broma. Hay que parar de reírse pero sólo porque hay que parar. Hay que quedarse quieto en una sola posición del cuerpo, con la ilusión de conocerlo de memoria a estas alturas del propio drama, mientras se va yendo y se va todo lo demás como se van los estados del tiempo. Hay que recrear una sola vez de la vida, de la infancia o la vejez, que haya traído la noticia de que nada va a faltarme si hago mi papel. Hay que latir despacio, con cuidado, al final de uno mismo.

Hay que respirar y respirar, como si fuera más que suficiente, hasta que llegue exhausta e imprevista la última palabra.

Índice

Primera fase Noticia de la propia muerte   11

    Lunes 30 de mayo de 2016   13
    Domingo 9 de marzo de 1687   25
    Sábado 1º de noviembre de 1755   33
    Viernes 10 de octubre de 1851   43
    Sábado 1º de julio de 1916   55
    Viernes 9 de agosto de 1974   65
    Sábado 25 de diciembre de 1982   77
    Viernes 13 de mayo de 2050   89
    Lunes 30 de mayo de 2016   103

Segunda fase La vida después del cuerpo   119

    1   121
    2   129
    3   137
    4   145
    5   155
    6   163
    7   171
    8   179
    9   187

Tercera fase El drama que es cada vida   197

    Simón Hernández *Agente de viajes*   199
    Madre Lorenza de la Cabrera *Escritora mística*   223

Nuno Cardoso *Embalsamador de curas*   237

Muriel Blanc *Médium*   251

Bruno Berg *Boxeador*   267

John W. Foster *Exastronauta*   283

Sid Morgan *Música*   297

Li Chen *Profesora*   311

Simón Hernández *Escritor*   327

Cuarta fase De vuelta en la tierra del cuerpo   347

1   349

2   357

3   365

4   373

5   381

6   389

7   397

8   405

9   413

Quinta fase Cómo seguir viviendo   425

Miércoles 7 de septiembre de 2016   427

Viernes 1º de diciembre de 1713   443

Lunes 17 de noviembre de 1760   461

Sábado 23 de mayo de 1896   477

Domingo 19 de noviembre de 1916   499

Viernes 8 de agosto de 2003   517

Sábado 29 de febrero de 2020   543

Viernes 16 de diciembre de 2050   565

Viernes 15 de mayo de 2020   585

Este libro se terminó
de imprimir en
Móstoles, Madrid,
en el mes de
septiembre de 2022

«Para viajar lejos no hay mejor nave que un libro».

Emily Dickinson

Gracias por tu lectura de este libro.

En **penguinlibros.club** encontrarás las mejores
recomendaciones de lectura.

Únete a nuestra comunidad y viaja con nosotros.

penguinlibros.club

 penguinlibros

MAPA DE LAS LENGUAS UN MAPA SIN FRONTERAS 2022

ALFAGUARA / ESPAÑA
Feria
Ana Iris Simón

ALFAGUARA / URUGUAY
Las cenizas del Cóndor
Fernando Butazzoni

LITERATURA RANDOM HOUSE / ESPAÑA
Los años extraordinarios
Rodrigo Cortés

ALFAGUARA / PERÚ
El Espía del Inca
Rafael Dumett

LITERATURA RANDOM HOUSE / MÉXICO
El libro de Aisha
Sylvia Aguilar Zéleny

ALFAGUARA / CHILE
Pelusa Baby
Constanza Gutiérrez

LITERATURA RANDOM HOUSE / ARGENTINA
La estirpe
Carla Maliandi

ALFAGUARA / MÉXICO
Niebla ardiente
Laura Baeza

LITERATURA RANDOM HOUSE / URUGUAY
El resto del mundo rima
Carolina Bello

ALFAGUARA / COLOMBIA
Zoológico humano
Ricardo Silva Romero

ALFAGUARA / ARGENTINA
La jaula de los onas
Carlos Gamerro

LITERATURA RANDOM HOUSE / COLOMBIA
Absolutamente todo
Rubén Orozco

ALFAGUARA / PERÚ
El miedo del lobo
Carlos Enrique Freyre